夜天子

（一）

山东文艺出版社

图书在版编目（CIP）数据

夜天子 / 月关著. —济南：山东文艺出版社，2020.5
ISBN 978-7-5329-6054-5

Ⅰ.①夜… Ⅱ.①月… Ⅲ.①侠义小说—中国—当代
Ⅳ.①I247.5

中国版本图书馆CIP数据核字（2020）第025756号

夜天子
月　关　著

主管单位	山东出版传媒股份有限公司
出版发行	山东文艺出版社
社　　址	山东省济南市英雄山路189号
邮　　编	250002
网　　址	www.sdwypress.com
读者服务	0531-82098776（总编室）
	0531-82098775（市场营销部）
电子邮箱	sdwy@sdpress.com.cn
印　　刷	山东临沂新华印刷物流集团有限责任公司
开　　本	710毫米×1000毫米　1/16
印　　张	266.25
字　　数	4780千
版　　次	2020年5月第1版
印　　次	2020年5月第1次印刷
书　　号	ISBN 978-7-5329-6054-5
定　　价	520.00元（全十册）

版权专有，侵权必究。如有图书质量问题，请与出版社联系调换。

序
——写在《夜天子》出版之前的话

在《夜天子》创作之前,我的创作之路,随着我的思想的不断发展,曾经有过几次转变。

我是个喜欢追求新与变的人,所以,在我的《回到明朝当王爷》取得巨大成功之后,我的编辑、我的读者都劝我,挟《回明》大胜之势,继续开一本历史类小说,则可事半功倍。但我毅然放下了数百万喜欢我这种历史小说风格的读者,写了一部风格迥异的西方玄幻小说《狼神》。

当《狼神》结束的时候,无数人期待我重新写一部历史类小说,而我却又选择了创作一本都市言情小说《一路彩虹》。我陆续创作了武侠类小说、历史穿越类小说、都市言情类小说、西方玄幻类小说、东方玄幻类小说,如此兜兜转转,我也发现,读者最喜欢的,还是我的历史小说。但我仍未放弃,在我想再写一部仙侠小说的时候,发表在我书评区的一句读者评论打动了我。

他说:"金庸那么大的成就,但广为人知的就是他的武侠小说。琼瑶造就了无数的明星,但她专注的,就是言情小说。事实已经证明,你的历史类小说,是最受读者欢迎的,为什么不能多创作几部呢?"

我是个喜欢与读者交流的人,书评区所有读者的评论,我都会一一阅读,所以有幸看到了这句话,并因此决定,重写历史类小说。

于是,就又有了《大争之世》《步步生莲》《锦衣夜行》,在这三本之后,我又有些静极思动了。我没有再去尝试其他类型小说,而是考虑在历史小说范畴之内,是不是只能一味创造穿越类题材呢?

我的很多网络作家朋友,他们都有很多精彩的小说,但不管是哪一类型的小说,我们关心的是主角的成长,关心的是围绕着主角发生的种种故事。唯有穿越类历史小说,读者更关注你穿越的是什么朝代,这个朝代本身存在着什么样的问题,能否在你的小说中通过假想的方式以当代人的思维去改变这段历史。

这当然是一个很讨巧的创作手法,从《回到明朝当王爷》开始的几部历史小说,我走的也是这个路子。但是,它有一个先天的局限,你最好选择一个大家相对更熟悉的朝代,有一些大家比较熟悉的历史人物和历史事件,而且这段历史最好有一个大的危机或事件给穿越者以表现机会。

虽然我们有五千年悠久的历史文化,但是在历史朝代中,同时拥有以上要求的时间节点并不多。于是,我们可以看到,许多的网络历史小说作者,只能不约而同地选择类似的时代节点、历史人物。一个崇祯,陪着无数个穿越者,将那段历史演绎了一遍又一遍。同样的五虎上将,陪着无数的穿越者,重演了一遍又一遍的《三国演义》……

很快,"无穿越,不历史",穿越历史小说不再是历史小说中的一个门类,在网络文学中,它就是历史小说,代表了历史小说的全部!

为此,我深感不安,题材的局限性总有一天会把这一类小说的生命力消耗殆尽,如果我们作为创作者不思改变,等到有一天读者朋友们审美疲劳,抛弃我们的时候,我们再想去挽回他们,已经不可能。

武侠小说"漫山遍野"的那个时代,谁敢断言有朝一日它会失去曾经的无上辉煌?言情小说的发展历程中,从风格到类型,经过了多少次更新换代?这一次,我不是为了求新求变而去改变,而是为了我们历史类文学这座宝矿的健康发展,必须勇于去做这个改变。

于是,我在历史小说范畴之内开始了求新求变。我不再穿越,历史重归于背景,在这幅徐徐展开的历史画卷中,我重点描述的是人物,是他们的喜怒哀乐,是他们人生的跌宕起伏。

于是,我有了第一部非穿越网络历史小说《醉枕江山》。这部书在讲故事的技巧上,依旧保持着网络历史小说的特点,但是文风却更加厚重,更加大气磅礴。然而,初次的尝试,也给我造成了一些困扰。

最主要的原因是,我的创作背景,仍然习惯性地放在帝王将相,那些史书大书特书的人物上,而这些人物的命运,我们大家是清楚的。所以,在不穿越的前提下,这就减少了一些未知的趣味性。

于是,便有了我思想更为成熟之下创作出来的这部小说《夜天子》。它全盘继承了我创作网络小说的技巧和特点,但又在不穿越的情况下充分保证了故事的趣味性和悬念性。

2018年,这部小说被改编成了同名电视剧,尽管当时有《香蜜沉沉烬如灰》《延禧攻略》

《武动乾坤》三部大制作同时在播，在本剧播出几天后《如懿传》和《斗破苍穹》两部大制作也相继上映，《夜天子》仍然取得了数十亿的点播量和豆瓣7.8分的好口碑。实践证明，这条路是走对了。

电视剧版《夜天子》四十集的体量，也只拍摄了该小说的一半情节。第二部正在后续制作当中，出于场面控制要求以及为了对应我在第一部剧版结尾挖的坑，所以我对第二部做了较大的修改与调整。

原汁原味的剧情，则只属于我的这部长篇小说。这里书写的是我的原初故事与设计思路，承蒙山东文艺出版社给予出版，并进行了认真的校对，十分感激，欢迎大家收藏雅正。

月 关

目录

第一卷 西行之始

第一章 玄字一号监 — 003
第二章 最后一相 — 007
第三章 必由之路 — 012
第四章 杨霖的诅咒 — 017
第五章 游到天涯的鱼 — 021
第六章 不得其门 — 025
第七章 混不吝的叶小天 — 029
第八章 情急智生 — 033
第九章 真实的谎言 — 037
第十章 大女婿 — 041
第十一章 桃园三结义 — 045
第十二章 在路上 — 049
第十三章 水舞的忧伤 — 053
第十四章 西行之路 — 057
第十五章 路 遇 — 061
第十六章 小天借刀 — 065
第十七章 南辕北辙 — 069
第十八章 妖逃夭夭 — 073
第十九章 很多年前,很多年后 — 076
第二十章 唐僧肉 — 080
第二十一章 叶郎妙计救佳人 — 084
第二十二章 烈女怕郎缠 — 088
第二十三章 目标:葫县 — 093
第二十四章 路中劫 — 097
第二十五章 血 案 — 101
第二十六章 劫 后 — 105
第二十七章 葫县好风光 — 109
第二十八章 不一样的世界 — 113

第二十九章 悲催的县太爷 — 117
第三十章 如此县衙 — 121
第三十一章 艾典史虽死犹生 — 125
第三十二章 求你当官吧 — 129
第三十三章 断后路 — 133
第三十四章 日暮途穷 — 137
第三十五章 有家戏院 — 142
第三十六章 霸气小魔女 — 146
第三十七章 浪子回头 — 150
第三十八章 夜归人 — 155
第三十九章 捞月之始 — 160
第四十章 我来当官了 — 164
第四十一章 新官上任 — 169
第四十二章 又见云飞 — 173
第四十三章 书院之乱 — 177

第四十四章 奇葩大亨 — 181
第四十五章 如此活宝 — 185
第四十六章 大哥留步 — 189
第四十七章 糟糠之妻 — 193
第四十八章 黔之驴 — 197
第四十九章 淡喜轻愁 — 201
第五十章 真正的官 — 205
第五十一章 冤家路窄 — 209
第五十二章 父子情怀 — 213
第五十三章 黄大仙岭 — 217
第五十四章 无限风光在险峰 — 221
第五十五章 上策中策 — 225
第五十六章 我有一个秘密…… — 229
第五十七章 八百标兵奔北坡 — 233
第五十八章 一旗绝尘我去也 — 237

第五十九章 各人自扫门前雪 — 241
第六十章 君子动口不动手 — 245
第六十一章 甩不脱的大亨 — 249
第六十二章 我笑他人太疯癫 — 253
第六十三章 哈哈哈哈哈哈 — 257
第六十四章 间歇性「疯病」— 261
第六十五章 试玉要烧三日满 — 265
第六十六章 跛扈一家人 — 270
第六十七章 青山血案 — 275
第六十八章 恶贯满盈 — 279
第六十九章 大亨开店 — 283
第七十章 讨公道 — 289
第七十一章 县尊，请升堂！— 294
第七十二章 无青天、有霸道！— 298
第七十三章 偶尔见见血 — 302

第七十四章 谁怕谁！— 307
第七十五章 不一样的兄弟 — 311
第七十六章 逼上公堂 — 316
第七十七章 公堂之上 — 321
第七十八章 永不妥协 — 325
第七十九章 雨后风波荡 — 330
第八十章 决斗序幕 — 334
第八十一章 我就是证据 — 338
第八十二章 君子之治人也 — 342
第八十三章 坑的就是你！— 347
第八十四章 铁证如山 — 351
第八十五章 有朋自远方来 — 355
第八十六章 一箭伤心 — 359
第八十七章 拿着鸡毛当令箭 — 364
第八十八章 平安无事喽 — 368

第八十九章 各显神通 — 373
第九十章 身陷重围 — 377
第九十一章 对　峙 — 381
第九十二章 各出撒手锏 — 385
第九十三章 人头佐酒 — 389
第九十四章 我们决斗吧！ — 393
第九十五章 我们要霸道！ — 398
第九十六章 霸道总动员 — 403
第九十七章 进退狐疑 — 407
第九十八章 十面埋伏 — 411
第九十九章 小鸡快跑 — 415
第一〇〇章 风波再起 — 420
第一〇一章 你若无法我便无天 — 424
第一〇二章 拂钟无声 — 428

第一卷

西行之始

第一章

玄字一号监

一

"有人说，这地方就是阴曹地府，我们这种人就是阎罗殿里的鬼卒。扯淡，明显是扯淡嘛！这是不了解我们的人对我们极不负责的污蔑！这种偏见和误解，令我等任劳任怨、尽忠职守者痛心疾首啊。"

说话的人穿着一套淡青色的皂隶服，头上戴着一顶比他的脑袋略显大些的漆布冠，腰间系着一条陈旧的红布织带，脚下则是一双不太合脚的白帮乌面直筒靴，这副打扮，分明就是一个狱卒。

可是，他站在北京城刑部大牢玄字一号监暗无天日的牢房里，对着刚被关进牢房的这些犯官们，语气和神态却谦卑得仿佛春风得意楼上招揽生意的小伙计，只是肩上少了一条汗巾。

他很年轻，正是从少年向青年过渡的年纪。此人身材不高不矮，体形适中，容貌只是中上之姿，但是那双柳叶似的眉毛衬得一双眼睛异常灵动，尤其是他那张唇线明晰、唇形如菱的嘴巴，使他整个脸庞透出几分唇红齿白的味道来。

他清清浅浅地笑着，温良如处子："小姓叶，叶小天，三岁时就在天牢里混，十六岁那年正式接了我爹的班，成了这玄字一号监的一个守卒。如今已是万历八年，满打满算也当了三年的皇差了，承蒙司狱大人赏识，如今忝为一号监的牢头。小天我秉性纯良……"

叶小天自吹自擂地刚说到这儿，一个三十出头的狱卒快步走到他的身边，贴着他的耳朵小声禀报道："头儿，有人闹事，嫌咱们伙食粗劣，又嫌被褥泛潮，你看……"

叶小天微微侧过头，低声问道："是哪个不开眼的混蛋，到了咱们这种地方还敢耍横？"

那狱卒小声答道："是原大理寺右寺丞关云。"

叶小天又问："摸清他的底细了吗？"

那狱卒道:"他贪墨过五万两银子,首辅大人亲自点头抓的人,他的后台也一并抓进来了,没法指望再出去。"

叶小天点点头,微微一扫左右牢房刚刚关入的那些犯官,笑容依旧恬静,那张比许多女孩子唇形还要优美、唇线还要明晰的嘴巴说的话声音小得只有站在他身边的那个狱卒听得见。

"洪武爷的时候,贪污六十两银子就够剥皮了,现如今他贪污五万两银子,居然还得寸进尺讲这讲那,这天牢是他养老享福的所在吗?真是给他脸了。既然他嫌睡炕不舒服,那就把他关到尽头空着的那间牢房里跟猪一样睡草堆去,一天就给他一个窝头一碗清水,饿不死就行。"

那狱卒担心地道:"头儿,他要真想不开自尽怎么办?"

叶小天嗤笑道:"在这地方还穷讲究的人,舍得死才怪。你不用打他,也不用骂他,就这么晾着吧,什么时候他肯服软了,再罚他倒一个月的马桶,我就不信治不了他!"

那狱卒阴阴一笑,领命而去。

叶小天清咳一声,面朝那些刚刚入狱的犯官,笑容如春风拂面,声音更是温柔可亲:"各位,你们都是起居八座、玉衣锦食的官老爷,就说沦落至此吧,那也都是大贵人,小天会尽心照料,让诸位老爷在我玄字一号监里,有种回家的感觉。"

叶小天说完就向他们笑吟吟地行了一个罗圈揖,那眼神一扫,就像台上角儿亮相,只一眼,便把每一位"看官"都照顾到了,这才施施然地举步离开,其神态举止,俨然一位巡视家园的大家长。

· ※ · ※ · ※ ·

刑部大牢,俗称天牢。天牢分"天""地""玄""黄"四监,玄字监看管的都是因为贪恋"孔方兄"才入狱的官,大多数都是肥得放屁油裤裆的主儿,是以玄字监也是油水最多的一处天牢。

不过,关押官员的地方可不比一般的监牢,今天还是阶下囚的人,很难说明天是否就能官复原职。再者,就算入了狱,做官的人身份也不同于普通囚犯,要是谁想不开自尽了、自残了,狱卒们都要跟着倒霉。

可要一味纵容他们,让他们作威作福,甚至内外勾结、串通消息,做狱卒的尽不到职责还是要倒霉,是以天牢狱卒难做,天牢的牢头更是难做,得有十分的手段,才能应付得了这群人精。

叶小天十六岁就接了老爹的差使,成为这玄字一号监的一名狱卒,仅仅三年工夫就当了牢头,他的手段可见一斑。

平日里有新来的犯官，自有狱卒向他介绍牢里的情况，叶小天是不用亲自出面的。但是前两个月，六科给事中户科科长刘峰晖上书天子，弹劾京师两大祸害：一是知县差役倾轧民家；二是贵戚门生侵夺民利，以致民贫财尽、苦不堪言。

万历皇帝对这份奏章十分重视，马上下诏命清查内府库局铺垫等项，酌议裁减，以减少百姓的徭役负担，同时命三法司严查部官及贵戚人家害民不法之事，于是天牢就多了这么一群人。一下子关进来十多个犯官，叶小天十分重视，这才现身说法，亲自关照了一番。

"小兄弟，你上次带来的那本西洋星相术，老夫已经认真研究过了，大有心得啊，来来来，让老夫给你算上一算。"

叶小天正往外走，旁边牢房里突然传出一声招呼。与此同时，木栅栏里探出一条枯枝似的手臂，热情地向他摇摆着。

这牢房的木栅栏都是用粗大的圆木制成的，新漆剥落后露出里面一层层皲裂的旧漆，无声地向人宣告着它的年龄。栅栏之间的缝隙只有一巴掌宽，可这个犯官的一张瘦脸毫不费力地就可以从栅栏里钻出来。

他面相苍老、两颊内凹，穿着一件很肮脏的囚衣，满是褶皱的囚衣几乎快要看不出底色了。头发稀疏，近乎全秃，只剩下几根白发还顽强地坚守在肉红色的头皮上，风骚地翘立着。

这秃顶老者名叫杨霖，官居吏部员外郎。作为一个管官的官，杨霖在任上时可谓要风得风，要雨得雨，可惜一朝事发成了阶下囚，只因他背后还牵涉到一些大人物，是以入狱三年还不曾宣判。

这杨霖一向痴迷玄术，做官时没有太多时间研究，这三年来在牢里无所事事，天天精研周易鬼谷，对这些神乎其神的东西却是愈发沉迷了，以致有些神经兮兮的，被狱卒和犯人们尊称为"神棍"。

杨神棍每有心得，总想找人一试身手，奈何狱卒和犯官们对他的胡言乱语一向不感兴趣，所以他唯一的试验品就成了叶小天。摸骨、卜卦、看相、批八字……全在叶小天身上试遍了。

叶小天也不大相信他的胡言乱语，可他还是做出一副饶有兴致的模样，在杨霖面前蹲下来。

如果这些犯官尤其是还没被判决的犯官有个什么好歹，作为牢头，他必然要负渎职之责，所以对有轻生之念的犯官，叶小天总是绞尽脑汁，让他们有活下去的欲望。

这个杨霖已是注定了不可能逃出生天，区别只在于死得早与晚，这要取决于上面那些大人物的博弈。自从他确定不可能脱罪后，连他的家人都不再来探望，可谓生无可恋。

对这样的人，虐待惩罚只能促其早死，好酒好茶也不能成为他活下去的动力，幸好他喜欢研究玄术，叶小天便投其所好，搜罗了许多这方面的书籍给他。杨霖如今如此痴迷玄术，未尝没有叶小天推波助澜的功劳。

叶小天在牢门前蹲下，扮出一副兴致勃勃的样子，道："杨大人研究又有所得？哈，果然是高人。我听那西洋传教士说，这以太阳历演算的星座术，咱们东方人很难研究明白呢。"

杨霖持着稀疏的胡须，傲然道："老夫学识渊博，区区西洋星座术，较我中土周易之术差了不止一个层次，有什么研究不明白的。来来来，再把你的生辰八字报上来。"

叶小天又把生辰八字说了一遍，杨大神棍马上陷入了沉思，道："唔，我先把你的出生时辰换算成西洋日历……"

杨霖掐着手指念念有词地算了半晌，突然神色一振，道："有了！你呢，按照生辰八字应该属于双子座。双子座的人都是很机灵的，不过性情上却是一体两面，动静阴阳、相互消长。善良与邪恶，快乐与忧郁，温柔与残暴兼具于一身，复杂、复杂啊……"

杨霖说到这儿，把一颗秃头连连摇摆。作为一个好听众，叶小天不失时机地递上一句："那么，不知小子的命运如何啊？"

恰在此时，旁边牢房突然传出一个极儒雅清朗的声音："小叶子……"有生意上门了。叶小天赶紧摆手让杨霖打住，屁颠屁颠地赶过去，搓着手笑道："黄侍郎，不知老大人有什么吩咐呀？"

黄侍郎摸出些散碎银子从栅栏门里递出来，慢条斯理地道："劳烦叶头儿替我买一只天福号的酱肘子，刀工要细一些，再来一只透骨香的烧鸡，要刚出锅的。这酒嘛……还是花雕好了，要五年以上的。"

"好嘞！您稍等，小子马上就回来。"

叶小天接过散碎银子掂了掂，晓得买了黄侍郎所要的酒肉后还会剩下不少跑腿钱。没想到今天就要交班前，还能小赚一笔，他走出去时，连脚步都轻盈了许多。

守着玄字一号监这幢院墙高高的四合院，周旋在纷纷落马的官们身边，守着、吓着、哄着、骗着，再蒙点小钱，这就是叶小天每天的幸福生活。他本以为这样的"好日子"可以过一辈子，没想到这是他在天牢的最后一天。

第二章

最后一相

一

叶小天,男,现年十九岁,家住北京城宣武街西曲子胡同,刑部大牢玄字一号监的一名狱卒,因其乖觉伶俐,于万历八年初被司狱官刘大人提拔为玄字一号监的牢头。

叶小天的狱卒身份继承自他的老爹。老叶家是世袭的狱卒,这是洪武皇爷定下的规矩:子继父业,代代传承。

你要是当兵的,你儿子里头就必须得有一个当兵的,要是你家婆娘不争气没给你生个男丁,那就从你家亲戚里找一个,要是你家亲戚里也没有男丁,那就随便你去哪里找一个,哪怕你从大街上拐一个来,反正得补上这个缺。

你要是匠户里的厨役户,但是你还没学会炒菜你老爹就死了,你压根就不会做饭,那也不要紧,官府需要召集厨役户的时候你去就成了,不会做饭烧火总成吧?反正你做的饭当官的是不吃的,人数要对上。如果你是个医户,而且你不懂医术……那我们提前向病人默哀吧。

叶小天的爹叶老爷子是一根独苗苗,但叶老爹很争气,他一口气就生了对双胞胎,长子叶小安,次子叶小添。"小添"是意外发现居然是双胞胎,又添了一个儿子的意思。

叶小添对这个俗气的名字实在不喜欢,又因为已经被人叫惯了,再改个新名字也不能敲锣打鼓地普告天下,于是向老子郑重抗议之后,经老爷子同意,叶小添就变成了叶小天。

叶老爷子的狱卒身份只能传给一个儿子,照理说应该传给先从娘肚子里爬出来的那个叶小安。只是小安小时候受过惊吓,有一回他一掀被窝,堪堪瞧见一条从隔壁餐馆爬出来藏进他被窝的菜花蛇,从此变得特别怯懦老实。

叶老爷子考虑到天牢里人精扎堆,不太适合这个老实儿子,所以就把一生积蓄拿出来，给大儿子开了家米面油坊，把天牢狱卒这份有前途的职业传给了他的次子叶小天。

叶小天替黄侍郎置办好了酒菜回到天牢，瞧瞧天色，发觉办完这件差就该交班了，便加快了脚步。不料刚刚进了天牢，就见司狱官刘大人远远地从庑廊下走过来，叶小天连忙站住，隔着老远就向刘大人施礼。

司狱官名叫刘勇，五十出头的年纪，赤红色的一张脸庞，个头不高，却很敦实，衣着服饰与叶小天差不多，只是在青衣外面又罩了一条红色的背甲。

司狱是从九品的小官，再小那也是官，尤其是在这天牢玄字一号监里他是说一不二的人物，是以举止之间，颇有一种睥睨天下的气概。

叶小天欠身笑道："刘司狱好。"

"嗯！"

刘勇从鼻子里哼了一声，瞟一眼他手里的食盒，晓得是在捞外快。这些狱卒每月都有孝敬给他，所以对这种不坏大规矩的事情他一向睁只眼闭只眼。

刘司狱道："你来得正好，厨下正在准备酒肉，一会儿你就给杨霖送进去吧。"

叶小天奇怪地道："莫名其妙的怎么给杨神棍加菜？啊！莫不是他的案子判下来了，这是……要上菜市口？"

叶小天自从接替了他爹这份差使，给牢里送过的酒肉不计其数，但是除了犯官们自己花钱买的酒肉，他只送过五份，每送一份，就代表一条人命即将离去。

刘勇没有回答，只是淡淡地瞟了他一眼，负起双手扬长而去。叶小天怔立片刻，轻轻摇一摇头，便举步向玄字一号监走去。

叶小天把酒肉交给黄侍郎，转身又来到杨霖的牢房前，就见杨霖盘膝坐在地上，正把几枚石子抛在面前空地上，看着石子的落势念念有词，大概在推演伏羲六十四卦。

叶小天清咳一声道："杨大人。"

杨霖抬头见是叶小天，马上舍了那些石子，欣欣然地迎到牢前，笑嘻嘻地道："看来小兄弟对西洋星座术很感兴趣呀，可是想让老夫接着给你算一算吗？"

叶小天笑道："得了，用西洋人的玩意儿算咱大明人的命，总叫人感觉怪怪的，杨大人还是再给小子看看相吧。"

只要有机会卖弄本事，杨霖就开心得很，至于用什么相术，他倒是不挑。隔着一道木栅栏，他仔细端详半晌，拊掌叹道："小兄弟，你骨骼清奇、发黑唇红、眼大眉秀，此乃大富之相啊……"

"哦？"叶小天抚了抚自己的眉，眉头随之一挑。

杨霖道："额头主掌才智和运气，你额头高平饱满，所以有聪明才智，少年即可行大运。鼻子主掌财富和女人缘，你鼻子直挺丰厚，贯通额头，少年时即可财运亨通，桃花朵朵。"

"此言当真？"叶小天微笑起来，好话人人爱听，哪怕明知是假的。他摸了摸自己直挺的鼻梁，忽然觉得自己长得确实不赖。

杨霖正色道："那是自然。其实……主掌桃花运的是眼睛，你的眼睛虽然不是桃花眼，却也相去不远了。至于鼻子嘛，昂藏雄伟、直挺丰厚，是与那话儿相通的，嘿嘿！有桃花运，也要有副好本钱才是，你说呢？"

"嗯，有道理，很有道理。"男人当然不能说自己不行，叶小天马上对杨霖的话表示了同意。

杨霖捋着稀疏的胡子，悠然自得地继续说道："你印堂阔满、色润有光，双眼有神、眼角上扬，这种面相的人做事很容易成功。另外，你耳郭优美、颜色润白、轮廓分明，且有厚厚的垂珠，这是大福之相。你唇红齿白、人中深阔，此乃宜夫旺子之相也……"

叶小天神色一僵，愕然道："宜夫旺子之相？！"

杨霖赶紧改口道："口误口误，若是女人生就此等面相那就是这样了，不过你是男人，此等面相嘛，则代表大富大贵，呵呵呵，小兄弟，你有福禄寿三星高照，一生都会顺遂如意啊。"

叶小天一笑，摇着头道："杨大人，你拍马屁也要拍得恰到好处才行啊。福禄寿三星高照？唉，福禄寿三星高照的狱卒，那也还是狱卒啊，我又能风光到哪儿去。"

杨霖头顶寥寥无几的头发猛地一振，怒发冲冠道："放屁！什么大拍马屁，此皆你的面相所示。想我杨霖乃堂堂吏部员外郎，多少高官大员见了我都要卑躬屈膝、恭维巴结，老夫需要对你一个小小狱卒拍马溜须吗？"

叶小天伸出一根手指向牢里指了指，揶揄道："杨大人，你醒醒吧，你现在是一个阶下囚，好汉莫提当年勇啊！"

杨霖头顶几根竖起的白发陡然一垂，软软地贴在肉红色的头皮上，像斗败的蟋蟀沮丧地垂下了它的须子，悻悻然道："老夫如今虽是一个阶下囚，可老夫自幼精研易理，相术方面可绝无问题！"

叶小天笑道："好，承你吉言，这一次小天就信了大人你，一会儿我去买些酒肉来请你，算小天付你的卦金好了。"

杨霖一听此言惊喜不迭，连连道谢不止。可是叶小天走出五六步的时候，杨霖却突然回过味来，他突然扑前一步，一把扣住栅栏，大吼道："小叶子，你给我站住！"

叶小天慢慢站住，缓缓转过身来，脸上依旧挂着浅浅的笑意。杨霖双手紧紧地扣着栅栏，直勾勾地看着他，缓缓说道："断头酒！是不是老夫的断头酒？"

叶小天的右眉轻轻一挑，又轻轻落下，脸上的笑容渐渐散去。

杨霖看在眼里，呵呵地惨笑起来，那双瘦骨嶙峋的大手紧紧地扣着栅栏，可身子却似有万钧巨石压着，一寸寸地向下滑去，直到委顿于地，才嘶哑艰涩地惨笑道："老夫的大限之期……到了吗……"

叶小天慢慢走回来，隔着牢门望着他，摇一摇头，怜悯地道："杨大人，你何不开开心心地享用这最后一顿晚餐呢？这么精明，何必？"

杨霖怆然道："老夫这一辈子，只做了三件事，自欺、欺人、被人欺。如今就要死了，老夫只想做个明白人，不愿再做糊涂鬼！"

叶小天无奈地摇摇头，转身欲走。杨霖忽然一探身，枯瘦的老手从栅栏里伸出来，一把抓住了叶小天的足踝，瘦削的脸颊紧贴着木栅栏，森然喝道："你不要走，老夫有一桩大事相托！"

叶小天用力拔了拔腿，杨霖却不知哪儿来的那么大力气，死死地扣住叶小天的足踝，叶小天根本挣脱不开。

叶小天皱了皱眉，慢慢蹲下，眸中渐渐现出冷意："杨大人，我们很熟了是不是？可是你我既不攀亲也不带故，交情更是谈不上！小天只是一个小小狱卒，力所能及的范围内若能予你些方便自然不会拒绝，可出格的事我是不会干的！"

叶小天的声音很轻、很淡，语气却很坚决："我爹把这只铁饭碗交到我手上时，就交代过我四个字：循规蹈矩！打从元朝那会儿起，我们叶家就是刑部的狱卒，元朝亡了之后换了朱皇帝，我们叶家还是守天牢的狱卒，只要办差本分、不出岔子，我们叶家这碗公门饭就能一直吃下去！"

叶小天的嘴角微微一翘，露出一丝不知所谓的嘲讽："我们叶家执的是贱役，可是说句大逆不道的话，就算有一天这大明朝亡了，掉脑袋的也是皇上他们家，跟我们这些胥吏贱役挨不着。谁坐天下用不着我们？我们照样吃这碗公门饭。杨大人，我很看重这只饭碗的，虽然在你们这些大人物眼中，它低贱无比。砸我饭碗的事，请你免开尊口！"

杨霖沙哑地笑了一声，道："你不用怕，我还能让你劫狱不成？就算你肯，也没那个本事不是？我只是……想托你帮我带个话出去，只要你答应，老夫自有一桩大好处给你。"

叶小天根本没问有什么好处，毫不犹豫地便拒绝了这个诱惑。他摇摇头道："杨大人，替犯人内外串通消息，一经抓获就是死罪，这条规矩你不会不知道吧？"

杨霖凄然道："老夫如今分明是被人做了弃子，还能有谁可以串通呢？老夫只是想托你给我的家人捎句话,而且是在老夫身死之后,这……总不违反规矩吧?"

叶小天目注他道:"就是这样?"

杨霖用力点头:"就是这样!"

叶小天松了口气,脱口问道:"你说的大好处,是什么?"

杨霖呆了一呆,才道:"呃……五十两银子的酬劳,如何?"

"五十两?"

叶小天双眼一亮,爽快地应道:"杨大人有什么遗言,现在可以说了!"

第三章

必由之路

一

杨霖怔忡良久，放开叶小天的足踝，缓缓说道："老夫在位时，大权在握，仿佛那有求必应的观世音，但凡有人来求我，总能叫他满意而归，唯独不能向上天为自己求来一个儿子。

"或许是因为缺德事做多了吧，晚年以来，老夫修桥补路、捐学助残，又往庙里施舍了大笔的香油钱，一个劲儿地积德，可还是换不来一个儿子，不得已，只好从族人里过继了一个。"

杨霖惆怅地叹了口气，又道："可他毕竟不是老夫的亲骨肉啊。老夫这一辈子就只生了一个女儿，她的母亲是老夫的妾室，素来不受夫人待见，老夫担心死后夫人肆无忌惮，会难为她们母女。"

叶小天疑惑地道："那杨大人的意思是？"

杨霖哽咽地道："我那女儿，乖巧伶俐、俊俏可爱，可恨老夫那时只顾恋栈权位，不曾多多承受膝下之欢，如今追悔莫及。老夫触犯国法纲纪，固然死有余辜，如今心头唯一牵挂的，就只有这个女儿了。"

他把目光缓缓定在叶小天身上，说道："老夫想修书一封，请你转交老夫家里，让他们按照老夫的意思分割家产，给小女留一份嫁妆，保她一生衣食无忧，你可愿意？"

叶小天诧异地道："这就是大人所说的大事？"

杨霖郑重地点了点头，道："不错！老夫掌了一辈子权，贪了一辈子钱，死到临头才终于明白，对我来说究竟什么才是最重要的，这就是老夫心中最重要的事！"

叶小天慨然道："使得！就不冲着五十两银子，这样的善举我也该去做的，当然，有钱更好，哈哈！只是……既然牵涉到分割家产，小子我空口无凭的，说出去怕也没人信，还需大人你留书一封作为证物，待我去取笔墨纸砚来。"

杨霖感激地道："好！老夫家住湖广道靖州府，只要你替老夫把这封信送到，五十两银子的酬劳必一分不少！"

叶小天蓦然瞪起眼睛，惊讶地道："湖广道靖州府？听你这话音，这个地方应该不在北京城吧？"

杨霖奇怪地看了他一眼，道："靖州府就是靖州府，当然不在北京城，怎么？"

不在北京城，那究竟在什么地方？长这么大，最远只到过通州的叶小天脑海中马上幻现出一片《山海经》里的莽荒世界景象。他把头摇得跟拨浪鼓似的："不不不，那可不成，离了北京地界我就找不到北了。"

杨霖截口道："五百两！老夫给你五百两的酬劳，如何？这可是你一辈子都挣不到的钱！"

"五百两……"叶小天怦然心动，可这种挣扎只持续了片刻，就坚决地摇了摇头。要去湖广送信，湖广啊！听着仿佛有天涯那么远……

他还是拒绝道："实在是太遥远了，不如等你家人到京时我再转交……"

杨霖惨然一笑，道："老夫在牢里关了三年，自从知道老夫再不可能出去，家里就没人来过了。老夫与夫人一向感情淡漠，若等她安排人千里迢迢来运我灵柩，却不知要等到何年何月了。"

叶小天一听"千里迢迢"四字，更是不肯答应了，连连摇头道："小天不成，杨大人你另请高明吧。"

杨霖道："老夫还能请托何人？这偌大一个天牢里，有好人吗？"

叶小天的脸色登时一僵。

杨霖喟然道："牢里这些犯官，时常使些银钱让你们狱卒去买吃用，老夫冷眼旁观，旁的狱卒无不克扣，或以次充好或多贪银钱，只有你最重然诺，虽然贪利却不背信，所以也只有你，老夫才能相信。"

叶小天摇头道："大人抬举了，这趟门实在走得远了些，小天我就是家门口池塘里的一条小泥鳅，没见过什么风浪的，这件事小子我实在办不了，告辞！"

叶小天拱一拱手，转身就走，杨霖在他身后高声叫道："五百两、五百两啊，足以让你一生富贵了，难道你甘心做一辈子小小牢头？"

叶小天没有回头，只是疾步而去，远远的狱门外，传出他字正腔圆的一段昆腔："我本是……四九城中的小家雀儿，何必要翱翔九天做鲲鹏，鲲鹏不知燕雀的好……"

叶小天的声音渐去渐远，杨霖痴痴地站在原地，扶栏听着他的声音，许久许久才慢慢仰起头来，望着阴沉沉的牢顶，喃喃一声长叹："鲲鹏，或许真的不及燕雀好啊……"

※ ※ ※

叶小天的家在宣武街西曲子胡同，左边的邻居是世袭刽子手，家里还经营着一个杂货铺，右边的邻居是一个仵作世家，家里兼营肉食铺子，叶家就夹在中间，门庭最小。

叶小天一进小小的四合院，就看见老娘叶窦氏端着个簸箕正在喂鸡，几只老母鸡咯咯地叫着，欢快地追逐着撒落的麸子。正在墙根底下晒太阳的大公鸡闻声赶来，昂首挺胸的，很霸气地把它的后宫们挤到了一边。

叶小天向老娘打声招呼道："娘，我回来了。"

叶窦氏阴沉着脸色没有说话，叶小天微感诧异，正要询问，忽听西屋里一阵叫骂声传来，那大嗓门自然是叶老爹："你这浑小子能耐了啊！三脚踹不出个屁的东西，这么有老主意。"

叶小天讶然道："娘，我爹这是骂谁呢？大哥回来了？"

叶窦氏欲言又止，最后只是重重地叹了口气。

叶小天赶紧道："我去看看！"

叶小天匆匆赶到西屋，撩开门帘一看，就见他爹正举着一个笤帚疙瘩没头没脸地打着他哥叶小安。叶小安在炕上蜷成一团，护住头面，撅着屁股，既不躲也不喊，任由老子抽打。

叶小天赶紧上前拦住父亲，劝说道："怎么了这是？爹，您老消消气，一家人有什么话不能好好说的，大哥都是成了家的人了，您老教训几句也就是了，怎好动手。"叶小天一面说一面向大哥递了个眼色。

叶小安与叶小天是双胞胎，长相一模一样，只是神情气质远不及小天那么跳脱灵动，一看就是个憨厚老实的人，一见二弟向他使着眼色，叶小安急忙抱头鼠窜。

叶小天拉着气咻咻的父亲，把他按到炕边坐下，陪着他坐了，揽着父亲的肩膀亲热地道："爹，大哥这么老实的人，能干啥惹你生气的事，您怎么发这么大的火？"

老叶一听又是气不打一处来，愤愤然道："这个混账东西，真是气死我了，你说他干什么行，啊？你说他能干什么？"

叶小天听话听音，隐约明白了几分，试探地问道："怎么，大哥那米面作坊……经营得不好？"

老叶拍着大腿道："不好？如果只是不好，老子就算烧了高香了！这个混账东西，开个米面作坊都干不好，欠了一屁股饥荒，店开不下去了，受人一挤对，就把店出兑了。"

"你嫂子一赌气回了娘家,你说你哥咋就这么熊,好端端的一个生意都开不下去。更可气的是,从头到尾他就没跟我说一声,自己做主了,他眼里还有我这个老子吗?"

叶小天连忙劝慰道:"爹,事已至此,您生气又有什么用,您要气出个好歹来,大哥就更难过了。做生意嘛,总是有赔有赚的,要不然大家不都去做买卖了吗?您老别生气。"

老叶默然片刻,沉沉地叹了口气,缓缓地道:"爹生不生气都没关系。要紧的是,你嫂子生你哥的气呀,本来人家娘家就比咱们家强,这门亲事是咱们家上赶着,你哥又不争气……"

老叶说着说着,触动伤心事,目中隐隐便有泪光泛起来:"是你爹没能耐啊,就祖上传下来的这碗公门饭,两个儿子,我给谁啊?爹合计着,你机灵一些,在那地方吃不了亏,这天牢的差使就交给你了。

"就为这,爹又觉得亏欠了你哥,于是把一辈子省吃俭用的积蓄都拿出来,给他置办了个作坊,又帮他娶了媳妇。爹……爹能使的劲儿可都使出来了啊。"

老叶哽咽着,眼泪终于簌簌而下:"你哥手不能提、肩不能挑的,光老实有个屁用啊,这拖家带口的,如今连个活命的营生都没了,以后可怎么办?是我这当爹的没本事啊……"

老叶伤心地掩住了脸,泪水从掌缘流下来。叶小安没逃远,就蹲在门帘子外面听着呢,听老爹这么说,叶小安心头一惨,忍不住号啕大哭起来:"爹,您老别说了,这不怨你,是儿子无能……"

叶小天见老父落泪,鼻子也是一酸,忙忍住了泪,故作轻松地道:"爹,你这是干什么,让左邻右舍的听了去还不笑话咱们老叶家?大哥这事好办,让大哥接了狱卒这份差使不就行了?"

老叶一愣,摇头道:"那怎么成!小安自己闯下的祸事,怎么能顶了你的差使?"

叶小安在门帘子外面也讷讷地道:"二弟,这事不成的,哥就是饿死也不能抢自己兄弟的饭碗。你嫂子真要不跟我过了,那就随她去!哥是没本事,可哥不能没良心!"

叶老爹捶着炕头冲着外边大声咆哮:"你闭嘴!看把你能的,这会儿你本事了?你有本事先去把我儿媳妇哄回来!你个混账东西!"

叶小安胆子小,被老子一声咆哮,吓得慌忙逃出院去。叶老爹骂完长子,又对叶小天摇了摇头,情绪已经平静了些:"这么办不成的,你好好办你的差吧,天无绝人之路,你哥这边,爹再想想办法。"

叶小天大大咧咧地笑道:"爹,还想什么呀,就按儿子说的办吧。其实儿子今天回来本就要跟爹说这件事的,即便大哥的作坊经营得好好的,也想请爹代个班呢,因为儿子要出趟远门。"

老叶吃惊地道:"出远门?你要去哪儿?"

"是这样……"

叶小天把事情的前因后果对他说了一遍,道:"爹,你想啊,只不过送封信而已,就有五百两银子的好处,有了这五百两,儿子还用得着指这口饭吃?什么营生不能做啊?"

老叶听得大为意动。那可是五百两银子啊,这是一笔做梦都无法想象的巨款,可这山高水远的,小天能成吗?

如今大明天下,交通不便,人员流动更少,各地的治安也不尽相同,出远门是一件很困难的事。很多时候一趟远门出去,就是生死两别,一生再无相见的机会。

除了实在活不下去的流民,本就需要互通有无的行商,那就只有做官的人和游学的士子才会离开家乡了。是以虽然有着五百两银子的诱惑,可要不是家里出了这么大的事,急需一笔钱来填补饥荒,老叶根本不作考虑……

迟疑半晌,老叶才担忧地道:"儿啊,你可从来没有出过远门,这么远的路,你能成吗?"

叶小天心中也是戚戚,不仅有远行的忐忑,也有对他所珍视的这碗公门饭的不舍,可是眼看老爹脸上密密的皱纹,他能让操劳了一辈子的老父亲继续作难吗?再说大哥都到了夫妻离分的地步,他这一母同胞的兄弟能坦然坐视?

叶小天一脸轻松地对叶老汉道:"爹,你太小看你儿子了吧,不就是送封信吗,这么点小事我还能做不好?儿子想去!说实话,儿子一直就不喜欢天牢那种沉闷的地方,这是儿子的一个机会。"

看着父亲两鬓的丝丝银发,叶小天轻轻握住了父亲粗糙的大手,轻声道:"爹,儿子总觉得,钱再多,总有花光的时候;权再大,总有过时的那天。就算天大的一份家业,一场天灾人祸也就倒了。

"这人哪,总得有点真本事才行。只要有一身本事,就算赤手空拳一贫如洗,倒下了也能重新站起来,你就让我去闯一闯吧,增长一番阅历,说不定我就有大出息了呢。"

老叶听得老怀大慰,看着儿子那张犹显稚嫩的面孔和唇上淡淡的茸毛,忽然觉得儿子真的已经长大了。可惜小安那孩子太老实,要不然这封信本该让老大去送的,眼下也只能依靠老二了。

叶小天眼见老爹被安抚下来,心中不由一宽,可转念想起那位杨大神棍家的住址来,心中又是一紧:靖州府,听起来真的有天涯那么远啊……

第四章

杨霖的诅咒

一

老叶咂了咂嘴，不放心地叮嘱道："那……你去也成，只是路上一定要小心，虽说这天下还算太平，可世途险恶，人心更险恶，这一路上，小道别走，夜路别走，碰上荒郊野岭的时候一定要跟人结伴而行……"

老叶絮絮叨叨地说了半天，叶小天忍不住笑道："爹，我知道了，您放心吧。虽说儿子从来没有出过远门，可您老也不想想，儿子是哪儿出来的人？那可是刑部大牢啊！那牢里关的都是些什么人？哪一个不是人精？儿子从三岁起就常去陪爹守天牢，三年前又替爹做了狱卒，跟这些人精鬼道厮混了这么久，怎么也能有点道行了吧？"

老叶被他逗笑了，笑骂道："瞧把你能的，老子守了一辈子牢房，咋就没练出什么道行来？不过你说得也对，这人哪，是得有点志向，爹小时候本来也有志向的，可惜一辈子都没实现。"

叶小天好奇地问道："爹有过什么志向？"

老叶笑了，笑起来居然有点难为情的模样："爹记得那还是嘉靖爷的时候。有一回，爹正在街头啃着冰糖葫芦，忽然看见嘉靖皇爷出巡，天子仪仗啊，那叫一个威风……"

叶小天忍不住笑道："爹不会看了这般情景，顿时大发感慨，说'大丈夫当如是也'吧？"

老叶也笑了，瞪了儿子一眼道："屁话！这种话说出去不怕砍头？再说，你老子能有那么大的志向？"

他叹了口气，抚着大腿，唏嘘缅怀道："那时候，爹就站在道边上，看着天子仪仗浩浩荡荡地从眼前过去，八头高大的白象，四头威风凛凛的雄狮，尤其是那两头猛虎。

"爹羡慕极了，就想啊，啥时候我也能弄头老虎养着，出门的时候那才威风。那阵子，爹想老虎都想魔怔了，一晃这么多年过去了，爹已一把年纪，这个愿望还是没有实现……"

刚说到这儿，就听堂屋里一声咆哮："你还有完没完了，该教训的你也教训了，怎么还赌气不吃饭了？还得你儿子没完没了地哄你？你个老不死的，赶紧给我滚出来，要是不想吃，老娘以后就不做了！"

老叶闻声色变，慌忙应道："来了来了，这就来了。"

叶小天忍俊不禁地道："爹，你的愿望这不已经实现了吗？"

老叶先是一怔，旋即明白了儿子的话，忍不住在他额头上点了一下，笑骂道："臭小子！让你娘听见，看她不揍你！"

叶小天掀开门帘走到堂屋，就见大哥逡巡在门外，瞄着父亲的身影，怯怯地不敢进屋。叶小天马上走过去，揽住大哥的肩膀，亲亲热热地道："大哥，来，咱们吃饭。吃完了饭，兄弟陪你去接嫂子。"

叶老汉瞪了大儿子一眼，但马上又看到老婆向他瞪来的目光，叶老汉张了张嘴，终于没有再说什么，只是悻悻地抓起一个馍，狠狠地咬了一口。纵然威风如虎，也怕母老虎呀。

小天的嫂子和丈夫的感情还是挺好的，只是恨丈夫过于怯懦憨厚，如今小天把狱卒的差使都让给了哥哥，她还能不回来？因之对小叔子有了几分歉疚，一起回来的时候讪讪的有些不好意思。

叶小天陪着哥哥，顺利把嫂子从娘家接回来，遂跟家人一起商量出远门的事。叶窦氏虽对叶老汉凶巴巴的，却极疼儿子，她也是从不曾离开过北京城的人，想着儿子远行可能要受的苦就抹起了眼泪。

叶小天只好先安慰了母亲一番，这才与父兄商议明日的安排。杨霖当晚就吃过了"断头饭"，倒不是当晚就要行刑，而是因为早上没有时间让他慢慢享用。

一大早他将被押上囚车，与本期勾决的其他囚犯们一起游街，等那老牛破车把他拉到法场，差不多也就到响午了。所以，叶小天得更早一些赶去天牢，以便取得杨霖的遗书。

次日一大早，叶家父子三人就出了家门。父子三人各有分工，叶老爹去县衙巡检官那里为儿子申领路引。其实在万历年间，对百姓的流动已经不像明初时那么严厉，只不过有路引在身，过关住店毕竟少些麻烦。叶小天和叶小安两兄弟则直奔刑部大牢，两人得交接一下差使。

大清早，街头行人不多，运马桶的杂役、拉菜进城的菜农，稀稀落落的车子缓缓行走在北京街头……

这种情景，叶小天每天都能见到，可是今天看着却格外亲切，因为他知道，将有很长一段时间都不可能再看到这一切。在他心中，湖广道靖州府，那真是天涯海角啊！

※·※·※

玄字一号监的一间牢房里，杨霖抱着膝盖坐在墙角，痴痴呆呆地望着头顶的天窗。常常被他用来推演周易，已被他的手掌摩挲得发亮的那几枚小石子就静静地躺在他的脚边。

叶小天走到牢房前，隔着栅栏安静地看了他一会儿，才扬声唤道："杨大人！"

杨霖听到呼唤声，慢慢抬起头，用迷茫的眼神望着他。叶小天皱了皱眉，轻声道："杨大人，那件事，我答应了！"

只这一句话，就像枯萎的小草突然吸足了雨水，似乎连生命都已枯槁的杨霖身上突然焕发出一种难以言喻的精神。他迅速扑到栅栏边，激动地问道："你答应？你真的答应？"

叶小天点点头，将手里提着的一只匣子放下，说道："纸墨笔砚都在里面，大人还请快些，一会儿……就有人来送大人上路了。"

这句话似乎说得有些残忍，可现在实在不是委婉的时候。因为送杨霖上路的差官们已经来了，只是看在叶小天的面子上，在外面多等片刻，为此叶小天还花了一份茶水钱。

杨霖忙不迭地点头，用颤抖的老手打开盒子，将笔墨纸砚一样样取进牢舍。他铺平一张纸，拈起笔来蘸了蘸墨，只一凝眸，便泪如雨下。

叶小天没有再催促他，此时再出言催促，无疑太残忍了些。好在杨霖也知道时间不多，他并没有耽误太久，便一边流着泪，一边挥毫疾书。

一封信几乎是行云流水一般写就，杨霖将那张被泪痕晕染了的遗书小心地吹干，认真叠起，回身来到栅栏边，对叶小天道："寄信的详细地址已经写在封皮上，许给你的好处也写在其中。"

叶小天点点头，将信揣在怀中，提起盒子，对杨霖道："告辞！"

"且慢！"

杨霖突然又伸出手，一把攥住叶小天的手腕，眼神中露出一丝凶狠。

叶小天皱眉道："大人还有何吩咐？"

杨霖突然咬破自己的手指，用他的血在叶小天的手腕上画下三道弯弯曲曲、纹路诡异的血迹，嘴里嘀嘀咕咕地说着一种叶小天完全听不懂的语言。

叶小天没有挣扎，他纳罕地看着杨霖在自己手腕上涂涂抹抹，口中念念有词，等他做完这一切,才疑惑地问道:"送封信而已,有必要这么慎重吗?却不知杨大人施展的这是什么祝福秘法?"

杨霖长长吐出一口浊气,瘦削的脸颊上露出一丝诡异的笑容:"谁说这是什么祝福秘法了?这是老夫学自南疆的一种咒魇术,以血为媒,以命为介,以临终的怨念为引,平生只可以施展一次的!"

叶小天听了更是惊讶,道:"咒魇术?我还以为这是护身符呢,你在我手腕上画来画去的,这是想要咒谁?"

杨霖翻了个白眼道:"画在你身上,自然是咒你!"

这一回叶小天可是真的呆住了,怔了半晌,叶小天猛然跳起来,愤怒地道:"咒我?我跟你无冤无仇,我还答应千里迢迢地帮你去送信,你居然咒我?"

杨霖冷笑道:"你放心,只要你能遵守诺言,这道咒魇就决不会生效。可是如果你食言,没有完成我的遗嘱的话……"

杨霖的声音阴森起来:"不管你是有心还是无意,只要你答应我的事没有做到,这道咒魇就会立时生效,从此你将困顿一生,事事乖离,妻离子散,不得善终!"

杨霖的声音阴森森的,在这光线昏暗、潮湿阴冷的天牢里听着有种很特别的诡秘味道,仿佛有一道寒冷的气流,一直渗到人的心里去。

叶小天却忍不住"扑哧"一声笑出来:"得了得了,我的杨大人,死到临头,你还相信这种乱七八糟的东西。你以前给我摸骨时不是说过,我的命格极硬,神鬼无忌吗,你能咒得了我?"

杨霖恍然大悟,一拍额头道:"对啊!老夫差点忘了此事!咒不得你、咒不得你,嗯……那老夫就换一个诅咒,我诅咒你,你跟着谁,谁就倒霉!"

叶小天奇怪地问道:"别人倒霉,关我何事?"

杨霖冷笑起来:"不管做哪一行,总要拜前辈、找靠山吧?你若治学,你的座师倒霉;你若经商,你的靠山倒霉;你要做官,你的后台倒霉。你跟着谁,谁就倒霉,如此一来,难道你还能不倒霉?"

叶小天哑口无言,半晌才诚恳地对杨霖道:"杨大人!"

"嗯?"

"虽说你我非亲非故,并没什么交情,可是你是三年前进来的,我也是三年前进来的,同在一个屋檐下这么久,如今眼看你要挨这一刀,我这心里挺不舒服的。"

杨霖感动地道:"日久见人心哪,老夫三年牢狱之灾,旧友全然不见,亲人也是无踪,临行之际,还能有你惦记着,老夫也算稍有安慰了。"

叶小天轻轻握住他的手,深情地道:"可我现在真的希望,去年今日,就是你的祭日啊……"

第五章

游到天涯的鱼

一

叶小天藏好杨霖的遗书,走出监牢,向等候在牢门外的几个刑部差官作了一揖,恭声谢道:"几位哥哥,有劳相候了。"几个差官向他点点头,举步向牢中走去。

早有一些得到消息的狱卒赶来,那几个刑部差官一走,看牢门的老牛便走到叶小天身边。这老牛五十出头,与叶小天他爹曾经做过多年的搭档,叶小天忙唤了一声:"牛叔。"

老牛点点头,对叶小天道:"你家的事,我听说了。小天哪,你是个孝顺孩子,温和善良、孝顺父母、尊敬长辈,说起来呢,什么都好。就是有时候啊,性子有点……驴了吧唧的。"

叶小天笑得像个腼腆的大姑娘,看不出一点驴的样子。

老牛继续谆谆教诲道:"当然啦,你现在年岁渐长,很久不曾犯驴了,不过这出门在外,可不比咱这牢里头,你在外边要当心些,逢人只说三分话,不可全抛一片心。有什么气不顺的事,也不要耍驴,啊?"

叶小天客客气气地道:"老牛叔你说得对,小天一定不要驴。"

"嗯,嗯嗯。"

老牛"嗯"声未了,就被一号监的一群狱卒给拱到一边去了,两个身材高大的狱卒一左一右搭住了叶小天的肩膀,牛头马面似的拥着他往外走。

其中一个狱卒道:"头儿,你要出远门倒没啥,咱们兄弟是不担心的。就凭你那心眼,你能忽悠得别人心甘情愿跳粪坑都觉得你是为他好,咋可能被人欺负了……"

叶小天佯怒道:"胡说!我有那么黑吗?"

众狱卒异口同声地道:"黑!真黑!黑得伸手不见五指啊!"

叶小天气得摇了摇头。

一个狱卒正色道:"头儿,你黑起来固然是真黑,可你好起来那也是真好。你为人仗义,有担当,咱们哥们儿打心眼里服你。你这一走,兄弟们都挺舍不得的,让咱们兄弟给你饯个行吧。"

叶小天心中微微有些感动,他站住脚步,转身朝向众人,拱手道:"各位兄弟,好意我心领了。明日事,今日做;今日事,马上做。既然要走,又何必婆婆妈妈,我今日就要离京,饯行酒就不喝了,我等着喝兄弟们的接风酒。"

众狱卒情知他还要去见司狱官,见他已经安排了行程,便也不再挽留,纷纷站住脚步,向叶小天拱手道别。

"头儿,一路顺风啊!"

"头儿,早去早回啊!"

有那促狭的狱卒,顺手就把一根木棒塞到了叶小天手里。

叶小天诧然道:"这是?"

那狱卒笑道:"头儿,你要是在外边混不下去了,这根棍子可以用来讨饭打狗。"

众狱卒大笑起来,叶小天也不禁笑骂道:"滚你的蛋!我叶小天在天牢这小天下能混得风生水起,到了大天下一样能八面威风。等着吧,不得一场大富贵,我叶小天就不回来!"

"好!有志气!"

"要得,硬是要得!"

"头儿,我们就等你衣锦还乡啦!"

"头儿说得是,走到哪儿,咱玄字一号监的人也是能人!"

叶小天环视着每一张熟悉的面孔,脸上的笑容渐渐收敛,凝视良久,叶小天霍然一转身,走出几步,微微一停,举手向身后的人们用力扬了扬,又攥成拳头当空一击,便向司狱官刘勇的签押房大步走去。

·※·※·※·

司狱官刘勇的签押房里,刘司狱坐在案后,微微蹙着眉,听叶小安向他说明来意。叶小安怯懦老实,一见刘司狱眉头微蹙、官威十足,心中紧张,更觉得气儿不够用了,说话也更加结巴起来,听得刘司狱更加不悦。

其实叶家只要有个男丁来当狱卒就行,谁来当差却没有必须的要求,这种事不难办,刘司狱也没理由反对。只是小安过于木讷,远不及他兄弟小天伶俐机警,是以刘司狱甚为不喜。

见叶小天进来,刘司狱便毫不客气地对叶小安道:"你先出去,我有话和你兄弟说。"

"是!"

叶小安憨厚地笑笑，回身看到叶小天，便向弟弟笑笑，神色中有些感激，又有些难为情。叶小天亲切地拍了拍大哥的肩膀，他在刘司狱面前远没有叶小安那般拘谨。

叶小安轻轻走出去，又小意地把门带上。

房门一关，刘司狱便紧紧蹙起了眉头，对叶小天道："你爹老糊涂了不成，小安这孩子那么老实，到了这种地方还有不吃亏的？他能做什么事？是不是你爹逼你让位子，你说，本官替你做主。"

叶小天笑道："多谢大人抬爱，这是小天心甘情愿的。大人，我大哥固然老实憨厚，不是个得力的使唤人，可也恰因为他老实本分，所以决不会胡作非为，给大人您捅娄子呀。

"今后还请大人对我大哥多多关照一些，有大人您照应着，又有谁敢欺负他呢。至于小子，受大人您调教这么多年，怎也不至于出了天牢便找不到饭吃，有朝一日小子若能混出点名堂来，绝不忘大人您的恩典。"

刘勇的脸色缓和下来，微笑道："偏你小子能说会道！既然这样，本官也不好做那恶人了。这样吧，你就出去见见世面好了，听说天牢明年要扩建，到时若是有了狱卒的空缺，本官再把你招回来。"

叶小天一听大喜，这一下可不多了一条退路？他连忙躬身道谢，道："大人对小的恩重如山，小的没齿不忘！"

刘司狱呵呵笑道："你素来乖觉伶俐，本官用着趁手，自然不舍得你走，你只要跟着本官好好干，定然亏待不了你。"

叶小天暗暗腹诽：跟着你干，也没见有多少好处。只要你能向我少要些孝敬，不至于把我每月辛苦得来的钱财都搜刮一空，那就真是不亏待我了。

心里虽然这么想，他面上自然不敢表露半分。叶小天点头哈腰地正在道谢，房门忽地一响，几个青衣小帽的差官闯进来，明明眼前就有两个人，偏偏习惯性地横着眼睛四下一扫，这才鼻孔朝天地问道："谁是刘勇？"

刘司狱缓缓站起，迟疑道："本官就是，你们是……"

这时自那群差官后面又走进一人，刘司狱一见是他的顶头上司提牢官罗展，不禁更是愕然。刘司狱忙拱手道："罗大人，这几位是……"

罗提牢沉着脸色道："刘勇，这几位是都察院的差官，有事寻你。"

那领头的差役把大拇指一跷，满脸倨傲地道："我等奉部堂大老爷差遣，提你前去问话，走吧！"话音一落，就冲上两个差官，把铁链往刘勇头上"哗啦"一套，拖起就走。

刘司狱仓皇地道："这这这……这是从何说起？罗大人，罗大人，都察院为何提我问话啊？"

一个差役不耐烦地喝道："哪来那么多废话。小小司狱，居然罔顾王法，肆意收受贿赂，为人犯内外串通消息，此时还敢装模作样，若无真凭实据，部堂大人岂会提你前去。走，快走！"

几个都察院的差官来也匆匆，去也匆匆，一阵风般把刘司狱卷走了。罗提牢仿佛没有看见叶小天这么个人，待刘司狱被提走，便冷哼一声，走出去安排人接替刘勇职务了。

叶小天一脸茫然地站在那儿，过了半晌心中忽地闪过一个念头，心头不由"咯噔"一下：刘司狱是我顶头上司，刚刚又说要我跟着他干，结果马上就出事了，莫不是杨神棍的那个什么倒霉咒魔术生效了？不会不会，就算真有效，我还没出京呢，自然谈不上违背承诺。

叶小天反复想了想，确信此事与自己毫无关系，这才轻轻叹了口气，望着那扇犹自轻轻摇晃的门扉伤感起来："刘司狱，这是多好的一个人哪，怎么就被抓了呢，他答应我的事还没办啊……"

·※·※·※·

刘司狱被抓了，从天而降的一条退路没有了，叶小天只能把人生的全部希望都放在那五百两银子上，揣着忐忑不安的心情和对未来的无限憧憬离开了北京城。

他就像一条从一出生就悠游于一片小小沙湾中的小鱼，从针尖那么大，一直长到小指粗细，始终生活在那片安静的水域里，它熟悉这里的每一根水草、每一片沙砾、每一块石头。

可是忽然有一天，命运的洪流卷着它一路冲向大海，于是这条小小的鱼儿，便怀着一种莫名的惶恐，开始了对全然陌生的新世界的探索。

叶小天的适应能力无疑是很强的，这一路南去，他从谨小慎微、忐忑不安，很快就适应了旅行的氛围，对于周围不断变化的环境也越来越习惯。

只是越往南去，人文习俗、方言口音与北方便越是大相径庭。如果所经之处是个穷乡僻壤，很难找到会用官话交流的人，打听道路时就尤其困难。

好在小天沿途顶多就是打尖住店，需要问路时找个大一些的店面或者村正保长一类的人物，啰唆半天总还问得明白。

叶小天风餐露宿、省吃俭用的，两个月后，终于赶到了他心目中的"天涯"——湖广道靖州府。

离开北京城时他带了五百文钱，此时囊中已只剩下二十多文。他带的本就只有去程的路费，没有回程的银两。此一去可是有五百两银子的巨款等着他拿呢，不是吗？

第六章

不得其门

一

靖州是湘西南通往贵州和广西的交通要道，城西有一座飞山，以其险、峻、奇、秀而被誉为"楚南第一峰"，与之隔城对立的，又有一处五老峰，五峰并列，犹如五老。

靖州不但风华秀丽、景致宜人，而且地处要道，商贾众多，极其繁华。当地人因为时常接触外乡人，大明官话也大都会说，看起来颇有大城阜的味道。

只是叶小天来自京城，天子脚下的人不但眼界高，心气儿也高，一路所见不管多大的城池在他眼中都是乡下，住在这城里的人自然也是乡下人，大概只有苏杭或金陵那等所在他才会正视。

因为这种心态，进了靖州城叶小天也是坦然、自然，毫不怯生。迎面看见一位白发老翁，牵着发梳双角丫的小孙女蹒跚而行，叶小天马上唱个肥喏，开口问道："老人家可知靖州杨府所在？呵呵，杨家主人杨霖在京为官的，想必老人家定然知道他的府邸。"

老人摇摇头，示意自己并不会说官话，显然是个会听不会说的，叶小天苦笑败退，又拦住一位书生，拱手道："啊！这位先生，请教靖州杨府在什么地方？杨家主人是在京为官的，姓杨名霖……"

"呸！"

本来笑吟吟还礼的书生陡然变色，无比厌弃地呸了口唾沫，扬长而去。叶小天摇头叹道："真是在家千日好，出门万事难。靖州的父老乡亲太不友好了！"

叶小天硬着头皮四处打听，总算问清杨府所在，渐渐寻到一条僻静的长巷。杨府占地甚广，足足有半条巷子，一进巷口就是一座牌坊，行至杨府门前时，但见朱漆大门、红铜吞口、青砖墁地、白石为阶，甚是气派。

在那大门左右还有一对雄狮守门，石狮左右又各立拴马桩六根，每根拴马桩都是用整块的汉白玉雕成的，顶端上刻着石猴，取其吉意"马上封侯"。

此刻，那十二根拴马桩上都拴着马匹，墙根下还停着许多车辆，似乎有许多人造访杨府。

叶小天看着恢宏气派的杨府大门，一时心潮澎湃：历尽千辛万险，九九八十一难，终于到了西天……啊不，杨府了啊。

叶小天在京城时曾听说书先生讲过《西游释厄传》，他此刻的心情就恰如那故事里头去西天取经的唐三藏，有种终于求得真经、苦尽甘来的喜悦！

叶小天兴致勃勃地正要上前叩门，杨府大门"便轰隆"一声打开了，一个"鸟人"张开双臂腾云驾雾地从里边飞了出来，"砰"的一声落在他的脚前，吓得叶小天急忙抬脚，免得被那人嘴里喷出来的血脏了他的鞋子。

一个青衣小帽的消瘦家丁从杨府里摇摇摆摆地走出来，双手一叉那细豆芽似的腰杆，在石阶上站定，后边随即跟出四个膀大腰圆的家奴，人人手提哨棒。

那消瘦的家丁晃了晃头上歪歪斜斜的帽子，喝骂道："你小子打秋风也不看看地方，我们杨家是那么好欺负的吗？"

从门里飞下石阶的是个中年人，这一下摔得狠了，他捂着肚子，虾子似的蜷缩在地上，好半天才缓过一口气来，吐掉一口血沫子，呻吟道："我……我真的是杨大人的故旧啊，途经宝地，盘缠用尽，求一份程仪而已。"

那青衣家丁把眼一瞪，喝道："啊呸！我们家老爷什么时候交了你这样不成器的故旧，居然混到上门要饭的地步？你这刁民还敢狡辩，来啊，给我打，狠狠地打，打到他改口为止！"

马上就有一个膀大腰圆的家奴从石阶上飞奔下来，一把脱下鞋子，揪住那人衣领，用鞋底子扇得那人脑袋跟拨浪鼓似的左右摆动不止，如同风浪之中的一叶小舟，看得叶小天目瞪口呆。

那青衣家丁站在石阶上得意扬扬地道："知道这靖州百姓称我杨大管家什么绰号吗？'铁公鸡'！你打歪主意居然打到我杨三瘦头上，真是瞎了你的狗眼。"

这时天空中恰有一行大雁飞过，雁鸣声传来，杨三瘦往空中一指，傲然道："我杨三瘦不去雁过拔毛就不错了，居然还有那不开眼的东西想占我们杨家的便宜，你说你该不该打？"

"别……打了，别打了，我……我跟杨大人一点关系都没有……"

那中年人逃不掉，两颊高高肿起，已经看不出本来面目，只好哭号着求饶。杨三瘦嘿嘿地笑起来，洋洋自得地道："不见棺材不掉泪，你这种人就是犯贱！"

"叫他滚蛋！"杨三瘦吩咐一声，扭着屁股进了杨府的大门。

扇那中年人脸面的家奴将鞋子穿好，在那中年人屁股上狠狠踢了一脚，喝道：

"还不快滚！再叫我们看见，见一次打一次！"说完，他瞪起一双牛眼，对近在咫尺的叶小天凶巴巴地喝道："你是干什么的？"

叶小天吓了一跳，赶紧退后两步，与他拉开安全距离，挤出一副亲切的笑容："路人！在下纯属路人！"

那杨府家奴听他口音确实不是本地人，便挥挥手道："走远些，小心把你当贼拿了！"

"砰"的一声，杨府大门重重地关上了，叶小天哆嗦了一下，再看看地上那位鼻青脸肿、嘴角淌血的中年人，心有余悸地抽了一口冷气，暗想：杨霖这死鬼，可害苦我了！

眼见这中年人如此凄惨，叶小天哪里还敢登门。他忽然想起杨霖说过，他与夫人一向同床异梦、貌合神离，再联想到杨霖入狱后家人不管不顾的情形，叶小天的心登时就凉了：杨夫人与丈夫感情不和，又视财如命，我这封信……

那中年人爬起来，扭头向杨府狠狠唾了一口血沫子，蹒跚离去。叶小天想了想，灰溜溜地跟在那人后面，愁眉紧锁：如果就这么登门，叫那杨夫人分家产给她那看不上眼的妾生女，再给自己五百两银子的酬劳，只怕自己会比前边这人更惨吧。

杨霖啊杨霖，你做官失败，做人更是失败啊。可你失败不要坑我呀，我千里迢迢来到靖州我容易吗我，我比唐三藏西天取经还惨呢，如今五百两银子还没到手，我就这么离开？

叶小天越想越不甘心。他走着走着，忽然看见牌楼下有个卖梨的汉子，一筐黄澄澄的梨子摆在面前，卖梨汉子懒洋洋地坐在地上，没精打采地看着路上走过的人。

叶小天眼珠一转，走到那人面前蹲下，伸手从筐中拿出一颗梨子，咔嚓咬了一口，含糊不清地道："梨子怎么卖的？"

卖梨汉子见生意上门，这才坐正了些，道："一文钱三个。"

叶小天摸出一文钱丢给他，又挑了两个大些的梨子揣进怀里，顺势倚着牌坊石基座坐下来，向杨府方向扬了扬下巴，道："杨府门前怎么这么多车马呀？"

卖梨汉子道："听说是杨家老爷死了，四方宾朋都来吊唁呢。"

叶小天心道：嗯，我走这一路，终究不及官驿迅速，想必杨霖被正法的消息已经传回来了。

叶小天顺口又问："杨家这么快就把杨老爷的灵柩运回来了？"

卖梨汉子撇撇嘴，嘲讽地道："听说杨夫人根本不着急去京里运灵柩呢，视财如命的一个女人，嘿！比她男人还贪！可丧事还要办的，要不怎好收礼。"

这话他原本不敢说的，但是听叶小天一口外地口音，而且对杨府也不大恭敬的样子，这才说了实话。

叶小天顺着他的口风说道："是啊，听说方才那人是杨老大人的故旧，也不知是真是假，这杨家人真是下得去手啊。"

那卖梨的叹了口气道："谁说不是呢，这杨府偌大一个人家，连自己家的小姐都要刻薄虐待，何况外人。"

叶小天正想把话题引到杨家小姐身上，却不想这卖梨的主动谈起了这个话题，马上接口问道："杨家小姐怎么了？"

卖梨的扬了扬下巴，道："喏，看见那条胡同了吗？那是死胡同，杨家院子里砌出来的，尽头有个小院，杨家大小姐如今就住在那儿呢。她被赶出杨府两年多了，每月杨府仅支一点糙米的用度，唉！最毒妇人心哪……"

叶小天大喜过望，这真是打瞌睡有人送枕头，想要知道的消息全知道了，得来全不费功夫啊。叶小天和这卖梨的又闲扯了几句，便借故走开，在附近徘徊片刻，窥个没人注意的间隙，便闪进了那条死胡同。

叶小天历尽艰辛才来到靖州，这一路上支撑着他不断走下去的唯一动力就是那五百两银子。这一路走来，得到五百两银子之后怎么花，做些什么营生，他都已经盘算好了，岂会轻言放弃。

眼见那杨夫人不是善类，叶小天就想到了杨家小姐。在这件事上，他们两个人的利益是一致的，找到杨家小姐，他在本地就有了最坚定的盟友。到时与杨家小姐持了杨霖的遗书一同上公堂请官老爷公断便是。

这件事一旦闹上公堂，杨氏夫人便是再跋扈也无计可施了，毕竟杨霖才是家主，到时只能按照杨霖的遗嘱分割财产，他拿到属于自己的那份酬劳后马上就离开靖州，杨夫人这条地头蛇再如何恼他又能怎样。

这些就是叶小天的打算，他脑筋转得快，行动起来更是毫不迟疑。叶小天进了死胡同，行至尽头，就见一个破落院子，石头垒成一人高的院墙，院子里一片荒芜，收拾得虽然干净，却没什么生气。

叶小天把刚啃完的梨核顺手一扔，抹抹嘴巴，扬声唤道："请问，家里有人吗？"

第七章

混不吝的叶小天

一

叶小天喊了三五声，里边那扇裂了四五道缝、仿佛一张皲裂的老脸似的房门"吱呀"一声开了，一个青衫襦裙、碧玉年华的女子娉婷而出，扶门站定，看见叶小天时，不禁露出一脸讶色来。

这女子白皙光洁的额头下，一双远山似的黛眉轻轻地蹙着，似乎锁着一缕看不见的轻愁。细细一管小腰使一根细细的带子系了，便有一种婉约从骨子里透出来。

她娉娉婷婷扶门而立，那油漆斑驳、裂缝处处的房门竟也因之透出一种雅致来，虽布衣荆裙、体态消瘦，竟是清丽无双。

这女孩生就一股柔美，叫人见而生怜。所谓祸水，不一定要美到颠倒众生，而是那种姿容气质能直接掳获你的心，让傻老爷们为了她拼尽一腔热血也心甘情愿，眼前这女子明显具备这样的条件。

叶小天看到这样一个妙人，虽然出身天子脚下，见过许多丽人，却也不免一呆，心中暗道：歹竹出好笋呀，杨霖蟋蟀成精一般的德性，不想竟生出一个如此相貌的女儿。

那少女独居陋处，从不与人往来，每个月也只有杨府家丁来送一次糙米，这居处又在死胡同里，连门前都无人经过，如今陡然看见一个陌生男子，还是冲着她来的，惊讶之余不免生出几分戒意，轻声问道："足下何人，为何至此？"

叶小天忙道："姑娘请了，在下叶小天，从京城里来，带了令尊杨霖杨老爷的亲笔书信来。"

那女子闻此一声惊呼，以手掩口，颤声问道："你……你说什么，你带了谁的书信来？"

叶小天道："姑娘是否先开了院门，容我进去说话。"

那女子这才反应过来，急急上前开门。待她取下门闩，拉开院门，叶小天刚要举步进去，就听胡同口传来一声大喊："呔，兀那小子，干什么的？"

叶小天扭头一看，就见四五个汉子刚刚拐进胡同，头前一人青竹竿似的干瘪身材，正是方才喝令家奴打人的那位杨府大管事杨三瘦。

叶小天登时吃了一惊，有杨三瘦在，这几个人怕都不是善类，却不知他们来干什么，自己带来的那封杨霖遗书若是落到他们手中，那五百两银子必定鸡飞蛋打。

叶小天急忙闪进院子，对那少女道："不好了，杨府里来了人，我这封书信至关重要，万万不能落到他们手里，杨姑娘，我先躲避一下，回头再来寻你计议大事。"

叶小天说罢，急急四下一看，就见墙角有个鸡窝，看那蛛网也不知有多久没养过鸡了。叶小天立即飞奔过去，一个箭步蹿上鸡窝，足尖一点，双臂一振，攀向墙头，就听"轰隆"一声，鸡窝塌了……

少女被这连番变故弄得茫然不知所措。趁着在碎砖瓦砾中挣扎的叶小天发愣的工夫，杨三瘦已领着几条壮汉冲进门来，气势汹汹地喝道："你那奸夫逃到哪儿……抓起来！"

·※·※·※·

叶小天被人推搡着终于从角门走进了他盼了两个月，走了两个月，最终却不敢踏出最后一步的杨家大院。杨三瘦兴高采烈地押着叶小天，这个外乡小子鬼鬼祟祟的，定是与那贱婢有私情，就是没有，也可以硬说他有，夫人面前，还能短了自己的好处？嘿嘿！

杨三瘦越想越是高兴，又狠狠推了叶小天一把，喝道："快点走，吃了熊心豹子胆了，竟然敢偷我杨家的女人，看三爷我一会儿怎么消遣你！"

叶小天心中好不纠结，这偷人的罪名可是不轻，但是要摆脱罪名，最直接最有效的办法就得取出书信说出真相。可他能说吗，一旦说出来，那五百两银子就飞了，如果杨家人再黑一点，依旧咬定他是奸夫，那便连他这个人都要没了，叶小天对民间如何处治通奸者，也是略有耳闻的。

那清柔女子也与他一同被绑了来，到了后宅一处月亮门下，自有内宅仆妇押那女子入内去见夫人，叶小天却被拦在了外面。

叶小天瞧见旁边还站着两三个人，似乎也在等候面见杨家主人，为首有一人五短身材、短须如刺、腰阔膀大、满脸横肉，他正搓着手，一见杨三瘦，便迎上来，急急问道："三瘦兄，我那小娘子怎么绑进去了？"

杨三瘦冷哼道："那个小贱人，竟敢败坏我杨家门风，与这小白脸私通，当真岂有此理。你且等着，待我家夫人用过家法之后，再把那小贱人与你带走。"

那粗犷大汉听了颇为不满，噘起厚厚的嘴唇道："这样细皮嫩肉的一个小娘子，若被你家夫人打得皮开肉绽可怎生是好,三瘦兄,那小娘子马上就是我的人了,要惩治她也该由我动手才是。"

杨三瘦似笑非笑地揶揄道:"哟哟哟,我说沐屠户,你还挺怜香惜玉的嘛,人还没给你,就开始怜香惜玉啦。似这等不知廉耻、不守妇道的女人,替你教训教训有何不好。"

沐屠户不以为然地嘟囔道:"娶妾娶色嘛,只要她年轻貌美、身段风流就是了,以前跟过多少男人有什么打紧,反正待她到了我家,管叫她连只公蚊子都见不着。"

叶小天听到这里,不由暗暗咋舌:杨家小姐虽然是妾生女,可也毕竟是官宦之后啊,这杨氏夫人刚刚听说丈夫已死,就要把女儿卖与屠夫做妾,如此无良,就不怕被人戳脊梁骨吗?

杨三瘦听了沐屠户的话,登时把脸一沉,不悦地道:"你听不懂人话是不是,你以为就凭你那十两银子,就能从我杨家买走一个如花似玉的女人?呸!要不是我家夫人成心羞辱她,哪有机会轮到你来享福,给脸不要脸的东西,还真把自己当成个人物了。"

杨三瘦这一发威,那沐屠户被骂得面红耳赤,却也不敢分辩,只好悻悻然退到一边,嘴里嘟嘟囔囔的也不知说些什么。

·※·※·※·

后宅里,年近五旬、一派雍容的杨夫人正陪着一位比她还要年长一些,头发花白、面容清癯的襕衫男子缓缓而行。那人头上笼一条四角纱巾,看来极是儒雅飘逸。

这斯文儒者一边漫步而行,一边沉着脸色道:"妹子,此举甚是不妥,把她卖给一个屠户?这种主意你也想得出来,你这么做,岂不污了自己的名声?"

杨夫人脸上微微闪过一丝不自然的神色,欲言又止,顿了一顿,才道:"我就是忍不下这口恶气,不教那小贱人吃尽苦头,难消我心头之恨,这件事兄长就不要管了。"

斯文儒者捋着胡须略一思索,道:"三瘦自前边传回消息,说她院子里有野男人出入?"

杨夫人恨恨地道:"不错!这个小贱人,果然不安分,居然养野男人,我断然轻饶不了他们。"

斯文儒者呵呵一笑,目中寒芒一闪,道:"妹子,既有这个由头,你又何必将她发卖于屠户,坏了你自家名声。今日各方宾客前来吊唁,杨氏族长不也来了吗,这对狗男女既然败坏了杨家的门风,何不交给族长处置?"

杨氏夫人恍然大悟,欣然道:"对啊!我怎么没想到,还是兄长想得周全!"

二人走到一处便门，有侍婢候在那里，双手奉上几条白色绢帛，兄妹俩接过来，先将一条白色丝带系在额头，又在腰间缠了一条白绢，缓步走了出去。

　　那清柔少女正被人押在便门外候着，一见杨夫人到了，登时泪如雨下，哽咽道："夫人，水舞冤枉，水舞并未与人行苟且之事啊，夫人……"

　　杨夫人脸色若冰，冷冷一笑，傲然道："你这些话，还是留着与族长说吧，带走！"

　　……

　　叶小天在月亮门外等了半晌，一个小丫鬟从宅子里匆匆跑来，气喘吁吁地对杨三瘦道："大管家，夫人要你把这人押到灵堂，听候族长处置！"

　　杨三瘦听了，便叫人押着叶小天，穿过大大小小、环环相套的一处处院落，来到一处甚为宽广的宅院。就见正堂上香烟缭绕，廊庑下满是挽联，杨府中人俱都披麻戴孝，又有许多客人三五成群地站在院中，不时有司仪引导，进出灵堂参拜。

　　小天见此情形，心道：这就是那老混蛋的灵堂了，他们把我押到这里……

　　脑海中灵光一现，叶小天忽然大喜。他最担心的就是书信被搜出来，会被杨家毁去。如今这灵堂上有许多宾客，都是靖州城里有头有脸的人物，如果当着他们的面亮出杨霖的遗嘱……

　　杨家在这些有头有脸的人物面前，或许会顾忌自己的名声和形象吧。不过，这也只是一种揣测，就怕这杨夫人肆无忌惮，宾客们也懒得替他这个外乡人主持公道，要是有公门中人在场就好了。

　　叶小天暗暗转着脑筋，开始仔细观察起那些宾客来。这时又有几个强壮的悍妇把那位清丽柔婉的少女也绑了来，绳索缚在她的身上，曼妙的体态倒是一览无余。

　　叶小天瞧见那女子体态，眼前顿时一亮，刚刚还在担心杨家会有什么恶毒手段等着他，这时居然还有兴致窥视春光。

第八章

情急智生

一

眼见一男一女被绑到厅前，吊唁的客人都好奇地围拢过来，交头接耳，议论纷纷。这时杨夫人与她兄长自后院走来，众多吊唁的宾客忙敛起好奇，上前慰问。

叶小天正贼眉鼠眼地打量杨霖的漂亮女儿，察觉有些异样，这才扭过头去，就见一个披麻戴孝的老妇人正与一个挂着拐杖、拢着耳朵的白发老头说着话，在场众人显然是以他二人为中心。

那个老头看起来已经有七八十了，满脸皱纹、白发苍苍，手中挂着一根色泽金黄的藤杖，正是靖州杨家的老族长。杨夫人与他大声耳语了几句，便转向众人，朗声道："各位亲朋好友，老身有话要说。"

杨夫人冷冷地扫了一眼叶小天和那个脸色苍白、一脸惊怒的女子，对满堂宾客道："拙夫亡故，劳烦各位宾朋前来吊唁，妾身感激不尽。可是就在大丧期间，这个贱婢……"

杨夫人伸手一指那姿容清丽、身段婉约的女子，咬牙切齿地道："这个贱婢竟然大逆不道，与人私通，行那苟且之事！"

一言既出，就如平地一声惊雷，满堂宾客顿时哗然一片，纷纷看向那个女子，脸上现出鄙夷之极的神色。

那清媚女子惊愕地瞪大了一双漂亮的眼睛，泪流满面，哽咽愤怒地道："我没有，我没有！你冤枉我！"

杨夫人冷笑连连，根本不接她的话茬儿，只是对杨老族长道："此事有府上管事与家丁为证，奸夫淫妇乃当场拿获，若非如此，妾身岂会如此自污，令家门蒙羞？

"老族长，妾身如今已将这对奸夫淫妇拿下，这是我杨家的事，更是我杨氏家族的事，拙夫已然不在，妾身一介妇道人家，如何处置，还要请族长大人您示下。"

老族长拢着耳朵，声若洪钟地道："啊？老六家的，你说啥？你家的门怎么着啦？你大着点声，我听不清。"

叶小天万万没有想到这位杨夫人居然问都不问就给他定了罪名。一刹那间，他就明白了杨夫人的毒计。没想到这位杨夫人不仅视财如命，而且心胸狭隘，只因丈夫宠爱妾室，只因她一无所出，那妾室却为丈夫生下一个女儿，她就如此嫉恨，竟然想置这妾生女于死地。

耳背的杨家老族长还在扯着嗓门问："她说啥？绑了她做啥？她把你家的府门给弄坏了？"

叶小天直接脖子大吼："杨夫人！这完全是一派胡言，你可不要信口雌黄，我叶小天和这位姑娘素昧平生，根本就不认识，哪里来的奸情？"

杨夫人其实也不大相信这个外地口音的小子是个奸夫，却想趁此机会除掉她的眼中钉，所以并不问他，只是冷笑道："你说没有就没有？三瘦，告诉大家，你在哪儿抓到他的。"

杨三瘦马上近前两步，向众人道："各位老爷，小的是杨府管事杨三瘦。这人鬼鬼祟祟潜入杨府，与那贱婢幽会，两人正在宽衣解带之际，适逢小的去送月例银子，可巧发现了，这才把他们捉来，交予夫人处置。"

叶小天大声道："不错，我当时确实在这小娘子房中……不是，院中！不过，我可不是与这位小娘子有私情，我到那院中时，还不曾与她通名报姓，我实是有一件大事要告诉她。"

杨氏夫人微微一怔，虽然急于栽赃，依旧掩不住好奇之心，忍不住问道："什么大事？"

叶小天睨了她一眼，昂然道："今日杨家有四方宾客远来，不知可有官场上的人物？我这件大事，一定要当着官府的人说出来，否则只怕有人不能秉公而断呢。"

杨氏夫人大怒道："你若光明磊落，何事不可对人言？"

叶小天冷笑道："我自然是光明磊落的，可是我早风闻你杨夫人的为人了，若是不经公门，谁知你会不会一手遮天。"

叶小天这番话自然也勾起了一众来宾的好奇，堂上堂下顿时一片窃窃私语声。自打到了厅堂就随意站在一边的那位襕衫老者突然微微一笑，踏前两步，缓声道："本官乃靖州知县胡括，你有什么话，对本官说吧！"

叶小天怔了一怔，上下打量他两眼，迟疑道："你当真是本地的知县大老爷？"

胡括脸色微沉，怫然不悦："混账！青天白日、众目睽睽之下，难道这官府中人也是随便冒充的？还是说，你根本就是无话可说，所以胡搅蛮缠，意图拖延时间？"

杨夫人冷笑道："他能有什么好说的，分明就是一对奸夫淫妇，奸情败露，妄想狡辩罢了，听他说些什么，老族长，依妾身看来，不如就把这对狗男女浸猪笼罢了。"

杨家老族长拢着耳朵，笑容可掬地大声道："猪崽？是啊是啊，我家那头老母猪，昨个刚刚下了一窝猪崽，十五头小猪崽呢，全都活着，呵呵，你也听说啦？"

这老头儿耳朵不好，因为岁数太大，心眼也有点糊涂了，要不然光是看这情形也该知道有点不对劲了。结果他糊里糊涂的只是打岔，旁人都知道他老糊涂了，也不理会他说什么。

胡括对叶小天淡然说道："如果你无话可说，那就不用说了。这等伤风败俗之事，本官也懒得去管，那就交给杨家的老族长处理吧。"

旁边有那好事者已然高声道："这位后生，你眼前这位当真就是本县的老父母，你有什么话就赶紧说吧，切勿自误。"

见此情形，叶小天只好叫道："大老爷慢走！小人这靴筒里头有一封书信，乃是本府杨大老爷亲笔所书，老大人您只要取出来看过，一切自然真相大白。"

妹夫的遗书？胡知县听了身子一震，霍然转过身来，看了叶小天一眼，又淡淡地扫了一眼杨三瘦，以他的身份自然没有弯腰掏摸他人靴筒的道理。杨三瘦会意，赶紧上前，弯腰脱下叶小天的烂靴子，捏着鼻子从靴底摸出一封书信来。

叶小天冷笑着瞟了杨夫人一眼，他已经可以想到这位胡知县看罢遗书后，杨夫人该是一副怎样精彩的神情。

胡知县皱着眉头看看那封汗渍斑斑、臭气熏人的书信，一脸嫌恶地吩咐杨三瘦："打开！"

杨三瘦屏着呼吸，将那封信展开，向胡知县面前一举，胡知县便从袖中摸出一块手帕来，迎风一抖，掩在口鼻之前。

杨夫人听说这是丈夫的遗书，也不禁大为动容，不禁走上前去，对胡知县道："哥哥，信上说些什么？"

叶小天一听杨夫人对胡知县的称呼，顿时一股寒气从脚底板一直冲到了头顶，全身都冷飕飕的，头发梢都竖了起来：哥哥？这靖州知县竟然是杨夫人的哥哥！

叶小天万万没有想到，他如今最大的安全保障居然就是杨夫人的兄长，这可糟了！叶小天心急如火，急急盘算：这杨夫人恨那妾生女入骨，必不肯分家产给她，若是横下心想整我，她这亲哥哥岂能不帮她，这些靖州士绅又有谁会为我这个外乡人而去得罪当地的官员？

如果杨夫人迫于舆论，不想当众撕破脸皮，纵然答应分家产给这姑娘，也必恨我入骨，在这知县的地盘上，他们若想无声无息地弄死我一个外乡人，岂不是易如反掌啊。这……

叶小天又惊又怕，目光慌乱四顾，突然定在满脸悲愤之色的俏丽女子脸上……

胡知县用两根手指夹着手帕堵着鼻孔，正在看杨三瘦举着的那封书信。叶小天看见那女子，突然情急智生，深吸一口气，朗声道："老大人，这信中是说……"

叶小天方才取出书信时还没有说破谜底，就想等着这胡知县看了信，来个大反转，那样很有一种戏剧化的效果。他在京里时常蹭戏看，算是一个小小戏迷，这也算是他的一个恶趣味。

如今眼见这位知县大老爷居然是杨夫人的亲哥哥，他可不敢再装腔作势了。不过，真话还是不能说的，那是拿生命在冒险，于是顷刻之间，叶小天就想出了一个弥天大谎。

没有一生中从未说过一句谎话的人。叶小天自然也说过许多谎，他对上司说过，对同僚说过，对父母兄长说过，对犯官们也说过，有善意的谎言，也有恶意的谎言。

但是他以前说过的谎，从来没有一个会像今天所说的这个谎这么重要，因为它是救命的谎言，而且以前说过的谎，从无一个如此完美、如此合理、如此无耻，甚而就此影响了他的一生。

第九章

真实的谎言

一

"……有人说，狱卒和犯人就像狼和羊，他们之间永远不可能产生友情，扯淡嘛！是人就有感情，狱卒怎么了？狱卒也是人，也有七情六欲，也有亲朋好友啊！"

叶小天仿佛又回到了刑部大牢，正在振振有词地给犯官们洗脑，给狱卒们正名："杨大人三年前入狱，小天我也是三年前做的狱卒，从那时起，杨大人便时常教我起卦，教我做人的道理。

"'眼为田宅主其宫，清秀分明一样同。若是阴阳枯骨露，父母家财总是空'，这就是杨大人教我背的《麻衣相术》里的一首卦辞。这个暂且不谈。总之杨大人是很欣赏我的，他还说我相貌不凡，一生富贵。"

叶小天道："那天，朝廷降旨，杨大人要于次日问斩，我就为杨大人打了几角酒，要了几道下酒的小菜。当时牢里头很黑，外面还下着雨，我点了一根蜡烛，烛光下，杨大人泪流不止……"

胡知县、杨夫人、三瘦大总管以及所有前来吊唁的客人愣愣地听他说着，叶小天那小嘴语速极快，他们根本插不上嘴。叶小天就像一个最敬业的演员，非常投入地表演着。

叶小天脸上现出悲戚之色，黯然道："杨大人说：'小天啊，老夫入狱三年，旧友全然不见，亲人也是无踪，唯有你，算是老夫的忘年之交了。老夫临终之际，唯有一个放不下的人，那就是我的女儿，老夫把她托付给你，可好？'"

听到"入狱三年，旧友全然不见，亲人也是无踪"时，杨夫人的脸颊热了一下，羞愧地低下头去，但是她的头刚刚低下，听到后面一句，就猛地又抬了起来，因为动作太快，似乎听到后颈的骨节都"咔吧"一响。

堂上院中，一时间鸦雀无声。

"当……当当当当……"

一只唢呐在地上弹动了几下，那是墙角吹唢呐的乐师失手掉落的。一个念经的大和尚举起铜钹蹭了蹭光头，左顾右盼。那清丽无双的女子本来正垂泪不止，此时却瞪大一双迷离的泪眼，看着叶小天错愕不已。

叶小天幽幽一声长叹，仰起头来道："小天我出身卑贱，家境贫寒，自然是配不上杨家小姐的，可杨大人说，经此一劫，他已勘破世事，觉得什么大富之家，都不如做一个太平人家的好……"

叶小天越说越动情，再低头时，眸中已是泪光隐隐，他被自己编出来的瞎话感动了。

杨霖素来夫妻不和，而且很清楚妻子对爱女的嫌恶，知道只要他一死，夫人必然会虐待爱女。而叶小天呢，杨霖则对他赏识有加。

叶小天对杨霖有恩，痴迷相术的杨霖又相信叶小天会一生太平富贵，那么……杨霖在临终之际，鉴于家中情形，做出这样一个在别人看来有些古怪的决定，也就合乎情理了。

叶小天望向胡知县，沉声道："杨大人……啊不！我的岳父大人在信上还说，要令小天接了娘子与岳母一并回京，竭诚奉养。岳父大人临终之际，最担心的就是家门不合，以致遗人笑柄啊！"

叶小天加这一句，无非是想到若只带了那俏生生的小娘子离开，她牵挂老娘，不免要终日以泪洗面，说不定还要对自己心生怨尤，不如把她老娘一并接走，家里再穷也不差一个妇人的口粮。

胡知县低头看看遗书，再抬头看看叶小天，瞠目结舌地说不出话来，只有颔下的胡须瑟瑟发抖。

叶小天心道：老家伙，我让步了，我可已经让步了，我连五百两银子都不要了，还要把你们的眼中钉带走，你可不要欺人太甚。杀人不过头点地，得饶人处且饶人啊！

胡知县想着书信上的内容，再想想叶小天说过的话，看着叶小天一脸坦然的神情，只觉得无比荒诞，心思都有些混乱了，这个小子怎么就能瞪着眼睛编瞎话，还能说得这么情真意切？

否认他说的话，顺手撕掉这封信吗？倒也不是不可以，可这样一来，旁人难免心生猜忌，相信了叶小天的话，对自己的官声大大不利。

如果是涉及分割家产，那就豁出去毁信杀人，旁人些许风言风语也顾不得理会了。但是现在叶小天什么都不要，还替他顺手解决了眼中钉的问题，有什么理由不答应呢？

胡知县的眼神闪烁了一下，忽然呵呵地笑了起来。

他微笑着收起书信，往袖筒里一塞，从容说道："信中果然是这么说的，以老夫看来，此举着实有些荒唐。然则妹婿一向率性，也难怪他会有此决定。既是妹婿临终之言，老夫又怎好违逆？三瘦啊，你去把小姐请来。"

叶小天的嘴角刚刚溢出一丝笑容，马上就像窗棂上的霜花一般冻结了：小姐？小姐不就在眼前吗，还要去哪里请小姐？

叶小天急急扭头看向那位五花大绑的俏丽女子，那女子也正瞪着一双漂亮的大眼睛骇然看着他，只是她的容颜太过柔媚，即便是一副震惊的表情，依旧透着楚楚可怜的韵致。

叶小天心里一阵迷糊：这……这究竟什么情况？

……

杨夫人听到这样稀奇的遗命，立即愤怒地道："哥哥，此事着实不妥，他定是老糊涂了才做出这样遗言，妹子对此不同……"

胡知县脸色一沉，喝道："我不只是你的大哥，也是靖州知县！现在我不是以你大哥的身份干涉你的家事，而是以靖州知县的身份处断一桩公案，你不必多言！"

胡知县心里真是有点不高兴了，这样处理不是很好吗？这个妹子有些不知天高地厚了。杨霖遗嘱上说得清楚，要以一套宅子、五十亩上好水田以及城南的一处店铺分割给爱女。哼哼，这个杨霖，还以为他在这个家里依旧一言九鼎？

现如今叶小天给他搭了个顺风梯子，何不趁机走下去，难道非要逼得这个姓叶的小子狗急跳墙，当众说出遗嘱真相，令大家都难堪？妇道人家，不可理喻！

杨夫人很少见兄长对她如此声色俱厉，虽然一肚子的不情愿，但吃他一顿训斥，心中一凛，一时竟也不敢再言。

·※·※·※·

一个三四岁的女娃被一个面相不善的老妈子攥着小手，怯生生地迈着步子走进院子，圆圆的粉嘟嘟的小脸蛋，就像一只可爱的红苹果。

女娃发结两束，扎成朝天小辫，婉兮娈兮，总角丱兮，瞧来甚是可爱。身上穿一件各色布料拼凑而成的水田衣，就像一条色彩艳丽的袈裟，愈发显得天真烂漫。

小丫头的前额系了一条细细的白绫带子，腰里也扎了一条白带子，看来是在守孝。她怯怯地看着满院子的人，忽然看到那个五花大绑、柔婉如水的女子，登时"哇"的一声哭了起来。

她一把挣脱那老妈子的手，蹒跚地跑过去，抱住那女子的大腿，号啕大哭起来："妈妈，妈妈，你们这些大坏蛋，快放开我妈妈！"

小丫头怕极了，自从她和娘亲被赶出杨府，在巷角那方荒凉的小院落里相依为命，就再未与娘亲分离过。谁知昨儿杨府却突然来了两个凶巴巴的老妈子，硬是把她掳回了杨府。

她们说她的爹爹死了，还给她系上白色的腰带让她戴孝，又说她的娘亲是个身份卑贱的婢妾，不配给老爷戴孝。她一个人在杨家大宅里好生害怕，现在终于见到她的娘亲了。

"遥遥，遥遥……"

水舞看到女儿，登时泪如雨下，她双臂被反缚着，只好蹲下来，用脸颊轻轻蹭着女儿的小脸蛋。女儿流泪，她也在流泪，两个人的泪水沾满了彼此的脸颊，许多吊唁的宾客看了，都心生不忍地扭过头去。

叶小天的眼睛瞪得比牛都大："杨家大小姐……杨家大小姐……居然才这么大？杨霖那个黄土埋脖子的老东西，他的女儿居然还是一个乳臭未干的小不点！"

叶小天的嘴角猛地抽搐了几下，在心底里悲愤地呐喊：我怎么会想到一个白发老头的宝贝女儿才三四岁呢？这么往前一算，他入狱的时候这丫头顶多也就一岁，聪明伶俐个屁、俊俏可爱个屁啊！

其实南北各地，女儿家十三四岁嫁人的事情比比皆是，南方这种情况尤其多见。而纳妾的话，纳一及笄少女为妾，更是士大夫们非常热衷的事，叶小天对此并非一无所知。

只是，杨霖那老家伙岁数实在太大了些，而且他在牢里都关了三年了，所以叶小天的思维便走入了误区，以为杨霖这妾至少也是十多年前纳的，见到容貌尚显稚嫩的水舞时，他理所当然地就认为是杨霖的女儿了。

见此情景，叶小天欲哭无泪：苍天啊，你一个雷把我劈了吧，不要这么作弄我！

如果他早知道那个看起来像个未嫁少女般的水舞姑娘实则是杨大人的妾，那么他方才这番言语，一定会说是杨霖为了报恩，要把小妾送给他。

士大夫之间相互赠送妾侍的事情很常见，而且谓为风雅。在这种风俗的基础上，如果他说杨霖担心死后爱妾受苦，且为报答知遇之恩，遂以爱妾相赠，远比纳一个四岁小丫头为妻更合情合理，可是现在……

叶小天看着那个抱着娘亲大腿，哭得鼻涕一把泪一把的黄毛丫头，不禁也有点想哭。想到这个小黄毛丫头就算是给他做童养媳，至少也要养上十年，登时百感交集。

第十章

大女婿

一

胡知县到底是官场上历练过的人物，旁人还在愣愣出神，心中做出决定的他已经完全清醒过来。

妹子对水舞早已不能相容，可杨家毕竟是靖州大族，真要把家主的爱妾卖给一个屠户，未免太招人非议，现在杨家的名声已经很不好了，这么做甚不妥当。

再者说，就算把这贱婢卖出去，她那小拖油瓶作为杨霖的骨肉，还不是要留在府上？如今这样最好，一了百了。

想到这里，胡知县上前两步，高声说道："各位，世间夫妇，哪有从来不生嫌隙的，舍妹与妹婿是有些不和，不过都是些不打紧的琐事。妹婿既然过世，舍妹作为杨家正妻、堂堂大妇，又怎会难为一个妾室呢，却不想妹婿对舍妹误会竟是如此之深。

"只是大丈夫千金一诺，况且妹婿为人夫、为人父，有权做出这种安排，他的遗嘱自当遵从。妹婿信中说，为了报恩，欲将女儿许配叶小天为妻，又因女儿年幼，要她母亲随从，是以本县据此判定：杨乐遥，许配于叶小天为妻，其母薛水舞，随同进京！"

胡知县说罢，沉声道："三瘦，给他们松绑。"

杨三瘦闻言，连忙上前为薛水舞和叶小天松绑。杨氏夫人眉头一皱，忍不住近前一步，低声说道："哥哥……"

胡知县向她递了个严厉的眼神，杨氏夫人虽然对哥哥如此安排满腹不满，在此情况下却也不好再说，只得恨恨住口。

胡知县转过脸去，笑吟吟地对叶小天道："小天哪，此地距京城山高路远，通行不便，是以杨家对我那妹婿很难照料。我那妹婿在京时多赖你关照，乃是一份莫大的恩情，不过如今既然成了一家人，这个谢字我就不说了。"

叶小天活动活动手腕，向他拱手揖礼道："县尊大人说得是。"

胡知县呵呵一笑，又道："你千里迢迢而来，想必也是身心俱乏了，就在杨府盘桓几日吧，待你歇息些时日，本官再着人送你们上路。"

叶小天听见"上路"二字，心里便是一跳，他恨不得马上脱身，哪敢在此停留。谁知道杨家会不会再起歹意，真要把他一个外乡人弄死，往荒郊野外一埋，他有冤都没处说。

叶小天马上道："多谢县尊大人好意，只是小子还有高堂需要奉养，是以归心似箭，还望县尊大人恩准，小天希望能马上携……携妻子归去。"

说到"妻子"时，叶小天看了眼那个眼泪汪汪的小不点，又看一眼那位娇美可人的丈母娘，心里好不憋屈。

胡知县颔首道："也好！只是这样一来，这嫁妆置办起来可就仓促了。"

叶小天看了他笑里藏刀的表情，心里就有些发毛，急忙说道："小子既聘贵女为妻，理当置办聘礼才是，奈何山高路远，且家境贫寒，以致两手空空，又怎好觍颜再收嫁妆，杨府这嫁妆就充作小子的聘礼吧。"

胡知县深深地望了他一眼，觉得这小子还挺上道，便微微眯起眼睛，扬声道："既然如此，三瘦，送他们一家三口离开……"

· ※ · ※ · ※ ·

待叶小天三人一走，杨夫人便寻个由头，把胞兄胡知县请到了侧厢的小花厅。一进花厅，杨夫人便焦灼地道："哥，你怎么如此糊涂，如此轻易便放过了那小贱人？"

胡括把脸一沉，不悦地道："好了！不要闹了！你也有些不像话了，你夫杨霖已经过世，何必还要拈酸吃醋。你是大妇，要有个一家主母的样子，难道非要闹个两败俱伤你才甘心？"

胡知县说着，将藏在袖中的书信取出，向前一递，淡然说道："你看。"

杨氏夫人诧异地接过书信，仔细看起来，书信还没看完，杨夫人就怒不可遏地将那书信撕得粉碎，恨恨地道："这老东西，临死都不忘对他的女儿有所安排。嗯？可这封信与那姓叶的所言完全不符啊。"

胡知县道："这就是那小子的精明之处了，想是他也看出来不可能从杨家得到半点好处。如今这个结果不好吗？难道我们还能否认他说的话，将信中所言公之于众？懂得分享利益的人，才能获得利益，这小子若是混官场，一定能出人头地的，呵呵。"

杨氏夫人急道："我们怎么能够接受呢？我把那小贱人卖给沐屠户，将乐遥控制在手中，才是万全之策，如今让这笼中鸟飞了，一旦有个什么风吹草动……"

说到这里，她忽然意识到失言，陡然住了口，脸色已是一阵红一阵白的。

胡知县眉头一皱，警觉地看了她一眼，沉声道："什么叫万全之策？什么风吹草动？你莫非有什么事瞒着我？"

杨夫人讷讷半晌，不好言语，胡知县大怒，喝道："究竟是什么事，你连自己的亲哥哥也要瞒着？"

杨夫人低了头，讷讷地道："妹子……妹子实有一桩关系到水舞那小贱人的隐秘事，当初也不是刻意隐瞒兄长，只是觉得此事不好开口，那时原也没有想到相公会出事，更没想到会有今天这样的局面……"

胡知县拍案道："够了，你快说，究竟是什么事？"

杨夫人无奈，只得把她藏在心头四年之久的那桩大秘密轻声说了出来，胡知县听她说罢，错愕不语。

杨夫人咬一咬牙，低声道："妹子把她卖与沐屠户，原就是因为她若死在府上，未免太过引人注目，会叫人疑心到我身上，毕竟我对她一向不善，此事众所皆知。

"妹子原想着，将她发卖于沐屠户，就在眼皮子底下盯着，过个一年半载，再派人悄悄结果了她，到时候神不知鬼不觉，更不会有人怀疑到我的头上，谁知道……"

胡知县脸色阴晴不定，半晌后缓缓道："此事若是隐秘，想来今后也不会传出什么风声吧？"

杨夫人讪讪地道："妹子一个妇道人家，独自哪做得了这样的事，知道此事真相的实不在少数，谁知道他们之中哪一个将来会贪图厚利，去对她说明真相。唯有结果了她，才能免了后患。"

胡知县的眼皮慢慢垂下来，掩住了深邃的目光。过了半晌，他才慢慢扬起头，阴狠地道："为今之计，只有找人干掉他们了！好在他们离开杨府时有很多人看见，就是干掉了他，也赖不到咱们头上。况且，路遗尸骨，身份不明，谁能查得明白呢？嘿嘿！"

·※·※·※·

杨府大门一开，复又一阖，再度闭紧。

叶小天站定身子，看看只背了一个小包袱，内卷几件衣服，几乎是净身出户的那位美娇娘，再看看她旁边那只噙着小指萌萌地看着自己的小丫头，鼻子忽然一酸。

叶小天从不认为自己是个坏人，却也不是一个没原则的好人，他只是一个普普通通、有私心、有杂念但不会为了自己得到好处而去祸害无辜者的正常的人。

五百两银子是他该得的，却没有拿到，还险些有性命之危，变通一下，换一个看起来很可口、吃起来也一定很美味的美人回去，不过分吧？

谁知道那看起来很可口、吃起来也一定很美味的大美女突然变成了只能看不能吃的丈母娘，凭空蹦出来一个涩得无法下口的小丫头，以后还要卖力挣钱养活她们，亏大了啊！

那个看起来很美味很可口却又绝对不能吃的大美人正楚楚可怜地望着他,轻轻咬一咬下唇,脸上浮起一抹难为情的羞红:"姑……姑爷,名叫叶小天?"

叶小天的嘴角猛地抽搐了一下,用浑厚的男低音道:"嗯!"

美人又道:"听口音,姑爷是京城人氏?"

"嗯!"

美人低头看了看身边的小不点,正奋力啃着小指的小不点赶紧撤了指头,一下闪到了她身后,还飞快地把小指在衣襟上擦了擦。

美人轻轻地叹了口气,就连叹气的声音都那么好听,听得叶小天更想哭了:"姑爷,妾身一介弱女子,小女又年幼,这京城天高路远的,咱们可怎么去呢?"

听到那一声叹息时,叶小天心中顿时涌起一种怜香惜玉的感觉,但他马上提醒自己:不能心软!你兜里就几十文钱了,自己都不知该如何回京呢,岂能再带两个吃白饭的回去!夫妻本是同林鸟,大难临头各自飞,何况丈母娘乎?待出了城,便甩开她们独自逃命去吧。

叶小天心里转着念头,口中却道:"这个嘛,实不相瞒,我囊中一共也只剩下几十文钱了,车是雇不起的。咱们先离开这是非之地,其他的事,且到了安全的地方再说。"

美人柔柔地道:"一切听姑爷做主就是了。"

"咳!"

叶小天差点被自己的口水呛死,他咳嗽两声,才憋出一句话:"岳母……高寿?"

美人羞色更浓,低头说道:"再过两个月,妾身便满十八了。"说着,飞快地瞟了他一眼,幽幽问道:"贤婿贵庚?"

叶小天的回答很是销魂:"小婿年方十九。"

第十一章

桃园三结义

一

叶小天很沮丧，尽管他生性乐观，可是这次送信失败对他的打击依旧很大。这笔钱对他和他的家庭都有着很重大的意义，他这一路艰辛全靠那五百两银子改善家境的美好幻想在支撑，谁知希望越大，失望也越大。

我说过要衣锦还乡的，就这么灰溜溜地回去，不仅让父母失望，令大哥难做，牢里那班狐朋狗友还不嘲笑死我……

叶小天郁闷地想着，愁眉苦脸地领着大美人小不点往外走，走到那牌坊下时，杨乐遥看见那卖梨的筐子，马上把小手指塞到嘴里，有些挪不动步的样子。

"喏，给你。"

叶小天从怀里掏出一个梨子，没精打采地递给杨乐遥。

"谢谢叔叔！"

杨乐遥欢喜地接过梨子，却又胆怯地看向母亲。

"吃吧！"

薛水舞叹了口气，轻轻抚摸了一下女儿的脑袋。叶小天又从怀里摸出一个梨子，懒洋洋地递向薛水舞："喏，这个给你。"

杨乐遥惊奇地瞪大眼睛，眼巴巴地看着他的胸口，不晓得那里边怎么就能一个又一个地变出梨子来，要是她也有这个本事就好啦。

薛水舞想对叶小天称呼点什么，却又不知该怎么开口，叫姑爷吧，总觉得有点臊得慌，只好轻轻摇头道："谢谢，我不吃了。"

一行三人就这么出了靖州城，叶小天在左，薛水舞在右，中间夹着小不点。小丫头两只小手捧着一只相对于她那小嘴显得过大的梨子，努力地啃着，啃得汁水横流。

靖州城外的一片小树林里，叶小天站住了脚步。

他们本应该沿官道往北走的，但是出城不久，叶小天就把她们母女领到了路旁的小树林里，这令薛水舞有些不安，她局促地看着叶小天，不晓得他想干什么。

叶小天本想借尿遁溜走的，可事到临头，看见水舞那副柔弱无助的样子和乐遥那小小的身影，想到这母女俩彷徨无助的样子，不知怎的竟然做不出那等龌龊的事来。

可是他真的自顾不暇，又哪有能力照顾别人。思来想去，叶小天便想与她说清自己的难处，请她自奔前程。可是如今站在小树林里，看着薛水舞那双楚楚动人的眼睛，叶小天忽然发现他不仅做不出不告而别的事来，就连分手道别的勇气都没有。

凝视着那双令人怦然心动的眼睛，一个奇异的想法忽然涌上了叶小天的心头：我怎么这么蠢，我又不是真和那小丫头定有婚约，根本就是为了脱身糊弄杨家人的主意嘛。这小丫头虽然当不得媳妇，可是她娘……

一双贼眼在水舞那姣好的身段上溜了几转，甩开这母女俩独自回京的念头就被叶小天抛到了九霄云外。

如果不出意外的话，他会当一辈子牢头，为了一点小钱每天沾沾自喜，像蚂蚁似的攒够了钱，再三媒六证地迎娶一个长得虽然不美但是屁股大好生养、腰杆粗能干活的女人过一辈子。

像薛水舞这般百媚千娇、姿容绝丽的女人，他从生到死也就只有看的份，永远都没有娶的福气，眼下就有这样的一个好机会，可以娶一个羡煞整个刑部的美人，他又怎会介意水舞曾为人妾这些不切实际的事。

"咳……"

叶小天咳嗽一声，对薛水舞道："水舞姑娘，实不相瞒，其实……其实我根本不是上门娶亲的，杨霖大人也并没有把女儿许给我，当时只是迫于形势，不得不这么说，否则你我二人怕是已被浸了猪笼……"

水舞清澈的眼神一下子柔和起来，她轻轻低下头，柔声道："我知道，一开始我也很惊讶，后来想想就明白了。遥遥这么小，老爷怎么可能将她许人……"

叶小天松了口气，道："既然你明白，我倒不必多费唇舌了。其实杨大人让我送的那封信，是要盼咐家人分割财产，给令爱留一份丰厚嫁妆的，只可惜如今没了那封信，这件事却是想都不用想了。"

水舞轻轻摇摇头，道："杨家的钱，我根本不想的。我现在只想把女儿好好抚养成人就够了，余此再无所求。"她扭过头，望着自己的女儿，轻轻摸了摸她的头，神色间充满怜爱。

叶小天又咳嗽一声，道："水舞姑娘可有亲友可以投靠吗？"

水舞黯然摇头，叶小天心中一宽：这就好办了，孤儿寡母的才好下手啊！

他马上一脸正气地道："有杨夫人与你为难，你母女在靖州是住不下去的，不管你们是不是去京城，又或另奔他处，总要先离开这靖州地界才好决定。

"我既然把你母女二人带出来，就不能弃而不顾。只是你我三人同行，若是没个合适的称呼，不免会引人猜疑，没准还会招惹出什么是非。一路之上，你我二人就以夫妻相称，遥遥扮作你我的女儿，如何？"

叶小天拼命地藏着他的狐狸尾巴，说得正气凛然。水舞听了脸一红，羞涩地垂下头，那整齐而细密的睫毛眨动半晌，轻轻摇一摇头，抿着薄薄的红唇，细声道："叶大哥，这样……这样只怕不妥。"

叶小天可不想刚刚说破真相，就暴露自己赤裸裸的目的，那样很容易把人家吓跑的，所以他才想到用这样委婉的办法徐徐图之，却不想只是名义上的夫妻，只为方便路上同行，水舞姑娘居然也不同意。

叶小天皱起眉道："有何不妥？"

水舞咬了咬下唇，怯生生地道："这一路下去，你我若以夫妻相称，打尖住店时怎么办呢？总不好住进一间房吧，若是分房而睡，就更容易叫人识破，不如……我们以兄妹相称，可好？"

哎呀！这小美姐并不蠢啊，我本来就是打的这个主意，却不想已经被她猜到了。

叶小天犹不死心，讪笑道："若是以兄妹名义同行，妹妹却带着一个孩子，这样一行三人，同样会惹人生疑吧？"

水舞飞快地瞟了他一眼，垂下眼睛，小声道："那……叫遥遥也扮作叶大哥的妹子，你看行吗？"

"兄妹三人吗……倒是说得过去。"

叶小天干巴巴地说着，心中有些气馁，但他并不失望，兄妹就兄妹呗，干柴烈火好做饭，干兄干妹好做亲嘛。想要捕捉猎物，总得先叫猎物失去戒心才成啊。

叶小天爽快地答应下来，道："好！那你我三人，从此便以兄妹相称。"

叶小天弯下腰，对还在冲着梨核用功的小丫头道："遥遥啊，从今天起，管你娘要叫姐姐，管我要叫哥哥，记住了没有？叫错了没饭吃哦。"

说着，叶小天从怀里掏出一个梨子，笑眯眯地塞到了遥遥的手中。乐遥张着一双乌溜溜的大眼睛看看叶小天，又看看并无反对之意的薛水舞，沾着梨汁晶莹剔透的双唇轻启，脆生生地唤了一句："哥哥，姐姐。"

说罢，便张开一口小白牙，"咔嚓"一声，咬向叶小天手上的梨子，险些咬掉了他的手指头。

· ※ · ※ · ※ ·

有梨子做贿赂，叶小天与薛水舞母女结成兄妹真比刘关张"桃园三结义"还要爽快,"兄妹三人"趁着天光还早,就想离开树林,最好能碰到什么商队,搭个顺风车去北边的城镇。

三人刚刚走向官道,远处就有七八匹快马飞驰而来。叶小天随意抬头一望,忽然定住身子,就见那群人打马如飞,在官道上激起一溜尘土,急急忙忙地冲来,又沿着官道冲出去了。

叶小天看得清楚,那一行人中为首的正是杨三瘦。叶小天的脸色登时一变,他这一路南下,对于行旅路人早就有了一定的了解,看杨三瘦那群人马上既未携带马包寝具,行装也不似远行,他们急匆匆的这是要去干什么?

那群人跑得甚急,拐过了前边的那片山坡。叶小天霍然转过身,盯着薛水舞道:"那杨夫人为何这般嫉恨你,你已离开杨府,她还不肯罢休。"

薛水舞惊愕地道:"叶大哥,你是说,杨大总管带了那些人,是……冲着我来的?"

叶小天道:"不会错。他们没有带马包寝具,行装也不似远行,这般打马如飞不惜马力,像是要走远道的人吗,他们分明是在追赶什么人。你说他们往北狂奔,不是冲着你还能是冲谁?"

薛水舞脸色苍白起来,茫然地道:"为什么?她为什么不肯放过我,我和她并没有什么深仇大恨啊。"

叶小天看薛水舞这样子也不像是曾经恃宠而骄欺辱过主母的人,难道那杨夫人竟是个睚眦必报的性子?这下遭了,五百两银子泡了汤,本想顺手牵"妞",换个媳妇回去,难道也要生出许多是非?

叶小天暗暗骂了一句老天爷,断然说道:"走!咱们马上走,穿过树林往西去。"

薛水舞讶然道:"叶大哥不是要回北京城吗?哦,你是想绕道而行?"

叶小天点点头,沉声道:"就算他杨家是靖州地头蛇,也不可能封了所有的路。他们既往北寻,咱们就往西走,绕个圈子再回京城,管教他们找不着。"

薛水舞声音柔柔地垂首道:"好,一切但凭兄长做主!"

第十二章

在路上

一

　　小天这一路南下,很多时候都是靠一双脚板赶路,鞋子固然磨穿了好几双,却也练出了一副好脚力,以致他对携带一个娇怯怯的少妇、一个四岁的娃儿同行的速度严重估计不足。

　　虽然走到后来他实在有些不耐烦了,便把乐遥背在了身上,可是有薛水舞同行,速度依然快不起来。叶小天想要扶她一把,薛水舞却又以男女授受不亲为由不肯接受。

　　叶小天无奈,便捡了根树枝给她当拐杖,如此也只是减少了她赶山路的痛苦,速度仍旧快不了多少,以致三人绕到靖州西面的官道上时,天色已近黄昏。

　　叶小天道:"咱们找个地方歇歇吧,先歇一晚,明天再赶路。"

　　薛水舞的身子虽像小草般柔弱,性格却似小草般顽强,脚上都磨出了血泡,却不敢说,生怕因为自己拖累了行程,一直咬着牙苦撑,早已痛苦不堪了,听叶小天这么一说,她才松了口气。

　　这里还在靖州地界,叶小天不敢向村民借宿。大明朝人口流动极少,一个村子里只要有一户人家有了客人,用不了多久整个村子就都会知道。如果杨家派人到这边探访一番,很容易打听到他的踪迹。

　　是以叶小天并不进庄,借着昏黄的夕照四下一打量,见村口外水田边有个破旧的土地庙,从那破败的样子看不像是有香火的样子,而且村口没有人,便道:"走,咱们到那儿歇一歇。"

　　土地庙不大,山门早已不见,土地爷的泥胎被从破败的庙顶流进的雨水浇得像融化了似的,已经看不出形状来。

　　叶小天到里边寻摸了一番,见一张土榻倒还完整,灶台也在,只是上边的大锅破了,只剩下了半边,所以没被村民弄走。

　　叶小天松了口气,道:"得,咱们今晚就歇这儿吧,你们两个睡土榻,我在这供桌上凑合一晚。"他用力按了按那张供桌，供桌是土石结构，砌在神像前，很结实，足以承受一个人的体重。

乐遥这一路上被叶小天背着，早已跟他熟稔起来。乐遥没接触过多少外人，是以对叶小天十分亲热，一口一个"哥哥"，叫得甜着呢。她刚从叶小天背上下来，就撒娇地道："哥哥，我肚子饿了。"

何止她饿，叶小天现在也是饿得前胸贴后背，饥火直烧心。薛水舞倒是没有喊饿，但是她的肚子却适时地咕咕了几声，惹得这个爱羞的小女人禁不住又红了脸。

叶小天道："你们两个就在庙里待着，千万不要出去，免得被人看见，我去村里弄点吃的来。"

"嗯！"

一大一小两个女人一起点头，神情动作一模一样。

· ※ · ※ · ※ ·

太阳在薛水舞母女的殷殷期盼中一点点地沉没在大山的尽头，最后一缕阳光也消失了。月亮在她们焦灼的等待当中悄悄地爬上来。乐遥饥肠辘辘地偎在娘亲怀里，原本充满希冀的目光渐渐黯淡下来。

天色完全黑了，乐遥有气无力地仰起小脸，担心地向薛水舞道："大哥哥是不是不要我们了啊，为什么他还不回来？"

薛水舞张了张嘴，却没有说话，她只是轻轻搂紧了女儿，把脸贴在她的脸蛋上，望着庙门外黑漆漆的夜色，眼睛里除了无助与忧伤，还有一抹意味难明的惆怅。

"我回来了，你们在哪儿？"

一道人影鬼鬼祟祟地摸进土地庙，悄声招呼。

"是大哥哥！"

乐遥一跃而起，两眼放光，好像看见了肉包子的小狗，快乐地向那道黑影扑去。薛水舞也兴奋地站起来，忘情地冲出两步，这才陡然站住，可是她那颗忐忑的心，却突然踏实下来。

引火的柴草和木柴随便就能捡到，炉灶是现成的，把那半口破锅倾斜过来使用，依旧炖得了东西。旁边就是水田，水田边有一条引水渠，清水潺潺，可直接取用。于是，一只肥鹅被褪毛下了锅。

为了让肉尽快熟起来，叶小天把装衣服的包袱打开，浸湿了撑在破锅上充当锅盖。肉香终于飘出来，三个人蹲在炉灶边，尽管只有乐遥毫不掩饰地咽着唾沫，可叶小天和薛水舞的眼睛却也始终不曾离开那锅。

听到乐遥的肚子不时发出咕噜噜的叫声，叶小天忍不住说道："遥遥，如果你实在太饿，就先吃块白薯垫垫肚子吧。"

回来的路上，叶小天还挖了几块白薯，洗净了脆生生的，还很甜，不过三个人吃得都不多。

"哦！"

乐遥答应一声，努力咽了口唾沫，眼巴巴地看着锅子："哥哥，这肉什么时候能熟呀，我已经好久好久好久没吃过肉了。"

听到这话，叶小天的心就像一根琴弦被拨动了似的，微微颤动了一下。薛水舞怜惜地将女儿鬓边的发丝掠到耳后，柔声道："香味都传出来了，肉快熟了。"

"哦！"

乐遥探到怀里的手已经摸出一块白薯，听到这话又放了回去，见她这副可爱的模样，叶小天和薛水舞不禁相视一笑。只是对视这一眼，叶小天的眼神不禁又有些痴迷起来。

碰到叶小天毫不掩饰的灼热目光，薛水舞慌忙低下头去，火光映着她的脸蛋，显出了几分娇媚。渐渐地，那脸在叶小天的注视下越来越红，俏盈盈的，仿佛传说里的小狐仙。

夜，静谧异常，四下里漆黑一片，只有他们眼前一团跳跃的火光，灶下不时有干柴发出爆裂的声音，衬得四下里愈发静谧。

叶小天灼灼的目光极具侵略性，毫不掩饰的欣赏令薛水舞微微有些气恼，她忽然站起身，佯装整理床铺，向旁边的土炕走去。

叶小天把视线从她苗条的小腰身上努力地抽回来，就见乐遥正好奇地看着他，那如漆的点眸纯净到了极点。

叶小天虽然知道她年纪太小，不太可能明白自己眼神中那种赤裸裸的欲望，但还是禁不住脸一热。两个人时才可以风骚，人多的时候就只能闷骚，厚脸皮和不要脸是有区别的。

"咳！我方才正在想一首诗，乐遥呀，你会不会作诗？"叶小天只能讪讪地打岔。

乐遥搂着小裙子，歪着头仔细想想，用力摇摇头："没有，娘亲说要等我长大些才教我作诗，不过我知道很多故事哦，很多很多，都是娘亲说给我听的，哥哥要不要听？"

叶小天摸了摸她的头，笑道："好啊，回头我再听你讲故事，那你想不想听我作的诗呢？"

薛水舞弯着腰似乎在铺着衣服，好像没有听他们在说什么，但是她的动作明显慢了下来，脸也微微侧过来。

叶小天咳嗽一声，朗声道："鹅鹅鹅，曲项用刀割，拔毛加瓢水，点火盖上锅！"

薛水舞"扑哧"一声,忍不住笑出声来,又赶紧忍住,不过借着火光的映射,还是能隐隐看到她的肩头在耸动,想必脸都憋得红了。

乐遥拍手道:"这首诗我听娘亲说过,和哥哥说的不太一样呢,不过还是哥哥说得好听,嘻嘻。"

薛水舞忍着笑走回来,对乐遥道:"哥哥逗你呢,这充其量只算是一首打油诗。好啦,笑的时候不要露出门牙,娘怎么跟你说的来着?女孩子要笑不露齿。"

乐遥赶紧闭上嘴巴,叶小天看不惯,道:"她还小,不用这么讲究吧?"

薛水舞认真地道:"规矩就该从小树立,否则大了就没了规矩。"

叶小天不以为然,暗自嘀咕:到底是大户人家,连作妾的都有这么多的讲究。

一锅鹅肉终于炖熟了,准确地说,只有八成熟,只是三个人饥肠辘辘,可等不到那肉烂熟。三个人摸黑就着渠中清水净了手,将那还烫手的鹅肉反复换着手,一刻不停地送进嘴巴。

薛水舞虽是以手进食,倒还讲究些仪容,叶小天和乐遥可是狼吞虎咽了。这只鹅当真不小,三个人虽然饥饿,真吃起来却也吃不下半只。

吃过了饭,叶小天惬意地打了个饱嗝,道:"剩下的肉明早再热一下,带着路上吃。"

薛水舞看着女儿撑得溜圆的小肚子,担心地道:"肉食吃多了,该当喝些茶水化解油腻才是,这妮子逮着肉没够,可别吃坏了肚子。"

叶小天用树枝当牙签剔着牙道:"甭担心,又不是天天大鱼大肉,偶尔一顿没有关系的。"

"嗯!"

两人这一问一答,俨然就像一对夫妻在议论自己的孩子,只是两个人全无所觉。乐遥拍手笑道:"还是哥哥最好啦。"

第十三章

水舞的忧伤

一

三人结伴来到水渠边,先抓一把土搓去手上油腻,再就着渠中清水洗手,乐遥还小,自然是由母亲代劳。薛水舞抓着她的小手,一边帮她洗着手,一边细声说着话。

"就说这喝茶吧,也有许多规矩的,不同的场合、不同的地方,都各有不同的讲究。比如说,跟客人一起吃了饭,常常会上茶,这茶水可不能倒满,水只斟七成,切忌满到杯沿。"

这薛水舞还真是一位良母,逮着机会就不忘教育女儿,大概是想把女儿教育成真正的大家闺秀吧。刚才提到了茶,她便就茶道教育起了女儿。叶小天觉得幸好这小丫头年纪还小,天真烂漫的本性还在,要不然规规矩矩像个小大人似的未免无趣。

不过这些茶道上的讲究,叶小天了解得也不多,所以他在一旁听着倒是津津有味、受益匪浅。

"喝茶的时候如果水面飘着茶叶,就用碗盖压着喝,可别用茶盖撇几下或者吹一吹,那都是很失礼的事。

"还有,喝茶要小口啜,再渴也别一饮而尽。要是一杯茶喝完了想续水,只要把碗盖拿起来靠在托碟上,主人就知道你要续水了,可别张口要,人家给你续水时要欠身致谢。

"如果你是主人,给客人续水时一定要侧着身,手扶着壶盖,壶嘴别对着客人,那是骂人的意思。要是给人敬茶,敬完茶后别马上转身,要倒退三步再转身,否则也是不敬。"

叶小天在刑部天牢天天和一群朝廷大员厮混,懂的事情既多且杂,可是那些朝廷大员都是犯官,绝对没有兴致给他讲茶道,此时听来,不免就一一记在心里。

薛水舞用细土给女儿搓净了手,道:"好了,自己洗吧。"

乐遥撅着小屁股蹲在渠水旁洗着小手,薛水舞一边洗手一边继续叮嘱道:"如果你去拜访地位比你尊贵的人而非宴请会晤,人家端来的茶就别喝,那是摆样子的。除非主人举手向你'请客',否则人家一端杯,侍从就会高呼'送客',那叫'送客茶'。"

叶小天忍不住笑道:"想不到你竟懂得这么多事情,这都是你进了杨府后学来的吗?"

薛水舞沉默片刻,幽幽地道:"奴家的父亲本是礼部仪制清吏司主事。"

叶小天大吃一惊,失声道:"你竟是官宦之后?怎么可能……"

薛水舞容颜惨淡,幽幽地道:"怎么会为人做小,是吗?家父在仪制清吏司负责嘉礼、军礼、学务、科举。有一回,科场舞弊事发,为了平息士子之怒,相关人等不管是否有所牵连俱都受了处分,最轻的也抄没了家产,我家也就此家道中落……"

叶小天怔住了,心道:这回我真占了大便宜啊!不但得了一个如花似玉的美人,她的出身还如此高贵,这可是礼部主事家里的千金小姐,只是……就算家道中落,也不至于惨到为人做妾吧,这其中……

叶小天试探地问道:"如今你已得自由,为何不回家呢?"

薛水舞淡淡地道:"因为在我的父兄心里,我已经死了。"

叶小天愕然看着她。薛水舞仰起头,看着满天璀璨的星辰,黯然道:"我家也是书香门第,诗礼传家。家道本已中落,如果女儿为人做妾的消息再传出去,岂不斯文扫地?所以,在我决心卖身葬母的时候,我的家人……就已当我死了。"

叶小天讶然道:"卖身葬母?"

薛水舞低下头洗手,轻轻地道:"当时正逢朝廷追究家父的案子,我的母亲生了重病,家里也顾不及送她去医治,就此病逝了。家产被抄没后,家父唯恐滞留京城还会生出不测,是以急欲返回家乡,竟连家母的后事都不想操办了,欲以草席一捆,草草埋葬。我一个弱女子,能怎么办呢?于是……可父兄却以为我这卖身葬母,败坏了薛家门风,将我从此逐出家门……"

几颗晶莹的泪珠落入潺潺的流水之中,无声无痕。

叶小天听得又惊又怒:这是何等凉薄的一户人家!听这话意,水舞的母亲似乎是那礼部主事的妾室,是以受此待遇。水舞说是名门贵女,遭遇也忒可怜。

叶小天本还担心水舞既有如此家世,自己断难与她匹配,不要说她貌美如花,纵然丑若无盐,就凭这出身自己也是拍马难及,如今终于放下心来,可是对她所遭遇的不公待遇,心头却也生起一蓬怒火。

叶小天大怒道:"岂有此理!这是什么书香门第、诗礼传家!你对令堂至孝,这样的乖女儿是你薛家的荣耀,居然会被他们视为耻辱,这样狼心狗肺、无情无义的混账家人,你不理会他们也罢。"

乐遥洗净了手，在母亲说话的时候，感觉到她言语之间的淡淡哀伤，就已很懂事地靠在她身边，这时一见叶小天勃然大怒，不禁有些害怕地揪紧了母亲的衣衫。

薛水舞感激地看了叶小天一眼，低声道："我们回去吧。"说罢牵起女儿的手，蹒跚离去。

叶小天看着她的步态，蹙眉道："你的脚怎么了？"

薛水舞道："没什么，只是日间赶路，脚下走出几个血泡。"

叶小天急忙站起身道："你怎不早说，今日若不处理，明天如何还走得了路。"

薛水舞道："没什么，我撑一下就好。"

叶小天快步赶过去，蛮横地道："撑什么撑，这也能撑得？"说完一弯腰，便抱住薛水舞的腿弯，将她打横抱了起来。

薛水舞尖叫一声，已经被叶小天横着抱起，她又惊又羞，却挣扎不得，被叶小天抱着，只羞得闭起了眼睛。

好轻、好软的身子……叶小天心里想着，脸上却看不出半点异常的神色。乐遥一溜小跑地跟在叶小天后面，嚷嚷道："哥哥偏心，我也好累了，怎么不抱我呢？"

叶小天把薛水舞抱到庙中往炕上一放，不由分说便去脱她的鞋子，薛水舞急忙缩脚，羞叫道："你做什么？"

叶小天道："那血泡要挑破，否则你明天走不了路了。"

薛水舞道："我自己来。"

叶小天道："你自己怎么照顾得到，事急从权，你就不要矜持了。"

薛水舞一脸尴尬，结结巴巴地道："赶了一天的路，我……我还没洗脚。"

叶小天笑道："脚若是香的，怎也不至于一天就臭了。"

薛水舞听出他的调笑意味，便红着脸不说话了。

叶小天替她除去鞋子，脱下打了补丁的白色小袜，露出一双纤柔美丽的脚。薛水舞的脚趾紧张地蜷缩着，仿佛羞涩的花瓣，柔美的足踝温滑如玉，叶小天不禁生起一阵想要摩挲爱抚的冲动。

"咳！"

叶小天喉头发紧，他……可是头一回摸女人的脚啊，还是如此美丽女人的玉足。他不自然地咳嗽一声，赶紧用问话掩饰自己的紧张："奇怪，你居然是天足呢，我还以为你一定缠了脚。"

薛水舞玲珑小巧的脚丫被他握在手上，只觉浑身都燥热起来，她羞不可抑，大腿都紧张地绷起来，轻轻地应道："嗯，因为……因为家父在我很小的时候就想送我进宫，所以……"

叶小天这才恍然，心道：水舞的父亲不只生性凉薄，无情无义，而且还是个官迷啊。

明朝这个时候，裹脚已经成了比较普遍的事。不裹脚的一般来说有四种人，一种是皇族，一种是贵戚家族的女人，一种是边地少数民族，还有一种就是一些家境贫寒，需要女子和男人一样干重体力活的家庭。

大明皇室和贵戚家族的女人不但不裹脚，而且宫里招宫女、纳妃子，也是不要裹脚的女人，宫里招宫女时岁数要求都不大，所以有些宫女即便已经裹了脚进宫后也得放开，因为年岁还小，来得及养好。

薛主事想送女儿进宫，自然不会是冲着宫女去的，那他的目的就很明显了。

叶小天暗骂薛主事无耻，他寻了一根较硬的草尖来，轻轻为薛水舞挑破血泡，又温柔地替她穿好袜子。自始至终，薛水舞任他摆布，一动也不敢动，可是任由一个男人如此摆弄自己的脚，心头却不可抑制地生出一种异样的感觉。

待水舞穿好袜子，她松了口大气，叶小天也似松了口气，笑道："好了，这样就不会留下什么疤痕了，要不就不漂亮啦。"

叶小天为薛水舞挑血泡时，乐遥一直瞪大眼睛在一旁看着，听到叶小天这句话，乐遥便道："哥哥，遥遥漂亮吗？"

"唔……"

叶小天假装想了想，说道："一般来说呢，小时候长得很漂亮的女孩子，长大了就会很丑很丑，因为小时候的轮廓已经很漂亮了，就没有舒展的余地了。而小时候看起来丑丑的小丫头，长大了却会美若天仙。那你觉得你现在漂亮吗？"

乐遥歪着脑袋，认真地分析着叶小天说的这番话，对她这个年纪的小孩子，这番话理解起来显然有些困难。

过了好半天，她才转向薛水舞，认真地问道："哥哥说的是真的吗？"

薛水舞忍着笑点点头，逗她道："是啊，人都是这样的，小时候漂亮，长大了就不漂亮了。那遥遥觉得自己现在漂亮吗？"

小小的人儿马上蹙起眉尖，一副心思深重惹人发笑的模样，她权衡了一下小时候漂亮与长大了漂亮之间的利益得失，就果断地得出了结论："遥遥不漂亮，遥遥很丑！"

说完她还很不放心，忧心忡忡地叮嘱薛水舞和叶小天道："你们一定要记得，现在的遥遥很丑很丑哦。"

第十四章

西行之路

一

夜色深深，叶小天躺在破庙的神坛上，透过破败的屋顶仰望星空。他挺着圆滚滚的肚子，仿佛一只正在吞吐日月精华的蛤蟆精。

他肚子里有一只鹅，已经吃得饱饱的；可他心里更想吃掉另一只鹅，那只高高在上的、月华桂树下徘徊的白天鹅。水舞的不幸遭遇，固然令他同情和气愤，但更激起了他赢得美人归的信心。

叶小天狠狠地立下一个帮他预备媳妇出气的宏大志愿："老子一定娶她过门，和她生上一堆大胖小子，领着老婆孩子回她故乡，好好羞臊羞臊孩子他姥爷和舅舅，他们不是怕丢人吗，我就让他们丢人丢到姥姥家！"

炕上有低低的细语声传来，依照习惯，乐遥正缠着娘亲给她讲故事哄她入睡，这是她单纯无聊的童年生活中唯一的乐趣。

叶小天躺在土台上，隐隐约约听出水舞讲的是《西游释厄传》，这个故事风靡一时，叶小天在京城时也听说书先生讲过，不想竟已在此地流传开来。

渐渐地，水舞讲故事的声音越来越小，终至不可复闻。乐遥睡着了，水舞讲着讲着也睡熟了，房间里顿时静下来，叶小天从破露的屋顶一角，用一双倦眼最后望了一眼寂静的夜空。

夜空中，点点繁星一闪一闪的，仿佛一双温柔美丽的眼睛。叶小天看着那一颗颗美丽的星辰，忽然就想到了薛水舞那双柔美似水的眸子。我媳妇，可真俊呢。叶小天想着，带着满意的微笑，睡着了。

……

"长长长，长长长长长，再长些，再长些，给我伸到天上去！"早起的小乐遥绕着仰躺如蛤蟆的叶小天，仿佛正在扮着孙悟空，手舞足蹈地指挥着她手中的"金箍棒"。

薛水舞火烧屁股地从灶台前冲过来，呵斥乐遥："去去去，一边儿玩去，别吵醒了哥哥。"说完小心翼翼地瞟了一眼依然熟睡的叶小天，拉起不懂事的小乐遥走了出去。

"老娘又在教训哥哥了吧，大概小安又尿炕了，呵呵……"

睡梦中的叶小天依稀又回到了自己的家，童年的家。一大早，他还在熟睡，耳边就响起了老娘教训小安的声音。很熟悉的童年感觉啊，就连那饭香也一模一样……

饭香？

叶小天吸了吸鼻子，忽然张开眼睛，一睁眼就看到微白的天空，他的神志渐渐清醒过来。叶小天翻身坐起，就看到正在灶间烧火的水舞："啊，你怎么起这么早？"

"你醒了？"水舞抬头看了他一眼道，"哦，我担心天大亮后再有炊烟会被村民们看到，所以早些起来。"

"哥哥、哥哥，你起来啦，来陪遥遥玩！"乐遥闻声赶来，骑着只存在于她想象中的白龙马，非常快乐。

看着她快乐的样子，叶小天马上也快乐起来。灶间有一道温柔贤淑的、忙碌的身影，破房子里有一个快乐玩耍的孩子，很温馨，这就是叶小天想要的生活。

我一定要把她们安全地带回京城去！叶小天愉快地想着，从神坛上一跃而下，浑身都仿佛充满了力量。

早上吃饭时，叶小天发现薛水舞似乎没有睡好，她那双漂亮的杏眼里隐隐有着血丝。

莫非因为英俊潇洒如我这般少年与她同屋而眠，所以令这美人难以入睡了？一向自我感觉极其良好的叶小天沾沾自喜地想，马上对未来充满了更加美好的憧憬。

三人用过早餐，将剩下的肉沥干水，摘了几片芭蕉叶子裹好，和白薯一起放在包袱里，穿过小镇继续西行。天还太早，村中街道上静悄悄的，有晨雾袅袅弥漫。

一户人家院子里，一个胖大妇人披头散发，叉着肥硕腰肢，瞪着一墙之隔的邻居家破口大骂："不要面皮的贼儿娃子，连我家正下蛋的大白鹅都偷！"

薛水舞悄悄睃了叶小天一眼，埋头疾行。纵然是不懂事的乐遥也有些心虚，牵着娘亲的小手一溜小跑，唯有叶小天面不改色，挺胸昂头，步履从容如闲庭信步。

等到日上三竿，农民们扛起锄头下地的时候，又有人站在田间地垄上，指桑骂槐地大骂缺德带冒烟的偷了他们家的白薯时，叶小天"一家三口"已远远地离开了这个小村庄。

· ※ · ※ · ※ ·

叶小天低估了湖广道路复杂的程度，这里山多水多，可不像北方的道路四通八达，他们要在起伏的群山中找出一条向北的安全通道很困难。

经过一个镇子时，叶小天向城中商贾仔细询问了一番，获悉再往西走百余里，于群山之中有一条向北的道路，此时他们离开靖州已远，势必不能回头，只好硬着头皮一路向西了。

在叶小天心里，他已经把薛水舞看成了自己的囊中之物，但他一直没有找到合适的机会向她表达。尽管他胆子很大，可是在情场上，他也不过是一个初萌情窦的少年而已。

叶小天和心目中的娘子虽然没有更进一步的发展，但是他和乐遥小妹妹的感情却是一日千里。在叶小天面前，乐遥也像在娘亲面前一样，开始自称起"宝宝"来。

叶小天背着乐遥，走在西去的山路上，薛水舞伴在他的身边，因为已经习惯了步行，她的脚步比从前轻快了许多。夕阳的红光笼罩在他们跋涉的身影上，为他们镀上了一层金色的光芒。

乐遥趴在叶小天的肩上，乐此不疲地继续着她的游戏："哥哥，我们现在就是去西天取经，那你扮演谁呢？"

叶小天笑道："我扮演猴哥呗，我保护你们，打跑一切妖魔鬼怪。"

"猴哥？那你会七十二变吗？"

"这个……不会。"

"不会七十二变怎么能演猴哥。"

"这么说，你一定最适合演猪八戒了。"

杨乐遥摸摸自己的鼻子、嘴巴，惊奇地道："为什么呢？宝宝的鼻子不长，耳朵也不大呀。"

叶小天笑道："可是你很能吃啊。"

乐遥马上像小猪似的嘟起了嘴巴："宝宝才不要当猪八戒，宝宝要当伶俐虫。"

叶小天道："不行，你就是猪八戒！"

乐遥攥起小拳头在他肩头捶了一下，恨恨地妥协了。

水舞微笑地听着他们斗嘴，欣然望向前方。前方，是即将落山的太阳，就像一团燃烧的火浮在山头上，而他们就像一群快乐的飞蛾，扑向那远山之上的火焰，一步步寻找着他们心中的光明。

一座小村庄，暮归的老农正笑着跟街邻打着招呼，忽然凝住笑容，疑惑地看向前方，前方有十几骑快马，卷起一路灰尘飞也似的冲进了村庄。

"喂！老头，有没有一双青年男女带着一个三四岁的小丫头经过你们村子？"

勒住马缰的杨三瘦"哗"的一声亮开一张由他手绘的画像，往那老者面前一递。

老汉凑上前来眯起眼睛看了看,哈哈地笑了起来:"这是你画的?画得可真丑。"

杨三瘦恼羞成怒:"你这老东西,我问你见没见过这样三个人,你管我画得好不好看。"

老汉却也不恼,只是哈哈地嘲笑他:"像你画上的这样三个人,老汉除非撞见鬼,否则是绝对没见过的。老汉只见过一个俊得天仙一般的小娘子和一个清秀少年,带着一个可爱的小丫头从这里经过。"

杨三瘦目光一凝,顾不上理会他的嘲笑,连忙一倾身,急声问道:"他们往哪儿去了?"

老汉翻了个白眼道:"老汉又不是个看见漂亮女人就走不动道的登徒子,人家俊俏小娘子由此经过,老汉还能追上去看看不成?不过嘛……"老汉露出一丝狡黠的笑容看着杨三瘦。

杨三瘦双眼一亮,急忙问道:"不过怎样?"说着急急探手入怀,摸出一锭散碎银子往那老者怀里一丢。老者接过银子,马上爽快地向村外一指:"不过前方就只有一条路。"

"走!"

杨三瘦二话不说,用力在马屁股上抽了一鞭子,便向村外道路狂追过去。

第十五章

路 遇

一

叶小天三人一路西行,所经地区渐渐变成了诸族杂居之地,汉、苗、回、壮、彝、瑶、白、畲等至少十多个民族的百姓群星一般散落在沿途的小村庄里。

这里民风与中原大不相同,官府控制力也相对较弱。在一些地理形势恶劣、民风彪悍的地方,知县所能掌控的区域实际上只限于县城,这种情况下治安自然更加恶劣。为安全起见,叶小天总要找到同路的商旅才会上路。

这天,叶小天一行人终于来到了晃州府。只要穿过晃州便有一条贯通南北的道路,他们就可以折向去京城的路。叶小天心中既高兴又担心,高兴的是终于要踏上回家的路了,担心的是如今囊中只剩下最后一文钱。

过了晃州城虽有一条贯通南北的道路,可这条路是从莽莽群山之中开辟出来的一条驿道。这条漫长而曲折的山中驿路,最快也要四天时间才能通过。这一路上全是崇山峻岭,很难遇到人烟,独行之人是无论如何也无法通过的。可叶小天并未因此止步,车到山前必有路,乐观的小天一直相信天无绝人之路。

进城后,叶小天花掉最后一文钱,买了三个菜包子,三个人勉强对付了一口,便立即向西城走去。

自从进了晃州城,薛水舞就有些心事重重,只是叶小天此时既喜且忧,全未察觉。她望着背着乐遥快步前行的背影,几度欲言,却终又闭口。

如今眼看西门在即,水舞终于鼓足勇气,快步追上前去,正想对叶小天说些什么,叶小天却突然停住脚步,一把扯起她,飞快地闪向路口街角。

薛水舞吃惊地道:"叶大哥,怎么了?"

叶小天道:"噤声!"

他把乐遥交给水舞,贴着墙角悄悄探出头去,向远处观望一阵,眉心紧蹙,脸色渐渐阴沉下来。

城门处，百姓与商贾们正进进出出，只有两个半死不活的士卒抱臂倚着城门，懒洋洋地打量着进出的百姓，而在城墙阴影下，却有五六个大汉站在那儿。

左顾右盼的他们在并不十分热闹的城门下格外显眼，其中一人身材干瘦，赫然正是杨三瘦。叶小天万万没有想到，他们居然追来了，而且就守住北返的唯一出口！

杨三瘦坐在一个石墩上，头戴草帽，正啃着一块西瓜。

他一边吐着瓜子，一边斜着眼看出城的百姓。除非有能藏人的车辆，否则他就不用刻意上前检查，叶小天、薛水舞带着一个小孩子，很容易辨认。

那日他向靖州北方的官道追出好远，一直没有看到叶小天三人的身影，杨三瘦马上就察觉不对了。叶小天三人就算是借乘了他人的车子也不可能快得过他们的马，既然追不上，很可能就是落在了他们的后面，或者根本还未离开靖州。

杨三瘦马上兜转快马往回搜，一直回到靖州城也没发现叶小天的影子。杨三瘦悻悻地回禀杨夫人，本以为叶小天三人既然侥幸逃脱也就算了，谁知夫人却下了严令，要他无论如何也要找到水舞母女并杀人灭口。

杨三瘦不明白夫人为何如此执着，却也只能暗暗腹诽小心眼的女人是何等可怕，作为一个家奴，他不能也不敢违拗主子的命令，只能不折不扣地执行。

可是要抓到叶小天他们谈何容易，杨三瘦费尽周折才打听到叶小天他们向西而去，他一路循踪追赶，可每一次都是阴差阳错，晚了一步。

有鉴于此，杨三瘦干脆分出一半人马继续循踪追赶，他自己另带一半人马日夜兼程地抢先赶到晃州府，堵在了这条去往京城的必经之路上。

叶小天对薛水舞道："杨三瘦来了，就在城门前。"

"什么？"薛水舞听了脸色顿时一白。

叶小天用锐利的眼神盯着她，沉声问道："杨夫人为何非要置你于死地？"

薛水舞满脸迷惘，仔细想了想，摇头道："我……我也不明白，没有道理啊，她为什么这么恨小……小女子，根本没有道理啊。"

叶小天总觉得水舞的话有些不尽属实，毫无道理的迫害并非没有，如果一个人能享有几乎不受约束的权力，那么他丧心病狂也好、肆无忌惮也好，根本就没有理由可讲。

可杨夫人显然没有这样的权力，在她身上还有重重约束，所以她执意如此，就不可能毫无目的或者没有缘由。可现在不是逼问她的时候，叶小天深深望了水舞一眼，又探出头去观察城门口的动静。

水舞咬了咬嘴唇，期期艾艾地道："既然他们守住了城门，咱们怎么办？要不……要不先在城里躲几天？"

叶小天摇摇头道："谁知道他们是否只有这几个人呢，万一另有人在城中打探咱们怎么办？夜长梦多，咱们必须尽快出城才安全些。"

薛水舞看看守在城门处的那几条大汉，忧心忡忡地道："咱们怎么出去，混不出去，也闯不出去……"

叶小天摩挲着下巴，沉吟道："不容易出去，不代表出不去。天无绝人之路，我们总能找到办法的。"

这时，一行人向他们藏身的这个路口缓缓走来。

走在最前面的有两个人，其中一个是一位令人眼前一亮的苗家姑娘，大约十六七岁年纪，头戴一顶精美的银花冠，花冠上插着一对高约一尺的银牛角，银牛角尖上系着彩飘，银冠下沿又圈挂着银花带，下垂着一圈小银花坠。

一条艳丽的百褶裙系在她细细的小蛮腰上，腰间系着一串串的银腰铃。她身上的银饰还不止于此，足足七层明晃晃的银项圈挂在颈上，胸前还戴着银锁和银压领。

当她步态柔美地迈动一双长腿，小腰肢也异样婀娜，而那周身上下传出的银铃响声，便成了一首悦耳的乐曲。

花衣银装，衬着她满月似的俏美面孔，眉儿黑亮、一双大眼、鼻梁挺拔、嘴巴比起中原美人的樱桃小口显得大些，却也令丰润动人美如花瓣的双唇别有一番味道。

那唇瓣并未涂朱，却有一种健康鲜亮的光泽，丹唇外朗、皓齿内鲜，配着一身华丽的银饰，使她透出一种充满生命活力的性感，明艳动人。

在她旁边的是一个斯斯文文的青衫读书人，手摇一柄折扇，举止之间尽显儒雅，只是他的面孔虽不难看，却也难称俶傥，勉强算是中人之姿，读书人的味道却是十足。

在他二人身后还跟着十几个牵马佩刀的苗家壮汉，所经之处，街头行人纷纷走避，生怕招惹了不该招惹的人。

眼看就要走到路口，那读书人突然一收折扇，对那苗家姑娘彬彬有礼地道："凝儿姑娘，咱们先在此处吃点东西再出城吧，免得前路野店也没一家，路上不好进食。"

"还是徐公子想得周到，那就这样吧。"

苗家女孩羞笑的模样，柔柔的仿佛一道潺潺的溪水，若有熟悉的人看到她此刻的模样，绝对不会承认眼前这位柔美可人的姑娘就是他们所熟知的那位展姑娘，"水西三虎"中排名第二的展凝儿展大姑娘。

"水西三虎"都是女人，都是很年轻的女人，都是集万千宠爱于一身的豪门贵女。她们是黔地大大小小数百家土司家少爷们心中的噩梦，不知多少被她们折磨得要发疯的土司少爷日夜盼望着能有一位勇于牺牲的大英雄从天而降，为他们"除三害"，可惜一直没有人甘愿牺牲自己，于是他们的噩梦始终挥之不去。

以这位展凝儿展姑娘来说，她的父亲是水西展氏的大土司，而她的母亲则出身黔地第一大土司水西安氏，展凝儿一肩挑着两大土司家族，自然贵不可言。

常言道：百年的皇帝，千年的土司。皇帝也要受到种种限制，不能为所欲为，尤其是这大明朝的皇帝们，一辈一辈被大臣们欺负，一个比一个苦。可这些大土司们却是擅权专断、生杀予夺，比皇帝还要威风百倍。

"水西三虎"听起来威风凛凛，这样的诨号用在女人身上，足见她们的可怕。展姑娘在水西三虎中排名第二，却是三虎中唯一会武的女汉子。

这位展大姑娘自幼好武，不想成年之后却迷上了文学。尽管限于天赋，她只要一打开书本，很快就能进入甜美的梦乡，却也未曾打消向学之心。

既然不能成为才女，那就嫁一个才子吧！

展姑娘如是想，也如是做了。她公开宣布，要嫁一个才学渊博的读书人。

消息一出，黔地大小数百土司家的少爷们抚额称庆："这头母老虎终于确定了要祸害一生的目标，幸好不是我啊！"一些明明学问狗屁不通，偏偏自觉才高八斗的土司少爷为了以防万一，更是从此宣布："少爷我目不识丁。"

其实他们根本不必如此担心，要找读书人，还有比汉家郎更出色的读书人吗？汉家读书郎，几乎对每一个苗家女来说那都是一种致命的诱惑啊！

展凝儿此番去往中原本是为了办一件事情，回程中恰好遇到这位名叫徐伯夷的读书人，听他吟一首诗、抚一曲琴，芳心就此陷落了。

徐公子年近三旬，因家境贫寒、专心读书，是以至今未婚。展凝儿获悉这一切后，马上把他当成了目标，她怕自己的粗野会吓跑这位斯文秀才，是以在他面前总是扮出一副弱不禁风、百依百顺的乖乖女模样。

在悦耳动听的银铃声中，展凝儿一双火红的衣袖翻飞着，带着一身清新的气息从叶小天面前飘然而过。

叶小天嗅着那扑鼻而来的淡淡花香，看着紧随展凝儿和徐公子之后的十几个形容彪悍、腰间带刀的苗家汉子，冲着薛水舞打了一个响指，神采飞扬地道："有办法了。"

薛水舞欣然问道："什么办法？"

叶小天坏坏地一笑，自信满满地道："山人自有妙计！你且安心候在这里，等杨三瘦那班人离开城门，咱们就马上出城！"

第十六章

小天借刀

一

"小二,两碗面!"

展凝儿扬声说罢,便拉开凳子,使一条手帕轻轻一拂,巧笑倩兮地对徐伯夷道:"公子请坐。"

堂堂展家大小姐,什么时候干过这种侍候人的活,怕是她老爹都没享受过这种待遇,不过她手下那些苗家武士一路上已经见惯了自家小姐对这位徐公子的小意奉迎,倒也见怪不怪。至于他们的饭食,小姐既然没带他们的份儿,只好自己点了,还得等小姐的面端上来再说,免得影响小姐进膳。待遇天壤之别,他们也只能暗叹幼时不曾有机会读书了。

一众苗家武士分别在各张桌前坐了,人数虽多,但是少主当前,也没人喧哗,是以店里安静得很。

"多谢姑娘。"徐公子微微一笑,向展凝儿揖礼道:"姑娘请坐。"

到底是读书人呢,我们那儿的粗鲁汉子,哪有这般斯文知礼的,不但会掉书袋,说话之前还总要揖上一揖。展凝儿欢喜地想着,轻轻一搂裙摆,盈盈落座。

以展凝儿的家世条件,自然不会喜欢这样的街边小店。不过她也并非不知民间疾苦的娇娇女,毕竟作为一方土司,家族辖下尽是苗寨,那里限于条件不会过于奢华,展凝儿自幼常常出入苗寨,住宿饮食也常有粗陋简单的时候。

如今她和这位徐公子同路而行,一路上徐公子从不花她一文钱,展凝儿自然就不敢展现自己的奢侈以引起他的反感。同时徐公子这番表现,在她心中也树立了自尊自强的形象。

"两位客官,你们的面。"

小二从那些苗家侍卫武士的排场看出这位姑娘不同凡响,赶紧知会厨下用心做好两碗辣子面,殷勤地给他们端上来。

展凝儿斯斯文文地揶着面条,对徐伯夷道:"人家上次听了公子绝妙的琴音之后,也动了学琴之念，只是苦于没有名师，不知公子能否指点一二。"

徐伯夷爽朗地笑道："互相切磋有何不妥。其实呢，琴棋书画说到底不过是一种陶冶情操的娱乐，随心所欲就好，如果本不喜欢，也不必强求，否则便失却了本义。

"古人击缶作歌、弹剑作歌，俱是随兴而为，又何尝失了高雅？姑娘你嗓音如此美妙，想必歌喉也婉转如百灵，琴能学得，可你这天生的好嗓音却是学之不得呢，徐某倒想听姑娘你高歌一曲。"

展凝儿羞羞答答地道："小女子怎敢在公子面前献丑。"

她用一根筷子卷着面条，并无进食的意思，含羞带怯地对徐公子道："凝儿与公子一见如故，相谈甚欢，此去葫县又是同伴，不知到了葫县后可否去公子家中拜访？"

展凝儿虽是苗女，却也明白一个未出阁的大姑娘不便轻易去一男子家拜访，她如此说，分明是向徐伯夷表白情意了。徐伯夷微一犹豫，斟酌道："呃……徐某此番本是游学归来，若贸然带姑娘回家，恐父母双亲会以为我在外一直疏怠学业，还是另找机会吧。"

眼见展凝儿露出一抹失望的神色，徐伯夷忙道："其实，徐某也很想让家父家母见见姑娘你呢，只是姑娘仓促登门未免于礼不合，还望见谅。"

展凝儿展颜道："人家哪有那么小心眼啦。嗯，人家也明白，你们汉家人的礼数多得很，尤其是像你这样的读书人，那好吧，人家听你的就是。"

徐伯夷暗自松了口气，连声道："好好好，那就这样说定了。姑娘，请用面。"

"哎哟！"展凝儿刚刚举起筷子，叶小天就风风火火地赶过来，身子一蹿，恰恰撞在展凝儿的胳膊肘上，将一碗面都撞翻了。

展凝儿哎呀一声，徐公子眉头一蹙，对叶小天道："你这人怎么这般莽撞！"

展凝儿手下那些人方才并未清场，也未在意叶小天进来，如今见他撞到了小姐，才纷纷站起。展凝儿柳眉倒竖，本来甚是恼怒，一见徐公子义正词严地训斥这个莽撞人，忽地醒悟到自己乃是一个"性情温柔"的大家闺秀，忙出言劝道："算了算了，这人也非有意，叫他赔我一碗就是了。"

"什么？陪你一晚！"成心找事的叶小天大惊失色，急忙抱胸急退两步，惶恐地道："我没听错吧，你竟然要我陪你一晚？"

展凝儿奇怪地道："这有什么不对吗？"

叶小天正色道："当然不对！我只不过撞翻了你的面而已，你怎么可以让我陪你一晚呢？姑娘，在下一向洁身自爱，是绝对不会出卖自己的肉体，答应你这样非分要求的。"

展凝儿听他一说，只气得头脑发昏，她涨红着脸庞道："我是说叫你陪我一碗……"

叶小天马上截口道："我不干！我人虽穷，志却不穷，我绝不出卖自己的肉体和尊严！"

展凝儿的心火噌噌直冒，咬着牙根喝道："我是说叫你赔我一碗面！"

徐伯夷怒不可遏地道："展姑娘，你不用理会他，这无赖是故意耍浑，占你便宜。"

叶小天道："哦……原来是要我赔你一碗面。我就说嘛，像姑娘你这种嫩得一掐就出水的漂亮姑娘，想要男人勾勾小指就行了，怎么可能提出如此无耻的要求，原来是赔你一碗，而不是陪你一晚……"

展凝儿几时受过如此戏弄，急火攻心之下，终于忘记了在徐公子面前扮演温婉淑女，她手腕一翻，一柄锋利的短刀就明晃晃地出现在叶小天胸前，叶小天马上闭紧了嘴巴。

展凝儿目欲喷火，手中的刀尖稳稳地沿着叶小天的胸膛一寸寸地向上移，缓缓滑到叶小天的喉头，叶小天的喉头立即被激起一片细微的鸡皮疙瘩。

展凝儿手中的刀尖继续上移，叶小天不得不像一个正被纨绔公子调戏的小姑娘似的扬起了他的下巴，微微仰视着并不比他矮几分的"展大爷"。

展凝儿抬起一条腿，往条凳上狠狠一踩，斜端着肩膀，似笑非笑地瞪着叶小天，揶揄道："说啊！你继续说啊，你不是很能说吗？"

叶小天可怜兮兮地道："壮士饶命！"

展凝儿嗤笑，将刀子在叶小天脸颊上拍了两下，嘲讽道："继续油嘴滑舌啊，本姑娘的便宜这么好占，你现在不占，过了这个村，可就没有这个店了！"

叶小天弱弱地道："姑娘说笑了，你刀子都亮出来了，我又不是活腻了，怎敢再胡言乱语。"

展凝儿冷笑道："你不是说本姑娘嫩得一掐就出水吗？怎么你现在屄得一掐就出鼻涕泡了呢？"

叶小天干笑道："爷爷都是从孙子辈过来的嘛，该装孙子的时候就得装孙子，大丈夫能屈能伸。"

展凝儿撇撇嘴道："你还想在本姑娘面前装爷？如果我想杀你，你现在死了三次都不止了。"

叶小天赶紧道："其实以姑娘你这般美貌，我一见你就已经被你迷死了，根本不用姑娘你动手的。"

展凝儿瞪起大眼睛，娇叱一声道："你还敢油嘴滑舌，信不信我现在就杀了你！"

叶小天委屈道："我都对你大拍马屁了，你怎么还可以杀我？"

展凝儿又黑又亮的一双眸子狠狠地瞪着他，一字一句地道："我怎么就从来没有见过像你这么不要脸的男人。"

叶小天赶紧道："那你就更不能杀我了，杀了我，你上哪儿再找一个这么不要脸的男人？"

展凝儿的脸颊急剧地抽搐了几下，在叶小天的厚颜神功下，她都不知道自己该说什么好了。

一个腰间插着短刀的苗家汉子踏前两步，森然道："大小姐，把他交给小人处置吧。"

叶小天马上道："喂喂喂，你们可不能仗着人多欺负人少！姑娘，你要是有胆子就放了我，我也有兄弟的，只要我把兄弟们找来，咱们谁处置谁还不一定呢！"

展凝儿眉尖一挑，道："真是好主意，我放你去找你的兄弟，你趁机溜之大吉是不是？"

叶小天大声道："你若不信那就跟我一块去，我的兄弟们可是很能打的，如果你们这些苗人怕了，那我也无话可说，要杀要剐，你们现在就动手吧！"

展凝儿把手一缩，尖刀在掌心滴溜溜一转，顿时消失不见。她一脚踢飞了条凳，彪悍地喝道："前方带路！"

等展凝儿带着十几个彪悍的打手一窝蜂地冲出辣子面馆，展凝儿才猛然醒觉方才自己那副形象全都落在了徐公子的眼中。

"完了，一路上努力营造的大家闺秀的形象，这一下全毁了。"

展凝儿又羞又怕地偷偷瞟了一眼跟出来的徐公子，见他并未露出鄙弃不悦的神色，心中稍安，忙靠过去，讪讪地道："让公子见笑了，人家……人家实在是被这无赖小子给气着了，其实人家脾气一向很好的，是吧？"

徐公子点了点头，义愤填膺地道："姑娘做得对，对这样的泼皮无赖，就要严加惩治，否则不知还要有多少良家妇女被他调戏。"

展凝儿如释重负，细声说道："公子说得是。"她微微低头，恰似水莲花不胜凉风的娇羞，心中却是暗暗打定主意，一会儿只让手下动手，自己是绝对不能露出那种凶神恶煞的模样来，读书人胆子小，要是吓跑了怎么办？

杨三瘦带着几个人正在城门口东张西望，叶小天领着一帮苗人浩浩荡荡地走过来。叶小天便向前一指，说道："看，那就是我的兄弟！"

叶小天加快脚步，越众而出，向前疾奔而去。杨三瘦丢掉西瓜皮，刚刚转过头来，双眼突然一亮，向前一指，大喝道："他在那，快抓住他！"

叶小天向前跑出几步，突然又返身往回跑，杨三瘦领着五六个大汉撒开双脚猛追过来。叶小天一边跑，一边嚣张地冲着展凝儿喝道："我兄弟来了，你们这些苗蛮子，受死吧！"

第十七章

南辕北辙

一

叶小天张牙舞爪地冲在前面,杨三瘦等人则咬牙切齿地跟在后面,一边跑还一边拔刀。他们气势汹汹的,看起来就像是听叶小天一声召唤,便要冲过来和这班苗人拼命似的。

展凝儿这边的人只看见叶小天突然从他们之间跑出去,向着城门口那群人吆喝了一嗓子,然后就掉转头,耀武扬威地向他们冲过来,还得意扬扬地大叫:"你们这班苗蛮子,这回死定了!"

他们此时还能怎么做?难道停下来等对方砍倒几个兄弟,再好好论一论谁是谁非?他们当然是马上拔出刀,义无反顾地冲上去,而且喊得比对方更大声,表情比对方更凶狠。

"我不能打,你们打赢我兄弟,我就认输啦!"眼看刀光雪雪,映日生寒,如同一座气势汹汹的刀山向他扑来,叶小天突然脚底抹油,来了一个极销魂的走位,仿佛一辆疾驰的车子突然做了一个漂移,"嗖"的一下就闪到了路边,还立即来了一个五体投地大礼。

如此一来,那些大呼小叫、拔刀猛冲的苗家汉子即便有心顺手给他一刀都嫌碍事,何况迎面正有人持刀冲来,谁还有心理会他,马上都举刀迎了上去。

杨三瘦等人跑着跑着心中渐生狐疑,对面这些苗人要干什么?貌似……貌似是要跟我们动手?难道他们是叶小天搬来的救兵?

杨三瘦可是很清楚这里不是靖州,在这些山寨部落聚居地区,民风是何等彪悍。他迟疑着,脚下的步子渐渐慢下来,可他们根本没有机会问个清楚,对面的苗人已经挥舞着大刀,大呼小叫、兴高采烈地冲了过来。

杨三瘦等人一边糊里糊涂地举刀迎敌,一边在心里犯嘀咕。

两个守城的老军一见城门口发生大战,其中一伙人似乎是外乡客,另一伙人干脆就是惹不起的山地部落，马上扛起生了锈的缨枪，拔腿向城头逃去，动作迅速果断、稳健有力，看来逃生经验极其丰富。

"真是一个废物！"

正在扮斯文大小姐的展凝儿经过行五体投地大礼的叶小天身边时，自然不好提起裙子狠狠踹他两脚，甚至连句不屑的话都不便说。她只是在心里狠狠鄙视了叶小天一番，便从他身边走了过去。

展凝儿一过去，正趴在地上扮乌龟的叶小天马上跳了起来，急急向城门处看去。这边大战一起，城门处的百姓便四散而去，薛水舞抱着杨乐遥，背着大包裹，像个难民似的，此时堪堪逃到城门口。

叶小天抬眼望去时，薛水舞恰好扭过头向他这边望来。叶小天心中一喜：我这小媳妇倒聪明啊，时机抓得真好！

叶小天向薛水舞竖了竖大拇指，做出一个"快走"的口型，薛水舞便转过头，迅速消失在城门洞里。

刀光剑影之中，叶小天不断地向边角处移动着，正在混战的双方根本没人注意他。

展凝儿全神贯注地盯着交战的双方，她的人多，而且个个都是骁勇善战的族中勇士，当然，他们最擅长的是山地战，在这里却发挥不了所长。

即便如此，比起杨三瘦一方他们依旧要强得太多。杨三瘦一方不但人少，而且都是一些家丁护院，纵然平时舞舞石锁、练练刀枪，又怎比得上这些真正经过锤炼的山地男儿。

"不要打了，我们投降，我们投降！"

杨三瘦左胯挨了一刀，右肩破了一道口子，发髻也散了，披头散发、左支右绌地竭死拼杀了一阵，刀又被一个用重兵器的苗家武士给磕飞了。他只好高举双手，悲愤地大叫："你们到底是叶小天的什么人，为何与我们作对？"

展凝儿和徐公子疑惑地互相看看，展凝儿突然有所醒悟，急忙举起手臂，大喝道："统统住手！"

杀红了眼的双方缓缓后退，气喘吁吁地站定，好多人已浑身是伤，其中以杨三瘦一方更甚。展凝儿缓缓踏前两步，沉声问道："你们……不是叶小天的兄弟？"

一盏茶的工夫之后，血染重衣、披头散发的杨三瘦就像一个正在作法的楚地大巫，双手高举向天，满腔悲愤地嚎叫起来："叶小天，我杨三瘦对天发誓，我一定要杀了你！我一定会杀了你的！"

展凝儿像个小淑女似的站在徐公子身边，心中却在咬牙切齿地发誓："臭小子，你竟敢戏弄我、利用我，姓叶的，我不会放过你的，我一定灭了你！一定灭了你！"

此时，被杨三瘦和展凝儿双双诅咒、意欲挫骨扬灰的叶小天正急急奔跑在通向西南方向的一条山间野径上。

当他像条黄花鱼似的溜着边蹭出晃州城时，赫然发现薛水舞抱着杨乐遥正艰难跋涉在通向西南方向的一条山间小径上。叶小天大急，马上遥遥呼喊："水舞，你走错路啦，不是那个方向。"

不料薛水舞充耳不闻，又或者是根本没有听到，脚下反而更快了，叶小天喊了两声，她的身影已经消失在起伏不平的山石之后。叶小天无奈地看看正前方平坦的官道，恨恨一跺脚，也闪离了大路向她追去。

薛水舞抱着一个孩子，哪里能跑得快，很快就被叶小天追上了。

"水舞！站住，不要跑了！"

叶小天急急赶上前来，水舞听到他的声音急忙止步，转过身来，一脸惊喜地道："叶大哥，你逃出来啦，他们没有追来吧？"

叶小天道："当然没有，你怎么往这边走，这样走永远也到不了北京城啊。"

薛水舞的目光微微飘忽了一下，赶紧道："啊，水舞是想，我们虽然出了城，只怕他们猜到我们要走的方向，很快就会追上来，不如先在山中躲避一时，再伺机北返。"

"嗯……似乎很有道理。"叶小天看着薛水舞，眼神微微有些玩味，但他马上就展颜微笑起来："呵呵，跟着我逃了这一路，水舞姑娘也变聪明了呢。"

薛水舞讪讪一笑，有一丝不自然的神情从眼眸中悄然闪过。

叶小天上前两步，一把从她怀中接过杨乐遥，道："咱们走吧，先到山上躲避一时，逃过他们的追捕再说。"

叶小天抱着乐遥大步而去，薛水舞望着他的背影，有些懊恼地咬了咬唇，恨恨一跺脚，快步追了上去。

· ※ · ※ · ※ ·

夜色苍茫，沐浴之后神清气爽的叶小天躲在莽莽丛林遮蔽下的一个山洞里，正在烤一只好不容易才抓到的锦雉。

洞中央生了一堆火，火堆熊熊燃烧着，将洞窟中阴寒的气息一扫而空。叶小天转动着架在火上的锦雉，锦雉在火焰上方吱吱地冒出油脂，诱人生涎。

洞外半里地外有一眼山泉，薛水舞带着刚在那儿洗过澡的乐遥慢慢进了山洞，刚刚洗过澡的乐遥披散着头发，粉团团的十分可爱。

叶小天见她们回来，便笑着说道："鸡肉已经快烤熟了，遥遥，过来闻闻。"

"哇，好香啊！"乐遥扑到叶小天怀里，两眼发光地看着那只诱人的烤鸡，咽了口唾沫。叶小天笑道:"不要急,还得等一会儿。咦,这是什么?"

忽然,叶小天看到乐遥颈上挂着一块润泽的黄色小牌子,还未掩进衣衫。叶小天拿起牌子看了看,见是一块黄杨木做的小木牌,纹理清晰细腻,可正反面都什么都没刻。

叶小天好奇地问道:"这是什么?"

乐遥奶声奶气地道:"人家也不知道啊,娘亲说,人家一出生时就带着这块牌子,以后也要一直带着,不许弄丢了,小天哥哥,这牌子好看吗?"

叶小天道:"好看,当然好看,咱们遥遥生得这么好看,戴什么都好看呢。"

乐遥一听却担起了心事,她还记得小天哥哥说过小时候长得好看的女孩子长大了都会很丑,于是赶紧强调道:"小牌牌好看,遥遥可不好看,遥遥好丑好丑呢。"

叶小天心想:杨霖很疼这个女儿,没理由对女儿这般吝啬吧,以他的富有,不给女儿戴个玉牌也得是块金锁啊,怎么会是一块平平无奇的木牌呢?

因为想着心事,对乐遥这句孩子气的话,叶小天便没有理会。薛水舞回来后就从叶小天手中接过了烤架,继续转动着烤鸡。她偷偷瞟了叶小天一眼,又飞快地收回了目光。

今天出城后,她其实是有意地向西南方向逃,不只想摆脱杨三瘦的追杀,就连叶小天也想摆脱掉。

其实在城里的时候,她就想对叶小天坦白自己的心事了,只是苦于没有机会。否则即便不能把全部真相告诉叶小天,她至少也会吐露关于自己的那一半。

可现在有了机会,她又胆怯了。她其实很清楚叶小天对她的企图,她最初佯作无处可去时,也正是想利用叶小天的这个企图,借助他的力量,以逃离靖州。

那时她并不清楚叶小天的为人,只想着利用他一下,现如今感觉叶小天表面虽有些玩世不恭,其实骨子里还是很有些古道热肠的,却又因他对自己恩义深重,反而不好启齿,是以才想不告而别,却不想他那么快就追了上来,这可怎么办?

薛水舞的黛眉刚刚烦恼地蹙起,就察觉叶小天灼灼的目光正盯着她看,薛水舞吓了一跳,摸摸自己的脸蛋,心虚地道:"怎么了?"

叶小天启齿一笑,露出一口洁白的牙齿:"没什么,你方才怎么不沐浴一下?"

薛水舞本来察觉叶小天的目光有些奇怪,是以有些心虚,一听这话方才放下心来,暗暗松了口气,摆出一副难为情地模样道:"人家……人家不方便在此沐浴吧。"

叶小天打个哈哈,道:"你们女人就是麻烦。我带遥遥在这玩,你去山泉中沐浴一番有何不好,这荒山野岭的非禽即兽,还怕被它看了去不成?呵呵,你不洗便不洗吧,来,咱们吃烤鸡。"盯着烤鸡、吮着手指的杨乐遥一听这话,马上欢呼一声,乖乖坐好。

第十八章

妖逃夭夭

一

乐遥枕着包袱甜甜地入睡了。今天赶了那么远的路，一路又担惊受怕的，她的精神和体力都耗光了，是以睡得很沉，红红的火光映着她粉嫩的小脸蛋，异常可爱。

山里阴凉，洞窟里尤其如是，不过生上一堆火就暖和了，而且可以驱走野兽。薛水舞往火堆里填了几根柴，偷偷瞟一眼叶小天，见他微微发出鼾声，便蹑手蹑脚地站起来。

薛水舞悄悄走到洞口，又回头看了一眼，便投入夜色之中。过了片刻，叶小天鼾声骤停，猛然坐了起来，看一眼熟睡的乐遥，疑惑地跳起身来，悄悄跟了上去。

山洞周围山石较多，只有野草，没有树木，也很少有野兽靠近，洞里又生了火，不用担心遥遥的安全。叶小天借着山石的掩护，悄悄蹑着水舞的身影，渐渐来到泉水旁。

叶小天这才恍然大悟："原来她是要沐浴啊！"

不能洗澡对女人来说简直就是一场噩梦，如今旁边就有一道溪流，薛水舞怎能禁得住诱惑。可是光天化日的即便没人偷看，她也不敢宽衣解带，何况让叶小天知道她就在那里沐浴的话，心里总有些怪怪的。是以一直拖延到现在，等叶小天睡熟了，她才悄悄赶到泉水边。

弄清水舞的目的，叶小天松了口气，马上又开始兴奋起来：她要洗澡了，那自己岂不是可以把她看光光？叶小天抬头看了看天，月亮又大又圆，今天真是个好天气啊。是时，明月高悬，清霜满地……

当薛水舞一身清爽地回到山洞时，叶小天正躺在那儿鼾声阵阵。薛水舞轻轻吁了口气，她可没有想到被她珍藏了一十八载的清白身子，刚刚已经被一个小无赖看了个通透。

叶小天躺在那里，鼾声从容，睡容平静，可胸膛里的那颗心，却跳得如同擂鼓：

好美！真的好美！她是我的，她必须是我的！嗯……还是尽快把她揽到碗里我才放心啊！

方才所见的一幕，使得他的心就像一只猴子见到了挂在枝头的一枚汁肥味美的桃子，哪里还有耐性忍下去。

可是，他的感觉告诉他，薛水舞并没有躺下歇息。他感到薛水舞似乎走近了些，正在观察他，然后又悄悄走开，窸窣的一阵细微响声之后，洞中便静寂下来。

叶小天又等了一会儿，轻轻张开眼睛，赫然发现——他媳妇逃跑了！

薛水舞慌慌张张地逃在山中，借着月光向她白天带乐遥洗澡时就已观察好的一个方向急奔。乐遥趴在她的肩头，揉着眼睛，迷迷糊糊地道："娘亲，我们这是去哪里呀，小天哥哥呢？"

薛水舞"嘘"了一声，小声道："不要说话，咱们和小天哥哥做个游戏，让他清早起来找不到咱们好不好？"

乐遥马上清醒过来，兴致勃勃地道："好啊好啊，就像唐僧和猪八戒被妖怪抓走，孙大圣去救他们出来一样吗？那谁扮猪八戒呢？"

·※·※·※·

天亮了，昏昏欲睡的乐遥趴在水舞肩头，迷迷蒙蒙地望望身后的路，心想：小天哥哥真笨，到这时候还没追上来，人家都快被妖精吃掉啦。

乐遥假想中的妖精，此刻正走在薛水舞的身旁，咯咯地笑着，像一只下蛋的老母鸡。

她自称马大婶，是从附近寨子里出来去城里走亲戚的，清早在路上恰好碰到水舞母女。马大婶身材肥硕、满脸横肉，乐遥很不喜欢她，可水舞却对她充满感激。

马大婶说，她要去的那个县城正好有一条通往贵州府的道路，她可以带着水舞母女同行，对逃离叶小天身边却不知该何去何从的水舞来说，这位马大婶无疑是一个活菩萨。

马大婶笑眯眯地打量着水舞和乐遥，越看越喜欢：这小娘子水灵得花儿一样，细皮白肉、眉眼俊俏，卖进山里就糟蹋了，还是卖到城里能多赚些。至于这小女娃儿，一看就是个美人胚子，也能卖上个好价钱。

难怪今儿一早就听见喜鹊叫呢，原来是有一桩好买卖上门了。想到这里，马大婶咯咯的笑声愈发地欢快了。

丛林中，叶小天远远地跟着她们，脸色阴沉。他不明白为什么薛水舞要不告而别，即便是不肯随他回京，不肯嫁给他，告诉他一声，他心里也能好受些啊，他很不喜欢这种被人利用的感觉。

可是尽管心里充满了对薛水舞的愤怒，他还是一路跟下来了，尤其是水舞和马大姊路遇以后，叶小天就更是不肯稍离，他担心这个满脸横肉的妇人心怀不轨。

叶小天一路跟着，一直跟到那座小小的县城，看着水舞和乐遥同许多早起赶集的村寨部落的百姓们一起熙熙攘攘地走进城门。

看来是我多疑了！

叶小天颓然傍树坐下，自嘲地自语道："满脸横肉看来就不是善类的村妇，是个古道热肠的好人，看来清纯柔弱、一派天真的小美人，却是一个骗死人不赔命的妖精呢。"

"走吧，走吧！被杨老头诳来靖州，一分银子没赚到，还吃了这么多苦头，险些送了性命，你够对得起她了。她既然是个无情无义的女人，你还留恋什么呢？"

叶小天要站起来，想了想又不甘心地坐回去："我就这么回去了？那我这两个多月所受的苦不就白吃了？娶老婆嘛，哪有那么容易的，要三媒六证，要辛苦赚钱攒聘礼，要盖新房子，要宴请客人，哪一样都不比现在容易啊。"

叶小天低下头，看着自己膝盖下冒出地面的树根，认真地征询意见："喂！兄弟，你给哥哥说句话，你说我是进城还是拍拍屁股回北京？"

……

"你要是点头，我就进城。你要是摇头，我就回北京。"

……

"你既不点头又不摇头，这是什么态度！这可是关系到我终身幸福的大事，你明不明白？"

第十九章

很多年前，很多年后

一

　　这个县城不大，若是在中原富庶地区，这样的县城只能勉强算是一个镇子。居于群山之间的这座小城也不是南北交通要道，是以外地客旅不多，县城里最热闹的时候就是每月两次的庙会了。

　　每到这一天，四野八乡各族百姓便纷纷带着各种山货，诸如蘑菇、野果、野味、竹席、竹篓等物赶到镇上来互通有无、以物易物。

　　当然，也有一些外地商贾携了布匹、盐巴、酒和胭脂水粉、首饰头面等物品拿到这座小城，和当地山民交换些野味山珍，再运到外地赚个差价。

　　镇上有两家小客栈，主要就是为当日来不及赶回家中的山民和别处赶来的商贾们预备的，是以条件非常简陋。

　　马大婶平时不在城里"做生意"，虽然这种地方的官府不比中原地带的官府威风，可是在他们这些小民眼中还是很有威慑力的，在此地作案，风险要大一些。

　　不过薛水舞母女这么好的条件，如果卖给山里人充作生育工具未免可惜，总要卖到富人家或者青楼里才能赚个好价钱。她们一看就是不谙世事的外乡人，马大婶又只是在县城里偶尔为之，倒也不担心什么。

　　马大婶到了镇上，便先在一家小客栈里要了间房，对薛水舞道："小娘子，这县城里总有些不三不四的泼皮无赖欺压良善，你貌美如花，可不要到处走动。

　　"大婶先把你安顿在这里，再去城中亲戚家一趟，一来探亲，二来也要拜托他们帮你联络一下商帮，才好带你去贵州道，要不然你这样娇滴滴的小娘子，是根本不可能太太平平出行的。"

　　薛水舞感激不尽，连连向她道谢，马大婶微微一笑，便转身离开了房间。薛水舞放下女儿，刚刚倒了杯水，就听"咔嗒"一声，她急忙赶出去一拉房门，房门露出巴掌宽的一道缝隙便再也打不开，竟是被人在外面上了锁。

薛水舞心中登时浮起一种不祥的感觉,她高声叫了几句"马大婶",没有听到马大婶的回音,倒是招来几个住店的客人。那客人从门缝里窥见一个貌美的女子,一个个交头接耳的,神色很是诡异。

薛水舞见状心中害怕,再也不敢声张,心中不祥的感觉却越来越强烈:不会是碰上人贩子了吧?想想马大婶那副亲切朴实的样子,薛水舞不大相信自己的判断,可眼下诡异的局面,却令人难以心安。

乐遥已经失去躲猫猫的兴趣了,嘟着小嘴对薛水舞道:"娘亲,小天哥哥怎么还没找到我们啊?"

薛水舞轻轻把她搂在怀里,泪水在眼眶里打转,她知道,叶小天永远也不可能出现在她的面前了。如果她能顺利地把乐遥带到贵州,交给应该交给的那个人,或许叶小天在她心中就只是曾经的一个遗憾,虽然现在她比任何时候都怀念那个男人。

·※·※·※·

马大婶离开客栈后,便兴冲冲地在城里转悠起来。她很少在县城作案,这里并没有熟悉的人可以帮她"销赃",但是她也算是半个本地人,大概也能知道谁家富有。

马大婶打的主意是先找富贵人家,这样的人家最出得起钱,如果不行再去青楼,只是此地的青楼只是流莺的汇聚地,专挣苦哈哈们的钱,怕是不会出个理想的好价格。

马大婶在县城里匆匆奔走着,全未注意一条人影自始至终悄悄跟着她……

关二今年有五十出头了,稀疏的头发白了大半,挽一个道髻,插一根槐木簪,身上一套破旧的葛布短衫。他蹲在路边树荫下,面前摆着一麻袋核桃、一麻袋板栗,还有柿饼、红枣等物。

因为天热,他掖起了袍子,露出袍下一双瘦瘦的毛腿,整个人蹲在那儿,就像一只大马猴。每当有几分姿色的女人从他面前经过时,他就直勾勾地盯着人家,前看胸后看臀,眼神像钩子似的,脑袋从左摆到右,从右摆到左……

他是个收山货的,收山货是个苦差事,即便运到山外也赚不了多少钱。所以,他是个稍显富裕却不是很有钱的人。

集市上货摊摆放得并不整齐,行人走路也没有规矩,所以熙熙攘攘非常混乱。即便在这种情况下,关二的眼神依旧可以准确地追着每一个摇曳生姿的女人渐行渐远,直至他的目光深邃得像个哲人。

关二曾经很穷,他原来只是收干货的李掌柜的小伙计,当他从小伙计熬成老伙计时,依旧没有几个钱,也没钱娶个婆娘。

他这一辈子唯一一次尝到做男人的滋味还是二十多年前。那一次他攥着攒了好久的钱，逡巡着登上一个半掩门的窑姐的门，交出那被汗攥透的二十文大钱，像个孩子似的被那女人拉进屋里。

清醒之后，关二忽然有些心疼那些钱，可有时又觉得那种极乐的感觉，就是搭上他的一切都值得。

从那以后他就再也没有碰过女人了，只能靠着那一个做梦般的回忆熬到今天。李掌柜始终那么吝啬，关二始终身无分文。直到前不久，李掌柜在一个雨天绊倒在山坳里，头重重地磕在石头上，一命呜呼。

掌柜的死了，怯懦老实了一辈子的他头一回壮起胆子干了一件坏事，吞没了掌柜的货物和钱，自己做了掌柜。从那天起，他的梦想便不再只是吃饱饭，而是能有一个自己的女人。

关二一直梦想着再做几回生意，就能攒足钱娶个媳妇，或许丑一些、老一些、嫁过人，但毕竟是个女人。只是他没有想到这一天来得这么快，以致很多年后他回想起那一天，依旧坚持认为，那个笑得坏坏的男人，是上苍派来的天使。

又是一个女人从他面前摇曳而过，当关二的眼神就像陷进泥沼的脚，拔都拔不出来的时候，突然有个嘴巴生得像女人一般秀气的少年挡在他的面前，切断了他的视线。

他记得他当时还很不高兴地皱了皱眉，问道："你是买山货还是卖山货？"

那个少年天官赐福一般微笑着，对他说："掌柜的，我不买东西，倒是想卖点东西。"

少年弯下腰，用只有他们两个才能听到的声音，悄声问道："有个女人，你要不要？"

· ※ · ※ · ※ ·

很多年后，马大婶抱着她六小子家的三丫头，张着掉光了牙齿的嘴巴，絮絮叨叨地说起她那已经过世的丈夫时，总是不由自主地想到一个叫她永生难忘的小伙子。

她依稀记得，那个小伙子有张比女孩子还秀气的嘴巴，笑起来坏坏的，却一点也不讨人嫌。

不过她永远也不会知道，其实在那之后，她曾不止一次听到过的、如雷贯耳的那个大人物的名字，就是她曾经遇到过的那个少年，那个少年一生只客串过一次人贩子，卖的就是她。

"地头不熟，生意就是不好做。"

接连几次碰壁的马大婶蹙眉思量着，这要在她熟悉的地方，她很清楚谁家有钱、谁家缺女人，直接上门，这单生意就成了。可这县城她虽来过几次，却也只是来赶集，并不清楚城里情形，以致盲人瞎马地乱撞。

可是想想那嫩得掐出水的俊俏小娘子，若是在这县城里找个好人家，至少比卖进山里价钱高出四五倍，她又觉得辛苦些也是值得的。马大婶正思量要不要去找些财主家问问，后边忽然有人唤她："大姑，这位大姑，请留步。"

马大婶回过身，就看到一个嘴巴很秀气的少年飞快地赶过来。少年一副很老实的样子，被她一看，小脸居然还有些发红。少年腼腆地问道："大姑，你是不是……是不是有个侄女要嫁人？"

马大婶听着他的外乡口音，又看看他破旧的衣衫，还有脱了线露出两只脚趾的鞋子，皱眉道："怎么，难道你想讨个婆娘？你娶得起婆娘吗？"

"不不不！"少年慌得连忙摇手，脸色窘得更红了，他局促地搓着手，看着自己的脚尖，道："小子只是一个长工，哪里娶得起婆娘，是……是我们家老爷想纳个妾……"

马大婶恍然大悟，可是瞧他一副穷酸相，想来他的东家必是个极刻薄的，却不知舍不舍得花钱买女人，便道："你们老爷要纳妾？我跟你说，我这侄女俊俏得很，价钱可不便宜。"

少年吭吭哧哧地道："我们老爷有的是钱，大姑你就放心吧，他刚听说大姑有个俊俏侄女要说亲，就让我来找大姑，我……我说不清楚，大姑你还是跟我们老爷说吧。"

这少年实在是老实得不像话，就这么一段话说得结结巴巴，脸也憋红了，额头也似急出了汗，不时抻起袖子抹汗。马大婶笑起来："成！那我就跟你走一趟。"

马大婶这一去，就被装进了麻袋，然后和核桃、山楂一类的山货一起被搬上一辆驴车，离开了县城。等她再被放出来时，就成了关二的老婆，直到怀了娃才得以走出那间茅草屋，知道她到了什么地方。

第二十章

唐僧肉

一

薛水舞坐在房中，仔细回想与马大婶结识以来的种种，终于确定她受骗了。这时她才发觉这幢小房子连窗户都是钉死的，似乎本来就有特殊用处，她根本就逃不出去。

遥遥察觉了她的不安，她抱着薛水舞的脖颈，大眼睛眨呀眨的，想说什么，却又不知该说什么，只是张开稚嫩的手臂，将她抱得更紧。

薛水舞的泪忍不住流下来，她好恨，恨自己的蠢，也恨马大婶的恶毒。她在脑海里已经幻想了种种可怕的后果。

"小姐，水舞太没用，水舞辜负了你的托付。小风哥哥，对不起，我……"

"咔嚓"！

极轻微的一声开锁声，但是薛水舞还是听见了。她像受惊的兔子似的颤抖了一下，抱紧遥遥，惊恐地望向门口。

门"吱呀"一声开了半扇，有一道人影被阳光投射进来，她看得出，那是一个男人的身影，于是心中更恐惧了。

男人没有走进来，只是静静地站在门口，冷哼一声，只听"哗愣"一响，一串大钱丢进房中，随即那道身影转身离去。

薛水舞愕然瞪大眼睛，她抱起乐遥，急急冲到门口，就见庭院空空，哪里还有人影。

薛水舞回过头，就见地上一串大钱，在阳光的照耀下发出金灿灿的光芒。

遥遥扑闪着黑葡萄似的一双大眼睛，突然对薛水舞道："娘，刚才那人一定是小天哥哥。"

薛水舞板着俏脸道："别胡说。"

遥遥突然欢喜地道："快看，他在那里。"

薛水舞大喜,急忙扭头一看,就见遥遥的小手指着空中的一只苍蝇:"小天哥哥变成苍蝇……飞走了。"

薛水舞大失所望。

……

啊!真是个蠢女人,怎么会有这么蠢的女人!

叶小天郁闷得很,自那天遇到马大婶这个人贩子之后,薛水舞的厄运就开始持续不断了。

得了叶小天给她的一吊钱,水舞总算有了向西南行进的本钱。之后她在一个小镇上住下,独自出门向人打听有没有去贵州的商旅以便同行,却被一个二流子骗进了妓院。

叶小天潜进妓院的时候,老鸨子正找了几个龟公想强暴她。这是对付三贞九烈的女人最好的办法,一旦失去最想维护的东西,很多人在高压下都会自暴自弃。

叶小天只好蒙了面,扮了一回强梁。他可不是肌肉男,无奈之下,只好先放火烧了厨房,趁着妓院里鸡飞狗跳的时候,他拎着一根棍子冲进房去,才把这个自投虎口的傻女人救出来。

这次壮举之后,叶小天也弄得一身是伤,还没痊愈,薛水舞又在某个小镇街头买包子的时候丢了乐遥。叶小天扮作乐遥的哥哥,在街市上堵住那个想拐了乐遥离开的无赖,将被药迷倒的乐遥又送回了水舞身边。

就这样,叶小天一次又一次地竭尽所能、穷尽智慧地营救水舞或乐遥,而水舞和乐遥就像是一块唐僧肉,不断地被一些妖魔鬼怪掳走。

叶小天见证着大小美女的一次次悲惨遭遇,一开始从心底里感到痛快。薛水舞的不告而别,令这个小处男很伤自尊,他认为这是老天爷都看不过去了,所以才帮他惩罚这个固执的小女人。

可是很快他就明白,老天惩罚的其实是他呀!每一次水舞或乐遥遇险,都只需要像唐三藏或沙和尚一样呆呆地等他去救,而他就要使尽浑身解数,扮演齐天大圣。

其实他完全可以甩手回京城的,不必一次次跟在水舞的后面给她收拾残局。但他就是不忍走掉,一开始看到水舞倒霉,他还有一种"怨妇"般的快意,现在则唯有痛苦不堪了。

他也知道,水舞的厄运连连其实并不怪她。她本来就是个极美的女人,在这山野小镇中更有一种鹤立鸡群的风韵,就像深夜中的一只萤火虫,怎么可能不引起别有用心者的注意。

今天,可怜的唐僧——水舞姑娘又倒霉了。

叶小天头上戴着一顶用柔软的树枝编成的遮阳帽,有气无力地坐在小河边,一脸苦恼。

今天的事情是这样的。小河边有个村庄，村庄里有位黄员外，黄员外拥有这里的四座山和周围大片的地，所以庄子上的百姓几乎全是他们家的佃户。

在这样的地方，一个土财主就是一方土皇帝，说话比县太爷还要管用，自然更比皇帝管用。因为在百姓们心中，遥远的皇帝是远不及县太爷可怕的，而土皇帝比县太爷更可怕。

薛水舞经过这个村子，领着饥肠辘辘的小丫头上门求粮，乐善好施的黄员外看到她后马上善心大发，热情地挽留她，并慷慨地决定不仅要送她吃食，送她绫罗绸缎，送她一幢房子，还要送她一个男人——他自己。

其实这就是一个烂俗的强抢民女的故事，一般情况下黄员外作为村中首富是不会这么做的，他怎么也不至于饥渴到强抢民女的地步，更何况为富不仁的地主老财一般也是不吃窝边草的。

可薛水舞不是窝边草，她是不知道从哪儿逃难过来的。村子里的人都是自己家的佃户，不会有人胡乱说话，就算她现在有些不情愿，一旦成了事实，还怕她不死心踏地？

所以既不是土匪也不是恶霸，就是个没见过世面的财主，甚至在京城里来的叶小天眼中看来其实就是一只有钱的"土鳖"的黄员外，终于扮演起了生平第一次"强盗"。

叶小天看看天边的晚霞，心中无比担心。很多既美好又无比罪恶的事，通常都会发生在晚上，如果还不能想到办法救她出来，她今夜一定会失身给那土财主了。

就算她真是一块唐僧肉，那也应该是我的唐僧肉！我的女人，岂容他人染指！

叶小天一把扯下头上的绿帽子，狠狠摔进小河里，毅然转身向村中走去。猫喜欢吃鱼，可猫不会游泳；鱼喜欢吃蚯蚓，可鱼不能上岸！上天给人很多诱惑却不让你轻易得到，成功就是将别人没有坚持下来的事坚持下去！

·※·※·

"开门，开门！"

黄员外家的大门被擂得山响，听着就叫人心烦意乱。

"来了来了！"

叶柯不耐烦地吼了一声，大步向府门走来。作为黄府迎客的门子，叶柯生得可是一点也不斯文，声音也不秀气，这五大三粗的汉子，髭须根根如刺，豹头环眼，仿佛张飞一般。

一般来说，大户人家用的门子要么沉稳老成，要么伶俐知礼，毕竟这是大户人家的门面，迎来送往有时要起着知客的作用。可是黄员外作为一个独领一方的土老财，平时又哪有其他大户人家可以来往了？

　　在黄财主眼里，所谓门子就是看门狗，主要作用是用来吓唬那些刁民的，所以就用了这么一个猛张飞似的货色。叶柯大步走向大门，嚷嚷道："别敲了，跟叫魂似的，你赶着投胎啊？"

　　门打开了，外面站着一个人，穿着很是朴素，平常的一套青布直裰，甚至有些破旧，头上扎着一条四方巾，看面相还稍显稚嫩。不过那眉眼气质，可不像乡下人。

　　叶柯这点眼力见还是有的，是以皱着粗黑的眉毛上下打量他几眼，没有直接轰他离开，而是微带不悦地问道："你干什么的？"

　　叶小天冷冷地睨了他一眼，慢悠悠地道："我是提刑按察使司的捕头，你们老爷就是本地村正？"

　　叶柯只见过县里的捕快，提刑按察使司，听着挺复杂的，那是什么玩意儿？虽然他不懂，却明白对方也是捕快，于是马上谦卑起来，点头哈腰道："是是是，我们老爷就是本地村正，不知差爷有什么事啊？"

　　叶小天以前本就是公门中人，扮差官神韵十足，他大模大样地走进去，漫不经心地道："叫你们老爷来见我，我有事吩咐。还有，给我沏杯茶，渴死了。"

　　"唉唉！"叶柯殷勤地跟在叶小天后面，眼看着他登堂入室，进了客厅，大刺刺地坐了，赶紧吆喝一个没眼力见儿的大丫头去给这位差官沏杯茶来，自己则直奔后宅。

　　后宅一幢房间里，薛水舞紧紧地抱着乐遥，与其说是想保护遥遥，不如说是想借助遥遥给自己一点勇气和胆量。她没想到弥勒佛一般面善的黄员外，居然也是一头披着羊皮的狼，她真是有点欲哭无泪了。

　　黄员外腆着圆滚滚的大肚子，笑眯眯地对薛水舞道："小娘子，我这可是一番好意呀，你看看，你孤儿寡母的，就算离了我这庄子，你就能顺风顺水的到贵州去吗？

　　"说实话，你们能顺顺当当走到现在，已经是叨天之幸。继续走下去，你们不是被狼叼了去，就是被什么半民半匪的山里人拖去，给好几个人当老婆，老夫虽然年纪大了点，可是知道疼人啊，你看我家金银成山，跟着我吃香的喝辣的有什么不好？不如你就从了老夫吧。"

第二十一章

叶郎妙计救佳人

一

薛水舞杏眼喷火,怒视黄员外道:"你强掳民女,就不怕王法吗?"

黄员外摊开双手,笑眯眯地道:"民不举,官不究,谁会为了这点小事去告发本官呢?等你我做了真正的夫妻,你还舍得送我去坐牢吗?小娘子,你还是从了我吧。

"这男欢女爱的事呢,总要你情我愿那才得趣,所以老夫才不想强迫你,可你要是敬酒不吃吃罚酒,嘿嘿,说不得老夫也只好用强了。在我家里,你是叫天不应、叫地不灵,叫破喉咙都没人理你的。"

薛水舞彻底绝望了,不期然地便想起了叶小天。她知道,叶小天一直还在暗中保护着她,这一路不知多少次都因为他才逢凶化吉。可他毕竟是一个人,并不是无所不能的神,这一次他还会及时出现吗?

这里是黄员外的家,而黄员外就是这整个村子的土皇帝,叶小天只是一个普通人,并不是能高来高去的江湖侠客,他是无论如何都不可能闯进黄府的,想到这里,水舞的眼神登时黯淡下来。

黄员外见此情景,得意地一笑,正想再说些什么,"猛张飞"叶柯急急跑来,贴着他的耳朵低语了几句。黄员外微怔,横了薛水舞一眼道:"小娘子,你最好仔细想想现下的处境,可不要敬酒不吃吃罚酒!"

黄员外说罢便快步出了房间,吩咐外面的家丁道:"给我看住她们。"

黄员外一边走,一边又问叶柯:"是哪儿来的差人?县上的?他们是要征夫还是派役,如今还没到收赋的时节吧?"

叶柯挠挠头道:"小的听得不太清楚,好像……好像是提什么刑什么司的捕快,小的也听不大懂。"

黄员外蓦然停住脚步,急声道:"什么司?提刑按察使司?"

叶柯连忙点道:"对对对,就是这个司,老爷您知道啊?"

黄员外的脸色微微一变，这么大的衙门，他怎么可能不知道？可他打过交道的官府中人只限于县衙，什么时候有资格跟按察使司搭上关系了？省府怎么会突然派员至此，而且不经州府县，直接找到他一个小小保正头上？

客厅里，叶小天跷着二郎腿，端着茶盏，正眯着眼欣赏屏风上的仕女扑蝶图。听到一阵急促的脚步声，他扭头一看，就见一个肚子圆滚滚的员外快步赶了进来，腿还没迈进厅，肚子先探了进来。

叶小天呷了口茶，大剌剌地坐着，也不起身，只是向对面指了指，慢吞吞地道："坐！"

黄员外本已拱起手来，瞧见叶小天这般做派，忙欠着屁股在对面坐了，仿佛叶小天才是此间主人似的。他忐忑地问道："老朽就是本地保正，不知上差大驾光临，有何见教？"

本来，黄员外也算是地方一个士绅，是在知县大人面前说得上话的人物，对一个小小衙役本不必这么客气。可是宰相门前七品官，同样的公差，提刑按察使司的差官和县里的差官自然不可同日而语。

叶小天清咳一声，淡淡地道："黄老爷……"

黄员外赶紧欠了欠身，受宠若惊地道："不敢当上差如此称呼，上差叫我黄保正就好。"

叶小天点点头，笑道："黄保正，我姓叶，叶小天，提刑按察使司三等捕快。你们这个村子，这几天有没有什么外乡人来过或者经过这里啊？"

黄员外心里还没绕明白叶小天究竟是个什么公差，一听这话心里便是一跳，急忙回道："没……没有什么外乡人经过吧，呃……不知上差因何问起此事？"

叶小天瞪了他一眼，道："有些事，也是你能问的？"

黄员外赶紧应道："是是是，老朽莽撞了。"

叶小天晃悠着二郎腿沉吟了一下，道："黄保正，你记着，如果你们村子有什么人家收留了一个带着孩子的小妇人，又或者是见到有这样两个人从你们村子路过，一定要马上报官。"

叶小天伸了个懒腰，疲惫地叹了口气，道："提刑按察使司已经全员出动分赴各地了，叶某初到贵地，刚刚才通知了本地县衙，这个带着一个女孩的小妇人，是极重要的一个人犯……"

他并掌如刀，轻轻向下一削，盯着黄保正的眼睛，森然道："谁敢收留她们，抑或是知情不报，可是要杀头的！"

黄员外浑身的肥肉猛地一颤，心惊胆战地问道："这……这么严重吗，一个小妇人，怎么竟犯下这么大的罪过？"

叶小天嘿嘿一笑，乜着眼看他："谋反大罪，你说这罪大不大？"

"大！大大大！"

黄员外一双眼睛都快凸了出来，把头点得小鸡啄米似的，心中暗暗叫苦：难怪这种地方，竟会出现这样俊俏可人的一位小娘子，还是一副逃难的样子。我道她是何人，原来是谋反！是了是了，定是谋反者的家眷，究竟何人谋反啊？哎哟，去年朝廷刚刚平定了连云十八峒的叛乱，莫非这小妇人和那连云十八峒有什么干系？

黄员外心里胡思乱想着，叶小天却是一口喝干了茶水，伸个懒腰道："好了，顺道知会你，我得赶紧上路了，这桩案子上上下下都紧张得很，按察使大人亲自督办，不敢偷懒哪，若是过了限期还抓不到人，我们可是要挨板子的。"

黄员外正在害怕，一听他要走，不由暗暗松了口气，连忙道："上差辛苦，上差辛苦。上差公务在身，老朽也不敢挽留，这个……一点小小意思，不成敬意，还请上差笑纳，路上喝口茶水，润润喉咙。"

黄员外说着，就从袖中摸出一锭五两重的小银元宝，塞到叶小天手中。叶小天掂了掂银元宝，犹豫地道："这个……恐怕不妥吧，叶某怎好让黄保正破费呢？"

黄员外点头哈腰地道："应该的，应该的，要不是上差们辛苦，怎能保得地方上平安，老朽也不能安享太平了不是。"

瞧见叶小天上下掂着银元宝，似乎还在嫌少似的，黄员外咬一咬牙，又摸出一锭小银元宝递过去："上差辛苦，辛苦了。"

叶小天换了一副笑模样，道："呵呵，既然这样，那叶某就却之不恭了，叶某这就告辞，这件事，黄员外你还要上上心才好。告辞，告辞了。"

黄员外把叶小天送到大门口，点头哈腰地看着他远去，忽然重重一拍额头，哭丧着脸道："这可坏了，我怎么找了一颗灾星上门，这可如何是好？"

· ※ · ※ · ※ ·

黄员外在大厅里不安地踱来踱去，因为他那肥硕的体形，加上呼哧呼哧的喘气声，就像一只肥猪正烦躁不安地巡视着他的猪圈。

管家急急跑进来，黄员外马上冲上去，急急问道："送走了？"

看到管家肯定地点头，黄员外退后两步，一屁股坐进圈椅，又努力地拱了拱身子，把腰间的肥肉也都塞进椅子，这才长长地出了口大气。

管家犹豫了一下，问道："老爷，您既然怀疑那小妇人是连云十八峒的人，何不把她交给那位差官呢？说不定还是大功一件。"

"嘿嘿，大功一件？你猪油蒙了心吧！"

黄员外翻着一双绿豆眼，恨铁不成钢地瞪着他，说道："那可是提刑司的人，你可知道提刑司的王老虎心有多黑？一旦我把人交出去，那老东西一翻脸，说我是连云十八峒的同党，怕是我散尽家财都难解脱。

"再说，连云十八峒虽然败了，余部却匿进深山，纵然百万大军也奈何不得。他们对付不了官府，难道还对付不了我？一旦我把他们的家眷绑送官府的事传出去，我的命还保得住吗？"

员外说到这里，从椅子里费力地挤出来，眯起小小的眼睛，一副老谋深算的样子道："把她送走就好，如果她被官府抓了，那就是死路一条，她还有闲心说起路上险些遭人非礼这些杂七杂八的事？如果她顺利逃脱了，连云十八峒的人总也不至于因此跑来报复我。"

两个人都没有提到杀人灭口，杀人这种事不是每个人都敢做的，何况是这些世居一方的地方缙绅，平白无故的他们怎敢让自己手上沾上人命。何况一旦杀了人，知情的这些下人便有了主人的把柄，难说什么时候就是个大祸患。

胖员外叹了口气，吩咐管家道："收拾行装，我要去扬州探亲。"

管家纳闷道："老爷，咱们家在扬州有亲戚吗？"

胖员外飞起一脚，恼怒地喝道："快去准备，你个猪头！"

村口柳树下，薛水舞牵着乐遥的小手，扭转那比柳枝还要袅娜的腰肢，回眸望了一眼丧家之犬般逃去的员外家的管事，清亮得仿佛柳下溪水似的眸子里满是疑惑。

因为她坚决不肯从了那员外，于是员外一怒之下……放她离开？这显然不太可能，可是为什么……

薛水舞马上就明白了真正的原因。她忽然看到了那道熟悉的身影，那道每每在她绝望的时候，给她送来温暖、希望，让她无比依赖的身影，薛水舞登时泪如雨下……

第二十二章

烈女怕郎缠

一

叶小天从树后走出的身影，迅速模糊在水舞的泪眼之中。水舞欢喜得心都要炸了，只因为他终于肯现身面对自己。这一刻，她发自内心地想笑，可眼中的泪却不争气地流下来。

欢笑起来的是乐遥，她雀跃着向叶小天扑过去。她还太小，不明白成人间那么复杂的感情，也不明白叶小天为什么要失踪这么久，现在看到他出现，只有满心的欢喜。

她欢喜地扑向叶小天，叶小天便顺势弯下腰，向她张开双臂，自然地接住她，将她抱了起来。乐遥紧紧地搂着叶小天的脖子，满心满眼的都是欢喜。

"哥哥、哥哥，你去哪里了啊，你走了以后遥遥和娘亲被好多坏人欺负呢，你知不知道。"说到这里，遥遥突然紧张起来，可怜兮兮地问道："小天哥哥，你这回不会再走掉了吧？"

看着乐遥背后同样担心的目光，叶小天用力摇了摇头，掷地有声地回答道："这次不走了！我一定会保护你，直到'取得真经'的。"乐遥马上就相信了他的承诺，用力在他脸上亲了一口，咯咯地笑起来。

薛水舞看着他们亲热的样子，从心底里感到温馨。她不知自己该怎么面对叶小天，却又不能不过去，于是她轻轻抬起手指，难为情地掠着鬓边的发丝，低头款款迎上，风吹着她的衣裳，无比轻盈。

叶小天注视着她微羞而迷人的容颜，笑了笑，道："我是真没想到，你居然是一块'唐僧肉'啊！"

薛水舞当然明白他的意思，她不好意思地垂下头，晶莹白皙的耳根处有些红，衬着一缕青丝，分外诱人。

乐遥咯咯地笑起来，搂着叶小天的脖子道："小天哥哥是孙大圣呢，有大圣爷在，什么妖魔鬼怪都不怕。"

叶小天的目光越过她稚嫩的肩膀，落在薛水舞那张清丽柔媚的俏脸上，朗声说道："哥哥可不是孙大圣，哥哥是妖怪，最厉害的那只妖怪。"

薛水舞又一次马上听懂了他的话，妖怪都想吃唐僧肉，最厉害的那只妖怪想不想吃？

看着叶小天那灼热的目光，她忽然从心底里产生了一种恐慌，不是那种被拐卖、被欺辱、被囚禁时的恐惧，这种恐慌除了心慌，还带给她一种从未有过的感觉。

她有些怕，怕自己逃不出他的手掌心。

·※·※·※·

叶小天没敢在村口逗留太久，他虽然唬住了那个没见过什么世面的土财主，但若在村口逗留太久，被人发现他们在一起，很难说又会发生什么变化，所以他带着薛水舞母女避到了村外的一片小树林里。

林中野草及腰，处处散发出草木的气息，虽然看不到河水，却有淙淙流水声传来。

遥遥灵动的大眼睛追随着张开巨大美丽羽翼的一只蝴蝶，她饶有兴致地靠近，伸出小手笨拙地想要抓住它。蝴蝶只在她的小手靠近时，才懒懒地飞起，落到最近的花枝上。

叶小天站在野花丛中，笑微微地看着薛水舞，直到她完全地低下头去，才道："你有话对我说，是吗？"

"是……"

"你说，我听。"

"我……对不起……"

"我想听的可不是这个。"

薛水舞红了脸，期期艾艾地道："其实，我……我有未婚夫的。"

"嗯？"叶小天的眉毛马上斜斜地挑起来，他诧异地看看正在追逐蝴蝶的杨乐遥，又看看薛水舞，一时有些茫然了。

薛水舞低着头，红着脸，卷着衣角，局促地道："我……我告诉你的那个故事……是真的，不过……不过那故事里的小姐不是我，我是……小姐身边的人。"

叶小天微微眯起了眼睛，一字一顿地道："也就是说，你还没嫁过人，乐遥不是你的女儿？"

"是！"

薛水舞内疚地垂着头，不敢看叶小天的眼睛。她沉默了许久，也没有感觉到受了欺骗的叶小天大发脾气，水舞诧异地抬起头，顿时呆住了，叶小天居然在笑，眉开眼笑。

薛水舞微微张开小嘴，傻傻地问道："你……你不生气？"

叶小天笑嘻嘻地道："我为什么要生气？"

叶小天心里此时不知有多开心，水舞居然还是处子之身啊！虽说以她的优秀条件，叶小天本来忽略了这一点，可他毕竟是男人，乍然听说这个意外之喜……哎呀，老天爷，你要不要对人家这么好，我会不好意思的……

薛水舞的嘴角轻轻抽动了两下，认真地强调道："我有未婚夫的！"

"我知道！"

叶小天眉开眼笑："未婚夫？未婚夫算个屁，未婚就不是夫，你说对不对？"

薛水舞慌慌张张地垂下头，低声道："我……我是不会背弃父母之命的，这是家里从小就给我定下的亲事。"

叶小天依旧不在乎，意外之喜让他暂时失去了对其他事情的关心。而且他确实不怎么把那个不知道从哪个石头缝里突然蹦出来的未婚夫当成一个威胁。

秘密揭穿后，薛水舞的声音就流畅了许多，把事情的前因后果慢慢地说了出来。

她的母亲本是小姐的乳娘，她和小姐年岁相差无几，自幼就情同姐妹。当初小姐的父亲犯案，家道中落，小姐为了安葬母亲，被迫给杨霖做妾，她的奶娘为了照顾她，也到了杨家。

杨霖入狱后，小姐的处境急转直下，奶娘又生了病，是以回了家乡，只把女儿水舞留下，继续照料小姐。小姐于三年前病逝，但身在京城牢中且与家中失去联络的杨霖自始至终都不知道小姐身故的消息。

不过关于小姐之死，水舞一直认为是个疑案，她怀疑小姐之死与杨夫人有关，而这也恰恰是她和乐遥一直得以安全的重要原因：杨夫人不敢一而再再而三地让杨府出人命，那太明目张胆了些。

可是当她带着乐遥离开杨府，杨夫人再下手时就可以肆无忌惮了。正因水舞清楚地看明白了这一点，所以她急需叶小天帮助，以便离开靖州。

她从一开始就察觉到了叶小天对她的情意，一个女孩子只要不是太迟钝，又怎么可能看不出？

她觉得这是叶小天乐于帮助她的唯一原因，她担心说出自己的身份，叶小天得知她已有夫家后会不顾而去，所以就冒充了小姐。等到后来她想说出真相时，已经因为先前对叶小天的利用，有些羞于启齿了。

至于乐遥，乐遥从一岁时就失去了母亲，对她一直以娘亲相称，所以她倒不担心乐遥会失言暴露她的身份。之后的事情就不用说的太多了，叶小天已经全都清楚。

水舞说当他们赶到晃州城，得知出了晃州城就有通向南北的驿道时，她就想对叶小天说出真相，并于晃州分手返回家乡，这也是她此前从不曾对叶小天有过什么承诺的原因。

水舞凄然说罢她的故事，忍不住转身拭泪，眸中悄然闪过一丝内疚。显然她还有事情瞒着叶小天，只是叶小天看不到她这一刻的神情，以他此刻所了解的资料来看，整个事情已经完全说得通了。

对不起，叶大哥，不是我想骗你，实在是遥遥的身份关系重大，而且事关小姐的名节。此事与你毫无关系，一旦让你知道，说不定还给你惹来杀身之祸，原谅我……水舞在心中默默忏悔。

她擦擦眼泪，转过身来，吸了吸鼻子，对叶小天道："叶大哥，这一路下来，我已经明白，靠我自己是根本回不到故乡的。我也不矫情了，我……我求你帮我，送我回故乡，好吗？"

水舞有些担心、有些期待地看着叶小天。她知道叶小天喜欢她，而她一旦回到父母身边，很有可能就被嫁给她的娃娃亲，叶小天很有可能不会答应她的请求。

可她无论如何都要回去，不仅仅因为那里是她的故乡，那里有她的亲人，而且乐遥总有一天要认祖归宗的，她就算不为自己，也要把乐遥送去那里。

水舞用柔弱、希冀的目光看着叶小天，她知道自己没有资格要求叶小天什么，所以目光格外柔怯，她不明白那样的目光在喜欢她的人心中是一种多么强大的力量。

叶小天沉默许久，轻轻点了点头，用力地说道："好！我送你去！"

薛水舞蓦然瞪大眼睛，心中说不出地欢喜。可这欢喜似鲜花般刚刚绽放，便又突然凝结住了，因为叶小天紧跟着又说了一句："我送你去，我还会带你走，让你心甘情愿跟我走！"

薛水舞低下头，弱弱地道："叶大哥，人家真的从小就定了亲，夫家与我家本是同乡，当年同在小姐父亲府上做事，后来小姐的父亲犯了事被抄家，他们一家人就先回了故乡。"

叶小天道："你赌过钱吗？"

薛水舞被他跳跃的思维弄得一愣，愕然道："没有，我赌钱做什么？"

叶小天道："输了一点钱的人，很容易就会收手。可输得家破人亡的人，却很难罢休。一个人投入太多，再想抽身就难了。我被杨霖那老混蛋从京城骗出来，又为了你一路来到这里，血也流了，汗也流了，现在你让我心甘情愿把你交给另一个男人，你当我是圣人？"

薛水舞愣愣地看着他："啊？"

叶小天道："我不会把你让给任何人！不就是个穿开裆裤的时候见到过的小屁娃子吗，不就是有张红纸片子写着你们两个人的生辰八字吗？我叶小天近水楼台，他拿什么和我争月亮?"

"我……我不跟你说了。"

薛水舞心慌慌地转身逃走,叶小天微微眯起眼睛,望着她美丽的背影用力挥了挥拳头:"你一定要厚着脸皮、死缠烂打、不择手段、极度无耻,直到把她变成你的女人!厚脸皮的我,一定会成功的!"

第二十三章

目标：葫县

一

人生阅历与知识渊博是两码事，所以一个蠢笨市侩的村妇可以把薛水舞这样兰心蕙质、饱读诗书的小才女骗得团团乱转。

而人生阅历的获取，却并不一定要当事人亲自去经历血泪苦难，有时候前辈传授的经验和教训，也许刚刚运用的时候还有些生涩，但你很快就能把它变成你自己的东西，运用得得心应手。

叶小天就有从无数"先贤前辈"那里传授的阅历，所以由他来安排三人西行的旅程，比之从前水舞的磕磕绊绊就容易多了。当然，在这种民风剽悍，治安较差的地方，一个男人出面办事，远较女人方便也是个重要原因。

叶小天每到一处，都先安顿好水舞和遥遥，然后在镇上寻访西去的商贾，而且他从不找那种人员众多的独立旅团，而是专找几支小商队结伴而行的队伍，这样几支队伍才能形成相互的制约。

叶小天很清楚在没有法律和道德约束的地方，人性可以卑劣到什么程度，几支不同从属的队伍混在一起，才可以最大限度地保证相互制约。

同时，叶小天也充分利用一同西行的便利条件，以烈女怕缠郎为宗旨，开始了他的近水楼台计划。

叶小天想得很长远，薛水舞不只很俊俏，美得叫他怦然心动，而且她自幼伴随官宦小姐，饱读诗书。叶小天不希望自己的后代继续像自己一样挣扎在社会最底层，做一个为一日三餐奔走的升斗小民。

可要改变处境，唯有读书求学这一条途径，他是请不起西席先生的，而水舞——这位礼部员外郎家女公子自幼的玩伴加学伴，明显可以是个很好的启蒙老师。

只要追上她，可意的娘子、孩儿他娘、最负责任的西席老师就都齐备了，叶小天怎能不全力以赴。

越往西南方向走，道路越是难行，沿途所遇的城镇也越少，同路的商旅也变少了。商贾谋利，鸟不生蛋的地方谁去呢？黔地固然并非都是偏荒贫穷的地方，但是这条路却不是通向黔地的捷径。

这一来叶小天三人就陷入了窘境。叶小天是不同意三人冒险上路的，再往前去城镇很少，村落也都隐藏在莽莽群山之中，而且那些村落大多不与外人接触，不能冒险前行。

最后他们在鹿角镇停下来，由此前往黔地有两条路，一条路远些，需要在群山之中绕行，但路途平缓也相对安全。另一条路则需要从群山中穿行，虽然近了三分之二的路，但沿途非常荒凉，而且道路难行。

叶小天在镇上住了三天，还是没有等到一支去往贵州的商队。这天过午，叶小天出去打探了一圈，正失望地往回走，忽然看见有队人马进了镇子，正由本镇保正晁欢殷勤地迎往家中。

这一队人马有二十多人，随行者都骑着高头大马，生得孔武有力，拥着两辆轻车，前边一辆轻车敞着篷，车中端坐一位蓝袍人，后边一辆轻车载着他们的行李，没有女眷。

叶小天心中一动，急忙迎上前去，向一位刚刚下马的骑士小意地询问道："这位大哥，你们这是要往哪儿去呀？"

那骑士马上露出警觉的眼神，冷冷瞟了他一眼，问道："做什么？"

这时，晁保正刚把轻车上的那位贵人请下来，听到说话声扭头一看，认得是这几天在镇上到处打听前往黔地商队的叶小天，便大声道："去去去，你想搭伴去贵州找商队去，这是官家队伍，也是你能打扰的，走开！"

车上走下来的那位蓝袍人淡淡地瞟了叶小天一眼，问道："你，要去贵州？"

叶小天一看，这位蓝袍人比他年长不了几岁，可是那神态却像个三四十岁的中年人，忧郁的眉头不说话时也轻轻地蹙着，一副老气横秋的模样。

叶小天赶紧趋前禀道："是！这位公子，小可欲携两个妹子前往贵州，这第一站就是葫县，奈何路险难行，在镇上滞留三天了，还没找到可以结伴同行的队伍，不知公子您……可是往葫县去的？"

叶小天其实很想和水舞扮夫妻，可水舞在这一点上一直不肯让步，无可奈何之下，三人这一路下来，就始终以兄妹相称了。

忧郁男习惯性地锁着眉头，淡淡地"嗯"了一声，颔首道："本官正是往葫县去的，明儿一早本官就要启程，你们一早候在这里吧。"

叶小天一听他自称本官，知道是位去往葫县上任的官员，与他一路同行自然安全无比，大喜过望之下，连忙不要钱似的说起了好话："多谢大人，大人您宅心仁厚、菩萨心肠、前途无量……"

忧郁男轻轻摆手，举步向阶上走去，晁保正睨了叶小天一眼，快步追了上去。堪堪追及忧郁男时，晁保正不经意地做了一个手势，街上闲站的一个村夫轻轻点点头，转身离去。

·※·※·※·

第二天一早，叶小天就带着薛水舞和杨乐遥赶到晁保正家门口。等了约莫大半个时辰，晁府府门大开，那位前往葫县上任的青年官员一行人走出来，晁保正亦步亦趋地跟在那位忧郁男的身后。

见了叶小天，那忧郁男并无二话，倒是看到薛水舞时，他的目光微微一亮。这样俊俏的女子本就不太多见，在这穷荒僻壤更是独一份，自然叫人大生惊艳之感。

晁保正毕恭毕敬地把忧郁男一直送到村口，看着渐渐远行的队伍中，叶小天一家三口坐在载货的那辆车上，不禁摇头轻笑，道："自己找死的人，老天都救不了你啊……"

大概是看到薛水舞是个弱质女流，乐遥又是个小孩子，忧郁男一时善心大发，叫他们三人坐上了车子。

遥遥躺在两堆杂物中间，酣然大睡，早上起得太早，她正困着呢。叶小天和薛水舞盘膝坐在硬挤出的空隙处，水舞细腻柔软的小手被叶小天紧紧抓住，抽都抽不回去。

叶小天仔细端详着水舞的手掌，一派仙风道骨的模样，道："姑娘，小天我掐指一算，你命里缺我呀。"

水舞登时红了脸，急急缩手，羞道："就知道你又要胡说八道。"

叶小天道："嘿！怎么能说是胡说八道呢？我跟杨霖可是老交情了，真的学了一身本事。要不你报出生辰八字来，我再给你算一算？"

水舞轻啐一口，道："信你才怪，你就会胡说。"

叶小天道："罢了罢了，我的话你不信，圣人说过的话你总该听吧？"

水舞讶然道："圣人说什么了？"

叶小天嬉皮笑脸地道："孔圣人曰，'三人行，必有我妻。择其靓者而娶之。'你看，圣人说的多有道理啊。"

水舞又好气又好笑，恨恨地瞪他一眼，扭过头去看着山中景致，不再言语。她已不是第一次听叶小天疯言疯语了，久而久之自然就有了免疫力，一开始听他胡说时还很不习惯呢。

其实水舞心里清楚，小天固然巧舌如簧，但是从未真的强迫过她什么，原本萍水相逢，能这样仗义地送她入黔，可谓义薄云天，薛水舞对他心怀感激，对他说的疯话自然也无法生气。

叶小天笑道:"子说过的话也不管用吗?那只好请神来说了,不如你抬起头来,让我好好给你看看相。"

叶小天刚说到这儿,前方一匹马忽然兜转回来,对他说道:"小兄弟,我们老爷有请,和你说说话。"

叶小天此刻有求于人,自然马上起身,跳下牛车,快步赶到前边车上。

这一路下来,他已经打听清楚,那个忧郁男名叫艾枫,此去是前往葫县担任典史的。说起这典史,其实是不入流(九品以下)的小官,不过典史掌管缉捕、稽查狱囚,实权着实不小。

由于大明官制规定,县丞或主簿等职位裁并出缺时,其职责由典史兼任,而县丞和主簿都是有品级的官员,所以典史虽然不入流,却也要由吏部铨选,皇帝御笔签批任命,属于"朝廷命官"。

当然,话是这么说,可典史毕竟还是不入流的小官,所以朝廷控制得没有那么严格。一般来说,地方官如果报上一个人选,朝廷很少会驳回,大多会就此任命。

这位艾典史原本是中原某县的一位县丞,因为依照当今首辅张居正张大人的考成法大考时,收税不及九成而遭贬官,所以被贬到了葫县做典史。

葫县原本是土司辖地,刚刚改土归流,葫县不但是三等小县,而且周围环绕尽是土司官,在此为官殊为不易,这也就难怪艾典史总是一脸忧郁了。

因为此地偏僻,地方不靖,因此艾典史没有携带女眷,只带了几个家人,随行的那些大汉都是乡里孔武有力的汉子,保护他上路的。

艾典史不耐烦绕路远行,所以选择的是这条比较偏僻难行的山路,他是官身,随行的又俱是强壮大汉,料来也没人啃他这块硬骨头。

一路无事,艾典史寂寞无聊,忽然想起叶小天一行三人,他那妹子殊丽俏美,惹人心动,不觉起了异样心思,便唤他来自己车上说话。

他想收了叶小天,最终的目的是收了叶小天那个俏生生水灵灵的"小妹子"。他是官,当然不会干出强抢民女的事来遗人话柄,不过小天兄妹如此落魄,只要自己话锋一露,他们还不上赶着和他攀亲戚,能有什么凶险呢?

第二十四章

路中劫

一

艾典史见了叶小天很客气，叫他也在车中坐了，随意询问了几句，叶小天就随意瞎编了几句，艾典史便道："听你谈吐，倒是个雅人，可会下围棋吗？"

叶小天拱拱手道："小民只是略知一二。"

艾典史微笑道："不必谦逊，来，咱们下上一盘。"

车子在崎岖的山路上颠簸得厉害，但艾典史用的是一副磁石棋盘。叶小天自幼便把时光消磨在天牢里，那些高官哪有不懂围棋的，所以叶小天还流着鼻涕穿开裆裤的时候，就已经和那些尚书、侍郎、员外郎们隔着栅栏下围棋了。

所以真要说起来，叶小天的棋艺还着实高明得很。不过，他这一路吃用都是人家的，还要仰仗人家庇护安全，总不能叫人家不舒服吧，所以叶小天开始有意放水。

第一次对弈时叶小天剑走偏锋，险胜。第二盘艾典史就熟悉了他的风格，两人渐渐胶着，终于趁艾典史一个疏忽，叶小天再次取胜。第三盘他就开始放水了。

横盘四角星位上交错放下黑白两枚座子，叶小天便一副好胜模样，气势汹汹先下一子，艾典史随即拈起一子，二人对弈起来。

到了中盘，叶小天的先手优势已荡然无存，再下十数手，艾典史便占了上风，叶小天竭命挣扎，不料却忙中出错，被艾典史一连吃掉两处棋子，至此叶小天已完全落了下风。

但叶小天一番长考后，突然下了一子，整个棋面顿时又活过来，弄得艾典使紧张不已，思索半晌才回师中原，下了一枚飘逸轻灵的飞子，杀机隐隐地截断了叶小天的生机。

再下十余手，叶小天又是一番长考，终于长长叹了口气，愁眉苦脸地推枰认输。这棋下得一波三折，叶小天明明落了下风，却几次三番差点翻盘，如今终于认输，艾典史快意不已。

叶小天苦笑道："大人棋艺高明，小民这手棋本就是野路子，初初使来还能唬人，一旦被大人您熟悉了小民的棋风，小民便一筹莫展了。"

艾典史笑容微敛，睨着他道："叶小天，你在让着本官啊。"

叶小天心中一惊，矢口否认："小民何曾相让，实是大人高明……"话说到一半，看到典史似笑非笑的眼神，叶小天顿时住口。

艾典史慢条斯理地拾着棋子，悠然道："即便明知你在让我，本官赢了，还是很开心的。"

叶小天嘿嘿一笑。

艾典史道："这就是人心了。哪怕不为了赢，只为你这番心思，本官心里也舒坦。不过，你若一开始就放水，我会赞你直爽朴实吗？不会，那是愣头青，棋可以这么下，人这么做就不招人喜欢了。

"可是，你一开始全力以赴，先打败我，激起我的好胜心，再一步步相让，即便决定放水的时候，也不让我轻易取胜，如此一来，面对难得的胜利，本官自然大悦。识不破你的用心会大喜，识破了你的用心，也会因为你用心良苦而心生好感，你说对不对？"

叶小天心道：对什么对，不叫你晓得我的用心，如何卖你这个好？你以为自己能洞彻人心？我可是在成了精的狐狸窝里混了许多年才走出来的人物。

面上他却是一副惶恐、羞惭的模样，连连告罪不止。艾典史摆摆手，道："你很不错，知情识趣又会做人，思虑缜密、手段高妙，是块璞玉，值得雕琢啊。"

叶小天马上一脸惊喜地离座拜道："还望大人栽培。"

"起来，起来。"

艾典史漫不经心地道："本官此去葫县，身边少不得要用人，你很机灵，若是愿意，就留在本官身边做事吧。本官此来葫县赴任，不曾携带家眷，总要有个心细的人在身边帮着打点一切才好。"

叶小天心道：原只想下下棋哄你开心就是，没想到你打的是这个主意，倒是好眼光，可惜水舞已经被我内定，你想打我媳妇主意，门都没有。

脸上却是一副惊喜模样，颤声道："舍妹性情温柔，姿色也还入目，她如今尚未许亲，大人您要是缺个身边人侍候……"

忧郁男这回可是发自内心地笑了：这小子，真的很机灵，有眼光。

他爽朗地一笑，道："好！既然如此，你倒不必在府上听用了，本官在衙门里给你找点事做，你以后跟着本官，亏待不了你！"

叶小天又是诚惶诚恐一阵道谢，心中却想：先糊弄着你这色鬼，免得你半路把我们赶下车去。待到了葫县，小爷拍拍屁股就走，你这等体面人，还能硬留人？

从这一天起，双方的关系开始亲密起来，艾典史那些随从渐渐地也都知道这叶小天很快就要成为典史大人的便宜大舅子了，是以对他们三人的态度也更加和善起来。

整个无人区因艰涩难行，所以道路显得十分漫长，幸好他们带足了食物。偶尔有樵夫山民经过，瞧见他们这一路人马不同凡响，也会早早避开，不与他们接触。

这一日行到一处山坳，瞧那崖下刻着一块石碑，依碑上记载，距葫县只有一天路程了，整个队伍都变得兴奋起来。正行走着，乐遥忽然道："小天哥哥，人家要尿尿。"

叶小天便跳下车，对艾典史一行人马道："各位先走着，我带遥遥去方便一下，马上赶来。"

因为此处遍地鹅卵石，古时曾是一条水道，所以车子走得非常慢，步行快些很容易就能追上，所以不必停下等候，是以艾典史的车队并未歇下，而是径直走向前方山口。

水舞也跳下车，牵起乐遥的手，一边往路边树丛中走，一边弯下腰，小声说道："遥遥，你想方便的时候是不可以大声说的，尤其不可以对男人说，知道吗？以前我教过你的，怎么又忘记了。"

乐遥不服气道："小天哥哥可不是外人。"

水舞道："那也不行！你是大家闺秀，就要有点大家闺秀的样子，现在不学规矩，长大了会被人取笑的。以后可不许这样了，听到没有。"

乐遥小猪似的噘起嘴巴，应了一声："哦！"

叶小天跟在后边，听她二人交谈，不由哑然失笑。

山坳里都是圆滚滚的鹅卵石，无遮无蔽，他们一直走到路边一个杂草丛生的小山沟里，沿沟而上，大约走出十几步，才找到一处可供藏身遮蔽的所在。

叶小天在草丛中蹚出一块地方，蹚得蚱蜢乱蹦，确定没有蛇虫才对水舞道："我在旁边等你。"

叶小天分开草丛走出去，这时山坳中队伍未停，已经走出一箭之地。叶小天站在山坡上遥遥望去，忽然有一道刺目的光芒掠过他的眼睛，刺得他微微一眯眼，再定睛望时，却全无发现。

叶小天没有当过兵，也没有打过埋伏，自然不知道那是草丛中的一道刀光。他望了一眼缓缓而行的队伍，便往松软的草地上一躺，双手往脑后一垫，跷起了二郎腿。

湛蓝的天空蓝到了极致，纯净到了极致，衬着近前几条树枝，远方几朵白云，有一种极尽高远的感觉，这是在北京城里无法看到的风景。仰望着这样的景致，似乎人的心胸也高远起来。

树丛后面，乐遥忽然道："咦，好像有动静。"

叶小天就隔着一丛灌木，一听这话"腾"的一下坐起来，急道："丫头，怎么了？"

这时薛水舞惊恐的声音也从树丛后传来："好像……好像确实有动静。"

"你们两个别动，小心有蛇虫。"叶小天顺手捡起一根小臂粗的树枝，飞快地穿过灌木，乐遥已经系好小裙子，战战兢兢地偎依在水舞怀中。叶小天警觉地问道："发现了什……"

他还没有说完，就陡然收住了声音，因为他也听到一声低沉的咆哮，声音从右前方的树丛后传来，那低沉的咆哮声叫人一听便汗毛直竖。

叶小天急急向水舞打个手势，示意她护好乐遥，随即攥紧树枝，蹑手蹑脚地拨开灌木。他小心翼翼地穿过灌木丛，忽然发现远处有几只野兽正围着一棵大树打转。

叶小天心中一紧：莫非是狼？

眼前所见是几只狗一样的动物，体型比普通的狗要小一些，比狐狸又要大一些，毛发棕黄，嘴巴略方，不像普通的狗一样嘴巴是尖的，叶小天心道：这究竟是什么东西，莫非是野狗？

叶小天猜得倒也不错，仰着头围着那棵大树打转的几只野兽的确是狗，是豺狗，还有个名字叫豺狼，虽然体型比起狼和狗都要小一些，却比草原上的狼还要凶残一些。

幸好叶小天三人处在下风口，那几只豺狼又专注于树上的猎物，没有嗅到他们的气味，也没有发现他们，否则他们三人只怕就要葬身狼腹了。

树上有一只动物，叶小天更不认识了。这只动物胖嘟嘟的身子，短短的尾巴，通体由黑白两色构成，看着像熊，却没有熊的凶狠，反而有种憨态可掬的可爱。

在几匹豺狼的低吼咆哮声中，它笨拙地攀高了一些，扭头往下看，就见一颗圆圆的大脑袋，圆脸上好像画了两个黑眼圈，即便正身处危险之中，看着也是一副窘态。

第二十五章

血 案

一

趴在树上的那只奇怪生物，自古以来有过太多的名字，貔貅、白狐、皮裘、玄貘、食铁兽、白老熊、猫熊等等，足足有二三十个名字，而为后人所熟知通用的名字则为：熊猫。

这只大熊猫低头看看，又缓慢向树上爬了爬，叶小天这才注意到上边树杈上还坐着一只跟它一般长相的小熊猫。那只小笨熊抱着树杈，忽然发出与婴儿极其相似的叫声。

大笨熊用肥大的手掌托着它胖乎乎的屁股，将它向上又托了托，让它坐得更稳当。熊猫宝宝又是"咿"的一声叫，比婴儿稚嫩的叫声略显圆润，不仔细分辨的话却与婴儿叫唤的动静一模一样。

这时叶小天才注意到，这只大熊猫的下肢已经受了伤，只是不知道是与这几只豺狼搏斗过，还是此前与其他猛兽交过手。不过正所谓好虎架不住群狼，叶小天看这怪熊憨憨的样子，又已经受了伤，真要斗起来怕是凶多吉少。

叶小天正呆看着，手臂忽然被人碰触了一下，叶小天像触电似的扬起木棍，扭头一看，却是薛水舞领着乐遥到了他的身边。一见远处情形，水舞和乐遥登时瞪大了眼睛。

这时，几只围着树打转的豺狼开始急不可耐地发起了进攻，它们绕着那棵树打转的圈子越来越大，然后一只接一只跃起、独扑，张开满是獠牙的利口，咬向那只熊猫的肥屁股。

那棵树并不高，也不够粗，高高跃起的豺狼嘴巴有几次似乎都擦着了那只大熊猫短短的尾巴，乐遥虽然没有叫出声来，可她紧紧攥着叶小天的小手中沁湿的汗水，却透出了她心中的紧张。

薛水舞惊恐地捂住了嘴巴，一双迷人的杏眼睁得大大的，眸中似有雾气氤氲。前方是一群豺狼，围着一只她根本不认识的母兽和小兽，可是从那拼命维护小兽安全的母兽身上，她似乎看到了自己的影子。

而且，熊猫这种东西，天生就有一种萌萌的气质，只看一眼，她的心就完全站到了熊猫那边。

树在摇晃，那只胖熊猫感受到了危险，它不安地挪动着，体重让那棵树也加大了摆动的幅度，熊猫宝宝蜷伏在树杈上，又向它的母亲鸣叫了几声，似乎在诉说它的惊恐。

大熊猫不再动了，它攀着树干停住，扭过头，两只黑眼圈依旧像是愁眉不展似的瞄了瞄树下盘旋嘶吼的几只豺狼，又回头看看蜷缩在树杈上的小熊猫，突然张开稳稳抱住树干的两只前爪，肥胖的身子向地面坠去。

"啊！"

乐遥情不自禁地一声惊呼，但嘴巴马上就被薛水舞捂住。大熊猫肥胖的身子沉重地坠落在地面，熊猫宝宝趴在树杈上，焦急地向母亲发出一声声鸣叫，就像婴儿一声声的啼哭。

在大熊猫坠下的刹那，几只豺狼警觉地跳开，但它刚一坠地，几只豺狼就一拥而上，向它发起了猛烈的攻击。

豺狼的咆哮声此起彼伏，但是令叶小天三人大开眼界的是，那只看着圆润可爱、笨拙迟缓的熊猫，搏斗起来竟也毫不示弱，甚至动作也异常地敏捷。

它那薄扇大的熊掌扇出去，就能把一只豺狼有力地抽飞一丈多远，而它隐在肉掌间的利爪也异常锋利，当它在一只豺狼腹下狠狠掏了一记之后，那只豺狼哀号着跳开，内脏都掉了出来。

但是豺狼更敏捷，而且数量多，大熊猫被困在中央，左支右绌，渐渐落了下风……

· ※ · ※ · ※ ·

与此同时，刚刚拐过山角的艾典史也受到了攻击。

他们的队伍刚刚走出山口，前方路边突然有一棵枝繁叶茂的大树轰然倒下，正砸在道路的正前方，巨大的树冠砸在地上，枝叶和灰尘飞溅而起。

坐在车中的艾典史矍然一惊，护侍在身侧的骑士大吼道："有人偷袭！"

话音未落，无数支"利箭"便从两侧密林中飞射出来。那不是箭，而是一杆杆竹枪。

护送艾典史的人员反应不可谓不快，在大树倾倒的刹那，他们就已急急勒马，飞快地跃下马背，自腰间、马背上取下刀剑，以战马为掩护，急急圈向典史的车子，想形成一个自保的圆阵。

但是铺天盖地的竹枪将他们的计划一举打破，那些竹枪不是人工投掷的，而是有人在树林中设了机关，利用树枝的柔韧弹力激射而出。

只消事先巧妙设计，一个人可以控制几十支竹枪，待目标赶到，一刀砍断绳索，一根根竹枪就能以比机括更强劲的力道射出去。

林中或许没有几百人，却有几百支竹枪，汇成一阵密不透风的枪雨，像被触怒的马蜂群，"嗡"的一声向艾典史的队伍笼罩过去。

丛林中，六七头灵巧敏捷的豺狼向那只为了维护它的孩子毅然滑下树干的熊猫妈妈发起了凌厉的进攻，它们此起彼伏，跃起的身影仿佛浓重铅云里亮起的一道道弧形闪电。

熊猫看起来肥胖笨拙，身手虽然并非如此蠢笨，但它终究应付不来这许多配合默契的豺狼。伴随着豺狼一声声令人恐惧的吼声，豺狼们扑起、飞遁，用它们的利爪在熊猫母亲的身上划烂一块块皮毛，撕咬下一块块血肉。

而山脚下，仓皇结阵试图自保的艾典史一行人也像那只首尾不能兼顾的大熊猫一样，在林中人猛烈的攻击下顾此失彼，仅仅片刻交锋，便已死伤枕藉。

一个来不及下马的骑士被一杆疾射而至的竹枪射中，整个人都从坐骑上倒飞出去。

另一个刚刚下马的骑士，才挽紧马的缰绳，那马便一声悲鸣，被一杆竹枪贯穿了马颈。锋利的竹枪射透马颈，沾血的竹枪贴着那名骑士的脸颊穿过，在他脸上擦出一道血痕。

旋即，那马便四蹄一软，轰然倒地，接踵而至的两三杆竹枪自左右两方交叉而过，洞穿了这名骑士的身体。

这样凌厉而突然的偷袭、暴风骤雨的攻击，就算是一支训练有素的军队同样来不及抵抗，何况这些家丁护院。那些竹枪可怕的贯穿力，在这样的距离内，可以洞穿三层皮甲。

第二个、第三个……

在骑士们接二连三中枪倒地的同时，受到最多关照的典史大人更是凄惨，几乎有三四十杆投枪是向他射过去的，车的篷子只是苇席，根本阻挡不住竹枪。

艾典史其实在第一时间就反应过来，那副总是忧国忧国忧天下的忧郁男形象一扫而空，他身形一弯，向前猛地一蹿，意图跃下车。可是一杆杆竹枪已呼啸而至，像刺破一层纸的刀子，刺穿苇席，洞穿他的身体。

越来越多的竹枪，带着摄人心魄的厉啸不断向他招呼过来，将他整个人串在了车上，艾典史是第一个咽气的，死不瞑目。

竹枪的投射，带着一道道恶鬼夜泣般的锐啸，贯穿人马肉体时则发出一阵阵开水落地的"噗噗"声，一具具尸体接二连三地从马上栽下来，每一具栽下来的尸体必然带着一杆以上的竹枪。

当一轮竹枪射罢，射空的竹枪落在鹅卵石的地面上，叮叮当当的还在弹跳的时候，二十多个青巾蒙面，举着雪亮钢刀的汉子就像猛虎下山般从竹林中冲了出来。

他们没有说话，也没有吼着"杀光他们"的话，就那么举着锋利的刀从竹林中杀出来，脚下是一双双草鞋，草鞋踏着那些光滑的鹅卵石，健步如飞。

山坡上密林中，那只大熊猫左支右绌，已经无法招架六七匹豺狼的攻击。它愤怒地悲鸣了一声，忽然四肢着地，埋着头向前猛冲过去，借着它远比豺狼壮硕的身材，将迎面扑来的一头豺狼硬生生撞飞出去，拖着血淋淋的身子一头撞进了灌木丛林。

几头豺狼不甘地仰望了一眼树杈上的那只熊猫宝宝，果断地做出了选择，向着那头明显更能填饱他们肚子的成年熊猫追去。

熊猫是一种天生视力低下的动物，不过还不至于出现撞树的结果。即便撞上了，对它那圆溜溜有足够脂肪和皮毛保护的大脑袋来说也不成问题。它低着头，不管不顾地顶着灌木荆棘，像一辆坦克似的横冲直撞。

豺狼体型较小，动作敏捷，大熊猫这种手段并不能摆脱追击，但一旦进入这种地方，豺狼无法形成合力，就奈何不了皮糙肉厚的大熊猫，它就有机会逃出生天。

山脚下艾典史等人就不如那只大熊猫幸运了，在竹枪的攻击中，他们无一幸免，只有极少数人在投枪的凌厉攻击下活下来，业已遍体是伤，奄奄一息。

从林中冲出来的那群蒙面人二话不说，拔刀就砍，不管死的活的，都要补上一刀，片刻工夫就砍瓜切菜一般，将所有的人都处死了。

一个首领模样的人穿着一身黑色劲装，头戴一顶黑色头套，只露出一双凛凛生威的大眼，持刀站在一块巨石上，冷冷地注视着手下人动手。等到他们结果了所有人，象征性地搜检了一些财物，做出一副掳掠杀人的假象，他便把大手一挥，冷喝道："撤！"

其他人自始至终不曾说过一句话，首领一声令下，他们马上飞奔而回，追随着他们首领的身影，呼啸而来，呼啸而去，如同一阵风般迅速消失在丛林中……

第二十六章

劫　后

一

眼看几只豺狼追着那只熊猫窜进丛林不见,叶小天暗暗吁了口气,忙对水舞道:"我们快走!"

"小天哥哥!"他的袖子马上就被乐遥拉住了,那双水灵灵的、紫葡萄似的大眼睛,带着可以融化一切的乞求。乐遥奶声奶气地道:"小天哥哥,那只小熊宝宝好可怜呀。"

叶小天扭头看了看,那只小熊猫趴在树杈上,正惊恐地看着地面,它挪动了一下圆滚滚的身子,向母亲逃走的方向叫唤了几声,再往地上看看,一副想下来又不敢的样子。

叶小天略一犹豫,道:"你放心吧,它的妈妈会来找它的。"

乐遥扁着小嘴,眼睛里泪光闪闪:"要是它的妈妈被恶狼杀死了呢?要是它的妈妈迷路了呢?要是再有别的大恶狼发现了它呢?要是它的妈妈不回来它自己又下不了树饿肚子呢?"

叶小天两眼发直,这个小屁孩才多大,哪来的那么多"要是"?

他抬头看了看薛水舞,希望她能帮自己说几句,可他从薛水舞的眼睛里看到的一样是对那只小熊宝宝的同情与怜惜,小熊猫可爱的模样可是能令一切女性母爱泛滥的。

"好,那……咱们带上它吧。"

一个乐遥就已令叶小天有些吃不消,何况再加上一个小熊猫,叶小天硬着头皮冲到树下,像那只大熊猫似的,笨拙地爬上树。

小熊猫虽说年龄不大,体形却不小,体重也不轻,叶小天本想把它抱下来,谁知它竟突然从树下摔下来。乐遥惊呼一声,赶紧跑过去,却见那小熊猫从地上爬起来,摇摇脑壳,浑若无事。

叶小天从树上爬下来，就见乐遥伸出小手，正怯怯地摸着小熊柔软的皮毛。她咧着小嘴笑道："这个小家伙好可爱，小天哥哥，我们收养它好不好？"

叶小天一见她伸手摸熊，不禁吓了一跳，这小熊宝宝看着虽然可爱，可是看方才那只大熊猫与豺狼搏斗的样子，分明也是很厉害的野兽，叶小天赶紧道："小心它咬你。"

小熊猫好像知道眼前这三个人不会害它，而且是它的恩人，当乐遥伸出手时，它居然温驯地舔了舔乐遥的手指，当乐遥缩回手时，它就像个婴儿似的爬过来，憨憨地要抱住她。

只是这只熊猫虽是幼崽，体形却不比乐遥小多少，乐遥哪里抱得动它。叶小天怕那几只豺狼回来，急忙弯腰抱起小熊，对乐遥道："咱们快走，有什么话边走边说。"

叶小天抱着小熊，水舞抱着乐遥，急急忙忙溜下山坡，便往山口赶去。等他们快到山口的时候，眼前突然出现一幅恐怖的景象，那一切就仿佛人间地狱。

水舞"啊"的一声尖叫，急忙捂住了乐遥的眼睛。叶小天变色道："快藏到路边树林里去，快！"

叶小天带着他们退到路边，在一丛灌木下蹲下，他把小熊猫往地上一放，对水舞道："你在这儿等着，我去看看！"

叶小天贴着山脚，以树木山石为掩护，悄悄靠近路口，当他看清路口的惨状时，不禁倒抽一口冷气。饶是他一向玩世不恭的性子，这时也不禁变了脸色，心口怦怦直跳。

他看过杀人，但那只是菜市口、阳光下、无数看客欢呼中的杀人，他从来没有见过这样恐怖的景象。叶小天站在那儿，只觉手脚冰凉，头皮冷飕飕的。

眼前一片狼藉，殷红成洼的血迹、倒伏扭曲的尸体、遍插竹枪的车辆，就像被百万大军洗劫过一般凄惨，在青翠的丛林和灰白色的鹅卵石地面的映衬下，显得触目惊心。

叶小天仔细观察许久，确信行凶的人早已离去，这才一步步走到那修罗场中，眼看着四周的惨状愣愣出神。薛水舞远远地看着，见叶小天直挺挺地站在山口，周围别无动静，便带着乐遥悄悄走过来。

她不想让乐遥看见这可怕的情形，便把她的头深深埋在自己的胸前，她这一走，那只小熊猫也乖乖地跟了过来。薛水舞脸色苍白，颤声道："这些强盗好残忍！"

看到仰卧在车上，身上插满了竹枪，像只豪猪似的艾典史，薛水舞不忍地别过头去，凄然道："艾典史这样的好人，竟然落得这般下场，老天爷真是不长眼睛。"

叶小天瞟了她一眼，心道：好人？怕是艾典史最希望的是你在榻上唤他好人吧，只不过出师未捷身先死，我这狗腿子他收不成了，你这个偏房自然也告吹了。

艾典史已死，叶小天也不想再把他的险恶用心透露给薛水舞知道，他现在心中非常惶恐。虽然一路下来，常听人说西南地方穷山恶水、民风剽悍、盗匪横行，可听说的事情，又有谁真正放在心上过？

叶小天一路所经所见，最多也就是有些人贩子流窜地方，泼皮无赖横行乡里，再加上几个没见过什么世面在小村子里称王称霸的地主老财，如今是头一回看见这样血淋淋的场面，他真的吓坏了。

"我们得马上走！"叶小天喉头发紧，对薛水舞道："此地不可久留，距县城只一日路程了，到了那里，咱们才会安全。"

薛水舞看看满地的人尸、马尸，不忍地道："叶大哥，你我若就此离开，难道弃他们于不顾吗？"

叶小天道："等到了县里，把此事报于县官知道，他们自会料理。"

薛水舞道："虽是一日路程，我们怕是明日此时也到不了，只怕到了今晚，他们的尸体就要被野兽拖走了，我们同路而来，一路上多蒙他们照顾，若就此离去，着实让人难以心安……"

叶小天不以为然地道："先把他们入土为安？"

薛水舞欣然道："正该如此！"

叶小天回头看看遍地的尸体，禁不住悲从中来："这么多的尸体，我得埋到什么时候啊……"

·※·※·※·

叶小天选中了一处地方，这是暴雨季节由山洪雨水冲刷出来的泥沟，只要把尸体拖进去，将两侧土坡的泥土推下埋住尸体就能大功告成。

叶小天把一具具尸体拖进泥沟，累出一身大汗。他没让水舞动手，且不提水舞那把子力气只是聊胜于无，再者她若帮忙，那么遥遥就没人照顾了。

叶小天让她们候在山口树丛中，自己把一具具尸体拖进泥沟，气喘吁吁、满头大汗地爬上土坡，向下蹬踹泥土。一层浅浅浮土刚把尸体盖住，叶小天忽又想起一事，连忙顺着山坡滑下去，举手作揖，口中念念有词：

"各位仁兄，你们不幸遇到山贼，小天不忍让你们曝尸荒野，遭受狼吻，先把各位安顿在此，待告与官府，再好生为你们操办后事。

"只是各位囊中那点身外之物已是全无用处，小天却还有一个专会惹祸的老婆、一个很能吃的小丫头片子要养……哦！对了，现在还添了一只看起来饭量一定很大的小熊，回头官府来接你们的尸体回去后，你们身上那些财物少不得要便宜了仵作，不如就给我吧，江湖救急，功德无量。若有得罪之处，万乞原谅，阿弥陀佛，无上天尊，上帝保佑！"

叶小天把东方传颂已久的两大神祇都请了出来，就连近来于京中传教的西洋和尚所尊奉的那位西洋大神也不放过，即便随跳进土沟，理直气壮地刨起土来。

叶小天一番搜刮，但凡值点钱的东西就往自己怀里揣，弄得怀中鼓鼓囊囊的，这才和大狗熊似的爬上土坡。

待他把尸体全都掩埋了，又丢了些石头上去，免得被野狼野狗的刨开，这才返身到路边小树林中去寻水舞和乐遥。

水舞见他怀中鼓鼓的，不禁微窘，叶大哥连死人都不放过啊……不过水舞也并非道学先生，这一路苦哈哈的，全靠叶小天到处张罗，三人才没饿死，她对叶小天的举动倒没什么异议，权当是埋葬那些人的酬劳吧。

叶小天向她们打声招呼，先蹲在林中小溪边洗手净面。薛水舞自腰间摸出一条汗巾，欲待递上，却又止步，将汗巾交给乐遥，向她低语几句，乐遥马上举着汗巾，跑到叶小天身边，献宝似的道："小天哥哥，遥遥给你擦脸。"

"好啊！"

叶小天刚掬了一捧泉水喝了，便微笑着蹲下。乐遥很认真地擦着他的额头、鼻子、嘴巴，叶小天嗅到那汗巾上有一抹淡淡的香，不同于花草或胭脂，那是女儿家独有的体香。

遥遥还是个乳臭未干的黄毛丫头，这汗巾上的香味不可能是她的味道，那必然就是水舞所用的汗巾了。

叶小天忽然想起那晚山中月下、溪水泉边所见的旖旎一幕，心中不由一荡，目光轻轻瞟向水舞，见她侧脸而站，长睫眨动，菱角般的唇瓣轻轻抿着，山风吹着青丝，拂过她嫩红的脸颊，优美无限……

第二十七章

葫县好风光

一

夜风流溢着青草的气息和野花的芬芳，点点流萤于青草树木间飞来飞去，划出一道道迷离的光线。

水舞蹲在石头堆成的火灶前煮着肉干烩馍，乐遥托着下巴好奇地看着小熊猫津津有味地啃着一根竹笋。

在爱心泛滥的水舞和乐遥的强烈要求下，这只小熊猫已经正式成了这个临时家庭的一员，乐遥还给它取了一个名字：福娃。

叶小天蹲在灶火旁边，兴致勃勃地检视着他的搜刮成果，将他们分门别类放好。金光闪闪的铜钱吸引了福娃的注意，它丢下啃了一半的竹笋，爬到叶小天身边，抓起一吊铜钱就放到了嘴巴里。

叶小天一把从它口中夺回铜钱，福娃耷拉着黑眼圈似的一双眼睛，萌萌地看看叶小天，又拿起一条镶了琥珀石的腰带放进嘴里，叶小天很不耐烦地夺过腰带，伸手一推，喝道："去去去，一边玩去！"

可怜的福娃被叶小天推了个仰面朝天，它爬起来，蹒跚地挪到一边，捡起那半截竹笋，咔嚓咬了一口，丢给叶小天一个看起来有些淡淡忧伤的背影。

乐遥扁着嘴巴道："坏蛋哥哥，欺负小孩子！"

叶小天翻个白眼，继续数钱。

晚餐的材料都是从那辆破碎的货车上捡来的，三个人吃了一顿很丰盛的晚饭。令人惊奇的是，福娃居然蹲在他们旁边捡些残羹剩饭，吃得津津有味，这小家伙居然还是个杂食动物。

夜深了，和福娃嬉闹了一晚的乐遥已甜甜睡去，她今晚的枕头就是福娃。福娃抱着脑袋撅着屁股睡在地上，乐遥枕在它的肥腰上，两个小伙伴相处非常融洽。

叶小天坐在丛林边上，望着远方茫茫的夜色山影，听着树涛阵阵，很久都没有动。本已在火堆旁躺下的水舞翻身坐起,远远地看着他,终于起身,姗姗地来到他的身边。

水舞在他身旁不远处坐下,轻声道:"叶大哥,你有心事?"

叶小天向她扮个鬼脸,笑道:"我这样没心没肺的人,能有什么心事?"

水舞静静地凝视着他,不说话。

叶小天转过头去,轻轻吁了口气,道:"我想家了。"

沉默片刻,叶小天道:"这是我生平头一次离家远行,一走就是这么远、这么久,我不知道……我爹的老寒腿好点了没有,不知道大哥在天牢混得怎么样,不知道嫂子有没有又跟他闹别扭……"

叶小天说着,声音渐渐有些沙哑:"等到了葫县,我得花点钱请托驿卒往京里头送一封家书,给家里人报个平安,不然他们会担心我的。"

水舞定定地看着他,叶小天在她面前似乎永远都是一副玩世不恭的面孔,一副天生乐观的性情,直到此时她才发现,原来这个男人也有感性的一面。

水舞沉默良久,默默转向与叶小天凝视的方向相反的那一片山影,幽幽地道:"我也想家了。我的老家,其实我从来就没有去过,我出生的时候就在京城,可我的家人如今在那里。"

叶小天扭过头问道:"你家在什么地方?家里还有些什么人?"

水舞道:"就在葫岭以西,葫岭应该就是葫县吧,听我娘说,以前这儿是两位土司老爷管着的,那时这里不叫葫县,就叫葫岭。穿过葫岭,就是铜仁,我家就在那里。我只有父母双亲,不过听我娘说,家乡族人很多。"

叶小天目光微微一闪,道:"那……他呢,他也住在铜仁?"

水舞当然明白叶小天问的是谁,她轻轻屈起双腿,双手抱膝,把下巴搁在膝上,轻声道:"嗯!他……姓谢,名叫谢传风,他爹原本是小姐家府上的管事。我们两家都在老爷府上做事,自幼定下的亲事,后来老爷家败落,娘亲带着我随小姐到了杨家,谢伯伯一家则和我爹先回了故乡。"

叶小天轻轻皱了皱眉,原来这两家还是"世交"呢,如此说来,在和那个姓谢的家伙争老婆的时候,是很难得到水舞爹娘的支持的。不过……

叶小天的眉头随即就展开了,那又如何?我叶小天好歹也是天子脚下、人精扎堆的地方出来的人,要是连这么个货色都争不过,就算她肯跟我,我有脸要她吗?

谢传风是吧?

叶小天暗暗攥紧了拳头!

· ※ · ※ · ※ ·

碧浪滔天，碧绿的浪尖上有几道白色的浪花，跌宕出一条条优美的曲线。碧水与浪花之间，漂浮着一只土黄色的葫芦，因为年代久远，葫芦上有明暗相间的痕迹和一些斑点。

这，就是从空中俯瞰的葫县。

葫县是三等县，成立不足三年，隶属贵州承宣布政使司。莽莽群山之中的它，就像漂浮在万顷碧涛之上的一只葫芦，等着铁拐李从天而降，踏上它漂洋过海。

贵州山多，峡谷相间、地形崎岖，河流虽多却不适宜通航，是以水陆两途都极为闭塞。贵州"天无三日晴，地无三里平"，多雨则涝、无雨则旱，波耕水耨，就连那梯田也号称"望天田"，是真正的靠天吃饭。

以前贵州并非一个独立的行政区域，一直以来贵州就分属湖广、四川、云南。洪武十五年，朱元璋设贵州都挥使司；永乐十一年，朱棣设贵州布政使司，贵州行省才算成立。

可是实际上贵州依旧置于大大小小几百个土司的统治之下，布政使司只是名义上的最高机构，到了万历年间，朝廷的控制力虽在逐步加强，但是左右贵州的依旧是土司们。

葫县本名葫岭，处于云南联结湖南的驿路要道，是以商旅不绝，十分繁华。这里有一支大明立国之初就屯守于此的军队，但政务上一向由两位土司老爷负责。

三年前，葫县大旱，两位土司老爷为了争水大打出手，朝廷趁机出兵干预，罢黜两位土司，在此设立县衙，委派流官，把它正式纳入了朝廷的直接管辖之下。

只是千百年形成的政治格局，不是建一个衙门，挂一块牌子，就能顺利接手的。县衙设立后，当地的汉民、彝民、苗民实际上形成了各自为政的局面，比当初更加混乱。

一条小河把葫县肥圆的"葫芦底"分成了两半。以小河为界，葫县的县衙和军屯戍军及其家眷住在右半边平缓宽阔的区域内；左半边依托于山脚之下，居住的是长期以来依附军屯在此落户的汉人百姓。

眼睛水灵灵的，像刚用山泉水洗过的黑葡萄似的乐遥，牵着比她只矮半头、胖乎乎的福娃；步子迈得小小的，腰肢扭得轻轻的，模样极俊俏的水舞，跟背着大包袱扮苦力的叶小天，历尽千辛万苦，终于抵达了葫县。

走在繁华热闹的葫县大街上，叶小天啧啧赞叹："很不错啊，我还以为这里贫瘠荒凉得一塌糊涂呢，不想此地竟是如此繁华！"

放眼望去，是绵延不断的店铺地摊、酒肆茶楼，商贾行人熙熙攘攘，大大小小、高低错落的店铺旗幡挂得琳琅满目,叫卖声此起彼伏,土话、官话交织成一片。

时而一个腰间扶刀,目不斜视、神情肃穆、鼻梁高挺、目光深邃的彝家汉子昂首从他们面前走过,那雄壮如山的气概,就连叶小天都忍不住多看两眼。

时而又有一个穿着青色绣五彩鲜丽桃花百褶裙的苗家姑娘,背着竹篓,脚步轻盈地与他们并肩而行,满头满身的银饰,银围、腰链叮叮当当地作响,十分悦耳。

急急忙忙、南来北往的过路人,悠游而行、恬静从容的当地人,将两种截然相反的氛围完美地融合在一起。

叶小天欣然看着令人目不暇接的繁华街道,眼神陡然一直。那是方才与他们并肩而行的那位苗家姑娘,迈着一双轻盈的长腿,忽然在一个首饰头面摊子前停下,弯下了腰……

啊!我的老天!她的裙子好短啊!何等健美匀称、光滑紧致的一双大腿……

这是人家本族的风俗习惯,自然不能以汉家礼教衡量,可薛水舞还是难为情地红了脸。她一扭头,却见叶小天眼珠子都要掉出来了,不由心头大恨,臭男人怎么总是这副德性,有什么好看的?

水舞恨恨地在叶小天脚背上踩了一脚,叶小天痛呼一声回过神来,赶紧左顾右盼、一本正经地道:"此地人杰地灵、民风淳朴,真是好山好水好风光呀!什么上有天堂,下有苏杭,依我看该是下有葫县才对。"

水舞冷笑道:"对啊,这里是男人的天堂嘛!"

叶小天瞄了她一眼,突然两眼发亮,像发现了新大陆似的指着水舞道:"哈!你吃醋了?你在吃醋,是不是?"

水舞脸一红,嗔道:"我才没有。"

"没有?没有你脸红什么?你别走,你说清楚,你是不是吃醋了?"

叶小天不依不饶地正想追上去,忽然看到一个闲汉吊儿郎当地走到那个弯腰扶膝挑选首饰的小苗女背后,左右看了两眼,突然伸手在人家姑娘的翘臀上摸了一把,然后,不可思议的一幕就发生了。

第二十八章

不一样的世界

一

那泼皮在人家小姑娘粉臀上飞快地摸了一把,转身就想开溜,却不想那个苗家小姑娘性情泼辣得很。她尖叫一声,像被蝎子蜇了似的跳起来,反手就从筐中摸出一把镰刀,想都不想就扔了出去。

镰刀没有劈准,贴着那泼皮的耳根飞过去,吓得那泼皮一屁股坐在地上。镰刀砸在对面一家酒铺子的大酒瓮上,当的一声响,酒瓮破了一个口子,酒水汩汩地涌出来。

恰有一个身穿天青色斜襟大袖长袍、头裹青白色头帕、脚踩绣花翘头鞋,典型汉族妇人打扮的中年女子,提着菜筐与几个同行的妇人有说有笑地走过来,那酒水猝然喷出,登时浇了她一头一脸。

那中年妇人辣得眼睛睁不开,同行的妇人们马上大呼小叫起来。酒铺掌柜的是个彝族汉子,眼见酒瓮被打破,他愤愤地冲出来,要找那投镰刀的苗家女子理论。

那苗家少女扔出镰刀,便指着吓坐在地上的泼皮发出一连串又脆又急的声音,听声音很好听,可看神情就知道她在骂人。小姑娘还没骂完,就冲上前去,不管不顾地踢踹起来。

听那少女用本族语言一骂,由此经过的几个苗家汉子登时勃然大怒,马上向那泼皮围过来,恰好此时那彝族掌柜的领着几个伙计冲出来,双方都是气势汹汹、面色不善,三言两语没有对上,立即动起手来。

那几个苗家汉子只道他们是那泼皮同伙,要找苗女麻烦,手下毫不留情;那酒铺子的掌柜和伙计也是性情暴烈的汉子,当即还以颜色,丝毫不让。

几位妇人的尖声大喊引来了几个逛街的军汉,那几个军汉一见那位双眼难睁、形容狼狈的中年妇人马上围拢过来,看样子他们几个都认识这位大娘,七嘴八舌一番,他们马上就转身冲向混乱的战场,也不知是找那酒铺老板赔偿还是找那苗家少女理论。

此时长街上已经是一片混乱，双方大打出手，逮着什么都充作武器，一时间筐碟杯盘、首饰头面此起彼伏。有人趁机趴在地上捡拾东西，有人慌忙走避，还有逛街的闲人看见本部落的人正与他人动手，马上不问缘由地助拳。

那几个军汉冲进人群，还没找着正主，就被混战的双方误打了几拳。这几个军汉也不是善茬，当下二话不说，马上挥拳反击，就此由双方混战变成了三国大战。

整个繁华的街市变成了混乱的战场。那些商品货物被损坏或充作武器的店铺掌柜岂肯善罢甘休，当即号令婆娘关门打烊，领着伙计们加入了战团，也不管是哪一方的人马，只管殴打泄愤。

一座楼上探出半个身子来，那人往楼下望了一眼，马上兴奋地回头大叫，片刻工夫，就有四五个人跑出来倚着二楼栏杆兴高采烈地看起了热闹，其中一人还一手提着茶壶，一手端着茶杯。

"这都什么人哪！"

叶小天正觉不可思议的当口，不知是谁把一只鞋子扔到了空中，正砸在那人杯上，那人大怒，抡起手中的茶壶便狠狠地砸了下去。

"这里的人也太彪悍了吧！"

打京城来的叶小天何曾见过这样的世面，他看着这场因为摸屁股引发的血案咋舌不已，自言自语道："我的老天，这究竟是个什么地方啊！"

旁边一个卖野药的汉子蹲在地上，一边麻利地捡拾着被人踩乱的草药，一边笑吟吟地对他道："小兄弟，你是外地来的吧？不用担心，咱们这儿经常这样，打过了也就好了。你需要跌打损伤药吗？算你便宜些……哎哟。"

一个急匆匆跑过的汉子一脚踩在卖野药的汉子手上，卖野药的汉子大吼一声："你长不长眼睛啊？"一个虎扑，便将那人扑倒在地，两个人马上扭打起来。

叶小天惊道："此地不宜久留，咱们快走！"他抱起乐遥，刚要转身逃走，忽然看见那个被酒淋了一头的妇人闭着眼睛划拉着双手，在拳脚飞舞中显得异常危险。

那几个军汉也忒糊涂了些，或许一开始他们也没想到这场混战会乱到如此地步，是以竟没留下一个人来保护她，等他们一开打，整条长街都陷入混乱，就更顾不上她了。

其他几个妇人一开始还护着她往外逃，到后来被人冲散，又见场面着实凶险，早就吓得逃之夭夭，顾不得她了。叶小天略一犹豫，还是一个箭步冲过去，搀住她道："大娘不要慌，跟我走！"

叶小天背上背着大包袱，右手抱着乐遥，左手搀着中年妇人，溜着边往外就逃，水舞紧随其后，也顾不得那只福娃了。福娃倒是乖巧，紧紧跟在她的身后，竟是没有走失。

叶小天逃出混战的中心，闯到路口喘了两口大气，猛一抬头，就见十几个青衣帛帽的衙役晃着膀子往这边走来。叶小天大喜，连忙放开那中年妇人，高声大呼道："差官老爷，你们快来啊，前街有人殴斗。"

那十几个衙役正懒懒散散地走着，一听这话，头前一人马上瞪圆了眼睛，"噌"的一声从腰间抽出量天尺，狐假虎威地喝道："什么人竟敢当街斗殴扰乱本县治安？"

这人大概是个班头，领着十几个衙役急匆匆地闯到街口往里一看，登时屁也不放一个，马上掉转身形，把量天尺向空空如也的前方一指，高声叫道："你们不要走！暴力拒捕罪加一等！"

说话间，这班头领着一帮衙役飞也似的跑得不见人影了，叶小天目瞪口呆地站在那儿，半响说不出话来。

中年妇人眯缝着眼睛，划拉着摸到叶小天的臂膀，对他说道："小伙子，谢谢你呀，这种地方官府中人是指望不上的，老身的眼睛火辣辣的，麻烦你扶我回家清洗一下。"

"哦，哦哦……"叶小天醒过神来，又心有余悸地看了一眼那殊死搏杀的现场，扶着那位妇人急急离开了。

· ※ · ※ · ※ ·

老妇人被叶小天扶到了家。她的家有一个极精致的小院，虽然不够豪绰却很优雅，白墙黛瓦，雕刻着美丽图案的木质门窗，就连院子角落的水漏都精雕细刻过的。

青砖小瓦马头墙，回廊挂落花格窗。这整个小院房舍都透着一股浓浓的江淮风味，陡然看到它，几乎让人忘了自己正置身于贵州大山深处，还以为是到了江南水乡。

老妇人两只眼睛洗得红通通的，她一边用毛巾擦脸，一边同叶小天说着话。叶小天道："大娘您也姓叶？小侄和您是本家呢。大娘的官话说得很好啊，您是刚搬到这儿来的？"

叶大娘笑道："老身是南京人，应天府的。不过我可不是才搬来的，大娘我是这儿土生土长的人，我们叶家打从洪武年间就在这儿了。坐坐坐，小伙子，你坐，你们都坐。"

叶大娘在对面的条凳上坐下，笑眯眯地道："当年，傅大将军率江南三十万大军，奉洪武皇爷之命远征云贵，扫荡元朝鞑子，我们罗家的老祖宗就随军参战到了这里。

"鞑子逃跑之后，洪武皇爷命令这三十万大军携家眷屯田戍守，我们家就留在这儿了。说起来，那都是两百多年前的事了，不过我们这儿军屯汉人从不与外族通婚，所以这口音倒是一点没变。"

大娘看了薛水舞一眼，笑眯眯地道："你跟媳妇是走亲戚来的？你媳妇长得可真俊！小伙子，有福气呀。"

薛水舞红了脸，用细若游丝的声音无力地申辩："是妹子，不是媳妇。"可惜声音小得别人根本听不见。她这一路上已不止一次被人误会了，弄得她都有点免疫了。可是一旦被人误会，还是有些难为情。

叶小天满面红光地道："大娘，您老眼神可真好！瞧您老这家境不错啊，家里人做什么营生的啊？"

叶大娘道："我那老伴早就过世了，只有一个儿子在身边。我那儿子是本地巡检，虽然只是个芝麻绿豆大的官，老身也算是老有所依了，所以家境还算不错。"

叶小天微微吃了一惊，巡检官，那可是九品武官，有了品级就是命官啊。别看官小，在这种地方那也算是有头有脸的大人物了，没想到自己无意之中竟救了一位武官的老娘。

叶小天道："大哥真是好本事啊，在这种地方，一个巡检官可是比京城里一位三品大员还威风呢。"

叶大娘道："唉，我家这巡检是世官，祖祖辈辈传下来的，哪是他的本事。"

叶小天道："大娘，您老这话，侄儿可觉得不对。祖上传下来的官就叫没本事？难道还非得辞了官，凭自己的能耐再从头打拼？谁都有祖宗，有不服气的让他祖宗也去百战沙场挣份功业回来。

"再者说了，有个好爹当然不一定有出息，可也不是有个好爹，那就一定没出息啊。当世名将戚继光、俞大猷，那么能打的将军，不都是世袭的武官吗？

"俞将军是世袭百户，戚将军是世袭指挥佥事，不都是世官嘛。戚将军十几岁的时候就继承他爹的官职，成了当朝四品武将了，谁敢说他是靠老子，自己没有真本事？"

叶小天这张嘴哄起人来就跟灌了蜂蜜似的，把叶大娘说得眉开眼笑，她拍拍衣襟站起来，笑道："你们小两口先坐着，让孩子在院子里头玩吧，老婆子先去做饭，一会儿把你大哥喊回来，好好谢谢你这位救命恩人。"

水舞如今既到了葫县，离家乡近了，已是归心似箭，不想在葫县多作停留，一听这话便悄悄扯了扯叶小天的衣襟，叶小天便站起身道："些许小事，大娘您太客气了。看您眼睛还肿着，好好歇息一下吧。我们有事要去县衙，就不叨扰了。"

第二十九章

悲催的县太爷

一

叶大娘对叶小天这个能说会道、嘴巴很甜的小伙子非常热情,奈何叶小天执意要走,她此时两眼红肿,确实也需要休息。

恰在此时,那些仓皇中与叶大娘走散的妇人们也都寻上门来,七嘴八舌地向叶大娘表示慰问。见此模样,叶大娘便也不再挽留小天,亲自把他们送出院子,指点了县衙的方向才回去。

叶小天和水舞带着乐遥、福娃一路前行,拐过一条长街,再往前走穿过两条胡同,前方一条长街赫然就是方才一场混战的现场。只不过他们逃走时走的是这条街的另一端,此刻却出现在这一端。

长街上的混战已经结束了,因为太过混乱,估计并没有胜利的一方。叶小天看到有些头破血流的人正被同伴七手八脚地抬走,也有人捂着血葫芦似的脑袋自己去找药铺裹伤抓药,而那些做生意的人已经卸下门板、支起货架,拉着长音招揽起了生意,好像从不曾发生过什么。

叶小天见了这般情景,不禁啧啧称奇。果然如那卖药的汉子所言,此地民风剽悍,大概真是把打架斗殴当成了家常便饭,所以一场大战刚刚平息就迅速恢复了秩序。这种缺少官府制约的地方固然容易生出是非,但是自我修复的能力也是出类拔萃。

葫县县衙比叶小天见过的县衙都小了一号。这个县衙门口也有石狮子和拴马桩,同样比起其他地方要小上一号,若不仔细看,那县衙的大门倒似一家店铺,作为一个衙门实在有些寒酸。不过门内也有照壁和仪门,有点麻雀虽小五脏俱全的意思。

县衙二堂上,葫县官员正"济济一堂",比起每日排衙时只有佐贰官到场的情形,此刻葫县所有的首领官都到了。

葫县掌印正堂、七品知县花晴风,极清朗儒雅的一身气质,年仅三旬便做了一县正印,说起来在宦途上算是意气风发了,只是这位县太爷此刻一脸的苦大仇深,比"出师未捷身先死"的艾枫艾典史还要忧郁。

县丞孟庆唯和主簿王宁作为县太爷的佐贰官,坐在花晴风左手一侧的座位上,孟县丞慢悠悠地啜着茶,王主簿不断地捋着胡须。

佐贰官这边本该还有一个有职无品的典史坐第三把交椅,奈何本县典史之位空缺久矣,新任典史艾枫未到,是以这座位也就空着了。至于三班班头、六房长吏,虽然也是佐吏,却没资格与会。

另一侧的是首领官和杂职官,坐在首位的是本县儒学教谕顾清歌、训导黄炫,两人虽然权力不大,但是在这万般皆下品、唯有读书高的年代,他们理所当然地坐了首座。

他们之下便是本县巡检罗小叶——叶大娘的儿子,不到三十岁的年纪,生得倒是极雄壮,可一身戎服下却没有几分霸气。世代屯田戍守在此,早消磨了他的锐气,若脱掉这身官服,俨然便是一个略有几分精明气的农民。在他之下,又有驿丞、税课大使、县仓大使等不入流的杂官。

花知县阴沉着脸,郁郁寡欢地道:"各位,三年大考之期就要到了,本县实户口、征赋税、均差役、修水利、劝农桑、领兵政、除盗贼、办学校、德化民、安流亡、赈贫民、决狱讼等等方面,实在乏善可陈哪,诸位何以教我?"

堂上众官员眼观鼻、鼻观心,无一人答话。

花知县愁眉微微一锁,望着王宁道:"王主簿,你负责的税赋,收了几成?"

王宁咳嗽一声,轻轻捋着胡须道:"赋税么……我贵州全省税赋尚不及江南一县,一向依靠朝廷赈济的,这件事朝廷上一清二楚,难道我葫县能独善其身?收不上来不稀奇,收得上来才叫稀奇呢。倒是赈民方面……大人,咱们还得向上头请求赈灾款啊……"

花知县无力地扶住了额头,王宁瞄了他一眼道:"不过嘛,本县在实户口方面,倒是有些政绩。"

王主簿掏出一本账簿,慢吞吞地翻了几页,咳嗽一声道:"三年前,我县实有户口六百二十五户,平均每户人口六人,现在我县实有户口九百一十一户,平均每户人口近六人……"

王主簿所说的户口是不包括苗疆番界的。尽管葫岭已经建县,设了流官管理,但当地少数民族依旧在极大程度上自治,所以尽管他们占了当地总人口的七成以上,还是只需向朝廷笼统地报个寨数、族数就行,其人口增减变化朝廷是无从掌握的。

总算有点好消息了,花知县精神一振,孰料孟县丞冷笑一声道:"这些人口增长可不是自然繁衍的,而是我县处于驿路要道,渐有流民在此定居的原因。随着这些人定居本县，需要赈济的贫民灾民多了，偷窃、抢劫、斗殴等事件也多了。"

孟县丞竖起一根手指，加重语气道："三年来，我县盗贼案件、狱讼案件，每年比上年递增一倍，如今尚有大量案件积压，要么无法破获，要么无法把罪犯逮捕归案，户口增加？嘿！嘿嘿！有什么可夸耀的。"

这位孟县丞与那位王主簿是针尖对麦芒，一向不合的。

县丞兼管着讼狱，是典史的顶头上司。别看对葫县百姓来说，县衙基本上就是聋子的耳朵——摆设，可毕竟还是有点职权的，于是也就有了利益之争。

掌控本县的这三把交椅，坐首位的花知县无根无底、无权无势，有心报国、无力回天，纯属傀儡。县丞孟庆一方面利用治安大权控制了屯军及其家属之外的当地汉民，一方面和当地一个有名的大豪相勾结，花知县虽有印把子在手，却奈何不了他。

王主簿与占本县人口绝大多数的彝、苗两族吏目关系匪浅。这两族本来各有一位土司，却因为率领族兵发动战乱，被朝廷果断介入，趁机罢黜了他们的世袭土司，改从他们的族人中任命了两个吏目。

葫县也正是趁着这个机会才建立的，但花知县带着朝廷寄予的厚望来到葫县，三年来没有打开丝毫局面，其中不无王主簿从中作梗的缘由，此人根本就是那两大部落的权益代言人。

花知县听了孟县丞的话，心中好不难过，他叹了口气，用略带希冀的目光看向本县儒学教谕顾清歌，问道："顾教谕，本县的文教方面呢？文教上，可有什么建树？"

顾教谕道："大人，县学这三年里，就没有一个学子可以通过考试成为生员的。实际上，本县不要说秀才，就是连合格的童生和蒙童都寥寥无几。现如今在县学里读书的几乎都是'官生'……"

县学的生员有两个渠道来源，一个是考试考上去的生员，一个是品官子弟和外夷部族首领的子弟。按照朱元璋当年定下的规矩，他们是必须到县学读书的，不需要考试，这大概属于一种特殊的"义务教育"了。

迫于太祖皇帝的御旨，当地部落首领们不敢不送儿子来就学，但这班小魔头基本就是来走个过场，不要说读书了，不闹事顾教谕就烧了高香了。

顾教谕说到此事唏嘘两声，他唉声叹气半晌，忽然抬起头道："对了，说起此事，老朽正有些事要禀报大人，本县教谕、训导及六科教习们的俸禄已经有两个月没发了，俸禄拖欠日久，师生无心就学啊。"

花知县冷笑一声，道："学官、学者们无心教学倒是真的，那些学子么，本就没有一个向学的吧？"

顾教谕精神一振，道："大人有所不知，年初的时候本县刚刚迁来一户人家，家中的一位学子名叫徐伯夷的，此人学识极为出色，如今已是本县生员，他每月应领的六斗廪食也没发呢。"

花知县是科考出身,对县学里边的事门儿清,一听这话顿时疑道:"顾教谕,这不对吧?此人既是年初迁来,如今应该还是一个附学生员,哪有这么快就成为增广生、廪膳生的?"

话说这县学的生员分成三等,初入学者叫附学生员,经过岁考和科试之后,成绩优异者提升为增广生、廪膳生,一旦拥有这个资格,就可以从官府按月领米了,就好比是一笔奖学金。这个生员既是今年入学,还没经过岁考,当然不该享有这项福利。

顾教谕道:"大人你有所不知,这徐伯夷学识极为出众,我县这些学子中,将来若能有一人中举,那也必是此人。此人当初并未决定要在本县定居,是老朽求才若渴,特意许诺,只要他肯留下,每月破例领廪米六斗。这个……本县文教上能否有所建树,可全靠他了。"

花知县木然而坐,已经无力反驳了。巡检罗小叶见这模样,摸了摸鼻子,也开始了他的述职。

罗小叶说了些什么,花知县全然未听。他仰着头,失神地看着屋顶的承尘,摆出一副死猪不怕开水烫的模样:"我都已经这么倒霉了,总不会还有让我更倒霉的事吧?"

就在这时,叶小天风风火火地闯进了县衙。

第三十章

如此县衙

一

罗小叶是巡检，而巡检是武官，隶属贵州都指挥使司，再往上就要归兵部管了。但是他和普通的军队又不同，平常要听从县太爷的调度，勉强算是县太爷的下属。

只不过这许多年来，当地屯军及家属形成了一个相对独立的团体，如同一个独立王国。当地官府对他们的影响力极其有限，而他们的事情一般当地官员也不用负责，如此一来，花知县对罗巡检的话就更不在意了。

"唉，想当初我赴任的时候，是何等意气风发！原以为以葫县首任知县的身份，我将在此建功立业，为我的仕途打下坚实的基础，在葫县留下我的英名。谁知道……"

花知县出神地望着屋顶的承尘，满心悲怆地想：如今这副模样，我还有什么好说的呢。大考是一定不及格了，不过葫县情形复杂，朝廷诸公并非一无所知，我一个新科进士来此做官，简直是形同流放了，朝廷还能把我怎么样？我在这里三年，没有功劳总还有苦劳吧，就算我大考不及格，想来朝廷也不会对此全然不加考虑，罢官应该是不会的，若只是贬官调离，我也认了，虽不甘心……唉！

手下的官员还在向他汇报着工作，花知县已经在考虑他的未来了。

叶小天带着水舞和乐遥、福娃走进县衙，心中满是疑惑。他们就这么大摇大摆地进来了，县衙门口居然连个站岗的人都没有，或者不知道站岗的官差溜到哪儿去了。

进了县衙之后更是难得看到一个人。叶小天曾远远见过一个衙差书吏模样的人，还不等他上前问话，那人就晃着身子闪进了一处签押房，根本没有理会他们这一行人。

叶小天站在院中发了一阵呆，对水舞道："此地与中原大不相同，便是这县衙也透着种种古怪，依我看，咱们还是走吧，马上去铜仁，不要管这里的事了。"

水舞讶然道:"那……艾典史等人的事咱们就不管了?"

叶小天道:"我总觉得这个葫县处处透着古怪,咱们还是不要自找麻烦了。那艾典史既是来赴任的,一旦久不报到,官府必然查问,到时一定能找到他们。你不要忘了,那山口还有死马和破碎的车辆,很好找的。"

水舞犹豫了一下,总觉得既然依靠人家的帮助才一路走到现在,若是连人家的死讯都不通报一声,未免有些不近人情,更何况……

水舞忽然想到一事,便对叶小天道:"叶大哥,咱们在鹿角镇搭艾典史的车来此,鹿角镇上的人一清二楚。咱们在鹿角镇住了三天,镇上的人知道你的底细,如果咱们一走了之,官府来日查问艾典史下落时,恐怕你就要成为最大疑凶了。"

叶小天一下子被她点醒了。以官府中人的操行,一位朝廷命官在他们的辖境之内遇害,这可是极重大的一桩案件,到时候官府若破不了案,难保不会把他当成背黑锅的,不如及时报案,先给自己定下幸存者兼报案人的身份。

想到这里,叶小天欣然说道:"果然是家有贤妻,男人不遭横事。你的话很有道理。"

薛水舞听他说疯话也不是一回两回了,她发觉自己薄薄嫩嫩的面皮正在变得越来越厚,至少现在听他这么说,已经不害臊了,只是习惯性地轻啐他一口,都懒得反驳。

叶小天嘿嘿一笑,打个响指道:"走,咱们找个人,把此间事情了结了,便欢欢喜喜回娘家。"

叶小天四下一张望,径直走向方才有人闪入的那间签押房。他到了门口探头往里一看,就见门口挂着"户科"两字,堂屋里坐了两个人,正在对弈,一副偷得浮生半日的悠闲模样。

叶小天马上跨进门去,向两人唱个肥喏,施礼道:"两位先生,小民有一桩大事,要面见知县大老爷。"

其中年岁颇长的一人马上起身,对棋友说道:"先生有事做,棋子先这么搁着,一会儿咱们再继续。"

另一人点了点头,这年长者便退出签押房,顺手从门边抄起一把扫帚,"哗啦哗啦"地扫起了长廊,原来此人是衙门里负责清洁的雇工。

依旧端坐不动的那个人四旬上下、容颜清瘦,他也不看叶小天,而是趴在棋盘上仔细研究半晌,偷偷摸摸拈起对方的棋子换了个地方,这才嘿嘿笑了两声,起身往里间走,撂下句话道:"随我来!"

这签押房一进门是会客的堂屋,旁边穿糖葫芦似的还有几间耳房。叶小天随着那人走进第一间房,那人在公案后坐下,俯下身子,用力地吹了一口,桌上、案牍上、文房四宝上登时飞起一层灰来。

叶小天屏住呼吸，心道：这户科究竟是多久没开张了？

那人直起腰来，懒洋洋地瞟着叶小天，问道："你什么事啊，是造户籍、过户，还是迁转？"

叶小天道："先生，小民只是路经贵县，现有一桩大案子，要禀报给知县大老爷。"

那人乜着眼看他道："知县老爷是你想见就见的？说，什么事？"

叶小天道："本县新任典史艾枫艾大人，路上遭了山贼，被杀了。"

"咳咳咳咳……"那书吏一口气没顺下去，呛得一阵咳嗽，他一下站了起来，惊道，"你说什么？再说一遍！"

叶小天道："贵县新任典史艾大人，半路遇贼，死了！"

那书吏瞪大眼睛，骇然看着叶小天，不敢置信地又仔细询问了一遍经过，终于相信了叶小天的话。那书吏怔了片刻，便急急闪出书案，对叶小天道："快！你跟我来！"

那书吏引着叶小天冲出签押房，水舞、乐遥和福娃正站在院中。那书吏一见水舞俏丽的姿容便是眼前一亮，再看见憨态可掬的福娃心中又感到一奇，不过他现在满脑子都是典史遇害的消息，也无暇多看。

负责洒扫的那个老苍头听说这年轻人要见知县，也不晓得他是什么身份，还在那儿装模作样地扫着地。

地面已经很久不曾扫过了，反正县太爷平素不来此地，地上厚厚的一层灰。老苍头也不洒水，抢起一把大扫帚扫得尘土飞扬，户科书吏捏着鼻子道："行了行了，你别装模作样了。赶紧让开，我有大事要去见县尊老爷。"

老苍头急忙往旁边一闪，那书吏就带着叶小天，捂着鼻子穿过长廊，往二堂里闯去。

二堂上，罗小叶言简意赅地汇报完了本部的事务，此时正换了税课大使陈慕燕向县太爷汇报，陈慕燕简要汇报了一下本县可怜的税收情况，便一把鼻涕一把泪地述说起了税丁们的血泪史。

葫县不是农业大县，在农业上是收不到多少税赋的。县里的税收主要依赖商业和运输，因为葫县是从云南到湖广的驿路要道中的一段，所以这一段的过关税收就成了县里的主要经济来源。

可是这段驿路的运输，几乎完全掌握在本县大豪齐木手中。这个齐木是屯田戍边的军户后代，齐家在本地数百年，也算是一个坐地户了。

他的父亲当年在一次事故中为了救巡检罗小叶的爷爷罗老巡检而死，从此齐家就成了罗家的大恩人。齐木的哥哥继承了军职，他则自谋生计，召集一群脚夫，干起了运输的买卖。

因为有巡检司做后盾,他的生意越做越大,后来渐渐成了气候,如今俨然是本县第一豪强。原本他是要仰仗巡检司的,现在他势力极大,又是罗家的恩人,就连巡检司都被他压了一头。

如今的齐木历经几十年经营磨炼,势力无孔不入,已成葫县一霸,和本县彝、苗两大部落三足鼎立。税丁这种生物,在无权无势的小民眼中无异于猛虎,在他眼中却是小猫小狗,根本不会放在眼里。

不过双方原本也没什么交集,税课司哪敢找他的麻烦。但是花知县前两年一直是无为而治,眼看到了大考之年,他才如梦初醒,想让政绩好看些,于是给税课司下了收税的死命令。由此一来,税课司就只好硬着头皮去收齐木名下那些产业的税,因此和他们起了冲突。前不久陈慕燕手下的几个税丁刚被齐木的人打过,现在还在家里养伤,医药费都没地方要。

孟县丞与齐木一向沆瀣一气,听陈慕燕在这里告状,心中冷笑不已。他心里清楚,花知县毫无实权,根本就奈何不得齐木,这税课大使也不是真要告状,只是在诉说委屈推卸责任罢了。

花知县正听得心烦意乱,那名书吏急匆匆地闯了进来,花知县终于找到了一个发泄目标,大怒起身道:"李云聪,你真是越来越没规矩了,本县正与各位大人商议公事,谁叫你进来的?"

李书吏虽然不敢明目张胆地顶嘴,却也丝毫不怕这位没啥实权的傀儡知县。他马上说道:"大老爷,您莫要商议公事了,现如今却是发生了一桩大事,要命的大事啊。"

花知县听出他话里隐隐的调侃味道,心中更是恼火,可他也清楚整个葫县上下根本就没人敬畏自己,只好佯做没有听出,转口问道:"什么要命的大事?"

李云聪道:"大老爷,刚刚有人来县衙报案,说是本县新任典史艾枫赴任路上被贼人给杀了!"

众官员齐齐一惊,目光一下投向了李云聪,堂上一时鸦雀无声。

过了半晌,就听"砰"的一声,却是花知县一屁股重重地坐回了椅上。

第三十一章

艾典史虽死犹生

一

"老爷?"

李云聪等了半晌,见花知县呆若木鸡的模样,心中大为鄙视,面上反而恭谨了许多。

花知县一言不发,只在心中痛苦呐喊:完了!完了!这回真是完了!我十年苦读,青年中举,父母高堂不知何等欣慰,四乡八邻不知何等艳羡,这一回真要丢官为民、回乡耕田了。

他在葫县三年,政绩本就乏善可陈,如今连新任典史都在进入辖境后被贼盗给杀了,消息一旦传到朝廷,朝廷上诸公会怎么看?委派他来葫县,不但没有达到想要的效果,反而治安恶劣到如此地步,就算只是为了给天下一个交代,他也必须成为牺牲品了。

在讨论政绩时一直表现得事不关己的孟县丞和王主簿的脸色也冷峻下来,出了这么大的事,朝廷必定震怒,本来只是大考的话,倒霉的必定是花晴风,背黑锅的也一定是花晴风。

可是出了这么大的事,难说朝廷会不会对他们两个也严加制裁。花晴风根本就是个傀儡,滚蛋也就滚蛋了,他们两个可是实际把持葫县政权的人,因为这桩案子,他们岂不是也要完蛋?

两个人对视了一眼,都从对方眼中看到了紧张。虽然他们一直是死对头,可是面对这桩对他们两人都有致命影响的大事,他们马上自觉地携起手来。

"咳!李云聪,你把那报案人带进来。"花知县呆若木鸡,孟县丞便替他说话了。李云聪对孟县丞倒是发自内心地敬畏,赶紧答应一声,片刻之后,把叶小天带了进来。

孟县丞便如公堂问案一般,向叶小天仔仔细细询问了一遍。叶小天把他从鹿角镇遇到艾典史开始发生的一切，原原本本地对孟县丞说了一遍，孟县丞颓然坐回椅上，向他摆了摆手。

叶小天拱手道："小民告退！"

"慢着！"王主簿突然清醒过来，向叶小天喝了一句，站起身道："事关重大，你是重要证人，暂时不可离开本县。来人哪，把他们暂且安顿于驿馆。"

王主簿又转对叶小天道："你与家人先去驿馆住下，本官会着人录你口供。"

叶小天皱了皱眉，心道：果然麻烦。不过为了避免更大的麻烦，也只能配合他们了。

叶小天赔笑道："是！那小民就录完口供再走。"

王主簿微微一笑，道："待县尊点齐捕快，再请罗巡检发一支兵马，前往那山口勘察艾典史情形。到时还要劳你带路，你暂且走不得，什么时候可以离开，等待本官吩咐吧。"

叶小天急道："这位老爷，小民我……"

王主簿一挥手，高声道："来人，带他下去，安顿于驿馆！"

这议事二堂外倒是站着四个衙役，马上赶过来两个，一左一右站到了叶小天身边。

叶小天无奈，垂头丧气地跟着那两个衙役离去。花知县凄然一笑，对王主簿道："王主簿，很快咱们就得罢官为民了，呵呵，还留那人何用。"

说到这里，他眼珠突然一转，哈哈地大笑起来，拍案道："罢官为民啊！本官这个憋屈官要罢官为民了。孟县丞、王主簿，你们两位也要和本官一起削职为民了。哈哈哈……没想到你我三人竟然成了一条绳上的蚱蜢，哈哈哈……"

花知县在葫县三年，从一开始的全力抗争，到后来心灰意冷、无可奈何地做了傀儡，心中对夺他权柄、随意摆布他的孟县丞和王主簿恨意不知有多深，如今忽然想到这两个人要倒霉，虽然自己一样难逃罪责，还是有一种难言的快意。

花知县拍着桌子大笑，笑得眼泪都出来了。王主簿冷冷地看着他，待他笑得喘息不已时，缓缓说道："此事，未必不能有个解决的法子。"

花知县指着他，恣意张狂地大笑："解决的办法？哈哈哈，王主簿，本县承认你足智多谋，可是眼下这般情形，你能有什么办法？你不是和山中部落关系匪浅吗？听说山中有巫师，苗家还有蛊术，不如你请个大巫师或者大蛊术师来，把艾典史救活了吧哈哈哈……"

花知县越说越觉有趣，忍不住捧腹大笑起来。天可怜见，他到葫县三年，一直忍气吞声，今天还是头一回可以指着王主簿的鼻子，这般嘲弄于他。王主簿瞪着笑得有些疯疯癫癫的花晴风，一字一顿地道："没错，我就是要救活他！"

此言一出，花知县的笑声戛然而止，他惊骇地看着王主簿，失声问道："救活他？你……你……世上难道真有如此秘术，能让人死而复生？"

他本以为这一遭必定要丢官为民了，心灰意冷之下，已是破罐子破摔，突然听说还有希望，患得患失之下，心情不由紧张起来。

王主簿没有答话，他冷冷地看了一眼堂上的佐贰官、首领官、杂职官们，说道："诸位，今天这件事，一旦为朝廷所知，县尊大人、县丞大人和本官固然难辞其咎，葫县所有官员或轻或重却也一定会受到处分。我等如今可谓一荣俱荣、一损俱损，大家要同心协力，共渡难关才成。"

众人纷纷点头称是，罗小叶蹙眉道："王主簿，你究竟有什么办法？苗家蛊术我也听说过，据说十分神奇，可是起死回生……貌似没有哪个蛊术师有这般大神通吧？"

王主簿诡异地一笑，还未说话，孟县丞突然露出一副恍然神色，霍然起身道："李云聪。"

那书吏还呆呆地站在那儿，一听唤他，连忙答应。

孟县丞道："从今天起，你便是户房吏典。"

花知县怫然不悦，虽说他是个摆设吧，可就算装装样子，孟县丞也该请示他一下才是，怎么把他撇到一边，擅自任命起来了。李云聪听得呆住，莫名其妙地就升官了？从一个寻常吏员，突然就变成了户科首领？

孟县丞道："今日之事，你要守口如瓶，不得说与任何人知道。但凡有半点风声传出去……"

孟县丞的神色狰狞起来："我们倒霉，也一定要先让你倒大霉！"

李云聪这才明白果然没有天上掉馅饼的好事，孟县丞这是要让他封锁消息，却不知孟县丞想做什么，这么大的事，瞒得住吗？李云聪心中忐忑，却也只好硬着头皮答应下来。

孟县丞看了眼站在堂外的两个衙差，隔这么远，不高声说话，他们是不可能听到堂上议事的，便吩咐道："你去，带他二人离开，由你守在门外。"李云聪唯唯诺诺，慌忙退了出去。

花知县这时也看出蹊跷来了，忍不住问道："孟县丞，你这是什么意思？难道……王主簿所言，你已经明白了？"

孟县丞看了王主簿一眼，两人相视一笑，果然不愧是势均力敌的对手，两人显然都明白了对方心中所想。孟县丞与王主簿一向相争，寸步不让，这时却只微微一笑，道："还是请王主簿为大人揭开谜底吧。"

孟县丞回到座位坐下，王主簿微微一笑站起身来，两人配合默契，看起来倒像是一对多年的好友。官场上，果然没有永远的敌人。

花知县沉不住气，急不可耐地道："王主簿，你究竟有什么法子，快些说吧。"

王主簿道："听那小子方才所言，艾典史之死，除了凶手，就只有他和他的二妹、三妹，以及这间屋子里的各位大人们知道，是吗？"

花知县急急点头，道："不错，还有一个李云聪，那又如何？"

王主簿道："如果我们能让'艾典史'再活过来，凶手是绝不会站出来说他是假的，他们本是掳财害命的一群强盗嘛。况且，他们未必知道自己劫杀的是本县典史，否则都未必敢下手。而我们，自然也不会说的……"

王主簿说到这里，花知县终于也明白过来，吃惊地道："你是说……找人冒充……这怎么可能，艾典史又不是从石头缝里蹦出来的人，你找人冒充，能冒充多久？"

王主簿阴险地一笑，道："不用多久啊，过上一段时日，'艾典史'若是因为水土不服，'病死'在葫县，难道朝廷还能追究咱们的责任？和咱们有什么干系？"

花知县听了这话，不由倒抽一口冷气，其他那些官员们此时也明白了王主簿的意思，个个震惊不已。不过他们之中要么是孟县丞或他的心腹，要么是此事关系到自己的切身利益，竟无一人反对。

孟县丞咳嗽一声，道："如此一来，艾典史最终还是死了，但他的死，和我们没有一丁点的关系。这一关，我们不就过关了吗？"

花知县讷讷地道："这样可以吗？"仔细想想，还真的可行，他的眼神渐渐亮起来："可是……我们去哪里找一个人来冒充艾典史呢？"

王主簿怡然一笑，道："何必去找。若在本地找一个人，焉知没有人认得他，从而坏了我们的大事。就用方才报讯的小子不就成了？反正他的岁数和艾典史相差不多，再让他多说几岁也就成了。"

花知县心中一寒，暗道：那岂不是说，撑过一段时间后，一定要杀了那姓叶的？为了安全起见，姓叶的要死，他的两个妹妹也不可能活着，三条人命啊……

花知县心中有些不忍，可他更舍不得自己的前途，而且看堂上官员们人人沉默，如果他想反对，只怕连他也要一起"病死"，没准那时就不是什么水土不服，而是本地发生瘟疫了。

花知县咬了咬牙，道："可……那个姓叶的，肯答应吗？"

孟县丞和王主簿同时一笑，鄙夷地看着他道："由得了他吗？"

第三十二章

求你当官吧

一

叶小天和薛水舞、杨乐遥以及福娃享受了一回朝廷命官的待遇，他们住进了本县的驿馆。

相对于其他地方的驿馆来说，葫县驿馆要简陋得多，这里自从建成后除了寥寥无几的过路官员，就从没什么人来住过，不过对叶小天三人来说，这里的条件已是极好。而且这么大的一处院子，就只有他们一家人，挺有点大宅门的感觉。

很快，叶小天就发现县衙派了人来盯着他们，领头的正是他们曾经接触过的那个书吏李云聪。在他们的限制之下，就是驿馆的驿卒也很难和小天他们有所接触。考虑到艾典史遇害事关重大，官府对证人做出监控也属正常，叶小天就没有多想。

第二天一早，李云聪就来引叶小天去县衙，要他带队去寻艾典史的尸首。叶小天到了县衙，就见知县花晴风、县丞孟庆唯、主簿王宁俱都一身官服，神情肃然。捕快们全都配了单刀，另有一队持竹枪藤盾的士兵，却是巡检罗小叶带队。

一行人离开葫县，将近傍晚的时候才赶到艾县丞出事的那个山口。罗巡检率领士卒先入山口，四下搜索一阵确认没有伏兵，又将士卒分别驻扎于远处作为警哨，花知县、孟县丞和王主簿才带了叶小天和几个心腹步快走进山口。

在叶小天指认的地方，他们很快就掘出了那些尸首，并且从艾典史的身上找出了任命告身。见到告身，花知县等人都松了口气，幸好告身没有损坏或遗失，有了这张委任状，他们的计划就可以顺利实施了。

花知县沉着脸道："艾典史不幸遇害，事情既然发生在本县，本县责无旁贷，必须尽快查个水落石出。王主簿，你留下来，让人把尸体盛敛好，以待运回县城停放。孟县丞，咱们先商议一下此事如何解决。"

叶小天跟着打了一圈酱油，又跟着花知县和孟县丞往回走，出了山口不远，叶小天无意中回头一看，就见山坳中有一股浓烟腾空而起，心中不禁打了个突。

叶小天随着花知县他们就在左近的山坳里住下，次日一早才启程返回县城。等到傍晚时分到了县衙，筋疲力尽的叶小天便道："大老爷，小民责任已了，是否可以就此告辞了？"

孟县丞看了他一眼道："你且候在这里，有些未尽事宜，待本官与县尊商议过后再说。"

叶小天无奈，只得在廊下站定。大约两炷香的时辰之后，李云聪突然出现在他面前，说道："叶小天，大老爷要见你，随我来！"叶小天还待询问，李云聪已转身走去，叶小天只得随在他的后面。

不一会儿，叶小天被带进了三堂，三堂上只有花知县和孟县丞两人在座，四下空无一人。

叶小天向他们唱个肥喏。

孟县丞道："堂堂朝廷命官竟在本县遇害，此等贼人实在无法无天、猖獗至极，必须要绳之以法，以儆效尤。奈何贼人来去无踪，实在无法追查。叶小天，本官与县尊大人商议一番，想请你协助我们，你可愿意？"

叶小天疑惑地看了看孟县丞和坐在上首一言不发的花知县，问道："两位老爷，小民既非官府中人，又非江湖侠士，如何协助大老爷侦破此案呢？"

孟县丞微微一笑，道："我们仔细检查过艾典使他们身上，居然还有大量银钱。可见贼人杀害艾典史，并非为了求财，而是为了寻仇。"

叶小天心道：胡说八道！艾典史等人先被山贼抢劫了一回，又被小爷我搜刮了一遍，口袋比脸都干净了，哪还来得大量银钱。明明就是一桩山贼图财害命的案子，为何要说成寻仇？啊，有人寻仇那艾典史就要承担些责任，有山贼横行却完全是本县官员的责任了，他们是想减轻自己罪责吧。

花知县咳嗽一声，道："歹人的目的既然是艾典史，那么我们就可以利用艾典史引他们出来，只要他们露出些许蛛丝马迹，我们就可以把他们逮捕归案。因此，我们想让你冒充艾典史！"

叶小天大吃一惊，道："什么？让我冒充艾典史？"

孟县丞道："不错！你与艾典史相差没有几岁，本县又没人知道你的来历。只要我们放出风去，就说艾典史路上遭劫，随从尽遭屠戮，艾典史本人侥幸逃得一命，便没人会怀疑你的身份了。

"你以艾典史的身份在本县出入，那些贼人一旦获悉消息，只当行刺失败，必然还来寻你。你放心，我们会派人暗中保护，绝不会让你受到伤害。事成之后，本县以五百两银子为谢，你看如何？"

叶小天像吃了黄连似的咧开了嘴巴：五百两，又是五百两！你们少坑人啦！莫非你们家里也有一个四岁的小媳妇、十八岁的丈母娘等着送给我？

叶小天干笑道："大老爷，既然贼人的目的是刺杀艾典史，那么他们一定认得艾典史的模样，小民虽与艾典史年岁相差不大，长相却不相同，想要冒充他，只怕马上就露馅。"

孟县丞哈哈大笑，道："此言差矣。艾典史是官，纵然得罪了人，对方也应该是官场或士林中人，而这种人是不会出手杀人的，所以凶手十有八九是买凶杀人。

"这样的话，受其收买的凶手只能蹑着艾典史的车队而来，并不熟悉他的相貌，或者只看过一幅似是而非的画像。再者，即便凶手们认识艾典史又如何呢？他们总要来一探究竟的，只要他们来了，我们就有机会。"

叶小天忽然想到了昨晚回望山口时山坳里冒起的滚滚浓烟，心中隐隐有些不安。他摇头道："大人，小民只是经过葫县，恰与艾典史同路，目睹了凶案现场。至于说配合各位大老爷破获此案，既非小民的义务，小民也没那个能力。小民不能答应！"

花知县拍案而起，怒喝道："大胆！本县可不是与你相商，而是命令你配合本县！"

叶小天看着他，冷冷地道："大老爷，小民不是没有见过世面的无知蠢物，也从未听说过一个不食朝廷俸禄、不领官府薪水的良民，必须得配合官府侦破案件。更何况小民不是老爷您的治下之民，小民只是路经此地。"

"你……"

花知县没想到一个区区小民也敢顶撞他，戟指叶小天，怒不可遏。

孟县丞笑容满面地拦住他："县尊切勿动怒，息怒，请息怒。"

孟县丞拦住花知县，转向叶小天道："你真不愿意？"

叶小天躬身道："恕难从命！"

孟县丞呵呵地笑起来，道："好吧，那本官也不愿强人所难。只是，你是本案唯一的目击证人……"

叶小天道："大老爷，小民只是目睹了凶案现场。"

孟县丞摆摆手道："有什么区别？这凶手或者早在鹿角镇时就追踪窥视艾典史一行人的行踪了，沿途下来你们也曾遇到过一些樵夫山民吧？说不定其中就有凶手的耳目，这些将来都有可能需要你来指认，所以……"

孟县丞顿了一顿，道："所以，你可以不冒充艾典史，但是……在本案破获之前，你不可以离开本县。"

叶小天怔了一怔，孟县丞用锐利的眼神盯着他，问道："如何？"

叶小天摸了摸鼻子，忽然笑嘻嘻地道："好！那小民就先在葫县住下，静候大老爷召唤。"

叶小天这般态度倒令孟县丞一怔，有些不明白叶小天为何会有这样怪异的反应，但他依旧不动声色地道："好！那你下去吧，本官会派人盯着你，此案了结之前，你就留在本县。"

孟县丞叫叶小天退下，又把李云聪唤来嘱咐一番，李云聪便带着叶小天离开了。叶小天跟着李云聪一边走，一边暗想：水舞啊，这可不是我有意拖延，是葫县的大老们不放我们走啊，你跟我就在这儿安家落户吧。近水楼台嘛，当然要越近越好，近的时间越长越好。说不定一近二近的，你我就生米煮成了熟饭，到时咱们抱着娃去铜仁见老丈人。哈哈，幸亏我有先见之明，身上足足二十多两银子的财物，几年吃用都不愁。

叶小天离开后，花知县蹙眉道："你怎么让他这么离开了，他不答应，此事如何了结？"

孟县丞道："县尊大人，我们要他冒充的可是典史，是一位经常需要抛头露面的官员，是除了当日二堂里那些官员之外，再无一人可以知道他是假的葫县典史，这样来日他'病死'之后，才不会有什么破绽。如果他不心甘情愿，到时给咱们找点麻烦出来，再想补救就难了。"

花知县疑惑地道："今日县衙出动这么多人去山口，艾典史的事情已然拖不了几日了，再晚些时候，他即便答应，又有何用？"

孟县丞淡淡地回答道："艾典史的消息，咱们再封锁三五天应该没有问题，三五日的工夫，足矣！三五天后，这个姓叶的会乖乖回来央求我们，心甘情愿做这典史的！"

第三十三章

断后路

一

孟县丞说罢,向花晴风拱了拱手道:"下官告辞!"说完也不等花晴风回答,便把大袖一拂,飘然而去。

花晴风定定地望着他的背影,神色极其复杂。

自从他来到葫县,便饱受孟县丞和王主簿这两个与当地豪强密切勾连的僚属掣肘,对这两个人,花晴风已是恨极。可一旦遇到难事,他又离不开这两个人,他一面厌恶自己的无能,又压抑不住对这两个人的仇恨,这种心情实在难以描述。

县衙的三堂是最后一进院落,这里是知县及其家眷的住处。葫县县衙的建筑并不像中原地区的官衙建筑,主建筑都要在一条中轴线上。这里迫于地势,后院作为私宅,建造上有很大的随意性。

后宅月亮门内是一片修竹花圃,几方假山石,错落有致。从其间曲曲折折的小道穿过去,便是一个半月形的碧绿水潭。

潭水如一块温润的翡翠,水上有莲花数枝,莲叶下有游鱼几尾。看那鱼儿,却也不是用来观赏的锦鲤,多半是此间主人垂钓携回的收获,放养于此,倒也别有一番味道。

从穿堂里姗姗走出一个绯衫女子,步姿袅娜,手摇一柄小小团扇,拐过抄手游廊,便向三堂走去。

远远的一道窈窕的倩影于根根红色廊柱、绿色围栏之间袅袅闪过,围栏下又有芭蕉和不知名的碗口大的团花,此情此景,宛如一幅仕女游春图。

那婉约动人的小妇人沿着抄手游廊袅袅地行不过数十步,便到了三堂。厅口有一青衣小厮垂手而立,看见她来,连忙施礼道:"夫人。"

那小妇人也就二十六七岁年纪,粉嫩白皙的皮肤吹弹得破,眼儿弯弯,有种别样的迷人味道,就像一枚熟透了的桃子。她微微颔首,头顶金步摇轻轻摆动,随口问道:"老爷可在厅中?"

小妇人虽然说的是官话,却带着些江南吴侬软语的音韵,听来非常悦耳动听。

小厮恭声回答之后,小妇人举步入厅,一件秋香色的比甲衣袂飘风,遗下一缕幽香。那小厮抬头望去,只看见娉娉婷婷一个背影,乌黑的秀发挽一个堕马髻,那种成熟妩媚的少妇风韵,令人神往。

少妇举步走了进去。室内青砖墁地,梁上挂五角宫灯,中堂一幅大气磅礴的松山积翠图,几案桌椅几步之外的墙边又有花架两只,各摆着一只琦寿长春白石盆景。

在右侧有坐地落屏隔开一个小小空间,画屏上是鲜丽的富贵牡丹图,那少妇姗姗而去,步态优美,就像走进了画里。

屏后是一间书房,窗子开着,窗外一萍绿水,池塘边上都有山石垒着,爬山虎遮蔽了整面高墙,窗子下边有一道只容一人穿行的小走廊,窗子左右各植一树,左石榴,右海棠。

案上地上乱扔着数个纸团,隐隐都有墨迹。花晴风靠在圈椅上,疲惫地仰着头一动不动,眉心隐隐蹙成一个川字,似乎疲乏至极。

妩媚妇人轻轻叹了口气,今日来寻丈夫,本来是弟弟请托了她一件事情,可眼见丈夫身心俱疲的模样,她哪里还忍心让他烦恼。

妇人款款地走到花晴风身后,将团扇搁在桌上,抬起皓如美玉的腕管,翠袖褪下,两只翠绿的镯子映得她那纤细的双手仿佛精致优美的兰花。

花晴风的眉心动了一下,那双玉手便按上了他的肩膀。妇人轻轻为他揉捏着肩膀,柔声道:"老爷还在为典史一事发愁吗?"

花晴风懒洋洋地嗯了一声,没有回答。

少妇柔声道:"相公不必太苛求自己,这葫县是个什么情形,朝中诸公比你清楚,换了谁来这里能够打开局面呢,怎么能责怪到相公头上。"

花晴风苦笑了一声,道:"怎么不怪我,我是这葫芦县里的糊涂知县啊。"

少妇道:"你才不糊涂。"

花晴风道:"若是不糊涂,那就是无能透顶。"

少妇嗔道:"相公!"

花晴风慢慢张开眼睛,仰望着他的妻子,细腻、粉红色的肌肤,衬着她那精巧端庄的五官,就像一位丹青妙手笔下的淡彩工笔仕女,尽管二人已成亲十载,可她依旧鲜丽得如同一枚粉色的珍珠。

而自己……仅仅三年,已经有了皱纹、白发,背也有些佝偻了,刚刚走马上任时那个意气风发的男子,早已湮灭在他的记忆深处。

花晴风唤着妻子芳名,黯然道:"苏雅,朝廷当然会明白我的苦处,可这并不意味着朝廷会体谅我的苦处。天下非一人之天下，朝廷也不是由一个人说了算的，不管是皇帝还是首辅，有些时候都是身不由己的。在天下这张大棋盘上，我这枚棋子根本就微不足道啊！"

苏雅默然，望着丈夫迅速衰老的容颜，有些悲戚地道："难道……就没有办法了吗？"

花晴风摩挲着妻子温润如玉的手背，摇头道："年底大考，最迟明年年中，我的处分就该下来了。除非有一位通着天的大贵人从天而降，或能够保我过关。可是，若真这样一位大贵人，凭什么来提携我这个不得志的小小七品官呢？"

·※·※·※·

驿馆里面，叶小天背着个大包袱，水舞挎着个小包袱，就连乐遥都似模似样地拿起点东西。小熊猫福娃头上扣着一顶竹笠，肩上背着一个竹篓，竹篓里放着它的口粮——十几根竹笋。

户科吏典李云聪拦在前面，冷冷地看着叶小天："路引交出来，你暂时不能离开本县，要路引干什么？"

叶小天道："可是……我要是住店需要验看……"

李云聪道："本县有的是地方不验路引就可以入住，只要你有钱。交出路引，万一你拿了路引逃走怎么办？"

叶小天无奈地交出路引，道："水舞，咱们走。"

李云聪伸手又一拦，道："且慢！所有财物统统放下！"

叶小天惊道："这是为何？本县差官还兼职强盗不成？"

李云聪道："你有了钱不是一样可以逃走？再者说，此案尚未明朗，谁知道你的钱来路正不正，你的钱暂时由县衙保管，待真相大白后自会还你。"

李云聪一摆手，马上就有两个差役扑上来，一个夺走了叶小天和薛水舞手中的包袱，一个差役上前搜叶小天的身，而水舞和乐遥也由驿丞的夫人代劳，上前搜了一番，真把他们搜了个一干二净。

福娃傻傻地站在一边，居然……居然就有那无良的衙差拨拉了一下它背的筐子，从里边顺走了两根竹笋。

一家四口光洁溜溜地被赶出了驿馆。一夜之间，他们就从官老爷、官太太的待遇，变成一贫如洗的贫民了。

叶小天站在驿馆门口，看看驿馆门口两个抱臂而立、冷眼睨他的驿卒，又看看便装打扮、负责暗中盯梢的李云聪和另一个差官，叹口气，摸摸福娃的"狗头"，感慨道："兄弟，我要早知有今天，当初宁肯让你把钱都吃了。"

福娃左右顾盼一下，短尾巴一翘，屙出一个大钱的碎片来。

叶小天虽是满心愁苦，还是被这个活宝逗得想笑，忍不住笑骂道："瞧你那熊样！"

福娃抬起头，傻兮兮地看了他一眼。

……

傍晚的时候，一家四口住进了一间破破烂烂的土地庙。

"叶大哥，我对不起你！"

薛水舞眼看周围一片破败，忽然泪如雨下。

她"扑通"一声跪倒在叶小天身前，流着泪磕头："叶大哥，一开始我是不清楚你的为人，不敢对你吐露心事，后来却是成心请你帮忙。我一个弱女子，没个男人帮衬着，在这种地方简直是寸步难行，可我从没想过会害你落到这步田地。如果不是我劝你向官府报案，你怎会有今天。叶大哥，我对不起你……"

薛水舞悲痛欲绝，她一边哭一边磕头谢罪，待她泪水涟涟地抬起头，忽然吓了一跳，不知什么时候，叶小天已经在她对面跪下，她磕头，叶小天也磕头，一个磕礼一个还礼，有板有眼。

薛水舞吃惊地道："叶大哥，你……你这是干什么？"

叶小天一本正经地道："我也没想到你一个姑娘家居然这么性急。你看咱们天地都拜过了，何时入洞房呢？"

第三十四章

日暮途穷

一

薛水舞又呆住了，跟叶小天在一起的这些天，她不是脸红就是发呆，实在没有别的反应了。

在她心中天塌下来一般悲惨的大事，怎么这位叶大哥偏偏就……他的脑袋到底是怎么长的？

薛水舞自然不会知道，叶小天一直就是这个混不吝的性子，他的人皮实，心更皮实。

薛水舞怔了半天，才捻着衣角讪讪地道："叶大哥，你……你别和我开玩笑了。水舞自幼便由父母双亲定下了婚事，水舞一介小女子，怎敢擅自作主，违背父母之命。"

叶小天道："我可没有跟你开玩笑。说了半天你担心的不就是父母之命吗？我一定会叫令尊令堂改变主意的。至于那个谢什么风，你根本就不用放在心上，我叶小天出马，他还不知难而退？简直是找死！"

薛水舞艾艾地道："可我娘说过，好马不配双鞍，好女不嫁二男。小姐也说，女儿家就应该从一而终。我家和谢家已经换过婚书，虽然还没拜堂成亲，可我……也算是谢家的人了……"

叶小天道："这样啊……那就有些麻烦了。你家和谢家换了婚书，你和我却刚刚拜过天地，那你到底该对谁从一而终呢？"

"当然是小天哥哥啦！"乐遥站在门口，鼓掌大呼。

一旁福娃正在卖力地啃着竹笋，小小年纪的它，现在成了乐遥的跟屁虫，什么都喜欢模仿乐遥。一见乐遥鼓掌，福娃愣了愣，赶忙把竹笋扔在脚下，鼓起两只熊掌。

薛水舞招架不住了。她满腔愁苦，愣是被叶小天说得哭笑不得，一时也不好再板起脸来，只好慌慌张张地起身，边逃边道："叶大哥，你……你早点休息吧，咱们……咱们有什么话明天再说……"

……

次日一大早，一家四口坐在破庙里发呆。

福娃捧着竹笋大嚼，这已是最后一颗竹笋了，它啃得津津有味，浑然不知马上就要断粮。

叶小天道："钱都被县衙没收了，咱们连早餐都没得吃。嘿！这些官们为了逼我就范，还真是用尽了手段啊。"

水舞怯怯地道："叶大哥，要不……要不咱们就答应他们吧？反正也走不了，便冒充一下典史又如何，等他们抓住凶手，自然会放过咱们。若是不答应，他们是绝不会放咱们走的。"

叶小天嘿嘿冷笑两声，摇头道："你一个女人家，哪里懂得这些官场油子一肚子的弯弯绕，这件事怕是没那么简单的。"

水舞诧异地瞪大一双美眸："怎么？"

叶小天欲言又止，起身道："今早这一顿，咱们只好饿着了。我现在就出去找活干，只要能挣出一日三餐的钱，足矣！他们想逼我就范，门都没有！"

"小天哥哥！"

乐遥忽然唤了叶小天一声，她扭头向庙门方向看看，神秘地向叶小天招手。

叶小天走到她面前蹲下，问道："怎么？"

乐遥探手入怀，神神秘秘地摸出一个馒头，叶小天惊奇地瞪大了眼睛。

乐遥嘿嘿一笑，又从怀里摸出一个馒头，叶小天贪心地道："还有吗？"

乐遥垮下小脸，摇了摇头。

水舞走过来，奇怪地问道："你从哪儿弄的馒头？"

乐遥小声道："昨天在驿馆厨房里，嘿嘿！搜我身的那位大娘没管我。"

叶小天喃喃地道："原来吃货也有吃货的好处。"

乐遥咧开小嘴笑起来："人家以前饿怕了，看见厨房有一箩筐的馍，也没人看着，就拿了两个。"

叶小天摸了摸她的头，又把她轻轻搂在怀中，柔声道："放心吧，以后跟着小天哥哥，我是不会让你再挨饿的。"

"嗯！"

乐遥用力点头："小天哥哥最有本事了！"

叶小天笑了笑，对水舞道："你和遥遥把馒头吃了吧。你们待在这儿，我去找工做。"

水舞站起来，不安地对叶小天道："要不我也去吧，怎好一直让叶大哥你……你为我……"

叶小天瞪了她一眼，粗声大气地道："扯淡！嫁汉嫁汉，穿衣吃饭！要是都没能耐养活你，这样的男人有什么用？你在这等着，我去挣钱！"

虽然叶小天话里话外还是有占她便宜的意思，但水舞这一次却连面上的反驳都没有，她轻轻垂下头，心里感到说不出的暖和。可惜这种感动刚刚在她心中荡漾，就被叶小天的下一句话气歪了鼻子。

"再说，就你这样的惹祸精！一旦让你出门，我替你揩屁股都忙不过来，哪还有工夫挣钱！"

乐遥仰起脸，天真地对叶小天道："小天哥哥，你真能挣来饭钱吗？"

叶小天看了她一眼，傲然仰起下巴道："我是谁！"

乐遥担心地道："你是叶小天啊！小天哥哥，你怎么连自己的名字都不记得了？"

叶小天差点跌倒，本来黑着脸的水舞却忍不住捂着嘴偷笑起来。

叶小天狠狠地瞪了眼这一大一小两个磨人精，掉头往庙外走去。

·※·※·※·

夜晚的时候，城门关闭，出入两难。叶小天的两个"妹妹"都是女的，其中一个还是小孩子，根本不用盯着，叶小天带着她们插翅都飞不了，只消白天盯着就行了。

城门还没开的时候，李云聪和另一个差官就换了身便衣，赶来盯着他们了。

叶小天也不理会他们，当他们是空气一般，从他们身边昂然而过。李云聪在他经过时笑嘻嘻地说了一句："如何？不如答应我们大人的要求吧。"

叶小天冷笑一声，扬长而去。

叶小天对自己有强大的自信。我是谁？我可是从皇城根来的人，这点事难得住我？你们这些乡下人、土豹子！我只要露个口风，你们还不得哭着喊着求我上门做工？谁不愿意除非他瞎了眼！

自信满满的"城里人"叶小天，开始了他在贵州葫县饱受打击的求职经历，他终于发现，这里店铺掌柜的，真的都瞎了眼。

……

"你想到我店里做伙计？好啊，你看看，这匹布是什么布？"

"这个……我不知道。"

"那么你看看这匹绸缎，是哪儿的产地？"

"这个……我也看不出来。"

"出去！"

……

"你会说苗语吗?"

"不会,不过我是来应征店小二的,小二哥会端茶递水不就行了,怎么……"

"你会说彝语吗?"

"不会,掌柜的,我是来……"

"那么你会说本地土话吗?"

"不……"

"出去!"

……

"你想当保镖?你这身板有些单薄啊。"

"陈镖头,我身子单薄,可我机灵啊。打个旗、赶个车子、打尖落店、寻访消息,我都能胜任。"

"你会武吗?"

"不会,不过我……"

"有力气也行。来,这个一百二十斤重的石锁,你提起来,耍上几趟给俺看看。"

"一百二十斤?!还耍上几趟?!不不不,我可耍不动,一不小心再砸了脚……"

"出去!"

"陈镖头,实在不行……我可以做军师的。"

"滚!"

……

"你嗓门大吗?"

"大!我明白,卖东西就得会吆喝。"

"你能打吗?"

"能!打酒谁不会啊,这个不用学。"

"我是问,你能打吗?打架!打人!"

掌柜的挥起拳头,向他摆了个架势。

叶小天呆住了,期期艾艾地道:"卖酒……还要兼职打架吗?你们这店经常打架?哦!我想起来了,前几天,就前几天,有个光着大腿的小姑娘打破了你们家的酒瓮……"

"你究竟能打不能打?"

"我不打女人。"

"男人呢?"

"贵县男人好壮,小子不以气力见长啊……"

"出去！"

"掌柜的……"

两个袒露胸毛的伙计往前一横，抱臂站定，冷冷地看着叶小天。

叶小天打个哈哈，道："呃……两位兄弟，贵县男人，真的好壮！"

叶小天匆匆退出酒铺，站在高低不平、狭仄悠长的青石板路上长吁短叹："唉！为什么就没人能发现我的长处呢！"

叶小天匆匆地奔波在大街小巷，一次次碰壁，走得腰酸腿痛。不远处盯梢的李云聪和另一个衙役比他更惨，他们苦着脸、扶着腰、有气无力地看着叶小天，一副要杀人的眼神。

夜色降临，华灯初上，城门已经关了。李云聪和那个衙役如蒙大赦，终于放弃盯梢，回了自己的家。可一天下来居然没有找到一份工的叶小天却无颜回土地庙。

长街上，一些店铺和人家挂起了红灯笼，红色的灯笼将小街笼罩在一片神秘幽谧的氛围之中。叶小天沮丧地迈着步子，只觉脚跟生疼，他看见一户门户较大的人家门口挂着红灯笼，门却关着，便走过去，在门槛上坐下。

叶小天背倚大门，长长地叹了口气，郁闷地想：今天出来时，我还撂下大话，如今就这么回去，一定会被她笑的。就算她嘴上不说，说不定还会安慰我，可心里头也一定会笑，可我若不回去，又能去哪儿？

叶小天的肚子咕噜噜地叫起来，他摸摸肚子，自嘲地道："叶小天啊叶小天，想不到你居然有这么狼狈的一天。秦叔宝落难时，好歹还有匹马可以卖，你能卖什吗呢？"

叶小天刚说到这儿，身后院门忽然开了，背倚门扉的叶小天来不及反应，一个跟头就折了进去……

第三十五章

有家戏院

一

"哎哟,这谁呀,黑灯瞎火的坐在我们家门口,想吓死人呀你。"听声音细声细气的,似乎是个妇人。

这人提着灯笼,往叶小天脸上照了照,忽然俯身低下头来。这人方才站着,灯在叶小天眼前,照得叶小天什么都看不见,他这一低头,一张大脸猛地出现在叶小天面前,把叶小天吓了一跳。

白刺刺一张大脸,龇牙一笑,脸上簌簌地直掉粉沫子,偏偏一双眼睛就跟叶小天他们家的福娃似的,抹得乌漆麻黑的。那张嘴笑嘻嘻地咧着,足有八只樱桃小口拼起来那么大,涂得通红一片。

"鬼啊!"

饶是叶小天大胆,也不禁怪叫一声,好悬没晕过去。

"鬼你个头啊!"

那人伸出短粗胖的一根手指,在叶小天额头一点。叶小天登时一阵天旋地转,也不知是被他吓的,还是被他那胡萝卜似的手指头给戳的。

"我问你,你悄没声的坐在我家门前干什么?哦……"

那人收回"胡萝卜",捏了个兰花指,娇滴滴地道:"我明白了,你莫非是来我家应工的?"

叶小天这时也看出这人不是鬼,而是一个男人,只是不明白他为什么化着浓妆,比女人还过分。叶小天本想爬起来走人,一听"应工"二字,已经碰了一天壁的叶小天登时两眼一亮,脱口问道:"这位大姐……大哥……掌柜的,你们这儿招工吗?"

那人拿灯笼把叶小天上上下下又照了一遍,喜上眉梢:"嗯!瞧你眉目还算清秀,尤其一张小嘴,长得更招人疼,瞧着是不错啦。只是不知你还会些什么本事呢?"

叶小天碰了一天的壁,早就没了早晨刚出土地庙时的傲气,一听这话登时心虚,忙小心问道："却不知掌柜的你这里做些什么营生，需要些什么本事，我可分辨不出布匹的成色和产地，也不会说苗话彝话本地土话，至于百十来斤的石锁……那也是舞不动的……"

那人捏着兰花指，咯咯地笑了起来，像只刚下水的母鸭子似的："哟，看不出，你这张小嘴还挺逗的，会说俏皮话，成！这就成了五分了，你会唱曲吗？"

叶小天在京城时好歹也算一票友，一听唱曲，登时精神大振，忙不迭点头道："会！会会会！小子唱曲还正经挺好听呢。"

那人笑嘻嘻地道："那就成了，你跟我来吧。"

叶小天爬起来，喜出望外地跟在这人后边，眼看他胯骨轴子左晃右晃跟要散架似的，把个肥臀颠得七上八下，连忙移开目光，开口问道："掌柜的，还没请教您尊姓大名啊？"

那人将媲美福娃的熊掌在空中轻飘飘地扇了两下，娇笑道："什么掌柜不掌柜的，听着生分，我姓张，外边人都叫我张大哥。不过咱们这院子里头都是自家兄弟，只唤我的艺名——风铃儿。"

"阿嚏！"

叶小天被他身上刺鼻的香味熏得打了个喷嚏，他揉揉鼻子，心想：艺名？难怪他这么一副模样，原来这是一家戏园子。

一知道人家是戏园子，叶小天不禁担起了心事。他自忖曲唱得还是不错的，不过票友就是票友，怎比得了那些以唱戏为生的优伶？叶小天张嘴欲说，忽又咽了下去，好不容易找到一份工，他可不愿意再失去这个机会。

叶小天看着面前那只摇来晃去、硕大无朋的"风铃儿"，心道：他也未必就是让我唱戏，大概是让我搬搬道具，打个鼓敲个钹什么的，需要的时候再上台跑跑龙套，嗯……一定是这样！

· ※ · ※ · ※ ·

叶小天跟着风铃儿从门前消失不久，那虚掩的大门便"咣啷"一声被人推开了。两个佩刀的苗人大汉闯进门来，往左右一站，气势汹汹，随即便有一个周身上下银光闪闪的苗女迈步进来。

这苗女若仔细看，其实是蛮俏丽的一个丫头，只是眉宇之间英气勃勃，冲淡了她的妩媚。她背着双手，往门前一站，凤目一扫，不怒自威："他真的就在这儿？"

一个苗装大汉顿首道："是！"

苗女脸上怒气乍现，娇斥道："头前带路，找他出来！"

两个苗家大汉连忙领命，那苗女迈开两条修长的大腿，周身上下"叮叮当当"地跟了上去。

这家戏园环境优雅，这里一丛篁竹，那里一处怪石，虽然不算独居匠心，却也颇显雅致。左右两厢，绿荫掩映下隐隐可见一些屋舍，有些屋舍门窗紧闭，有些却开着窗子。

叶小天探头探脑的，就见窗子里的人都是男人，大多相貌清秀、男生女相，有的人正对镜梳妆，有的人正持箫吹曲，也有人正长袖善舞，"咿咿呀呀"地练着身段。

大明王朝，女人是不许上戏台的，旦角都是由男人来演。叶小天看见这般光景，心中更是确信：这里果然是家戏院。

两人一前一后离开前院，七弯八拐地来到后庭一处偏厅。厅中灯火通明，却不见有什么人，似乎今儿没有什么生意上门，无须演出，大家也就懒得走动。

风铃儿领着叶小天进了偏厅，捏着双下巴上上下下又打量他一番，满意地点点头，道："嗯！底子还真不错，宽了外衣，叫哥哥瞧瞧。"

叶小天不能不承认自己的短处了，他咳嗽一声，心虚地道："风铃儿哥哥，小弟虽也能胡乱唱上几句，可是让我上台的话……怕是没那么大本事。"

风铃儿嘻嘻一笑，道："在这儿呢，你会唱曲固然好，不会唱也没关系。会唱戏的有会唱戏的生意，不会唱戏有不会唱戏的买卖，小鸡不撒尿，各有各的道。来，先宽了外衣，叫哥哥我看看你的身段……"

这掌柜的还真好说话。

叶小天欣喜地脱了外衣，风铃儿围着他审视地打量了几圈，拍拍他的胸口，捏捏他的胳膊，满意欢喜地道："嗯，看不出来，瞧着瘦瘦弱弱、眉清目秀的，这身子骨还蛮结实。"

他扭着硕大的肥臀走到墙角，打开一口箱子，从里边翻出几套花花绿绿的女儿家衣裳，往桌子上一放，对叶小天道："来，你一件件地试穿一下，再叫我瞧瞧。"

叶小天道："风铃儿哥哥，要是有什么粗浅的活，您交给我就好。那些精细的事情，我怕自己真干不来。"

风铃儿道："不妨事，穿上，快穿上。"

叶小天无奈，只好选了一套颜色比较素淡的衣裳穿上，往风铃儿面前一站。风铃儿把手一拍，喜道："好！再给你描描眉，点点唇，敷些粉，那就是个俏丽小佳人了。"

叶小天对着落地铜镜一照，觉得不像戏服，不禁疑惑地问："风铃儿哥哥，你这里究竟是做什么生意的呀？"

风铃儿微微一笑，向他飞了个白眼，看得叶小天一阵肉麻。

风铃儿娇声道："死相，跟哥哥我还装样，我们这里当然是做皮肉生意的啦。"

叶小天惊诧地张大了嘴巴，失声道："皮肉生意？我……我不至于长得那么像女人吧？"

风铃儿拿兰花指向他遥遥一指，娇嗔道："女人有什么好的！谁说男人就一定要喜欢女人的？嘻嘻，一旦知道了男人的妙处，可是比女人还招人喜欢呢。"

叶小天心里一阵恶心，伸手便去解衣服："岂有此理，我堂堂男儿，岂能如此不知羞耻，这般营生，便连我爹娘、叶家祖宗，都要跟着蒙羞。"话音未落，肚子里却是咕噜噜一阵响，登时泄了他的底气。

风铃儿掩着血红的嘴巴轻轻地笑起来，他笑够了，便从袖中摸出一锭雪白的银两。看着足有一两重的银元宝，被两根肥胖的手指头拈着，在叶小天面前晃了晃，灯光映着银子，发出白花花的光来。

风铃儿把银元宝放桌上轻轻一放，又往叶小天身前轻轻一推，笑吟吟地道："小兄弟，很多事之所以难，其实就只是第一步难迈，一旦走过去，也就无所谓了。想当年我也是寻死觅活的，现在想想，真是好笑……"

风铃儿看得出叶小天窘迫的处境，他相信这个饥寒交迫、走投无路的人最终一定会屈服，不是向他屈服，而是屈服于饥饿和求生的本能。

他自信满满地看着叶小天，还没等来叶小天的屈服，忽然有一个脸上敷粉、头上簪花、衣着不男不女的秀气少年急匆匆跑来："风铃儿哥哥，风铃儿哥哥，出……出事了。"

那人跑到风铃儿身边，贴着他的耳朵说了几句话。风铃儿顿时双眼一瞪，转身就往外走。他刚刚迈出两步，忽又想起叶小天，便转回身来，往桌上一指，又往门口一指，对叶小天道："这是定金，那是门，你自己选！"

第三十六章

霸气小魔女

一

却说那一身霸气的小苗女在两个苗家大汉的陪同下闯进"戏园",在曲径幽深处转悠了半天,才碰到一个提着茶壶由此经过的小厮。两个苗家大汉向这小厮逼问一番,向他描述了一下想找得人的模样,由那小厮引着,来到一处绿荫掩映下的房子。

爬山虎爬满了墙壁,只有门和窗子露在外面,仿佛整幢房子就是用藤萝搭成的一般,绿意盎然,虽在夜间,更增野趣。门关着,窗子却开着,碧罗窗子里透出阵阵嬉笑声。

那小苗女气冲冲地就要上前,一个苗家大汉连忙上前拦住,尴尬地道:"大小姐,您还是……呃,这个……还是让我们两个上前叫门吧。"

小苗女一愣,道:"干吗?"

"哦……"

小苗女明白过来,撇撇嘴角道:"他做得出来,还怕人看?"

小苗女挽着袖子,愤愤地道:"我就纳了闷了,这男人和女人睡觉,那是天地之道,阴阳之理……我这句话说得对吧?"

两个苗家汉子的脸急剧地抽搐了几下。

小苗女沾沾自喜起来:"没错,书上就是这么说的。和徐公子相处了一段时日以后,我发现我这学问也见长了。"

两个苗家汉子无言以对。

小苗女突又瞪圆了漂亮的大眼睛:"可男人和男人在一块能干什么?他居然还花钱嫖,真是不知羞耻,给我让开。"

小苗女推开那大汉,雄赳赳气昂昂地走上前去,飞起一脚。

就听"轰"的一声,那扇门就飞进房去,稀里哗啦也不知砸碎了多少东西。内室里一声惊呼:"谁?"

小苗女应声道:"我!"说罢一头冲了进去。

两个苗家大汉一脸无奈。

内室中几支红烛高燃,绯色帐子,妆台铜镜,粉香扑鼻,帘笼半挑,颇具情调。一个颇为英挺的男子,胸怀半袒,双手抱着一个腰间搭着薄衾、四肢着地雌伏其下的清秀男子,愕然看着门口。

门扉轰隆一声巨响,把他吓得蒙了,一愣神的工夫,就见一个浑身闪闪发光、叮当作响的苗家少女,一阵风似的冲进来。英挺男子吓了一跳,慌忙合拢衣衫,吃惊地道:"凝……凝凝凝……"

小苗女怒气冲冲地喝道:"凝你个头!你这个败家玩意儿,咦?"

榻上的英挺男子脸都黑了,手忙脚乱地系着衣衫,咬牙切齿地道:"你一个姑娘家,跑到相公堂子里来做什么?"

展凝儿瞥了他一眼,冷笑道:"难道你一个大男人到相公堂子里就合适了?"

雌伏于榻、描眉画眼的那个清秀男子也忙不迭系着衣衫。他只道眼前这一幕是这位客官的老婆来捉奸,便不忿地反嘲道:"你是哪里来的臭女人,竟敢到我们蟾宫苑来撒野,谁叫你拴不住你男人的!"

"啪!"

一记响彻云霄的大耳光,搧得清秀横飞起来,与之一起翻飞的还有他的四颗牙齿。这展凝儿身材窈窕,并不强壮,不想竟是天生神力。

展凝儿瞪了他一眼,又狠狠地横了一眼榻上的英挺男子,彪悍地道:"我男人要是这么没出息,我早阉了他。这个不成器的家伙是我表哥!"

那清秀男子被她一掌搧飞,摔得晕头转向,半边脸肿得老高,脸都木了,连疼痛的感觉都没有。

听见少女这句话,他摇摇晃晃地爬起来,口齿不清、满口鲜血地道:"你表哥串堂子碍着你什么事了,你凭什么管?"

展凝儿反手又是一巴掌,清秀男子登时又玩了一把空中飞人,两颗后槽牙都被打飞出来,他像陀螺一般在空中旋转了三百六十度,仰面摔倒,再也爬不起来了。

展凝儿扬手于空,食指纤纤向外一挥,脆生生地对表哥道:"十息之内,给我出来!否则,就叫他们抬你回去!"

展凝儿说罢就往外走,她那可怜的大表哥一听"十息"之数,生怕误了时间,赶紧四肢着地,像只大猩猩似的窜到榻边,连鞋子都顾不及穿,便屁颠屁颠地跟了出去。

这间屋子里一通打闹,早惊动了左右房间里的人,其中一个人扒着窗户往里一看,立即以公鸡打鸣般高亢的声音尖叫起来:"杀人啦!杀人啦!杀……"

当一双明媚的大眼睛出现在他面前时，他的声音戛然而止，惊怔半响，才讪讪地露出一个讨好的笑容："姑娘你好……啊！"

展凝儿一扬手，他就尖叫一声，张牙舞爪地跑出去了。

两个随从从房子里跟出来，一看这般情景，赶紧道："小姐，咱们走吧。"

这时十几个人闻声赶来，纷纷提着刀叉棍棒，其中有的人还穿着女人衣服，乱象纷呈。

展凝儿本待要走，一见这般情形，兴奋地大叫道："来得好！"

当下双腿一迈，直入人群，窈窈窕窕的一个身子，竟然舞动出疯牛般的气势，银光闪烁、叮叮当当声中，一条条人影就在她的粉拳玉腿下或倒或飞、惨叫连连。

一个举着叉子的大汉狂喷鲜血倒摔出去，肋骨至少断了四根，另一个提着板凳的女装男人被她一记肘击，整个鼻梁都塌了下去，一句话都没说就昏倒在地。

两个苗家随从于心不忍地扭过头去。

·※·※·※·

"这是定金，那是门，你选！"

很难选吗？

叶小天捏着下巴，看看桌上的银两，又看看四周没人，他果断地揣起银子，走向大门。

叶小天鬼鬼祟祟地刚绕过一条抄手游廊，就和屋子里跑出来的一位客人撞了个满怀。

这位客人衣衫不整，神色惊慌。他听说有个女人来闹场子，一时也不知是不是自己家婆娘，安全第一，逃命要紧。不想才一跑出房子，就和一个身着女装的青年撞在一起。

那客人急忙自腰间摸出一锭一两重的银元宝，往叶小天手里一塞，道："给，钱我付过了，走了啊。"说着举袖掩面，落荒而去。

叶小天呆了一呆，往左右一看，没人！叶小天马上心安理得地把银子揣进腰包，加快了步伐。

……

"还有谁要打？"

展凝儿紧握双拳，战意盎然地望着满地哀号打滚的人，匆匆赶来的风铃儿一对上她凌厉而兴奋的眼神，便下意识地退了两步，直觉地感到此女非常危险。

展凝儿环顾左右，见没人上前，不禁大为扫兴，冷哼一声，转身欲走。

"慢着！"

风铃儿咬了咬牙,还是硬着头皮走上前来。虽然他也畏惧这女子的武力,可是如果就这么一声不吭地任她离开,他以后也不用干了。何况他虽然只是一个老鸨,背后也是有靠山的。

"怎么,你想打?"

展凝儿睨着他,轻抚拳头。

风铃儿道:"姑娘你武艺出众,我自然拦阻不了。只是在下一个小小管事,这般模样可没法向我们大爷交代,还请姑娘你赐下名号,等我们大爷回来,也好上门请教。"

展凝儿冷哼一声,道:"我姓展,住水西。"

姓展?水西?

风铃儿似有所恃的傲慢登时僵在脸上。

水西展氏?

土司四天王是安、宋、田、杨。其下便是八大金刚,水西展氏恰好就是八金刚之一。

任你沧桑巨变、星移斗转,任你改朝换代、腥风血雨,帝王将相灰飞烟灭,可是土司却始终超然世外,安然无虞。

建制最早,世袭最长,占地最广,影响最大。自汉至今,千年不衰。百年的皇帝,千年的土司,这可是能让小小"蟾宫苑"顷刻间灰飞烟灭的土司!

风铃儿立即跪伏于地,以额触地,行五体投地大礼。小溪似的汗水沿着他脖颈儿处的沟壑流下来,肥硕的身躯上每一寸肥肉都在簌簌发抖。等了许久,他抬起头悄悄一看,那位展姑娘早已不知去向。

叶小天抄着院中小道,一路有惊无险,眼看大门在望,兴奋之下急忙加快了脚步。叶小天堪堪赶到门口,斜刺里突然杀出一个银光闪闪、叮叮当当的姑娘,恰与他同时走到门前。

第三十七章

浪子回头

一

"嗯?"

叶小天与展凝儿对视一眼,不约而同生起几分狐疑。

叶小天心想:这家相公堂子里居然还有女人?莫非这里水旱两路的生意都做?

展凝儿心想:又是一个没羞没臊的臭男人,有手有脚做什么不好,居然做皮肉生意。

两人鄙视了对方一眼,齐齐迈出脚去。前脚刚刚迈出门槛,忽又觉得不对,二人不约而同地再度停下,扭头看向对方。借着门口悬挂的灯笼,二人看清了对方的模样。

叶小天看着展凝儿:这姑娘面如满月,眼亮眉长,珠圆玉润却又不失水灵俏皮。那小模样……好面熟啊。

展凝儿看着叶小天:眼睛灵动有神,尤其嘴唇唇形秀美,真要让女儿家见了都要嫉妒几分,难怪能在相公堂子里做皮肉生意。唔……不过……他的模样有点面熟啊……

"啊!是你!"

叶小天和展凝儿不约而同地认出了对方。

"这个杀千刀的,摆了我一道,还让我在徐公子面前丢丑!如今终于落到我手里了!"

展凝儿火冒三丈,马上伸手拔刀!

叶小天当机立断,随即双膝一屈!

"不要啊!英雄!"

叶小天"扑通"一声,果断地跪倒在展凝儿身前,抱住了她的大腿。

展凝儿顿时娇躯一僵,虽说她风风火火有点男人婆性格,可她还真没被男人沾过一手指头。

以前的展凝儿就没拿自己当女人，也没有过谈情说爱。再者说，作为赫赫有名的"水西三虎"之一，也没哪个男人敢招惹她。

如今她迷上了徐公子的温文尔雅，有心托付终身，却也是发乎于情、止乎于礼。展凝儿固然懵懵懂懂的不知情爱滋味，徐公子那种方正守礼的君子自然也不会得寸进尺。

今天突然被人一下抱住大腿，展凝儿不免有些发慌："你……你快放手！"

叶小天心道：这姑娘凶狠得紧，我才不放手。我若放手，她顺手给我一刀，我就死翘翘了。我这样抱着她，她动刀就得溅一身血，哪个女孩不爱干净，嘿嘿……

"咦！好有弹性，好结实呢。没想到这么一个假小子似的女子，身上竟然还有一股子很特别的香味……"

"你往哪儿摸呢？"展凝儿又气又羞，抬腿一踢，叶小天"哇"的一声惨叫就飞了出去，好在这姑娘大腿酥软，一时使不出力气，要不然叶小天这一下骨头都得断上几根。

这时展凝儿那大表哥灰溜溜地跟着两个苗家大汉走过来，一见这般情形，只道叶小天也是"蟾宫苑"的人，马上上前表功道："表妹，不要脏了你的手，我来教训他。"

展凝儿横了他一眼，道："边儿去，要你管！"

展凝儿拎着刀，慢慢走到叶小天身边，把刀往他脖子上一架，似笑非笑地道："山水有相逢，小子，你没想到还有遇到我的这一天吧？"

叶小天干笑道："是啊，我和姑娘……还真有缘。"

展凝儿脸色一冷，咬牙切齿地道："还从来没有人能把本姑娘耍得团团转，你小子有本事啊，嗯？今天你既落到我的手中，说吧，你想怎么死，是清蒸还是红烧？"

叶小天轻轻叹了口气，幽幽地道："既已犯在姑娘的手上，要杀要剐，我都无话可说了。"

展凝儿冷笑道："装可怜？当我是被骗大的吗？"

展凝儿手臂一挥，刀锋高举，叶小天忽然闭上眼睛，仰起头来。

清亮的月光照在叶小天的脸上，他的眼睫轻轻地眨动，似乎就要流下泪来……虽然始终也没流出泪来。

叶小天用极悲凉的语气道："难道姑娘就不想知道我当初为何欺骗姑娘，如今又为何出现在这里吗？"

展凝儿的刀蓦地定在空中，凶巴巴地道："这我倒是听那姓杨的说过，不是你与人家府上的婢女私奔，被人一路追杀吗？当日我怎么只看见你，却不曾看见与你私奔的那个小女子？"

叶小天叹了口气，道："姑娘你有所不知，其实我也是那人家的仆佣，我和娘子从小青梅竹马，双方父母就为我们定下了亲事。谁知多年以后，我那青梅竹马的小妹子出落成了一个俊俏大姑娘，老爷竟然起了色心。"

叶小天唏嘘道："他都六十九岁了啊，却硬要棒打鸳鸯，夺我所爱！我的父母因为年迈，已经辞工返回故里，只剩下我一个人在杨府里做事，再说我一个奴仆，拿什么和老爷争？"

女儿家最重视的就是自己的终身大事，以己度人，最痛恨的就是有情人不能终成眷属，而那棒打鸳鸯的恶棍，自然也就成了她们最痛恨的对象。

叶小天作为一个票友，不知看过多少场情情爱爱的戏，一旦戏曲中出现这样的内容，台下坐着的那些大姑大娘、媳妇丫头，无不痛骂恶棍，为那被迫分离的小情人一掬同情之泪。

叶小天料想这位彪悍的姑娘虽然有些男子性格，可女儿家的本能还有，一听这话必然站在自己一边。果然，展凝儿听了这话，登时生起同仇敌忾之心，说道："于是你就带了那女子私奔？嚯！倒是有种！"

叶小天道："我若只是与她私奔，岂不害了岳父一家吗？岳父虽已过世，可岳母还在，我那娘子还有一个智障的弟弟和一个年仅四岁的妹妹。我如果要走，就要带他们一起走！"

叶小天仰起头来望空一叹，辛酸地道："如今，我上有十八岁的岳……几十岁的岳母，又有年方二八的娇妻，还有一个饭量奇大、整天除了吃还是吃的傻妻弟，一个年仅四岁的小姨子。

"我当初只是想借姑娘的势力，引开那些追兵以便逃出城去。不管怎么说，总是我冒犯了你，如果你要杀，就挥刀吧！只是……请你杀了我之后，去一趟城西土地庙，替我给娘子捎句话……"

叶小天低下头，哽咽道："你告诉我那刚刚拜过天地的娘子，让她忘了我，找个好人家就嫁了吧。要不然……姑娘你杀我一人，实是杀了我满门老少啊。"

展凝儿慢慢地掣回刀，"嚓"的一声还刀入鞘。叶小天头不抬、眼不睁，竖起耳朵听着，听到还刀入鞘声，心中顿时一宽。展凝儿伸出手，往叶小天肩上一拍，叶小天顿时一颤。

展凝儿大声赞道："好样的！不舍所爱，有情有义！带着娘子全家私奔，有担当！虽然我被你利用了一回，那也是你的机智了，看你有情有义有担当的，这一次我就放过你。"

叶小天大喜，连声道谢道："多谢姑娘，姑娘你一看就是一副菩萨心肠，果不其然……"

"等等！"

展凝儿上下看他几眼，狐疑地道："你在这儿干什么？还打扮成这副死德性。"

叶小天一呆，这件事还真不好解释啊……眼看展凝儿目光灼灼，她身后那三个男人虎视眈眈，叶小天把心一横：罢了！也只有承认这个恶心的身份，才能解决眼前之危了。

叶小天主意已定，马上轻轻垂下头，先是欲言又止，继而面带娇羞，依稀就有了几分风铃儿哥哥的风范。

"噫——好恶心！"展凝儿突然明白过来，赶紧在身上使劲地擦那只拍过叶小天肩膀的手。

叶小天轻移莲步，檀口轻启，右手捏个兰花指，柔声道："姑娘你……"

展凝儿如遭雷击，连退三岁，浑身鸡皮疙瘩都冒了出来："你别过来！你……你站远点说话。你怎么干起这种没廉耻的事来了，这才几天工夫啊，你连说话举动都成了这般德性。"

叶小天垂下头，轻轻捻着衣角，脚尖在地上画着圈圈，含羞带怯地道："唉！一大家子人要养活，尤其是其中还有一个大肚汉，在下又不忍娘子受苦，自己又无一技傍身，也只好……"

展凝儿瞧他比自己还女人的样子，真是受不了了。展凝儿激灵打个冷战，赶紧道："停停停！你不要说了，真是受不了你。"

展凝儿转过身，瞪着她的表哥，凶巴巴地道："安南天，你身上还有多少钱，都拿出来。"

她表哥迟疑道："表妹，你要干什么，你不会是……"

展凝儿伸出手，道："少废话，快拿来。"

安南天不情不愿地摸出钱袋，道："今晚我也没带多少钱……"

他还没说完，钱袋就被展凝儿一把抢了过去。展凝儿想把钱袋递给叶小天，手刚伸出去，就又缩回来，轻轻向前一抛，钱袋正好落在叶小天怀里。

展凝儿道："拿去，先解眼前之难。父母给你这副大好身躯，你岂能如此轻贱，怎么也要寻点正经营生做。"

展凝儿把短刀往腰间一挂，又道："我住城南悦来客栈，要在本县待上几个月呢，你若实在寻不到生计时，可来那里找我。"

展凝儿说罢，迈开大步，英姿飒爽地走了出去，两个苗家大汉连忙紧跟其后。

安南天走过叶小天身边时，忽然站住，上下看他几眼，脸上露出一丝满意的笑容："嗯，还真不错！风铃儿不仗义啊，有了新鲜货色也不跟我说一声。嘿嘿嘿，小兄弟，你要是缺钱花了，可以来找我，我也住悦来客栈。"

叶小天："啊？"

安南天向他轻佻地挑了挑眉毛："你懂得！"

安南天追着展凝儿去了，叶小天站在原地想了想，突然打了一个哆嗦，急忙高抬腿、轻落步，走出大门，溜之乎也。

第三十八章

夜归人

一

风铃儿颤巍巍地被人扶起来,轻拍心口,心有余悸地道:"可吓死我了。快、快关门!今晚上不做生意了。"

风铃儿叫两个人扶着,回到后园小偏厅,坐在椅上连灌了三碗凉茶,这才缓过气儿来。

"咦?"

风铃儿回过神来,看到桌上放着的衣服,忽然想起叶小天来:"人呢?走了?嘿!倒是真生了几根穷骨头,够硬气。可是……银子呢?"

风铃儿起身仔细看了看,不只银元宝没了,貌似衣服也少了一套。搀他回来的两个人见他行止古怪,不禁问道:"风铃儿哥哥,你找什么呢?"

风铃儿怔了片刻,回头问道:"嗯……这屋里有个年轻人,样子嘛……嘴巴生得尤其好看,你们知不知道他姓甚名谁,家住何方?"

那两个互相看看,又看看空荡荡的大厅,脸上变了颜色:"哟!风铃儿哥哥,你这说什么呢,大晚上的你可别开玩笑啊,怪吓人的。"

叶小天回到土地庙时,天已经全黑了。葫县是一座山城,半是平地,半是山坡,高山与平地之间还有一条河,土地庙就在半山坡上。

叶小天在山下时还有灯火可以照亮,等他爬山时,放眼望去,尽是一片或浅或黑的墨色。好在天上有一轮大大的明月,遍洒清霜于地,近处倒还看得清楚。

叶小天停住脚步,回首望向山下,但见灯火点点,如天上的星辰一般璀璨,置身于高处、暗处,看那软红十丈、世界大千,那种奇妙的感觉是他在京城的时候从来没有过的。

在这样静谧美丽的氛围中,天性乐观的叶小天早忘了一切烦恼。他捏了捏袖中的两枚银元宝,又摸了摸搭在臂弯里的那套质料极好的女人衣裳,嘿嘿一笑,爬山的速度更快了。

快到山神庙时,叶小天忽然停住了。旁边有一条山溪,小溪并不宽,但河床很宽,大概山洪暴发时这里总是波涛汹涌,如今这个季节河床露出来,一大片的鹅卵石。

河床两侧没有灌木遮掩,月光映入流水,化作万点流光。远远望去,小河如同一条银光闪闪的玉带,在这玉带之上,站着一个背竹篓的少年。

少年只有十四五岁年纪,还很稚嫩,但身体已经比许多成年人健壮了。他背着竹篓,左手举一枝用干枯的芦苇扎成的火把,右手持一柄两尺长的细刃尖刀,挽着裤腿站在溪水中。

如此夜晚,如此山溪,一个举着火把的少年,手中持一口刀,站在玉带般的溪水中。令叶小天大为好奇,但他马上就明白这少年人在干什么了。

少年人过于专注,没有发觉叶小天,他一手举着火把,一手提着细刀,微微弓背,在潺潺的流水中缓缓走动。忽然,他手臂一翻,只见寒光一闪,那口笔直狭长的刀便劈入水中,溅起一抹水花。

他提起刀时,刀上已经挂了一条肥鱼,刀刃已深深切进鱼的身体。肥鱼拼命摇着尾巴,可是不等那肥鱼从刀下挣脱,少年就麻利地一扬刀,将肥鱼准确地甩进他肩后的背篓。

叶小天见此情景,不由"啊"的一声轻呼。他知道用网捕鱼,也见过用鱼竿钓鱼,他还知道有人用鱼叉叉鱼,可是用刀子抓鱼他还是头一回看见。

鱼儿被突如其来的光亮照得惊慌失措胡乱游走,渔夫立于流水之中,眼疾手快,挥刀一斩,便劈中那水底游鱼,这是何等独特的捕鱼方法,又是何等敏锐的眼力、敏捷的身手。

听到惊呼声,少年急急一转,手中火把仍然稳稳地举着,锋利的刀已横在胸前。

叶小天打声招呼:"嗨!我叫叶小天,朋友,你好高明的捕鱼本领。"

少年警惕地看着他:"三更半夜的,你在这里做什么?"

叶小天向半山腰处指了指,道:"我住在那里。"

少年依旧没有放松警惕:"住在土地庙?这个时辰上山?"

叶小天笑道:"很奇怪吗?你白天不捕鱼,非要晚上来捕,而且鱼叉渔网都不用,偏偏要用刀子,我看着也觉得奇怪得很。"

少年注视他片刻,眸中露出一丝微微的笑意:"这个捕鱼的法子,是我跟山里部落学来的。"

他转过身去,又将视线投在波光粼粼的水面上。

叶小天心念忽地一动,虽然他现在有了钱,但山城里虽无宵禁,却因利薄,没人晚上出来做生意,是以他一路过来,什么吃食都没买到。如今看见这少年捉鱼,叶小天忽然想到一个以物易物的法子。

叶小天扬了扬手臂上搭着的衣服,对那少年道:"小兄弟,我今天还没吃饭呢,若只是我没吃也罢了,可是土地庙里还有三张嘴巴在等着我。"

少年直起腰,面色平静地听他说。

叶小天道:"我用这套衣服换你的鱼,怎么样?这可是上好的丝绸。"

少年摇了摇头,道:"这不是干活的人该穿的衣裳。"

叶小天道:"可以等你成亲的时候,送给你的新娘子嘛。新娘子怎好穿粗布衣裳,穿上一身柔滑的丝绸,那才漂亮。"

少年的眸子亮了一下,他蹚着河水走上岸,但是并没有靠近叶小天。虽然他相信叶小天对他没有危险,但他还是本能地保持着一段距离,这是猎人们特有的习惯。

少年将火把插在一旁松软的草地上,把竹篓一倒,里边有五六条肥鱼,每条最少都在一斤半左右。少年折断几根柔韧的野草,麻利地编成绳,从鱼鳃穿过鱼嘴,将四条最大的鱼串了起来。

少年把剩下的鱼装回鱼篓背好,提起刀,这才把草绳串起的鱼递向叶小天。叶小天愉快地把那套衣服递过去,少年摇摇头,道:"鱼送你,衣服我不要。等我娶媳妇的时候,我会挣钱给她买几匹丝绸,做新衣服。"

说到这里,他的嘴角微微地翘起来,显得有些倔强,也有些骄傲,但是给人一种非常诚恳自然的感觉,没有一丝令人反感的狂妄,叶小天一下子就对他产生了好感。

叶小天想了想,又摸出一锭小小的银元宝,摊在掌心:"你不要衣服,我也不能占你便宜,我用银子买,借你的刀,把它劈开。"

少年淡淡地道:"不必,我说送你,那就送你!"

叶小天慢慢地收紧手掌,点点头道:"好!今天你这四条鱼,就当是我欠你的一份人情。来日若有机会,叶某定当报答。"

少年眼中露出一抹玩味的笑意,一个全家住在破土地庙里饿肚子的人,甚至不得不在深更半夜的时候向他一个打鱼人讨鱼吃,居然还奢谈什么来日报答,难道不好笑吗?

叶小天看到了他眸中的那抹笑意,随即大声道:"此间无龙,空有屠龙之技,自然没有用处。若是老天能给我一个大展身手的所在,嘿嘿,我捉起鱼来,可是连刀都不用的。"

叶小天哈哈大笑,提鱼登山,曼声道:"小兄弟,读过书没有?这就叫天生我材必有用!"

少年没有回答,但脸上终于露出一抹笑意,他微笑了一下,蹚水入溪。叶小天循山路而上，走出十余步忽然想起一事，转身一看，见那少年举着火把，与他业已相差二十余步之远。

叶小天高声问道："喂，小兄弟，你叫什么名字？"

"华云飞！"

少年的声音远远地传来，叶小天微微一笑，自言自语地道："华云飞吗？倒真是个好名字。不过……比起来还是我取的名字好啊。你就是再能飞，难道还能飞出天去？"

· ※ · ※ · ※ ·

有庙无僧风扫地，香多烛少月点灯。

一副颇有诗意的庙联，已完全掩于夜色之中，月光仅仅让它露出一抹淡淡的痕迹。

庙内无僧，也没有烛。但月光清冷，不足以让庙里亮堂起来，所以里边生起了一堆篝火。水舞盘膝坐在火堆旁，一手撑在大腿上，托着粉腮，一副若有所思的样子。

乐遥躺在她的膝上，似乎已经睡着了。红红的火光映得水舞的脸颊一亮一亮，仿佛一块诱人的红玉。听到脚步声，水舞霍然抬起头，一眼看到叶小天，眸中便露出欣喜。

此时天色已经很晚了，但水舞并没有到庙前去张望，她就像一个等候丈夫晚归的小妇人，安静地坐在那儿等着。这一路的坎坎坷坷、同甘共苦，早已使她对叶小天完全信任，绝不担心叶小天会弃她而去。

"遥遥，快起来啦，小天哥哥回来了。遥遥……"

水舞欣喜地看了叶小天一眼，轻拍乐遥的屁股，唤她起来。

遥遥被拍醒了，一骨碌爬起来，还没看清叶小天，就嚷道："小天哥哥，你回来啦。"

叶小天提着鱼，挎着衣裳走进来，笑道："嗯！小天哥哥回来了，遥遥饿坏了吧，来来来，咱们吃鱼。"

"哇！"遥遥看清了叶小天手中的肥鱼，蓦地瞪大了眼睛，露出一副馋涎欲滴的样子，她的两只眼睛瞪得大大的，盯着那几条鱼，看样子恨不得现在就扑上去咬两口。

水舞看到叶小天臂弯里搭着的女人衣裳，脸上不禁露出奇怪的表情，但眼下显然不是刨根问底的时候。大家的确已经饥肠辘辘，她温顺地接过鱼，对叶小天道："我到溪边去收拾一下。"

叶小天道："黑灯瞎火的，有什么好收拾的，直接用棍子穿了，放在火上烤吧，等鱼肉一熟，那鳞也就脱落了。"

叶小天说着，在火堆旁坐下来，心里忽然觉得缺了点什么，他四下张望了一眼，这才醒觉福娃不见了。叶小天奇怪地道："福娃呢？不会是因为饿肚皮，自己逃生去了吧？"

水舞还没说话，遥遥就已抢先报告："小天哥哥，福娃去捉老鼠了。"

叶小天呆了一呆："啊？这家伙还吃老鼠吗？"

水舞轻笑道："原来我们也不知道呢。今天晌午的时候，福娃在院子里打转，我们也没注意，后来发现它把院子里那两棵杉树的皮都给啃光了，再后来……就发现它在捉老鼠。"

叶小天苦笑道："难怪说'民以食为天'。看看，这才一天没有吃的，别说人了，就连熊都饿成猫了……"

第三十九章

捞月之始

一

憨憨胖胖的大熊猫福娃，或许是这世上最古怪的动物之一了。它也是食肉动物，但它最常吃也最喜欢吃的食物却是竹笋；它看起来萌萌的无比可爱，可凶起来的时候你才会知道其实熊猫也是熊。

它那一口可爱的小白牙，能够咬碎铁锅，平素只以竹笋果腹的肠胃能让那些锋利的铁锅碎片安然无恙地通过。当它实在没有最喜欢的竹笋和竹子可以食用时，小麦、木贼、青茅、当归、树皮它都能吃。

甚至……化身为猫……

这一点和叶小天很像，旁人对他的第一印象，似乎总不是他的真正模样；旁人以为他所擅长的，未必真是他擅长的；旁人以为他不会的，其实他未必不懂；旁人以为他无害，然而……

几条鱼内脏、鱼鳞也不除，只用新剥的树枝一穿，便架在火堆上，很原始的吃法。尽管没有盐，可香味还是很快就飘了出来，鱼香味一出来，不知躲在哪个旮旯捉老鼠的福娃自己就钻了出来，蹲在火堆旁边耷拉着舌头，那副馋涎欲滴的模样和乐遥全无二致。

叶小天看看福娃那圆滚滚的肚子，不禁发起愁来。

叶小天道："兄弟，你实在是……太能吃了。"

福娃耷拉着舌头看着肥鱼，目不斜视。

叶小天又道："这四条鱼，我们三个人吃，还有得剩。如果给你吃，只怕也就半饱。今天你就尝尝鲜，不许多吃，好吧？明儿个我给你买三筐竹笋，哥现在有钱。"

福娃舔了舔舌头，盯着肥鱼，还是一言不发。

叶小天打个响指，道："我当你答应了啊。"

福娃还是充耳不闻，全然不知这一会儿工夫，人家就和他签订了一条不平等条约。

鱼肉很快就熟了，虽未加任何佐料，这么一烤，倒也鲜香无比，腥味也只一点点。三个人都饿得狠了，可水舞依旧严格按照淑女的要求让乐遥进餐，她想按照小姐当初优雅高贵的样子来塑造小姐的女儿。

她们吃得慢，叶小天也只好放慢速度，遥遥对福娃很认真地道："哥哥挣钱很辛苦知道吗，让哥哥先吃，你太能吃了，解解馋就好了，明天哥哥给你买竹笋吃。"

叶小天大感欣慰，摸摸遥遥的头道："咱们家遥遥懂事了，你多吃些，哥哥不饿。"

水舞细心地帮遥遥挑着鱼刺，对叶小天道："叶大哥，方才那套衣服，是怎么回事？"

"这个……"

叶小天有些为难了，今天的场面太逊了些，怎么好对这丫头说出来，一家之主的威信可不能就这么轻易丢了。

叶小天好像被鱼肉烫了似的，含糊不清地道："哦，你说那衣裳啊？呵呵，做工质量都不错吧？晚上你试试，若是大小合适，就送你了。我身上还有二两银子呢，二两银子省着点用，都够咱们大半年的开销……要是不算福娃那吃货的话。"

薛水舞的脸色微微变了，她看得出叶小天是有意岔开话题，这女人衣服究竟是怎么来的，水舞在刹那间，脑海里便已想象了许多画面。

她把挑好的鱼肉递给乐遥，起身走到内室门口，小腰身一扭，回头对叶小天道："叶大哥，你来一下，小妹有话说。"

福娃蹲在乐遥旁边眼巴巴地看着，见小主人并没有与它共富贵的意思，很是不甘心，忽见叶小天和水舞走开，福娃马上伸出熊掌，小心翼翼地想去抓那烤好的肥鱼。

遥遥在它的熊掌上"啪"地拍了一下，道："刚刚不是给过你了吗，乖，今天不许你吃了，那是小天哥哥的。"

福娃好不委屈，负气地掉转身，跟着叶小天走开了。

叶小天到了内室，薛水舞压低声音，紧张地问道："叶大哥，你抢劫女人了？"

叶小天一呆，急忙摇头否认："怎么可能，我会做那么没品的事吗？"

薛水舞松了口气，道："那……你的银两，还有那套女人衣裳哪来的？就算你今天找到事做了，也不会……有人以女人衣裳抵工钱吧？"

"这个……说来话长……"

叶小天想起今晚的事，着实有些尴尬。

虽有外间的火光照着，房中依旧显得昏暗，只有水舞的小脸上，一双眸子闪闪发光，她凝视着叶小天，担心地等着回答。

叶小天苦恼地道："那衣服……确实不大容易说得清楚。本来……那衣服是人家给我穿的，银子呢，也是别人硬塞给我的，不要白不要、白要谁不要，所以我就……不过此事太过复杂，我真不知该从何说起。"

水舞疑惑地看着他，叶小天无奈地摊了摊手，水舞的眸子蓦然张大，失声道："啊！我明白了！"

叶小天奇怪地道："你明白什么了？"

水舞的神色古怪起来，眸中隐隐有泪光闪动："叶大哥，没想到你为了我们，居然连这种事都肯做。我……我真不知道该怎么感谢你了。叶大哥，你没必要这么委屈自己的。"

叶小天讷讷地道："你……你不会以为我……"

水舞不敢揭他疮疤，生怕伤了他的自尊，赶紧打断道："叶大哥，你不用说了，我明白，我心里都明白。不管别人怎么看你，我都不会看不起你的。叶大哥，你明晚……不要再做了，我就是饿死，也不能让你再这么委屈自己。"

叶小天张大嘴巴，半晌才讷讷地道："你……你以前真是跟着你们家小姐，大门不出、二门不迈吗？"

水舞幽幽地道："大门不出、二门不迈，便什么事都不知道吗？其实那些大家千金、富家小姐开手帕诗会的时候，谈诗论赋的少，基本上都是在说男人和有关男人的一些事……"

叶小天以手扶额，无力地呻吟道："事情根本不是你想的那个样子。实际上，是我今天去找工，傍晚的时候脚有些乏，便在一户人家的门槛上歇脚……"

眼见不能瞒了，再瞒就要被人看得比吃软饭都不如了，叶小天如何能忍。他只好把事情一五一十地说给薛水舞听，薛水舞越听眼睛瞪得越大，叶小天说完后，薛水舞突然背转身去，双手捂住了脸庞。

叶小天看着她不断耸动的肩膀，自嘲地道："很可悲是不是？其实也没什么啦，我连根毛都没损失，还顺手拿了他一点东西。谁叫他不开眼，敢把我当成那种男人。你放心，当时夜色昏暗，他未必记得我的模样，再说为了二两银子，他还能满城寻我？我这几天当心些就是了。"

薛水舞依旧耸动着肩膀，叶小天看了心里忽然有些感动，无怨无悔的付出，其实已经在不知不觉间掳获了她的芳心，不是吗？叶小天走上前，温柔地扳过薛水舞的肩膀，拉开她捂住脸庞的小手，正想温情地替她拭去泪珠，却愕然发现薛水舞忍笑已忍得满面绯红。

叶小天又好气又好笑，瞪了她半晌，才凶巴巴地道："很好笑吗？"

薛水舞急剧地喘了几口气，刚刚缓和了情绪，可眼神一跟他对上，顿时又忍俊不禁，急忙背转身去，肩头不住地耸动起来。叶小天哭笑不得，想也不想，便是一巴掌挥了出手。

"啪！"

一记响亮的脆声，水舞的翘臀挨了一巴掌。

薛水舞"啊"的一声轻呼，跳转身来吃惊地看着他，一抹在夜色下有些深的红色，迅速爬满了她的脸颊。

叶小天一巴掌拍下去，心里也是一惊，但见薛水舞除了吃惊并无恼怒的意思，叶小天心中又是一宽，赶紧故作愠怒道："我这么狼狈，说到底还不是为了你们？还敢笑我！"

叶小天背起手，昂然走了出去。一出内室，叶小天背在身后的手指就轻轻捻动了几下，呀！弹性绵绵，香软怡人，真是爱死这种感觉了。

薛水舞双手捂着臀部，吃惊地看着叶小天的背影，久久说不出话来。

……

第二天黎明，李云聪带着一个便装衙役赶到土地庙，等了很久还不见他们出来。李云聪放心不下，闯进土地庙一看，叶小天步履从容地刚刚迈步出来，后边跟着他的两个妹妹，还有那只很能吃的看门熊。

李云聪似笑非笑地道："饿了一天一夜的感觉怎么样？小兄弟，不如就答应我们大人的要求吧。帮助官府办案，亏待不了你，有我们明里暗里地保护着你，你还怕那些人来刺杀你吗？"

叶小天扬起下巴，俯瞰似的向他一笑，扬声道："走！吃饭去！"

薛水舞、杨乐遥不约而同地扬起下巴，从李云聪面前高傲地走过，福娃背着它的大竹筐，这回下山可是去搬它的口粮的，它不背谁背。

李云聪看着叶小天一行人大摇大摆下山而去，疑惑地捏着自己的下巴："奇怪！他们的钱都被搜光了，哪来的钱吃饭？莫非昨晚……他做了什么为非作歹的事？"

旁边那衙役道："李吏典，咱们现在怎么办？"

李云聪冷冷一笑："跟上去！"

第四十章

我来当官了

一

叶小天带着一家三口来到山下一家小吃店，李云聪和另一个衙役尾随其后。

掌柜的正在训斥一个伙计："做事要勤快，没客人的时候把桌面擦一擦，板凳摆一摆，地面及时洒扫。看见客人酒菜少了及时问一句，你动动嘴，可能就多卖一坛酒，多炒几碟菜。

"跟客人说话嘴巴要甜一点，你一个穷苦力，叫人一声大爷，也短不了你什么。对了，你会说苗话彝话本地土话吧？昨儿有个笨蛋，就只会一口京腔官话，还想来我店里当伙计……"

叶小天急忙一转身："这家瞧着不太干净，走，咱们去那家。"

掌柜的听了马上指着那个新来的伙计道："你瞧，让客人厌了不是，赶紧擦桌子！"

训斥完伙计，那掌柜的快步追出门，叶小天已大步流星走到另一家小吃店门口。这家店的老掌柜穿一套深青色粗布短衫，系一顶青头巾，肩膀上搭一条汗巾，佝偻着腰杆，满脸谦卑地向他招呼着。刚追上来的掌柜悻悻地走了回去。

叶小天对那掌柜道："三份早点。"

那掌柜的忙不迭应了，赶去厨下吩咐。

李云聪眉头一皱，自语道："他哪来的钱，是作奸犯科了，还是之前藏在身上的？"

旁边那衙差道："吏典，依我看，必是他偷来的。若他昨日有钱，何必一家人挨饿？"

"偷来的？"李云聪眼神一亮，转眼向街上打量起来。

街上行人不少，有两个年轻男子在街上走得很慢，一双眼睛不时环视左右，看见某人穿着华丽或是出手阔绰，他们就会不动声色地靠拢过去。此时，他们正跟在一个身穿铜钱纹员外袍的中年人身后。

李云聪眼睛一亮，马上迎过去，拱手道："洪员外，早啊。"

"啊！李先生早。"

那位洪员外正数着念珠，一见李云聪，连忙笑容可掬地还礼。两人站住，说笑几句。旁边忽有一个僧人托钵而过，洪员外赶紧摸出些钱来，毕恭毕敬地放进那僧人钵内，双手合十，连称"阿弥陀佛"。

李云聪笑道："员外向佛之心真是虔诚啊。"

洪员外执礼甚恭地目送那僧人远去，这才对李云聪笑道："前川寺的惠能大师说洪某有慧根，是修佛的好根苗呢。可惜洪某家里还有一个不成器的儿子，什么时候他能立业成家，洪某便可以放心出家了。"

李云聪忙道："哎，儿子成家立业，洪员外还该等着抱孙子，以享天伦之乐嘛。现在做个居士，一样可以潜心向佛，又何必定要出家呢。"

尾随在洪员外身后的两个年轻人见李吏典和洪员外说话，眉头微微一皱，逡巡着便想走开。李云聪和洪员外又搭讪几句，拱手道别，随即追上那两个年轻人，冷喝道："你们两个好大的胆子，洪百川是本县有名的大善人，你们也敢打他的主意。"

两个年轻人连忙赔笑打躬："李老爷您宽宏，小的有眼无珠，再也不敢了。"

李云聪寒着脸道："少废话！现有一桩事情交给你们去办。办好了则罢了，办不好，把你们抓进衙门打板子。"

两个偷儿连忙道："是是是，李老爷您吩咐。"

李云聪往叶小天他们所在的店里努了努嘴，道："店里坐的那一家人，看到了吗？"

两个偷儿瞧了一眼，道："看到了，李老爷您是想……"

李云聪道："你们去，把他们身上的钱偷光，若是还剩下一文，以后你们就不用在葫县混了！"

"啊？"

两个偷儿万万没想到这位县衙胥吏居然是让他们去偷东西，两人对视一眼，小心翼翼地道："李老爷，真的要偷？"

李云聪瞪了他们一眼，骂道："废话！你们会干别的吗？"

一个偷儿悄悄看一眼跟在李云聪身后的随从，虽然一身便装，可是以他们的眼力一眼就能看出乃是公门中人，讪讪笑道："李老爷，小的们平素对您老可是毕恭毕敬的，您老可别设局抓我们。"

李云聪道："抓你们干什么？就连老爷我都快领不出饷来了，你当县衙里有免费的牢饭给你吃吗，别说废话，快去！"

另一个偷儿道:"是是是,这可是老爷您吩咐的。小的们偷了钱回来,马上奉与李老爷。"

李云聪把手一挥,淡淡地道:"偷到的钱就当赏你们了。只要做到一点,让他分文不剩。"

两个小偷答应下来,悄悄盯上了叶小天一行人。叶小天全无所觉,一家人吃罢早餐,先去给还没吃饭的福娃买了满满一筐竹笋,乐得福娃屁颠屁颠地跟在叶小天的后面,它也清楚自己的吃饭问题只有这个人能解决。

接着一家人就去买粮,叶小天打算暂时以那土地庙为家,旁的不需要,粮食总是要买的。叶小天来到粮店,和那掌柜的谈妥了一斗米的价钱,伸手入怀,脸色顿时一变。

水舞问道:"叶大哥,怎么了?"

那掌柜的一瞧叶小天的脸色就明白了,忍不住说道:"客官,别是路上不小心,被偷儿把钱财顺走了吧?"

叶小天脑海中电光石火般一闪,忽然想起方才曾被一个从胡同里出来的汉子撞个满怀,莫非……

叶小天马上对水舞道:"你们等在这儿,不要乱跑!"

叶小天说罢冲出粮店,方才和那人相撞的地方不远,就在前边巷口。叶小天跑到巷口,沿着方才那人所走的方向狂追了一阵,就见方才那人与另一个男子并肩走着,有说有笑。

叶小天大吼道:"你站住!"

那两人听到脚步声,回头一眼就看见了他。叶小天大吼的同时,他们已撒开双腿狂奔起来。他们这一跑,叶小天更加认定钱袋是他们偷的,立即死命追赶起来。

路边出现一个短裙苗少女,不过叶小天此时已经无暇去看了,如今在他眼中,前边那两个贼眉鼠眼的家伙可比这短裙苗少女吸引人多了。

叶小天不能不急呀,钱若被偷走,他们就真的走投无路了。在薛水舞和乐遥眼中,他就是天,就是她们赖以生存的支柱,他不想让她们跟着自己处处碰壁、时时吃苦,更对他失望。

叶小天这样想,并不是因为虚荣心作祟,在必要的时候,他是可以毫不犹豫地向敌人示弱的。一个混迹于市井之间,从小在天牢长大的孩子,是不会把面子看得比天大的。

但是他在乎薛水舞和乐遥,他甚至在乎那只一天到晚吃个不休的福娃。他是一个顾家的男人,尽管他和薛水舞没有血缘关系,现在也还不是夫妻,但是在感情上,他已把她们当成了自己的家人。

这种感情，甚至不是单纯地为了娶一个漂亮的、读书识字的好女子做老婆，而是一路走来自然而然地生出的一种亲情。即便现在水舞已经定亲，根本不可能再嫁给他，他也无法再把她和遥遥看成路人了。

追着追着，前方路口突然出现一个身穿紫绸缎、头系紫色六合巾的矮胖男人。那男人扭着水蛇腰，手里还掐着一方手帕，在五六个年轻人的簇拥下翩翩而来。

叶小天一看这人登时脸色大变，冤家路窄啊，风铃儿哥哥怎会在此？

如果叶小天是镇定自若从街边走过，风铃儿未必会认出他来，可他追着两个偷儿狂奔而来，风铃儿如何会看不到他。风铃儿定睛一看，登时把熊猫眼一瞪，兰花指俏生生地往前一指："好啊你，居然还敢现身，给我抓住他！"

跟在风铃儿身后的一众少年立即一拥而上，向叶小天扑去。叶小天一个急刹车，单腿悬空，在青石板路上滑出一丈多远，随即一个空中急转身，望风而逃。

叶小天匆匆逃过五条街，后边那群人体力倒好，依旧不依不饶地紧追着，至于李云聪和那个衙役早不知被甩到哪去了。叶小天跑得脚软腿软之际，前方客栈里忽然哗啦啦走出一群人来。

"咦？是你！"众人中间众星捧月般站定一个女子，周身银饰，俏生生、水灵灵的，正是那位展凝儿展大姑娘。展凝儿好奇地看着叶小天道："你这么快就来寻我啦？用不着跑这么急吧。"

这时后边一群人已经追过来，见前边一群人拦住了叶小天，马上大吼道："快拦住他，他是个贼！他是昨夜潜入我蟾宫苑偷钱、偷衣服的小贼！"

"什么？"

展凝儿一听这话陡然色变！

偷钱偷衣服？这倒从另一个角度解释了他昨天在蟾宫苑为什么那副打扮。展凝儿本就对他这么快就屈服于现状、安心从事那等贱业有些疑心，再听了这番话，登时明白自己又被他骗了，昨夜那番煽情的理由，恐怕都是假的。

展凝儿怒不可遏："好小子！你又骗我！"

雌虎一发威，"呛啷啷"一声便是宝刀出鞘，宝刀向前飒然一指，就见叶小天已在十丈开外，正摆臂迈腿，绝尘而去。

"给我追！"展大姑娘一声令下，十几个苗家大汉登时加入了追杀叶小天的阵营……

孟县丞和王主簿肩并肩从衙门里出来，正出入仪门的大小胥吏们见了连忙闪到路边站定，一一行礼如仪。

孟县丞含笑道："齐木今天过生日，你王主簿无论如何也要给个面子，孟某亲自相请，你可不能推脱。"

王主簿皮笑肉不笑地道："县丞大人，你太客气啦，只消使人知会一声就好，何必劳动你县丞大驾。"

两个说着话到了衙门口，门外忽地窜进一条人影，跟条被人撵急了的土狗似的，呼哧呼哧地喘着粗气。孟县丞和王主簿一见此人齐齐愣住，诧异道："你……跑这么急，想干什么？"

叶小天一手扶着后腰，一手抚着胸口，上气不接下气地道："我……我来当官了！"

第四十一章

新官上任

一

葫县知县花晴风坐在上首,左边是县丞孟庆唯,右边是主簿王宁,三人一脸祥和地看着站在他们面前的叶小天,仿佛三清道君正满意地注视着他们共同的关门弟子。

虽说本县的人,尤其是本县的那些部落不大把县衙放在眼里,可它毕竟代表着朝廷。平时杵在那儿当神像供着,你可以不闻不问,它也不会找你的麻烦,但你直接冲撞县衙,那挑战的就是朝廷的权威了。

敢这样做的人不是没有,却也不多。至少,没有人为了这么一点小事惹上不必要的麻烦,所以叶小天逃进县衙后,"追兵"便悻悻离去。

欣闻叶小天愿意冒充艾典史,孟县丞和王主簿也不急着去齐府赴宴了,马上把他带回二堂,请出傀儡县太爷花晴风,开始合力打造"艾典史"的计划。

李云聪捧着一袭官袍、腰刀和腰牌走上来。花晴风向叶小天一摆手,道:"一套官服、一口腰刀、一只腰牌,一会儿该换上的换上,该戴上的戴上。从现在起,你姓艾,你就是本县刚刚赴任的艾枫艾典史了。"

叶小天咳嗽一声,道:"大老爷,小民……"

孟县丞笑眯眯地道:"做戏就要做全套。从现在起,你要时刻都当自己是艾典史,忘记那个叶小天吧,你要自称下官。"

叶小天无奈地道:"是!县尊大人,下官……还有两个妹妹,这身份该如何解释啊?"

王主簿道:"艾典史赴任途中遇山贼劫道,护卫及家人拼死保护艾典史逃走,全部以身殉职。艾典史流落山中时,为一村姑所救,艾典史感恩图报,将这村姑姐妹带到县里。"

叶小天瞧了王主簿一眼,心道:这厮编瞎话比我还要快上三分,一套瞎话说下来,眼都不眨。

孟县丞拍手道:"说得好!听说县尊夫人身边正缺两个使唤人,你那两个妹子就送到夫人身边去吧,你放心,不会真拿她们当下人使唤的。"

叶小天心中暗恨:这是要留人质了。

只是人在屋檐下,叶小天也无可奈何,只好又道:"下官已在本县住过几天,有不少人见过我。下官一旦上任,担负起本县治安之责,少不得要抛头露面,万一其中有人认出下官,岂不穿帮?"

孟县丞道:"这个你不用担心。艾典史路遇强梁、家人尽殁,痛定思痛,是以入城之后,先不到县衙报到,而是微服私访、探察民情、了解本县状况,一切胸有成竹后,这才向县尊大人报到。"

王主簿马上接口道:"明日,本县县衙、巡检司、税课司等各个衙署都会全力配合,为你大造声势,就说艾典史到了本县之后要大力整顿本县治安,严厉打击黑白两道各种犯罪行为。呵呵,如此一来,不怕那些刺客不知道你还活着。"

听这话音,这三位大人是打算把叶小天打造成一个罪恶克星,葫县太平社会的急先锋了。

花知县生怕叶小天听了这话害怕起来又打退堂鼓,忙道:"你放心,三班衙役自然听你调遣,巡检司那里,本官也会招呼他们多加配合。平日里你身边自会有人保护,没有危险的。"

孟县丞微笑,心想:这个声势自然造得越大越好,这样一来,有朝一日他"病死"的时候,才更加没人怀疑。就算艾典史的家人来了,有这么多人知道艾典史的事迹,艾家的人也不会生疑。他们总不会画一幅画像,满大街询问本县艾典史是否与画中人长得一致吧。

·※·※·※·

说来也巧,叶小天以艾典史的身份刚刚在葫县闪亮登场,邻县便发生了一桩轰动整个贵州的血案:邻县有位以驿路商运起家的豪商,满门上下三十七口被杀,家中金库被劫,消息一出,黔地震动。

这位豪商交游广阔,与贵州几位官居宣慰使的大土司关系都很密切。血案发生后,贵州几位宣慰使、宣抚使立即向各地土司下达了严缉凶手的命令,贵州布政使司也向流官管辖的几个州县下达了同样的命令。

叶小天上任后的第一桩任务,就是带着捕快们走街串巷,探访与此案有关的一切消息……

……

葫县,一处宅院深处。

浓荫如盖，树下一座凉榭锦厅，厅中深处，光线昏暗。

八个人分别坐在长长的桌几两侧，有的正在啜茶，有的无聊地弹着手指，还有两人絮絮低语，声音压得极低，好像生怕吵到了别人。忽然，一个并不是很高，却给人一种极魁梧感觉的人从屏风后边走了出来。

八人不管正在做什么，几乎同一时间注意到了他的到来，八个人马上站起来，齐齐向他拱手。那人走到长几尽头，将手向下虚压了压，缓缓坐下去，待他坐定，八人才分别落座。

隐身在大厅尽头、长几之后的这个人，连面目都隐隐笼罩在昏暗之中，只有一双极锐利的眼睛，如同藏身暗处的凶兽，隐隐泛出狰狞的光来。他的左手盘着两枚核桃，房间里静谧之极，只有偶尔核桃碰撞的声音。

那人淡淡一笑，环顾左右道："都回来了，手脚可干净吗？"

坐在左侧上首的一人恭声道："老大放心，我们做得很干净。事成之后，我们先把东西藏了，立即分赴各地，在外边躲了几天，又迂回几个府县这才回来，没人能盯我们的梢。"

右侧上首那人道："老大，你也太谨慎了。这么些年来，咱们在官面上可一直都是手脚干净、清清白白的人，官府纵然有所怀疑，也只能怀疑到同样是驿路大豪的齐木身上去，怎么会怀疑到咱们头上。"

老大瞟了他一眼，淡淡地道："嗯！你们做事，我自然是放心的。这么多年，你们还没出过纰漏，我相信这一回也不会。不过，该谨慎的时候还是要谨慎，小心无大错。"

他顿了顿，忽又笑道："好了，分东西吧！"这句话，他是带着笑音说的，这句话一出口，厅中本来极肃穆的气氛立即放松下来。八人脸上都露出了笑容，坐姿和呼吸也从容多了。

左首那人笑道："还照老规矩吧。老大拿三成，兄弟们平分剩下的七成。"

右首那人道："二哥，你这么分，只怕是不合适啊。"

左首那人眉头一挑，道："老三，你什么意思？"

老大平静地道："让老三说。"

老三道："老大，您拿三成，兄弟们当然没意见。不过，其他人平分，这可是二十多年的老皇历了，时移世易，这都二十多年过去了，有些规矩，也该变变了。"

老大微微一笑，道："世间法，无不可变。问题是，该怎么变才合适，说说你的道理吧。"

老三欠了欠身子，道："是！老大，二十多年前，咱们兄弟都刚出道，手底下的人马势力都差不多，稍许有些差异，均分了也没啥。可这二十多年来，兄弟们有的招兵买马，手底下的人越来越多。有的人却是毫无进展，甚至打算收山了。

"这一来，大家出的力也是不一样的，如今却要均分。均分，同样的一份钱，在有些人那里，他手下每个人都能分到一大笔，可在另一些人那里，往底下一摊，可就没剩什么了。"

老大目光微微一闪，道："嗯，有道理。最近几年，都是兄弟们在外奔波，我这个大哥是坐享其成。我也知道，这些年，你的势力壮大得最快，现在比老二强出一倍不止，那就这样吧，我那三成只拿一成，另外两成给你。"

老三陡然直起了腰杆，道："老大，这个……不妥吧。我们都是老大您一手带出来的人，不管到了什么时候，您都是我们的大哥，小弟哪能从大哥那儿分成……"

老大抬手制止了他，微笑道："老二手底下的人虽说少了些，可他维持这么一大摊子也不容易，难道从他那儿分？说起来，我这做老大的，这些年也有点收山的意思了，内外奔走全靠你，这是你应得的。"

老三迟疑道："这……"

老大顿声道："就这么定了吧！"

老三急忙拱手道："那……老三就代弟兄们谢过大哥了。"

老大微笑地拍着他的肩膀："一世人两兄弟，客气什么！"

老大说着搭在他肩上的手便向颈下轻轻一滑，"咔"的一声，就像捏碎了一颗核桃。老三张着嘴，瞪着眼，惊骇地看着他，喉中咯咯连声，却已一句话也说不出。

老大收手，淡淡地道："现在好分了。"

老三直勾勾地瞪着老大，身子向前一倾，额头重重地磕在长案上。

第四十二章

又见云飞

一

叶小天答应冒充艾典史的第二天，一向习惯于推诿扯皮的葫县官员便破天荒地携起手来，利用一切渠道向各界广泛宣传艾典史到任的消息。花知县甚至在城门口张贴了告示。

叶小天正式成了统领葫县皂、快、壮三班衙役的典史大人，孟县丞的直接属下。除了当日出现在县衙二堂的官员和他们极少数的心腹，整个葫县上下再无一人知道这个艾典史是个假货。

考虑到叶小天并不了解县衙的诸多规矩，孟县丞把李云聪调到他身边帮他处理杂务，以免这位典史大人露怯。同时，原为皂班班头的苏循天也被调到叶小天身边，成了他的副手。

苏循天是县尊夫人苏雅的弟弟，虽然出身诗书人家，却是不学无术，不得已做了胥吏，跟着姐夫来了西南。胥吏并非永远没有做官的机会，熬资历、攒政绩，偶尔会有极少的几个小官名额留给他们，希望虽然渺茫，却也是个机会。

奈何在这葫县，就连苏循天的姐夫花晴风都只是个傀儡，哪还有他升官的机会。况且这苏循天也不争气，所精者唯有吃喝嫖赌，一开始时花知县还用心栽培他，现在早已对他大失所望，只盼他别给自己惹麻烦。

叶小天带着李云聪这个专门负责监视他的"左膀"和苏循天这个专门帮他找麻烦的"右臂"，开始了他在葫县的典史生涯。

叶小天很清楚自己只是个冒名顶替的官，艾枫有家人、有同年、有座师，有太多太多的社会关系，自己又没有和他孪生兄弟一般的相貌，即便当日在县衙二堂的所有官员一致同意让他永远冒充下去，那也是不可能的。

叶小天不相信孟县丞对艾典史之死的判断，艾典史之死分明就是谋财害命，孟县丞却偏说是蓄意谋杀。可孟县丞的判断如果真是正确的呢？他凭什么自置险地做诱饵？

如果艾典史的死真的只是一个意外，而葫县官员也清楚这一点，那么他们找自己冒充艾典史恐怕就是一个阴谋了。叶小天猜不出他们真正的打算，却能推测出如果是这种情况，他们对自己一定没安好心。

叶小天没有想到他们居然要"害命消灾"，当时县衙二堂上聚集了几乎整个葫县的官员，有哪个当官的敢如此肆无忌惮，可以把杀人灭口这种事也做得轰轰烈烈？

叶小天显然低估了葫县官员的胆量，但这并不怪他。他以前所接触的官员大多是京官，那些京官或许贪婪奸诈，可他们在天子脚下，忌讳难免多些，又哪能像这些地方官们一样无法无天。

对叶小天这条游出刑部街的小杂鱼来说，他还需要对这个陌生的环境进行不断的摸索与适应，需要在一场场博弈中不断成长，才有机会站到食物链的最顶端。

今天叶小天是去往施家探案的。

施必行，集义店粮行大掌柜，在附近几个州县都是排名第一的大粮绅，昨日在后花园松林中散步时，暴毙。叶小天昨天已经去过一趟，尸体抬回县衙，让仵作检验了一番，说是喉管被人捏碎而死。

施必行虽然死了，但家人俱都无恙，财产也没有丝毫损失，同邻县发生的血案大不相同。这让花知县、孟县丞等人大大地松了一口气，万一真是邻县血案的煞星流窜到本县，那就麻烦了。

可是施必行作为一个极有影响的大粮绅，突然暴毙于自家的后花园，虽然与邻县血案相比不算极轰动的案子，依旧是要查的，无论如何总要给上边一个交待。

花知县作为本县正印固然焦头烂额，孟县丞作为主管治安的官，同样责无旁贷。可这种事，他们不可能亲自去查案问案，只能交代给叶小天。叶小天这个假典史在他们心中是假的，在葫县百姓心中可是真的，哪能把他丢在一边。

叶小天昨日率人去带走了尸体，勘察了现场，今天是带人去施家走访，询问细节，并拜访与施掌柜关系密切的一些朋友。

叶小天领着一群捕快，忽见前方路口有一群人围拢在那儿。正值邻县发生灭门血案、本县发生凶杀大案的关键时刻，捕快们不敢马虎，立即握紧武器高声吆喝："典史大人出行，闲杂人等回避。"

眼见那些人有几个苗彝两族的百姓，还有一个本县大豪齐木手下的兄弟，他们若是大剌剌的就是不回避，这些公差衙役只会当看不着，护着大人从道边过去。不过今天这一喊，围在路边的那群人却马上闪开了。

"本县这位新典史这么威风？大家都给面子啊。"

几个捕快先是有些惊奇，随即恍然，有所忌惮而已。

邻县那桩血案已然震动整个贵州官场，布政使司和各位大土司先后都下了指示，本县又突然发生了凶杀案，谁愿意这个时候生事。

众人闪开，就见路口站着一个少年，赤红的脸蛋、粗布衣衫，分明是个山中少年，很是质朴。他虽然身居闹市，可是往那儿一站，却给人一种与其年龄和身份不相符的宁静。

叶小天马上认出了这个人，他甚至还记得这个人的名字：华云飞。

他平生头一回看见有人用长刀捕鱼，这个人还送了四条鱼给他。当时虽是晚上、也只见过一面，但熊熊火光下那张稚嫩而极显刚强个性的面孔，令他记忆犹新。

叶小天微笑着向他走了过去，只走了三步，叶小天的目光就被吸引到了华云飞的脚下。华云飞的脚下放着几只猎物，几只褐冠鹃隼、几只锦鸡、野兔，这些猎物倒不稀奇，引起叶小天注意的是那只趴在华云飞脚下的斑斓猛虎。

那是一头真正的猛虎。头圆、耳短，粗大有力的四肢踞伏于地，长长的虎尾盘于身侧，全身橙黄色、布满黑色条纹的皮毛在阳光下微微泛光，虎头上一个硕大的王字。

叶小天不由露出惊讶的神色，那天看到这少年时，他只当对方是个渔夫、一个会在山溪湍流中捕鱼的渔夫，可他没想到这人竟然还是一个猎虎的高明猎手。

"你是……"华云飞分明已认出了叶小天，但叶小天此刻一身官袍，前呼后拥，与那晚的落魄模样判若两人，华云飞一时不能确认，又因他的排场而微显局促，再如何淡泊超然的人，也很难真的在一个上位者面前从容自若的。万事不羁于心，那需要何等的修为，而这少年只是一个山里的孩子。

叶小天笑道："四鱼之恩，犹记在心，你不认得我了吗？"

华云飞惊道："啊！果然是你！你……你怎么……"

叶小天道："本官嘛，实乃是本县典史，赴任之初为了了解本县的情形，那几天正在微服私访，不想被偷儿摸走了我的盘缠，以致落到那步田地。"

华云飞恍然大悟道："原来如此，原来你就是县衙张榜公布的那位艾大人。"

叶小天笑道："你不用拘谨，我当你是我的朋友，朋友之间，不必论那官场中的身份。"

李云聪竖着耳朵，猎犬似的在一旁听着，虽见叶小天没说出什么出格的话，却不耐烦他和一个山里的穷猎户搭讪不休。李云聪马上上前，打岔道："大人，眼看这时辰也早了，咱们还得去……"

"闭嘴！本官与人说话，哪里轮到你来插嘴，混账东西！"

叶小天脸色一沉，根本不给李云聪好脸色。且不提两人之前那些过节，叶小天也没想给他留脸面，反正他这个典史是做不长的，早晚要拍拍屁股走人，跟这个小人客套什么。

李云聪脸色一变，却是无可奈何，面皮子发青，退到一边。

一旁苏循天笑嘻嘻地道："不懂规矩，没上没下！"

李云聪恨恨地瞪了他一眼，心知叶小天看他不顺眼，也不敢再生事端。

苏循天和叶小天处得极好，好到他那姐夫花晴天都觉得不可思议。

这个浑球能耐没有，偏又仗着姐夫是本县县太爷，对谁都有点目中无人。可惜他的靠山也是无权无势的傀儡，他想狐假虎威，更加没人买账，所以在县衙这三年，他跟谁都处不好。

然而他对叶小天却是毕恭毕敬。作为县太爷的小舅子，苏循天自然知道叶小天真正身份，就算叶小天真是典史，他也未必巴结，吴县丞、王主簿都是有实权的官，他还不是一样不放在眼里？偏偏一见叶小天就这么服气，确实令人费解。

花知县包括叶小天在内，自然不知道苏循天的这种态度始自他去县衙后宅探望姐姐时，意外地见到了叶小天的"二妹"叶水舞。

叶小天训斥了李云聪，回过头来，和颜悦色地对华云飞道："云飞兄弟，我还有公务在身，就不跟你多说了。"

"好！您、您请慢走！"

华云飞的脸庞有些涨红，县里一位典史大人跟他称兄道弟，回到山沟沟里一说，这可是叫村长都羡慕无比的事情。一向沉稳冷静的华云飞也有些沉不住气了。

叶小天转身要走，华云飞冲动之下，脱口道："我捕了这头猛虎，卖掉后就有钱娶媳妇了。到时候，请大人你喝我的喜酒。"

华云飞这句话说完，马上就后悔了，人家是什么身份，跟他客气两句，还真拿人家当朋友了？

叶小天站住脚步，回身笑道："要叫大哥，叫大人我可不去。"

华云飞的脸涨得通红，眼睛却放出光来："大哥！"

叶小天点点头，道："你成亲的那天，我一定到！"

叶小天向他招招手，转身刚要走，就听街上一声尖叫："快来人哪，打死人啦！"

第四十三章

书院之乱

一

几个捕快一听尖叫声,马上如临大敌地拔出刀来。叶小天诧然回望,就见一个青袍儒士站在一处台阶上声嘶力竭地高喊着。

叶小天隐约觉得此人有些面熟,一时却想不起来,这时李云聪惊叫道:"黄训导!县学出什么事了?"

叶小天这才想起前方那个院落就是县学,站在台阶上"放声高歌"的这个人正是县学训导黄炫。

叶小天向黄炫迎去,一直为叶小天鞍前马后的苏循天主动抢在头前,高声问道:"典史大人在此,黄训导,县学里有什么麻烦了,快快讲来。"

黄炫道:"你们来得正好,快、快去阻止他们!里边打起来了,又打起来了,这一次打得尤其激烈。"

李云聪一听,拔腿就往县学跑,一边跑一边喊:"艾典史,快来,这可都是些小祖宗,出不得意外呀!"

叶小天职责所在,也推脱不得,只好跟着李云聪跑进县学。

县学虽是朝廷的学府,却不一定要用公帑建造。以葫县来说,官员的俸禄都常常拖欠,拨款建县学就更不可能了。葫县县学是靠士绅名流捐资修建的,去年年尾才落成。

照理说,一家县学应该设教谕一名,训导两名,礼乐射御书数各科教习一名。但葫县师资严重不足,教谕顾清歌兼了一科教习,训导黄炫兼了两科教习,此外只有三名教习。

叶小天等人冲进县学后,黄训导急吼吼地道:"快快快,他们在后厢。"

一群人拐过正房来到后院,马上就听到一阵叫骂咆哮声从书堂里传来。院子里站了四个人,其中三个是县学教习,五六十岁年纪,还有一人三旬上下,穿着一身县学生员的制服。

听到脚步声，四人回过头来。叶小天一眼就看清了那负手而立、满面鄙夷之色的书生模样，心中不由惊疑一声：原来他在这里就学？

这个青衫书生正是叶小天此前在晃县时见过的那位游学书生，被展凝儿倾心爱慕的徐伯夷。徐伯夷没认出他来，当时的叶小天破衣烂衫比乞丐也强不到哪去，他哪能正眼相看。

叶小天这时也顾不得理会徐公子，他跟着黄炫和李云聪跑进书堂，就见偌大一间书堂已经成了演武堂，桌案、蒲团、书本、笔墨，全都变成了武器，纸张漫天飞舞如雪片一般。

县学教谕顾清歌站在讲台上大声咆哮，吼得声音都已嘶哑了："住手！统统住手！顽劣啊！野蛮啊！一群竖子，难成大器！老夫对你们真是太失望了，老夫真是失望透顶！"

顾清歌正在捶胸顿足，一见跑进一群捕快，大喜过望，道："快，快分开他们。"

这些学子都是附近山中部落首领的子侄，还有周边县的一些部落首领子侄，因为去本县县学道路反而远些，所以也在葫县县学就读，这些人性情粗野、顽劣不堪，哪在乎什么师道尊严。

因为他们身份特殊，师长不仅平素里打不得、骂不得，他们之间发生冲突时，还要担心他们出问题。真要有人受了重伤，甚至残疾丧命，他们可承担不起。

李云聪一见这些人面红耳赤、叫骂连天，战况当真激烈无比，马上吆喝道："住手！统统住手！"幸亏学堂里不许学生们带刀进来，否则早不知躺下多少人。

李云聪喊得虽凶却并不上前，那些捕快也是有样学样，眼看这些学生如此凶狠，他们连薪水都不能按时领的人，犯得着拼命吗？

叶小天头一回看读书人上演全武行，场面当真叹为观止。他眼神一闪，忽然发现一幕奇景，偌大一个书堂，几乎所有的几案都被掀翻了，但厅堂一角赫然还有一张书案完好无损。

书案后面盘膝坐着一个胖子，一个很魁梧的胖子，虽然一身是肉，可是因为他身形魁梧，所以并不显得累赘。这魁梧胖子正捧着一本书读得津津有味。

身边就是呐喊声、厮杀声、拳来脚往、笔墨翻飞，那胖子居然像是坐在点了安神香的书房里，读得如此入神，时不时还会露出一丝会心的微笑，耳边眼前所有一切，于他而言仿佛浮云。

叶小天暗自惊讶，都说本县文教不好，不想竟有一个这样的书痴！

李云聪这等正经官差都不拼命，叶小天这个冒牌货自然没理由上前和这些野蛮人打交道，他像条黄花鱼似的，溜着墙边向那书痴走去。

一路躲避着书本笔墨各色暗器，在漫天飞舞的纸张书卷中，叶小天仿佛踏雪而行，走到那手不释卷的胖子身边低头一看，不禁哑然失笑，这胖子看书是不假，可他看的那书有字有插图，插图上牙帐金钩、粉弯玉足，究竟是些什么内容可想而知。

顾教谕、李典吏那些人依旧在徒劳地试图阻止双方战斗，叶小天在那胖子身边蹲下，探着头津津有味地看起来。只看了片刻，那胖子蘸蘸唾沫，翻过了一页，叶小天急忙道："你慢点翻。"

"啊！我的妈呀！"

胖子根本没发现旁边多了一个人，叶小天这一出声把他吓了一跳，只是他这句"我的妈呀"也不知是哪儿的口音，听起来总叫人感觉怪怪的。胖子定睛看叶小天，得意地道："好看吧？这可是孤本！"

胖子拍着手里的书，向叶小天得意地炫耀，那副架势，像极了叶小天童年时的玩伴得到什么稀罕物时的模样。叶小天笑道："书堂里乱成这副模样，你还看得进去？"

胖子道："他们经常这样，要是不打架，反倒成了怪事。一群无法无天的二世祖，管他们的闲事干吗，他们就是人脑子打成狗脑子也跟我没相干不是？你是干什么的，看你这身穿戴，好像是官？"

叶小天耸耸肩道："芝麻绿豆大的官，说出去不值一提。我姓……艾，你叫我艾枫就好。你叫什么名字？"

胖子道："我叫罗远，字大亨。你比我年长，叫我大亨就好。"

叶小天道："大亨？罗大亨？"

胖子道："不错，大亨以正，天之道也！我爹说，这个字吉利，大运亨通，前途无限。不过那老头的话听听也就算了，他一门心思让我读书科举，你看我是读书的料吗？我都当不了官，还亨什么通啊。不过老爹起的名字嘛，大亨就大亨吧，阿猫阿狗，叫啥不是叫，反正代表是我就行了。"

这胖子不说话则已，一说话便口若悬河、滔滔不绝。叶小天好奇地问道："我听说这县学就读的都是山中部落首领的子侄，却不知你爹是哪个部落的首领？"

胖子挺起胸膛道："你看我的长相，明明是炎黄之后，怎么会是部落中人？我爹洪百川，是本县商人。我也不是这县学的生员，只是我爹一心想让我读书，花了大笔的钱捐建县学，我就被特许旁听啦。"

"我爹就这样，有俩糟钱就不知道该怎么花，就为让我上学，捐了好大一笔钱建这所学校，我是一读书就头痛的人，你说建它干吗？而这班畜生……你看看，有哪个像读书人的样子？"

胖子说着向前一指，恰好有个同学摁住另一个学生，伸手抄起一方砚台就要砸，听到胖子这句话，登时大怒，喝道："你说谁是畜生？"

胖子把书往怀里一塞，昂然站起，凛然喝道："你找碴儿是不？平时你们畜生来畜生去的，还说少了？我就这么随口一说，又不是特指是谁，你急着认什么认？

"再说，你们平时互相骂来骂去的，又有谁往心里去了？我怎么就不能说？你不要因为我是旁听生就想欺负我。这县学是我老子花钱建的，你不知感恩也就罢了，还想找我茬？"

胖子这一站起来，身量显得颇高，再加上骨架够大、一身是肉，膀大腰圆的样子颇具威慑力，那同学却毫不畏惧，跳将起来道："老子就找你碴儿，又如何？"

那人伸手一推，这看起来威风凛凛的胖子就推金山、倒玉柱，"轰隆"一声仰面摔倒，震得书堂地板一阵颤悠。瞧着如此强壮的一个人，豹头虎目，粘上胡子就是猛张飞，竟是外强中干，如此不禁打。

胖子被人一把推倒在地，摔得头晕眼花。他摇了摇头，清醒过来，就见叶小天的脸俯视下来，穷追不舍地问道："好奇怪！你既然叫罗远，你爹怎么叫洪百川呢？"

胖子躺在那儿道："你当我是领养的吗？非也非也。我也不是我爹的义子。我姓罗，我爹姓洪，只因我爹是入赘罗家的啊，他既然入赘罗家，我当然随我娘的姓。"

叶小天今天要去施家探访，之后就要去拜访洪百川，因为这洪百川和施必行是极要好的朋友，叶小天想从他那儿打听一下施必行是否得罪过什么人。叶小天欣然道："我正好要找你爹问一件事，你带我去如何？只是这里这副模样，我身为典史倒不便走……你有办法叫他们住手吗？"

罗大亨得意地道："这有何难，你看我的！"说罢昂然站起。

第四十四章

奇葩大亨

一

大亨从地板上爬起来,猛地长吸一口气,就见他的肚皮迅速胀起,随即猛地一收,胸膛陡然隆起,一声霹雳般的大吼响彻云霄:"你们这群尿蛋!全都是窝囊废!"

顾教谕、黄训导、李典吏还有苏循天他们大呼小叫的,可是所有人的声音合起来都没有罗大亨这一声咆哮响亮,再加上厅堂空间极广,很有扩音效果,叶小天站得又近,只觉耳膜"嗡"的一声,眼前飞舞的纸片似乎都震颤了一下。

厅堂里的呐喊厮杀声立即停下来。学生们有的正举着桌子,有的正拎着蒲团,有的正揪着别人的衣领,有的正使出"猴子摘桃",却个个像被人使了定身法似的定在那里。

然后,所有的人都缓缓扭头转身,面向罗大亨,神色不善。

大亨夷然不惧,他看了看大家伙,"呸"地吐了一口唾沫,讥笑道:"看看你们这副德性,将来都是要称王称霸、统治一方的土司老爷,最不济也是一个世袭吏目,就像泼妇一般打架?不怕丢了你爹的鸟人!"

"咣啷!"

桌椅板凳丢了一地,所有的学生就像一群被激怒了的狒狒,塌着肩、弓着腰、鼻息咻咻地向大亨围过来。叶小天见势不妙,马上使出移形换位大法,和大亨拉开了安全距离。

大亨冷笑道:"看看你们,一个个鼻青脸肿的,除了出门时丢你们家大人的脸,还有什么用处?这么打能打出朵花来?要我说,打就打出男子汉的威风,别跟娘儿们似的掐架,这么打有意思吗,啊?"

不等人家问话,大亨就把手臂猛地一挥:"谁也不服谁不是吗?那就打到他服!有种的,你们约定三天之后,在黄大仙岭上一决生死,我罗大亨到时去给你们做个见证,怎么样?谁要是怕了,现在就向对方磕头认错,那就不用打了!"

一班不良少年哪受得了这个激，谁没种啊？谁想当娘儿们啊？谁怕谁啊？他们不约而同地站住了脚步，互相看看，异口同声地对大亨道："好！那就三天之后，黄大仙岭上见，不见不散！"

大亨哈哈一笑，道："这不就结了？那大家现在就散了吧，好好养精蓄锐，三天之后带上刀枪，黄大仙岭上一决高下！啊！真是令人期待啊……"

大亨拍拍屁股，转身走到自己书桌旁，伸手往里一掏，就从书桌里掏出一个书包，往肩上一挎，大大咧咧地对叶小天道："咱们走吧。"

叶小天目瞪口呆地看着罗大亨施施然地向厅门口走去，醒了醒神才追上去。

顾教谕迎上来，眉心紧蹙、忧心忡忡地道："艾典史，你看这……"

叶小天不耐烦地摆摆手道："不是三天之后才打吗？你赶紧想办法，你是教谕嘛，你找学生们挨个谈心，务必让他们尽释前嫌。好了好了，本官还有更重要的事情要忙，先走一步。"

顾教谕还待再说，叶小天已经追着大亨去了。大亨有了充分的理由提前回家，还不怕老爹责骂，当真是满心欢喜，他兴高采烈地挎着书包走在大街上。

叶小天摆手示意李云聪、苏循天率人跟在后面，自己快步追上罗大亨，对他说道："大亨啊，你这法子不行啊，貌似解决了冲突，实际上却是火上浇油，三天之后他们再打起来怎么办？"

大亨很惊讶地看了他一眼，道："我最多给他们做个公证，我又不是他们谁的爹，他们是死是活、是伤是残关我什么事。"

叶小天愕然道："他们要是真的有了死伤，你就不怕他们家里人找你麻烦？他们可都是山中部落首领们的子侄啊。"

大亨比他还要惊讶："他们的父兄为什么要找我的麻烦？我只是给他们提出了一个很合理的建议啊，我又没逼着他们答应。我还要不辞辛苦地爬上黄大仙岭给他们做见证呢，一文钱酬劳都不收，我图什么啊？

"他们要是真有了死伤，那也是冤有头债有主，谁干的找谁去呀，他们的家族怎么可能会来找我的麻烦呢？我说这位大哥，你的脑子好像不大清楚啊！"

叶小天听得头有点晕，怎么可能会是这样？此地民俗风情果然与京中气象大不相同，他实在适应不了本地人的这种怪异思维。

大亨看见他一脸古怪的神情，恍然大悟道："哦！对了，你是当官的，这种事归你管。那你可得赶紧想想办法了，要不然真要有个死伤，你的上司一定找你麻烦。朝廷对这些刺儿头可是一向安抚安抚再安抚的，到时没准就让你背黑锅以平息众怒。"

这个一手制造了三天之后黄大仙岭上葫县县学两大帮派对决的胖子，好像完全没有意识到自己在其中所起的关键作用，反而替叶小天担起心来。

叶小天哭笑不得，可他转念一想：对啊！我又不是真的典史，我明明是被赶鸭子上架，难道还真当自己是官了？真要闹出大麻烦，大不了罢官免职，免职好啊，我正愁走不了……

叶小天转忧为喜道："有道理，太有道理了！眼下既然看见了，我这个官也不好不出面，至于三日之后……到时候主簿、县丞、县尊大人全都知道了，让他们操心就是了，我何必多管闲事。"

大亨喜道："难怪你一脸精明相，果然是个明白官！我很欣赏你！来，我请你吃桂花糕，这是我家厨娘桃四娘做的。桃四娘的手艺极好，做的桂花糕又香又甜，入口即化，我特意叫我爹把桃四娘请回来，旁的事都不用她管，就只给我做桂花糕，不是好朋友我才不给他吃……"

大亨一边说一边伸手摸向口袋。他穿的这县学制服与普通的士子袍服类似，只是必须要头扎布巾，不戴冠帽，另外就是衣服上多了两个内缝的口袋，想必是为了方便学生揣带东西。

"我的妈呀，怎么会有条蛇呢？"

大亨往口袋里一摸，就抓出一条花花绿绿的草蛇，把旁边的叶小天吓了一跳，连忙跳开两步。大亨却毫无惧色，他抓着那条小蛇上下看了看，恍然道："一定是他们又想捉弄我，上一回放了只青蛙进去，这回变成蛇了，不知道下回他们会放些什么，真是令人期待啊……"

大亨从腰带上摘下一把比巴掌还短些的小刀，麻利地在蛇腹上划了一刀，那蛇吃疼，倏地缠紧了他的手，大亨把刀一挂，用手指在蛇腹处一剜，便抠下一枚蛇胆，向叶小天一递，热情地道："桂花糕被偷了，那我请你吃蛇胆吧。"

叶小天看着那血淋淋的玩意儿，把头摇得跟拨浪鼓似的："不不不……"

大亨失望道："这可是好东西。你真不吃？那我自己吃了啊。"

大亨把死蛇丢在路上，喜滋滋地把蛇胆递向自己嘴巴，说道："这东西能祛风除湿、清凉明目、解毒去痒，是极好的补品呢。不过吃的时候只能吞不能嚼，不然会很……苦……"

叶小天看看大亨垮下来的胖脸，试探地问道："你嚼了？"

大亨闭着嘴巴使劲摇摇头，手忙脚乱地抓起挂在腰袋上的水囊，打开盖子狠狠灌了几口，这才苦着脸对叶小天道："刚才我用力大了些，把蛇胆划破了。"

路边走过一个俏生生的小姑娘，是个短裙苗，叶小天和罗大亨不约而同地扭过头去，盯着人家狠狠浏览了一番，贼兮兮地收回目光时，两个人目光一碰，顿时生出惺惺相惜之感。

叶小天咳嗽一声，道："深山俊鸟、天真烂漫，令人眼前一亮啊！"

罗大亨道："深有同感，不过……只可远观，不可亵玩焉。"

叶小天敬佩地道："说得好！男人可以风流，不可以下流，你是君子。"

大亨摇头道："非也非也，非是大亨不愿，实是大亨不敢！"

叶小天奇道："此话怎讲？"

罗大亨压低嗓音对叶小天道："你知道吗？据说这山中苗人都是会下蛊的。这蛊是苗人祖传的一门秘术，非常神奇，跟我们汉人的道术差不多，有种种神奇之处。你要是胡乱招惹苗女，一旦被她下了蛊，那就生不如死、痛不欲生了。"

叶小天奇道："世间真有如此玄奥离奇的东西？"

大亨道："天下之大，无奇不有。千万不要以为你什么都知道都明白，哎！我好想学蛊术啊，出多少钱都行，可惜我听说不管你付出多大的代价，他们都绝不会把蛊术外传的。"

叶小天不以为然地道："旁门左道，终非正法。要不然他们不早就称王称霸了？这说明就算世间真的有这种秘术，也必然有克制之法。你家那么有钱，就算不做官也能富贵一生了，学蛊术干什么？"

大亨道："我听说蛊术无所不能。其实我想学的也不多，只学一个'放屁蛊'就好。"

叶小天讶然道："'放屁蛊'？世间还有这种蛊吗，这个……学来干吗用？"

大亨道："既然蛊术无所不能，'放屁蛊'就一定有的。我只要学会了放屁蛊，就下给先生和同学，让他们整天放个不休。先生自然不好意思来讲课，同学们也不好意思来上课。县学黄了，我就再也不用上学了……"

大亨看看叶小天："怎么样？"

叶小天："大亨兄弟深谋远虑，佩服。"

大亨黯然叹道："主意虽好，可惜学不到啊……"

第四十五章

如此活宝

一

有这么好的读书机会，他却……

叶小天不由想起了自己小的时候，当狱卒的爹那时就常常带他去天牢，家里请不起西席老师，就利用为犯官们跑腿办事的机会请那些犯官们时不时地教他认几个字。如今这位活宝有这么好的机会，却想尽办法逃学。

可怜天下父母心哪……

叶小天在心底里悠悠叹息一声，问道："对了，大亨，你那些同学们为何打架？"

大亨道："此事说来，倒该怨顾教谕了。"

叶小天奇怪地道："顾教谕做什么了？"

大亨道："今天顾教谕讲的是'礼'。说到礼，最基本的礼当然是伦理。本地大大小小不下数十个部族，不同部族的风俗习惯各不相同。有些部落的婚俗就古怪些，比如女儿嫁给舅舅的，外孙女成了儿媳妇的，表姑侄成亲的，女儿嫁给小舅子的，两姐妹嫁到同一家却成了叔母和侄媳的。哎呀，反正乱得很，一时我也说不清。"

叶小天苦笑道："足下已经说得很清楚了。"

大亨摊了摊手，道："于是有些没有这种婚俗的部族子弟，就嘲笑有此婚俗的部族子弟不知礼，行禽兽之举。那些被嘲笑的部族子弟岂肯善罢甘休，所以就打起来了。"

叶小天听得直挠头，仔细想想，如果此事真要叫他去解决，还真不知道该如何着手。如果这般嘲笑别人是犯了人家的大忌，恐怕这件事还真不好善了。

大亨一抬头，忽地喜道："啊！桃四娘来了！"

叶小天抬眼一看，就见一个三旬上下的小妇人，穿一条淡绿色襦裙，藕荷色窄袖比甲，比甲衣领处的花边已经磨损得发白了，襦裙也洗得有些失去了颜色。虽然衣着寒酸了些，但这妇人生得颇有几分姿色，打扮也很得体，素净大方。

远远看见了罗大亨,那挎着一个食盒的小妇人赶紧迎上前来,向大亨福了一礼道:"大亨少爷,您怎么离开县学了,要是让老爷看见又该骂你了。"

大亨得意扬扬地摆手道:"不妨事、不妨事的,我今天特意带这位官……你是典史是吧?带这位艾典史去见我爹,有事情要谈的,爹怎么会骂我呢,做爹也要讲道理。"

桃四娘为难地道:"可……奴家已经给少爷带了饭。"

大亨道:"不妨事,给你男人吃吧,唔,你本来就给他带了饭,怕是一个人吃不了。得嘞,你跟他一块吃,不急着回来,反正府里也没什么要紧事。"

桃四娘道:"是,那奴家告辞了。"

桃四娘向罗大亨蹲身行礼,见叶小天与罗大亨同伴而行,于是向他也微微施了一礼。叶小天望了这裹了小脚袅袅而行的妇人背影一眼,对罗大亨道:"听你方才所言,这小妇人的丈夫在县学做事?可是县学的帮工?"

大亨笑道:"非也非也。她的男人也是县学的生员,而且是县学里唯一一个享受廪米待遇的生员,很得教谕、训导他们器重呢,说我葫县若能考出一个举人,必是此人无疑。

"她的丈夫叫徐伯夷,是个学痴,不善持家,是以家境极差。县学的廪米又常常拖欠,全靠她的娘子里里外外操持,挣钱养家糊口供他读书。她桂花糕做得好,到我家做个厨娘,却是好过在街头抛头露面。

"唉!真不知道读书有什么好的,我觉得味同嚼蜡,他偏觉得津津有味。我要是也像他那么喜欢读书,我爹不知道会有多欢喜,也就不会整天对我横挑鼻子竖挑眼了。"

叶小天笑道:"其实你现在已经很爱读书了,比那徐伯夷还要书痴。书堂上打成了春秋战国,你还不是在旁若无人地读书?"

罗大亨听了嘿嘿地笑起来,叶小天也笑了,笑容刚刚浮上脸颊,心中突地想起一件事来:桃四娘是徐伯夷的妻子?那小魔女迷这徐伯夷迷得一塌糊涂,瞧她前呼后拥的来头不小,竟然屈就一个有妇之夫,真是令人想不到。

叶小天可不知道展凝儿对徐伯夷属于一见钟情,根本不了解他的底细,还当这女孩对徐伯夷的家事了如指掌呢。此地古怪的习俗太多,不可以常理揣测,所以他也没有多想。

罗大亨忽地向前一指,快活地道:"我家到了,哈,我爹正在送客。"

叶小天顿时一愣,他本想先去施家的,被这活宝一路的奇葩行为弄得思绪有些混乱,居然先来了洪员外家。来就来吧,总要向他询问一番的,先拜访洪员外也是一样。

叶小天定睛一看,就见青砖墁地、白墙黛瓦,极气派的一座门楼,一看就是大富之家。门前有几名仆人侧立左右，有一位身穿铜钱纹员外袍的中年人，正与一人拱手道别。

那人登上一辆马车，又向洪员外拱一拱手，马夫便驱车离开了。洪员外数着念珠转身，看见罗大亨，笑容顿时一敛，两只眼睛瞪了起来。罗大亨大概是常被老爹训斥，虽说今天有充足理由，吃老爹一瞪，还是有些忐忑。

大亨缩了缩脖子，放慢脚步，让叶小天走在了前面。洪员外依旧脸色不善地瞪着儿子，眼见二人越来越近，洪员外却突然脸色又一变，满面堆笑地迎了过来。

叶小天正要见礼，见洪员外如此模样不由有些惊疑，心道：这位洪员外莫非认出我是典史？

却见那洪员外与他两人错肩而过，向一位野僧双手合十，恭敬地行了一礼，然后赶紧摸出些钱来，毕恭毕敬地放进陶钵内，又向僧人再度施礼，口中念念有词道："阿弥陀佛，阿弥陀佛。"

那野僧胡子拉碴，头上半寸长的头发，没有戒疤，身上穿了一袭破破烂烂的僧袍，脚下一双旧芒鞋，一手托钵，一手扶了条竹杖，貌相凶恶，看不出一点出家人的气质。

大亨扭头对叶小天道："我爹好佛，但见僧侣，必定恭恭敬敬施舍一番，县里的真和尚假和尚，缺钱的时候都来我爹眼前晃悠。你瞧这家伙像个出家人吗，我一眼就看出是假货来了，我爹居然上当没够，亏他还是个生意人呢，这什么眼神。"

叶小天上下看他两眼，微笑道："你虽穿着生员的袍服，又何曾做过真正的学生？只怕你爹还一直相信你在县学里多少是读了些书的。呵呵，他这眼神确实不怎么样。"

大亨紧张地道："嘘，我可当你是朋友的，你在我爹面前不要乱说话。"

大亨匆匆向他交代两句，马上满脸赔笑地迎上前去，亲亲热热地唤道："爹……"

洪员外双手合十送走野僧，一转身，立即怒容满面，也不听他说话，便厉声喝道："爹个屁！你这顽劣不堪的小畜生，怎么这个时辰就离开县学了？"

大亨道："不是的，爹，你听我说……"

洪员外指着他的鼻子喝道："听你说什么！你一天天背着文房四宝、书本纸张，早出晚归的倒像是个读书的样子，可你究竟用过功没有？我昨日才问过顾教谕，说你上个月的小考又交了白卷！"

大亨梗着脖子道："不是的，那天我吃了街上买来的桂花糕，不想糕坏掉了，我闹肚子，所以才误了考试。这不现在家里已经专门雇了一个做桂花糕的厨娘，我就再也没闹过肚子了。"

洪员外气得发昏，大吼道："没闹过肚子？没闹过肚子！那你……那你学业上有没有提高呢？小考时有没有又交白卷呢？"

大亨眨了眨眼睛，对洪员外道："爹，本月还没考呢。"

碰上大亨这么一个活宝，叶小天已经无奈好久了，他深知这块资深滚刀肉的厉害，做这个活宝的老爹，唉……

叶小天同情地看着洪员外发青的脸和颤抖的嘴唇，就见洪员外哆嗦了半晌，才道："你现在一个屁俩谎，老子都信不过你了。你把书包拿来，我看看究竟有没有试卷。"

说罢不等大亨答应，洪员外就一把抢过了他的书包。大亨坦然而立，道："爹，你怎么就不信呢，我能骗你吗，本月真的还没考……"

大亨的话还没说完，突地戛然而止，瞪大两眼看着他爹从书包里掏出来的东西。叶小天一看，冷汗一下就下来了："好大……一块板砖！"

洪员外拿着板砖愣住了，他一时想不通儿子书包里为什么会出现一块板砖，上学……需要这种东西吗？他学的又不是砌墙。

大亨看着那块板砖也傻了眼，心道：奇哉怪也，我的文房四宝什么时候变成砖头的？肯定又是哪个混蛋捉弄我！可……这砖头在我书包里放了多久了？我记得上回打开书包好像是半个月前，莫非从那时起，我上学放学的背的就是它……

洪员外不死心地又往书包里看了看，里边空空荡荡，再也没有任何东西了。洪员外使劲地喘了两口大气，拎着那块板砖，一副马上就要拍到儿子头上的架势，气势汹汹地问："这是什么？"

大亨眨了眨眼睛，惊愕瞬间变成一脸茫然："啊……这是……这是……这好像是……"

叶小天一看，自己再不出手，这活宝只怕要被他爹打成"狗宝"，叶小天马上咳嗽一声，踏步上前……

第四十六章

大哥留步

一

叶小天见那胖子的老爹已经气得嘴歪眼斜，接下来不是一砖头开了他儿子的脑瓜瓢，就是气得不省人事，赶紧江湖救急，抢上一步高声说道："洪员外请息怒，令公子身藏板砖……实有不得已之理由。"

洪员外转过身，上下一打量，见是一位县衙门的官员，脸色稍霁，问道："不知这位大人尊姓大名？"

这时李云聪和苏循天带着一班捕快赶过来，见二人正在对答，也不说话，只往他身后一站。叶小天道："本官新任葫县典史艾枫。"

洪员外敷衍地拱了拱手道："久仰、久仰，方才大人说犬子书包内藏砖头有不得已的理由，洪某着实不解其意。"

大亨道："啊……这板砖……"

洪员外黑着脸道："你闭嘴！老子信不过你的话！"

洪员外训斥了儿子一句，又转向叶小天，拱手道："大人请讲。"

叶小天道："员外有所不知，今天县学生员们之间发生了口角，双方大打出手。本官公干途中经过县学，前往处置时，但见众学子中唯有令公子一人手不释卷，仍在专心读书，其好学之心着实可嘉啊。"

大亨听了叶小天这么肉麻的吹捧，不由暗自汗颜了一把，他下意识地摸了摸藏在怀里的艳情小说，就听叶小天又道："此事不仅本官亲眼所见，便是我身边这些人也都看在眼里，是不是这样？"

最后一句话，叶小天是扭头问的，李云聪和那些捕快是看到过罗大亨在乱战之中处变不惊、专心读书的场面的，至于他读的是什么书自然无从知道，叶小天一问，他们纷纷点头。

叶小天道："那些学生闹得实在不像话，混战之中掀翻了令公子的书案，打烂了文房四宝，令公子眼看自己也要被人打伤，只好胡乱抄起一块板砖杀出重围，当时情况十分紧急，本官制止不及，惭愧、惭愧。"

洪员外一听这话，顿时转怒为喜，他满心欢喜地看了儿子一眼，老怀大慰道："大亨竟然懂事了，好，好好，不枉为父一番苦心。大亨啊，你还要继续努力，不可小有成绩就翘尾巴，要戒骄戒躁，继续用功，考秀才、考举人、中状元，光大罗家的重任可全靠你了，知道吗？"

大亨摆出一副虚心受教的乖儿子模样来连连点头称是。

叶小天道："洪员外，本官今日是特意来拜访你的。听说员外与施必行施大掌柜是好友，施掌柜暴死，本官想向员外打听一些有关他的事情，不知员外可肯见教？"

洪员外道："啊！原来典史大人是为了施贤弟的事情而来。请请请，请到厅中就座，用些茶水，咱们再慢慢说。"

叶小天道："叨扰了。"

洪员外把叶小天让进客厅，上了茶，一眼看见儿子背着个书包憨憨地站在一旁，习惯性地一皱眉，眉头皱起，忽然想到儿子近来开了窍，居然开始认真读书了，脸色便又柔和下来。

洪员外放缓语气道："大亨啊，你去书房读书吧。如今你虽然知道刻苦了，毕竟先前顽劣，耽误了许多年的时光，该当奋起疾追，才有出人头地的一天啊。"

大亨道："哦！那爹陪艾典史说话吧，孩儿去读书了。"

大亨向父亲躬身一礼，转身面向叶小天时，向他挤了挤眼，手指在胸腹间比画了一下，对他方才仗义解围的行动表示了感谢，这才向厅外走去。

洪员外当着儿子的面总是横眉立目的，可是看向儿子背影的眼神却满是慈祥。他慢慢数着念珠，直到儿子的身影完全消失在门口，才叹笑道："这孩子，总算知道读书了。"

他转过脸来，对叶小天道："老夫就这么一个儿子，有点恨铁不成钢啊，倒叫典史大人见笑了。"

叶小天欠身笑道："天下父母都是一样的心思。员外拳拳爱子之心，本官也为之动容。"

洪员外微笑道："犬子若能真正体会我的一番苦心就好了，此事且不提。施贤弟身亡，洪某也非常伤心，不知官府对此案可已有了什么线索？还望早日把凶手缉拿归案，以慰施贤弟在天之灵。"

叶小天蹙眉道："实不相瞒，现在还没有任何线索。仇杀，情杀，因财害命，与人言语冲突以致生出意外？死因尚不明了。本官赴任之初，就发现此地乱象频仍，治安之差，令人无法想象。所以施必行这桩案子，实在不好查办。"

洪员外道:"一言不合拔刀而起,不过是春秋古风罢了,那时节却也未见天下乱成什么样子。如今天下一统下,中原教化之地固然秩序井然,贵州偏远,也只是古风浓厚些罢了。"

洪员外抬头想了想,缓缓说道:"从中原初到此地的人,大多会觉得此地民风剽悍,秩序混乱,不是安身立命的所在。洪某当年从中原来到此地时,也是这么想。其实住久了你就会知道,并非如此……"

洪员外道:"你剽悍,他也剽悍,互相都有忌惮,便也干不出太出格的事来,自然就相安无事了,这就叫……嗯,平衡。其实一个地方有一个地方的民俗风情,它存在必然有它存在的理由,大可不必大惊小怪。

"打个比方来说,洪某的朋友圈子都是商人,一顿饭十两银子司空见惯,就不觉得有什么稀奇,可若是一个不曾见过这种场面的人骤见如此奢侈场面,自然会大惊小怪,典史大人明白我的意思吗?"

叶小天点点头,道:"本官有些明白了。"

洪员外道:"所以,所谓乱象,在初来乍到的人眼中固然不可思议,其实却是本地的一种常态。恰恰是这种常态,才能维持本地的太平。所以,施员外之死,不外乎仇与利!"

叶小天欠身道:"这正是本官前来拜访的原因,不知员外可知施掌柜得罪过什么人吗?"

洪员外思索半晌,轻轻摇头道:"从未听施贤弟说起过与人结怨的事来。生意人嘛,和气生财,怎么可能和人结下这么大的仇?"

叶小天看他似乎有些言不由衷,便道:"如果不是因为私人恩怨,或者是因为挡了别人的财路?"

洪员外探询地问道:"大人的意思是?"

叶小天道:"比如说,他是本县及附近几个县的头号大粮绅,会不会有其他的粮商在他竞争之下断了财路,所以……"

洪员外摇头道:"大人有所不知,本地当初几乎没有一家上规模的粮商,施贤弟到此后才打通了与中原粮产地的通路,他是附近几县最大的粮商,但自己并不开粮店,附近几县的粮商全都从他这儿进粮,仰仗于他,怎么可能结下仇怨。"

叶小天道:"哦?洪员外对施掌柜生平种种了如指掌啊,想必是很久的交情了吧?"

洪员外捋着胡须,怅然道:"是啊!二十多年前,河南大旱,许多难民为了活命逃往四方,洪某与施贤弟就是在逃难途中认识的,我们一起来到此地,各自创下基业,可谓相交莫逆。"

叶小天道:"原来洪员外与施掌柜有二十年的交情。唉,施掌柜这桩案子如果不能查到一点蛛丝马迹,恐怕就要沉冤难雪成为悬案了。"

洪员外神色有些激动,他双眼一抬,似乎有话要说,可那冲动只是一刹,便又硬生生地压了下去,脸色渐渐恢复平静,轻轻摇头道:"洪某与施贤弟是多年的朋友,生意场上的伙伴,情同兄弟啊,如果有线索,哪有不说的道理,只是……"

叶小天心中渐生疑窦,他觉得这洪员外应该确实知道点什么,却又有所顾忌的样子。叶小天睃了一眼坐在下首的李云聪和苏循天,心想:不知他是忌惮李云聪还是苏循天,又或者对我这个初来乍到的陌生人也信不过,今天怕是问不到什么了。

想到这里,叶小天便起身道:"既然如此,那本官再去走访走访其他几位施掌柜的生前好友,看看能否找到什么线索,洪员外,告辞了。"

"啊!好好好,典史大人慢走。"

洪员外起身相送,看起来有些愧疚的模样,虽然他很会掩饰,迅速掩去了愧疚,还是被叶小天看在眼中。叶小天心想:洪员外一定知道些什么,只是有所顾忌,不敢吐露。

作为一个随时准备找机会跑路的冒名典史,叶小天的破案动力实在不强,心中存了一个疑问,便离开了洪府。洪员外将叶小天一行人送到府外刚刚回去,李云聪就凑上来不高兴地道:"大人,咱们不是本来要先去施家的吗,怎么到洪府来了?"

叶小天还没说话,苏循天已经训斥道:"大人想先查哪里,难道还要你来批准?没有规矩!"

李云聪的脸一下子又黑了,明知这叶小天是个假典史,偏偏发作不得。苏循天训完了李云聪,点头哈腰地对叶小天道:"大人,接下来往施家去吗?这边请,抄近道,方便。"

苏循天自打看见薛水舞,就把叶小天当成了自己的大舅哥,为了达到曲线取悦水舞姑娘的目的,对叶小天真是奉迎得无微不至,一见叶小天点头,马上头前开路,引着叶小天从洪府旁的一条窄巷穿了过去。

他们从小巷里走出不过百十步距离,就听高墙之上有人喊:"大哥,请留步!"

第四十七章

糟糠之妻

一

叶小天很满意地看到众捕快"哗啦啦"掣出腰刀,如临大敌地望空看去,反应当真很快。唯一令人不太舒服的是,他们全都是贴着墙边站着,把自己孤零零地撇在了小巷中间。

洪府高高的墙头上探出一张大脸,虎头豹眼,张飞一般,只是颔下少了一蓬连腮胡子。叶小天只看到一眼,那张大脸就缩了回去,随后一只脚探了出来,片刻之后,罗大亨就骑在墙头,把一架梯子顺到了墙外。

叶小天一群人诧异地看着他,不明白这活宝又要干什么。苏循天凑到叶小天身边,小声道:"这小子跑出来干什么,莫非有什么紧要消息想告诉咱们?"

叶小天瞪了他一眼道:"就你警觉,跟兔子似的。"

苏循天赔笑道:"大人谬赞。"

叶小天冷笑道:"这可不是谬赞。众人之中,数你窜得最快,旁人只是贴墙站住,你一下子就躲出三丈多远去,能否请教阁下,这是什么神功啊?"

苏循天讪讪干笑。

这时那梯子已经顺过墙来放好,罗大亨顺着梯子爬下来,一只硕大的屁股在众人头顶晃来晃去,弄得梯子晃晃悠悠的,真叫人担心这位活宝同学会把它压塌。

罗大亨从梯子上爬下来,喘着粗气凑到叶小天身边,笑眯眯地揖了一礼道:"艾大哥,多谢你方才仗义相助,否则小弟一定要被我爹胖揍一顿了。"

叶小天哭笑不得地道:"你爬出来就为了这个?呃,举手之劳何足挂齿,还要劳动你翻墙道谢,大可不必,你还是赶快回去吧,小心你爹发现你爬墙又要责罚你。"

罗大亨眉开眼笑地道:"不会不会,我以前老说,有人在旁边时心烦意乱看不下书,有人来打扰时也很影响我看书的心情,所以我进书房的时候,不管是我爹还是府里头的下人,就没一个敢进来的。"

叶小天摇摇头，苦笑道："可怜令尊望子成龙，对你真是寄予了厚望，大亨啊，你不该让他失望的。"

罗大亨从口袋里拿出一块油纸包着的桂花糕，大概是回家之后刚刚装备的。他一边撕着油纸，一边道："我正在努力向我爹的期望靠拢啊，我努力成为饕餮就是。"

叶小天一怔，道："饕餮是什么东西？"

罗大亨道："饕餮不是东西，是龙子，也算是龙啊。龙生九子，各有不同。龙之六子饕餮，平生最好美食……"罗大亨说到这里，大嘴一张，河马一般，一整块桂花糕就进了嘴巴。

罗大亨一边奋力嚼着桂花糕，一边含糊不清地对叶小天道："我从小就没有朋友，也没有兄弟。上了县学之后还是没有朋友，也没有兄弟。你对我很好，真的很好，我要拜你当大哥。"

叶小天啼笑皆非地道："我说龙之老六，你别闹了成吗？拜什么兄弟呀，本官还有公务在身呢，这就走了，你快回去读书吧。"

罗大亨一把抓住他道："别别别，你别走，我和你真的很投缘，真的真的。"

叶小天道："你别看我是当官的，一个月的俸禄其实没有几文，贵州财政紧张，就这么一点俸禄，还常常拖欠不发。"李云聪、苏循天及一众捕快心有戚戚焉，一齐点头，唏嘘不已。

叶小天道："我这么穷的人，实在高攀不起你这位富家公子啊。"

罗大亨道："贫富之交难道就不是兄弟了？兄弟嘛，有通财之义，你的日子既然过得这么苦，我把我爹每月发给我的月钱分给你一些可好？"

叶小天道："兄弟是能随便认的吗？我认兄弟的条件可是很苛刻的。"

罗大亨道："有多苛刻？我爹说过，只要是能用钱解决的问题，就不是大问题。小弟认你这位大哥，平时也不会很麻烦你，就是请你时不时地帮我编个瞎话，糊弄一下我爹，小弟每月孝敬你一两银子，怎么样？"

叶小天怫然道："你这是在侮辱我，也是在侮辱'兄弟'这个词！"

罗大亨挠了挠头，道："五两？"

"我是有原则的人！"

"十两！"

"本官像是为五斗米折腰的人吗？"

"二十两！"

"兄弟无价，情义无价。"

"五十两！"

"说话算数，咱们马上斩鸡头，拜把子！"

叶小天用最简单的仪式、最快的速度认下了这个送财童子当兄弟。他揽着罗大亨的肩膀，亲亲热热地问道："兄弟，你爹每月给你的零花钱有五十两吗？"

罗大亨眉开眼笑地道："大哥你放心，零花钱当然是没有五十两的，不过只要我说买书、买文房四宝，我爹就舍得花钱。而且那书值多少钱他也从来不问，至于文房四宝，我用得越多他越开心，所以……嘿嘿。"

叶小天道："这样啊，那你每个月只要能扣出五十两的银子就好了，不要太多知道吗？你看你爹正当壮年已生华发，持家养家实属不易，你可不能养成大手大脚的习惯。"

罗大亨连连点头，感激地道："别人老是欺负我，从来没有人像大哥你这么关心我，大哥你对我真好。"

李云聪、苏循天及一众捕快看得目瞪口呆。

·※·※·※·

叶小天愉快地和罗大亨挥手道别。心愿得遂、愉快无比的罗大亨"吱吱呀呀"地爬上高墙，顺着梯子又爬回去了。叶小天则往施必行家赶去，对于李云聪等几个捕快古怪的眼神，叶小天视若无睹。

罗大亨有十六七岁年纪，大概从小被家庭保护得太好，所以涉世不深、童心未泯，虽然他的身形已经超过成年人，可心智着实未开，叶小天这么做确实有点欺负小孩子的嫌疑。

不过叶小天也是没办法，大亨那个败家玩意儿，就是叶小天不卡他的钱，以他这副操行，也一样不知会把钱败到哪儿去，与其败给别人，不如周济一下他这个穷人。

叶小天既然打算逃走，就没想过被县衙扣下的钱还能要回来，身无分文，寸步难行呀。既然罗大亨主动送上门来，叶小天也只好却之不恭了。

叶小天的施家之行还是没有找到什么头绪，施家的人除了哭哭啼啼要官府尽快破案，还他施家一个公道，也讲不出什么有用的信息。

叶小天不是真正的葫县典史，既然现在担着这个职务，用心不用心都得做做样子。其实他倒真想破了这个案子，但是如果不能破案，他也毫无压力，他不是真的典史，自然不会在乎政绩考评。

叶小天带着这些捕快没头苍蝇似的到处乱撞，捕快们倒是没什么怨言。这个年代捕快办案本就没有多少技术含量，科技手段近乎于无，除了当场抓获罪犯，基本上就是通过访问和盘查来缉捕罪犯。

那些在六扇门里干了一辈子的积年老吏，或可积累些察言观色、注意细微环节的本事，可叶小天一则没有那个阅历，二则他也不是具体办案人，这是需要捕快们去做的。

一通寻访，施必行一案依旧没有头绪，眼看天色不早，众捕快们也都露出了疲色，善解人意的叶小天便领着衙役们往回走。回程之中拐过一条大街，穿入一条小巷，忽然传来一阵叱骂哭泣声，叶小天循声一看，忽然站住了脚步。他一站住，苏循天和李云聪等人也站住了。

哭声从旁边一个院子里传来，墙只半人高，可以很清楚地看到院子里的情形，院子里一个男人正用藤条劈头盖脸地抽打一个妇人。叶小天定睛一看，这两个人他都认得，正铁青着脸色奋力抽打女人的是县学生员徐伯夷，那被打的女子就是他的娘子桃四娘。

叶小天还记得罗大亨说过，这徐伯夷不善持家，全靠娘子内外打点、供他读书，这样的患难夫妻，照理说该相敬如宾才是，怎么却是这般模样。

旁边一个七旬老者，轻轻顿着拐杖，望着那院内情形微微摇头，叹息不已。叶小天心中一动，便走过去，拱手道："老丈请了，不知这户人家发生了什么事，那丈夫为何如此殴打妻子？"

老者见他是位官人，虽不晓得具体是个什么官，却也抬了抬竹杖，拱手还了一礼："这位大官人，老朽也不明白这徐秀才中了什么邪，他那娘子是极贤惠的一个人，四里八乡无不称道。自打他们一家搬来此处，每日里只见他那娘子里外忙碌，挣钱养家，自己粗茶淡饭，好衣好食地供着丈夫，只为让他安心读书。初时这两夫妻倒还和睦，谁知道近来这徐秀才突然性情大变，每日动辄寻衅滋事，打骂娘子。"

老者叹了口气，又道："听说，是因为这徐秀才突然要休妻，却不知为的什么缘故。奈何他那娘子端庄贤淑，七出之条全都没有触犯，想要休妻除非他娘子同意，两人和离才成，所以这徐秀才时时刁难。"

这时，那桃四娘被丈夫追打逃进了房去，徐伯夷不依不饶，追进房去犹自打骂不休，院子里倒是一下安静下来。叶小天听那老者一说，心中顿时雪亮：不过就是一出嫌贫爱富的老把戏罢了。

房中打骂声稍停了些，仍有妇人的嘤嘤哭泣声幽幽传来，虽然这事跟叶小天没有关系，可是但凡有良知的人，看到这种情形，心情总是不会太好。而夫妻之间的事，外人又不便置喙，哪怕他是官身也是一样。

叶小天正有点堵心，李云聪阴阳怪气地道："大人，大家都忙了一天，该回去歇息啦。这种居家过日子、两口子打架拌嘴的烂事，咱们可管不了，也不该管。您就是想怜香惜玉，也得分个地方啊……"

叶小天不知哪里来的一股邪火，"腾"的一下就燃上了心头。他慢慢扭过头看着李云聪，脸色渐渐开始发黑，若是他的孪生大哥叶小安在这，一看就知道，兄弟的驴性要发作了。可李云聪并无所知，还在尖酸刻薄地继续嘲讽……

第四十八章

黔之驴

一

叶小天瞪着李云聪，一字一顿地道："你不说话会死，是不是？"

李云聪大怒：这个假货，还真当自己是官了，居然敢骂我这个正牌胥吏。李云聪含怒抬头，一对上叶小天的眼神，心中便是一寒，他还从未见过叶小天发火，更没见他有过这样狠厉甚至有些狰狞的眼神。

"我……我……"

李云聪不觉有些胆怯，他嗫嚅着刚想说点什么，叶小天已经一探手抓住了他的发髻，把他的脑袋往跟前一扯，右手抡圆了正正反反便是一阵大耳光："你有点同情心成不成？你少阴阳怪气的行不行？你少在老子说话的时候插嘴行不行？你不要那么犯贱成不成？"

捕快们一看典史和吏典打起来了，赶紧上前解劝，将二人硬生生架开。叶小天如同发了疯的虎犊子，被两个膀大腰圆的捕快架着胳膊拉开了，还跳将起来，飞起一脚踹在晕头转向的李云聪胸腹处。

"你有本事不让老子当这个官啊！你去啊！你没那么个本事就乖乖听话，在老子面前你就乖乖扮三孙子。怎么，你想打我？来啊，来啊，老子借你一颗老虎胆！"

李云聪嘴角淌血，怨毒地瞪着叶小天，他是真想扑上去狠狠揍叶小天一顿。可是想到孟县丞和王主簿，李云聪心中又是一凛，在叶小天的利用价值没有消失之前，孟县丞和王主簿显然是不会给他撑腰，任由他欺负一位"典史"的。

哼！任你得意一时，不过是个待死之徒罢了。到时候，老子亲手结果了你！李云聪恶狠狠地想着，擦擦嘴角的血，愤然拂袖而去。

苏循天满脸赔笑地走上前，小意地对叶小天道："哎呀呀，大人何苦为了不相干的人伤了同僚之间的和气呢。李云聪这人就是嘴贱了点，其他也没什么，大人您不高兴，骂他几句也就是了，何必动手呢，看把您累的……"

叶小天千里迢迢远出京城，这一路上险恶重重，除了水舞和乐遥给了他些许温情，其他的人大多是需要他去斗智斗勇以求平安的对头，纵然他天性乐观，心里也难免积压种种焦虑和担忧。

这种种情绪积压在心头，就像酝酿着喷发的火山，而李云聪的一番话，恰恰起到了导火索的作用。

叶小天愤愤地呸了一口，道："我早就看他不顺眼了，一个刚刚提拔为吏典的混蛋，居然耀武扬威不知轻重，我不揍他揍谁。"

叶小天一路愤愤然，倒像他吃了多大亏似的，一门心思要给叶小天当妹夫的苏循天自然一路巴结解劝，一行人就这么回了县衙。

·※·※·※·

叶小天一回县衙就被人传唤到了二堂，他一进二堂，就见花知县、孟县丞、王主簿，乃至县学的顾教谕都坐在那里。

顾教谕唉声叹气，花知县一脸木然，孟县丞眉头紧锁，王主簿还好些，看着叶小天一脸厌憎。

叶小天一瞧这情形，就知道是为了三日之后黄大仙岭上的那场大决斗。叶小天看了一眼顾教谕，心道：这老家伙倒也不愚啊。罗大亨的爹是他的大金主，他当然不去得罪，却来告我的黑状，明知我不是真典史，不怕得罪我是吗？

叶小天刚在李云聪身上发泄了一通，倒是心平气和。他向几人拱了拱手，笑道："县尊大人，各位大人，不知唤小天来，有何见教啊？"说着也不用人相让，叶小天走到一边坐下来，给自己倒了杯茶，眯起眼睛啜起来。

花知县无奈地看了他一眼，对孟县丞道："孟大人，你说吧。"

孟县丞主管司法，算是叶小天这位典史的直管上司，这种场合自然他来说话合适。孟县丞咳嗽一声，板起脸道："艾典史！记住，你是艾典史！就算在这二堂上，我们都是知情人，你也不要暴露真实身份。"

叶小天悠然颔首："大人就为这事？下官记住了。如果没别的事，下官想回去更衣沐浴，忙碌一天，有些乏了。"

孟县丞喝道："站住！就算你是真典史，难道可以在上官面前任意进退？坐下。"

王主簿抬手制止孟县丞发怒，笑眯眯地对叶小天道："艾典史，县学的生员们闹事，你出面制止是应该的。可是让他们变本加厉，摩拳擦掌的准备三日之后于山上决战，这就不好了。

"呵呵，你不必忙着否认，就算此事与你没有关系，三日后的决斗也与你有着莫大干系，你是负责本县治安的，难道能坐视他们双方真的大打出手？他们真要有个三长两短，这件事谁也吃罪不起啊。"

叶小天咳嗽一声，道："这件事，还是各位大人出面调解才合适吧。下官……其实是个什么官，你们几位也清楚，我只是负责配合官府引出刺杀朝廷命官的凶手，不是吗？"

孟县丞沉声道："你不要推卸责任。你现在就是典史，要想取信于人，你就得把自己当成真典史。这件事你不出头，瞎子都看出有问题了。"

叶小天弹了弹自己的脑袋，无奈地道："那……顾教谕调停得如何了啊？"

顾教谕冷哼一声，吹着白胡子道："那班人要是能说得通道理，还能这么混账？他们现在不但到处搜罗兵器、摩拳擦掌地准备三日之后的决斗，听说还在呼朋唤友、拉人助拳。幸好他们都不愿意让族中长辈知晓此事，要不然就不是两帮人决斗这么简单了，只怕就要变成诸部大战！"

叶小天笑道："哪有那么可怕，他们不懂事，他们的家族长辈不会也这么不懂事吧？嗯……他们瞒着家中长辈，瞒着家中长辈……有了！"

叶小天眼睛一亮，道："他们既然怕被家族长辈知道，不如咱们就派人去通知他们家族的长辈，有他们的长辈出面干涉，他们还能打得起来？"

说到这里，叶小天忽然想起了罗大亨，大亨在外边混账无比，为了逃学无所不用其极，可是在他老子面前，还不是乖得像老鼠见猫？叶小天不禁露出一丝笑意。

孟县丞冷哼道："说来容易。那些部落首领只是迫于太祖遗命，不得不把子侄派来读书，你当他们真愿意把子侄教成一群之乎者也的读书人？如果让他们知道县学里这么乱，他们以此为由趁机把子侄带回去怎么办？"

叶小天愣住了，这他倒真没有想到。在京城氛围熏陶下长大的他，自然以为"万般皆下品，唯有读书高"，可那些山中部落人的眼里，大概武功高明一些、狩猎的技巧出众一些，才是真正的杰出子弟吧。

叶小天这才知道自己想简单了，他有些挠头地想了想，问道："那该如何是好呢？"

孟县丞道："顾教谕那里自然是全力调解，如果他们还是一意孤行，到时候只好靠你去制止他们了。"

叶小天叫道："靠我？大人，你知不知道我手下那些捕快都是什么货色。"

孟县丞道："这个……我自然清楚。可不用他们又能怎么办？"

王主簿想了想，道："实在不行的话，不如从罗巡检那儿抽调些人马，如何？"

孟县丞想了想，点头道："这倒是个办法。如此，还请县尊大人下一道谕令。不过，罗巡检出不出兵还在两可之间，毕竟巡检司隶属兵部，有一定的自主之权。而且这件事让巡检司出头，理由也确实牵强了一些，他若拒绝我们也没办法。艾典史，你取了县尊大人的谕令之后，再亲自跑一趟巡检司吧，跟罗巡检好好谈一谈。"

叶小天无奈，只好应道："好吧，下官尽力而为。"

泥菩萨知县花晴风这时才算有了用场，他当场写好一道调兵谕令，加盖了知县的大印递给叶小天。此时天色已晚，叶小天要去巡检司也得明天再说，收好谕令便即告辞回去沐浴休息了。

叶小天走后，顾教谕也忧心忡忡地向三位大人告辞，二堂上一时只剩下花知县和他的"左膀右臂"了。花知县蹙眉道："此人能解决三日后黄大仙岭上之争吗？我看他根本不放在心上，只怕……"

孟县丞道："如今也没有更好的办法了，正因这件事一脚踩进去，弄不好就是一鞋底的屎，所以我们才不能沾手。反正再让他逍遥一阵，是要让他'病死'的，若真惹出大乱子，我们全都推到这个艾典史头上也就是了。"

花知县无可奈何地叹了口气，三人又随口交谈几句，孟县丞和王主簿便告辞，花知县又呆呆坐了半晌，才怏怏地转回内宅。

第四十九章

淡喜轻愁

一

　　天下任何一处县衙都有一定数量的公舍，供县里有一定品级的人员居住。这些公舍都笼统地圈在县衙范围之内，美其名曰防止公人与外人联系密切有碍司法公正。
　　实际上当官的想要跟外人有所勾连的话，那办法简直是数不胜数，一堵围墙能防住什么？只是一种变相的福利而已。
　　葫县资金虽然紧张，开衙之初朝廷还是拨过一笔款子的，当时也盖过一部分公舍，数量虽少，却也勉强够县丞、主簿及一部分高级胥吏居住。
　　孟县丞有自己的房子，不愿住公舍，他的公舍一直空着，如今就让给叶小天住了。这幢房子孟县丞看不上，但对叶小天来说，却是足够豪绰的，只是还不够资格使唤下人罢了。
　　叶小天回到住处，烧了些水沐浴更衣。他躺在浴桶里哼着小曲擦着皂角时，就听窗外有簌簌雨声，等沐浴已毕换过衣服，推门一看，果然下起了雨。房门一开，潮湿的空气扑面而来，令人神志一清。
　　院子里雨水成流，雨滴溅在水面上仿佛走珠一般此起彼落，叶小天回到房间就将那洗澡水顺势泼进了院子，任其随那雨水浊流一同流去，这才换了双草鞋，取了把伞，披起袍袂走出门去。
　　孟县丞这幢公舍距县衙后宅不远，有一道角门相连。平素当然是不通的，而且这些级别相差只有半级的官员，除了料理必要的公事时，一向秉承王不见王的原则，私下往来更不可能，所以这道角门自打官舍落成就没开过。
　　但叶小天住在这里，是不管那规矩的。叶小天叫开角门，那开门的老苍头早就认识他了，一见是他，也不多说，客客气气唤声老爷，便又锁了角门，打着伞回耳房去了。叶小天则转到廊下，收了伞往柱边一放，举步便向前走去。
　　行不多远，转过一处假山，就到了水舞和乐遥她们的住处。这里已是县衙最深一进的小院落。这层院落和知县夫妇所居的院落还有一道高墙相隔，中间有一个狭长的空间，是后宅里侍候的下人们的居所。

叶小天自回廊下走去，一眼就看见薛水舞和乐遥正在看雨。她们坐在门槛上，水舞双手撑在膝盖上托着粉腮，一旁粉妆玉琢的乐遥也是一模一样的姿势。不同的是大美人这般举动透着一种恬静优美，静谧如春湖；而小丫头这般姿态，却是叫人从心底里觉得可爱。

这么高难度的动作，对熊猫福娃来说是做不来的，不过它也坐在门槛上。虽说它年纪还小，可那肥臀一坐，一个门槛也独占了三分之一。它两只前爪捧着个竹笋，低头大嚼，大概对看雨出神一类的把戏没啥兴趣。

叶小天脚步一响，耳目灵敏的福娃第一个发现。叶小天这两天忙着带人办理各种案子，尤其是昨天去施府问案勘察回来得太晚，并没有过来探望他们。如今一见叶小天，福娃大喜。

福娃把半截竹笋一丢，发出一声婴儿般的叫声，便四肢着地，向叶小天欢乐地扑了过来，叶小天没想到它那么肥硕笨拙的身子，动作竟然这样迅速，一个措手不及，就被福娃的野蛮冲撞给撞倒了。

"哎哎哎……哎呀……"

福娃可没感觉这有何不对，跳到叶小天身上，狠狠地蹾了两下，便伸出大舌头像小狗狗似的要去舔叶小天。

"放手……走开……压死人了，救命啊……"

叶小天在福娃身下凄惨地叫着，福娃在叶小天身上正其乐无穷地蹦着，屁股上挨了乐遥一巴掌："起来！笨福娃，你压痛小天哥哥啦。"

福娃莫名其妙地从叶小天身上跳下来，乐遥和水舞忙把叶小天扶起来，叶小天哼哼唧唧地道："福娃这是怎么了，平时也没见它这么能折腾啊。"

水舞忍着笑道："太想你了吧，这几天它老看着院子里养的那只大黄和看角门的鲁老爹这么亲热，大概也想有样学样，给你一些惊喜。"

叶小天在门槛上坐下，苦笑道："真是惊喜，幸亏它还不大，再大一些，在我身上这么一蹦，我的肋骨就得被它踩折了。"

乐遥在叶小天身边乖乖坐下，问道："小天哥哥，你这两天在忙什么呢，都不见你来看我，遥遥想你了。"

叶小天她鼻头上刮了一下，笑道："哥哥也想你呀。不过这两天事情多了一些，没办法天天来看你。"

水舞在叶小天另一边坐下，低声问："找到离开的办法了吗？"

叶小天打算挂印逃走的想法，只有水舞知道，遥遥还不懂事，为了怕她不小心说漏嘴，两人连她都没有讲。

叶小天也压低了声音，道："我整天到处跑，固然是得应付差事，也是为了熟悉这葫县的内外路径。放心吧，再有几天，我就能全熟悉了，只是现在他们对我的监视还是没有放松，再撑些日子，等他们放松警惕再说。"

福娃学着大黄在主人面前撒欢的样子，两条后腿一蹦一蹦的，可惜尾巴太短，没法摇来摇去。叶小天坐在门槛上，也不给它绕着主人转圈卖萌的机会，它见男主人只顾陪着女主人说话，根本不看它的表演，只得泄气地走过来，屁股一扭，在门槛上挤坐下来，然后捡起它的竹笋……

福娃这一坐，原本坐在门槛上的三个人就挤了些，遥遥还是小孩子，没觉得有什么不妥，叶小天和水舞挨得太近了，不由产生了一种异样的感觉。一点点小小的接触，都让他情思荡漾。

叶小天能嗅到水舞身上好闻的味道，偶尔挪动一下身子，大腿能碰到她的膝头，风起时她的发丝会撩到他的脸。于是，他的脸痒痒的，心也痒痒的，就像眼前屋檐下砸落的水滴，朵朵绽开。

每个人都有人生的第一次青春萌动，不管他后来如何阅尽世间百态、心如止水，在他情愫初萌时都是一样的。男人永远不会明白女子初恋时节究竟是怎样一种心境，正如女人们也永远不会明白一个男孩那时的心情。

那时的男人，就像手里捧着一只人参果的二师兄，还没吃就已满心欢喜，吃下去还是满心欢喜，只是不管吃与没吃，其实都没辨出情的滋味。知道它的好，却不知它如何好，人生只此一次。

水舞似乎有些不自在，有些事，别人明明没做，你也能感觉得到，这种此时无声胜有声的意境，最容易出现在情事之中。

她不自然地抬起手，轻轻掠了掠鬓边的发丝，低声道："你给家里报信了？"

叶小天道："嗯！通过驿站送了封信回去。呵呵，眼下这个身份却也不是全无好处，至少那驿卒连一个大子儿都不敢收。"

遥遥好奇地问道："小天哥哥，你家是什么样子的啊？"

叶小天听着哗哗的雨声，眼神似乎渐渐穿过了那白茫茫的雨雾，悠悠地道："我家，住在京城宣武街西的曲子胡同，那一带又被称为刑部街，因为刑部就设在那附近，许多在刑部做事的人也住在那一片。

"我家一进去，先是一条狭长的巷道，巷道左右是两户人家，一户是刽子手，一户是仵作，都是祖祖辈辈从事这一行当的，穿过巷道，就是一个小院，那就是我的家……"

遥遥托着下巴，一脸迷茫，她想象不出北方的四合院究竟是个什么模样。而叶小天同她说话的时候，一双眼睛却不时从水舞身上瞄过。

叶小天喜欢看她优美的颈项微昂时露出的那截粉嫩细致的肌肤，喜欢看她着小衫短袄时优美的曲线，纤细的腰肢尤其衬托了曼妙的身姿，哪怕是隔着一袭浅青色的衣衫，叶小天也能想象得出是何等的诱惑。

两个人就这么坐着，叶小天甚至能感觉得到她身体散发出的温度，一丝丝地透过那潮湿的空气，传递到自己身上。

薛水舞并非没有丝毫察觉，尽管没有扭头去看，但她能够感觉到叶小天仿佛雄狮巡视它的领地时那种占有的欲望与霸道，可她只能装作不知道，于是，她的心越跳越快，脸蛋也越来越红。

爱情，真是一种奇妙的玩意儿。

叶小天也学水舞和乐遥一样托起了下巴看雨，心底里悄悄地说：我的媳妇，真好看！

县衙后宅里，一幢红色的小楼，窗子用竹竿撑着，雨水打在窗外的芭蕉叶上，"噗噗"的响声传进房来，叫人听着有种意兴萧然的感觉。县太爷花晴风就坐在窗前，听着雨声，一脸落寞。

苏雅穿着一身小衣，侧身坐在榻边，腰肢轻扭。她叠好几件衣服，抬头看看枯坐窗边听雨的丈夫，悠悠一声叹息，轻声道："叫八哥给你做点吃的吧，你中午又没吃东西。"

八哥是花晴风上任时，从中原带来的厨子，他吃不惯本地的饭菜，一向只吃八哥做的食物。

花晴风轻轻摇了摇头，苦笑一声道："现在有那个叶小天顶缸，去职之危想来是解了。可是不能去职，就依然要在这葫县做下去。孟县丞和王主簿这两个坐地户是那么好相与的？走也愁，留也愁，何时是尽头啊……"

第五十章

真正的官

一

这场雨先急后缓，淅淅沥沥地下了一夜。早晨，云收雨住，绚烂的阳光在半山腰处挂上了两弯美丽的彩虹，交叉着就像一道七彩的拱桥。

叶小天收拾停当，去前街的小吃店随便凑合了一口，就和苏循天、李云聪两人揣着花知县的谕令去见罗巡检。叶小天没有直接去巡检司，而是在半路买了几包点心，去了罗小叶的母亲叶大娘的住处。

叶小天此前因为不肯冒充艾典史而被孟县丞等人逼得走投无路时都没有去过叶大娘家，因为叶大娘的儿子罗小叶也是当初县衙二堂里同意由他冒充艾典史的官员之一。

叶小天对叶大娘虽有援手之恩，却不足以因此就让罗巡检为了他同整个葫县的官僚集团作对。如此一来，提前揭开这层关系就不会产生任何价值。

如今他已答应冒充艾枫，和罗巡检就没有任何利益冲突了。在一定程度上，罗巡检还要积极配合他才能确保自己的利益，这种情况下说破这层关系，才是最恰当的时机。叶小天希望和罗巡检保持良好关系，为他逃离葫县创造最好的条件。

从某种意义上来说，叶小天这个冒牌货并不是真正任人摆布的傀儡，这一点他比花知县都要强。

对于花晴风，孟县丞和王主簿一直保持着绝对的警惕，不容许他染指任何一件事，因为他这个正印官一旦突破周围的阻力直接接触到下边，很快就能建立他的班底，继而同孟县丞和王主簿争权。

而叶小天这个假典史没有这个威胁，所以他们可以放心把统领葫县捕快和民壮的权力下放给叶小天。孟县丞等人需要掩饰他的真正身份，所以在那些胥吏从属、葫县百姓眼中，他就是真正的典史。这种情况下，他当然可以掌握相当大的权力，而这为他逃走创造了更多的有利条件。

是的，叶小天从答应冒充典史那天起就一直在打着暂时屈服、伺机逃走的算盘，除了那种隐隐的危机感之外，还因为他没有更大的野心。

秦始皇巡幸天下时，观其仪仗威风，楚国贵族项羽就说："彼可取而代也。"而小亭长的刘邦就只能感叹："大丈夫当如是也。"身份地位起点不同，对未来的路所能做出的想象也就不同。

对于明知不可能冒充艾典史到底的叶小天来说，留在葫县早晚是个大麻烦，能顺利地逃出去，征服水舞的心，征服水舞爹娘的嘴，顺利带着美娇娘回京，就是这个社会底层身份的他最大的理想和野心了。

因此，今天拜访罗巡检，固然是与他现在所担任的差事有关，他也想趁此和罗巡检攀攀交情。巡检司专设于关津要道，稽查往来行人、打击走私、缉捕盗贼。和罗小叶接触多些，纵然罗小叶不会帮他逃走，从罗小叶这里多了解些巡检司设卡布防的消息也是好的。

叶大娘见叶小天到访很是惊喜。不过叶小天上一次出现的时候还是一个前往铜仁的过路客，这次却摇身一变成了本县典史，解说起来十分麻烦，叶小天干脆就以众所周知的那个"微服私访"的理由当成自己的解释了。

叶大娘听说叶小天是本县典史，和自己的儿子是同僚，心里更是欢喜，连忙让邻居家一个半大小子跑了一趟巡检司，把儿子唤回来，又张罗酒菜款待客人。

罗小叶回家一看，见是"艾典史"来了，心中有些惊奇，待母亲说明叶小天就是那天在混战之中护送她回家的人，罗小叶对叶小天的态度不免亲热了几分。

不过，酒席上，听叶小天说明来意，罗小叶还是皱起了眉头。他沉吟半晌，方道："艾典史，你初来乍到，不知本地情形。那些部落间的事，我们还是不宜掺和过多得好，尤其是那些土司老爷们的子侄，身份更加敏感。

"不瞒你说，虽然他们也都是我大明治下之民，可是不纳税、不服徭役，就算是在法律上，他们也有自己的一套规矩。土司犯罪是可以依照'土俗'赎罪的，就是杀了人，赔笔钱都可以了事。

"他们之间发生争端时以武力解决，也是他们千百年延续下来的习俗，如果有一方被杀，他的家族来日再去寻仇就是，向来不需要朝廷出面干预。巡检司出兵于理不合啊，一个不慎，还会给自己惹来莫大的麻烦。"

虽然叶小天已经开始尝试理解此地与中原地区的不同，但是听着这些事情，生于天子脚下的叶小天依旧觉得有些不可思议。

他想了想，道："罗大哥说得也是道理，可眼下的问题是，他们这场争端是因为顾教谕讲礼而起，这些部族首领们的子侄又有一个县学生员的身份，如果他们在这里争斗起来，一旦有个什么三长两短，他们的家族部落会不会趁机刁难朝廷，提些非分要求呢？如果那样，事就闹大了。"

"呵呵……"

罗小叶淡淡一笑，道："你呀，叫你来找我，应该是孟县丞、王主簿他们二人的主意吧？你就不想想，这事既然后果如此严重，他们为什么还要置身事外，授意你来找我呢？"

叶小天缓缓地道："他们授意我来找你，当然有他们的如意算盘，我们若能成功阻止学子们斗殴，他们身为顶头上司，论功自然少不了一份功劳。如果我们调解失败酿出大乱子，他们就可以推卸责任。"

罗小叶有些意外地看了叶小天一眼，他还以为叶小天不明白这背后的道理呢。罗小叶道："既然如此，你又何必热衷此事，又何必拉我下水？袖手不理，顺其自然，不好吗？"

如果叶小天是真的艾典史，职责所在，罗小叶就不会这么说了，但叶小天是冒名顶替，对此不予理会也不算玩忽职守，所以叶小天明知被人利用，还要来找他，甚至搭上私人交情，罗小叶就有些猜度不透了。

叶小天的语速很慢，但是神情很认真道："罗大哥，我不想理会背后那些乱七八糟的理由。说实话，其实我一直就是在混的，邻县血案的大盗是否流窜到我县了？关我什么事！施员外是情杀还是仇杀，凶手是谁？能抓到最好，抓不到我才懒得用心。

"从官面上来说，我这个官是怎么回事，你最清楚不过，得过且过，我理直气壮。从私人方面来说，我和他们一不沾亲二不带故的，我也懒得拿出十二分的精神来帮他们抓凶手。

"可是黄大仙岭上这场决战不同！它还没发生呢。已经发生的事，我可以不去理会它们的后事，还没有发生的事，如果我也置若罔闻，坐视它发生，那我就是帮凶，那就有点说不过去了，和谁说不过去呢？"

叶小天轻轻地拍了拍自己的胸口："和这儿！"

罗小叶用奇异的目光看着他，仿佛才认识他似的。

叶小天笑了笑，说道："我觉得吧，就算是当一天和尚撞一天钟，我也得撞上几下不是？那些王八蛋怎么打算的，我不管。他们有私心，但我看得出，他们是真心不想让那些部落首领们的子侄在葫县出事。那么他们指点我来找罗大哥你，就一定是因为在这件事上罗大哥你一定比他们有办法。所以，我来了！"

罗小叶没有说话，他沉默良久，提起酒壶，为自己轻轻注满一杯，端起杯来一饮而尽，然后撷了一筷子猪耳朵，嘎吱嘎吱地嚼起来。一时间，房中一片静谧，同桌陪酒的李云聪和苏循天也都用一种带些异样的眼光看着叶小天，这个不是官的官，今天给他们这些浑浑噩噩的真官吏带来了不小的心灵震撼。

过了好一阵，盘膝坐在上首，一直只是喝着小酒，笑眯眯听他们说话的叶大娘开口了："小叶啊，娘是个妇道人家，你们哥儿俩在说些啥，娘不懂。娘不懂官道上那些弯弯绕绕的事，娘就听着，好像是那些土司老爷们家的小少爷们闹别扭、打群架，是吧？

"说起来，在这儿当官的都怕他们，连朝廷都不愿轻易招惹他们，可咱们罗家，还真不怎么怵他们。虽说依照祖训，咱们屯军一向不与当地部落的人通婚，为的是保证朝廷的刀把子兵始终要攥在咱们汉人手里，才能一心为朝廷守疆卫土，可咱们毕竟在这儿生活那么多年了，也不要总把自己当外人。

"太祖年间咱们就在这儿定居了，咱们是南京人不假，这一点永远也不能忘，咱得记住祖宗是从哪儿来的。可也不要忘了，咱们同样算是这葫岭的人，都在这儿落地生根好几辈了。

"咱们这些屯军后代子孙，还要在这儿一代代生存下去的，你就是这些屯军的头儿，你要是凡事置身事外，那些土司老爷们会把咱们放在心上？那咱们罗家的子孙后代还不得受人欺负？

"人家是怎么称呼你的，山中部落的那些首领叫土司，你可是叫土官。为啥带一个土字？就因为你是在这儿土生土长、世袭罔替的官！你这孩子老实，可太老实了就难免受欺。你们巡检司那边的事儿娘不是一点不知道，只是从没问过你……"

罗小叶的身子猛地一颤，失声道："娘……"

叶大娘打断了他的话："你也老大不小的人了，还是屯军的头儿，娘一个妇道人家，本来就帮不了你什么，如果还硬要替你出头，还不叫人笑话？不谈这个了，你自己合计着办，你要是一直没出息，那就早点给我老婆子再生个带种的孙子。"

罗小叶面红耳赤。叶大娘端起一杯烈酒，一口干了，语气重重地道："凡事你总不出头，总有一天，再没有任何人指望你会出头，到那时，你就是想出头也没机会了。这一次，帮你兄弟一把，也帮帮你自己吧，啊？"

罗小叶低头沉吟良久，狠狠地灌了一杯酒，霍然抬起头来，红着眼睛对叶小天道："明天，咱们黄大仙岭上见！"

第五十一章

冤家路窄

一

罗小叶作为当日县衙二堂在座的官员之一,很清楚叶小天这个"替代品"在利用价值耗尽后,就是他一命呜呼的时候,因为这层缘由,罗小叶自然没有笼络或结交叶小天的意思。

但这并不妨碍两人暂时的亲密,再加上叶大娘极力撮合,两人在席间俨然就是一对异姓兄弟。这种情况下,叶小天的酒自然不会少喝,何况还有一个酒量如海的叶大娘一直在劝酒。

叶小天怎么也不会想到这位叶大娘竟然是一位"酒国"英雄,杯来酒干,豪爽无比。不过叶小天离开的时候虽然微有醺意,醉得却并不厉害,真正酩酊大醉的是苏循天。

这位仁兄名声不好,号称酒色财气无所不沾,可怜他只喝了区区三钱小酒,就脸红如猪肝、鼻息咻咻、神志不清了。叶小天看着面条似的倚在李云聪身上的苏循天,不免恶意地想:他号称酒色财气,酒量居然如此之浅,却不知在'色'上又是一副什么光景?

李云聪拉长着一张脸,不耐烦地扶着醉得东倒西歪的苏循天,累得满头大汗。叶小天见此情景便道:"李典吏,你扶苏班头回去休息吧,我随便逛逛,再到衙里去瞧瞧。"

叶小天有两个"胞妹"押在县衙做人质,孟县丞和王主簿已经放松了对叶小天的监视,可李云聪大概是上次被叶小天掌掴之后已经恨极了他,唯恐他为逃命连亲人也能抛弃,是以如条老狗般盯着他,从无一刻放松。

叶小天让他扶苏循天先回去,他却不肯,宁可拖死狗一般拖着苏循天,也不愿先走一步。见他这般模样,叶小天也懒得理他,只管负了双手,悠闲地走在前面。

叶小天一路走去,有意拖着李云聪走冤枉路,暗中则记下一些方便藏人与隐遁的街巷胡同。他东张西望的，刚从一条小巷抽回视线，就见眼前站定一人，一袭苗装，周身银饰，明艳照人。

叶小天心中突地一颤，下意识地就想逃走，可是一对上那双明亮中带着怒意与兴奋的眼睛，他就像被一只猫戏谑地盯住的老鼠，有点儿麻爪，逃不动了。

展凝儿似笑非笑地看着他，咬牙切齿地道："叶小天？艾典史？为情私奔的家仆、相公堂子里的兔儿爷、偷东西的小贼、浪迹江湖的骗子，你这只妖精，还不现出原形？"

一直粘着叶小天不肯离开的李云聪见此光景，马上把苏循天往自己肩上一搭，调转身形飞也似的离去，苏循天酒醉，脚尖直勾勾地，硬是在地上犁出两道长痕。李云聪逃出好远，才很仗义地抛下一句话："典史大人，我送苏班头回去。"

展凝儿冷笑着一步步逼近，旁边还有两个苗家大汉按着腰刀冷冷监视，叶小天不敢逃走，只能一步步后退，冷汗直冒地解释："姑娘，你认错人啦！"

"认错人？我会认错人？"展凝儿冷笑道："难道你想告诉我，在晃县骗我的那个人，在蟾宫苑骗我的那个人，其实都不是你？"

叶小天马上点头："对啊对啊，那个人真的不是我。其实呢，我不是我，我是我大哥，我大哥才是我。骗你的是我大哥，并不是我！你不懂是吧？不懂没关系，我可以慢慢跟你解释，这涉及双胞胎的问题，稍稍深奥了些……"

展凝儿听他满口胡说八道，心中气极，粉拳一攥便扬在空中。可是还不等她打下去，叶小天已经怪叫一声，迅捷无比地蹲到了地上，双手抱头护住后脑，以臂肘夹住双耳，护住面门，同时借下蹲双膝蜷曲的动作护住了胸腹要害。

叶小天自幼在天牢中待着，是以懂得这最大限度在殴打中保护重要器官的动作。展凝儿可不知他出身，一瞧这厮摆出一个不揍他简直就是伤天害理的标准肉沙包动作，心道：果然是个老贼，一看就是被人打惯了的。

叶小天抱头蹲在地上，大叫道："你不能打我，我是官，我是朝廷命官啊。"

"官？官在哪儿？"展凝儿顺手一指一个过路大汉，问道："喂，你看到官了吗？"

那大汉一看这架势，马上变了脸色，机智地答道："什么官？俺没看见过什么官，姑娘你不要和我开玩笑！"说罢迈开大步，噌噌地逃离了这个是非场。

展凝儿嗤笑一声，伸手一指从巷口刚转出来的一个人，凶巴巴地喝道："戴草帽的，问你呢，你看见官了吗"

那人背一口胡琴，戴一顶草帽，手里拄着一根竹杖，很不高兴地道："姑娘，戏弄我一个瞎子很有趣吗？什么观啊庙的，我连路都看不见，你还问我什么观！"

展凝儿吐了吐舌头，点头哈腰："对不住啊大叔，我跟你开玩笑的，嘻嘻……"

叶小天看见这般光景，有些忍俊不禁，但展凝儿一转头，他马上又抱紧脑袋道："姑娘，就算我骗了你，你也没什么损失嘛，好歹我也是个朝廷命官，你不给我面子，也得给万历爷一点面子不是？不打我，成不成？"

"成！"展凝儿晃了晃拳头："看在万历皇帝的面上，我不打你，我践踏你！"

展凝儿一提裙裾，抬起脚来……

"凝儿姑娘！"

一道福音从天而降，那是徐伯夷的声音。

刚刚提起裙子，咬牙切齿地正要踢下去的展凝儿突然定住，她慢慢放下脚，松开裙袂，优雅地转过身，脸上已经奇迹般地换了一副温柔、羞涩的笑容："呀！徐公子，你怎么在这里？"

展凝儿说着，就优雅斯文、袅袅娜娜地向徐伯夷走去，笑不露齿、行不摆裙，霸王龙居然摇身一变成了小白鸽。

展凝儿的神奇变化看在叶小天眼中，心头一阵恶寒，再看看正一脸温暖笑意看着展凝儿的徐伯夷，心道：凶女人，活该你被人骗。我就不告诉你，等你失财又失身，呼天抢地、寻死觅活的时候，我会很开心的，哈哈……

叶小天想象着展凝儿一把鼻涕一把泪的模样，心中暗爽，一边暗爽，一边偷偷贴着墙角溜走。展凝儿用眼角余光早就瞄到了他的举动，可是这时正在扮小淑女，也只能任他离开了。

展凝儿甜甜一笑，愈加淑女地对徐伯夷道："徐公子，你不是回山里探望父母高堂去了吗？这么快就回来了呀……"

叶小天也顾不上听他们说些什么，他贴着墙边溜到巷口，悄悄一看展凝儿根本没注意他，立即钻进了巷子。一进巷子，叶小天就贴着墙根站定，轻拍胸口，庆幸地道："冤家路窄，怎么就遇到她了呢，一定是出门没看皇历……"

叶小天话音未落，一只大脚就踩到了他的头上。叶小天"哎哟"一声，急忙往旁一闪，就听"扑通"一声，一个肥硕的身子四仰八叉地摔在地上。叶小天一眼看清这人，顿时愕然："大亨，怎么是你？"

"大哥？"

罗大亨正哼哼唧唧地揉着屁股，忽然见是叶小天，马上欢喜地从地上爬起来，开心地道："果然是有缘出墙来相见啊，大哥你怎么在这里？"

叶小天："你这是从哪儿爬出来的，这么狼狈，做什么了？"

罗大亨埋怨道："大哥，我爹整天当我是贼一般看着，你不要学他好不好，我还能从哪儿爬出来，我从我家爬出来呀。"

"你家？"叶小天不高兴道："我说大亨，难怪你爹说你一屁俩谎，你家我又不是没去过，你家什么时候搬到这儿来了？"

罗大亨伸手画了个圈，急道："我没撒谎，这墙里头是我家马厩，我家马厩难道不叫我家，这一片都是我家啊。"

叶小天："……"

罗大亨道："大哥，你怎么了？"

叶小天："哦！是我少见多怪，不提这个了。咳，你从你家……翻墙出来，为什么？"

罗大亨登时变了脸色，道："此事说来话长，此地不宜久留，咱们先离开再说。"

对于"此地不宜久留"这句话，叶小天非常赞同，马上从善如流，道："好，咱们先离开！"

罗大亨掉头就想往巷外跑，叶小天一把拉住他，道："快，这边！"

罗大亨也是个没主意的，马上跟着叶小天沿着狭长的小巷往另一头跑。罗大亨跑得上气不接下气地问道："大……大哥啊，咱们刚才……就在路口，为……啥……往这边跑……啊……"

叶小天只有罗大亨一半的体重，跑得倒是轻松愉快，顺口答道："这你还不懂？这叫反其道而行之，如果有人追你，决不会想到你从那边爬出来，却往这边逃走。"

罗大亨喜道："对啊！还是大……哥聪明，智……比……诸葛……"

叶小天谦虚道："还好，只是比你年长几岁，阅历丰富些……"

叶小天冲出小巷，顺势往右一拐，只跑出三五步，就见一人正从门里走出来。叶小天一见此人，马上一个急刹车，堪堪站住脚步。

罗大亨跟在叶小天的后面，低头狂奔，叶小天猛然站住，他根本刹不住脚步，肥硕魁梧的身子撞上去，一头就把叶小飞撞飞了，然后目瞪口呆地惊道："爹？"

洪员外领着几个家丁，怒气冲冲地站在路上，瞧那架势，好像正要出门，估计就是去抓罗大亨的。一见罗大亨，洪百川立即咆哮道："小畜生，有本事你跑出去再也别回来啊！怎么这么快就回来了？"

大亨挠了挠头，突然恍然大悟，道："啊！我明白了！"

洪百川一呆，奇道："你明白什么了？"

大亨憨笑道："刚才我就觉得有点不大对劲，跑啊跑的，一时也想不起究竟哪里不对劲，如今看到爹我才明白过来，原来我是跑回自己家门口了……"

第五十二章

父子情怀

一

洪员外听了这混账儿子的混账话,一时间气得脸皮子发紫,嘴唇颤抖,脑出血症状再度凸显。他颤抖了半天,才哆哆嗦嗦地道:"你……你给我过来。"

叶小天被大亨撞飞出去,艰难地从地上爬起来,心中大恨:你自己不说,我仓皇之间哪还记得你家大门冲哪儿开?

大亨像个做错事的孩子,一步一蹭地挪到洪员外身边,这时叶小天也爬起来,向他们走过来。洪员外一把扭住儿子的耳朵,大喝道:"你这孽畜,闯下弥天大祸,不好好闭门思过,居然还敢私自外出。"

叶小天心道:噫!这句话听着好耳熟,好像在哪里听过?是了,水舞给遥遥讲西游,那些佛陀大菩萨们每次从悟空棒下包庇自家妖精时,说的好像都是这句话。

叶小天刚想到这里,洪员外已经扭着大亨的耳朵,对叶小天和气地道:"犬子顽劣,以致酿下大祸,老夫这就带他回去严加管教,给典史大人平添了许多麻烦,还望典史大人恕罪。"

叶小天心道:果然,洪员外与那些明着教训实则包庇的佛陀大菩萨一个心思。

叶小天忙道:"洪员外不要误会,本官不是来寻令公子晦气的,实不相瞒,本官与令公子性情相投,呃……已然结拜了兄弟。"

洪百川瞪大眼睛,眼珠子都快掉到地上了,吃惊地道:"艾典史,你开什么玩笑,你……你和这顽劣不堪的小畜生……结拜……兄弟?"

罗大亨歪着头,被老子揪着耳朵大声道:"是啊爹,艾典史正是孩儿的结拜大哥。爹,你快放手,让我大哥看见我这副样子多不好意思。"

洪百川的腮肉急剧地抽搐了两下,无论如何也想象不出自己这个每天都能把他气得三尸暴跳的混球儿子,怎么就能和县衙四把手做了结拜兄弟,洪百川的脑子一片混乱,已经彻底失去了思考能力。

叶小天生怕他问起两人结拜的详情，连忙问道："员外方才说，我这贤弟闯了弥天大祸，却不知他做了什么？"

洪百川看着他，奇怪地道："典史大人难道不知道明日黄大仙岭上县学两派生员之间的大决斗？"

"啊！原来员外指的是这件事。"

叶小天不觉有些心虚，虽说这事是罗大亨犯浑，可真要追根溯源，跟他还有莫大的关系呢，当初如果不是他让罗大亨想办法制止生员殴斗，哪有明日的黄仙岭大决战。

叶小天忙道："这件事我自然是清楚的。说起来，也不怪大亨，那些学生着实顽劣，就算没有大亨那句话，他们早晚也会闹出大乱子来。"

洪百川叹了口气，道："典史大人，他们哪怕闹得天翻地覆，只要与我家没有干系，老夫也懒得理会。可这事偏偏因大亨而起，老夫就不能不担心了。老夫想让这小子闭门思过，谁知他就翻墙逃了出去……"

罗大亨摇头道："爹，做人要讲信义的。孩儿那天当众说过，要去当公证人，如果我到时不出现，岂非食言而肥？"

洪百川似乎一碰上他儿子就控制不住自己的情绪，立即暴跳道："你给我闭嘴！你这个小畜生，真要活活气死你爹啊！你食言而肥？你食言而肥？你现在就够肥的了！"

罗大亨悻悻地闭上了嘴巴。

叶小天拉长着脸，对洪百川道："洪员外，我和令公子既然结拜了兄弟，那就该称您一声伯父了。您也不要叫我典史大人了，叫我……小天就好，呵呵，这是我的乳名。另外呢，您也不要口口声声地孽畜啊、小畜生啊什么的，好歹我是大亨的结义兄弟，他是孽畜，那我成什么了？"

罗大亨占了道理，马上理直气壮地道："对啊，爹，我是你儿子，你骂我，我没话说。可我大哥可是县衙的典史官，你骂人家，就太不讲道理了。"

洪百川的身子猛地晃了晃，似乎要气到昏倒。他气呼呼地喘了两口大气，一种悲哀的情绪突然笼罩了全身，有些凄凉地对叶小天道："你看看我这儿子，老夫英雄一生，赤手空拳打下偌大家业，原本也没指望他能有多大出息，只要能好好守着这份家业安分度日足矣。谁知他……"

叶小天想起自己幼时受过惊吓，以致变得怯懦异常的大哥心有戚戚，他上前安慰道："伯父不要伤心，大亨呢，确实有些没心机，可他还小嘛，身子虽然长开，心智还未成熟。再者说，他性情憨厚，纵然不能满足伯父的期望，总好过那些纨绔子、二世祖啊。"

洪百川叹了口气，无奈地道："老夫如今也只好这么安慰自己了。不瞒你说，黄大仙岭生员对决一事，是顾教谕来跟我说的，老夫这才知道他又闯了祸。而且老夫问过顾教谕，大亨他在县学……"

"罢了，他不是那块料，老夫也不想逼着他上学了。老夫本来答应过他那去世的母亲，一心想把他培养成读书人的，唉！不提这些了，以后叫他跟我学做生意就是。明日黄大仙岭之事……"

罗大亨听说一直很顽固的老爹终于不再逼他上学，不禁眉开眼笑，但是一听他提到黄大仙岭，马上道："我要去！爹，做人要言而有信，做事要有始有终！不管今后怎样，明天我是一定要去黄大仙岭的。"

洪百川苦笑着对叶小天道："你看看，换了谁摊上这么一个宝贝儿子，能够不被他气死，就算是烧了高香了。"

叶小天道："明日之事，大亨还真不好不去。他是公证人，去了也不参与双方争斗，不会有什么危险。如果他不去，那些生员也不是白痴，不管明日之事如何了结，事后总免不了要来寻他晦气。"

洪百川挺起胸膛，大声道："老夫自然晓得他们都是未蒙教化、桀骜不驯之辈，可他们再嚣张，也不至于闯到我家来杀人越货吧？老夫不让儿子再去县学读书，以后避着他们些就是了。"

叶小天道："他们就是这里土生土长的人，早晚要继承附近山中各个部落的首领之职。洪员外家也在这里，一味逃避算是办法吗？员外你疼爱儿子固然没错，可你现在能为他遮风避雨，能永远为他遮挡一切吗？他总要长大成人，独自面对这一切的。"

洪百川沉默良久，喟然道："我何尝不明白这些道理，只是为人父母的，总是……罢了，那就让大亨去吧，我相信典史大人不会坐视那些生员真的大打出手，酿出血案的。"

其实叶小天又哪有什么把握了，他对这些生员了解有限，其余种种都是从别人那里道听途说而来。他相信那些生员既然没有生死大仇，纵然是受人戏辱，也不至于必欲致对方于死地才甘心。明日那场闹剧，恐怕是年轻人不肯服输的心态作祟，到时他带了捕快、民壮们上山，又有罗巡检调巡检司官兵助阵，怎也不致扩大事态。

想到这里，叶小天便道："伯父放心，大亨不会有事的。"

罗大亨揉着耳朵，喜滋滋地道："爹，我真的不用再去上学了啊？"

洪百川方才万念俱灰，这才说下不让大亨继续求学的话，可是话一说完，他就后悔了。当初他可是亲口答应大亨他娘，不让大亨再走爹娘的老路，只做个本本分分的普通人，读书考学、太平一世的。

可儿子真不是那块料啊，他这当爹的该想的法子都想了，该做的努力都做了，儿子就是对读书没兴趣,他这个当爹的又能怎么办?想到大亨他娘,洪百川便是心中恸切,眼睛不觉湿润了。

当初,他和大亨他娘一见钟情,恩爱甚笃。可是直到两人有了大亨,都没得到大亨他姥爷的承认,大亨他姥爷甚至派了人来把他们抓回去,要当众杀了他,离散他们夫妻。

当时大亨他娘已身怀六甲,她硬是在自己的亲生父亲面前以拳捶腹,以一尸两命的决绝相抗争,这才逼得老人松口,愤然放他们离开,从此父女绝情,再不相见。

大亨这孩子如此顽劣,性情又如此憨傻,或许就是那时落下的病根,别看洪百川整天和儿子跟仇人似的,其实对儿子不知有多怜惜宠爱。大亨他娘的临终遗嘱,洪百川更是尽心竭力,誓欲完成。

可是儿子他……

大亨满怀希冀地看着父亲,洪百川看到儿子期待满满的目光,心中忽地一软,暗道:孩子他娘希望大亨太平一世,安安分分,可那……也不一定要读书识字、诗书传家吧,他既然对读书毫无兴趣,不如让他弃书从商如何?

大亨眼巴巴地看着洪百川,央求道:"爹……"

洪百川叹了口气,道:"罢了!明日,你先随你义兄往黄大仙岭,了结了那桩混账事。回来之后,为父会交代你一桩买卖,如果你能圆满完成,从此便不用读书,安心经商便是!"

第五十三章

黄大仙岭

一

次日一早，叶小天走出住处，正想照惯例到前街小吃店去用早餐，不料一开门，就见知县花晴风、县丞孟庆唯、主簿王宁、教谕顾清歌、训导黄炫、巡检司罗小叶、吏典李云聪等人正候在门前，倒把叶小天弄得一愣。

看见叶小天的打扮，肃立于外的花晴风等人也是一愣，就见叶小天不知从哪里弄来一袭青衫，头戴公子巾，风度翩翩，手中还持竹骨折扇一柄，竟是一副读书人打扮。

花晴风讶然道："艾典史，你这般模样，所为何来？"

叶小天道："啊！我想，如果以典史面目登山，那班桀骜不驯的学生必然心生反感。不管怎么说，他们也算是读书人，我做这样的打扮，比较容易得到他们认同，和他们好沟通一些。另外，也可彰显朝廷仁义之师，先礼后兵之意。"

叶小天"哗"的一声打开折扇，风骚地摇了两下，问道："如何？"

花晴风咳嗽一声道："不错不错，艾典史很用心。这个……今日艾典史就要登黄大仙岭，处置本县生员聚众斗殴一事了。本县及孟县丞、王主簿和各位同僚，都很重视此事，一大早大家就赶来，备下酒宴，预祝艾典史马到功成，顺利解决这桩麻烦。艾典史，请！"

叶小天愣道："大清早的就喝酒？"

孟县丞道："只为讨个好彩头，早啊晚的倒不打紧。"

王主簿道："孟县丞说得对，艾典史，咱们快点走吧，不要让各位大人久等。"

叶小天道："好好好，咱们这就……咦？苏班头呢？"

花晴风轻轻咳嗽一声，淡淡地道："循天昨日宿醉，迄今未醒，本县叫他在家歇着了。"

叶小天心道：这人酒量实在……区区三钱酒，一直醉到现在？

转眼看到李云聪一脸苦相，叶小天心头不由一动，暗道：什么宿醉未醒，花知县怕是担心岭上危险，存心庇护自己小舅子吧。

因为县衙里事先打了招呼，所以县衙对面不远的那家太白居大酒楼一大早就开业了，众官员前呼后拥登上太白楼，觥筹交错，纷纷敬酒，过了一个多时辰，捕快和民壮都已集合完毕候在楼下，叶小天这才向大家举杯告辞，移步下楼。

叶小天领着三十名捕快、五十名民壮独行，罗小叶则自去点一百名巡检司官兵另行上山暗中策应。叶小天走到长街尽头时回头望了一眼，就见花知县、孟县丞、王主簿他们还站在楼头，遥遥相望。

叶小天向他们招了招手，心道：这是预祝我马到成功吗？怎么总有一种风萧萧兮易水寒的感觉？

太白居楼上，花晴风和孟庆唯、王宁伫立在那儿，眼看着叶小天越走越远，王主簿突然道："你说他会不会死在山上？"

花知县眉心跳了跳，道："没那么夸张吧，那些蛮夷固然跋扈，可是除非他们存心造反，否则怎也不会对朝廷命官下毒手的。"

孟县丞颔首道："是啊，正因如此，我们才放心让他上山啊。否则，他若死在那些生员的棍棒之下，于你我依旧是一桩大麻烦，朝廷还是会见责的。他现在还'死非其时'，不能死，而且不可以'横死'……"

王主簿轻轻一笑，道："不被人打死，一顿苦头总是少不了的。这顿酒，就当我们为他赔罪吧。"

叶小天带着捕快和民壮浩浩荡荡赶到城边，忽然有人大声招呼："大哥、大哥，我在这里！"叶小天闻声看去，就见罗大亨挎着书包站在城门处，正兴高采烈地向他招手。

叶小天快步迎上去，左右看看，纳闷道："你爹呢，就你一个人？"

罗大亨开心地道："当然只有我一个，叫我爹来干吗？他一在我身边，什么事都管着，特别不自在。我爹也说，这是我自己闯的祸，让我自己去解决，他不会出头的。"

叶小天心想：洪百川怕是并非不想出头，而是过于担心儿子，偏偏他一个商人，虽然有钱，可是在这些强横霸道的山地首领们面前却没有什么说话的余地，过于忐忑，反而不敢面对了。

叶小天看看罗大亨的样子，奇怪地问道："你今天上山做公证，背着书包做什么？里边还是板砖？"

罗大亨得意地笑道："大哥只猜对了一半。"

"哦？"

"板砖，有，用来以防万一的。文房四宝，也有。"

叶小天诧异道："你带文房四宝做什么？"

罗大亨道："做公证人不需要记东西吗？再说，这也是兄弟我对痛苦的学习生涯的一个祭奠啊！最后一次背书包了，还真叫人怀念啊……"

·※·※·※·

叶小天率众出了县城，一路往黄大仙岭走。路上行人渐多，有男有女，有背篓的姑娘、挑担的货郎，还有拉着黄牛不晓得是做什么的行人，渐渐与他们混作一支队伍。

叶小天纳罕地向李云聪问道："怎么回事，这附近今天有集？"

李云聪心情极度不好，阴沉着一张面孔。不过人善才被人欺，叶小天可不是善人，自打他上回发了驴性之后，李云聪也清楚了他的性格，知道此人不好对付，倒是不敢公开和他唱反调了。

叶小天既然问了，他就去问，不一会儿回来禀报："典史大人，那些人不是去赶集的，他们都是……去黄大仙岭……看热闹的。"

都是……黄大仙岭的？

叶小天看看那挑着担的彝家小货郎，背着一篓水果的苗家小阿妹，再看看那把小孙子绑在后背上，拄着拐杖欢天喜地往前走的老汉，登时有些无语了：此地民俗，还真是与中原差距太大了……

前方不远处一个山坳，山坳里隐约可见有些民舍，隐在丛丛绿荫之中。

李云聪往山上一指，道："大人，由此上去，就是黄大仙岭了。"

叶小天抬头一看，就见高高一座山峰，雄峻奇伟，怪石嶙峋，难怪被人穿凿附会地引出了什么黄大仙的故事，若是普普通通一座土岭，怕也难以引起人们离奇的想象了。

叶小天把袍袂往腰间一掖，道："走吧，上山！"

罗大亨抬头望了一眼山峰，叫苦不迭："以前光听说黄大仙岭黄大仙岭的，要是早知道这么高，我就不说在这儿比了，到我家门口决斗该多好。"

叶小天白了他一眼道："你还怕气不死你爹？少废话，上山！"

罗大亨虽胖，但因为他骨架大，身量高，倒是不显累赘。不过叶小天是见过他的体质的，被那么瘦小枯干、皮猴似的同学一推，他就仰面摔了个跟头，这位仁兄的身子其实并不壮。

果不其然，虽然险峻却并非特别高的一座山峰，才爬到一半，罗大亨就汗流满面，气喘吁吁了："不行了、不行了，大哥，我得歇歇，兄弟我……真……真的是爬不动了。"

叶小天无奈地站住，对他道："你爹不来也就算了，可他至少应该给你雇两个人，专门抬你上山才对呀。"

罗大亨道："我爹又不知道这黄大仙岭有多高，哪想得到会这么累？呼……我要喝水。"

罗大亨说着就从书包里掏出一个水袋，又拿出一块桂花糕。

叶小天踏着一块嶙峋的青石，回首向山下望去。就见青青山坳间，十几处民舍散落其中，其中一幢民居就在小河边，二层的竹楼，敞敞亮亮的一个小院，有几道人影正在院中站着，距离不远也不知道是什么情形。

叶小天浑未在意，转身走到罗大亨身边，也在石头上坐下，抬头看看天色，对李云聪吩咐道："看这时辰也不早了，你先上山一趟，告诉他们，就说公证人正在登山途中，叫他们稍候片刻。"

李云聪不悦地道："大人，这事随便指派一个人就可以了，卑职好歹也是一个吏典，这跑腿报信的差使……"

叶小天神色一冷，训斥道："他们？他们还要留着力气呢，一旦真的发生意外时，他们是要替本官打打杀杀的。到那时候，你也举刀上阵吗？"

李云聪分辩道："卑职是读书人，哪懂那些打打杀杀的事情。"

叶小天道："这就是了，你能做的就只有这件事。你去，叫他们安分些，公证人没到，谁敢妄生事端，就判他输！快去！"

李云聪含愤咬了咬牙，应声道："是！"便气鼓鼓地向山上爬去。叶小天看着他的背影微微一笑：有权不用，过期作废，既然你小子一直跟我作对，现在有机会，怎能不作弄你？

山下那处小院里，几个青衣大汉正与一家三口剑拔弩张地对峙。一个青衣大汉冷冷地道："我说你们一家人，怎么就四五六不懂呢？那张虎皮是齐木齐大爷看中的。你们就算耳朵塞了驴毛，也该听说过齐大爷的名声吧，竟敢不卖！"

院子里站着一家三口，中间一个相貌憨厚衣着朴实的中年妇人，手里却提着一把菜刀。旁边一个脸色阴沉、雄壮如山的中年汉子，手中持一杆钢叉。站在妇人另一侧的是一个紧攥狭长锋利钢刀的少年，正是刀捕鱼、箭射虎的华云飞。

第五十四章

无限风光在险峰

一

华云飞愤怒地瞪着那几个大汉，恨声说道："一张完好的虎皮，你们才出五钱银子就想买走，你们这是买还是抢？老虎是我猎的，我说不卖就不卖！"

一个大汉冷笑道："这张虎皮，可是我们齐爷看上的。我们齐爷看上的东西，还有别人敢要吗？你不卖，难道留在家里生虫子？"

华云飞道："我就是留着它生虫子，我喜欢，你管得着吗？"

华老爹沉声道："各位，我们华家只是这山沟沟里的一个小小猎户，跟齐大爷自然是没法比的。可这虎皮是我们家孩子猎的，卖不卖在我们，五钱银子买一张上好虎皮，到了哪儿都没有这样的道理。"

华大娘道："如果这葫县没人敢买，我们当家的可以拿到邻县去卖，如果邻县也没人敢买，我们华家就拿它当传家宝了。你们请回吧，就是说破了天去，这张虎皮也不给你们。"

当先那名大汉微微眯起眼睛，神色有些狰狞，冷声道："给脸不要脸的东西！你们这是铁了心要跟我们齐大爷作对，是不是？"

这大汉一说狠话，手下的几个人立即扬起了刀，华老爹一家三口也不含糊，马上攥紧了兵器。当先那名大汉张开双臂，拦住蠢蠢欲动的手下，嘿嘿地冷笑起来："好！你们有种，真是太有种了，敢得罪我们齐大爷的人，数遍葫县，大概你们算是头一家。华家是吧？成！我这句话撂在这里，青山沟从此再没有这么一户人家！走！"

大汉一挥手，领着几个冷笑连连的大汉扬长而去。华老爹父子愤恨地瞪着他们的背影面无惧色，只有华大娘看看丈夫，再看看儿子，眉宇间微微闪过一丝忧虑。

半山腰上，大亨又是喝水又是吃糕，忙得不亦乐乎。叶小天看着他的模样，真有种啼笑皆非的感觉。在大亨吞下第六块桂花糕的时候，叶小天叹了口气道："大亨啊，你歇足力气了吧。"

大亨打个饱嗝，道："哥，我吃多了，有点犯困，要不你们先上山？"

叶小天："……"

大亨感动起来，欢喜地攀住叶小天的胳膊："大哥这是要等我一起上山？大哥，你对我真的很好。"

叶小天咬着牙根一字一句地道："谁叫你是公证人！"这一刻，叶小天真想掏出大亨书包里那块板砖，狠狠拍在他的脑袋上。叶小天现在总算明白洪百川是种什么心情了，这个胖子真的有种叫人打死他的冲动。

艳阳高照，日上三竿。

四竿。

四竿半。

……

当太阳照出的人影即将缩到人的脚底板时，罗大亨终于站起来，拍拍手上的桂花糕渣，对叶小天意气风发地道："大哥，咱们走吧！"

·※··※··※·

山顶上，县学两派秀才呼朋唤友，找来的尽是族中彪悍善战的勇士，双方各执刀枪，杀气腾腾。一个县学的秀才们想要一较高下，比的居然不是吟诗作赋，而是刀枪剑戟，这也算是贵州一景了。

不过这样的节目显然才是人民大众喜闻乐见的，吟诗作赋那种高雅的玩意儿怎么能与劳苦大众同乐呢，你看这刀来剑往、喊打喊杀的，最好再见点血，那多有看头。

是以两派秀才及其助拳的江湖好汉们壁垒分明地在黄大仙岭上分列两阵，一个个仿佛吸足了水分的高粱穗子，斗志昂扬。旁观群众更是热闹，指指点点、品头论足。

准备决斗的双方生员虽然瞒着各自的长辈，可是同辈之中自然有要好的朋友，还有的人已经有了亲密情侣，这种事是不会瞒着他们的，这些人都赶了来，男的助拳、女的助战。

小阿妹们穿着节日的盛装，五彩缤纷、鲜丽非常，站在秀才队伍中间，开心地唱起了甜美的山歌："哎——要唱山歌快快来啰，喔快快来；一男一女唱起来呀，啊唱起来。一个巴掌拍不响啰，一棵松树难——成——林哎——"

对方队伍里马上跳出一个身材魁梧，身披半身皮铠，手执三股钢叉的秀才，纵声回应道："哎——要唱山歌并不难啰，并不难；妹会唱来哥会还啰，哥会还。唱只金鸡配凤凰哟，唱棵桂花配牡丹……"

小货郎摇着拨浪鼓高声吆喝："破布头，破鞋头，头发兑针线。来，小人要甜甜，姆妈要针线，老太太要夹发针。来，旧铜烂铁有无有？"

旁边一个挎着筐子的大婶马上以比他高亢一倍的声音喊起来："鸡子换杏，鸡子换杏，一个鸡子七个杏……"

罗小叶率领巡检司官兵从山的另一侧爬上来，眼看这般热闹场面不禁为之愕然。他手下一个把总呆呆看了半晌，凑近他身边，低声嘀咕道："大人，今天真的有人在这里决斗？不会是情报有误吧？"

身后突然有个声音道："让一让，你们挡着我啦！"

罗巡检和那把总回头一看，就见旁边松树下坐着一个青袍人，手中拿一张画板，正用炭笔勾勾抹抹，似乎在画两派对峙的场面。二人赶紧挪了个地方，罗小叶用刀柄顶了顶头上军帽，困惑地道："艾典史呢？"

叶小天陪着罗大亨，很无奈地往山上爬着。叶小天几次三番动了让民壮抬着罗大亨走的主意，只是一时间不好制作滑竿，再者说就大亨那体形，真叫人抬着也难为了人家。

罗大亨歇歇走走，走走歇歇，这一段山路一直走到身后的太阳超越到他们前方，将他们的身影投向山下，还没爬到山顶。

叶小天心急如焚，担心山上那些秀才早就打得不可开交，可是他坚持让罗大亨这个公证人上山是有用意的，在他的想法里，想让两派生员和平解决争端，大亨要起很关键的作用。叶小天不能撇下他独自走，也就只好无奈地陪着他爬山。

山上又是做买卖又是斗山歌的，热闹非凡，久等公证人不来的人们倒也不觉烦闷。山歌唱到后来，发展成双方斗嘴，一位斗嘴斗输了的"族花"级美丽小苗女当场宣布，谁能代表本派秀才大败对方秀才，自己就立即嫁给他，姑娘的豪言壮语马上赢得一片热烈的掌声。

罗小叶率领手下一群官兵，一开始还是一副如临大敌的模样，可是一等叶小天不来，再等叶小天还是不来，双方秀才又一直没动手，罗小叶无奈，只好带着自己的人选了一块山坡地，无聊地坐下等候。

罗小叶一开始还觉得那些卖小吃、卖零食的商贩跑到山上实在有些夸张，可是等到正午的太阳从天空掠过，肚子开始咕咕叫的时候，他才发现这些小商小贩真的都有一只比狗还灵的鼻子。

大家都有些饿了，纷纷掏钱买吃的，小商小贩们赚得笑口大开。后来实在饿得挨不住，连罗小叶都掏钱使唤人去买回四个包子、两个茶叶蛋，就着山泉水吃起饭来。

叶小天陪着罗大亨，率领捕快和民壮，终于步履蹒跚地登上了山顶。他们没来时，准备决斗的两派秀才和围观群众还不时往山下瞧，等到现在他们爬上山岭的时候，山上的人早就没了那个心情。

罗大亨汗流满面地爬上山顶，很失望地发现，对于他的到来，大家表现得很平静，甚至……根本没发现他到了。罗大亨完全没有享受到想象中万众瞩目、万众欢呼的热烈场面。

叶小天和罗大亨站在山上，就听前边几个散乱地坐在石头上观战的当地汉子不耐烦地吆喝着："喂，你们究竟打不打呀？要打你们倒是快点打啊，不死人可不热闹啊……"

叶小天无奈地摇了摇头，转眼去寻李云聪。李云聪跟个鬼似的，也不知从哪儿一下子冒了出来，抱拳道："大人！"

叶小天吓了一跳，道："啊！他们……还没打起来吧？"

李云聪道："如果不是明知今天他们是来干什么的，我真想象不出他们是来决斗的。你瞧，那两个正在跳舞的姑娘，她们分属两派。下一刻她们的情郎就要杀个你死我活，她们却在对舞，真是莫名其妙。"

罗大亨感慨地道："生死寻常事也。所谓谈笑杀人，这就是古之遗风了。"

李云聪摊开手苦笑道："我说洪家少爷，我合计着，如果你们今天一直不上山，没准他们又唱又跳的等到天黑，也就各自回家了，谈笑固然是谈笑，杀人的事却不会发生了。"

叶小天眼睛一亮，兴奋地道："是这样吗？那我们要不要再下去？"

叶小天话犹未了，罗小叶就站在远处，兴奋地喊道："艾典史，我在这里！艾典史，我们在这里！"

罗小叶嫌山上太吵，生怕叶小天听不见，还让他手下一百名官兵双手拢着嘴巴，跟他一起喊："艾典史，我们在这里！艾典史，我们在这里！"

叶小天叹了口气道："走不成了，我们过去吧"。

"哦！"

大亨倒不怵场，背着书包一撅一撅地就往前走。

唱了一上午、跳了一上午，如今胡乱用过午餐，正散坐在树荫下、礁石旁消食的人们纷纷站起来，兴奋地大叫："公证人来啦！可以打架啦！"

第五十五章

上策中策

一

那些县学生员们见罗大亨终于赶到,马上向他迎过来。有人责怪田罗大亨姗姗来迟,更有人迫不及待地道:"我们已经等你很久了,现在可以开始了吧?"

"慢来慢来,我还有话说!"

罗大亨说着,把书包往身前挪了挪,往书包里一摸,拽出一块砖头。

众秀才警惕地问道:"你想干什么?"

大亨干笑道:"不好意思,拿错了。"

大亨把砖头塞回书包,又把砚台拿出来,四下一打量,见前方不远处有一方大石,石头表面风吹雨淋十分光滑,就走过去放下砚台,又从书包里摸出一本册子,打开书册,用砚台压住册子一角。

这些秀才要说不读书吧,其实平时舞文弄墨倒也还认得些字,反倒是罗大亨,在县学里几乎从未有人见他提过笔。如今这些秀才一个个提刀抡剑、杀气腾腾的,一向不碰笔墨的罗大亨倒拈起笔来,众秀才心中都有一种错乱的感觉。

众秀才呆呆地看着大亨的动作,就见他不慌不忙地拿出一支毛笔,拔下笔帽,用唾沫顺了顺笔毫,打开砚台,持笔在手,对秀才们道:"都有谁要参加决斗啊,过来报名。至于决斗些什么,一会儿咱们再详细研究。"

众秀才面面相觑,其中一人忍不住问道:"报名?报什么名,谁想参加那就参加啊!决斗些什么东西还要研究吗?真是岂有此理,这是决斗啊!当然擅长怎么打就怎么打,打到对方服,不服打到死!"

大亨的嘴角都快撇到下巴底下了:"要不我说你们不学无术呢,是文斗还是武斗啊,斗一场还是三场啊,这些不先定下来,那还要我这公证人做什么呢?参加决斗的人数不定下来,那如何保证我们的决斗公平、公正、公开呢?"

众秀才听得莫名其妙,有人勉强问道:"那你说,我们该怎么办?"

大亨眉开眼笑，指着他道："孺子可教，这就对了！首先呢，你们双方要到我这个公证人这里来报名，你们都有什么人参加，两边参加的人数要相当，这样就要先有一个内部的选拔过程了……"

罗大亨还没说完，众秀才就不满了，有人大声叫道："凭什么？我兄弟多、朋友多，不行啊？他们愿意帮我不行啊？"

另外有人就嚷："你不就是仗着人多势众才一向飞扬跋扈吗？要不是你人多，老子早就把你干掉了。"

双方你一言我一语，越说火气越大，举起刀枪就要冲上去。罗大亨持着毛笔没事人似的站在一边，直到马上就要爆发冲突的两伙人被其他秀才们分开，大亨才叹道："你们现在知道公平的重要了吧？如果不限定人数，就算你们今天打赢，输的人也是口服心不服的。"

不远处，叶小天和罗小叶已经走到一起。

罗小叶低声埋怨道："艾典史，你们怎么来得这么慢？"

叶小天苦笑道："还不都是因为那个活宝？"

罗小叶看了大亨一眼，摇摇头道："不提此事，你打算如何制止双方决斗？"

叶小天道："眼下哪有准主意，我们当然是见机行事了。不过我觉得这些秀才们其实都只是些不知天高地厚、被家里人惯坏了的二世祖，所谓决斗也不是因为他们之间真有什么解不开的仇怨，不过是因为口角而引发了意气之争。我想……既然大亨是公证人，不妨利用大亨的公证人身份诱导他们一下，给他们双方一个台阶，若能让双方不动刀兵而解决问题，方为上策。"

那边，罗大亨振振有词："你们这些部落有大有小，小的区区几百人，多的几万、十几万人，如果不限制人数，任由你们呼朋唤友，这仗还怎么打？大家站出来数人头就好了，谁人少谁认输！"

众秀才想想也是道理，便纷纷点头道："成，这一条就依了你。还有什么规矩？"

罗大亨道："这第二条嘛，就是确定决斗的内容了。我昨夜苦思冥想，终于想到了几项既能体现同学们的真本领，又能轻易决出胜负的手段，说出来大家参详一下。"

众秀才很感兴趣地围上去，七嘴八舌地道："你快说。"

罗大亨按照叶小天爬山路上对他所说的提议，竖起一根短短胖胖的手指，说道："第一项，咱们比爬山。你们都下山去，从山下往上跑，哪一方先跑上来的人多，哪一方就算赢……"

罗大亨还没说完，底下就已是一片喧哗叫骂声，大亨不得不提高嗓门，大声喊道："这第二项，看到那块石头没有，大家比赛举石头，谁要是举不起来谁认输！第三项，咱们比爬树，你们看那边那些高耸入云的大树……"

"放屁！"

"你拿我们当猴耍？"

"混蛋，天下哪有这样的决斗！"

"揍他！揍他！打死这个王八蛋！"

大亨被淹没在人群中间，犹自据理力争："不要动手！我都说了只是大家参详，你们不同意就不同意，难道还要殴打公证人吗？我的妈呀……"

罗小叶对叶小天道："你的上策，只怕是行不通了。"

叶小天皱了皱眉道："上策行不通，那就只有采用中策了。"

罗小叶也皱起了眉，道："你的中策……又是什么？"

·※·※·※·

"统统住手！"

叶小天大喝一声，越众而出，将气势汹汹地把罗大亨围在中央的秀才们用力推开，站到罗大亨面前。罗大亨整理了一下被人揪得凌乱不堪的衣服，把书包摆正，不高兴地道："这些人，真是太野蛮了！"

叶小天神色凛然，大声疾呼道："你们都是山中部落首领的子侄，将来要么是一方土司，要么是一部吏目，又或者是族中长老，都是要做大事的人！要做大事的人，却只会打打杀杀，能行吗？"

众秀才大声道："当然行！"

叶小天语气一窒，无奈地道："不会打打杀杀，当然不行！可是只会打打杀杀，显然也不行！不会打打杀杀，那就是软蛋！只会打打杀杀，那就是莽夫！就连猛张飞都知道在当阳桥前用上一计呢，你们说，只会喊打喊杀的人能做什么大事？"

秀才们都安静下来。叶小天见他们似乎听进去了，不由心中暗喜，连忙趁热打铁道："你们的家族长辈把你们送到县学里来，就是为了让你们能够允文允武，可你们一遇到事情，从来不去想如果不动武能不能解决它，这不是有负长辈厚望吗？"

众秀才面面相觑。叶小天又道："还有，你们的家族长辈，把你们送到县学读书，除了想让你们增长智慧，明显还有更深一层的用意，难道你们就从来没有用心体会过吗？"

这句话倒真是勾起了众秀才的好奇心，有人忍不住问道："还有更深一层用意，什么用意？"

叶小天道："你们是部落首领的子侄啊，你们将来是要统领本族百姓的，那时候你们自然免不了要和官府打交道，和其他部落打交道。你们现在在县学读书，有功名在身，和当地官府的人……比如本官，就可以建立深厚友谊嘛。"

"你们做了同窗同学,那你们彼此之间就有了一份同窗情谊,将来你们成为部落首领和长老的时候,就可以率领本部落,与同学部落守望相助、和睦相处,岂不就天下太平了吗?你们的长辈用心良苦啊!"

面前依旧一片肃静,叶小天见众人终于冷静下来,不由松了口气,向站在人群后面的罗小叶和李云聪等人递了个得意的眼神:他的中策自然是动之以情,晓之以理。当然,这还只是中策的一半,再下一剂猛药,就可以收工回城了。

叶小天语重心长地道:"古语有云,'劳心者治人,劳力者治于人'。你们到县学读书,学的正是劳心之术啊!现在,放下你们的刀,试着用智慧来解决问题,谁要是执意不听,你们看到没有?"

叶小天伸手一指外围的官兵、捕快和民壮:"本官忝为本县典史,是绝不会坐视你们目无王法、胡作非为的!如果有人执意不听本官良言相劝,本官也只好公事公办,把他逮捕法办!言尽于此,勿怪某言之不预也!"

叶小天说完狠狠一甩袖子,冷冷地瞟过这些二世祖的脸,希望能从他们脸上看到一丝羞愧甚至惶恐的神情,可惜面前一张张面孔都毫无表情,叶小天暗暗蹙眉,心想:怎么回事?莫非他们学识太浅,我的话太文绉绉了?

人群中"嗤"的一声冷笑,有人用揶揄的语气道:"典史大人,你那一套在我们这里是行不通的。还守望相助?山只有那么高,林子只有那么深,地只有那么大,河只有那么几条,有了你的就没有我的,不打不争,怎么行?"

另一个人便道:"天下太平?如果不是我们的部落和他们的部落一向不太平,我们之间又怎会形同死敌?我们的部落和他们的部落本就矛盾重重、纠纷不断,我们和他们能做朋友?"

"'劳心者治人,劳力者治于人'?跟我们掉书袋啊,好,那就请你典史大人向我们展示一下,如何用你的心,来治我们的力吧!"

肃静了半晌的二世祖、浑秀才们脸上露出一片戾气,慢慢向叶小天逼近。

一片刀丛,冉冉升起……

第五十六章

我有一个秘密……

一

一见那些同学逼近,罗大亨慌慌张张地从书包里掏出板砖攥在手里,大吼一声道:"你们想干什么?"

叶小天也是脸色大变,他本以为这些二世祖只是不谙世事,既然大亨用骗的不管用,自己用哄的应该就能对付,却不想这些人竟是油盐不进、人事不懂。

其实这也是叶小天的短板,他没跟这种二世祖打过交道,哪知道这种人最大的特点就是不讲理、不怕恐吓、不知天高地厚,要想让他们服软,只有比他们更强势,他们如果通情达理或者懂得权衡利弊,也就不叫二世祖了。

眼见他们纷纷举刀,一起向自己逼来,叶小天也慌了,一边急急后退,一边大声嚷道:"你们不要过来!伤害朝廷命官,可是大罪。"

罗大亨紧紧攥着那块板砖,眼见同学们举刀逼近,大叫一声道:"不要砍我!"说完把眼一闭,抡起板砖就砸了下去,这一砸却砸了个空,险些闪了他的腰。大亨睁眼一看,那些生猛无比的秀才们已经绕过他,向叶小天追过去了。

罗小叶见此情景大急,急忙喊道:"你们不要轻举妄动,他可是朝廷命官,你们想给自己的部落惹下塌天大祸吗?"众秀才停了一停,不知是谁喊了一嗓子:"法不责众!"众秀才听到后便再度向前逼近。

罗小叶见状连忙吩咐兵丁、捕快和民壮,大声道:"快!快去把艾典史抢出来!千万不要伤了那些人!"

叶小天和罗小叶带人上山本来是为了阻止两派秀才决斗,事先可不曾想到叶小天会引火烧身,成为众矢之的。如今叶小天仓促之间被围,他们都在外面,想冲进去又不能伤了那些秀才,要救叶小天出来谈何容易。

叶小天估计这些秀才们威吓他的可能性更大一些,毕竟他和这些人并没什么过节,此番出面是为了阻止他们决斗,怎么说也是好心。他又有朝廷命官的身份,这些二世祖再跋扈也不会如此不知轻重。

可是心里这么想是一回事,眼见几十口雪亮的钢刀汇成一片刀林临颈,那就是另一回事了。叶小天急急后退,慌张四顾,忽见旁边不远一棵青松,松下有个苗女,正以手掩口向旁边一个男子低声交代着什么。

这小苗女一身闪闪发光的银饰,腰间还佩着一口精致小巧的弯刀。叶小天想也不想,立即一个箭步窜过去,伸手拔出那苗女腰间佩刀,一勒她的脖子,就把刀架在了她的粉颈上:"统统不许过来!"

叶小天刚到葫县那天,可是亲眼看到过苗家汉子是如何维护本族人的,眼下这些生员中,至少有一半是苗人,自己有人质在手,他们无论如何都不会妄动的,而且还得竭力阻止别人上前。

那些生员果然站住了,苗女身边那个苗人大汉又惊又怒,大喝道:"你敢!"伸手就要拔刀。叶小天倒也是个拿得起放得下的狠角色,这种关头绝无半点怜香惜玉之心,手上一动,作势便要割喉。

"退开!"

叶小天一声厉喝。那大汉看他动作,登时脸色大变:"不要动手!我退!我退!"他急急退了三步站定。

罗大亨拎着板砖吼道:"不许伤我大哥!"拔足就向叶小天追来。叶小天心中大感安慰:这个为了五十两银子认下的便宜兄弟,倒是个义气人。人虽憨了些,值得真心相交。

不过,值得一交归值得一交,大亨这孩子经常是成事不足、败事有余,不着调的事对他而言才是常态,叶小天可不敢让他到跟前搅和,忙对罗大亨道:"大亨!你别过来!我没事!"

大亨倒是听话,乖乖退到了一边。叶小天又大叫道:"退开!统统退到二十步之外!否则,这小丫头就死定了!"

原本陪在那小苗女身边的大汉咬牙切齿一番,回头大吼:"退开,都退开!"说也奇怪,那些向来目中无人的生员居然听了他的话,纷纷向外退开,其中也有几个不肯听的,也不知别人对他耳语了什么,登时脸色一变,纷纷退下。

叶小天心道:他们对同族果然特别关切,有人质在手,生命之危谅来没有了。说不定我这一搅和,还把他们的决斗也搅黄了。至于他们回头想寻我晦气……嘿,丢给花晴风、孟庆唯那帮家伙头痛便是。

李云聪站在外围看得呆了,这究竟什么情况,艾典史究竟是官是匪啊,怎么劫持起人质来了?

叶小天冷冷一笑,横眼向那些生员们看去,却见那些生员们虽然变了脸色,可是看着他的目光却很奇怪，有些很凶狠，有些很古怪，好像……有点幸灾乐祸的意思？

叶小天正觉奇怪，被他用刀挟持的小苗女却是微微回头，向他斜斜一看，冷声道："先是设计利用我，再是花言巧语骗我，现在你居然敢把我劫为人质了！你好！你的胆子真是比天都大！"

叶小天定睛一看，失声叫道："凝儿姑娘！"

他这一惊，搁在展凝儿颈下的弯刀便下落了三寸。几乎在他刀子下落的同时，展凝儿身不动肩不晃，一条右腿却突兀地抬上了肩头，一记"抬腿过肩"，硬是抽出了"腿鞭"的效果。

靴面正正地抽在叶小天额头，叶小天只觉一阵天旋地转，"噔噔噔"连退三步，跌坐在地，手中的弯刀也甩到一边去了。

罗大亨见状大吼一声，又要拿着他的板砖冲过来，却被几个生员死死按住。奇怪的是，叶小天已经丢了人质，所有的人依旧待在二十步以外，没有一个上前的。

展凝儿寒着脸，一步一步向叶小天逼近，走到那口弯刀旁时，靴尖轻轻一挑，那刀就在空中"呼"地舞了一个刀轮，再凝成一泓秋水时，刀柄正握在展凝儿手上。

展凝儿用大拇指轻轻刮着刀锋，一双目光在叶小天的脖子上流连不断，看得叶小天心头寒气直冒。眼见一双鹿皮小靴已经踱到面前，叶小天突然举起了一只手："交易！"

叶小天高高地举起一只手，对展凝儿说道："交易！我和你做一个交易！你放过我，我告诉你一个秘密！"

展凝儿先是一呆，随即露出似笑非笑的模样："又想骗我，你当我还会上当？！"

展凝儿用拇指肚刮着刀锋，对叶小天道："你不用怕，我不杀你！就是给你留点记号，叫你记住这个教训，你看我要你一只耳朵如何？再给你留一只，一只耳典史，听着蛮好玩的！"

展凝儿手臂一振，雪亮的刀光在空中划过一道弧光……

"徐伯夷！"

叶小天又是一声大叫，展凝儿急急停刀，锋利的刀刃堪堪搁在他的耳朵上缘。一滴冷汗从叶小天额头滚落，他不敢怠慢，急忙说道："我用徐伯夷徐公子的大秘密，换你放我一马，怎么样？"

"徐公子？"

展凝儿有些疑惑："徐公子……什么秘密？"

叶小天就知道搬出这位一定管用，他顿时笃定下来，嘿嘿地笑着，伸出一根手指，很潇洒地拨开展凝儿的刀，从地上爬起来，正了正衣冠、掸了掸灰尘……

"扑通！"

展凝儿一腿扫在他的屁股上，叶小天一下子蹾在地上，展凝儿凶巴巴地道："放你一马，不代表不能揍你一顿！有话快说，有屁快放！再敢装模作样，我自己问徐公子去。"

叶小天揉着屁股从地上爬起，咬牙切齿地想：恶婆娘，这么凶！给人家骗得团团转，还拿人家当宝贝！如果不是看你背景很大，我不想惹麻烦，早使出降魔手段，好好收拾你一顿……

叶小天在心里吹着牛皮发着狠，再一抬头，却是满脸堆笑："凝儿姑娘，既然是秘密，徐公子又怎么会说给你听呢？这件事也就只有在我这儿，你才可能听得到。"

展凝儿瞪着他道："不要绕弯子，快说！"

叶小天道："好！徐伯夷是县学生员，你知道吧？"

展凝儿哂然道："就这？我当然知道，我还知道，葫县这么些生员里，只有他一个人是有真才华的，将来考举人，中进士，他的才情，这整个黄大仙岭上所有人加起来都比不上！"

叶小天道："除此之外呢，他家里的情况，凝儿姑娘可知道？"

展凝儿道："他家？他家隐居深山，家中现在只有父母高堂……"

叶小天"哈"的一声，道："这就是叶某要对你说的大秘密了，徐伯夷其实并不住在山里，他……"

叶小天的声音戛然而止，展凝儿锁着眉头看他，急道："说下去！为什么不说了？"

叶小天眼珠转了转，心道：这恶婆娘脾气那么凶，要是一听徐伯夷骗她，恼怒之下不守承诺，一刀把我劈了，她倒是泄了愤，我找谁喊冤去？

叶小天谨慎地道："凝儿姑娘，你要先发誓，只要我告诉你这个大秘密，你绝不动我一手指头！"忽然想起脑门生疼，叶小天又赶紧补上一句："一脚趾头都不行！"

展凝儿恨恨地瞪了他一眼，道："本姑娘一言九鼎，还会诳你不成？"

展凝儿竖起三指，拇指与小指相扣，很不耐烦地对天盟誓："我展凝儿向蛊神发誓，若你对我透露徐公子秘密，我绝不对你动手动脚，若违此誓，万蛊穿心！行了吧？"

叶小天："动手动脚……"

展凝儿把刀一挥，迫不及待地喝道："我都发过誓了，还不说？"

第五十七章

八百标兵奔北坡

一

叶小天道:"徐伯夷的家并不在山里,就在葫县县城。他也没有父母高堂远在深山,倒是家里有位结发妻子。凝儿姑娘,你听懂了吗?"

展凝儿呆住,脸色渐渐苍白起来:"你……说什么?"

叶小天道:"我说,徐伯夷骗了你!他已经有老婆了!"

展凝儿如遭雷击,踉跄退了两步,突然又冲过来,把刀架在叶小天脖子上,大喝道:"你骗我!你一定是在骗我!"

叶小天慌道:"喂!你可对神发过誓的!"

展凝儿咬着牙道:"谁叫你骗我了?"

叶小天道:"我没说谎!"

"你都是惯骗了!"

"惯骗会说一个只要一查马上穿帮的谎?"

展凝儿的脸色更加苍白,泪水开始在眼眶里打转。

叶小天道:"这件事很多人都知道,他县学的同学全都清楚……"

叶小天忽然停住,用古怪的眼神看着展凝儿:"你……就从来没有想过查查他的身份?"

展凝儿的脑海里轰轰直响:难怪他从不让我去县学找他,说什么恐人非议;难怪他从不带我去他家里,说是他家教甚严,中举之前不敢谈婚论嫁。原来……原来全都是骗我……

展凝儿心一酸,手一软,"当啷"一声钢刀坠地。

展凝儿以手掩面,跪坐在地上号啕大哭起来。

展凝儿这一哭,四下围观的各族人民群众顿时傻了眼。

一开始的时候,还只是少部分苗家部落的少族长、小酋长们认出了展凝儿的身份，是以才乖乖退开，但是他们退开后，互相一告知，水西展氏大小姐的身份已经是人尽皆知了。

不要说这些苗家部落的人敬畏展氏，就是在场的这些彝、瑶、白、壮其他各族的人对展家也忌惮三分。贵州地区最大的族群是彝族，可这不代表一个彝族小部落也有胆子挑衅水西展氏，展家这股力量可是连"土司王"安氏都要用联姻来笼络的。

是以展凝儿一哭，四下里不明底细的围观群众看向叶小天的眼神就有些变了。他们可以不把汉人朝廷放在眼里，可是他们对本地古老相传的统治阶层却敬畏莫名。

土司统制地区实际上是一种封建领主制，土司就相当于领主，领地内等级之森严直追奴隶社会，在这样森严的等级制度下，一个上位者对下位者来说无异于"天"。而现在，"天"在下雨……

叶小天看着不顾形象地跪在面前，哭得一塌糊涂的展凝儿，轻轻摇了摇头："唉！都说苗女多情，可你再多情也不能这么轻率就相信一个人吧！读书人心眼很多的……"

叶小天同情心发作，略一犹豫，就往袖中摸去，摸了两把，才发现今早换了衣服，忘记把手帕带上。叶小天合计了一下，从腰带上抽出折扇，用扇柄轻轻捅了捅展凝儿的肩膀。

展凝儿继续哭。

叶小天又捅了她两下，展凝儿抽抽搭搭地抬起头，满脸泪痕地道："干吗？"

叶小天道："我没带手帕，给你扇子。"

展凝儿茫然道："给我扇子干吗？"

叶小天叹息道："把眼泪扇干……"

"放屁！"

展凝儿竖起眉毛骂了一句，突然"扑哧"一声破涕为笑。叶小天顿时一呆，这丫头梨花带雨的，忽然破涕一笑，颇有一种银瓶乍裂的惊艳感。

展凝儿起身，拭拭颊上泪痕，抬眼一看，就见四周黑压压一片，无数双眼睛正在盯着她，展凝儿顿时大窘：自己方才那般软弱难看的样子，居然都被人看到了……

展凝儿恼羞成怒，面红耳赤地喝道："你们看什么看，不是上山决斗的吗？到现在都不动手，难道你们都是贪生怕死之辈！"

"杀呀！杀呀！"

展凝儿一顿训斥，那些当地山民立即响应，其他部落的秀才毫不示弱，双方刀枪并举，大战一触即发。罗小叶刚刚因为叶小天脱险松了口气，一见这般情形又紧张起来，至于李云聪，早就躲到围观群众后面看风景去了。

叶小天大急，高声喝道："不许动手！"

展凝儿说话，那些专习武事的秀才们还是肯听的；叶小天说话，他们只当放屁。两帮人扯开衣袍，袒胸露怀，抡起刀枪就冲向对方。

叶小天见状，飞也似的冲过去，挡在双方中间，舌绽春雷地大喝道："本典史命令你们，退后！谁也不许动手！谁要打，就从我身上踏过去！"

叶小天这句话说得正气凛然、掷地有声，王霸之气风雷大作！奈何，这些暴力型秀才根本不听他的。所以……叶小天很悲剧地被他们碾压了，人家真的从他身上踏了过去……

一场混战，兵器碰撞声铿锵不绝。片刻之后，一条人影连滚带爬地从叱喝拼杀的混乱战场中爬出来，直奔展凝儿。叶小天现在总算明白葫县那些官员为何全做缩头乌龟，这些野蛮人果然是不把朝廷官员放在眼里啊。

展凝儿化身暴力女时，徐伯夷就是他的拯救者；当这些山里人发飙的时候，那展凝儿无疑就要扮演拯救者的角色了。徐伯夷可能很快就会成为过去式，但展凝儿还有庇佑光环在身，叶小天很明智地逃到了她的身边。

叶小天发髻歪了，儒衫也破了，脏兮兮地扭在身上，叶小天懊恼地脱下袍子，狠狠地往地上一摔，光着脊梁无奈地看着混战的双方。展凝儿负着双手，看着他的狼狈相，鄙夷地道："连胸毛都没有，你还去跟人家比壮！"

叶小天心火正盛，立即反唇相讥道："你不也没有？拽什么拽……啊！"

一语未了，叶小天便惨叫一声，横空飞出，落入混战双方脚下。混战双方对此理都不理，打得热火朝天。叶小天手脚并用，从他们脚下飞快逃出来，再度逃到展凝儿身边，前胸后背好几个脚印，展凝儿见了，眸中不觉有了一丝笑意。

叶小天逃到展凝儿身边，怒吼道："我说错了吗？难道你有胸毛？来来来，你让我见识见识……啊！"

叶小天腾云驾雾一般，再度飞进混战人群，然后再度顽强地从人堆里爬出来。展凝儿唇边牵着一丝笑意，对狼狈不堪的叶小天道："看你还敢不敢胡说八道。"

"士可杀，不可辱！"叶小天双眼通红、鼻息咻咻，好像一头斗牛，恶狠狠地瞪着展凝儿，愤怒地道，"臭婆娘，你再敢踢我一脚试试，我弄不死你！"

"喊！"展凝儿没有理会他的威胁，只把嘴角一撇，满脸不屑。愤怒之极的叶小天左右一看，见地上有根歪歪扭扭的树根，二话不说，冲过去拾起树根，就向展凝儿扑去。

叶小天驴性发作时，他的理智基本上是控制不住他的愤怒的。从小到大，叶小天犯驴的次数屈指可数，可每一次他现在都记忆犹新，曾经亲历他驴性大发的人也都记忆犹新，因为那时的叶小天根本无所忌讳，天王老子也敢打了再说。

展凝儿知道叶小天根本不会武功，虽见他面孔扭曲、两眼通红，瞧着很是可怖的模样，却是一点也不怕。不但不怕，展凝儿甚至故意不闪不避、负手傲立，冷冷地看着叶小天向她冲过来。

叶小天冲到展凝儿身边，大吼一声，树根就向展凝儿的纤腰横扫去。

黔无驴，今有矣，驴性发作的叶小天一点也不懂得怜香惜玉。

展凝儿轻笑一声，小蛮腰轻轻一扭，就避开了叶小天势若雷霆的一击。

可是，展凝儿忽略了一点，叶小天手里拿的不是刀也不是枪，而是一根歪歪扭扭、状如虬龙的树根，树根上还有几根分裂出的枝杈，展凝儿让开了树根的主干，却没让开枝杈。

只听"刺啦"一声，展凝儿的石榴裙就随着叶小天手中的树根扬到了半空，仿佛一面红旗，正迎风飘扬……

展凝儿惊呆了！

躲在人堆后面看热闹的李云聪惊呆了！

拎着板砖好不容易得着机会正打算冲过来的罗大亨惊呆了！

手忙脚乱地指挥着官兵、捕快、民壮们，不断强调着要在不伤人的前提下制止双方暴动的罗小叶惊呆了！

正在混战的双方反应稍稍慢了一些，但是空中那面飘扬的"红旗"是很显眼的，他们看到了红旗，接着就看到了只着一条裈裤呆立当场的展凝儿，正在喊打喊杀的秀才公们也惊呆了。

群众队伍一片寂静，所有人都像木桩似的站在那里。

穿着裈裤当然不至于让展凝儿春光外泄，但是女儿家怎么好穿着一条裈裤就出现在这么多人面前，那可是内宅春闺，与丈夫相处时的穿着打扮啊。虽说苗女大多不守中原习俗，可展家几百年的土司世家，又岂是普通苗女？

所有人中反应最快的就是叶小天。当他发现整个黄大仙岭上一片寂静，连风声都听得清清楚楚之后，叶小天沸腾的热血迅速冷静下来。虽然他正处于狂化状态，但是对于危险的嗅觉特别灵敏，叶小天二话不说，掉头就跑。

黄大仙岭上，所有人肃立，目送本县典史艾大人手举一杆"红旗"向山下飞奔而去，片刻工夫就不见了人影，唯有一面"红旗"冉冉于青青绿野之中。这个呆子逃命之际居然忘了丢掉他的"兵器"……

第五十八章

一旗绝尘我去也

一

"这什么情况？"

看着那面冉冉奔行于青山绿浪之间的"红旗"，黄大仙岭上的人都愣住了。

呆立片刻后，他们扭头看向展凝儿，唉！挺好一个姑娘，都成关公了。

"关公"举着圆月弯刀，浑身打摆子："抓……抓住他！给我抓住他！抓——住——他——"

最后一句，展凝儿是用吼的，吼声在寂静的山顶随风飘去，在一座座山谷间传荡开来："抓住他……抓住他……住他……住他……他……"

苗家汉子们最先反应过来，朝山下追去，失去对手的其他部落勇士们先是有些愕然，随后也不知是想追上那些苗人继续决斗还是想去瞻仰一下叶大英雄的风采，也一窝蜂地朝山下涌去。

看热闹的人当然不嫌事大，马上兴高采烈地追了上去，只有总是随在展凝儿身边的那两个苗家武士留在了现场。

两人尴尬地对视一眼，也不敢去瞧展凝儿，其中一人脱下上衣，扭着头递上，讪讪地道："大小姐，您……您先当裙子系一下吧！"

展凝儿恨恨地接过上衣，往腰间一围，看看不像话，又恨恨地扯下来，往地上一摔，红着眼睛道："本姑娘就这样了，有什么了不起的！"说罢拔足向山下追去。

两个保镖一看，得，大小姐这是破罐子破摔了。二人也不敢相劝，马上举步追去，两人这一走，黄大仙岭上顿时空空如也，只剩下满地垃圾，一片狼藉……

片刻之后，罗大亨先前提议秀才们进行爬山、举重、攀缘比赛时信手所指的那片参天大树上，突然有两道黑影轻轻一闪，如同树叶似的，轻飘飘地落在地上。

这两个人俱是一身青衣劲装，青布头罩笼面，由头到脚，只有一双锐利的眼睛露在外面，这两双锐利如狼的眼睛，此刻却透着一种啼笑皆非的感觉。一个身材高些的青衣人咳嗽两声，止住笑意道："大哥，要不要追上去？"

另一个比他稍矮些，但是往那儿一站，便气势巍峨如山的青衣人轻轻摇头，道："不必了。唉！我本来还担心那孩子做事不着调，会吃亏，是以跟来，却不想……他那结义大哥，比他还不靠谱。"

稍高青衣人闷哼两声，大概是憋不住笑意，道："嗯！事端本就不是大亨这孩子挑起来的，现在众人又忙着去追那位……嘿嘿，典史。想必不会有人再难为他了。"

稍矮青衣人眼神忽地一冷，狠声道："那个姓叶的小子居然敢挑唆大亨提出那么荒唐的提议，要不是骤生意外，大亨岂不成了众矢之的？大亨这孩子憨厚老实，没有心机，如果他想利用大亨，我绝不会放过他！"

稍高青衣人迟疑了一下，没有出声。但是他们两人几十年的兄弟，彼此间再熟悉不过，他只是稍现异常，那稍矮青衣人便觉察出来，问道："你想说什么？"

稍高青衣人道："大哥，你不觉得，一个能想出种种办法逃学，以大哥你的精明都发现不了，非得等顾教谕说给你听才知道的孩子，会真的那么……没有心机？"

稍矮黑衣人转过身，眼神有些疑惑。

稍高青衣人道："虽然大哥不想让大亨走你的老路，从未教他武功，但是在他还是婴儿的时候，你就用最好的伐髓洗筋药物给他沐浴泡澡。他虽胖些，体质断然不至于那么差，你觉得他爬山途中那般狼狈，会不会是有意拖延？"

稍矮青衣人闪动了一下眼神，迟疑地道："这个……不会吧……"

稍高青衣人笑道："瞧，连你这个当爹的都无法确定不是？"

稍矮青衣人疑惑地道："我家大亨没这么精明吧？"话是这么说，他不自觉地就有些欢喜起来，儿女但凡有一点能让父母感到惊喜的长处，都会叫他们心花怒放。

稍高青衣人道："大亨这孩子天生一副憨相，所以我也不能确定，不过他绝不会像大哥担心的那样就是了。这孩子从小没朋友、没兄弟，我看得出他是真心想跟那个姓叶的交朋友，你就不要干涉太多了，他总要长大的。"

稍矮青衣人皱了皱眉头，道："你说那个假货……我倒没想过要动他。不过县衙里那帮老狐狸把他推出来，定然是不怀好意的，大亨如果和他走得太近……"

稍高青衣人失笑起来："大哥杀伐果断、一代枭雄，不想牵扯到自己儿子就方寸大乱。大亨只是和他交个朋友，能有什么事？他马上就要成年了，让他闯闯吧，哪怕吃点亏、上个当，只要不伤筋动骨，那也不是坏事。"

稍矮青衣人点点头，叹道："我是关心则乱哪。不说这个了，老三手下的势力，你接收的怎么样了？"

稍高青衣人道："大哥放心，没有问题。从我现在掌握的情况看，老三确是动了私心，不但暗中培植私兵，而且……还和那个人有所接触……"

稍矮青衣人的眼神顿时一变，稍高青衣人道："不过大哥放心，老三做事很小心，因为他太小心，所以行动很迟缓。从我现在掌握的情况看，他还只是和那个人的手下刚刚搭上线。"

稍矮青衣人舒了口气，道："应该就是如此，否则我们就不可能安生地站在这里了。我想老三也不是真的想要投靠那个人，只是想多攀一棵大树、多找一条后路，他最终的目的还是想取代我，然后左右逢源，从中牟利。"

稍高青衣人颔首道："大哥高见！"

稍矮青衣人沉吟一下，冷笑道："荣华富贵已经腐蚀了他的心志，早忘了我们为何远来贵州了。为了富贵荣华，他现在连兄弟都想出卖！"

稍矮青衣人向前踱出两步，山风吹得他的衣角猎猎直响。他思忖片刻，说道："从现在起，你全部心思都要用在接收、清理老三的残余势力上，确保不能出半点差错！"

稍高青衣人抱拳道："遵命！"

· ※ · ※ · ※ ·

叶小天上气不接下气地跑到山下，脸上汗水如浆，回头一看，山路上无数的人都在络绎不绝往山下跑，叶小天暗叫一声"苦也"，奋力继续逃命。

叶小天扛着"旗"，好像巡山小妖似的跑出山坳，恰好看见一个老太婆侧身骑在一头小毛驴上，前边还有一个十二三岁的小后生牵着缰绳。

叶小天如见救星，上气不接下气地喊："站……站住！下……下来！快下来……"

老婆子眼神挺好，一看叶小天光着膀子、发髻歪着、满头大汗，肩上扛着一根木棒，木棒上还挑着一袭石榴裙，登时大惊失色：莫非碰上了采花贼，天老爷，老婆子的清白身……

还不等老太婆呼天抢地号啕一番，叶小天已经冲到面前，一把将那没有四两重的老太婆从驴背上抱下来，老太婆百忙之中悲怆地吩咐孙子："小四儿，快去村里喊人……"

叶小天道："喊什么人！我……我是官……官府的人！"

老太婆连踢带踹，哭叫着道："官府的人也不能强抢妇女啊！"

叶小天一呆，赶紧松开老太婆，道："你想得美！我有……公事在身，现在征用……你的驴子！"

叶小天一把抢过驴缰绳，想往上爬时才发现肩上还扛着"旗"，忙往老太婆怀里一塞，说道："这是征驴钱，回头你们去县衙里领驴！"叶小天把"小红旗"给了老妇人，树根可没给她，眼下还要靠它傍身呢。

叶小天把展凝儿的红裙给了老妇人，翻身上驴，在驴屁股上使劲拍了两巴掌，大喝道："驾！"就像一位无畏勇士般冲向县城……

叶小天一路逃一路回头看，大家都是从山上跑下来的，个个筋疲力尽，又不像他是在逃命，可以使足浑身力气，所以众人越追越远。叶小天心里一松，这才专心赶路。

叶小天骑着驴子拐过一片青纱帐，后边忽然传来一阵急骤的马蹄声，叶小天大急，正要冲进青纱帐躲避，仓皇间回头一看，却见一人骑着骏马飞奔而至，看身形正是罗小叶。

罗小叶的人跟着那些决斗的、看热闹的人一路跑下山，早就没了队形，完全和那些人混作了一处。罗小叶也顾不得整顿人马，他来的时候是骑马来的，到了山下找到正在山坳树荫下乘凉的马夫，要过战马便绝尘而去，此时才追上叶小天。

叶小天一见是罗小叶，登时放下心来。罗小叶追上叶小天，没好气地问道："典史大人，这就是你的下策？"

叶小天干笑道："当然不是，这只是事急从权，临机应变的手段。"

说到这里，叶小天忽然有些沾沾自喜，仰起脸看着骑在高头大马上的罗小叶，道："啊！他们都追我来了，决斗之事应该不了了之了吧？"

罗小叶苦笑道："黄大仙岭之难应该解了，可咱葫县县衙之难也就来了。我听说那被你扒了裙子的小苗女很有身份的，典史大人，你还是……多多珍重吧……"

第五十九章

各人自扫门前雪

一

罗小叶和叶小天一个骑马一个骑驴,一边跑一边说,一路绝尘地冲进县城大门。

过了大约小半个时辰,陆陆续续又有参加决斗的两派生员持着刀枪棍棒闯进城来,唬得城守官心惊胆战,还以为山民又造反了。

紧接着,看热闹的百姓也陆续进城,有关叶小天和水西展氏大小姐之间的诡异一幕,便也通过这些人的嘴巴在整个葫县县城传开。一时间各族百姓扶老携幼,欢天喜地直奔县衙看大戏去了。

城守官眼看着一拨又一拨浑然不似善类的人冲进城去,最终却什么也没发生,刚刚松了口气,就见远处又有三人急急赶到。中间是一个年轻苗女,模样甚是俊俏,只是头上、颈上乃至上身都有愈增丽色的银饰,唯独下身却穿了一条中老年妇人才穿的青黑色襦裙,未免有些不搭。

这城守官见那苗女神色不善,后边跟着两个苗装大汉更是凶恶,连忙故作无视,任由他们进了城。

这个少女自然就是展凝儿了,那条裙子是她从被劫走了驴子的老妇人那儿讨来的。那个老妇人也有种农妇的狡黠,发现那红裙质料极好,怎么也值几两银子,当即就揣了起来。

等展凝儿下山之后,看到那老妇人,提出要买她的裙子,老妇人如何还不明白方才那红裙的来历?她收了重金,却把自己的裙子当场脱下,始终没让包袱里的红裙见到正主。

展凝儿一走,想必那老妇人就要先把红裙暂且穿起来了,只是一个老妇人穿一条鲜艳的石榴裙,叫她小孙子扶着往山道上一走,那风景当真是……

这时候,黄大仙岭半山腰上,罗大亨悠闲地漫步而行,时不时还从书包里掏出一块桂花糕,全未发觉暗中还有两道青色人影悄悄地蹑着他。

罗大亨在上山途中首次停下歇息的地方停下来，脚踏青石，放眼远望，就见山下极远处有几个背着娃娃的婆婆、公公正往县城方向蹒跚而行，罗大亨不禁幽怨道："你不想被人追偏被人追，我想追偏追不上，唉，真该减肥了。"

大亨说罢，大嘴一张，又是一块桂花糕下肚，他拿出一只水囊来使劲灌了几口，就一屁股坐下，哼哼唧唧地歇起乏来。暗中跟着的两个青衣人对视一眼，啼笑皆非。

那稍矮些的青衣人暗暗翻了个白眼，心道：想来方才那番话都是二弟故意宽慰我，我这混蛋儿子，哪可能是大智若愚的主儿？

・※・※・※・

叶小天和罗小叶逃到县衙门口，一个下马，一个下驴。守门的衙役一见巡检大人和典史大人到了，连忙跑上来接过缰绳。他们很奇怪地看着叶小天的打扮，毕竟堂堂典史，光着脊梁还扛着根树根，稀罕的很。

叶小天和罗小叶进了县衙，刚刚拐入仪门，恰好又是孟县丞和王主簿联袂而来。一见叶小天这般光景，孟县丞大惊失色道："艾典史！你……这是要向谁负荆请罪啊？"

叶小天讶然道："我负什么荆请什么罪啊？我……哦！"

叶小天突然注意到自己还扛着那条惹祸的"祸根"，急忙把它往旁边一丢，苦起脸道："两位大人，你们可真是害苦我了。"

孟县丞和王主簿见他那副狼狈样，就猜到他在山上吃了大亏，不过再看罗小叶虽然愁眉紧锁，却也没有极为惶恐的模样，料定那些秀才们没有闹出人命，心中又是一宽。

有了心情，二人再看叶小天，就越看越好笑了。二人强忍着笑，扮出一副严肃模样，孟县丞道："典史大人不是往黄大仙岭去制止两派生员殴斗去了吗？怎么……竟然这副模样回来？"

叶小天道："唉！此事说来话长，实是一言难尽。罗巡检，还是你来说吧。"

罗小叶苦笑一声，把事情经过简明扼要地一说，孟县丞和王主簿登时笑不出了。孟县丞怔了半响，道："你说……那女子是水西展氏家的人？"

罗小叶道："水西展氏没错，'家的人'就略显不恰当了。实际上，那女子是水西展氏这一代的大小姐，咳！'黔地有三虎'，三虎之一的那位……"

孟县丞和王主簿异口同声道："霸天虎？"

罗小叶一呆，奇道："两位大人认得她？"

孟县丞和王主簿眉毛同时一耷拉，同声叹道："不认得！不过那三个祸害里边只有一个会武，我们怎么会猜不出？"

孟县丞和王主簿互相看看，孟县丞突然神色一动，严肃地对王主簿道："三年大考之期将近，今年的秋粮无论如何也要收满九成才行，否则如何应对朝廷大考啊。王主簿，你得尽快把户籍册整理完毕，我才好按图索骥，逐户收税。"

王主簿脸色沉重地点了点头，对孟县丞道："嗯！其中道理，下官自然明白，下官已经吩咐人日夜赶工整理户籍了。县丞大人，要不咱们这就去看看，切莫误了公事。"

二人同时转向叶小天，把手一拱，道："艾典史，我们忽然想起还有一件极紧要的大事要做，这就告辞了。"

叶小天还真没见过这么不要脸的官，叶小天吃惊地道："两位大人，那姓展的……"

说话间，孟县丞和王主簿已经走出仪门，向他挥手道："县尊大人正在二堂。"言犹未了，二人已转过照壁，不见了。

叶小天怔道："他们怎么可以这么无耻？"

罗小叶道："不无耻怎么做得了葫县的官？"

叶小天扭头看了看罗小叶，罗小叶道："你不用看我，我是世袭土官，做不了也得做。"

二人正说话间，就见孟县丞和王主簿又从照壁后面转了过来，叶小天大喜，只当他们良心发作，连忙迎上去拱手道："孟县丞、王主簿……"

孟县丞和王主簿聚精会神，全未听到他说话，也未看见他这个人，只听孟县丞道："虽然朝廷施行的是'一条鞭法'，可我葫县还是要因地制宜才行啊。本地百姓平素买卖都是以物易物，叫他们缴银子很困难。"

王主簿道："是啊，不如这样，我们总括一县赋税，量地计丁，这方面还是按照朝廷的税法办，接下来，要允许百姓直接缴纳秋粮和绢布，由我葫县官府运到大城大阜，换现缴银。"

孟县丞颔首道："如此甚好。各乡粮长那边，可以通知他们开始征粮了，有抗税的，由里甲配合惩办，实在不行，再由县里派人去催……"

王主簿道："县丞大人的法子妥当得很！"

两个人一边说一边走，从叶小天身边走过去，直接把他当了空气。叶小天正在纳闷，就听衙门外喧哗声扑面而来，这才恍然大悟：原来这两个没担当的混蛋是出不了大门，这才躲了回来……

·※·※·※·

县衙二堂上，花晴风木然而坐，半晌无语。

叶小天顿足道："我的大老爷，你倒是说话呀。"

花晴风咳嗽两声，眼珠动了动："孟县丞和王主簿呢？"

罗小叶苦笑道："那两位大人，也不知躲到哪里商量征收秋粮的事去了。"

花晴风愕然道："秋粮已经到了收割时间了吗？哦，我明白了……"

花晴风深吸一口气，对叶小天道："此事关乎女人名节，说大大过了天，说小一文不值，是大还是小，全看人家在不在乎。水西展氏呢，就是连布政使衙门也要忌惮三分，这展凝儿既是水西展氏的重要族人，你看此事该如何解决才好？"

叶小天奇道："大人，我来找你，不就是问你如何解决吗？你怎么问起我来了？"

花晴风摇摇头，悲伤地道："本县……是没有办法的。这里的百姓，不服王道教化久矣，向来不把本县放在眼里。本县的三班六房，又向来是一盘散沙，全无威慑。本县空有凌云之志……"

叶小天恼道："大人，你就不要凌云了，你们葫县这帮官，真是令我大失所望。上黄大仙岭阻止两派生员决斗，免致出了人命，是你们要求的吧？我去了，也办到了！现在，作为你的下属，我遇到麻烦了，孟县丞和王主簿就开始装聋作哑，你花大老爷……你倒是不用装聋作哑，因为你根本就又聋又哑！"

花晴风被他骂得脸上红一阵白一阵的，偏偏无话可说。

叶小天道："我要真是本县典史，那没说的，这黑锅我自己扛！可我不是啊，我是被你们逼着冒充艾典史的，你们现在一推二五六，全都当哑巴？成啊！那我就坐在这儿，回头他们要是激愤之下闯进县衙，闹出什么大事件来，要罢官也是罢你们的官，老子大不了不装这头大瓣蒜了。我本来就不想装，我带着我老……老妹投亲戚去。"

叶小天说着就想来个摘官帽的动作，手摸到头上才发现今天是儒生打扮，只系了一条公子巾。叶小天愤愤地往椅子上一坐，二郎腿一跷，还故意抖着大腿，一副滚刀肉模样。

花知县脸上青一阵、红一阵的，嗫嚅半响，才道："既然这样，那……那本县就出去一趟，万一……万一那位展姑娘肯看在我的薄面上就此息事宁人，那就最好不过。"

花晴风说着站起来正了正官帽，举步就往外走。正抖着大腿的叶小天突然停了下来，凝眸一想，用力一拍大腿，道："不对啊！不对不对！我为什么要怕她？我明明有法子治她呀！"

前脚刚刚迈出门槛的花晴风"嗖"的一下就缩回了脚，双眼大放光芒，一个箭步冲到叶小天身前，一把抓住他的手，激动万分地道："艾典史，你有办法？"

第六十章

君子动口不动手

一

展凝儿赶到县衙时，县衙外已是人山人海，比菜市口看杀人时还热闹。如此情景自然令展凝儿更加羞愤难当，这笔账她理所当然地算到了叶小天的头上，因此对叶小天更是恨之入骨。

凭展凝儿那暴烈的性子，断然不会因为羞于人多便悄然遁走，改日再来寻叶小天晦气的道理，她的做法很直接，她直截了当地命令自己的随从："上前叫门，要县衙马上交出那个混账，否则，本姑娘就打进去！"

展凝儿言犹未了，紧闭的县衙大门便轰然打开，叶小天光着膀子，很光棍地走了出来。

展凝儿一见叶小天，当真是仇人相见分外眼红。她攥紧刀柄向叶小天冲去，却不想叶小天比她速度还快，一看见她，马上就向她冲过来，距她三丈处又突然站住，高声叫道："我想起来了！"

这没头没脑的一句话，成功地勾起了展凝儿的好奇心，展凝儿硬生生刹住脚步，问道："你想起什么来了？"

叶小天气势凛然地指着她的鼻子道："你，食言了！"

展凝儿一呆，讶然道："我？"

叶小天用力点头，道："不错！你用脚了，我说错了吗？"

展凝儿："呃……"

叶小天强调道："而且你还不是一次，而是三次！"

展凝儿："这……"

叶小天愤怒地控诉："你发过誓，绝不对我动手动脚，可你食言了。我做什么了呢？我只不过在你一而再、再而三地将我的尊严踩躏于脚下时，奋起反击了一次，结果如何？你居然不依不饶地追杀到县衙门来了！"

叶小天高声道："我好歹也是个官，你对我尚且如此，对寻常百姓又如何？"

展凝儿："我……"

叶小天道："我知道，或许对平头百姓，你反而彬彬有礼，因为你不想别人说你以强凌弱。可你如此对我，就算是无畏强权了？你仔细看看，葫县衙门里可有人能强权吗？"

展凝儿："我……"

叶小天猛一挥手："好了！你不要再说了，你说得再多也是狡辩。究竟怎么样是看你怎么做，而不是看你怎么说。你是水西展氏族人，你对朝廷官员如此态度，别人会怎么想，会怎么看待你们展氏？"

展凝儿："那……"

叶小天："好男不跟女斗！这一次，我原谅你，你不是对你的神发过誓吗，幸好誓言中没说要不要马上应誓，我这人很大度的，我允许你的蛊神一百万年后再应誓。但是只限这一次，明白吗？"

展凝儿："你……"

叶小天："在黄大仙岭上，我和你说的那个人，家就住在秋柳胡同，你知道我指得是谁，秋柳胡同进去，第三家就是了。好了，就这样吧，我不想再和你说了，你走吧！"

叶小天转身就走，像他出来时那样风风火火地迈进衙门，喝道："关门！"

县衙大门"砰"的一声关上了，气势汹汹而来打算登门问罪的展大小姐自始至终就没有说话的机会。

"貌似他说得很有道理啊，等等，我为什么要跟他讲道理？嗯……我是发过誓，不过我的誓好像是针对之前他对我的屡次欺骗，并不包括之后他冒犯我的事吧，我究竟能不能动手呢？"

可怜的展大小姐被叶小天连珠炮似的质问给绕晕了，想了半天也没想明白其中的道理。

人群中，一个白袍男子探头探脑，见叶小天愤然关门，展凝儿蹙眉不语，这人想了想，终于壮起胆子走过来，咳嗽一声，对展凝儿涎脸笑道："表妹……"

原来这人竟是展凝儿的表哥，"土司王"安氏家族的安南天。展凝儿瞥了他一眼，一言不发转身就走，安南天急忙追上去问道："表妹，你去哪里？"

展凝儿冷冷地道："秋柳胡同！"

……

叶小天趴着门缝，屏住呼吸，小心地盯着门外的动静，眼见一番话居然真把那母老虎给唬走了，庆幸之余，拍着胸脯，很是出了一口大气。

忽然，叶小天觉得好像身边有人，急忙一转身，就见县太爷花晴风正站在旁边，犹自拍着胸口，一脸庆幸。

叶小天登时把脸色一沉，不悦地道："县尊大人，这一关我侥幸逃过去了，可我不知道接下来还有多少难题等着我。我做典史也有段时间了，那刺客迄今杳无音讯，我这假典史究竟还要做多久？"

花晴风心道：你做假典史，虽然麻烦不断，好歹还能活命。急着辞去，你是嫌活太长吗？他心里这么想，口中却敷衍道："好了好了，你莫着急，再等一个月半个月的，本县就许你离去。"

叶小天双眼一亮，道："你可是一县父母，此言当真？"

花晴风道："自无虚言。"

叶小天道："我只是一个普通百姓，官府里的事原本和我没有半点关系，我答应你们做假典史，已经算是仁至义尽了，你们还要分派许多事情给我，结果出了事时你们又毫无担待，这又怎么说？"

花晴风面有愧色，无奈地道："你既担当了典史之职，总不能让别人察觉你是假的吧？好了好了，一会儿我跟孟县丞说说，县上的事呢，你能不理就不理，正好快收秋赋了，你就负责下乡催收税赋吧，这样就能避开许多麻烦。"

叶小天转怒为喜，道："这还差不多，那……你说的啊，最多一个月，一个月后，不管那刺客来不来，我是一定要走的。"

花晴风心道：你想死，你当我喜欢拦着？边想边随口敷衍道："一定，一定！"

· ※ · ※ · ※ ·

展凝儿闯到县衙门口，叶小天跳将出来，疾言厉色一番驳斥，展凝儿不战而退。旁观百姓可没听清叶小天向展凝儿透露徐伯夷住处的话，只当这场大热闹就此结束了，很是遗憾地纷纷散去，倒是没人继续跟着展凝儿。

展凝儿蹙着眉头，一路想着心事往前走，忽然扬声唤道："表哥！"

安南天赶紧凑到她面前，道："表妹！"

展凝儿道："我遇到一个问题，一时想不清楚，你来帮我参详参详。"

安南天受宠若惊，连忙道："好好好，表妹请讲。"

展凝儿咳嗽两声，道："是这样……"

展凝儿把她和叶小天打赌的经过从头到尾说了一遍，很认真地问安南天："你说如果我现在对他动手，算不算是违背誓言？"

无怪展凝儿如此慎重，她天不怕地不怕，但是对蛊神却是敬畏莫名，如果再找叶小天晦气确是违背誓言，她还真的不敢，唯恐触怒了蛊神，真的对她降下灾难。

安南天听她一说，不由大感头痛，其实誓言最好条条款款说得清清楚楚，千万不能模棱两可，否则如何解读还真成问题。安南天也是信蛊神的，不敢给她乱出主意。

展凝儿等了半天，不见安南天回答，不禁狠狠地瞪了他一眼，道："你究竟怎么看的啊？"

安南天讪讪地道："我怎么看并不要紧，重要的是，蛊神他老人家怎么看。"

展凝儿怒道："我要是知道蛊神怎么想的，我还用问你？"

安南天叫屈道："你不知道蛊神是怎么想的，难道我就知道？"

展凝儿刚一瞪眼，安南天忙道："不如这样，等你去铜仁的时候，到山里去拜访拜访尊者，他老人家是蛊神之侍，一定能够解答你这个问题。"

展凝儿嘟囔道："那不是还要等很久？再说我去了铜仁，问清尊者，有了结果之后不是还要回来一趟。"

安南天眼珠一转，嘿嘿笑道："那不如这样，你自己不方便下手的话，让九高和九当替你教训教训他好了。"

安南天所说的九高和九当就是展凝儿的那两个贴身随从。别看他俩走到哪儿都是一副小跟班的模样，其实他俩的武功比展凝儿还要高明几分，否则怎么要他们来保护大小姐。

展凝儿白了表哥一眼道："废话，你当我没想到过这个主意？'假手于人，无异自己'这句话是尊者说过的。我自己不动手，让他们替我动手，那和我自己动手有什么区别？"

安南天嘿嘿地干笑起来，道："这个嘛，我只是提个建议。唉，你当时哪怕只说不能动手也好啊，偏偏是不能动手动脚，这就绑住了自己的手脚，不能动手动脚，难道你还能动嘴，咬死他不成？"

安南天说完自己也觉得好笑，忍不住就笑了起来，却不想展凝儿两眼一亮，脱口说道："对啊！我怎么没想到！不能动手动脚，我可以动嘴啊，哈哈，好主意！表哥，难得你也能出个好主意。"

安南天呆住了，迟疑地道："你不会……真想动嘴吧？"

刹那间，安南天脑海中就闪过许多画面，看表妹对那小子恨之入骨的模样，分明是真想收拾他，用嘴怎么收拾？

安南天心头一阵恶寒，不愿再想下去，有心问问表妹，可是看她一脸神秘得意的笑容，显然是不会说给自己听的，便也识趣地不问。

忽然，展凝儿的身子停住了，笑容也凝住了，牵起的嘴角慢慢抿起，脸上虽然依旧挂着笑意，笑容却越来越冷。安南天顺着展凝儿的目光向前望去，就见巷间一个小院，瞧来平平无奇。

第六十一章

甩不脱的大亨

一

花知县对叶小天好一通安慰,这才把他安抚下去。待叶小天回自己住处更衣沐浴,花晴风便去找孟县丞和王主簿商量。

孟县丞和王主簿正在伙房里讨论纳税大计,得知那女魔头已经离去,便主动走了出来。恰在二堂院门口撞见花晴风,三人便进二堂商议。

孟县丞和王主簿也觉得叶小天现在风头已经出得够多了,接下来只要他安安分分地再耗上个把月,然后安安分分去死就好,也不想他惹出更多事来,便同意了花晴风的提议。

第二天一大早,叶小天洗漱完毕走出院门,正要去前街吃早餐,就见苏循天和李云聪门神一般候立在院门左右。

昨日据说宿醉未醒、神志不清的苏循天此刻神清气足、精神抖擞,叶小天一见便忍不住讽刺了他几句,苏循天却也不恼,笑嘻嘻地只是赔罪,把一切缘由全都推到了他那"爱屋及乌"的姐夫身上。

李云聪自从被叶小天揍了一顿,在他面前便再不多话了,一门心思只等着叶小天"水土不服而死",所以倒也耐得住性子。叶小天也懒得理他,和苏循天随意打趣几句,正想转去前街,忽然发现街对面蹲着一个人。

那人蹲在街对面,正在东张西望,忽然扭过头来看见叶小天,登时大喜起身,跑过来道:"大哥,大哥,你好吗?"

叶小天道:"好得很,还没被那疯婆子揍死。你刚回来?"

大亨一怔,道:"我从哪儿刚回来?"

叶小天道:"黄大仙岭啊。"

大亨干笑道:"大哥你别开玩笑了,我就是比乌龟爬还慢,半夜也该到县城了吧。"

大亨兴高采烈地道:"啊!原来大哥你住在这里。我只知你住官舍,以你的官职想必房子也是不小的，却不知具体是哪个院子。大清早的一时又找不到人问，只好等在路口了。"

叶小天问道："你等我干吗？"这时叶小天才发现大亨还背着书包，不禁奇道："你爹反悔了，又逼你去上学？"

大亨正了正书包，道："那倒不是，我背习惯了。"

大亨对三人古怪的神情视而不见，兴致勃勃地道："大哥，你去哪儿？"

叶小天道："我……去吃早餐。你一大早的，跑来干什么？"

大亨一听他问，登时垮下脸来，唉声叹气地道："大哥，我现在很烦恼。"

叶小天道："你烦恼什么？春心动了？"

大亨道："春心我常常动，不足为奇。我的烦恼主要是……以前上学时我一觉睡到下课，这一天很快也就过去了，现在我不知道自己该干什么，闲得我五脊六兽的。"

叶小天和苏循天、李云聪互相看看，都有些不大理解大亨的想法。苏循天忍不住问道："你现在不上学了，不是可以天天睡大觉了吗？"

大亨苦着脸道："是啊，问题是我不上学就不犯困，不犯困怎么睡觉呢？"

叶小天亲切地道："大亨啊……"

"啊？"

"我要是你爹，我准把你掐死，不然我就得被你气死。"

大亨道："大哥，你不要开玩笑了，我很认真的。"

"你认真？"

叶小天、苏循天和李云聪的脸皮子急剧地抽搐了几下，苏循天无限景仰地对大亨道："我姐夫常骂我是不成气的纨绔子弟，可是和你一比，真有云泥之别啊。"

大亨对苏循天拱手道："过奖，过奖。听口气，足下平日里定然是闲极无聊、招猫斗狗、姥姥不亲、舅舅不爱的货色了，有时间的话，我倒要向足下好生讨教讨教。"

大亨说完又对叶小天道："我一早醒来，努力地想继续睡觉，可我睡啊睡啊，就是睡不着，思来想去，也没个地方好去，我就来找你了。"

叶小天一边走，一边不耐烦地道："你找我干吗？我可没时间陪你玩，我有事情要做。"

大亨挎着书包，跟在他身边，道："没关系，我陪你做事啊，你看那些小捕快都有仨帮闲跟着呢。你好歹是个典史，官比他们都大，怎么可以只有两个跟班呢？"

苏循天听着心里别扭，咳嗽一声道："大亨少爷，其实我是班头，他是吏典。"

大亨恍然大悟道："哦，原来是高级跟班，失敬失敬。"

叶小天走进小吃店，摸摸口袋。昨儿花晴风为了安抚他，刚刚给过他三两银子，说是给他的俸禄，叶小天难得阔气一把，便道："三份……四份……大亨，你吃过早餐没有？"

大亨憨笑道："大哥你们吃吧，我一早吃过了。"

叶小天道："哦！三份早点。坐，都坐，今儿我请客。"

大亨一屁股坐在凳子上，道："原来大哥请客啊？那这个面子我可不能不给，我随便吃点吧。"

叶小天："……好！再来一份早点。大亨啊，你吃过早点，到城里随便逛逛，一天时间很快就过去了。"

大亨道："那大哥准备去哪儿呢？掌柜的，再来一份早点。"

叶小天道："县太爷打算让我到乡下去催收秋粮，不过县丞是我的直接上司，我还要等他的命令。在此之前，我打算在城里巡视巡视。"

大亨眉开眼笑地道："那不正好，我们一起走就是了。掌柜的，再来一份早点……"

叶小天听得无可奈何，大亨这厮实在黏人，当初也不知道他是这般性情啊，这一下真是湿手粘了干面粉，甩都甩不脱了。

苏循天吃着早点，对叶小天道："对了，典史可知昨日闹到衙门来的那个苗女之后去了哪里？"

叶小天双眼一亮，兴致勃勃地道："啊！你不提我倒忘了，那疯婆娘去秋柳胡同了吧？哈哈，徐伯夷现在怎么样了？"

大亨张开大嘴，正要把饼塞进嘴巴，一听这话忙道："哦！我今儿一早来找大哥的时候路过县学，碰到几个同学，他们正说起徐伯夷呢，说他好像被人打了，打得很惨……很惨……惨到今天告假没来上学，大家听了都很高兴。"

苏循天和李云聪渐渐适应了这位大亨少爷比较跳脱的思维。苏循天咳嗽一声，道："那位展姑娘到了徐家，把那小子狠狠揍了一顿，打得那叫一个惨，后来都要废了他了，幸亏他那娘子出面，跪在展姑娘面前，抱住她的大腿替丈夫苦苦哀求，展姑娘才愤愤离去。"

叶小天听了有些生气，道："这种攀附权贵、意图抛弃发妻的败类，他那娘子何必还护着他。"

苏循天叹道："她一个妇道人家，丈夫便有万般不是，又能如何？难道任由人家把自己丈夫打成残废吗？"

叶小天想想也是，不由为之唏嘘。李云聪虽是个刻薄人，吃过一次亏后自然不敢再嘴贱，是以默不作声。只有大亨那边，不时传来一阵"呼噜呼噜"的声音，听着有种农家院的感觉。

结账的时候，叶小天掏出十一份早点钱，虽然不算很贵，还是有点肉痛，他穷啊,大亨答应的那五十两银子还没给他呢。出了小吃店,苏循天殷勤地问道:"典史大人,你看咱们现在去哪里走走?"

叶小天摸摸口袋里的钱,忽然想起应该给水舞买点东西。女人没有不喜欢饰品的,虽然以叶小天的品位来看,那东西不当吃不当穿,一根镀银钗子远不如三斤排骨实在,可女人不就是喜欢不切实际的东西吗?反正女人的缺点又不只这一点,我是男人,多包容吧……

想到这里,叶小天便道:"走,去十字大街逛逛。"

县城里几乎每一条街都是十字交叉路口,但是能被称为十字大街的只能有一条,就是最繁华最热闹的那一条。叶小天要去的就是初到葫县时亲眼见证葫县百姓大作战的那条长街。

大亨跟他们混在一起,总算是不寂寞了,四个人并作一路,前行不远,就拐进了人声鼎沸、熙熙攘攘的十字大街。暗中有三个鬼鬼祟祟的人影悄然尾随而来,专注于寻找首饰头面的叶小天全未觉察。

展凝儿一身男装打扮,小心翼翼地跟在叶小天后面,在她旁边则是两个面带无奈之色的大汉,这两个大汉正是展凝儿的贴身随从九高和九当,他们也都换了普通汉服,免得引起叶小天的注意。

九当实在忍不住,小声嘀咕道:"大小姐,这样行吗?"

展凝儿全神贯注地盯着叶小天,头也不回地道:"怎么不行?"

九当道:"大小姐你又没练过吹箭,那是深山苗才会的玩意儿啊。"

展凝儿黠笑道:"谁说我不会?你们当然不会,我却是学过的。九岁那年我去山里拜见侍蛊尊者,见他老人家身边的人用过,我挺喜欢的,还特意讨来一支,跟他们学过用法。这次幸亏表哥提醒,不然我就忘了。"

九高道:"大小姐,这么多人,容易误伤啊。"

展凝儿道:"那怕什么,我这又不是什么致命的毒药,只是中了箭会令人狂笑一天。你们想想,他是官啊,要是坐在公堂上、走在大街上,总是疯子似的笑呀笑的,哼哼!他让我丢人,我就让他丢死人!快点,别跟丢了!"

展凝儿从怀里悄悄摸出一根吹管,把一支细长如毛发的吹箭小心地塞进去,向叶小天迅速靠近……

第六十二章

我笑他人太疯癫

一

"掌柜的，这只钗子怎么卖的？"
"二十文钱。"
一旁苏循天道："典史何故买这女人之物？"
叶小天道："哦！我那……妹子，也没什么饰物，今日正好无事，想着给她买点东西。"
苏循天道："啊！典史大人与水舞娘真是兄妹情深，应该的，应该的。"
趁人不注意，苏循天狠狠"啪"了一下自己的额头，心道：苏循天啊苏循天，你还真是蠢啊！以前找的都是要钱的姑娘，头一回找这不要钱的姑娘，整天只会围着人家打转，居然想不到送礼物，枉你自称酒色财气……
苏循天眼珠转着，便想与他们分开些，自去一旁买些更值钱的饰物，总要压水舞兄长一头，才好讨她欢心。见叶小天正专注地挑着饰品，苏循天拔腿就走……
"噗！"
展凝儿瞄准叶小天，用力一吹，恰好苏循天从叶小天身后急急闪过，牛毛细针无影无踪，也不知是扎中了叶小天还是苏循天，又或者是飞得不知去向。
展凝儿盯着叶小天，嘴里数着："一、二、三、四……"
展凝儿数到十，见叶小天还没有动静，又看看已经走开的苏循天也没有动静，不禁泄气道："射偏了。"
展凝儿毫不气馁地又取出一根牛毛针，小心翼翼地塞进吹箭。
叶小天最终选中了两枚珍珠耳环，珍珠不大，比米粒大些，但纯白莹润，戴在水舞的耳朵上，一定会平添几分风情，叶小天正掏钱，就听远处突然一阵狂笑："哈哈哈哈……"
叶小天听那声音耳熟，抬眼一看，就见远处一家店铺门口，苏循天正仰天狂笑，叶小天奇道："他什么事啊这么开心？"

憨憨地陪在叶小天身边好像福娃似的大亨手搭凉篷向那边看看，自言自语地道："笑得这么欢实，大概捡到钱了吧。"

叶小天道："那他运气还真好。"说罢低头付钱，不去理那县太爷小舅子了。

苏循天正在挑饰品，突然控制不住地大笑起来，那卖饰品的商贾赶紧把自己的东西都收起来，警惕地看着他，还当他是疯子。

苏循天狂笑了几声，笑意突然又没了，他正惊骇莫名，顿时松了口气，可是刚朝叶小天这边走出几步，突然一股遏制不住的笑意又涌上来："哈哈哈哈……"

苏循天赶紧捂住嘴巴，可笑声憋不住，还是不断冒出来，苏循天大为惶恐，急忙趁着笑声间歇，对叶小天远远喊了一句："典史大人，我有急事，先离开一下，哈哈哈哈……"

苏循天也不等叶小天回答，便狂笑着逃进一条小巷，赶紧往最近的一家医馆跑去。展凝儿看见苏循天狂笑的姿态，顿时欢喜起来："啊！我射中了！果然奏效，大概年头久了，所以迟缓了些……"

展凝儿喜滋滋地把吹箭拿起来，再度瞄准叶小天："噗！"

叶小天付了账，把珠坠小心地收进怀中，忽听苏循天远远说话。叶小天一侧身，向苏循天的方向看去，那牛毛吹箭擦着他的脖子射过去，正中那卖首饰的商贾胸口。

箭如细毛，入体不痛不痒，那掌柜的毫无觉察，叶小天这边刚刚回应了苏循天一句，那掌柜的便药效发作了。因为这箭矢有些年头了，箭上所含药力深浅不一，这掌柜的发作比苏循天还快。

"哈哈哈哈……"

掌柜的骤然一阵大笑，把近在咫尺的叶小天和李云聪都吓了一跳，只有罗大亨稳如泰山，望着那掌柜的奇道："我说掌柜的，你这店多久没开张了，才赚了几十文钱就笑成这样？"

那掌柜的笑得眼泪都下来了，忙不迭向大亨摆着手，却是笑声不断，连话都说不出来。罗大亨见状，不由紧张地对叶小天道："大哥，快把那珍珠坠子拿出来好好看看，别是假货吧，你看这掌柜得意的……"

掌柜的刚刚忍住笑声，急忙解释道："不是的不是的，客官你别误会，我是突然想起了昨天别人告诉我的一个笑话，哈哈哈哈……大力，你来看下店，太好笑了，我去笑一会儿，哈哈哈哈……"

掌柜的如何解释得清自己为何突然发笑，生怕客人以为自己是有疯病的，是以急忙找个借口，唤过伙计看店，自己急急避进店去。

"哈哈哈哈……"

听着店里传来奔放豪迈的笑声，叶小天和罗大亨面面相觑，一直默不作声跟在叶小天旁边的李云聪忍不住摇了摇头，叹道："昨儿听说的笑话，现在才笑出来，这人得笨到什么程度？"

叶小天和罗大亨想想也是，不由为之失笑。

不远处，一身男装打扮的展凝儿恨极，用力跺了跺脚，道："真是的，又射偏了。我再来！"

"噗！噗！噗！噗！"

展凝儿不信邪，既然自己拿捏不好射出吹箭的时机，以量取胜。她迅速装箭、吹箭，一路追一路射，可也巧了，那箭不是射偏就是射中别人，不要说射不中叶小天，就连他旁边罗大亨那么明显的目标都没射中。

"哈哈哈哈……"

当叶小天看到面前一个挑着筐、挽着裤腿的穷汉子突然开怀大笑时，终于觉得有些不对劲了。叶小天站住脚步，对李云聪道："不对劲啊，怎么不时就有人放声大笑，这不是葫县的什么特别习俗吧？"

李云聪没听懂，纳罕地道："习俗？"

叶小天挠挠头道："就是……好像有个族喜欢互相泼水祝福一类的……"

李云聪恍然大悟，道："没有，本地绝对没有什么狂笑习俗。"

叶小天沉吟片刻，道："此事透着古怪，可别再碰到什么事端才好。咱们不要逛了，马上回县衙！"

叶小天说走就走，领着李云聪和罗大亨往县衙赶去，展凝儿心急火燎地伸手往针囊里一摸，"哎哟"一声道："没了？"

展凝儿急忙从腰间抽出针囊，发现吹箭果然用光了。她沮丧地展开针囊，突然眼前一亮，发现还有一支吹箭脱离了箭囊，横躺在针囊里，好在这牛毛细针甚有弹性，一打开就恢复了原状。

展凝儿急忙装好吹箭，为了确保必中，她冒险逼近，在距离叶小天极近的地方，向他的后心"噗"的一箭。叶小天浑然未觉，继续前行。展凝儿一脸黠笑地跟在后面，等着看他笑话，结果叶小天走出足足两百步，还是没有什么事发生。

展凝儿沮丧地站住，扭头看看一脸怪异表情的九当和九高，讪讪地道："咳！其实……他是高手，顶尖高手，深藏不露的顶尖高手，可不是我射不准……"

九当和九高怎好拆自家大小姐的台，九当忙道："大小姐说得是。"九高道："或许大小姐是射中了的，只是这支吹箭脱离了箭囊，没有囊中药物喂着，所以失去了药力。"

展凝儿双眼一亮，急忙说道："对！对对对！一定是这样！"

· ※ · ※ · ※ ·

叶小天嫌十字大街人群熙攘，行走缓慢，特意与李云聪、罗大亨拐进了胡同，穿过两条胡同后，恰好经过徐伯夷的住处。

他们还没走到徐家门口,就听一阵叫骂声传来:"你这贱妇,粥这么热就端上来,你想烫死我吗!"

随着喝骂声,桃四娘突然从徐家院子里跑出来。徐伯夷拄着拐杖,手里拿着一根藤条,一瘸一拐地追出来,喝骂道:"你还敢跑?你跑了就别回来!"

就这一句话,桃四娘便乖乖站住,徐伯夷追上去,恶狠狠骂道:"你这贱妇,你跑啊,你给我跑啊,贱妇!"一边骂,一边抡起藤条,不管不顾地抽将下去。桃四娘举臂掩面,藤条抽在身上,抽一记疼得就一哆嗦。

罗大亨大怒,伸手扯下书包,用力一抡,骂道:"真是畜生!"

书包扇在徐伯夷脸上,徐伯夷仰面便倒。

叶小天看了大亨一眼,大亨解释道:"板砖……我忘了拿出去。"

叶小天上前两步,缓缓弯下腰,捡起藤条,在手中弯了弯,还挺有韧性。

徐伯夷晕头转向地爬起来,一眼看清叶小天,登时满面怨毒,昨日展凝儿痛揍他时,可是说过,要不是艾典史说明真相,还不知要被他蒙骗到几时。挡人财路如杀人父母,徐伯夷和叶小天这就算是有了不共戴天之仇。

罗大亨骂道:"你家娘子温淑贤良,街坊邻居谁不夸赞?为了供你读书,她还辛辛苦苦去我家做厨娘。家事国事天下事,什么事总说不过一个理去,这么丧良心的事,你都敢做。"

徐伯夷不理他,只是瞪着一双血红的眼睛盯着叶小天,咬牙切齿地道:"徐某教训内人,于你有何相干?定是你与这贱妇勾勾搭搭,不清不楚,这才见不得她受罪吧?不知廉耻!"

桃四娘愕然看向丈夫,登时泪如泉涌,方才被打得那么狠,她都没有这么伤心过。叶小天瞪着徐伯夷,一抹血色清晰可辨地沿着他的脖颈向上蔓延,额头两根青筋二龙戏珠般凸起。

叶小天的驴性又犯了,明明已是愤怒至极,但是……他却突然大笑起来:"哈哈哈哈……"

徐伯夷也笑,冷笑连连地道:"怎么?理屈词穷了,无话可说了?"

叶小天大笑不止,笑着笑着,突然抡起藤条,没头没脸地向徐伯夷抽去:"你妈怀你的时候怎么就没看出你是这么一个贱骨头呢?哈哈哈……你跟着老子笑什么笑?你知不知道你笑起来跟破布鞋炸了线似的,哈哈哈哈……"

第六十三章

哈哈哈哈哈哈哈

一

一见叶小天动手,大亨也不甘示弱,挥手就是一记"捶地炮",狠狠打在徐伯夷早已青肿的熊猫眼上,疼得徐伯夷话都说不出来了。

叶小天恶狠狠地把大亨推开,抡起藤条继续狠抽,一边抽一边骂一边笑:"笑啊!你倒是笑啊!哈哈哈哈……瞧你贱兮兮的德性,哈哈哈……我跟你讲道理,你跟我满嘴喷粪,你嘴巴这么臭你妈知道吗?哈哈哈……"

叶小天笑得眼泪都下来了,他喘着粗气转过头,眼泪汪汪地问罗大亨:"我为什么要笑啊?"

大亨纳闷道:"我怎么知道大哥你为什么要笑啊?莫非你有喜欢打人的毛病?"说着,他情不自禁离叶小天远了些。

这时徐伯夷挣扎着坐起来,叶小天转眼看见,奋力一脚把他再度踢倒,继续抡藤条:"你还读圣贤书呢,你干了什么缺德事自己不清楚?你往自己头上扣屎盆子,干吗侮辱我?"

徐伯夷疼得抱住头面,愤怒地大叫:"徐某十年诗书,秀才功名,就算县尊对我也得礼让三分,你……你竟敢打我!"

叶小天像只炸了毛的小毛驴似的炸蹶子:"你一个秀才,很牛吗?三岁时阁老教我识字,五岁时尚书教我读书,哈哈哈,兵马指挥与我称兄道弟,光禄少卿对我毕敬毕恭,哈哈哈哈……你个无情无义抛妻弃子的畜生,我打不得你?"

叶小天火冒三丈,越抽越狠。桃四娘眼见丈夫一副狠狈相,到底心中不忍,急忙上前拦阻,叶小天这才收手,想想犹自不忿,又狠狠一脚踹出去,将徐伯夷踢翻在地,这才恨恨地抛下抽断了的藤条。

徐伯夷发髻也散了,衣服也破了,头上、脸上、手臂上血迹斑斑的全是鞭痕,真是好不狼狈。徐伯夷的所作所为甚不得人心,闻讯赶来的街坊邻居见了都兴高采烈,却无一人上前劝解。

徐伯夷狼狈地爬起来，眼见妻子过来搀扶，没好气地把她推倒在地，擦了擦脸上的血迹，见叶小天已经没了凶器，胆气稍壮，愤怒地大叫道："好，你敢如此有辱斯文，本秀才定要告官拿你！"

叶小天看着他冷笑连连："你去告啊，哈哈哈，我就是衙门的人，哈哈哈，我现在就回去歇着力气等你，来了再狠狠揍你，哈哈哈哈……"

叶小天转身要走，见桃四娘抹着眼泪正爬起来，便对她道："这样一个畜生，离便离了，你随便找个男人，都比这等腌臢畜生强百倍，非要跟着他做什么？哈哈哈哈……"

叶小天推开人群，大步离去，罗大亨和李云聪连忙跟上。叶小天强忍了半晌，突然发现笑意全无，不禁恐惧地道："我刚才为什么莫名其妙发笑？"

李云聪这时也发觉不对了，可他着实不知世上竟有那般古怪的药物，若是往别的方面去想，又想不出任何可能，只好蹙着眉头道："大人身子是不是有什么不妥，要不要找个郎中看看。"

叶小天动了动胳膊腿，道："可我没有任何不妥啊，刚才就是无端端地想笑，和街上那些无故大笑的人一般无二，当真奇怪。"

· ※ · ※ · ※ ·

叶小天心中有些不安，可是这病也怪，除了会莫名发笑之外，却也没有别的病症，叶小天一时又拿不定主意要不要去看郎中，等他走了一阵，眼看到了县衙门口，始终没有再无故发笑，叶小天便也彻底打消了这个念头。

叶小天刚迈进县衙大门，孟县丞就带着两个伴随出来了，一见叶小天便道："艾典史，正好，我正要找你。"

叶小天拱手道："县丞大人找我何事？"

孟县丞道："县尊大人与我商议，征收秋粮还需县衙派人下去震慑宵小，以配合粮长征粮。你也知道，此地民风剽悍，总有些人家是里甲、保正、粮长们不敢得罪的，你带些人先到城东三河乡走一遭，那里收税最是艰难。"

叶小天欣然应允道："好！下官这就去。"

叶小天进了县衙先找苏循天，可苏循天此时正在一位郎中家里时而大笑、时而不笑呢。苏循天弄得那位郎中无可奈何，偏偏看不出任何病症，已经派人去请他收山多年、年逾九旬的老恩师了。

叶小天找不到苏循天，只当他又偷懒，心想他是县太爷的小舅子，倒也不好怎么使唤他，便点了十个捕快，带了枷锁刀械，又向县衙请领了一匹马，骑着高头大马下乡去也。

无所事事的罗大亨自然是要跟他走的。大亨家里有马，可这时回家哪里来得及，大亨人又懒，走到半途恰好看见一个脚夫牵着一头骡子，大亨大喜，连忙租下那头骡子，骑着跟叶小天出了城。

到了三河乡叶小天才知道，此地果然刁民众多，那家境尚可的人家，也是极力抗税。穷苦人家呢，却也少见小绵羊，他们穷归穷，可是穷横穷横的，你一提税粮，他没钱交也就罢了，偏偏还不肯好好说话，非要阴阳怪气损你一番才行。

如此几次三番，弄得叶小天发脾气不是，不发脾气也不是，心中着实有些郁闷。叶小天刚从一户人家受了气，出来之后气鼓鼓地拐向另一家，还没进院子，就听到一阵爽朗之极的笑声。

叶小天精神顿时一振，这家主人笑得如此欢畅，小日子想必过得不错，或许可以收得上粮。谁知叶小天进了院子一看，就见那房子破破烂烂，仿佛大风一吹就倒似的，院子里也破破烂烂，并不像是富有人家。

李云聪扬声喊道："官府来人了，家里有喘气的没有？出来一个！"

李云聪话音未落，就听身后一阵爽朗的大笑，回头一看，就见叶小天正笑得无比欢畅，站在一旁的罗大亨新奇地问道："大哥，他这句话说的有什么可笑吗？"

"哈哈哈哈……"

叶小天好不痛苦，他本以为笑病已经好了，谁知突然间却又发作，大亨一问，叶小天想要回答却笑得说不出话，只能连连摆手。大亨见状明白过来，叹了口气道："我的妈呀，又犯病啦……"

这时房门口人影一闪，从里边走出一个人来，一边走一边放声大笑："哈哈哈哈……"这真是笑迎笑客，宾主尽欢。

罗大亨定睛一看，从屋中走出的大笑之人有些面熟，仔细一想，忽然记起，一早的时候他们在县城长街上见过此人，那时这人挽着裤腿挑着担，正从他们身旁经过，突然就放声大笑起来。

那穷汉一见家里突然闯进十多个公人，不禁露出惶恐神色，可诡异的是，他的笑声却依旧未停："各位差官老爷，哈哈哈哈，不知各位到我家来，有什么事……哈哈哈……啊！"

李云聪挠了挠头，心道：莫非这笑病会传染的？

李云聪捂着鼻子退了两步，同时和叶小天也拉开了些距离，他翻开账簿看看，便凶巴巴地对那穷汉道："你叫穆慕是吧？你都欠了三年的税粮了，今天你给我们一个痛快话，今年的税粮你究竟能不能交？"

穆慕一听，顿时苦起脸道："差官老爷，你看我家穷的，我爹瘫痪在床，我娘眼睛瞎了，我那婆娘有羊痫风，前几天做饭的时候突然发病，缩在地上直抽抽，脑袋一不小心钻进灶坑，半边脸都烧焦了，哈哈哈……"

穆慕一边笑一边哭，道："我为了生个儿子，足足生了六个女儿啊，好不容易有了个儿子，还患了小儿麻痹，呜呜呜，我的命怎么就这么苦啊，哈哈哈……"

叶小天突然也笑起来："哈哈哈……"

穆慕红着眼睛，愤怒地看向叶小天："大老爷，你还有良心吗，我都惨成这样了，你还笑！哈哈哈……"

叶小天道："哈哈哈，你……你不也一样在笑吗？"

穆慕道："我笑你就笑吗？"

叶小天一边笑一边抹眼泪："哈哈哈，我也不想笑啊，哈哈哈，我认识你，今早在县城见过你，你说的病……哈哈哈，就是莫名其妙地大笑吧？哈哈哈，我……也一样……"

李云聪的脸颊抽搐了几下，喃喃自语道："真是见了鬼了。"

一个衙役见叶大老爷笑得痛苦不堪，一时也说不出什么，便耀武扬威地替他对穆慕道："你说这话谁信啊，惨的人家我见过，像你家这么惨的我听都没听过，瘟神住你家了是咋的？我跟你说，今年你再不交税，就拿你女儿抵债。"

穆慕大笑道："哈哈哈，好极啦，我那女儿，都是正长个头的年纪，吃都把我吃穷了，我是真心养不起啊，哈哈……这位好心的差官老爷，咱就说定了，我拿女儿抵债，哈哈哈……"

叶小天弯着腰，呼呼直喘，还努力安慰穆慕："老穆大哥，你……你别说气话了，呵呵，哈哈，我知道你……心里难受。你家情况我也看到了，确实够惨，哈哈……"

穆慕笑着回答道："不不不，大人，我这次是真得很高兴啊，哈哈，来弟、招弟、想弟、盼弟、念弟、求弟，你们快出来啊，哈哈哈……"

穆慕一声招呼，六个衣衫破烂、营养不良、样子丑丑的黄毛丫头跑出了房子，排成一排眼巴巴地看着她们大笑不止的父亲。

穆慕一指叶小天，笑得上气不接下气地道："女儿啊，咱家穷得都揭不开锅了，哪有钱交税啊，哈哈，现如今也只好拿你们抵债，爹对不起你们，不过你们跟了老爷，至少有口饱饭吃啊，哈哈，你们都跟这位老爷走吧……"

穆慕话音未落，叶小天已经逃向院门，一边逃一边笑："愣……愣着干什么？快！快跑啊，哈哈……"

第六十四章

间歇性"疯病"

一

　　罗大亨和李云聪领着一班衙役逃脱了打算卖身抵债的穆家六姐妹的魔爪，追到村外一看，就见叶小天扶着一棵小树，一边大笑，一边满脸痛苦地捶着树干。

　　罗大亨刚走到叶小天身边，叶小天就拉住罗大亨肥厚的手，苦笑道："不行了，我真的生了怪病，再这么笑下去要出人命的，哈哈哈……"

　　大亨一脸同情地看着叶小天，憋了半晌，才想出一句安慰话："大哥，人常说千金难买一笑……"

　　叶小天快要气疯了，他用力弹着大亨脑门："难买一笑！我叫你难买一笑！你试着这么笑笑，哈哈哈哈……哎哟，笑得我肝疼，哈哈哈哈……哎哟，我的肚皮疼……哈哈哈哈……"

　　李云聪和那些捕快站在不远处，看着叶小天的狼狈相，一个个忍俊不禁。

　　罗大亨讷讷地道："要不，我带大哥去找个郎中看看？"

　　当下众人也顾不得继续催收粮税了，带着叶小天就往回赶，一路上叶小天如何纵马狂笑、睥睨风云暂且不提。众人回到县城之后，马上由李云聪领着，往本县最有名的一位郎中家赶去。

　　这一路走去，叶小天依旧欢笑不停，令路人纷纷侧目。走着走着，叶小天忽然听到一阵银铃般的笑声，叶小天还以为遇到了病友，他满脸同情地扭过头去，就见展凝儿正笑吟吟地站在身边。

　　今天展凝儿见吹箭无效，怏怏地回了客栈，她那大表哥安南天见小表妹神色不善，连忙赔着小心哄她出来逛街。展凝儿虽然有些男儿习性，终究还是女儿身，但凡女子哪有不喜欢逛街的，于是就跟着表哥出来了。

　　不想两兄妹正走着，忽然听到一阵大笑，展凝儿循声望去，就见叶小天骑在马上，捂着肚子笑得好不痛苦，展凝儿先是一愣，继而便雀跃起来，道："啊！奏效了，

奏效了，哈哈哈哈……"

叶小天见是展凝儿，便跳下马来，捂着现在只要稍稍一笑就疼得厉害的肚皮，有气无力地道："啊，原来是凝儿小姐，你……你也患了笑病啊？呵呵呵……我正要去看郎中，你要不要一起去？哈哈哈……"

展凝儿得意扬扬地笑道："笑病？亏你想得出这名字，不过呢，你这大笑不止的毛病，可是本姑娘的手笔呢。"

"什么？"

叶小天大吃一惊，又惊又怒地道："是你做的手脚？你……你给我下了什么毒？为什么……哈哈哈……莫非这就是传说中的蛊毒？"

叶小天已不止一次听人说起过苗人养蛊，把那蛊毒形容得匪夷所思，这时知道自己这奇怪的笑病竟是展凝儿做的手脚，马上就联想到了那无所不能、恶毒无比的蛊毒来。

展凝儿只是想略施薄惩，让他笑足十二个时辰，"笑不欲生"就好，不想叶小天竟想到了令人闻声色变的蛊毒。展凝儿呆了一呆，顺口便道："不错，这正是本姑娘下的蛊，滋味不好受吧？哈哈哈……"

叶小天大惊："哈哈哈……当然不好受，这蛊……这蛊可以让人一直发笑？"

笑本来是一件极畅快的事，可是任何事情都过犹不及，叶小天现在才知道笑到不想再笑，却不能不继续笑，是一件多么痛苦的事，如果他中了这蛊毒，从此每天笑个不休，那真不如死了算了。

展凝儿眼珠一转，道："这个嘛，却也不会，你这只是中了蛊毒之后身体还未完全适应的反应，只需一天工夫，那蛊在你体内安家落户，稳定下来，你就不会再笑了。"

"在我体内安家落户？老天爷，这又不是女人怀孩子！"一想到有条生命将在他的体内落户成长，叶小天不觉毛骨悚然。他听人说过，蛊毒其实是一种毒虫，是活物，不想竟是真的。

叶小天脸色苍白地道："我……我中的什么蛊？"

展凝儿笑吟吟地道："你中的嘛……是疯蛊！"

"疯蛊？"

叶小天脑海中马上幻现出这样一幅画面：一个蓬头垢面、嘻嘻傻笑的疯子，在垃圾堆里捡着发霉的馒头和烂菜帮子果腹，不时还有调皮的小孩子拿石子打他的头……

叶小天打个冷战，颤声道："疯蛊？我会疯掉吗？"

展凝儿道："不会一直疯的，只是说不定什么时候就会发作一次。"

叶小天紧张地道："那我发作起来会怎样？是不是会撕掉衣服光着屁股跑上街？"

展凝儿神情古怪地看着他。

叶小天一看她的神色，顿时悲从中来："真会这样？天啊，我还怎么做人！"

展凝儿忍住笑咳嗽两声，道："不会这样啦，你不会神智全失的，只是偶尔发病的时候呢，你会控制不住自己，比如……打人骂人啦，做出某些不合乎官员体面的事啦……"

叶小天松了口气道："这还好！"说完又察觉不对，苦着脸道："这也不好啊！凝儿姑娘，咱们的过节不是早就揭过去了吗，你把蛊给我解了好不好？哈哈哈，我保证以后再也不得罪你了。"

展凝儿摊开双手道："解？我怎么解？要解蛊毒除非剖开你的肚子，在你的五脏六腑里翻找，找到那只蛊，把它揪出来。"

叶小天眼神发直道："那我不是死定了吗？哈哈哈……"

展凝儿轻轻一拍叶小天的肩膀："节哀顺变。"

展凝儿转身便走，走出三步，嘴角就抿不住地翘起来：哼哼！聪明人就是心眼多，自己吓自己。嘿，这可是你自己想到蛊毒的，怪不得我，看你以后还敢得罪我不……

"凝儿姑娘，展姑娘……"

一见展凝儿走了，叶小天拔腿就想追上去，九当和九高抱着肩膀往他面前一站，叶小天抬头看看这两个虽然不是葫县男人，却也一样非常健壮的男人，只好无奈地停住了脚步。

·※·※·※·

叶小天怔怔半响，才牵着马垂头丧气地往前走。这时他笑得已经不像先前那么厉害了，大概因为他中的那支吹箭药力较弱的缘故，所以此时已渐趋正常，只是抽冷子才会怪笑几声。

可是一想到以后很可能会间歇性发疯，叶小天就忧心忡忡："发疯！即便只是偶尔……那可是发疯啊……"

大亨挎着书包走在他旁边，好心安慰道："大哥，你别担心，有我呢！"

叶小天有气无力地道："你能做什么，你会治疯病？"

大亨从书包里翻出板砖，得意地对叶小天道："我决定，以后要把这块板砖一直揣在身上，什么时候大哥你发疯了，我就给你一砖头。"

叶小天愣愣地看着他。

大亨笑起来："大哥，你想什么呢，我不会拍死你的，只是把你拍晕，等你疯劲过去就好了。"

叶小天怒道："臭小子，就你那没轻没重的手，你一砖头拍下去，没准我疯病好了，傻病就来了。你过来，把板砖给我，让我先拍你一下出出气！"

大亨道："啊！爹！"

叶小天道："叫爹也没用，拿来！"

大亨向前一指，道："真是我爹！"

叶小天扭头一看，哈哈哈几声大笑。

洪百川老远看见儿子，眉头马上就拧成了大疙瘩。他皱着眉头摆出一副严父的派头，刚刚走到近处，叶小天就抽冷子怪笑了几声，把洪员外吓了一跳。洪员外看着叶小天，奇怪地道："艾典史，何故发笑？"

叶小天心中懊恼：这病又来了！突然，叶小天心头灵光一闪，暗道：洪员外是葫县有名的大富绅，见多识广，他会不会知道疯蛊的解法？

想到这里，叶小天丢开马缰绳，一个箭步冲过去，抓住洪员外的手，激动得语无伦次："洪员外，我中蛊啦！"

洪百川怔了怔，呵呵地微笑起来："啊！我就说呢，艾典史怎么笑得这么愉快。呵呵，原来是人逢喜事精神爽啊。"

叶小天："啊？"

洪百川笑吟吟地问道："艾大人中什么奖了？"

叶小天弱弱地解释："我中的是蛊！"

"哦！"

洪百川恍然大悟，道："鼓？鼓好！鼓好！鼓虽然不值几个钱，但是能听响，讨个吉利呗。"

洪百川放开叶小天，转向大亨，脸马上就板起来："你这浑小子，这一天都死到哪去了，啊？一大早就找不到你人，你跑黄大仙岭看吊死鬼去了？成天不务正业，我不是说过你要是不想上学就得学着做生意吗？"

大亨耷拉着脑袋，憨憨地道："哦……"

洪百川见他一副油盐不进的样子，心中更是怒火万丈，他抬腿就要踢大亨，可他肩膀只一动，早就熟悉了他动作的大亨就把肥臀一扭，很麻利地躲到了叶小天身后。

"你……你……"洪员外指着儿子，好半天才忍下一口气："你这混账，早晚把你老子气死！"洪百川恨恨地骂着，从怀里摸出一张纸，恨恨地往前一递，道："拿着！"

大亨迟疑地上前，从父亲手中接过那张纸，打开一看，登时喜笑颜开："银票！三千两！"

大亨赶紧收好银票，低着头，脚尖在地上画着圈圈，扭扭捏捏地对洪百川道："爹，这么多零花钱，人家怎么好意思拿，不过爹尽管放心，我会省着点花的。"

第六十五章

试玉要烧三日满

一

洪百川狠狠地瞪着儿子,瞪了半天,终于化作无可奈何的一声长叹,颓然道:"这三千两银子,是给你做生意的本钱。爹也不指望你能做多大的生意,只要你能在一个月内成功地开一家店面,月末的时候爹去盘账,扣除成本后小有盈余就行。"

罗大亨一脸茫然,一副鸭子听雷雾煞煞的模样。洪百川一看儿子那副蠢样,引得心火上升,差点又要气到二佛升天,他强自咽下这口恶气,忍气吞声地继续指点:

"做生意呢,不要吝啬本钱,宁可贵些,也要挑个热闹繁华的地段。比方说在十字大街盘下个店面,也不用太大,哪怕是卖些日用杂货,就那地方也赔不了钱。卖杂货还有个好处,这东西是大家日常都需要的,你不用特别研究,也不需要多么高明的手段。"

大亨道:"哦!"

洪百川听了这样简单的回答,眉峰陡地一立,竖起如刀,随即缓缓垂下,有气无力地挥手:"记住!一个月,就一个月!到时候你若生意做赔了,就给我乖乖滚回县学去,学成学不成的……至少在那里你能少惹些事!"

洪百川说完,向叶小天拱了拱手,耷拉着脑袋走开了。看样子,他这只是于绝望中做最后一次的尝试,其实对儿子根本不抱什么希望。叶小天同情地看着洪百川远去,又回头看向罗大亨。

罗大亨看着银票,噘着嘴巴,不乐意地嘟囔:"就给这么点本钱……"

"三千两,还就这么点?"

叶小天说道:"大亨啊,你就长点心吧,你爹这是不希望家当被你败得太快罢了。你想一下子就接手你老子的全部生意?一口是吃不成胖子的。"

罗大亨恍然大悟,道:"对啊!我吃成这样足足用了十七年,做生意是该戒骄戒躁,步步沉稳才对。大哥……"

罗大亨把希冀的目光投向叶小天，叶小天马上明白了他的意思，果断回绝："不行！"

罗大亨呆了一呆，奇道："我还没说，大哥就知道我要说什么了？"

叶小天道："废话！我当然知道，不行，我这回坚决不能答应！"

罗大亨无奈地道："那好吧，其实这一天跟下来，我看大哥你真的挺忙的，所以明天实在不想再麻烦你了。没想到大哥你竟这么关心我，那么……明天我来找大哥，咱们一块去挑店址。"

罗大亨欢快地向叶小天挥手："大哥，明天见！"

叶小天一把拉住他，恶狠狠地道："给钱！你现在有钱了，先把欠我的五十两银子给我！"

罗大亨道："大哥，咱还不到一个月呢。"

叶小天道："我家一向上打租的，这两天的利息我都没跟你算，可不能再拖了！"

罗大亨听了，顿时眉开眼笑，沾沾自喜地道："哇！这么一说，我还占便宜了！哈，爹总说我败家，我这不也替家里省钱了吗？"

罗大亨道："大哥，我现在是银票，一时找不开，回头我去银号提银子，明天给你行吗？"

叶小天道："那……好吧！你可记住了啊，我先走了！"

叶小天本来想去找郎中看病的，可是他知道这是蛊毒后就断了念头。既然是神奇无比、神秘无比的蛊毒，能是一个郎中治得了的吗？展凝儿都说了，唯一的解法是把肚子剖开，这个恶婆娘，诅咒她一辈子嫁不出去！

叶小天在肚子里暗暗骂着，刚刚走出几步，身后突然传来罗大亨"哈"的一声笑。叶小天现在对笑声特别敏感，大惊转身，骇然问道："大亨，难道你也中了蛊毒？"

罗大亨捂住嘴巴偷笑："没有，哈哈……我没中蛊，我就是想到又能占你一天利息的便宜，就忍不住想笑，哈……"

·※·※·※·

叶小天领着一帮捕快没精打采地回转县衙，刚到县衙门口，里边就急急走出一个胥吏，一见叶小天喜道："典史大人回来得正好，大老爷盼咐小人去请你，大老爷在二堂相候，有要事商量。"

能被县衙胥吏称为大老爷的自然就是葫县知县，叶小天不知道花晴风找他干什么，不过听胥吏说得甚急，倒也并不拖延。叶小天刚要举步进门，就听一阵哭声远远传来。

叶小天这一天闻笑变色，听见哭声倒觉亲切许多。他扭头看去，就见一群人连哭带喊地朝县衙赶来，其中几个百姓还用门板抬了一个人。

一个捕快马上迎上去，大声喝道："县衙门口，嚎什么丧！走开走开，谁敢在此闹事，就抓你去见我们典史老爷，打得你屁股开花。"

一听这话，那围着门板边走边哭的几个妇人中马上就冲出一个老妪和一个中年妇人，号啕大哭道："典史大人在哪儿？我们要向典史大人鸣冤！典史大人张贴榜文，说要整顿葫县治安，治理葫县宵小，我们求典史大人做主啊……"

那捕快听说是来告状的，倒不好赶人了，忙跑回叶小天身边，道："典史大人，那伙人说要……"

叶小天这一阵儿倒没犯病，不过之前笑得太久，嗓子已经哑了，他有气无力地应道："行啦，我都听见了，我又不聋……"

叶小天走到那伙人面前，咳嗽一声，道："本官就是本县典史，你们有何冤屈要诉于本官？"

"青天大老爷！我的青天大老爷啊……"

两个妇人号啕一声，一头扑倒在叶小天脚下，一人抱住叶小天一条大腿，呜呜地哭了起来。因为悲恸太甚，她们除了一声"青天大老爷"，竟是连一个完整的词都说不出来了。

两个女人哭得好不悲惨，听得叶小天不觉也有些心酸，奈何这么下去终究不是个事，两个女人抱着他的大腿只是哭，泪水把他的官袍下摆都湿透了，但二人究竟有何冤屈，叶小天还是一点也不明白。

叶小天只好安慰道："好了好了，两位大娘就不要再哭了，你们究竟状告何人，有何冤屈，还请细细说来。"

两个妇人呜呜直哭，还是说不出话来，眼见女人不济事，那伙人中又冲出一个白发苍苍、两眼红肿的老汉，"扑通"一声跪倒在叶小天面前，一颗头磕在地上"砰砰"直响："青天大老爷，您可得替小民做主啊，我儿子……他……他死得冤枉……"

"人命案子？"

叶小天听了怵然动容，刚才他还以为门板上躺的是个病人呢，这时定睛一看，才发现门板上那人面肿肤紫，胸前鲜血殷殷，显然是死得不能再死了，其死状惨不可言。

叶小天见这老汉也是哭得上气不接下气，便指了一个虽然面带悲戚，但神色尚还镇静的男子，道："你说！"

那人拭了拭眼角，走到叶小天面前跪下磕头："草民古月，见过典史老爷。"

叶小天道："嗯，你说，究竟发生了什么事？"

那人噙着热泪道："回典史老爷，门板上躺着的那人，是草民的表弟，他……被人活活打死了。"

叶小天惊道："被人活活打死？光天化日之下，竟有人敢如此妄为？是谁下的手，为何下手杀人，你从头讲来！"

古月又叩了一个头，便对叶小天一五一十地说了起来。原来他那表弟姓郭，叫郭栎枫，是"醉仙楼"的一个大厨，家境尚好。他那邻居姓徐，叫徐林，却是一个恶邻，踢寡妇门、刨绝户坟、坏事做绝的主。

郭徐两家中间原本隔着一小块地，两家各占一半，平时种些青菜自用。如今徐家翻盖新房，不但把这块地圈了进去，还把自家的院墙和郭家的房山墙接在了一起。

这么欺负人的事郭家如何能忍，便找上徐家理论，不想徐林这恶棍正与一班酒肉朋友在家饮酒，这些人都是坊间的狠角色，与郭栎枫一言不合，便大打出手。

郭栎枫被他们没轻没重地一顿拳脚，打得当场呕血。郭家慌了手脚，急忙喊人卸了门板，抬着郭栎枫去看郎中，到了郎中那儿，却见堂上有五六个人，或坐或站或蹲或躺，全都在莫名其妙大笑，仿佛一群疯子。

叶小天听到这里，两颊忍不住抽搐了几下，想起那痛不欲生的狂笑，犹自心有余悸。

古月道："我那表弟伤了内腑，一路上就呕血不止，虽瞧那堂上好像有几个疯子，我们也没时间再去寻第二位郎中，只好央那郎中先救我表弟。谁知表弟伤得太重，还不等郎中施救，他就一命呜呼了。"

古月说罢，垂泪不止，抱着叶小天大腿的老妇人更是哭得泣不成声，忽然"嘎"的一声，竟然晕厥过去。旁边哭泣的中年妇人是她儿媳，另一个拜倒哭泣的老汉是老妇人的老伴，两人急忙上前救助。

叶小天听到这里，愤怒充溢胸膛："这恶邻竟然如此跋扈，可见平日里是如何为祸乡里！光天化日之下，竟然打死人！"

叶小天扭过头，李云聪马上往人堆里一躲，扮出路人甲的模样来，叶小天不屑地瞟了他一眼，又往众捕快们看去，这一看，叶小天顿时有些泄气。

其他地方的胥吏捕快一向被百姓形容为虎狼，其凶恶可见一斑，偏偏葫县风水不好，此地捕快一向是习惯扮鹌鹑的。叶小天只一回头，众捕快的眼神便躲躲闪闪，没一个敢与他对视的。

叶小天皱了皱眉，目光一扫，锁定一人，向他一指，大声喝道："周思宇，你过来！"其他捕快紧张的神情马上放松了，幸灾乐祸地看向周思宇。

这周思宇是个老捕快，还是个副班头，叶小天命他带队拿人，本也算是合情合理。不过叶小天之所以选中他，最主要的原因却是因为此人老实，全无一般胥吏衙役的油滑，更不懂得阳奉阴违。

　　叶小天与他们这班捕快相处多日了，对每一个人的性情都很了解，派周思宇去，周思宇断然不会对他的命令打折扣。却不想周思宇苦着脸走到他身边，嗫嚅着小声道："典史老爷，这个人……咱不能抓啊……"

第六十六章

跋扈一家人

一

叶小天愕然道："不能抓？一个地痞，打死人命，你说不能抓？"

周班头低声道："大人，这徐林原本只是坊间一个泼皮，当然能抓，可他最近投靠了齐大爷，一下子就抖起来了，是以才如此猖狂。他是齐大爷的人，咱就得慎重了。"

叶小天皱眉道："齐大爷，哪个齐大爷？啊！你是说齐木？"

周班头点头道："对！就是齐木，齐大爷。大人，齐大爷可是咱葫县真正的爷，爷字辈里第一号的人物，咱们招惹不起呀。"

叶小天冷冷地看着他，冷嘲道："齐大爷是爷，所以他们家的狗咬死了人，咱们这些吃公家饭的人，也得把他们家那条狗当爷供起来？"

周班头老脸一红，期期艾艾地道："大人，不是有那么句老话吗？打狗还得看主人！徐林是条恶犬，他的主人却是……"

叶小天忍不住冷笑起来："自我到了葫县，一直听人说起齐木这么一号人物，可我真不明白，为什么就连官府都畏之如虎。照理说，地方上有些士绅，确实是令官府忌惮三分的人物，可那前提是他不犯法！

"如今可好，徐林打死了人，而且他只不过是齐木手下的一个小角色，很可能齐木压根就不知道自己手下还有这么一号人物，你们拿着朝廷的俸禄，居然把人命当儿戏？"

周班头苦笑道："大人啊，孟县丞与齐大爷平素里可是称兄道弟，关系异常亲密。孟县丞是您的顶头上司，咱们如果想动齐大爷的人，是不是……先跟孟县丞打声招呼？"

"用不着！"

叶小天怒了，加重语气道："这是人命案子，不是寻常的滋事斗殴！人命关天，就算跟孟县丞打声招呼，难道他就敢让我们无视一桩人命案子？周班头，你平素在县衙里进进出出，看见那块戒石了吗？"

周班头道："卑职看过……"

叶小天道："认识字吗？"

周班头："卑职……"

叶小天道："如果你不认识，我可以告诉你，戒石上写的是'尔俸尔禄，民脂民膏。下民易虐，上天难欺！'"

周思宇垂下头，低声道："大人……"

叶小天道："既然你还叫我一声大人，那么就马上遵令行事！真出了什么差池，本典史一力承担！"

"这……卑职遵命！"

叶小天又看向那些窃笑的捕快："很好笑是不是？看看你们的厌包样，身为捕快，就算你们欺男霸女、鱼肉乡里，都比现在强！还知不知道廉耻？人家当你是孙子，你也习惯把自己当孙子了，还真是一群孙子！"

那些捕快不笑了，被他骂得脸上红一阵青一阵。过了一会儿，一个叫马辉的捕快悻悻地道："大人，您是刚来葫县，不知道齐大爷这号人物，齐大爷他……"

叶小天喝道："齐什么大爷，不就是一个军户人家出身，如今做了驿道马贩子的商贾吗？本官跟罗巡检都称兄道弟，他齐木在我面前充什么大爷？爷爷爷，你还真是给人当孝子贤孙的命！"

马辉脸庞涨红，额头的青筋都绷了起来，咬着牙道："成！大人您只要盼咐下来，小人就去拿人！不过……要是惹恼了齐木……"

叶小天道："天塌下来，还有我这个典史扛着，只要我不倒，就砸不到你头上！"

马辉用力点点头，攥紧刀柄，涨红着脸对周思宇道："周头儿，我跟你去！"

叶小天伸手一指其他捕快，道："不要以为你们不作声就可以做缩头乌龟，你们都听周班头调遣！本官现在要去见县尊大人，回头我要看到你们把那个徐林给我带来！"

众捕快面露苦色，不过周班头老实，不敢抗拒上命，马辉则跟艾典史怄上了气，他们也不敢多说，只好跟着这两个人，硬着头皮去拿人。

叶小天又对古月道："你们不要哭了，抬起尸体，且去大堂外候着。本官正要去见县尊大人，会把此事如实上报，等那徐林逮捕归案，一定还你们一个公道！"

郭家人感激涕零，对叶小天连连磕头，叶小天看看门板上那血肉模糊的尸体，也不想再上前仔细勘看了。他叹了口气，示意衙役带郭家人去大堂，自己则正了正衣冠，向二堂走去。

叶小天一边走一边想：这葫县县衙还真是聋子耳朵——摆设，真不明白既然如此，朝廷还设这么一个衙门干什么，拿来当笑话看吗？你们让我当这个不情不愿的典史，可是没少给我找麻烦，这会儿我找点麻烦，咱们一块尝尝吧！

叶小天进了二堂，就见苏循天有气无力地坐在那儿，花知县负着手，蹙着眉头在堂上踱来踱去，苏循天身边还有一个女子正弯腰向他询问着什么。叶小天匆匆一扫，就觉那人身段异常风流，再一看，认识，他去看水舞时远远瞧过一眼，竟是县尊夫人苏雅。

叶小天走上堂去，拱揖道："见过县尊大人。"

花知县还没介绍夫人，叶小天也只好当作不知她身份。苏雅听到声音，回眸一看，娇靥如花、眸光魅丽，那种江南水乡、大家闺秀的温婉优雅气质当真令人惊艳。

见有外人到了，苏雅也不多说，只向丈夫颔首示意，又对弟弟小声叮嘱两句，便退向屏风后面。如果叶小天是真典史，既然撞见了，花知县当然要向他介绍一下自己的夫人，但是对这个打算一个月内就干掉的替死鬼，花知县就没那个心情了，他咳嗽一声，对叶小天道："艾典史，今日县里发生了几桩奇事……"

苏循天："哈哈哈……哈哈哈……"

花晴风摊了摊手，对叶小天道："你可知他为何无故发笑？唉！这就是本县要说的奇事了，今日县里无故发生多起突然狂笑事件，莫名其妙就会发笑，一笑便一发不可收拾，循天也是得了这种怪病，郎中也看不出原因……"

叶小天："哈哈哈……"

花晴风脸色一沉，道："本官说的很好笑吗？"

叶小天急忙摆手，哈哈大笑道："不好笑，哈哈哈，我也得了这种病，哈哈哈……"

花晴风惊得瞪大眼睛，笑得有气无力的苏循天急忙抬起头来看向叶小天："艾典史，你也得了狂笑病啊？哈哈哈……"

叶小天笑病再发，边笑边说，终于把事情经过说明白了。苏循天一听自己是那条倒霉的池鱼，受叶小天牵累被展姑娘下了蛊毒，不禁抱怨道："典史大人，咱不带这么坑人的啊，哈哈哈，我招谁惹谁了？"

花晴风一听又是那位水西展家的大姑娘，顿时倒抽一口冷气，好半晌才硬着头皮道："循天只是无故受了牵累，本官试试带他去上门求情，或者展姑娘会高抬贵手……"

叶小天苦笑道："没用的，她……"

说到这里，叶小天心中突然一动，暗想，这展姑娘固然霸道了些，其实本性还是不坏的，上次在蟾宫苑一听我说得那么凄惨，马上就放弃前仇，还掏钱给我。

之后在街头截住我那次，她对巷口走出的那个瞎子，不也是非常客气？她既不是恃强凌弱的人，真会对我用这么恶毒的手段？不如叫花知县去碰碰运气，如果真有解法，那就是展姑娘故意吓我。

想到这里，叶小天便道："若只是笑足一天，原也不妨，可是若时而就犯疯病，那才真的要命，哈哈哈……大人不妨带循天去碰碰运气，如果展姑娘肯为他解毒，来日待展姑娘气消一些，我也好去求饶。"

花晴风颔首道："不错，你说得很有道理。叫你来，本就是为了商议此事。原以为是本县发生了什么古怪的瘟疫，既然是蛊，那就解铃还须系铃人了。来人，扶着循天，我们走！"

叶小天因为这事一打岔，再加上突然狂笑不止，竟把要说的事给忘了。等花晴风带苏循天离开，叶小天才想起大堂还有一伙原告，转念一想，反正人犯还没抓回来，便再等等也无妨。叶小天便让人去大堂外知会一声，叫郭家老少暂且等候，少安毋躁。

再说周班头领着马辉一班人匆匆赶往徐林家。小县不大，这些捕快对小城一切了如指掌，不需向人问路，很快就赶到了徐家，却不想到了徐家一问，徐林竟然不在，他和那班兄弟暴打了郭栎枫一顿后，就带着酒意离开了。

周班头确实老实，虽然他很怕气焰熏天的齐大爷，可是叶小天已经下了命令，他一样不敢违拗。再者说，叶小天拍着胸脯说出了事有他顶着，周班头自忖自己只是一个听命跑腿的人，齐大爷就算不满，也不会跟他这样的小人物计较，便不肯胡乱应付，免得受典史责罚。

周班头对徐林的妹子徐小雨好言劝道："小雨姑娘，你哥哥犯的是人命案子，逃是逃不掉的，如果你们一味包庇，到时候也难逃罪责。你还是说出他的去向，究竟是非如何，老爷面前自有公断。"

那徐小雨端着个盆正要洗衣服，一听周班头这话，把木盆往地上狠狠一掼，破口大骂道："你耳朵塞驴毛啦，听不懂人话是吧？老娘都说过不知道他去哪儿了，你还叽叽歪歪的，你有完没完？"

马辉抱着肩膀站在一边冷笑，他来是来了，可没打算出力，徐家人都是什么操行，他很清楚，何况背后还有齐大爷那位大人物，艾典史不知深浅，居然敢摸齐大爷的虎须，他现在就等着看艾典史的笑话呢。

周班头被这小姑娘骂得老脸通红，讪讪地道："小雨姑娘，有话好说，你别骂人……"

徐小雨越发起劲地骂起来。

周班头怒道："你哥他犯了人命案子！"

徐小雨翻着白眼道:"犯了人命案子咋啦?徐胖子那一家人,活该找死!你有本事自己去找我大哥,你去呀,你去齐大爷家里找去,借你俩胆儿。"

周班头额头的青筋都绷起来了,他鼻翅翕动,呼呼喘着粗气,大声咆哮道:"你个姑娘家家的,怎么嘴巴这么不干净!"

徐小雨突然止住骂声,十指箕张地就往周班头脸上挠去。

周班头一愣,俩人厮打作一团。

马辉和众捕快站在一旁,全都看呆了……

第六十七章

青山血案

一

真要说打，徐小雨是无论如何也不可能打过周班头的，但周班头哪好意思真的动手打女人，顶多也就是用手臂顶、搪徐小雨的攻击，想要抓住她的手臂。

徐小雨却是十指尖尖、牙齿利利，无所不用其极。不一会儿工夫，周班头不只脸上，就是双臂双手，也都被徐小雨挠出了道道爪痕。周班头被徐小雨挠个满脸花的时候，徐林带着几个泼皮出现在了青山沟。

华云飞家后面山坡上的那块树林中，徐林叼着一截草梗，无聊地躺在草地上，跷着二郎腿哼哼唧唧地唱着歌。草丛中窸窸窣窣一阵响，忽然有人说道："祥哥回来了！"

徐林一骨碌爬起来，就见一个年岁与他差不多，大约二十五六岁的消瘦青年人快步从山坡下跑上来，徐林马上迎上去问道："怎么样了？"

被称为祥哥的人兴奋地喘着粗气道："得手了，我在他们家水缸里足足下了三包蒙汗药，他就是一头大黄牛，也得给我乖乖躺下。"

徐林哈哈两声笑，道："兄弟们，走！"

祥哥拦住他道："慢着，华家只有俩老的，那个小的不在，大概是狩猎去了。"

徐林微微一怔，遗憾地道："可惜了，虽说跑得了和尚跑不了庙，只是还得麻烦咱们再动一次手。"

徐林说完，挥挥手道："干活了！"

草丛中钻出六七个人，个个歪眉吊眼，不似善类。他们的长相倒不是如何面目可憎，只是平时习惯了这些不像正经人的表情，久而久之，自然就成了这么一副模样。

当下祥哥带路，徐林紧随其后，其他几人分别扛着一袋不知为何物的东西下了山。祥哥在华家的水缸里放了蒙汗药，华老爹夫妇吃了用这缸水做的饭，此时已昏倒在饭桌旁。

几个泼皮无赖冲进华家，先用牛筋把老华夫妇绑了，然后就在屋里搜索起来。那虎皮藏得虽好，可华家一共才多大地方，很快他们就搜出了虎皮。徐林把虎皮接在手中，细细抚摸着那光滑美丽的皮毛，哈哈大笑。

徐林把虎皮卷好，用一条被单裹了往肩上一背，对几个人道："动手！"当下几条壮汉就在华家院子里掘了一个大坑，又到院前小河边挑来几十担水，注入那个大坑。

徐林冷冷一笑，吩咐道："把那老的俩拖过来！"

几个泼皮一起动手，把华老汉夫妇拖过来丢进大坑。华老汉夫妇俩一入水，那蒙汗药的劲儿就过去了，可是二人双手都被反缚于身后，牛筋一沾了水又韧又滑，如何能挣得脱，好在那水不算深只是堪堪没过二人身子。华老汉强自抬起头，愤怒地叫道："你们干什么？"

徐林狞笑道："干什么？得罪齐大爷的那一天，你就应该知道有今天！"

徐林打了个响指，祥哥等人一言不发，转身就去把他们扛下山坡的口袋一只只拎过来，徐林吩咐道："倒进去！"

祥哥几个人打开那些口袋，便往水坑里倾倒起来，一股白烟升腾而起。在东西倾倒进去时，华老爹夫妇就闭上了眼睛，但他们马上就感觉水温迅速升高了。

华老爹突然明白过来，不由大骇，脱口叫道："石灰！你们这些畜……咳咳咳……"

虽然他闭着脸、低着头，可是那石灰粉飞腾起来，还是往嘴里钻，呛得他说不出话来。水温以奇快的速度升高，华老爹夫妇只骂了几声，就感到灼痛难当，忍不住大声惨叫起来。

徐林等人站在坑边哈哈大笑。这泡石灰水的办法，是当地土司惩罚罪犯或者冒犯自己的人最常用的一种方法，其他如挖心、割舌、剥皮、牵鼻等，也都是土司惩罚他人常用的手段。

但是其他方法虽然看着血淋淋的，当事人所承受的痛苦却远不及泡石灰水。石灰遇水，散发大量热，犹如沸水煮人，让人皮开肉绽、痛不欲生，可一时半晌又死不了，这种痛苦最是残忍。

"老东西，叫你不知好歹，跟齐大爷作对，这就是你们的下场！"

徐林恶狠狠地撂下一句，听着华老汉夫妇撕心裂肺的惨厉叫声。虽然其他山民住处都有些距离，徐林还是担心有人听见会惹出不必要的麻烦，遂把手一摆，喝道："走！"

徐林扛起虎皮，领着一帮泼皮抄小路回县城去了，华老爹夫妇在石灰坑里惨叫翻滚，仿佛掉进沸水锅里的两条泥鳅鱼，皮肉一块块脱落，鲜血迅速把白色的石灰水染成通红。他们的身体摩擦在粗糙的土壁上，煮熟的皮肉脱落下来，露出了森森白骨。

等到离华家最近的一户人家隐约听到凄厉的惨叫，赶来华家探看时，华老汉夫妇已然瘫软在热气蒸腾的血红色石灰水中，白骨森森，气绝身亡。

· ※ · ※ · ※ ·

叶小天在县衙等了很久，那笑病的劲儿又过去了，还是不见县太爷和他小舅子回来，这时周班头带着马辉等一班捕快回来了。

叶小天一看周班头，插翅的帽子没了，发髻也散了，袍子撕得一条一条在空中飞舞，好像飞天女神的璎珞，脸上左一道右一道全是血痕，鼻梁上那一道尤其深，鲜血已经结了疤。

叶小天又惊又怒地道："周班头，你这是……被徐林打的？"

周班头垂头丧气地道："典史老爷，徐林不在家，卑职想询问一下他的去处，他那妹子便破口大骂，满嘴污言秽语。卑职一时不耐，与她争辩了几句，结果……"

叶小天大怒："一个女人把你打成这样？她会武功？"

周班头摇摇头，道："终归是女人，卑职怎好挥拳相向，所以……"

"放屁！你活该被打！"

叶小天勃然大怒，指着周班头的鼻子大骂："你要讲风度也得分分地方、分分对谁！但凡女人就打不得？那打仗的时候派一堆女人上去就好了！战场上不分男女，律法上便男女有别？你是县衙班头，被一个女人打成这样，很光彩吗？你知不知道你是在执行公务！"

周班头满脸愧色，叶小天恶狠狠地道："你若是因为家庭琐事打老婆，老子都看不起你！可你执行公务时因为对方是女人，不但不能执法，作为执法人还被人打成这副熊样，老子一样看不起你！"

周班头垂着头，老老实实地道："是，卑职记住了！"

叶小天又看看后边那些捕快，最后把目光定在微微冷笑的马辉身上："这么说，徐林没抓到？"

马辉道："徐林不在家，又不知他去向，如何抓得到？"

叶小天厉声道："没有抓到那就继续抓，跑得了和尚跑不了庙，我就不信他不回家。你，带几个人，给我去他家附近蹲守，只要他一出现，马上把他给我锁了！"

马辉有些意外地看了叶小天一眼，道："大人你真要抓他？"

叶小天道："不错！我跟他耗上了，我就不信，一县典史治不了一个泼皮！"

马辉道："好，我去！只是等人抓来，大人你可别后悔！"

叶小天冷冷地道："本官不会让你看笑话！"

马辉冷笑不语，叶小天看看周班头那副狼狈相，又不放心地嘱咐这班软弱无能的捕快："你们抓人，只分该抓与不该抓。该抓的，不管是有女人、孩子还是老人阻挠，不管他是撒泼打滚还是装奄奄一息，该怎么办你们就给我怎么办！"

众捕快有气无力地应了一声："遵命！"

待众捕快随马辉走了，叶小天又看看周班头，道："好了，你快回家去找郎中抓些金疮药敷上，可别破了相，准你三天假，在家歇歇。"周班头怏怏地答应一声，转身也走了。

叶小天摇摇头，又去大堂那边，找到还等在那里的郭家老小，告诉他们徐林打死人后已然逃逸，不过料也逃不多远，他已安排人手缉拿，叫郭家把死者暂且停在仵作房，回去等候消息。

郭家人本没指望县衙真能给他们撑腰，可他们这样的平头百姓别无办法，只能把申冤的希望寄托于官府，如今见叶小天真心实意帮他们办案，自然是感恩戴德，千恩万谢地去了。

叶小天站在大堂门口，怔怔地出神，只觉整个葫县，貌似真正做事的倒是自己这个假当官的，那些真正的朝廷命官，一个个的都在浑浑噩噩混日子，不禁自嘲地一笑。

这时，花知县领着他小舅子从外面回来了。花知县扭头叮嘱苏循天道："展姑娘可是交代了，她给你解了蛊，却是不想给叶小天解。你见了叶小天，只说蛊毒未解就好，免得他又去纠缠展姑娘。"

苏循天连连称是，忽又想起一件心事，便觍着脸道："姐夫，叶小天那个妹子，我……我挺喜欢，姐夫你看我到现在还没成家，身边也没个知冷知热的人……"

花知县暗道：为了掩盖艾典史的真正死因，叶小天归天之际，就是这水舞姑娘毙命之时，你想讨她做老婆，我还不想这么快给内弟媳妇办丧事呢。

花知县"嗯嗯啊啊"地应着，也不知道是答应还是不答应，一抬头看见叶小天站在大堂门口，花知县马上咳嗽一声，苏循天抬眼一看，立即摆出一副哭丧相，两个人便向叶小天迎去……

第六十八章

恶贯满盈

一

叶小天一见花知县回来,马上快步迎上前去,希冀的眼神先往苏循天脸上投去,却见苏循天一副没精打采、要死不死的模样,叶小天心中些许希望顿时散去。

叶小天道:"县尊大人,可是……没得治吗?"

花晴风摇摇头,叹了口气。

苏循天自觉隐瞒真相,有愧于这位内定的大舅哥,便怏怏地道:"我去见姐姐。"说完低着头走开了。他若蛊毒未解,这种反应实属寻常,所以叶小天也没多想,只是失望地叹了口气。

花晴风见状,安慰叶小天道:"你也不用太过担心,本县详细请教过展姑娘,得知这蛊毒说是叫疯蛊,其实也不算非常恰当,只是会偶尔让人情绪失控,并不是特别严重,发作起来就像……耍酒疯……咳,你不要想太多,顺其自然吧。"

叶小天点点头,因为情绪低落,也没多说。花知县道:"我带循天去访展姑娘时,见大堂外有许多百姓,出了什么事?"

叶小天便对他说起徐林当街殴死人命一案,花知县闻言大怒,厉声道:"青天白日,朗朗乾坤,小小地痞竟敢打死人命,真是无法无天,凶手可逮捕归案了吗?"

叶小天道:"那凶手打死了人,便马上离开了家,想必是知道闯了大祸。下官派人缉拿,目前还未抓到……"

花知县道:"抓!明日画影图形,张榜各处,一定要把这等凶手逮捕归案,还百姓一个公道,还葫县一个青天!"

叶小天乍见知音,欣然道:"县尊大人说得甚是。我估摸着,那凶手十有八九是藏到了齐木家里,明日再抓不到人的话,我带人去齐家搜一搜。"

花知县登时变色,骇然道:"齐木?此事与齐木有何干系?"

叶小天解释道:"听说这徐林是齐木的手下,是以在坊间非常嚣张。"

花知县脸色一连数变，沉声道："本县治安一向良好，如今竟有街坊口角，继而殴伤人命，其中必有蹊跷。我们也不能先入为主，只听一面之词，须得慎重、慎重、再慎重。"

叶小天疑惑地道："县尊大人的意思是……"

花知县道："此事本县会交代孟县丞去办，事情很棘手，你就不要掺和了。"

叶小天默然半晌，答道："下官知道了。"

叶小天一听就知道花知县畏惧齐木，便没有把他已派人去蹲坑抓人的消息告诉花知县，心想：等我明天把那凶手逮捕归案，直接让郭家击鼓鸣冤，到时凶手在案，你纵然想息事宁人，又能如何？

花知县见叶小天听劝，暗暗松了口气，忙道："你今日辛苦了，因为这狂笑之症，连嗓子都哑了，这就回去休息吧，本县一会儿派人给你送些润喉之物，你且滋养一番。"

这时候，在县城打死人命，又去青山沟酿下一桩血案的徐林、祥哥一群地痞无赖刚刚回到县城，几个人正商量着一会儿把虎皮献与齐大爷，得了赏钱后去哪里玩耍，忽听有人唤道："徐大哥？"

徐林抬头一看，认得是与自己住一条巷子的一个泼皮少年，平日里跟在他左右大哥长、大哥短的，算是一个小兄弟。只因才十三四岁年纪，不能为齐木效力，否则投靠齐木时，徐林就把他也带过去了。

徐林见是熟人，倒是露出些笑模样，道："你小子，又去哪里鬼混？"

那泼皮少年凑到近前，神情诡秘地道："大哥，你去哪儿了？官府去你家找你呢。"

徐林一怔，讶然道："官府找我做甚？"

那泼皮少年道："你还不知道？郭胖子让你给打死啦！"

徐林动手固然够狠，可当时郭栎枫只是呕血不止，徐林也没想到他这么不禁打，不禁有些发愣。祥哥等人见了，便讥笑他道："徐大哥，你本来泼天的胆子，怕什么啊！不要忘了，你现在可是齐大爷的人，官府想来也是走走过场，还敢把你怎么样？"

"哧！"

徐林不屑地冷笑，睨了他们一眼，傲然道："我怕什么？只是没想到那郭胖子这么不禁打，所以有些意外。"

泼皮少年道："还有，还有呢，那捕快去你家找你，因为你不在，和你妹子口角起来，后来还打起来了。"

徐林怒道："打起来了？谁跟我妹子打起来了？"

泼皮少年道："就是周班头啊，那个闷嘴葫芦，嘿嘿！他让你妹子骂了个狗血淋头，恼羞成怒，就和你妹子动了手。"

徐林道："我妹子怎么样？"

泼皮少年道："当然没事啦，谁能让她吃亏啊。我方才出来时，她正威风凛凛地跟刘家二姑娘对骂呢，说是为了一个什么钗子。"

徐林听了不觉有些心虚，那刘家二姑娘跟他有点不清不楚，前两日他答应送刘二姑娘一件首饰，因手头一时拮据，为了讨二姑娘欢心，就把之前送给妹子的一支钗子偷了来，送给了刘二姑娘，不想竟被妹子发现了。

祥哥一直对徐小雨有那么点意思，这时一听捕快和徐小雨动手，便骂骂咧咧地道："这葫县官人什么时候这么有种了？徐大哥，不是兄弟我挑事啊，你在葫县也是响当当的一号人物，你妹子被人打了，你能装聋作哑？换了我可不能忍。"

其他几个泼皮一起起哄："是啊徐大哥，这事可不能就这么算了，要不然你徐大哥的脸面可往哪儿摆？"

徐林一听，便道："当然不能忍！不就是姓周的吗？兄弟几个，闲着也是闲着，咱们教训教训他去！"

一帮泼皮流氓立即转向周思宇的家，那泼皮少年兴奋得一脸的痘都凸了起来，忙不迭跟去看热闹了……

· ※ · ※ · ※ ·

这些事情叶小天自然无从知晓，晚上他用花知县派人送来的润喉养肺药物泡了水喝，半夜里又无故大笑了几次，等到天亮，那怪笑的症状已经好了，叶小天心里便轻松了许多。

叶小天收拾停当出了门，一如前几天情形，李云聪和苏循天门神一般站在左右，只不过这一次又多了一个大亨。罗大亨一见叶小天，马上献宝似的奉上一锭足足五十两的大元宝，笑嘻嘻地道："大哥，银两奉上，一文不少，咱们是不是该去选店址了？"

叶小天还记挂着昨夜蹲捕徐林的那些捕快，也不知道他们完成任务没有，哪有心思陪大亨胡混。他收了银子，对大亨道："衙门里还有些事情没有料理，你要不急就先跟我去衙门。如果着急，你就先去寻摸几个中意的地方，回头我再和你一起去敲定。"

大亨爽快地道："还有一个月呢，不急不急，我陪大哥先去衙门好了。"

四个人先去前街用早餐，这次叶小天学乖了，再不提请客的事，大亨倒是极四海的一个人，很豪迈地承担了请客的角色，几人吃过早餐，一路遛着食便来到了县衙。

叶小天一进县衙,就见马辉等人打着哈欠,没精打采地站在仪门外,一见叶小天到了,马上迎上来。叶小天问道:"抓到徐林了?"

马辉苦着脸摇摇头:"大人,小的们守了一夜,那徐林根本没回来。"

叶小天蹙了蹙眉,道:"一夜未归?莫非他畏罪潜逃了?"

马辉讪笑道:"大人,如果他真的畏罪潜逃了,那倒好了,起码说明咱们县衙还有点官威,就只怕……小的打听过了,这徐林吃喝嫖赌,无恶不作,平日里本就常常烂醉不归,昨夜难说不是宿在哪个娼寮了。"

叶小天点点头,道:"你们几个都回去休息吧,先补个觉,只要他没逃走,那就有得抓,本官另派些人去寻他。"

马辉几人答应一声,各自散去。叶小天对苏循天道:"自打你跟在我身边,也没见你干过什么正经事。先是酒遁,躲过了黄大仙岭一劫,接着笑遁,又躲过了下乡,这一遭无论如何也轮到你了,带几个人去查访徐林下落,见到了马上逮捕归案。"

苏循天心道:我姐夫昨儿都说了要你不要再管此事,你还真拿自己当葫县典史了?

不过,姐夫的话,苏循天一向是不大听的,他现在正想做叶小天的妹夫,大舅哥他是一定要巴结的。况且他也不认为抓一个地痞有多严重的后果,便一口答应下来,点了几个捕快,晃晃悠悠地出了门。

大亨背着书包,眼巴巴地看着叶小天:"大哥,没别的事,咱们可以走了吧?"

叶小天对李云聪道:"同去?"

李云聪板着脸道:"悉听大人吩咐!"

"那就走吧!"大亨欢喜地说了一句,背着书包蹦蹦跳跳地走向县衙大门……

青山沟,青山岭,青青绿野之中,两座新坟。

华云飞跪在坟前,泪已哭干。

纸钱的灰烬被风一吹,像黑色的蝴蝶,在空中飞舞。

华云飞将酒壶中最后一点残酒淋在面前的土地上,五指往地上一按,拔出腰间短刀,忽然用力切了下去。鲜血淋漓,地上遗下一截手指,华云飞却好像全无痛觉,眉头都未皱一下。

断指盟誓后,他取出一截白布条,慢慢缠在手掌小指处,又将带血的佩刀插回刀鞘,便挎起猎弓,满怀仇恨地奔向葫县县城。

第六十九章

大亨开店

一

华云飞进城的时候,叶小天和李云聪、罗大亨正往十字大街走。罗大亨向叶小天表功道:"大哥,昨日和你分手后,我就去十字大街那边转了转,寻到一家很不错的店面,咱们先去那里看看?"

叶小天甚是意外,没想到大亨这么一个浑浑噩噩的人,真干起事业来居然很用心,叶小天夸奖道:"好样的!你爹若知道你这么上进,一定会很欣慰。"

大亨撇嘴道:"别提他了,我昨儿回家,恰好听到我爹正吩咐下人,说今后一个月内,但凡我在外面经商做买卖的任何消息,都别告诉他。"

叶小天奇道:"你爹那么关心你的前程,为何这一遭却不闻不问了?"

大亨道:"我爹说,他担心听了我的消息以后,要么忍不住冲过来把我活活打死,要么会被我活活气死,不管是他死还是我死,先过了这个月再说。"

李云聪赞道:"知子莫若父!"

叶小天咳嗽一声,道:"看来你爹对你根本不抱希望啊,既然如此,你更该用心,干出一番大事业来,让你爹大吃一惊。"

罗大亨骄傲地道:"那是自然!"

叶小天道:"你和我说说,你昨天寻摸的这家店面好在哪里?地点、人气,还是……"

罗大亨道:"我昨天到十字大街闲逛,忽然瞧见一家店面,只有母女两人。那姑娘生得珠圆玉润、俊俏水灵,说不出的可人。我就想,若是和她毗邻经商,大家低头不见抬头见的,那该何等舒心。家和万事兴,做买卖也是一样吧,于是我就把他们家旁边那家店买下来了。"

罗大亨觉得身后没有动静,回头看看,见二人一脸怪异,解释道:"旁边那家店挺冷清的,根本没客人。我就想,十字大街这种地方,就要这样生意不好的店铺,东家才舍得卖呀，到了我手里只要好好经营，他不赚钱，我却未必。"

叶小天道："嗯，听起来很有道理，不过……你既然已经选定店址，还找我干什么？"

罗大亨道："我还没拿定主意，请你帮我参谋参谋，你要是觉得不妥，我再卖掉就是了。再说，开张在即，不得和左邻右舍打声招呼吗？我一个人去也怪不好意思的，你是我大哥，当然要陪我。"

叶小天无奈地道："好！那么……你打算卖点什么，可有想法了吗？"

罗大亨道："我打算开家杂货铺子，什么乱七八糟的东西都卖。我爹不是说了，卖这东西不用考虑太多，只要东西齐全，大家日常都用的东西，自然会有人来光顾。"

叶小天点点头，心想：还不算太离谱，这样的话，这店勉强也能开下去。

罗大亨突然往前一指，兴高采烈地道："到了！大哥，你看！"

叶小天抬头一看，就见一家杂货铺子，上边歪歪扭扭五个大字：妞妞杂货铺。门开着，一些扫帚木铲水桶铁扒篱一类的东西杵在那儿，叶小天惊道："你动作好快，货都备齐了，这……这都要开张了？"

罗大亨笑道："大哥，你误会了。这不是我的店，我的店在旁边，你看！"

叶小天转眼一看，旁边果然还有一家和这杂货铺子差不多大小的店面，门口铁将军把门，冷冷清清。叶小天有点迷糊，他看看那家关着的店门，又看看这家杂货铺，忍不住问道："大亨，你刚才说你要开什么来着？"

大亨兴高采烈地道："杂货铺啊！"

叶小天一指旁边那家正开张的杂货铺道："杂货铺旁边开杂货铺？"

大亨理直气壮地道："是啊！"

叶小天扭头看看李云聪，两个人都有点晕。大亨已经当先一步向妞妞杂货铺走去，回头对叶小天道："大哥，快点，这就是我跟你说的那家邻居。"

李云聪苦笑着对叶小天道："大人，他这是来开店还是追女人啊？"

叶小天摇头叹息道："我只怕他店开不成，人也追不到。"

其实在十字大街这么繁华的地方开杂货店是有些亏了的，不过店主如果本钱少，那也只能开杂货铺，生意做大成本也大，底子薄的人承担不起。杂货铺的店面不算太小，铺里很杂乱，东西堆得到处都是。罗大亨侧着身子，从窄窄的过道穿过去，扬声唤道："裴大娘，你好啊。"

坐在角落里的是个年过半百的老妇人，看见有人进来，妇人脸上露出笑容，正要起身相迎，见是大亨，她一屁股又坐了下去，没好气地道："我当是谁，原来是打算在我家隔壁开杂货铺的罗掌柜。我说罗掌柜，你怎么这么闲，不张罗买卖，老往我家钻什么？"

罗大亨搓搓手，赔笑道："我这不是跟您取经来了嘛，论开店大娘你比我经验多啊。"

罗大亨说着就东张西望，大概是在找那位姑娘，可惜店里除了那妇人再无旁人，另外一角挂了道门帘，后边想必是母女俩的住处。这时就听门帘后面一个清脆的女孩声音道："娘，咱中午是吃饺子吗？"

大娘回答道："是啊！茴香我都买回来了，没看到吗？"

屋里姑娘答道："看到了，要不我咋问你呢。娘啊，你腰扭了，就坐着别动了，今天女儿好好侍候侍候你，我来拌馅和面。"

大娘眉开眼笑："哟！看我闺女孝顺的，妞妞啊，你会鼓捣面食吗？以前你可没和过。"

妞妞答道："和面谁不会啊，娘，你就瞧好吧！"

两母女一里一外一问一答，罗大亨背着书包站在那里听得悠然神往。叶小天看得啼笑皆非，咳嗽一声道："大亨啊，你跟大娘也打过招呼了，咱们这就回自己店里吧。"

大亨赶紧道："别别别，我还有事跟大娘商量。"

大亨说完，就自己拉过一张条凳坐了，对那妇人道："大娘，我有事和你说。你看吧，你开杂货铺，我也开杂货铺，我呢，刚学做买卖，也不知道去哪儿上货，要不这么着，我从你家拿货怎么样？"

叶小天和李云聪听得眼睛都瞪了起来，在杂货店旁边开杂货铺，上货到旁边杂货铺上货，这……世上居然有这样的极品败家子！那妇人似乎也听得呆住了，愣了半晌，才不高兴地道："罗掌柜的，你戏弄我老婆子是不是？"

罗大亨急道："没有啊，我很认真的。你看吧，你卖杂货，我也卖杂货，从你家拿货多方便？这样吧，你拉个清单，你家卖啥，都给我列一份，我也卖，我现在就付定钱，有诚意吧？"

罗大亨说着就从书包里摸出两锭各有五十两重的大元宝，往那妇人面前一推。这整个杂货铺所有的东西加起来都不值五十两银子，两锭银元宝一时把那妇人看愣了。妇人这才相信……这个罗掌柜真的有点缺心眼。

罗掌柜缺心眼，他的朋友总不会也缺心眼吧，妇人担心地看了一眼叶小天和李云聪，见二人一脸好笑，却没有上前阻拦的意思，心里便明白了几分，他这两位朋友，怕是还没亲密到可以掺和他家生意的地步。

妇人眼珠一转，道："成啊，那老婆子给你列个单子，你看要是行，咱们就这么定了。"

这妇人虽是个开杂货铺的，居然还认识几个字，当下拿出一块炭条，在一张纸上飞快地写起来，等她写完，罗大亨拿来一看，虽然错字连篇，却也看得明白，当下连连点头。

"慢着！"

叶小天总不能眼看着罗大亨吃亏，便从窄道里挤过来，站到罗大亨身边，低头一看清单，登时勃然大怒，道："掌柜的，一只陶盆你要八十文？别说进价，就是售价，十文八文都嫌贵了，你当我兄弟是傻子？"

罗大亨呆呆地问道："大哥，很贵吗？"

叶小天道："这不叫贵，这是明抢！"

"什么？"

罗大亨一听也恼了："我说掌柜的，你不厚道。"

那大娘一见诡计被识破，登时把脸一沉，道："我不厚道难道你厚道？我家开杂货铺，你偏要在我家旁边开杂货铺，有这么抢生意的吗？我小本经营，勉强糊口，你这是欺负我们孤儿寡母啊。"

罗大亨怒道："做生意各凭本事啊，客人要是就去你家，我也不能硬拉过来不是……"

两个人你一言我一语，罗大亨哪是这妇人的对手，被她连损带骂，一张胖脸都气成了猪肝色，他气哼哼地从书包里又掏出两枚银元宝，往案上一拍，道："这店我开定了，你不给我上货，我兑你家的店！"

那大娘听了又是一呆，这店铺里的东西全加起来十两银子都不值。不过这店铺处于黄金地段，倒是很值钱，大约值个一百五十两左右，再加上这些货，也就一百六十两上下，罗大亨拿出两百两，绰绰有余了。

不过这里地段好，一般情况下她是不会卖店的，可如今不同，这姓罗的分明就是一个浑人，还是一个有钱的浑人，跟这样的浑人拼生意，拼不起啊！

两家都开杂货铺，还是挨着，那铁定要赔。既然如此，不如把店兑了，这样一来就赚了一笔，还避免了在接下来的商战中拼个两败俱伤。她们两母女拿了这笔银子，换个地方开杂货铺，还能省下一大笔钱。

想到这里，大娘毫不犹豫，抢过银元宝，道："好！店兑你，咱们立契！"

两个人怒气冲冲地开始立契兑店，叶小天和李云聪再度看得张口结舌：不是说好到上家来上货的吗，怎么这价钱谈不拢，就把上家买下来了？有这么做生意的吗……

两人愣神的功夫，大娘和大亨已经立契画押，手续齐备。

大娘收好契约，揣好银元宝，冲着后边高声叫嚷："妞妞！妞妞！"

大娘叫了几声，门帘一掀，从后边走出一位姑娘来，果然面如满月，玉润珠圆，生得颇有福相，五官眉眼俊俏，尤其是细腰圆臀，极好生养的模样。叶小天看了大亨一眼，心道：这货倒有几分眼光。

大娘道："妞妞啊，饺子包的怎么样了，要是还没弄，咱就不包了……"

妞妞绞着一手面，腼腆地道："娘啊，要不……咱中午吃馒头吧。"

大娘奇怪地道："饺子馅都买好了，吃馒头做啥？"

妞妞羞羞答答地道："水……放多了，人家就又放了点面，面……又多了，人家就又放了点水，水……又多了，咳，现在如果包饺子，怕是面会剩下大半盆……"

大娘气哼哼地道："行了，你也不用和来和去的了，这儿有一头猪，你就是蒸一锅馒头，怕也剩不下一口，都留给他吧。收拾收拾咱们的东西，娘把这店给兑了。"

妞妞听得莫名其妙，可是见娘正在气头上，也不敢多问，连忙答应一声，回去收拾东西。母女俩除了这小店还另有住处，所以店里东西倒是不多，很快打了两个包袱，母女俩就出了店。

罗大亨这时似乎气劲过了，眼巴巴看着人家姑娘离开，颇为不舍的样子。叶小天便道："大亨，你要是真喜欢她，那就大胆去追！我看她方才看你那两眼，似乎对你也有点意思。"

罗大亨搓搓手，腼腆地道："大哥，你尽哄我，人家能看上我吗？"

"我……又高又胖，人家娇小玲珑……"

"怕啥，你丑不要紧，万一她瞎呢？"

大亨居然听不出叶小天的调侃之意，担心道："可……可我刚把人家挤对走，还想要人家的姑娘，会不会太过分了些……"

叶小天看了看这破破烂烂根本不值两百两银子的店，叹道："如果我做生意，我也希望你对我这样过分一些才好。"

本来罗大亨要开店至少也得再准备三五日功夫，可他把人家的店兑下来了，也就马上开张营业了，叶小天已经笃定他这店绝对开不到一个月就得倒，洪百川最后的希望也将彻底破灭，可他拿这么个活宝也没办法。

眼见自己是救不了这个败家子了，叶小天和李云聪只能无奈地离开，两人离开没多久，还未更名的妞妞杂货铺就有一个老头背着双手踱了进来，刚做店主的大亨很热情，马上迎上去问道："大叔，你买点什么？"

那老头儿指指旁边没开门的小店，问道："隔壁店主今儿怎么没开业啊？"

罗大亨笑道："隔壁啊？隔壁已经被我买下来了，过两天我就重新开业。"

老头惊道："你买下来了？哎！亏了，亏了，我老卓头这回可失算了。"

大亨奇道："我买店铺，大叔你亏什么啊？"

老头道："我一直想兑下那家店，只是巴望着再压压价，所以一直没松口，没想到落你手里了。哎，你买了店，不张罗开业，跑这家店来干什么？"

罗大亨笑道："这家店，我也兑下来了。"

老头瞪大眼睛看着他，问道："这家生意还不错啊，兑这家店，多少钱？"

罗大亨伸出两根手指，道："两百两！"

老头摇头道："两百两，有点多了。要是一百五六十两还差……"老头说到这儿突然想到了什么，上下打量罗大亨几眼，竖起大拇指道："高！实在是高！你这后生，是个做大买卖的人！"

罗大亨不以为惭，毫不谦虚地道："等我这店面整合完毕，还请大叔你多多捧场。"

老头儿嘿嘿地笑了两声，摇着头出门："亏了，亏了啊……"

老头摇头叹气地往外走。一个挎着猎弓，腰间插着短刀的少年恰于此时出现在店门外，冷漠的眼神向前后一望，便进了妞妞杂货铺，朝罗大亨拱拱手，客气而平静地问道："劳驾，请问齐木齐大爷的府邸，怎么走？"

第七十章

讨公道

一

问路少年说他猎到了一只珍禽，听说齐大爷最喜欢珍稀野物，所以想去卖给他，多赚些钱养家。大亨家的生意大多是通过齐木控制的驿路运输的，所以大亨对齐木的住处很熟悉。

大亨很热心地为华云飞指点了道路，此时的华云飞在他眼中就是一个陌生人，生命中一个很普通的过客，他自然不会想到两人今后将会有什么交集。

叶小天和李云聪赶回县衙，路上说起大亨的荒唐，不禁都有些失笑，洪百川如此精明能干的大商人，偏偏生了这么一个儿子，二人心中都替洪百川惋惜：便是打下一座铁桶江山，儿孙不争气又能如何？

再过两条巷子就到县衙了，前方忽然跑来两个人，穿着捕快皂服，很是引人注目。叶小天定睛一看，见头前一人是马辉，另一个人他也隐约记得名姓，好像是叫许浩然，叶小天便站住了脚步。

两人果然是来找他的，老远看到叶小天，两人便加快了脚步，跑到叶小天身边后，马辉气喘吁吁地道："典史大人，周班头出事了。"

叶小天呆了一呆，道："周班头？他不是在家歇养吗，出什么事了？"

马辉道："昨日徐林回来，听说周班头和他妹子打斗起来，便去周班头的晦气，把周班头暴打了一顿。"

叶小天的脸顿时变色，许浩然又接口道："周班头的腿被打折了，也不知还能不能……"

叶小天打断道："周班头家住哪里，快带我去！"

叶小天赶到周班头家时，已经有许多捕快闻讯赶来。周班头人缘极好，他出了事，大家自然要来探望。

看到叶小天出现，正兔死狐悲的捕快们默默地给他闪开了一条路，望向他的目光中，带着些不满和谴责。

叶小天没有理会他们，径自从他们中间穿过去，走进堂屋。入目一片狼藉，桌椅板凳、花瓶衣架全打烂了，进屋右手边墙角的灶台，破掉的大锅里赫然扔着一块大石头。

周家人闻讯从里屋走出来，周家除了周班头还有三口人，一个是周班头的老父亲，还有就是他的浑家和一个三四岁的小女儿，小丫头怯怯地牵着母亲的衣角，跟在爷爷后面。

周老汉听说来人是县衙里的典史老爷，顿时惶恐不已，连忙上前就要叩头。叶小天赶紧把他一步扶住，说道："老人家不必多礼了，快带我去看看周班头。"

周老汉连连应是，大概是家里从不曾有过朝廷命官驾临，周老汉有些手足无措，也不知是该头前带路，还是应该跟在叶小天后面，只好侧着身子，别着脚往里迎叶小天。

叶小天自从做了这半真半假的葫县典史，还是头一回受到如此礼遇，叶小天心想：原来周班头的老实本分都是来自他的父亲，这爷俩都是老实人啊。

周老汉高高掀起门帘，点头哈腰地把叶小天让进屋，立即对榻上躺着的周班头道："思宇啊，快起来，典史大老爷来看你来了。"

周思宇听父亲说典史大人来了，挣扎着就要坐起来，被叶小天赶上去一把按住："别动，好生躺着。"叶小天说着，这才看到周思宇的样子，心头怒火顿时升腾起来。

周班头脑袋上缠着绷带，右颊瘀青，左颊赤肿，嘴唇高高地肿裂着，鼻梁也肿了，被瘀血一逼，紫青发亮。他努力想要张开眼睛，可是两只眼睛肿得像桃子一样，尽了最大的可能，也只是张开一条缝隙。

"周班头……"

叶小天的声音有些发颤，他来时听说周班头被打断了腿，就料到他的伤势不轻，可他万万没有想到周班头竟被打成这副模样。周班头嘴唇翕张了半晌，才艰难地吐出几个模糊不清的字眼："典史……大人，卑职……"

叶小天轻轻握了握他的手，低声道："你不用说了，我都明白！"

周班头脸上隐隐露出苦笑的神情，无奈地闭上了嘴巴。此情此景，叶小天也不知道该说什么好了，房间里一片静谧，只有大家此起彼伏的呼吸声。周家娘子站在一边，眼看丈夫如此凄惨，不禁又抹起了眼泪。

叶小天定定地看着周班头的脸，似乎要把他那张被打得不成人形的脸牢牢记在心里。过了好半晌，叶小天才抽回手，探手入怀，摸出那锭五十两重的大银元宝。

叶小天把银元宝轻轻搁在枕边，对周老汉道："老爷子，周班头落得这般模样，本官……难辞其咎。这点银两，你们就留着吧，把打坏的家具重新置办一下，尤其是要给周班头请最好的郎中，一定要保住他的腿。"

周老汉和周家娘子看到那锭大银元宝都惊呆了。五十两银子，周思宇要不吃不喝挣至少两年俸禄才攒得出，这还是在朝廷不拖欠薪俸的情况下，这么一大笔钱周家人根本就没见过。

周老汉嗫嚅道："不不不，大人，这使不得……"

叶小天道："老丈不要客气了，这钱也不是我出的，是县衙贴补周班头的医药费。你若不要，就替官家省下了，最后还不是大家吃喝掉吗？"

周老汉不懂县衙里的那些门道，听叶小天这么说，只当是真话，心里便踏实了些。周围那些捕快们很清楚衙门底细，虽然他们都有些恼恨这个新来的典史不知轻重，可是这位典史能掏出自己的钱来帮助周家，而且是这么多钱，不免令他们对叶小天大为改观。那些当官的只知道使唤他们，真出了事情的时候，又有谁这样把他们放在心上过了？

叶小天起身对周老汉和周家娘子道："周班头需要静养，我就不多打扰了，改日再来探望，告辞了。"

周老汉千恩万谢地把叶小天送到大门外。看那白发苍苍的老者佝偻着腰，丝毫不因儿子受此待遇迁怒官府，反而因为他的屈尊探望诚惶诚恐，叶小天心里有种说不出的滋味。

马辉、许浩然等一班捕快也都跟着叶小天一块向周老汉告辞离开了。他们默不作声地跟着叶小天到了巷口，马辉终于鼓足勇气走上来道："艾典史，因你初来乍到，兄弟们对你多有不敬，还请典史大人恕罪。"

叶小天停住脚下看着他，许浩然也凑上来，垂下头道："典史大人能如此善待周班头，兄弟们……都很感激。"

叶小天一开始还有些疑惑，听他俩你一言我一语的道歉，这才明白他们的意思，叶小天的脸顿时冷下来，沉声："你们说完了？"

马辉和许浩然等人面面相觑，他们是诚心向叶小天道歉的，可叶小天怎么这副模样，貌似很不高兴？一时间众捕快有些摸不着头脑了。

叶小天道："你们是不是觉得，我看到周班头如此，心生内疚，我很惭愧，所以拿出这些钱来作为补偿？"

众捕快看着他没有说话，但是显然默认了他的说法。

叶小天又道："你们是不是忽然觉得我这个官还不错，虽然做错了事，可是能补救，比县衙里那些尸位素餐的官员们要强许多，所以你们感恩戴德，觉得我这个官值得追随，要向我道歉，大家以后一团和气？"

捕快们还是不说话，他们已经隐隐觉察到自己似乎误会了什么。

叶小天的声音提高了些，道："周班头去徐家抓人，是执法，是他身为捕快的职责，他吃的就是这碗饭，难道不该去？我是本县典史，接到苦主报案，派他去抓人，我有什么错？我为什么要内疚？

"他先是被徐家刁妇殴打，接着又被杀人凶手欺上门去，捣毁了他的家，把他打得卧床不起，为什么会这样？为什么葫县的歹徒比执法的捕快还要凶？你们有没有想过其中的原因？

"你们的兄弟被人打成这样，你们都没起过一丝报仇的念头？我给了周班头家一笔钱，你们唯一的想法就是：太好了，这下子周家的损失可以得到弥补了，周班头的腿大概保住了，万幸啊！真是不幸中的大幸啊！

"大家开开心心地忍下这口气，继续一团和气地被乡绅恶霸、地痞无赖们欺负？如果你们这些做捕快的都可以被人这么欺负，你们能指望本该受你们保护的葫县百姓不受人欺负？

"为什么百姓们不愿意向官府纳税，哪怕是那些家里有钱的人？为什么你们每次下乡，都被百姓们奚落嘲讽得抬不起头来？为什么你们每次走在十字大街上时，都被人像狗一样笑话？

"你们是葫县的捕快，你们的儿子、孙子、重孙子，总有一天要接你们的班，继续在这做捕快，然后继续被人欺负、被人嘲笑！

"不错，这里民风剽悍，可是那些剽悍的百姓，有没有他们畏惧的人？他们在你们面前如狼似虎，可是在比他们更强悍的人面前却比兔子还要温顺，你们呢，你们连兔子都不如！

"你们指望什么呢？指望有朝一日朝廷派更多的官兵过来，指望有朝一日朝廷能迁来更多的汉人百姓，那时候你们的日子或者说你们的儿子、孙子、重孙子的日子就能好过一些？我告诉你们，不可能！

"如果你们什么都不愿承担，什么都不敢承担，就这么得过且过地过日子，即便有一天葫县真正纳入流官治下，即便这里居住的人八成都成了汉人，这些汉人也会学那些山民一样把你们当猴耍！

"你想有尊严地活着，你想一大早穿上捕快公服去县衙的时候，街坊邻居不是用轻蔑嘲讽的眼神看着你，而是尊敬地向你打招呼，这得你自己去争取，而不是等着它从天上掉下来，它掉不下来！"

马辉讪讪地道："典史大人，齐大爷他……况且，县衙门的老爷们……"

叶小天道："齐大爷怎么了？他在贵州可以一手遮天了？不要说安、宋、田、杨四大天王，就是八大金刚，甚至比八大金刚更低一些的土司老爷到了葫县，他是不是也要像三孙子一样毕恭毕敬，他有没有怕的人，为什么怕？

"县衙的老爷们又怎么了？为什么县衙的老爷们怕那些山民愤怒，怕齐大爷愤怒，怕县城里的百姓们愤怒，唯独不怕被欺负得狗都不如的你们愤怒？因为你们根本没有愤怒，你们没有勇气、没有骨气，一群窝囊废，不欺负你们欺负谁？"

众捕快被骂得狗血淋头，呆呆地站在那儿，一句话都说不出来。

叶小天转身走去，高声道："我现在去徐家，我派出去的人被欺负了，我就要去为他讨回公道！你们滚回县衙那个狗窝，继续心安理得地领你那每月二两银子的薪俸，开开心心陪老婆生孩子去吧！"

马辉、许浩然等捕快一个个脸涨得通红，当叶小天走出近百步后，他们之中也不知道是谁先追了上去，紧接着所有的捕快便一起追了上去："典史大人，我跟你去！"

"对！跟典史大人走！"

"这口气，老子早就忍够了，咱们跟典史大人走！"

叶小天大笑起来："好！这才是条汉子！是个爷们儿！咱们走，为兄弟，讨公道！"

徐小雨叉腰站在院子里，正对着隔壁院子指桑骂槐地骂人，隔壁院子就是郭家，隐隐传来阵阵哭声。徐小雨骂得正凶，院门"咣啷"一声被人踢开了，一班捕快闯了进来。

徐小雨大怒，张牙舞爪地扑上去，张口就要开骂。

一句话还没骂完，迎面就飞来一拳，打得徐小雨一个趔趄，倒退几步一屁股坐在门槛，硌得她屁股生疼。徐小雨像被激怒的野猫似的"嗷"的一声跳将起来："我……"

一个相貌清秀、神情却甚是狰狞的年轻人一个箭步冲上来，一把揪住她衣领，正正反反就是一顿响亮的耳光："我叫你骂人！我叫你骂人……骂舒服了吗？"

徐小雨被扇得脑袋跟拨浪鼓似的晃来晃去，只觉天旋地转，听到那人问话，徐小雨愣愣地点了点头，那人用力一推，徐小雨倒退两步，再次蹾坐在门槛上，凶狠年轻人厉声问道："你大哥呢？"

徐小雨傻傻地往屋里一指，年轻人就像一阵风似的从她身边冲了过去……

第七十一章

县尊,请升堂!

一

徐林昨日去周班头家闹了一场,随即便与一班狐朋狗友跑去喝酒了,大醉之后就宿在了娼家,直到今天上午才回来。回家之后徐林便蒙头大睡,妹子虽在院中大骂隔壁郭家,因为徐林听惯了她骂人的声音,倒也不觉吵闹。

不想睡意正浓,忽听妹子一声尖叫,徐林被吵醒,心中好不气恼。他恼火地跳下地,赤着双脚,只穿一条犊鼻裤,气势汹汹地骂道:"吵什么吵,可是郭家那群王八来捣乱了吗?"

徐林一面说一面往外走,刚刚走出几步,门帘子被人一把扯掉,徐林顿时一惊,抬头看时,就见一双大脚迎面飞来,踹得他倒跌出去,一跤摔在地上,口中一股子土腥味,却是大牙被踹掉了两颗。

"谁……"

徐林大怒,一句话还没说完,叶小天松开扣住门框的双手,跳下来猛扑过去,抡起带鞘的腰刀,狠狠砍在徐林头上。刀虽带鞘,砍在头上也是一股血喷了出来,淌了徐林一头一脸。

徐林被这人凶狠的模样给吓住了,呆呆地坐在地上不敢说话。

叶小天把刀挂回腰间,喝道:"枷了,带走!"

捕快们出门随身都带着小枷的,当即上前把徐林枷了。徐林这才反应过来,大怒骂道:"你们好大的狗胆,竟然敢抓我。你们知不知道我是谁?我可是齐大爷的兄弟。"

叶小天从许浩然手中夺过戒尺,慢悠悠地踱到徐林身边,凶狠地看着他道:"爷?还兄弟?你们家喜欢差着辈论交?"

徐林道:"我……"

不等他说完,叶小天就抡起戒尺,"啪"的一声抽在他的嘴巴上。徐林闷哼一声,满嘴流血，再也说不出话来，看向叶小天的眼神便露出几分畏惧。

"带走！"

叶小天一声吩咐，马辉和许浩然就像拖死狗一般拖着徐林往外走。叶小天昂然走在前面，到了院中见徐小雨正畏怯地站在那里，他凶狠的一眼瞪去，把徐小雨吓得连退两步，满面慌张。

叶小天冷哼一声，踢开院门走出去。徐小雨呆呆地看着马辉和许浩然把大哥拖走，已经看不到叶小天的背影了，这才尖声大叫起来："我要告你！你……你无故殴打良善百姓！我要告你……"

"嘘……"

走在最后的李云聪竖指于唇，朝她做了个噤声的动作。李云聪嘴贱的毛病又犯了，阴阳怪气地道："小雨姑娘，我佛慈悲，大肚宽怀，可是临时抱佛脚都不灵的，临时抱官脚……你想想吧……"

李云聪走出两步，突然又想起了什么似的站定脚跟，扭头看着徐小雨微笑道："听我良言相劝，你可千万别招惹他，我们这位典史大人是疯的，疯病发作起来六亲不认，我都被他打得很惨。"

徐小雨冷笑道："疯子还能当官，你唬我？"

李云聪摊摊手道："谁说不是呢，可这世道就是这么不公平。不过呢……典史再小那也是官啊，是朝廷命官，知道什么叫命官吗？就是你想撸他的官，除非吏部行文，皇上照准，难道你想进京告御状？你知道京城的大门朝哪边开吗？"

徐小雨窒了一窒，李云聪奚落够了，哈哈一笑，颠着屁股就走了出去。忽然之间，他觉得跟着叶小天这么个人也挺不错的，起码出门时不用总装三孙子。

·※·※·※·

华云飞站在大街上，对面就是齐木的府邸，极豪华阔气。大门敞着，进进出出许多客人，大多一看就是性情豪爽的江湖客。华云飞调整了一下猎弓的位置，退到了屋檐阴影下。

华云飞静静地站在那儿，冷静地观察着大门的情况，很快就再换一个地方，继续冷眼观察。他的父母双亲被一群禽兽杀死了，他到葫县是来杀禽兽的，他是猎人，杀禽兽自然要用猎人的方法。

他狩猎的本领传自父亲，当他成为一个优秀的猎人之后，他和山里的彝、苗等族的高明猎人又常有切磋，现在他能赤手空拳地捉到鹿子、野鸡等动物。

他可以选一灌木丛蹲下，在身上做好伪装，然后用一片竹叶或树叶含在嘴里，学怀春母鹿的叫声引诱公鹿，学公鹿的叫声引诱母鹿。当鹿被异性叫声所吸引前来求欢时，就会被他突然出手，生擒活捉。

他还在野鸡出没的地方，用鸡骨头做的小哨子学小鸡的叫声逮老鸡，学母鸡的叫声逮公鸡，学公鸡的叫声逮母鸡。除此之外，他还会用"鱼钩钓法""鸡诱子诱法""扣子勒法""网捕法"等各种办法空手捕获猎物。

面对大型野兽，就是展现他勇武的时候了。他的刀用得很好，他的箭用得更好，他是最出色的猎人，可现在他要面对的是最凶猛的野兽，而且……不止一只。

华云飞没想过试图挑战赫赫有名的齐大爷，他还能活着离开。他虽然是最出色的猎人，可他毕竟身单力孤，而齐木是葫县最可怕的一只大老虎。

更何况，他要对付的不仅仅是齐木这一个人，除了齐木的大批保镖、打手，还有直接下手对付他爹娘的那几个人，他都要查出来，一个也不放过。

如此一来，他就不能贸然动手，他需要先做好最充足的准备，至少先要查清楚当日出现在青山沟的人都有谁。

猎人总是有耐心的，即便他是那么想把猎物马上抓到手。华云飞耐心地调查起来，而齐木齐大老虎此时还丝毫没有察觉他已经被一个可怕的猎手盯住。

叶小天绑了徐林出门，马上就叫人去郭家传话，叫他们全家立即去县衙。郭家人今儿一早就被徐小雨在隔壁指桑骂槐地辱骂不休，可是经由郭栎枫被活活打死一事，郭家又怎敢再得罪徐家，一家人被骂得只能抱头痛哭。

等叶小天派人来传唤，郭家人出来看见鼻青脸肿、脑袋跟血葫芦似的徐林已经被捕快枷住，不由又惊又喜。叶小天押了徐林，带了郭家一众苦主这么一走，登时吸引了整条街的人注意。

昨日到徐林面前煽风点火的那个泼皮少年见他心目中威风不可一世的徐大哥这般狼狈，一双眼睛不禁露出惊恐的神色。

叶小天带了徐林和郭家一众苦主赶到县衙，吩咐郭家人道："击鼓鸣冤吧！"

郭家人自然遵从指示，隆隆鼓声中，叶小天先行一步，昂然迈进县衙大门。

县衙二堂，花知县正坐在那里无所事事。葫县事情本来就不多，又都被孟县丞和王主簿瓜分了，他这个知县纯属摆设，可每天坐堂这个规矩又不能废，如果废了，他就更没有存在感了。

忽听前衙传来鼓声，花知县顿时一阵兴奋，总算有人敲鼓了，能上堂露露脸也好啊，只是不知道是什么鸡毛蒜皮的小事。大事基本上是不可能的，葫县百姓早就对县衙门绝望了，真有大事，要么就被强梁自己摆平了，要么那百姓也就忍气吞声了，是没人到县衙来鸣冤告状的。不过，万一真是自己摆不平的大事呢……

仅仅因为一个升堂，花知县就陷入了激烈的思想斗争，还没斗出个所以然，叶小天就疾步走了进来。叶小天拱手道："县尊大人，有人击鼓，怎么大老爷还不升堂？"

花知县神色一肃，摆手道："本县……本县手头正有一桩大事待决，且问问前衙何人击鼓，何事鸣冤再说，免得鸡毛蒜皮的小事，也来麻烦本县。"

叶小天板着脸道："下官正要与大人说起此事，外面击鼓鸣冤的是郭家人，殴死人命的凶手徐林已被抓捕归案，这可不是小事，而是人命关天的大事，大老爷可以升堂了。"

花知县变色道："本官不是说过此案移交孟县丞，不需你来处治吗？"

叶小天摊摊手道："可是凶手就在我们眼皮子底下晃来晃去，有苦主告状，我们总不能装没看见吧？现如今凶手已经抓到，苦主正在鸣冤，大老爷，无论如何你得升堂问上一问才是。"

花知县没有权柄在手时，一心巴望着掌握权柄，真的让他掌权办事时，却又瞻前顾后、忐忑不安起来。他和齐木没打过多少交道，可是对其人却很了解，这个人他不敢得罪啊。

花知县暗恼叶小天多事，可外边的鼓声一声声仿佛催命，他又不能装聋作哑。花知县迟疑半晌，尽管叶小天再三催促，还是不肯上堂，就在这时，外面一声清咳，孟县丞沉着脸走了进来。

孟县丞一看叶小天正在这里，马上瞪着他道："艾典史，谁准你抓人的？"

叶小天心中恼火，沉声道："县丞大人，下官职责所在，如何推辞？"

孟县丞喝道："胡闹，难道你忘了……"

叶小天冷笑道："我当然没忘，可是要我忘记自己的真正身份，认真做这个典史的人也是你！孟县丞，下官现在就是做一天和尚撞一天钟，可是既然正做着和尚，这个钟，我就一定要敲！"

"咚！咚！咚……"

外边鼓声一声接一声，伴着叶小天掷地有声的话语，孟县丞一时被震得说不出话来。

花知县六神无主地看着孟县丞，用商量的口吻道："要不，咱们就升一次堂？人家都敲响了鸣冤鼓，衙内衙外，人人皆闻，如果置之不理，实在说不过去，咱们县衙也更没人理会了。"

孟县丞刚要反对，转念一想，又冷笑一声，道："县尊大人，升不升堂，你自己斟酌吧，下官也不好置喙了。"

他仰天怪笑两声，转身就走。花知县见他没有明确反对，暗暗松了口气，对叶小天道："升堂、升堂，本县这就升堂。来人哪，快取本官袍服来！"

第七十二章

无青天、有霸道!

一

"威——武——"

堂威喊得参差不齐，站堂的皂隶们，精气神比捕快们还差了一大截。平日里很少升堂，大家都散漫惯了，而且今日上堂前就听说被抓的人是齐木齐大爷的人，大家对审判结果更不抱希望，是以毫无兴致。

花知县站在屏风后面，听到这样的堂威却也不恼。三年前刚到葫县时他还整顿过一阵子，后来认清了大权旁落的现实，心灰意冷之下，他也不在乎这些小地方了。

花知县正了正衣冠，从屏风后面走出来，昂然走到碧海红日图下，拿起惊堂木"啪"地一拍，朗声道："何人击鼓鸣冤，堂上说话！"

当下就有人下去把郭家一门老小带上了堂。叶小天是典史，如今大老爷问案，堂上却是没有他的位置，是以只在外面候着。郭家一门老少上了大堂，跪倒叩头，道："草民参见大老爷。"

花知县坐在公案之后，扬声问道："你等因何击鼓，何事鸣冤，向本官一一道来。"

郭栎枫的老父亲未语泪先流，哽咽道："青天大老爷，草民冤枉啊……"

老汉流着泪，把儿子被打死的经过从头到尾叙述了一遍。花知县皱了皱眉，道："光天化日之下打死人命，实是罪大恶极。不过，现在只是你一面之词，真相如何，还待勘察。来啊，带嫌犯徐林！"

声音遥遥传出大堂，叶小天把手一摆，马辉和许浩然便把徐林一推，喝道："走！"

徐林一头一脸的血，此时都结成了血痂，他狞笑着盯了叶小天一眼，举步向堂上走去。旁边一个捕快迟疑了一下，凑到叶小天身边，小声道："典史老爷，您觉着，咱们大老爷能秉公而断吗？"

叶小天道："此案事实清楚，大老爷一问便知，人证、尸首俱在，都无须再查的。铁证如山的东西，大老爷纵然想包庇，又如何枉法？"

那捕快沉默半晌，才低声道："听典史老爷这口音，想必在京城待过很长时间？"

叶小天道："不错，那又如何？"

那捕快喃喃地叹了口气，道："那就难怪了，天子脚下，终究是不同的。"

叶小天有些疑惑地望了他一眼。

再说堂上，花晴风仔细询问了原、被告双方的供词，又让仵作把尸体抬上来，当堂验看，再传目击证人一一询问。那些证人们有的据实而言，有的畏惧徐林，便推说不曾看见，花晴风据此打起了太极拳，左推手、右推手，推来推去，正想宣布暂且把疑犯收押，容后再审，外面忽然走进一个人来。

叶小天在堂下等候审判结果，花知县在堂上大打太极拳，这趟推手耗的时间实在太长了些，叶小天等了许久还不见审判结果，便起身方便去了。他刚走不久，就有一个人前呼后拥地闯进了县衙。

堂下听审的捕快、皂隶、胥吏们顿时骚动起来，有人悄声低语道："是齐大爷，抓了他一个手下而已，他竟然亲自来了！"

"这下有好戏看了，艾典史呢？"

"不知道，大概见机先溜了？"

齐木，四十岁出头，身材颀长，长眉斜飞入鬓，鼻如悬胆、大口若方，瞧来仪表堂堂，如果不是知道他的恶名，谁也无法把这样一个人想象成一个无恶不作的匪类。

齐木旁若无人地走入县衙，一路所遇衙役、胥吏们纷纷变色退避。来到大堂门口时，齐木哈哈一声长笑，朗声道："你们候在这里！"便大步流星，独自闯进了大堂。

大堂上，原告跪左，被告跪右，旁边又有尸首一具搁在长板上，花晴风拿起惊堂木，正要做出收监待查的判决，忽然看见一个身材颀长的男子背负双手，昂然直入，不由惊在那里。

"吧嗒！"

花晴风手中的惊堂木失手跌落，他茫然站起，有些失措地退到案旁，想要对齐木拱拱手，又觉得在公堂之上，自己身为一县正印如此举动未免不妥，是以僵在那里进退失据。

齐木从原告和被告中间昂然走过去，视两旁挂杖而立的衙役们如空气一般。徐林察觉大堂上气氛突显诡异，回头一看，不由大喜，急忙抢前两步，跪下磕头："小的见过齐大爷！"

齐木站住身子，看了看他，淡淡地问道："你就是徐林？"

徐林忙不迭点头，喜不自胜地道："是是是，小的就是徐林。没想到您老人家也知道小的贱名。"

齐木冷哼一声,道:"我的人,居然要上公堂,真是丢人现眼!滚到一边去!"

徐林忙道:"是是是!小的无能,小的给齐大爷您丢了脸,小的该死!"徐林一边说,一边抽起自己嘴巴,抽得还真用力,啪啪的响声整个公堂上都听得见。

看见齐木竟然来了,郭家老小都有些畏惧,缩成一团不敢吱声。齐木一直走到县太爷的公案前面,这才停住,平静地看着花晴风。

花知县勉强挤出一个笑容,讪讪地道:"齐……齐先生……"

齐木道:"县太爷!"

花晴风受宠若惊地哈下腰,道:"不敢当,不敢当。"

齐木冷哼一声,慢慢转过公案,站到了公案之后,碧海红日图之下,他将整个公堂环顾一周,突然冲着脸色难看的花晴风大声咆哮起来:"姓花的,你给老子搞清楚,这葫县,究竟是谁的天下!啊?"

唾沫星子喷了花晴风一脸,花知县脸色红一阵白一阵的,缩着脖子站在那儿,竟然不敢应声。齐木突然一探手,将他的脖领子揪住,将他提着脚尖跐了起来:"你这个知县,老子让你当,你才能当!老子不让你当,一句话就能让你滚蛋,你敢审老子的人,啊?"

花晴风的脸都变成了猪肝色,软弱地道:"齐先生息怒,请息怒,你……你听我解释……"

"听你解释个狗臭屁!"

齐木一撒手,花晴风蹬蹬蹬连退了三步。

齐木在县太爷问案的椅子上大模大样地坐下来,两条腿往公案上一搭,一副懒洋洋的样子,好像刚才大声咆哮的是另外一个人:"齐某刚从外县回来,才进城就听说我的人被抓到你这儿来了。花知县,你真出息了啊!成,你审吧,齐某作为本县士绅,旁听……总可以吧?"

花晴风脸色苍白,讪然道:"齐先生!"

齐木睨了他一眼,道:"怎么,不审了?"

花晴风如释重负,忙道:"不审了,不审了。"

齐木一抽双腿,从案后站起来,慢慢踱到郭家人面前,露出一个令人心悸的笑脸:"我听说……你们家死了人?"

郭家人瑟瑟发抖,根本不知该如何回答。他们没有想到传说中的齐大爷竟然肯为徐林那么一个地痞出头,他们只听说齐大爷只手遮天,可是没想到他竟可以嚣张到如此地步,现在他们总算亲眼见识到了,一家人吓得魂飞魄散。

齐木看着抱成一团的一家人,轻轻叹了口气。郭老汉脸上又是汗,又是泪,紧紧抱着小孙子，仿佛风中落叶般发着抖，根本不敢说话。

齐木从袖中摸出一块洁白的丝帕，轻轻伸出去，郭老汉身子抖了一下，没敢躲。齐木就像给小孩子擦眼泪鼻涕似的，帮郭老汉擦了擦脸上的汗和泪，柔声问道："老人家，你儿子是怎么死的呀？"

郭老汉看着齐木笑微微的脸上那双隐隐泛着寒光的眼睛，到了嘴边的话根本没有勇气说出来，他艰难地咽了口唾沫，福至心灵地答道："病……病死的，他是病死的……"

郭老汉说完，看一眼儿子的尸体，看到那张肿胀发紫、满面瘀伤的脸，禁不住悲从中来，伏在地上，号啕大哭起来。齐木又叹了口气，幽幽地道："白发人送黑发人，令人心酸哪！"

他看了看郭老汉的小孙子，对郭老汉安慰道："儿子死了，好歹孙子还在，回去好好把孙子抚养成人吧。讹人这种事是不对的。不过看你一家这么可怜，我这人心软，也就不追究了。你看好不好？"

"好、好……"

郭老汉眼泪一把鼻涕一把，听着齐木恐吓的话，紧张地抱起不懂事的小孙子，再也不敢撒开，只是连声应好。这时徐林得意扬扬地踱过来，冷笑着道："齐大爷这么宽宏大量，你还不叩头谢恩？"

郭老汉紧紧咬着嘴唇，老泪纵横，直到那嘴唇咬得沁出丝丝鲜血，他才放开小孙子，趴在齐木面前，"砰砰"地磕起头来："谢谢齐大爷您宽宏大量，谢谢您齐大爷，谢谢……"

齐木摆摆手，和气地道："去吧，去吧，不用谢了。"齐木看着郭家人抬起尸体，慌慌张张退下，转身又走到公案旁，对花知县道："县太爷，你看我这样处理可好？"

花晴风满头冷汗，连声道："好……好……"

齐木猛地抓起惊堂木用力一拍，咆哮道："既然好，还不退堂？"

花晴风吓得一哆嗦，情不自禁地退了两步，齐木向两旁呆若木鸡的皂隶们横了一眼，猛地把惊堂木摔了出去："退堂！"

两列衙役大惊失色，慌慌张张就往外退，这时却有一人站到了大堂门口，他身形有些单薄，声音却异常有力："不能退堂！"

第七十三章

偶尔见见血

一

齐木听到这句话，微微眯起眼睛看向大堂门口，就见一个人仿佛从阳光里走出来，他的身材不及齐木魁梧高大，可是略显单薄的身材，步伐却异常沉稳有力。

叶小天走进来，盯着齐木的眼睛，又有力地重复了一句："不能退堂！"

他刚方便回来，马辉、许浩然等捕快就跑过去，如丧考妣地对他道："典史大人，大事不好了，齐大爷……啊不，齐木来了！"

叶小天略感意外，道："这么快，人呢？"

马辉往大堂上一指，叶小天惊讶地道："他竟然直入公堂？"

马辉点了点头，叶小天心头一股火"腾"的一下就冒了起来：他能上得公堂，老子就上不得公堂？

叶小天双手一分，推开马辉和许浩然，就在许多捕快、皂隶、胥吏以及齐木的手下注视下，大步流星地冲进了大堂。

叶小天走上大堂的时候，恰好听到齐木大声咆哮退堂，两列皂隶慌慌张张就要退下，叶小天立即大喝道："不能退堂！"

叶小天大步上前，对花晴风道："县尊大人，案子还没审，何故退堂？"

花晴风支吾半响，突然一指郭老丈，道："他……他是原告，原告撤诉了！对！原告撤诉了，民不举，官不究，本官自然要退堂。"

叶小天看了看齐木，齐木负着双手站在公案前，正歪着头打量他，脸上笑微微的一副饶有兴致的样子，大概是在葫县还是头一回看见有人敢跟他唱反调。

叶小天又看了看瑟瑟发抖的郭家人，已然明白方才发生了什么，他走到郭老汉面前，弯腰把他扶起，缓声道："老人家，你看看他！"

郭老丈顺着他的手指，看了一眼自己死去的儿子，就像被烫着了似的，立即扭过头。

叶小天道："躺在那里的，是你的儿子，你的亲生骨肉！杀子之仇，你不报了？你不要怕，恶人再恶，除非他立即扯旗造反！否则，无论如何也翻不了天去！"

郭老丈看了眼笑微微的齐木，哪里还敢相信叶小天的话。刚才大老爷是如何畏惧齐木，他都看在眼里，他一个小老百姓，别的道理不明白，却明白叶小天这个典史比花晴风那个知县官小。

官小的得听官大的，而这官大的却畏齐木如虎，齐木方才已经赤裸裸地拿他的小孙子相威胁了，儿子已经死了，郭家就剩下这一根苗，他老头子不怕死，可是他敢拿孙子的命冒险吗？

郭老丈犹豫了一下，带着哭腔道："典史老爷，我儿子他……他真是病死的！是老头子糊涂想讹人……"

说到这里，郭老丈两行热泪滚滚而下，他突然挣脱叶小天的手，趴在地上哽咽道："典史老爷，小民念您的恩情，可小民……实在无冤可诉、无状可告，典史老爷，您……您就放过小民吧！"

郭老丈说完，给叶小天"砰砰砰"磕了三个响头，爬起身来，含悲带泣地对家人道："走了，回家去，回家……"

郭老丈的声音细细长长，就像马上就要断掉的游丝，听得人心里冷飕飕的。叶小天眼见郭家人如此模样，再也无法阻拦，只能眼睁睁地看着郭老丈抱起小孙子，家人抬起郭栎枫的尸体，凄凉地向外走去。

"这位……有点面生啊？"

齐木背着手踱到叶小天面前，上下打量着他，笑吟吟地问花晴风："新来的？"

花晴风连忙点头哈腰地道："是是是，新来的、新来的。呃……新来的本县典史。"

花晴风算是怕死齐木了。当年刚上任时，他也想跟齐木较量较量的，结果齐木一声号令，驿路至葫县就此断绝；葫县县城各种案件每天以十倍的速度暴增；粮长保正们得到齐木警告，一点税也收不上来；他的夫人苏雅去上香，愣是被"山贼"给劫走了……

要不是花晴风及时服软低头，他真不敢想象接下来会是个什么情景，也就是从那时起，他才知道朝廷的势力在贵州这一亩三分地上，真的不值几文钱。虽说大明立国起，这块版图就划入了大明疆域，可是几番较量之下，控制这片土地的始终不是朝廷。从那以后他对齐木算是闻名色变，再不敢有丝毫违拗了。

齐木点点头，笑了，道："那就难怪了。既然是新来的，不知者不罪，我就不追究了。"

花晴风松了口气，道："齐先生宽宏。"

齐木举步就往外走，叶小天大喝一声道："站住！"

花晴风急了，对叶小天道："你还想怎么样啊？"

叶小天气极反笑，他指指公堂，质问花晴风道："这里本来是什么地方？现在成了什么地方？大人反而质问我想干什么？"

齐木缓缓转过身，好奇地看着叶小天，道："那么，你想干什么呢？"

叶小天盯着他的眼睛，毫不退缩："这个案子，还没审！"

齐木"扑哧"一声笑了，忍俊不禁道："没有原告，你怎么审？"

叶小天在天牢混了十多年，刑法一道不要说比齐木清楚，就是花晴风这个进士出身的知县都没他明白。

叶小天冷笑道："谁说没有原告就不能审？你以为这是家长里短、邻里纠纷？民不举、官不究，指的可不是刑事案子。杀人，是刑事案子里仅次于谋反、弑君的大罪，你说能审不能审？"

齐木呆了一呆，他还真不清楚这个。

叶小天又道："这桩杀人命案，要审！我县班头周思宇，奉命拘提徐林到案时，先受其妹殴打，又遭徐林伙同一班无赖欺上门去，打断了周班头的腿，这桩案子，也要审！你想把徐林带走？我不答应！"

齐木不笑了，冷冷地看着叶小天："你不答应？你是什么东西？"

叶小天一字一句地道："葫县典史，掌管缉捕、稽查狱囚！"

齐木摇了摇头，指着花晴风道："你的好部下啊！这件事，你要给我一个交代！"

花晴风眼见二人这番交锋，额上汗水涔涔，听到齐木这话，忙不迭点了点头。齐木再不说话，更不多看叶小天一眼，迈步就向堂外走去。徐林看了叶小天一眼，冷笑一声也追了上去。

叶小天恼了，他的那股子驴劲犟起来，根本不理会原告是否还想告，他现在心里就一个念头：徐林犯了死罪，必须依法严惩。

眼见徐林跟在齐木后面向外走去，叶小天一咬牙，"呛啷"一声拔出了腰间佩刀，花晴风吓了一跳，急道："艾典史，你干什么！放下，快把刀放下！"

叶小天理也不理，持刀冲出大堂，拦在齐木前面，厉声道："把人给我留下！你敢抗法，我就把你也抓起来。"

齐木微微一笑，挺起胸道："在葫县，我就是天！我倒想看看，谁敢抓我！"

齐木手下那班打手一拥而上，对叶小天虎视眈眈。叶小天扫了一眼大堂门口的捕快衙役们，喝道："把徐林给我押回去。"

马辉、许浩然等人面面相觑，迟疑着没敢动手。齐木正站在这儿呢，大老爷都奈何他不得，他们敢怎么样？

眼见叶小天一声令下，捕快们动都不动，齐木忍不住哈哈大笑起来，齐木一笑，他手下那班打手笑得更是猖狂。徐林听叶小天下令抓他，先是有些恐惧，待见齐木一到，众捕快就像麻了爪的老鼠，心中一宽，也忍不住大笑起来。

哄笑声令大堂前所有的捕快、胥吏、衙役们都低下了头，无论如何，他们是一体的，典史大人尊严扫地，他们又能有什么面子。

徐林笑着笑着，突然不笑了，众打手的笑声也渐渐停歇下来，就见叶小天提着刀，正一步一步地向他们走近。叶小刀攥着刀，冷冷地盯着徐林，沉声道："跟我回去，否则立斩你于刀下！"

徐林本想嘲讽他两句，可是看见他刚毅的眼神，到了嘴边的话不知怎么就说不出来，他艰涩地咽了口唾沫，下意识地退了两步，忽然意识到自己这样的表现太软弱，忙又站住，却不敢再口出不逊。

齐木终于怒了，他此时才意识到，他眼中的那个小丑、那只小蚂蚁，真的敢挑衅他的权威，当着这么多人的面挑衅他的权力。齐木用手一指叶小天，咬牙切齿地道："叫他安分些！"

众打手们一拥而上，叶小天手中有刀，但这些打手们手中也有刀，而且叶小天不懂武功，只是片刻工夫，他的刀就被磕飞，打手们一拥而上，拳打脚踢地把叶小天的身影迅速淹没。

马辉、许浩然等捕快胥吏们眼睁睁地看着这一幕，一个个脸色涨得发紫，额头的青筋突突直颤，却始终没有勇气拔刀。花晴风站在空无一人的大堂上，听着外面的声音，他甚至没有勇气走出去看一看。

拳脚中，叶小天就像惊涛骇浪中的一叶扁舟，偶尔能在那滔天巨浪中打个转，旋即又被怒涛吞没。过了好半响，打累了的打手们气喘吁吁地退到一边，只见叶小天软软地趴在地上，已经被打得不成人形。

马辉咬了咬牙，突然冲过去，马辉一动，许浩然等众捕快也都动起来，他们冲到叶小天面前将他扶住，就见叶小天鼻青脸肿、口鼻流血，其惨状比周班头也强不了多少。

一直巡行在人堆后面的李云聪也别着脚挪到叶小天身边，见他如此凄惨，忍不住怯怯地道："典史大人，你……你流血了。"

叶小天扶着马辉的肩膀，颤巍巍站定，他用手在脸上抹了一把，满手都是殷红的鲜血，叶小天道："血管里不流血，难道还流水吗！"

他把手上的血一甩，又啐出一口血沫子，忽然带些痞气地笑起来："娘儿们每个月都流血，爷们儿该流血的时候也得流点血，那才叫爷们儿，你们说是不是？"

齐木冷冷一笑，道："我们走！"

叶小天一把推开马辉，再次站到了齐木面前："他，有命案在身，不能走！你，殴打朝廷命官，也要留下！"

齐木愣了愣，忍不住哈哈大笑起来："这个人究竟怎么回事，莫非他是疯的？哈哈哈哈……"齐木大笑着，把食指向前轻轻一点，那群如狼似虎的打手便冲了上去。

他们一拥而上，叶小天也迎头冲上去，但他只挥出一拳，刚刚打在一个打手的下巴上，就有两只拳头重重地打在他的脸上。马辉呆呆地站在旁边，忽然感觉脸上一阵温热，伸手一抹，却是叶小天溅出的鲜血。

马辉看着面前被无数拳脚淹没，仅能看到一角衣袂的叶小天，突然野兽般嗥叫了一声，抡起拳头扑了上去。仅仅片刻工夫，他也被打倒了，和叶小天躺在一起，被无数拳脚淹没。

许浩然见状，突然一声大喊，抡起铁尺扑了上去。紧接着，第二个、第三个……所有捕快都扑了上去。皂隶、胥吏们在一旁看着，只觉得血都冲到了头顶，头皮麻酥酥的，脸涨得通红，拳头一紧一松，一颗心都要跳出了腔子。

混战中，就听李云聪带着哭音一声呐喊，这位只会舞文弄墨的葫县户科吏典像只怀着孩子的袋鼠似的笨拙地蹦了两下，挥起一拳打在一个打手的后脑勺上。

"老子想见血！"

一个先前提着风火棍从大堂上退出来的皂隶胸膛像风箱似的急剧起伏了几下，突然一声吼叫，抡起风火棍就冲进了战场。

"动手啊！老子也想见血！"所有的皂隶、胥吏、衙役们就像疯了一样，全部扑了上去。

"这……这……"

齐木再也笑不出了，眼前的一幕是如此陌生，他从未想到在他的积威之下，居然有人反抗他，居然会有这么多人胆敢反抗他。

齐木在两个贴身保镖的护卫下，慌慌张张地退向县衙大门。眼前这一幕已完全失控，已经不再由他主导，也不再由泥胎木塑般站在大堂上的那位花知县主导，主导这一切的人正躺在地上，正在流血……

第七十四章

谁怕谁!

一

花知县在空荡荡的大堂上站了许久,心里乱七八糟的,千头万绪如同乱麻,一时间似乎想了许多许多东西,其实心里又什么都没想,就那么站着,仿佛泥胎木雕一般。

等到后来外面叫骂吵嚷声越来越大,根本不像一群人在围殴一个人,花知县皱了皱眉,这才赶出大堂。

花晴风到了大堂门口就呆住了,只见整个大堂门前打成了一团,就连衙门里负责洒扫清洁的临时工老卢都抡起扫帚上了战场。花晴风张口结舌,再度变成一具泥雕木塑。

齐木手下那些人是很能打,可是好虎架不住群狼,衙门里这些吃闲饭的人也着实不少,一旦暴发起来战斗力倒也惊人,最后只逃走了几个见机得快的打手,其他人一个不落,全都被捕快们按翻在地用枷锁铐了。

徐林也没能逃走,轮到他时枷锁不够了,两个胥吏解下腰带,把他四马攒蹄倒着绑起,趴在地上来了个猪拱地。

众人气血攻心,激愤下出了手,打得热血沸腾、酣畅淋漓,可是等到尘埃落定,眼看县衙里一片狼藉,被绑住的齐家打手还在破口大骂,众人又不禁茫然了。

是啊,今天这口气出得爽,可是之后呢?齐木可是葫县的地头蛇,三教九流,交游广阔,巡检司的罗巡检都是他的小兄弟,今天让他栽了面子,明日他卷土重来,那时又该怎么办?

众人情不自禁地望向大堂门口,看见呆呆地站在那儿的花知县,心更凉了半截。

"大家很沮丧,也很害怕,是不是?"

一个声音突然响起,众人纷纷循声望去,就见叶小天由李云聪和马辉扶着,颤巍巍地站了起来,他嘴角还在淌着血,很狼狈,可是每一个看着他的人,眼中都露出了尊敬。

叶小天道:"今天我去抓徐林的时候,骂过大家伙,我骂你们不敢愤怒,我骂你们没勇气、没志气,是一群活该被人欺负的窝囊废!我说如果你想赢得别人的尊重,你就得自己去争。大家听了我的话,跟着我去了徐家,把徐林给抓来了。"

叶小天的目光徐徐扫过众人,站在远处的衙役、胥吏、皂隶们渐渐向他身边围拢过去,就连扫地的卢大爷都悄悄搁下打秃了的扫把,向他身边走近了几步。

叶小天道:"可这就完了吗?我当时就知道,没完,绝对没完!如果你只是凭着气头上的一股杀气,没用。我说要争,什么是争?人家比你强大,那才叫争,如果你比他们厉害还用争吗?

"争,就是从不可能里争可能!争,就是弱的一方去打强的一方!争,是要流血的!如果,你只是稍受挫折就打起退堂鼓;如果,那股子热血一退你就变回原形,那你是什么?你还是窝囊废,顶多算是个偶尔会发脾气的窝囊废!

"想一争就到手,人家马上落花流水、屁滚尿流,可能吗?如果你的对手那么容易对付,那他还算是对手吗?我们今天把齐木打跑了,把他的手下抓了,齐木肯定不会善罢甘休,那我们该怎么办?"

叶小天面前已经聚拢了黑压压一片人,只有花知县一个人孤零零地站在大堂门口,没有人说话,所有人都在望着叶小天。

叶小天道:"你们看看我,看我现在这副熊样,有没有可能我变戏法似的从怀里'噌'的一下摸出一张圣旨来,一下子就变成了微服私访的八府巡按,腰里还别着一把尚方宝剑?"

扶着他的李云聪突然"扑哧"一笑,随即发觉不妥,赶紧又绷住脸。

叶小天又道:"要不然,我就是皇帝、大将军,或者什么土司老爷的私生子,突然就有一哨我爹派来的救兵从天而降,你们跟着我也马上抖起来,咱们直奔齐木家,把体若筛糠的齐木当场砍头?

"还是说,你们指望会有什么路见不平的江湖奇侠拔刀相助,又或者咱们大家伙一块掉到山沟沟里,捡到一本什么仙箓宝典,嚼上一堆天材地宝,爬出山沟沟的时候就从尿包变成了万人敌,杀齐木一个落花流水?"

叶小天摇摇头,大声道:"都不可能!那是我在戏园子里蹭戏的时候,看到的胡诌八扯的故事。我们今天赢了,这不算赢,要能一直赢,那才叫赢。想要一直赢,靠不了天、靠不了地、靠不了江湖奇侠土司皇帝,只能靠我们自己!"

叶小天举起一只拳头,用力向空中一挥:"都是两个肩膀扛一个脑袋,谁怕谁啊!"

马辉放开扶着叶小天的手,激动地挥舞着手臂:"典史大人说得对!谁怕谁啊!"

众人纷纷举起双臂,激动的欢呼声已经冲到了嗓子眼,就见他们心目中的大英雄叶小天两眼一翻,"咕咚"一声晕了过去。李云聪站在叶小天另一侧,高举双手,看着马辉讪讪地道:"我以为你扶着呢……"

·※·※·※·

"混蛋!混蛋!我齐木近十年来还没这么狼狈过!"

齐木把一只名贵的哥窑水丞摔得粉碎,仰面一躺,气咻咻地倒在罗汉榻上。

孟县丞站在一边,连声解劝:"齐兄息怒,息怒啊!"

齐木"霍"的一下坐了起来:"息怒?我当然会息怒!等他死了,我就息怒了!"

孟县丞赶紧相拦:"齐兄,你就别说气话了。你自然有办法让他死。可是不管怎么说他也是朝廷命官,齐兄你和他今天的过节,整个葫县已是无人不知,如果他死了,大家都会知道是你下的手,你能保证整个葫县这么多人就没一个往外说的?艾典史家里的人一旦进京告御状,这事可就是大麻烦,到时齐兄你也棘手不是?"

齐木"呼"地吹出一口大气,瞪着孟县丞道:"你叫我忍?"

孟县丞阴阴笑道:"齐兄,君子报仇,十年不晚哪!"

齐木咆哮道:"十年?老子十天都等不了!我的人还在县衙里呢,那个疯子要是真把我的人判刑入狱,老子还有脸出去见人吗?"

孟县丞道:"齐兄啊,你现在是什么身份?跟他一般见识,就是跌了你的身份。升了堂就一定能判案?他是典史,典史是干什么的,掌管缉捕罪犯、稽查狱囚的,这定案问罪可是县太爷的权力。"

齐木神色一动,道:"你是说……"

孟县丞道:"他要审,那就审!只要咱们拿捏住了县太爷,到时轰轰烈烈一审,却是不了了之,你想,究竟是打了谁的脸啊?"

齐木想了一想,转怒为喜:"好!那这次我就不出手了。你去告诉花晴风,这个案子要是审得让我不满意,我就在葫县可着劲儿地折腾,先折腾掉他的乌纱,然后……"

齐木冷冷一笑,道:"我再送他一顶大大的绿帽子!哈哈哈哈……"

孟县丞向他深施一礼,道:"小弟遵命!"

……

一家小酒馆里,几条喝得醉醺醺的大汉正说起今天发生在县衙里的一幕,这几个大汉都是齐木手下驿帮的人,对发生在徐林身上的事一清二楚。他们先是笑话徐林不开眼招惹了疯典史,接着就说到了徐林向齐木敬献的虎皮,言语之间还提到了祥哥等几个人的名字。

酒店一角,一个普通人打扮的年轻人听他们说罢这些事开始讲起荤腔,便会账离开了。这个寻常百姓打扮的人正是华云飞,他是从齐府开始跟踪这几个人一路来此的。

华云飞原本打算从他们之中掳一个人严刑逼供,不想一路尾随到小酒馆,还不等他们之中有人落单,他们自己就说出了此事。这几个大汉浑然不知一个杀星刚刚就从他们身边走开。

华云飞牢牢记住了他们刚刚说及的那几个人的名字,他要先找到这几个人,如果不能找个好机会把这几个人和齐木一网打尽,那么他就要先解决这几个害死他父母的杂碎,再去找齐木算账。

齐木家大业大,躲无可躲,只要抓不住他,齐木就永远是他的靶子。可这几个小混混却不同,如果他先动手杀掉齐木,即便能全身而退,齐木一死,树倒猢狲散,他再想找这几个小混混,也就无异于大海捞针了。

徐林和那班打手都被关进了大牢,经过先前这一战,是不用指望狱卒们善待他们了,至少在明日审案前,他们都不可能会有饭吃。

这案子是必须押到明天再审了,叶小天晕倒了。没有叶小天这个主心骨,纵然大家的斗志已经被激发出来,也依旧缺少一个够威望的人来统一指挥。

再者说郭家的人已经回去了,即便郭家不肯作为原告,他们也是不可或缺的重要证人,此外还有其他许多相关人证都需要召来县衙,这都需要时间。

齐木虽然霸道,但是公然攻打监狱劫囚的可能却不大,那样性质与公堂发飙就截然不同了,可是尽管大家认为齐木不可能劫囚,马辉、许浩然等捕快还是留在了监牢以加强防御。

昏迷不醒的叶小天被送回了家,很快本县最有名的跌打郎中就被李云聪带人给架了来,这位郎中治惯了跌打损伤,虽然看叶小天的伤势挺吓人的,他也不慌不忙。

这郎中经验老到,给叶小天裹伤敷药的动作快捷无比,包扎完毕后,老郎中对李云聪道:"李先生不用担心,这位典史老爷看着伤势虽重,却都是皮外伤,不打紧的。"

李云聪听了庆幸道:"还算那帮小子识相,知道这是我们典史大人,不敢下死手。"

老郎中微笑道:"这可未必,从典史老爷受的伤势来看,他们可丝毫没有留手。只不过这位典史老爷貌似对群殴很有经验啊,要害全都被他护住了,要不然他就是不死,也得将养半年。"

李云聪听了忍不住又破口骂道:"这些天杀的!"

两人正说话间,叶小天苏醒过来。

叶小天呻吟一声,刚一睁眼,就见身旁躺着一人,顿时把他吓了一跳……

第七十五章

不一样的兄弟

一

红袖添香夜读书,那是很旖旎、很香艳的场面,不只书生们向往,只要是个男人都向往,哪怕他不是看书的材料,可是用咱大亨的话来说,就算看春宫……也是看书嘛。

如果你一睁开眼,看见身边躺着一个肌肤赛雪、杏眼桃腮,一头乌黑的秀发铺散在雪白身子下面的美人,那种温香暖玉的滋味应该比红袖添香更旖旎更香艳吧?

然而,如果你一睁眼,躺在你旁边的是一个胡子拉碴、嘴唇浮肿、鼻梁发青、两眼肿成桃子的臭男人,你会是什么感觉呢?叶小天睁开眼睛的时候,看到的就是这一幕。

他看着躺在旁边的周班头,惊讶的连自己身上的痛都忘了。

周班头咳嗽一声,道:"大人这么看我,卑职会害羞的。"

叶小天扭过头,这才发现屋里还有李云聪和一个背着药匣的老头,他松了口气,对周班头道:"你怎么在这里?我住到你家了?"叶小天四下一打量,发现还是自己的住处。

李云聪见典史大人刚一苏醒就忙着跟病友交流,便向老郎中做了个请的姿势。老郎中会意地往外边走去,李云聪从怀里摸出些钱,跟了出去。

周班头道:"卑职……听说了大人的事,无论如何,我都要来看看大人。家人拗不过我,就把我抬来了。"

叶小天苦笑道:"你自己都是这副样子,还来看我做什么?算了,你既来了,也别往回折腾了,等到堂审的时候,你既是证人也是苦主,住在我这儿还近些。对了,我昏了多久,什么时候堂审?"

周班头道:"卑职赶到大人家里时,大人就昏着,从那时起到现在,也有一个多时辰了吧。至于堂审一事,大人无须着急,因为大人晕倒,堂审已经挪到明天,一众人犯已经关进大牢了。"

叶小天吁了口气，道："齐木没有再来捣乱吧？"

周班头一听兴奋起来："没有！大人您……您真的把他给吓跑了。"

叶小天却皱起了眉头，心想：如果他马上回来，大不了再战一场。他按兵不动，反倒麻烦了。只怕他正打着别的什么主意，他是地头蛇，人脉比我广，却不知在怎么算计我。

叶小天心里想着，却不想让周班头担心，是以也不说自己的忧虑，随便嗯了几声应付了事。周班头以为叶小天刚刚苏醒，身子正乏，便也不再多说，只是陪他躺着，两人睁着眼看房梁。

看了半晌，周班头轻轻吁出一口气，道："今天的事，卑职虽未亲眼得见，但是听兄弟们说了，听得卑职热血沸腾，真恨不得当时也在场，和大人您一起见见血！"

叶小天笑了笑，没说话，他现在真的是又痛又累。

周班头又道："自从我从我大伯手里接过捕快这个差使，一直熬到副班头，卑职还是头一回觉得当个捕快也挺威风的。以前……被豪强欺负、被百姓奚落，就连死囚都戏弄我们……"

叶小天扭过了头，讶然道："死囚？死囚总该在你们的掌握之中吧，怎么也敢戏弄你们？"

周班头道："因为看不起我们呗。"

叶小天默然，周班头笑了笑，道："两年前，本县有一个人，也是跑驿路生意的，手底下汇聚了一班兄弟，虽然还不足以同齐木抗衡，可他自觉至少不必再对齐木俯首听命，所以对齐木多有不恭。齐木就想了个办法，制造了一起杀人案，栽在他的身上，把他逮进官府，判了死刑。"

因为鼻梁疼得厉害，周班头嘶嘶地吸着凉气，又慢慢吐出才继续道："那时是我看管他的。秋决那天早上，他用撕下来的衬里写了几个字，叠好了交给我，说死前有我送行，也算一场兄弟，送我一点东西，什么时候混不下去了再打开。"

叶小天眼睛一亮，脱口道："藏宝图！"

周班头听了，神情变得非常古怪，过了半晌，才道："我也是这么想的。"

叶小天道："难道不是？"

周班头道："他说等我混不下去了再打开，可我哪里等得及。再说我现在混得很好吗？所以，他前脚上了刑场，我后脚就把布片打开了，布片上面只写了一句话……"

叶小天道："什么？"

周班头道："兄弟，混得不好就来找我。"

叶小天呆住了，呆了半晌，突然放声大笑，这一笑浑身都痛，跟散了架似的，可他又止不住笑声。周班头看他这样子，忍不住也笑起来，两个鼻青脸肿、包扎得跟木乃伊似的汉子，躺在榻上，笑得比娶了新媳妇还畅快。

李云聪恰于此时进了屋，见他二人笑成这副模样，不觉有些吃惊。叶小天也顾不上和他打招呼，一边气喘吁吁地笑着，一边道："这人如果还活着，我倒想交他这个朋友。临死了还有心情作弄人，是条汉子。"

周班头笑道："大人说得是，这些刀头舔血的汉子，生死确是从不放在心上。"

李云聪在叶小天身边小心地坐下，道："大人何事笑得这么开心？"

叶小天看了看他的脸，李云聪半边脸乌青，脖子上还有一道血痕，叶小天的心中登时一暖，望着他道："李吏典，你除了嘴损了点，其实人挺好的，上次……我对不住你了，你要是心里有怨气，就打回来，趁我现在还不了手。"

李云聪听了叶小天的话，有些意外地看着叶小天，看了半晌，眼睛里渐渐有泪光闪动。

他急忙扭过头去，抻起衣袖擦了擦，低声道："典史大人，那次……确是卑职的错！卑职以前其实也不是这样的。只是自从调到葫县，眼看升迁无望，便是在这个职位上，也只能在一些鼠窃之辈面前抖抖威风，渐渐地就看啥也不顺眼了，不管逮着啥事，都想发发牢骚损损人。人家桃四娘不容易，我那么说话，是丧良心。"

他说着，忽然感觉自己的手被人抓住了，扭头一看，就见叶小天微笑着紧了紧握着他的手，道："不管如何，总轮不到我那样向你耍威风，别的不论，论岁数你也比我大不是？况且，你也不用叫我典史大人，其实你心里明白……"

李云聪肃然道："不！葫县只有一个官，就是你！我只认你这一个官！"

"我的妈呀，人家就离开你这么小一会儿，你咋就被人揍了呢，真不让我这当兄弟的省心。"

院子里忽然传来一个声音，叶小天听了就头痛，他马上两手一摊，双眼一闭，对李云聪道："就说我没醒！"

大亨跑进来，一看叶小天人事不省的样子，大惊失色，一屁股就坐在炕沿上，把李云聪挤到了一边。大亨握住叶小天的手，担心地道："大哥啊，你怎么就给人揍成这熊样了啊！"

"大哥啊，那齐木是好惹的吗，你咋就不听劝呢？"

"大哥啊，那个妞妞下午又回来了，她落了东西，回来取，我还跟她说了两句话，可美死我了。"

"大哥啊，你可不能两腿一蹬就这么去了啊。你要是死了，就算他齐木厉害，我也一定给你报仇！等我能做主以后，我家的生意全不给他齐家运了。"

"大哥啊，我联系了人，准备把两间小杂货铺拆了，重新翻盖一家大杂货铺。"

"大哥啊，等你醒了，你可得帮我拿拿主意啊！"

"大哥啊，老百姓都在议论你这事呢，大家都夸你好呢！"

"大哥啊……咦！你醒啦？"

叶小天干巴巴地道："是啊！刚醒，大亨啊，你什么时候来的？"

大亨道："大哥啊，我都坐了好一阵了，大哥你醒了就好，你听我说啊，那齐木不是好惹的，你咋就不听劝呢？对了，下午那个妞妞又回来一趟，她落下东西啦，回来取，我还跟她……"

叶小天双手一摊，两眼一闭。

罗大亨："我的妈呀，大哥又晕啦……"

·※·※·※·

县衙三堂，花晴天愁眉苦脸地与夫人正说起今天发生在大堂的事，外边丫鬟突然说道："老爷，县丞老爷求见。"

话犹未了，孟县丞已经昂然走了进来。苏雅见状，忙起身对丈夫道："我回避一下。"说完向孟县丞颔首为礼，退向屏风后面。

孟县丞在她姣好迷人的背影上狠狠盯了一眼，看向花晴风，笑吟吟地道："县尊大人可是正为今日之事发愁？"

花晴风点了点头，叹气道："可不是，此事若解决不好，葫县再无宁日了。"

花晴风说完便吩咐丫鬟上茶。孟县丞也不客气，不等人请，便一撩抱襟坐了，跷起二郎腿道："此事其实一点不难，是县尊大人你想复杂了。"

花晴风神色一动，忙道："孟县丞有何高见？"

孟县丞道："想要齐木息怒，却也简单。你以为齐木很在乎那个徐林吗？在齐木眼里，徐林不过是一条狗，而且是不值几文钱的贱狗。可是，他的狗他宰了都没事，别人踢一脚，不成。"

花晴风叹了口气，点了点头。

孟县丞道："经我再三通融，齐木也考虑到了你的难处，总算做了让步。叶小天不是想审吗？那就审，只不过明日堂审时，你判一个证据不足，无罪开释，齐木有了面子，这事不就解决了吗？"

花晴风想了想，心中暗忖：这被百姓暗骂昏聩的名声还不是要我来承担？花晴风着实不愿，犹豫半晌，突然眼睛一亮，道："这样不妥，我倒有个法子，不知是否可行。"

孟县丞一怔，有些意外地看了花知县一眼，道："愿听其详。"

花晴风道："你看，叶小天根本就是咱们拿来冒充艾典史的，原本就打算近日找个机会结果他的。我们何不就趁这个机会找人做了他,对外依旧宣称水土不服而死,齐木那边有了交代,此事也可不了了之了。"

孟县丞面无表情地看着花晴风,一言不发。

花晴风满脸希冀的笑容看着孟县丞,看了半晌,笑容渐渐凝固,讪然道:"孟县丞可是觉得不妥?"

孟县丞叹了口气,有些痛苦地扶住了自己的额头。

花晴风讷讷地道:"孟县丞?"

孟县丞摇了摇头,有气无力地道:"齐夫人想邀请县尊夫人一起去逛庙会呢。"

花晴风脸色一变,失声道:"什么?"

孟县丞道:"此事已经被我婉拒了,但愿齐夫人不会再次相邀。"

孟县丞说着,站起身道:"明日堂审之事,就按我说的做吧,大人你就不用费神多想了。"

孟县丞说完,就负起手摇着头向外走去,看那样子竟是懒得再跟花知县多说一句。花知县怔怔地看着孟县丞的背影,困惑地自语道:"我的法子有什么不妥?"

苏雅站在屏风后面,心里一阵难过:唉!相公当真是读书读坏了脑子,怎么就连这么简单的道理都不明白?

第七十六章

逼上公堂

一

　　花知县始终没弄明白,为什么本是孟县丞和王主簿出的主意,要让叶小天冒充艾典史,再伺机办他一个"水土不服而死",从而避免朝廷诸公对葫县现状的不满,如今叶小天把葫县搅得天翻地覆无法收拾,孟县丞反而不肯让他死了。

　　苏雅已经明白,但她没和丈夫说起这件事,不明白如何,明白又能如何?她很清楚,自己的丈夫志大才疏,读书在行,做官却不成。在葫县三年,他早已被齐木、孟县丞、王主簿,以及各族山民和朝廷交织而成的大网上压下拱、左挤右顶,弄得心力交瘁,他是无力反抗的。

　　第二天是个阴天,天气阴得就像县衙里上下人等的心情一样压抑,所有人都期待着公审的到来,可这一刻真要来了,他们又紧张起来。齐木一直没有动静,齐木越是不出手,他们越是担心,不知道齐木究竟会做什么。

　　"艾典史胆子真大!敢跟齐大爷作对。"

　　"知道他为什么胆子大吗?"

　　"为什么?他有靠山?"

　　"屁!听说他有疯病的。"

　　街头百姓议论纷纷,正由此经过的县衙清洁工老卢不乐意了,站住脚步,冲那人吼道:"要是当官的都有这样的疯病,我们才有好日子过!"

　　那人被震住了,讪讪地说不出话来。老卢冷哼一声:"嚼舌根,小心下拔舌地狱!"说完背起手继续往县衙门走,原本有些佝偻的腰杆,似乎挺拔了许多。

　　……

　　昨晚就有捕快到郭家通知,让他们今日一早就去县衙,尸首也不得掩埋,还要抬到县衙为证。郭家人听了人心惶惶,也不知是该高兴还是该害怕,没多久就听隔壁徐小雨指桑骂槐的又骂上了,只不过这回调门放得很小,说的话也不再肆无忌惮。

郭家人想不好明天到了县衙后究竟该怎么说，是屈从齐木，任由亲人枉死，还是站在官府一边做证人，甚至……重新做原告。这一宿，郭家人都没睡好，郭老汉守在侧厢停放儿子尸首的房间里，更是一宿没睡。

天亮的时候，郭家娘子到院子里打水做饭，忽然发出一声尖叫，郭老汉等人闻声跑出来，却并未见到有什么人闯进来，只见郭家娘子呆呆地站在院中，身子簌簌发抖。

郭老汉诧异地走过去看了一眼，只一眼，他的脸就变得煞白。郭家娘子手里拿着一个布偶，想必是昨晚被人抛进来的，布偶已经被血浸透了，血渍已干，透着可怖的黑红色。

更加令人触目惊心的是，那只布偶没有头，四肢也都被扭得脱离了身体，只剩下几条线连着，软绵绵地耷拉着。郭栎枫的儿子走到爷爷身边，不解地看着那个一点也不可爱的布偶，疑惑地道："爷爷？"

郭老汉一把抱住孙子，用尽了全身气力，好像只要一松手，小孙子就会不翼而飞似的……

……

同一天晚上，周班头家也有人去骚扰，但是县衙的捕快们早就有了防备，当晚有六七个捕快住在周家，那些地痞刚刚扒上周家的墙头，迎面就挨了一枷，急急落荒而逃。第二天周家人起来，只看见墙头一摊血，倒没留下什么可怕的东西。

……

县衙三堂，花晴风穿戴整齐，举步往前堂走，脚下沉重的像坠了铅块，当他走到二堂门口时，就见三班六房的胥吏、衙役们齐刷刷地站在那儿，看到大老爷出来，他们不约而同地跪了下去："大老爷！"

花晴风站住，脸色难看地看着他们："你们在这里干什么？"

"请大老家为郭家主持公道！"

"请大老爷为周班头主持公道！"

"请大老爷为葫县百姓主持公道！"

"请大老爷为我葫县衙门主持公道！"

众人异口同声，说到最后一句时，很多人忍不住簌簌地流下热泪。

花晴风沉默了片刻，摆摆手，一句话也没说便向前走去，只是这一次他的脚步更加沉重，就像套了一副百十斤的脚镣。当花晴风出现在大堂门口时，所有的捕快、皂隶就像割倒的麦子，齐刷刷地跪了下去，他们都没有说话，但是他们的目光已经把他们想说的话喊了出来。

天阴得厉害，连风都显得有些沉闷，花晴风忽然感觉身上一阵燥热，衣服粘在后背上，特别不舒服。

叶小天和周班头没有让人扶，他们拄着拐杖站在那里，努力让自己的身体站得更直。罗大亨今天没去开店，挎着书包站在叶小天旁边，彪乎乎的样子怎么看怎么别扭。

孟县丞没有走过来，他远远地站在自己的签押房的屋檐下，脸上带着一丝若有若无的笑意，在他身边赫然站着齐木。叶小天刚刚就看到他了，当时叶小天就想发作，但他想了想还是打消了这个念头。

饭要一口口吃，路要一步步走。今天的目的是替郭家、周家主持公道，先把徐林一班人拿下，只要拿下这班人，齐木的气焰就灭了一半，到时再对付他也不迟。这时节外生枝的话，只怕一场混乱之后，堂审又不成了。

王主簿最近一直没有露面，今天这样的大场合，他难得地出现了。他也站在自己的签押房门口，双手拢在袖内，饶有兴致地远远地看着，脸上却始终没有什么表情。

郭家人、周家人乃至一些当日目睹行凶的邻居路人都被带了来，至于徐林等齐家打手，乃至祥哥等泼皮流氓自然也被带来。大堂门口人山人海，花知县从那窄窄的人墙巷子里走过去，就像是上刑场，还没进大堂，额头就见了汗。

"威——武——"

今天的堂威，喊得皂隶们自己也是精神一振：原来我也可以喊出如此庄严的声音！

"啪！啪！啪！啪啪啪啪……"

水火棍敲在大堂的青砖地上，整齐、肃穆，仿佛鼓声，一声声敲在人的心上。

皂隶们偶尔才上一次堂，平时早就散漫惯了，堂威喊得稀稀落落，这水火大棍"敲山震虎"的仪式更是早就被他们遗忘了，可是今天他们却不约而同地想了起来。

起初，水火大棍顿在地上，节点还有些乱，仅仅片刻之后就整齐划一了，一种有节奏、有韵律的敲击声，令大堂上一片肃穆，也令所有皂隶乃至堂外捕快们的血沸腾了起来，就连坐在公案旁小几后拈着毛笔等待记录的那个书吏，都不由自主地让坐姿更严肃了些。

然而，这让花知县不知多少次在梦中才可以见到的公堂上的威风，此时却让他如坐针毡，他的心里打着鼓，忐忑不安地咳嗽了一声，虚弱地喊了一句："升堂！"

花晴风在案后坐下，这才想起忘了先拍惊堂木，他把惊堂木又拿起来，有心再补一下，又觉得不妥，只好讪讪地再度放下。

花晴风张了张嘴，发觉嗓子沙哑，他用力咳嗽了两声，才喊道："带嫌犯！"

·※·※·※·

"轰——隆隆——"

雷声闷闷地从地面碾过，扶拐而立的叶小天忽然想起在天牢时曾听一位官员说过的话，似乎很契合眼前的情景，忍不住说道："天雷震震，也发不平之音！"

周思宇还没上堂，此时依旧站在他身边，闻声赞同道："大人说得是！"

大亨把书包往身后一甩，对叶小天道："大哥，你可别逗了，最近有几天不下雨啊？大大大前天下雨，大大前天下雨，大前天下雨，昨天没下雨，今天……"

叶小天瞪着罗大亨，没好气地道："你对天气这么有研究，怎么不去钦天监做事？太屈才了。"

大亨喜道："我能做官吗？"

叶小天气得调转头不再理他，周思宇对叶小天道："今日公审，大人怎么不上堂听审？"

叶小天沉默片刻，对周思宇笑了笑，道："我说我有点怕，你信不信？"

当然不信！怕？艾典史会怕？他可是连齐木都敢挑战的人。

周思宇脸上露出了不以为然的表情。叶小天苦笑道："真的，我真的有点怕。我能做的都已做了，接下来要看知县大人能不能抗得住孟县丞的压力和齐木的威胁，我能不怕吗？

"对你们，我可以摆出上官的架子来讲大道理，对县尊大人，我也能这样？再说，即便我说了，他会听吗？像他这样的人，饱读诗书，又怎么可能听得进我的说教，总要他自己想通了才行。"

罗大亨"嗤"道："大哥，你就别替他遮羞了，他想什么通啊？他什么事不明白？他比你都明白，问题是，他没勇气。"

叶小天道："他毕竟是一县父母官，今天又是公审，有这么多的百姓看着，即便只是为了不遗人笑柄，风口浪尖上，他也该秉公而断吧。"

周思宇恍然大悟，道："我明白了，自二堂至大堂，这一出出的，典史大人这是要把县太爷逼上梁山？"

周思宇书读得少，成语用得不是很恰当，不过那意思倒也表达出来了。

叶小天道："也不能说是逼上梁山，只希望他也能一点男儿血性。他是一县父母，按道理，这种场面下……"

罗大亨把书包又挪到了前面，好像怎么背都不得劲似的："拉倒吧大哥，按道理？按道理的事多了，都能按道理办吗？狼怕老虎，狼多了咋就不怕了呢？按道理大臣见了皇帝该磕头，可宋理宗为啥偏就哭着喊着要给贾似道磕头呢？

"按道理君要臣死、臣不得不死的，可宇文护作为臣子，为啥能一连杀了三个皇帝呢？按道理夫是妻纲，那得百依百顺的，戚继光干吗就怕老婆怕得天下皆知呢？

"按道理主人管奴仆，可恶奴欺主的事这天底下难道还少了？大哥啊，道理是道理,可这天下的事要是都能讲道理,哪还有那么多事。按道理?你跟谁说理去呀!"

叶小天哑口无言。

罗大亨看看叶小天的脸色,试探地问道:"大哥,我是不是说错话了?"

叶小天道:"没有。"

罗大亨松了口气,道:"那就好!"

叶小天沉着脸道:"所以尤其可恨!"

"咔喇!"

随着叶小天这句话,适时响起一道震天响的惊雷,震得窗棂一阵瑟瑟,罗大亨下意识地缩了一下脖子,叫道:"我的妈呀!这雷响的,吓死人了!"

酝酿许久的暴雨,终于倾盆而下……

第七十七章

公堂之上

一

大雨倾盆，听得人心烦意乱。其实叶小天很喜欢下雨，尤其是这样的倾盆大雨，最好再伴以阵阵雷声。他觉得这种感觉特别酣畅淋漓，每逢这样的雨天，他绝对不会产生悲风愁雨的情绪，反而特别兴奋。

于是，这样的雨夜，他常常睡得更加踏实，而这样的雨天，他则少不了跑到雨中追逐着雨花又笑又跳，但那已是童年时候的轻狂了，年纪渐长，终究要沉稳许多，但是每逢暴雨，他仍旧从心底里感到畅快。

然而今天不同，堂审的时间也不知持续了多久，里边没有人出来，外边也没有人进去，站在廊下的叶小天心有所系，难免有些烦乱起来。

忽然，有衙役站到堂口，高声呼周班头上堂。周班头向叶小天点点头，拄着杖一步一挪地向堂上走去，与此同时，郭老丈一家人从大堂上走下来，与周班头错肩而过。

周班头停顿了一下身子，看了一眼郭老丈一家人凄惶哀婉、失魂落魄的模样，心中便是一沉，但他没有说话，也没有犹豫，只是咬了咬牙，便以更快的速度，挺直了腰杆向大堂上走去。

叶小天也看到了郭老丈一家人，但郭老丈一家看到他时躲闪的目光，让他明白了什么，他慢慢扭过头，再不看郭家人一眼，只是抬头看着串成了线的雨幕，心中极度抑郁的心情恨不得和那雨水一齐倾泻出去。

过了片刻，罗大亨在一旁唤道："大哥！"

叶小天扭头一看，这才明白罗大亨为何唤他，只见郭老丈一家人不知何时已经走到他身边，齐刷刷地跪在他的面前。不等说话，郭老丈便热泪双流，哽咽地道："不论如何，典史老爷的恩德，我郭升一家，永志不忘！"

说罢，郭老丈便带头磕下头去，叶小天没有问，但他已经明白，郭老丈一家定是迫于齐木的威胁，没敢在公堂上坚持追究凶手的权利。很可能，他们拿出的依旧是荒唐的病死的理由。

哀其不幸，还是恨其不争？叶小天不知道该说什么，他什么都不想说，心中有愤懑，也有悲哀，他知道小人物的种种无奈，可面对郭家人的软弱与退缩，他心中还是说不出的失望。

大亨把书包又甩到了身后，对叶小天说："大哥，我爹说过一句话，他说可怜之人必有可恨之处！所以可怜之人也许可怜、值得同情，但不值得相助。"

郭老丈听了这句话忍不住号啕大哭起来，如果只有他一个人，贱命一条，他未必不敢拼，可是为了小孙子的命……这儿是齐木的天下，他真的不敢想象如果执意与齐木对抗，会出现什么样的后果。

艾典史拼尽一切，为他们一家创造了这样的条件，虽然即便他们肯说出真相，那个无为知县也未必敢秉公而断，可是屈服于杀死儿子的凶手，他还是觉得太对不住艾典史。

叶小天叹了口气，对郭老丈道："你的头，磕得太多了。"

郭老丈一呆，抬起头来。叶小天从他身边一瘸一拐地扶杖而过，伴着鼓点般敲在他心头的木杖触地声，飘来叶小天的一句话："以后，别轻易给人下跪了，有时候，求人……不如求己！"

公堂上的审理十分混乱，那些街邻作证的，有人坚持说看到了徐林当街暴打郭胖子，有人含糊其词，有人则突然改口，反说是郭胖子主动挑衅、殴打徐林，徐林躲闪中失手一推，郭胖子跌倒撞中要害意外而死。

等到郭老丈一家彷徨上堂，看到围观公审的百姓人群中有人拿出一个血染的布偶，狞笑着拧掉布偶的头，郭老丈和他的儿媳彻底崩溃了，他们坚持了儿子是病死的说辞，这一来徐林最大的一桩罪就没了。

至于接下来妨碍司法、殴打周班头一案，花知县就松了口气。虽说周班头和全体作证的捕快都坚持真相，可这样的案子能有多大的罪罚？想必随意处置一下，既安抚了众捕快，也给了齐大爷一个交代，那样就成了。

待周班头说罢经过，几名捕快上堂作证以后，花知县往人群中看了一眼。不知何时，孟县丞和齐木已经悄然走进来，就站在右侧百姓人群中，静静地看着。齐木一脸的云淡风轻，孟县丞望向他的目光却带着一丝冷冽，提醒着他得罪齐大爷的下场。

而王主簿居然也来了，悄然站在左侧观审百姓的后面，倚着一根堂柱，袖着双手，脸上依旧是一副若有若无的笑容。

吃吃喝喝、推诿扯皮时除外，真正需要展示自己的时候，他们几个是很少一起出现在公众场合的。这是"王不见王"的官场规矩，也是虎狼的本能：在自己的领地里，自己必须以王者的面目出现，而不应有一个更上位者抢了他的风头。

可是，他们没有注意到，那些似乎都是平头百姓的人群中还站着一个人，一个不是平头百姓的人。其实他们看到了也无所谓，因为他们根本不认识这个人：土司之王的安氏，安家大公子——安南天。

安南天纯粹是闲极无聊，待在客栈里和那只"母老虎"相处又是一件苦差事，这才冒雨溜出来的。大白天的他也无心寻花问柳，正不知该去何处消磨时间，无意中听说了这件轰动葫县百姓的大案，于是跑到公堂听审来了。

花知县看了孟县丞一眼，抓起惊堂木拍了一下，清咳一声道："关于徐林殴死郭栎枫一案，经本县公开审理、详细调查，取证了大量证人、证供，确认实属讹传。

"此案实是一桩普通邻里纠纷，郭栎枫主动挑衅、殴打邻居，徐林躲闪之际推倒郭栎枫，郭栎枫不巧要害磕中石子而死，徐林既非故意杀人，又非过失杀人，实为躲避殴打、被动防卫。郭栎枫之死，实属偶然，不必加罪于徐林。"

这话一出口，公堂上一片哗然，不错，郭老丈的确做出了儿子是病死的供词，可是尸体摆在那里，难道官府不会验伤？再者说，此案中也并非全无证人，而郭家此番又不是作为原告上堂，知县老爷竟然罔顾事实真相，做出这样的判决。

花知县抓起惊堂木，气恼地拍了十多下，快把惊堂木拍烂了，才制止了大堂上的喧哗声。花知县提高嗓门又道："徐林殴打我县班头周思宇一案，事实清楚、罪行属实，判徐林当堂杖二十！"

人群中又是一番骚动，不过杖二十虽然处治稍轻，却也勉强可以接受了，何况……杖二十归杖二十，由谁打、怎么打，这里边大有学问，打得好了，二十杖能起到八十杖的作用，当堂把人打死，来一个受刑不过也是可能的。

两旁执杖的皂隶握紧水火大棍，纷纷上前一步，做出请缨姿态，但很快大家就自动退了下去，把位置让给了膀大腰圆、身形最为魁梧的两位。

齐木脸色一沉，勃然道："还要杖刑？这是打他的屁股，还是打我的脸？"

孟县丞赶紧道："齐兄莫恼，且听他判下去。"说完，孟县丞向花知县递了个眼色。花知县早在看他反应，一看就知道齐大爷这是不满意了，花知县心中念头一转，语气舒缓，很自然地就转了过来。

花知县道："然则考虑到徐林此番行为，实为友爱胞妹，罪无可恕、情有可原，故……免其杖刑，判为拘役三个月。"

齐木沉着脸对孟县丞道："判拘役？不行！不管是让他去干什么，那都是丢我的脸！"

孟县丞道："齐兄，周班头伤的那么重，不判也不好的。至于拘役，拘不拘，役不役，那还不是在我一句话？到时候管教他什么都不用干，只是待足三个月就成了。"

齐木转过脸，盯着他道："我说……不行！"

孟县丞吞了口唾沫，又转向花知县，用更凶狠的目光瞪过去，花知县暗暗叫苦：这都不行，却要本县怎么判？

花知县转念一想，又续道："不过，徐林可以出银自赎，如能出银三两，可免拘役之刑。"

孟县丞急忙看向齐木，齐木傲然一笑，道："齐某别的没有，就是有钱。那就赎银吧。呵呵，三两？打发叫花子呢，给他十两！齐某够大方吧？"

这句话，齐木并没有刻意压低声音，显然是接受了这个结果，又不想让人认为他还是吃了瘪，所以有意示威。花知县臊得脸上火辣辣的，却只好当作没听见，咳嗽一声道："徐林，你可愿交赎银？"

徐林已经听到了齐木的话，把胸一挺，傲然道："交！我们齐大爷不是都说过了吗？"他轻蔑地看了眼气得脸都发紫的周班头，笑道："怎么说这也是本县班头啊，又不是打发叫花子，三两少了些，给他十两好了。"

花知县早已无地自容，强撑着抓起惊堂木一拍，喝道："徐林当堂交割赎银，便即释放！退堂！"

说罢，也不等皂隶再喊堂威，花知县一转身，便急急闪向座屏后面。

公堂上此时已经乱成了一锅粥，哭的、笑的、骂的、叫嚷的，好像菜市场。王主簿摇了摇头，轻轻叹一口气，正想转身离开，可身子只转了一半，突然又站住了。

大堂上，那些神色惨淡、彷徨无措的人们忽然也静了一下，渐渐地，大堂上一片肃静，所有人都发现了一个人，他拄着拐，静静地站在大堂门口，那单薄的身子，就像一座山！

第七十八章

永不妥协

一

"大人!"

周班头望着叶小天,只唤了一声大人,热泪便滚滚而下。这一刻,他真的失望透了,对知县,对官府,对朝廷。

齐木看着叶小天一声冷笑,顺手从袖中摸出一锭银子,往公案上一抛,"当"的一声,打碎了砚台。

齐木傲然道:"我们走!"

齐木得意扬扬地走向大堂门口,徐林马上像狗一样跟在他的屁股后面,而叶小天依旧站在门口。

齐木走到叶小天身边,停住脚步,上下看他几眼,向徐林问道:"这人是谁?"

徐林心领神会地凑上去,觍着脸道:"小人也不认得,不过看模样像是个小丑。"

齐木笑道:"小丑好啊,大爷我就喜欢看小丑。来年爷再办生日的时候,记得把这小丑找来,叫爷开开心。"

徐林点头哈腰地道:"是是是,小人记住了。一个小丑而已,应该比周班头那身份便宜一些,大概……值三钱银子?"

齐木佯怒地瞪他一眼,道:"我齐家能那么不大方?请他来演一天的堂会,怎么也得给一两银子吧。"

"哈哈哈哈……"

齐木仰天大笑,举步出了大堂。徐林赶紧抢前一步,从廊下拾起一把雨伞,翘着屁股,把伞凑到齐木头上向大雨中走去。一众打手和只得到花知县一番训斥的祥哥等人一窝蜂地跟了上去。

郭老丈带着一家人,不知何时也出现在门口,站在雨里,淋得像落汤鸡似的,齐木看都没看他们一眼。

不知何时，羞愧而去的花知县又出现在大堂上，他像幽魂似的从屏风后面闪出来，看到叶小天，登时满面懊恼、气愤，他把自己所受的所有屈辱，都视同是叶小天加诸他的。

花知县瞪着叶小天，怒气冲冲地道："不识时务，不知进退，不知轻重，不知所谓，不知天高地厚！你现在明白，葫县究竟是什么样子了？被人笑为小丑，你很光彩，是不是？"

"是！"

叶小天很少和上司顶牛，在天牢三年，他就爬上了他爹一辈子都没达到过的仕途高度——玄字一号监牢头，他应付上司是很有一套的，但这一刻，他回答得毫不犹豫，对于触犯他为人处事底线的事，他从不妥协！

叶小天拄着拐，一步一步地走上大堂。郭老丈一家人本想冒雨离去，但是犹豫了一下，还是拖着一身雨水跟进了大堂，尽管畏于齐木的威胁，他临阵反水做了降兵，可是他还是想听听叶小天说什么，也许缘于叶小天一直以来决不妥协的作为，他本能地相信，叶小天不会就这样承认失败。

"我很可笑吗？"

叶小天突然问出一句，没有人回答。叶小天笑笑，转向落汤鸡似的郭老丈，缓缓地道："郭老丈，看看你的小孙子，你看着他的眼睛，告诉他，他父亲是病死的！你能不能说出口？"

郭老丈就像被雨淋久了似的身子不停地哆嗦，根本不敢看孙子一眼。

叶小天又看向那些来做证人的周、徐两家的邻居，一瘸一拐地挪到尸体旁边，把已经盖上的、湿淋淋的白布掀开，露出那张惨不忍睹的脸，对他们说道："你们看看他，几天前，他每早外出时还和你们亲热地打招呼，喊着大叔大婶。你们看着他，告诉这公堂上所有的人，说他是主动挑衅、咎由自取！"

邻居们纷纷低下了头，有人忽然流下眼泪，痛恨自己懦弱，鼓不起足够的勇气。

叶小天又转向满脸气愤的花知县，指着他头顶"明镜高悬"的牌匾："县尊大人，请你看着你头顶的那块匾，捧起你那方七品正堂的官印，告诉所有人，葫县官府的耻辱、葫县百姓所受的冤屈，是因为不识时务的我而造成的！"

花知县的脸再度涨红了，忽然间，他开始后悔从屏风后面再走出来。

叶小天突然又转向人群中的孟县丞。孟县丞正在冷笑，但是当他对上叶小天的眼睛，他突然笑不出了。叶小天一步一步走到他面前，盯着他回避躲闪的眼睛，说道："孟县丞，请你看看这些捕快、皂隶，他们都归你管，你告诉他们，你领着朝廷的俸禄，其实做的是齐家的官，请你大声告诉他们！"

孟县丞脸色发青，他很想斥责叶小天几声，可嘴唇嗫嚅了几下，却一句话也没说出来。

叶小天慢慢站正，环顾着大堂上的所有人："我从你们的眼睛里面，看到有人失望，有人悲哀，有人愤怒，有人麻木不仁的一脸冷漠，有人毫无同情心的满脸冷笑，如果……你还有一颗良心的话，请你摸着你的良心告诉我，我错了！"

大堂上一片压抑，静的一根针落到地上都能听得清楚。

"咔喇！"

又是一道惊雷响过，有人情不自禁地打了个哆嗦。

叶小天突然举起拐杖，向大堂顶上用力一指，仿佛要刺破房顶似的指向天空："案子，审完了！但案子，没有完！葫县讨不来公道，还有提刑司，提刑司不成还有应天府，应天府不成还有顺天府！只要还有一线希望，我……不认输！"

叶小天霍然转过身，拄着拐杖一步一步挪到门口，罗大亨不知从哪儿钻出来，搀住叶小天，大声道："大哥，需要盘缠尽管开口！要是我爹不给，大不了我答应他回县学读书去！"

叶小天笑着拍了拍他的肩帝，让他扶着，一步一步走出了大堂。捕快、胥吏、皂隶、证人、周家人，还有围观的百姓都默默地跟了出去。叶小天让罗大亨扶着，冒雨走到大门口的时候，后边突然传来一声呼喊："典史大人！"

叶小天回过头，雨水汇成小溪，从他的头上淌到脸上，又从脸上飞快地流过。他眯着眼睛，透过雨幕看去，就见所有的人都追进了大雨，跪倒在雨水里，叶小天的鼻子忽然一酸，脸上淌过的雨水更多了，也不知是雨还是泪，抑或泪中有雨、雨中有泪。

走过县衙大门的时候，负责洒扫的老卢头提着把雨伞跑过来，想给叶小天跪下，被叶小天拦住了，于是老卢头留下了伞，毕恭毕敬地退下。大亨撑起伞，发现那伞只遮盖他那庞大的身躯都显娇小了些，于是毫不客气地对老卢头喊道："这位大叔，再给找一把大点的伞呗。"

也许是雨声太大，老卢头没有听见，他连头都没有回。大亨摇摇头，对叶小天叹息道："大哥啊，这县衙的人对我太不友好了。大哥啊，你真要去水西，上提刑司告状啊？"

叶小天道："你什么时候看我做事半途而废过？不过，经由此事我算是看明白了，葫县之恶首推齐木，齐木不倒，就是我扳倒一万个泼皮无赖，葫县之恶依旧无穷尽，所以，这一次我的目标要放在齐木身上，凶险很大，你怕了？"

"哦！"

大亨带着一种沾沾自喜的表情挠挠头，开始自言自语："要是我为了兄弟义气陪大哥去水西，那就不用做生意了吧，忽然发觉，开杂货铺还没上学有意思啊，这样我就能解脱了……"

叶小天没再理他,这孩子的思维一向比较奇特。

叶小天与大亨合打一柄伞,聊胜于无地走在倾盆大雨中,默默地想:如果我是真的官,我就豁出去告上京城,可惜我是个见光死的假典史。如此一来,葫县公堂找不到公道,我就只能用自己的办法来讨公道了!

· ※ · ※ · ※ ·

县衙对面的街道比较宽,而且适逢大雨,没有行人,很难找到藏身的所在。下雨天猎弓又不宜使用,所以华云飞只带了一口短刀,扮作一个避雨人,躲在县衙对过一户人家的房山墙处。

房山墙处搭了一个小棚子,用来储放柴火等物的,旁边还有一个鸡窝,华云飞就躲在棚下,盯着对面的动静。

齐木还没到大门口,保镖就先跑出去,叫过了车子。马车往县衙门前一横,阻断了华云飞的视线。片刻之后,在一群保镖打手的簇拥下,马车离开了县衙大门,而徐林、祥哥等几个地痞,则往相反的方向走去。

他们自然没资格陪齐木回家的,齐木也不会给他们摆一席压惊宴。但齐木不摆宴,他们自己却可以,泼皮们今天在县衙威风无比,虽说是狐假虎威,依旧兴奋异常,恭送齐大爷车驾离开后,他们便往一家酒楼方向大声说笑着走去。

华云飞经过短暂的分析与判断,悄悄地、狼一般地向他们蹑了上去。

徐林几个人冒雨来到一家大酒楼,意外地发现酒楼正在停业装修,他们这几天因为官司的原因没到这一带走动,不想这酒楼就歇了业。酒楼四周都是脚手架,因为下雨已经停工,酒楼旁边还搭着棚子,棚子下边放着各种建筑材料,棚子旁边有一口和泥和石灰的大坑,已经积了半坑雨水。

几个人淋得落汤鸡一般,刚刚走出县衙时的兴奋劲已经过去,往棚下一站,冷风一吹,身上冷飕飕的,再去另一家酒楼又得钻进雨幕,几人不愿再冒雨前往,不免大呼晦气。

几个人正骂骂咧咧地打算进酒楼看看店主是否在,如果在,先随便给他们拾掇几道小菜下酒,华云飞就出现了。他顶着倾盆大雨,一步一步地向这些人避雨的棚子逼近。

几个泼皮一开始看到华云飞时还没注意,只当也是来避雨的,一个泼皮还厌恶地骂了一句:"滚开!离大爷远……"

"点"字还没出口,华云飞就像一头复仇的猎豹,仇恨的眼睛死死地盯着他,向他猛扑过去。

"远"字出口,嘴唇微张,一串雨点便激射入喉。华云飞刀未至,刀上激弹而起的雨水已经溅至,旋即刀锋便从他微张的嘴缝刺进去,直刺至柄,刀尖带着丝丝血线从后脑破体而出。

"不好,快……"

站在旁边的另一个泼皮大惊,一边向兄弟们示警,一边掉头欲逃,可是那截带血的刀尖已经从他嘴巴里冒出来。徐林、祥哥等泼皮大惊,急急捡起一些大棒木棍,凶狠地向华云飞扑去……

第七十九章

雨后风波荡

一

这是一场真正的暴雨,虽然小城倚山而建、半山半地,倾斜的地面很容易排水,但是大雨过后城中积水一时来不及排出,仍然有及膝深。

酒店掌柜的牵挂着只施工到一半的酒楼,不知道大雨是否会毁坏酒楼尚未完工的部分建筑,所以大雨刚停就领着两个伙计深一脚浅一脚的往酒楼走。快到酒楼的时候,掌柜的发现及膝的雨水变成了乳白色,不免有些好奇。

一个伙计道:"掌柜的,别是咱们家的石灰让水泡了吧?"

掌柜的骂道:"闭上你的乌鸦嘴,咱们家的石灰放在一人多高的木架子上,怎么可能被水泡了?哎哟,别是棚子被雨给冲垮了吧?"

掌柜的赶紧加快了脚步。越往前去,雨水的颜色越白,而且水温也有了暖意,一路蹚水过来,本已有些发凉的双腿浸在里边感觉尤其明显,很舒服。

"掌柜的,小心着点,前边就到大坑了。"

小伙计忙着提醒掌柜的,同时感觉自己挽起裤腿的小腿痒痒的,还以为又是树枝什么的,不耐烦地撩起一脚,却不想从浑浊的雨水中挑起的并不是一截树枝,而是一条手臂。

小伙计"嗷"的一嗓子叫了出来,把走在前边的老掌柜吓得一哆嗦,他没好气地正要回头骂小伙计,突然两眼发直,就见前边有几具好像人体的东西或沉或浮,顺着水势向他这边缓缓飘来,等那东西飘得更近了,看清那东西的样子,掌柜的猛一转身,弯腰呕吐起来……

徐林死了,祥哥死了,当日在公堂上被释放的那几个泼皮无一例外都死了。其中有四个人是中了刀伤,刀或直穿后脑,或正中心口,全都是一击毙命,而徐林和祥哥三个泼皮头子死得尤其凄惨,他们被煮烂了。

据仵作分析,应该是有人制住这三个人后,把他们丢进了酒楼旁边的大坑,当时雨水还未灌满，随即凶手就把棚下储放的十几袋石灰全部洒进了水坑。虽然坑很大，水量也多，可是十六七袋石灰足以把那坑中雨水变成沸水，三个人被活活煮熟了。

知道徐林、祥哥等人在青山沟做下血案的人极少，基本上都是齐木手下的人。市井间的百姓并不知道他们与青山沟华家的恩怨，所以本能地把这件事和叶小天联系起来。

有人说，其实艾典史是深藏不露的武林高手，因为葫县官匪勾结，不能为民申冤，所以愤而出手，惩治奸恶。不过，在"万般皆下品，唯有读书高"的年代，一个武林高手的社会地位其实并不高，而且总是要被人归纳为鹰犬之类。

深受葫县百姓爱戴的艾典史怎么可能是那么没有技术含量的身份？于是第二种说法迅速产生，并且成了流传在葫县的最主流的传说：艾典史是两榜进士出身的大才子，是钦差大臣，是八府巡按。

因为葫县官场与豪强勾结，鱼肉乡里，所以八府巡按大人奉皇上旨意特意来此调查。钦差大人当然不能没有护卫，所以钦差大人身边有五大高手，其配置基本上就照抄张龙赵虎、王朝马汉以及御猫展昭了。

这些高手们隐在暗处，专门奉钦差大人的命令铲奸除恶。于是就有联想力更加丰富的人想到了罗大亨，莫非这个总是黏在钦差大人身边的大亨就是御猫展昭那种贴身大高手？虽说罗大亨是本地人，他们一直就认识，可万一这死胖子深藏不露呢？

深藏不露的大高手罗大亨这些日子一直在经营他的杂货铺，因为叶小天要养好伤才离开葫县去水西向提刑司告状，在伤养好之前，罗大亨没有借口逃避，所以只好继续经营他的杂货铺。

洪百川自那日交代儿子做生意后，好像真的对他不闻不问了，听由他折腾，并不过问他经营的任何步骤，于是罗大亨可着三千两银子折腾。五天之后，妞妞娘带着妞妞逛十字大街时，就找不到自己经营了十多年的那家杂货铺了。整个杂货铺已经完全变了个模样，妞妞娘根本认不出来。

而一直藏在暗处的华云飞作为一个杰出的猎手，在一击成功之后，他没有再留在葫县，而是迅速远遁，离开了葫县。一个优秀的猎人是不会蠢到在一击之后还待在原地等着逃脱的猎物反扑的。

他可以走，但他笃定齐木不会走，也无法走，齐木家大业大，这就是齐木背上的壳，背着这么重的壳，这只蜗牛怎么可能走掉。

齐木作为青山沟血案的始作俑者，他当然清楚徐林、祥哥这些人因何而死，所以他很清楚是谁来寻仇了。

此时，齐木正在家里骂娘："刚把那不识时务的艾典史踢了个跟头，又冒出个华云飞！给我找，他不会杀了徐林、祥哥等人就罢休的，他一定会来找我，把他给我揪出来！"

一个打手诚惶诚恐地禀报："大爷，兄弟们已经把葫县翻地三尺了，就是阴沟里的一只耗子都别想逃出我们的眼睛，可是……没有华云飞的消息，一点都没有。"

"那就去找！"

齐木冷森森地下令："活要见人，死要见尸，把他给我找出来！"

"是！"

打手仓皇退下。一个师爷模样的人又凑上来："大爷，青山沟一事的真相，现在正在城里悄然流传，怕是三天之内，整个葫县都会知道这件事了。"

齐木一怔，道："怎么会？那个姓艾的混蛋正想再找我的碴儿，此事传开，不是给了他借口吗？"

齐木自己都没有注意到，他说这句话，其实就等于是承认了叶小天可以给他制造麻烦，虽然还没到令他畏惧的地步，但这样的态度对一向目中无人的齐木来说已是前所未有。

而且，很显然在他心里，叶小天比使用暴力的华云飞更让他头痛。他本就是利用暴力起家，华云飞虽然机警骁勇，但是对熟谙如何使用暴力并且有大量打手的齐木来说不足为惧，真正让他觉得麻烦的还是这个有官身的艾典史。

齐木不悦地道："华云飞不会去官府告状的，此事是怎么传出来的？"

那师爷道："据说是有山民进城卖山货时，听说了酒楼血案，才说出此事，并且一口咬定这一定是老华的儿子替他父亲报仇来了。"

齐木霍然转身，看向一旁的孟县丞："这件事你来解决。"

孟县丞皱起眉头，道："齐兄在青山沟做了什么？"

齐木冷冷地道："也没什么，宰了两个不识相的老猪狗。"

孟县丞无奈地道："那齐兄想让小弟做什么呢？"

齐木道："那个华云飞虽不足为惧，可他躲在暗处，终究是个麻烦，我得尽快把他揪出来，艾典史这边现在不能再生是非了，此案必须尽快了结，只要案子结了，姓艾的不就无法做文章了？"

孟县丞蹙眉道："华云飞前来寻仇，杀了许多人，身负多条人命在身，他是不可能再往官府告状了，齐兄担心什么。"

齐木没好气地道："废话！那个姓艾的不是说过，这种大案没有原告也可以审吗？你先把这个案子了了，我不想再跟那个姓艾的混蛋对簿公堂。"

孟县丞道："那……我就以听闻此事为由，亲自往青山沟走一遭，断他个华氏夫妇遭野兽侵害而死，尽快了结此案。华云飞这个苦主不在，那些山民也不会多事，艾典史就掀不起什么风浪了。"

"不！"

齐木冷笑："这样岂不显得我怕了他们？你就断他个夫妇二人搅拌石灰，失足落入坑中，将自己煮死好了。"

孟县丞愕然道："这样，岂不招人猜疑？哪有两夫妇同时跌落石灰坑，而且连爬出来的机会都没有的道理，说不通啊。"

齐木道："对啊！我要的就是这样的结果。我不承认我杀了人，可我还得让人人都知道是我杀了人，你明白？"

孟县丞心头一阵火起，倒不是因为齐木对他的为难，而是感觉齐木的思维有些不正常，这几年齐木生意上顺风顺水，在葫县渐成一家独大之势，似乎有点忘乎所以了。

可是孟县丞早就和他成了一条线上的蚂蚱，而且习惯了对他的俯首帖耳，如何敢反驳，孟县丞忍了忍，只能道："齐兄，这样一来，难说那艾典史会不会再做文章啊。"

齐木眼珠一转，冷笑道："那就给他找点事，先停了他的职再说。"

孟县丞一怔，道："他在本县如今声望如日中天，找什么理由停他的职？"

齐木不屑地瞥了他一眼，道："他执意要办徐林那些人，结果那些人一被释放马上就被杀了，难道他就没有嫌疑？"

孟县丞怔怔地道："啊……啊……齐兄，高明啊！"

孟县丞向齐木拱了拱手，道："齐兄，那小弟这就回去，马上办理此事。"

齐木微微颔首，孟庆唯便快步走了出去。

此时，叶小天在周班头的陪同下，刚刚来到一幢三进的院落前面。两个人都挂着拐，一个挂左拐一个挂右拐，同样的鼻青脸肿，典型的难兄难弟。叶小天抬头看看那齐齐整整，虽不奢华却也素雅的院舍，沉声道："上前叫门！"

第八十章

决斗序幕

一

"艾典史,请坐。"

王主簿好奇地看着叶小天这位不速之客,很想马上弄清楚他的来意,但王主簿看了一眼周班头,到了嘴边的话又咽了回去。

周班头会意,马上起身对叶小天道:"大人,小的在外面等。"

周班头说完向王主簿点点头,拄着拐一瘸一拐地走了出去。王主簿看到周班头离开,这才向叶小天皱了皱眉,道:"你还不死心?"

叶小天笑道:"我呢,就是这副脾气,撞了南墙也不回头。如果我当初就知道此事如此麻烦,说不定就装聋作哑了,可是现在既然已经对上了,我也只能一条道走到黑,半路退缩不是我的为人。"

王主簿微微眯起眼睛,沉声道:"不要忘了你究竟是谁!"

叶小天双手一拍,道:"事情妙就妙在这里,当所有人都认为你是真的的时候,即便你是假的,那又如何?如果孟县丞现在跳出来大叫我是假典史,会有人信?如今情形,就算你们全体出面做证,葫县百姓也不信了吧。"

王主簿苦笑,但他也不得不承认叶小天的话非常有道理,孟县丞抬举叶小天冒充本县典史时,绝不会想到会有这么一天。如今叶小天深受葫县百姓爱戴,此时除非把艾典史的亲人请来做证,否则谁指认叶小天是假货都只会被人认为是为了包庇齐木所做出的疯狂之举。孟县丞当真是作茧自缚了。

叶小天道:"王主簿,我不是真典史,所以我没有立功升官的想法,也没有得过且过的打算,更没有文过饰非的必要。我就是要出这口恶气,我不怕把葫县官场搅得天翻地覆,我是光脚的,怕他孟县丞这个穿鞋的?"

王主簿沉默片刻,道:"那么你来找我,有何见教?要我这个穿鞋的,帮你这个光脚的?"

叶小天道:"非也,据我所知,王主簿和孟县丞一直是对手,虽然有时候也是盟友。在争权夺利的时候,你们就是你死我活的对手,在对付花晴风这位本县正印官时,你们就成了共同进退的盟友。可是,以你现在的判断,你觉得让花知县掌握一部分权力,他就能对你产生威胁吗?"

王主簿没有因为叶小天这么直白的话而感到脸红,他的神色一直很平静,仿佛叶小天所说的并不是什么见不得人的事。可是当叶小天提到花晴风这个名字时,他的眸中却露出了一丝轻蔑的光。当日公堂之上,眼见花晴风的丑态,他才愕然发现,三年前虽然幼稚,但是至少还有勇气和他掰手腕的花知县,如今已经变成了一个彻头彻尾的懦夫。

叶小天道:"我知道,王主簿主要是依靠彝、苗两大部落的支持,可是他们的根基在山里,只要朝廷的政策对他们没有太大影响,他们就不会出面干预葫县的事。而孟县丞却不然,他的根基就在葫县,此消彼长之下,你觉得,未来谁对你的威胁最大?"

王主簿微笑道:"艾典史这番话太直白了些,不过却很对王某的心思。那么……你想让本官做什么呢?帮你对付孟县丞?"

叶小天道:"我当然想,做梦都想,可我知道你不会这样做,你不希望和孟县丞斗个两败俱伤,所以,我只希望大人你什么都不要做!"

王主簿先是一奇,既而若有所悟地道:"你想做什么?"

这句话一出口,王主簿就摆了摆手,道:"当我没问。你有几成把握?"

叶小天摇摇头道:"我哪有什么把握,谋事在人,成事在天,仅此而已!"

王主簿就微微地笑起来:"明白了!那么……你尽管去做吧。"

叶小天似乎早知这就是王主簿的答案,微微欠身道:"足感盛情。"

王主簿微笑道:"不管是你死还是他死,我都会很开心的,我当然乐于袖手旁观。如果是他死呢,我会更开心些。所以,只要你能和他斗个两败俱伤,我不会出手!"

叶小天笑起来,道:"王主簿这番话太小人了些,不过却很对叶某的心思。那么……我一定努力和他斗个两败俱伤!"

王主簿放声大笑起来:"哈哈哈哈,你还真是一个妙人。如果你当真是本县典史就好了,也许我们可以成为朋友。"

叶小天摇摇头道:"如果我是真典史,我们成为敌人的可能更大一些。"

王主簿想了想,惋惜地叹了口气,道:"确实如此。"

叶小天微微一笑,站起身来,向王主簿长长一揖:"告辞!"

·※·※·※·

叶小天离开王主簿家后就和周班头一起去了十字大街。两人现在都是葫县名人,鲜有不认识他们的，即便不认识他们的人多少也听说过他们的事，只要一瞧这对难兄难弟"天残地缺"的样子，也就大致清楚了他们的身份。

对这两位敢于同齐木叫板的好汉，大家打心眼里尊敬，只是齐木现在占了上风，大家不敢有所表现，只能用他们的眼神和客气的避让动作来体现。这样一来，两个拄拐客在人流熙攘的十字大街上所过之处如波翻浪裂，众人纷纷避让，煞是威风。

"我的妈呀，大哥你才来，人家都等急了。"

罗大亨正在手舞足蹈地指挥工匠们拆掉两间铺子，准备改建"大杂货铺"，忽然看见叶小天到了，他连忙迎上来，引着叶小天穿过破破烂烂的工地，到了后边还没拆掉的一间小屋前，对叶小天道："就是他们俩，你让我找的那俩同学，都等你半天了，你要再不来，他俩就能打起来。"

叶小天抬头一看，就见两个年轻人正斗牛似的站在拆得七零八落的杂货铺前。一个身穿对襟短衣，头缠青色长布，腰围青色布带，是个很英俊的苗装少年，腰间斜插着一口无鞘的锋利短刀。

另外一人穿一件黑色窄袖右斜襟上衣、多褶宽脚裤，头裹青蓝色布帕，青布包头在额头左前方扎成细长的锥形，左耳还戴着一串黄红相间的大耳珠，珠下缀着红缨穗，围腰上也插着一口狭长的锋利短刀。

两个人都抱着肩膀，正七个不服八个不忿地互相瞪眼，叶小天忙迎上前，拱手道："两位，本官艾……"

一语未了，那苗装少年便霍然转向叶小天，嘲弄地道："我认识你，上一次不就是你挑着人家展姑娘的裙子，好像攻城陷阵的大将军似的逃下山吗？"

"哈哈哈哈，哎呀妈呀，笑死我了。"

死胖子罗大亨在旁边很不给他大哥面子的爆笑起来。

叶小天狠狠瞪了他一眼，转向那苗装少年，刚又一拱手，那苗装少年便一拍胸脯，大声道："我姓李，我就是李伯皓！听说你要跟我决斗，好啊，地方你挑，时间我定，就三天之后吧，你说，咱们到哪儿决斗！"

叶小天一愣：决斗？我吃饱撑的跟你决斗？再说就我现在这伤势……

还不等他说话，那个英俊的彝家少年便傲然道："等他和你决斗之后，就成了一具尸体了，我怎么办？今天可是我先到的，我先来！喂，姓艾的，我姓高，我叫高涯，你要跟我决斗？成，时间你定，地方我选，就黄大仙岭吧，你说，什么时候决斗？"

叶小天又是一呆，隐隐明白了点什么。他转眼看向罗大亨，大亨一脸无辜地摊摊手，道："不用这理由，怎么把这两头畜生勾来？"

李伯皓和高涯大怒，一起瞪向罗大亨，李伯皓对罗大亨道："你敢侮辱我，我要和你决斗！地方你挑，时间我定，就三天之后吧，你说，咱们到哪儿决斗？"

高涯则怒道："时间你定，地方我选，就黄大仙岭吧，你说，什么时候决斗？"

大亨挠挠头皮，纳罕道："伯皓兄，为什么每次你都是选时间呢，莫非三天之后是你的黄道吉日？"

尽管彼此是同学，李伯皓也有些适应不了大亨这种跳脱的思维，呆了一呆，他才涨红着脸道："要你管！说，在哪儿决斗？"

高涯嘿嘿冷笑道："什么黄道吉日，他这一房到他这一辈生了九个姐姐，就落下这么一根独苗苗，家里宝贝得很，当奶娃娃看着呢，他不先挑好时间，根本出不了家门！"

李伯皓恼羞成怒，拔刀指向高涯道："你敢侮辱我，我要和你决斗！地方你挑，时间我定，就三天之后吧，你说，咱们到哪儿决斗？"

高涯毫不示弱，立即拔出刀来："我怕你啊，走！咱们上黄大仙岭！"

好奇宝宝罗大亨不合时宜地插嘴："啊！说到决斗，何处不可决斗，高涯兄为什么认准了黄大仙岭呢，这其中又有什么道理？莫非黄大仙岭是你的风水宝地？"

李伯皓抢白道："什么风水宝地，这小子认准了黄大仙岭，是因为……"

高涯马上脸红脖子粗地喝道："不许说！否则我马上翻脸！"

李伯皓哂然冷笑："小爷我翻脸比翻书还快，你跟我比翻脸？"

李伯皓："我要和你决斗！"

高涯："我接受你的决斗！"

叶小天一看这两个精力过剩的家伙，心中大喜，他要找的正是这么两个人物，还别说，大亨虽然说话不着调，这事办得还挺靠谱。叶小天马上上前，拱手道："两位好汉先别忙着决斗，本官……"

话犹未了，高涯和李伯皓的刀尖就指在了他的鼻尖上。

高涯道："对了，你要和我决斗是吧？"

李伯皓："你一边儿去！他先和我决斗！"

罗大亨道："啊，两位同学，其实我大哥……"

叶小天笑吟吟地点了点头，道："不错！我就是要和你们决斗！"

罗大亨顿时一呆，高涯兴奋得脸颊上两颗不大的青春痘都发出了红光，跟李伯皓异口同声地道："好！我接受你的决斗！"

李伯皓道："时间我……"

高涯道："地点我……"

叶小天抢着说道："方式我定！嘿嘿，我是说……决斗的方式！"

叶小天望着这两个斗志旺盛的像小公鸡似的少年，笑得就像一只偷到了鸡的小狐狸。

第八十一章

我就是证据

一

叶小天在紧张施工的"大亨杂货铺"后院里只待了大约半个时辰，便圆满结束了同李伯皓、高涯两位少酋长的会晤，微笑着和周班头离开了。

叶小天离开不久，李伯皓和高涯两个人也相继离开，他们两个人依旧像仇人似的，离开时还恶狠狠地对瞪了一眼，但是他们脸上却有一种抑制不住的喜色。兴冲冲地离开县城后，二人便迅速赶回自己的部落。

叶小天从杂货铺离开后，在街上买了两匣点心，和周班头又去了叶大娘家。叶小天在叶家待了小半个时辰后，叶大娘就站在院子里，大声招呼邻居家那个半大小子替她跑一趟巡检司，喊他儿子回家一趟，把老婆孩儿都带回来。

罗巡检接到母亲的口信，就带着婆娘和三岁大的儿子回了家。叶小天在罗家一直待到傍晚，踏着满天的晚霞离开。走出罗家时，他的脸上有一丝令人心悸的笑，在晚霞中仿佛染了血色一般，但是那抹笑意一闪即逝，根本无人发觉。

第二天一早，叶小天在李云聪和苏循天的陪同下来到了县衙，一进典史签押房里，便喊来马辉、许浩然等几人议事。没过多久，周班头也让家人驾着驴车把他送到了县衙门口，拄着拐，慢腾腾地走进了典史签押房。

日上三竿的时候孟县丞才来到县衙。他一到县衙，就沉着脸色赶向典史签押房，正在签押房外扫地的老卢头见了他马上用力咳嗽了一声，然后为孟县丞让开了道路，向他点头哈腰的一脸谄笑。

孟县丞厌恶地看了看这个一口黄板牙的老苍头，以袖掩口蔽着灰尘，走进了签押房。老卢头扶着扫帚站在廊下，看他进去了，这才朝他的背影狠狠地啐了一口，用力地挥舞起扫帚来，扫得尘土飞扬。

叶小天坐在案后，与周班头、苏循天、李云聪、马辉、许浩然等人正商议着什么，声音压得很低，几个今日没有公出的捕快、皂役们在角落里的凳子上坐着，交头接耳，生恐影响了大人。

"砰"的一声，房门骤开，门是被人一脚踢开的。叶小天愕然抬起头，就见孟县丞阴沉着脸走进来。看到孟县丞进来，周班头等人连忙站起来，向孟县丞抱拳施礼。

叶小天没有动，只是坐在那儿，向孟县丞虚虚一拱手，道："呵呵，原来是县丞大人到了，下官身子不便，不能起身行礼，大人勿怪！"

孟县丞沉着脸走到他案前，用力一捶桌子，吼道："我们是官，不是匪！"

孟县丞今日要把徐林等人的死因强栽到叶小天身上，心里也有点发虚，自然要做足姿态，先发制人。他这一拳，捶得砚台、毛笔都跳起来，房间里顿时一片肃静。

所有捕快、皂隶都站起来，惊骇地看向孟庆唯，不明白孟县丞为何如此大发雷霆。

叶小天依旧好整以暇地坐在那儿，轻笑道："我们不是匪？县丞大人确定？我倒是觉得，如果说是那种大碗喝酒、大块吃肉的很风光的匪，我们的确算不上，不过要说见不得人的细作鬼，倒也勉强够格了，至于说官……大人，我们还是不要侮辱官这个称呼了。"

孟县丞勃然大怒道："本官忍你很久了，当日在公堂之上你直斥本官，本官懒得理会你，想不到你得寸进尺，变本加厉！你说，徐林、祥哥那群人一出衙门就暴死街头，这件事你怎么说？"

"大人问我的看法啊？"

叶小天摩挲着下巴，沉吟地道："怎么说呢？按道理讲吧，私下寻仇是万万不应该的，有王法嘛。可是……如果王法不能主持公道，那怎么办呢？让苦主等上一万年？等咱们王法管用，那也太扯了！

"我觉得，这时候如果百姓以牙还牙、以眼还眼，要好过忍气吞声，对于遏制犯罪也是很有效果的。咱们总不能只准恶人作恶，好人就得用王法规矩约束着，这算哪门子道理？徐林等人有没有罪，你我心里都明白，恶有恶报未尝不是好事。"

孟县丞冷笑道："所以你就买凶杀人？"

叶小天怔了怔，奇道："我杀人？"

叶小天心里只一转念，就明白了孟县丞的打算：啊……原来县丞大人以为是我本人杀了徐林、祥哥那帮地痞，又或者是我买凶杀了他们？

孟县丞冷笑："难道不是？"

"是你个头！"

叶小天突然像只发了疯的小老虎似的跳起来，刚才那副半死不活的模样全然不见了。他像个痞子似的跳着脚大骂："你想坑我，以为我看不出来？你可真够黑的啊！说我杀人，证据呢，证据呢，你拿证据来！"

孟县丞被叶小天骂呆了，他是官，而且是一个有后台的官，在葫县还真没被人这么骂过。老百姓不敢这么骂，官场中人总要讲究一下身份，能骂也不会这么自降身价，比如王主簿。至于齐木，虽然对他一向颐指气使的，却也不曾这么辱骂过他，以致他完全反应不过来。

当他终于反应过来以后，顿时怒不可遏，大喝道："你好大胆！竟敢如此辱骂上官，你知不知道你是在和谁说话？"

叶小天比他嗓门还大，喝道："混账东西，你踢门而入，指手画脚，你知不知道你在和谁说话？"

孟县丞气得浑身发抖："我是葫县县丞，是本地的司法最高长官，是你的顶头上司！"

叶小天把胸挺起来，大声道："县官不如现管，这是我的地盘，在这儿顶头上司算个屁！我是为民做主的官，跟你这个为地主豪强做门下犬的官如此说话已经是大大地看得起你了，你还想怎么样？"

孟县丞指着叶小天大吼道："你这个疯子，难道你忘了你究竟是谁吗？"

叶小天睨着他冷笑："你以为你把老子绑在这个位置上，就想着我会任你搓、任你揉？门都没有，姓孟的，算你眼瞎，老子生下来就是为了跟人捣蛋的！"

孟县丞脸色铁青，用力一拍公案，大喝道："我是本县县丞。"

叶小天挺直了胸膛，正了正官帽，平心静气地道："这儿，归我管！"

孟县丞指着叶小天，胸膛剧烈地起伏着，气得发颤："好！你好！来人哪，把他……把他给我抓起来！"

签押房里一片肃静，所有的捕快、皂役全都一动不动，不知何时，门口也挤满了闻声赶来看热闹的胥吏、衙役，他们全都默默地站在那儿。孟县丞向周班头大吼道："你不想干了？本官的吩咐你没听见？你们这些贱役，对本官也敢怠慢了？"

叶小天对孟县丞道："大人，在下虽然比你官小，可我好歹也是个朝廷命官，你想拿我，罪名呢？"

孟县丞大吼道："你为泄私愤，买凶杀人！徐林、祥哥等六七条人命在身，这个罪名还不够大？"

叶小天道："证据呢？"

孟县丞道："本官抓你还需要证据？本官的话就是证据！"

"呼！"

孟县丞言犹未了，一根拐杖便从天而降，"砰"的一声重重抽在他的头上，抽得孟县丞一阵天旋地转，眼冒金星地退了两步，一屁股坐到了地上。满屋子的胥吏、皂隶、捕快们全都看傻了眼，眼珠子都快瞪到了地上。

寻常百姓打架他们看多了，可是官场上的人物，哪怕是恨对方入骨，又有谁会干出动拳脚这么有失身份的事？可……艾典史这个异类偏就这么干了，他一拐杖就把孟县丞打得坐在了地上。

孟县丞也是头一回碰到这种事，他惊愕地看着叶小天，伸手摸了一下头，血染了一手。孟县丞看到一手的血，整个人都要气疯了，指着叶小天嘶吼道："混账！你敢打……"

叶小天举起拐棍，一条腿在地上蹦着，像只求偶的蛤蟆，兴奋地蹦到他身边，手中拐棍没头没脸地往下抽："你就是证据！你就是证据！我叫你就是证据！你是你老子的儿子不需要证据，抓人也可以不要证据？你就是证据！我打你个你就是证据！有本事你告我破坏物证啊！"

孟县丞被他抽得连滚带爬，发髻也散了，头破血流地大叫："你……竟敢殴打本官？"

叶小天狠狠抽打了一顿，忽然收住拐杖，调匀呼吸，心平气和、满面祥和地微笑道："啊……孟县丞你这叫什么话，下官什么时候打过你啊？"

孟县丞差点没气晕过去，他爬起来，伸出那一手血，颤抖着对叶小天大吼："你看看！你看看，本官现在一身是伤，满手是血，这就是铁证，难道你还想抵赖不成！"

叶小天慢条斯理地道："大人，这只能证明你确实受过伤，但是不能证明是我打的你啊。这是我的签押房，是我的地盘，我说没打你，那就是没打你，还需要证据吗？本官的话就是证据！"

第八十二章

君子之治人也

一

　　孟县丞浑身发抖，指着叶小天道："胡搅蛮缠！胡搅蛮缠！此事不是你能狡辩得了的，本官马上就去找县尊大人，你把本官打成这样，本官一定要把你拿下，严加制裁！"

　　一直保持沉默的周班头突然跨出一步，大声道："县丞大人，卑职为典史大人做证，典史大人可没对你动过手。你刚刚走进来的时候就已满身是伤，并非典史大人所伤。"

　　"对、对啊！"

　　苏循天刚一说话时还有点结巴，但只说了两个字语气就顺溜下来了："县丞大人走进来的时候就已满身是伤，不只周班头看见了，卑职也看见了，你们看见没有？"

　　"看见了！我们也看见了，典史大人没有动手！"

　　众胥吏、衙役、皂隶、捕快们突然清醒过来，纷纷应和起来。他们的声音一开始还有些七嘴八舌的嘈杂，渐渐就汇成了整齐划一的一个声音："我们为典史大人做证！"

　　"你们……你们……"

　　孟县丞惊恐地看着这些一本正经的胥吏捕快，突然有种正在做梦的感觉。他真的希望这是一场梦，一场很快就会醒来的噩梦。

　　"啊！这一定是做梦！"

　　孟县丞正要伸手掐一把大腿，李云聪探过头来，端详着他道："县丞大人刚刚进来的时候，喏喏喏，就这儿……"

　　李云聪指着孟县丞的脸，认真地说："县丞大人颧骨这儿一片乌青，一看就是拳脚所伤，而典史大人现在连走路都不方便，怎么可能动拳动脚的打伤县丞大人你呢？"

孟县丞只气得一佛出世、二佛升天，愤怒地反问道："本官的颧骨什么时候乌青了？"

李云聪挥起一拳，重重地打在他的脸上，打得孟县丞一连退了几步。李云聪道："你看，这不乌青一片吗？"

马辉突然也大声道："不错！典史大人后腰这儿还有几个泥脚印呢，你们看！"说着马辉就凌空飞起一脚，踹在孟县丞的屁股上，踹得孟县丞"哎呀"一声飞了出去，摔了一个狗吃屎。

许浩然等捕快一拥而上，七八只大脚一通猛踹，然后飞快地向四下散开，惊叹道："哇！果然好多脚印！"

几个早已忍孟县丞很久的皂隶突然冲上来，摩拳擦掌地对许浩然道："我们可以补几脚吗？"

许浩然很慷慨地道："请！"

那几个皂隶向许浩然拱拱手，兴高采烈地冲上去，孟县丞刚要爬起来，就被他们按住，蒙头卷脸又是一通打。苏循天道："看，这么多大小不一的脚印，果然不是典史大人的手笔。县丞大人一定是被人打糊涂了，所以才胡言乱语！"

孟县丞趴在地上，颤声道："你……你竟敢颠倒黑白？我头上这伤……分明是……是被他的拐杖抽的！"

苏循天猛地抓起砚台，狠狠地拍在他的脑门上，孟县丞两眼一翻，登时晕了过去。苏循天弯腰又仔细看看，满意地点头道："嗯，这回就是拍的了！"

·※·※·※·

捕快、皂隶们的此番举动，绝非出于叶小天的授意，尤其是苏循天和李云聪这两个人。一个是世人眼中永远也扶不起的阿斗，一个没有出息的纨绔子弟；另一个是前途黯淡、性情偏激、刁钻刻薄的油滑老吏。他们能站在叶小天一边同齐木斗，就已难能可贵，他们还能坚决地站在叶小天一边和本县的县丞大人为敌，这份勇气和决心就更加不一般了。

其中李云聪的表现尤其出乎叶小天的意料。李云聪是知道他真实身份的，如果叶小天是真典史，李云聪站在一个职位虽然低一些但是很强势的官员一边，也未必会吃亏。可是他选择站在一个注定离职他去的冒牌货这边，去得罪一个本县官场上的地头蛇，那就绝不可能是出于利益方面的衡量，纯粹是叶小天的表现燃起了他心中的血性。

叶小天深深地望了他们两个一眼，向他们轻轻点点头。得到了叶小天的认可，两人立即挺起了胸膛。苏循天心怀激荡，忽然觉得自己并不是一个废物，他也是有用的人，也可以被人尊重。李云聪却有一种回到了二十年前的感觉，浑身涌动着一种少年人的热血，澎湃着他的身心。

周班头捡起叶小天的拐杖，递到他手边。叶小天接过来，"笃笃笃"地走到签押房中间，环顾四周的捕快与皂隶，望着他们那一双双信任支持的目光，笑了笑道："县丞大人被人殴打至重伤，这事，是谁干的呢？"

众捕快正在热血沸腾的当口，听了这话不由面面相觑，方才在孟县丞面前他们当然要坚决否认是艾典史发飙，可现在……典史大人这么问是什么意思？

李云聪到底是在县衙六房里混久了的老油子，年岁又大些，情绪冷静得快，他的脑筋只是稍稍一转，就明白了叶小天的意思。

李云聪道："大人，孟县丞是负责本县司法的，徐林等人横死街头，其余党找不到真凶，就迁怒于本县县丞，将县丞大人打成这般模样，实在是太无法无天了。"

众捕快这才反应过来，立即七嘴八舌地应和，道："不错！就是徐林、祥哥一群人的余党，那些地痞无赖真是太猖狂了！"

叶小天道："本官刚刚上任时就说过，要严厉整顿本县治安，不想这些人竟然置若罔闻，变本加厉地制造是非，现在竟然连本县县丞都肆意殴打，其猖狂可见一斑。

"马辉，你带几个人去，把那几个泼皮逮捕归案，本县要以他们几个为典型，就此揭开本县打击豪强无赖作奸犯科之举行动的序幕，以使我县无犬吠之盗，成为路不拾遗的清平世界！"

马辉恭声道："是！"马上一摆手，领着几个捕快便离开了。

李云聪凑到叶小天身边，低声道："大人，孟县丞总是会醒的啊……"

叶小天也压低了声音，道："计将安出？"

李云聪咳嗽一声，道："大人要是这么问可没意思了啊！您要是还没想好主意，会和他如此翻脸？"

叶小天眼珠转了转，黠笑道："其实呢，县丞大人和我想到一块儿去了，他想阴我，我还正想黑他呢。"

李云聪一向只损人的，听了这话难得地赞美了一次，拊掌叹道："君子之治人也，以其人之道，还治其人之身。大人此举大善，大善！"

苏循天在一旁听了也想拍拍马屁，憋了半天，开口赞道："大人与孟县丞当真是英雄所见略同啊。"

叶小天尴尬地咳嗽了一声，道："只是没想到他比我下手还快，既然如此，咱们也该速战速决了？"

李云聪和苏循天互相看了看，苏循天便主动请缨道："大人，这事我拿手！"

叶小天想了想道："成！那就你去办吧。"

李云聪本来还担心苏循天不靠谱，不过转念又一想，苏循天是县太爷的小舅子，由他去搜罗孟县丞的黑材料，县太爷就不好质疑了，而且这也能给其他人一个县太爷站在艾典史这一边的讯号。

虽然说这位县太爷是个摆设，可他毕竟是朝廷任命的本县正印，这杆大旗多少还是有点用处的，起码艾典史讨伐自己的顶头上司算是出师有名了。于是，李云聪点了点头，退到了一边。

望着叶小天的背影，李云聪的眼神有些复杂。他知道叶小天是假典史，自然也知道葫县官员们本来的打算，他很想对叶小天吐露实情，却又不知该如何开口。他不知道叶小天一旦知道葫县全体官员联手给他挖了个坑，正等着埋了他，会有什么反应。

如果叶小天当机立断，选择马上溜走，眼下这个局面又该如何收拾？好在叶小天和孟县丞以及齐木现在斗得如火如荼，这种情况下没人想动他，反而保证了他的安全，倒也不急着说出真相。想到这里，李云聪便沉住了气。

·※·※·※·

"他是假的！他不是典史，他不叫艾枫，艾枫早就死了，他叫叶小天，他是假典史！"

孟县丞醒来时，发现自己已经被关进大牢，他没想到叶小天竟然这么疯狂，竟敢把他这样的一位朝廷命官，把自己的顶头上司关进大牢，这种情况下他再也顾及不了那个秘密可能造成的影响，声嘶力竭地喊了出来，然而……

一个狱卒同情地看了看孟县丞，对另一个狱卒道："县丞不是真叫人打坏脑子了吧？"

另一个狱卒叹口气道："谁知道呢，天有不测风云哪。哎，你离牢门远点，有些疯子是会咬人的。"

"孟县丞是傻了，不是疯了。"

"这谁说得准呢，安全第一。"

两个狱卒一边说一边走远了。孟县丞更加疯狂地叫喊起来，叫着叫着，一盆水"哗"的一下从旁边泼过来，淋了他一头一脸。这味道貌似……孟县丞舔了舔嘴唇，感觉味道不太对。

孟县丞扭头一看，就见隔壁牢房里有一个大汉，大概是嫌牢里闷热，衣服都脱光了，赤条条地站在那儿，手里拎着一只木桶，瞪着牛眼冲他大吼："你干啥呢？爷爷俺睡得正香，被你这厮大呼小叫的给吵醒了，你有病啊！瞧你那熊样，还装疯哪？俺毛问智在这都关了七年了，还没见过你这样的傻鸟，实话对你说吧，你就是装疯也出不去的,这一招爷爷俺八年前就试过了!"

孟县丞愕然道:"八年前就试过?你不是说七年前才入狱?"

毛问智哈哈大笑起来:"你这贼厮鸟原来还是一只笨傻鸟,爷爷就不能先越狱,然后再入狱吗?哦……你这是跟俺装傻啊,俺实话给你说,装疯没用,装傻更没用,俺从小就会装傻,可就没一次能瞒得过去的,还是老被俺爹娘揍。你老实点啊,麻溜滚一边蹲着去,要不俺削你。"

毛问智说着,就把桶一扔,躺回稻草堆里,道:"今儿亏得俺还没大解,要不泼在你头上的就是一坨黄金啦!"

"什么?"

孟县丞也是被叶小天和那班皂隶衙役打坏了,鼻子也受伤,嗅觉不太灵光,听毛问智这么一说才反应过来,原来这个混蛋手里拎的是马桶,那么他泼出来的就是……

孟县丞立即弯下腰狂呕起来……

第八十三章

坑的就是你！

一

花知县气急败坏地站在叶小天的签押房里。虽然很少有人打心眼里真正尊重过这位县太爷，但他既然屈尊驾临，叶小天也不好大剌剌地坐在公案后面，于是就站到了公案前面。

花知县像只热锅上的蚂蚁，绕着叶小天不停地打转，不停地长吁短叹，不停地拳掌相交，一副焦灼不已的模样。

他见叶小天这人有点疯，倒是不敢拿官威来压人，况且他也没什么官威，是以只用埋怨的语气道："艾典史，孟庆唯可是本县县丞，就连本官也无权处置他，免职罢官那得朝廷说了算，更不要说把他关进大牢了。"

叶小天对花知县道："事是我干的，如果有错，我来负责！"

"你？"

花知县暗暗苦笑，叶小天如果是真典史，这事自然有叶小天负责，叶小天此举有若疯癫，恐怕正是展姑娘所下的蛊毒发作了，自己身为一县正印虽然也有管教不严之过，但是一个人发起疯来干些出格的事就再正常不过了，朝廷也不能对自己有太多苛责。可叶小天是假的啊，无论如何不能让这个假货在这件事上顶缸，否则朝廷一旦派人追查，一个不慎，授意他人冒名顶替朝廷命官的罪责就要暴露。

如果让叶小天以艾典史的身份死掉，倒是可以让他担下这份罪名，可眼下这种情形一旦叶小天死了，谁会相信他是寿终正寝？自己是葫县知县，在自己治下居然有豪强刺杀朝廷命官，可见自己这三年来是如何无所作为，自己这个县太爷也就干到头了。

这个后果，花晴风刚刚想到不久。他曾很天真地提议干掉叶小天，从而解决与齐木的对抗，当时孟县丞用怜悯的目光看了他很久，事后花晴风翻来覆去地思考，近来才明白这个道理，如此说来，竟是只能任由叶小天胡闹吗？

"自作孽，不可活呀！"

花晴风仰天悲叹起来。这时许浩然悄悄走进来，对叶小天低声耳语了几句，叶小天神色一喜，对花晴风道："县尊大人，如果已经拿到孟县丞的犯罪事实，人赃并获，难道也不能处置他？"

花知县一呆，奇道："你说有人举告？你有确凿罪证？"

叶小天扬声道："进来吧！"

房门一开，苏循天兴冲冲地从外面走进来。他在衙门里一向无所事事，如今终于做了一桩大事，而且对付的是他姐夫的大对头，本县的二号人物孟县丞，那种成就感就别提了，心里异常满足。

花知县看到自己这个不学无术的小舅子就是一怔，讶然道："你……"

苏循天刚想叫姐夫，只叫出一个"姐"字，忽然想到这里是签押房，他是堂堂正正的一个班头，马上挺直腰杆，向花知县抱拳一礼，肃然道："见过知县大老爷！"

花知县还从没见过这个痞赖无行的小舅子这么严肃过，怔怔地抬了抬手，连话都说不出来。苏循天又向叶小天一抱拳，难掩得意地道："典史大人，卑职奉命调查孟庆唯不法之事，现已拿到确凿证据。"

叶小天方才已听许浩然悄声禀报，说苏循天已经炮制了一条罪状，足以让孟庆唯的暂时羁押合理合法。至于更多罪状，想要查起来天衣无缝的话，就得慢慢炮制了。

不过孟庆唯与豪强勾结所图者不外乎权和利，只要能先拿到一条罪状，有了理由公开调查他，找到真正的罪证谅来也不难，倒不必学孟庆唯一般，完全用莫须有的罪名害人。以叶小天的身份，想用莫须有的罪名扳倒一个县丞也是不可能的。

叶小天咳嗽一声，得意地看了花知县一眼，用同样严肃的语气对苏循天道："孟庆唯犯下何等罪行，县尊大人面前，你仔细道来。"

苏循天道："县尊大人，典史大人，这孟庆唯看起来道貌岸然，实则禽兽不如。身为一县县丞，司法之主管，他竟知法犯法，在家中地窖里囚禁了一个人，一呈私欲。"

花晴风骇然道："竟有此事？"

苏循天道："正是！大老爷，本来呢，孟县丞被宵小暗算，打得浑身是伤，卑职是奉典史大人之命把孟县丞送回家的，因为这个……这个……啊！担心那些宵小藏在孟县丞家中再图加害，所以先把孟家搜了一遍，不想就搜出了地窖。

"我们在地窖里救出了被孟县丞囚禁在家里的人。我们把那人救出来时，此人饱受蹂躏，已然形同野人，其形其状惨不忍睹，令人一见便潸然泪下啊。大老爷，孟庆唯此举，至少犯下了非法拘禁罪、伤害罪、侵犯罪、风化罪……"

花晴风目瞪口呆、啧啧称奇，他真信了，心中不免就想，孟县丞好歹也是县里数一数二的大人物，想要女人，什么样的女人得不到？汉苗彝壮各族美人都有，青楼妓馆也尽可去得，竟然干出囚禁他人一呈淫欲的事来，当真是人不可貌相了。

叶小天听得差点要笑出声来，这世上果然没有无用的人，只有用不对地方的人，只要放对了地方，就算苏循天这样的纨绔子，也一样可以一展所长。在这么短的时间里，他利用孟家现成的地窖，就能想出这么一个耸人听闻的罪状来，而且还找到了一个"苦主"，当真了得。

只是不知苏循天找的这"苦主"是什么人，是重金聘来的一个窑姐，还是他的老相好。虽说本就是为了坑人，但还是尽量做到天衣无缝才好，可别叫花晴风当面问出破绽，那颜面上就不好看了。

叶小天心中还提着几分担心，但是当着花知县的面，他自然要做出十分笃定的姿态来。叶小天慢悠悠地在椅上坐下，慢条斯理地端起茶盏，对苏循天道："苦主带来了？"

"是！"

"那就带她进来，让大老爷当面一问。"

苏循天道："是！"

苏循天转身冲外边盼咐道："来啊！把苦主带上来！"

门扉又是一开，两个皂隶押着一个身材高大、披头散发的大汉进来。那大汉一进签押房，就把额前成绺儿的、脏兮兮的乱发往左右一拨，大声嚷嚷道："你们干啥呢这是，要审俺不该去大堂吗？这规矩俺懂，你们把俺带到这劳什子地方干啥呢？"

叶小天"噗"的一声，一口茶水就喷了出去……

叶小天呆住了，花晴风比他呆的更加厉害。

怎么是男的？而且……这么高大，这么肮脏，这么丑陋，一口一个俺的，就算好男风的也不会喜欢这样的人啊，难怪……难怪孟县丞要在家里偷偷摸摸挖个地窖把此人囚禁在里边，没想到孟县丞口味这么重啊……

花晴风越想越是这么个理，想到孟县丞抱着这么一条大汉，忍不住心中作呕，登时冒出一身鸡皮疙瘩来。

叶小天咽了口唾沫，低声问苏循天："怎……怎么是个男的？"

苏循天掩着口对叶小天道："顺道恶心恶心他！"

花晴风仰望着那傻大个儿，退了两步，问道："你……你被孟县丞软禁了？"

毛问智把牛眼一瞪："啊！"

花晴风道："关在他家地窖里？"

毛问智："啊！"

花晴风又问："他……把你锁起来了？"

毛问智道："那可不咋的，你看看，你看看，俺这手腕子上，俺这脚脖子上，全是手铐脚镣的印啊，锁得可紧呢，俺想逃都逃不出去。哦，还别说，八年前俺逃出去过一回，又给逮回来了。"

花晴风试探地问道："都八年了啊，他……都对你做什么了？"

毛问智道："他都对俺……那要说起来，可真是一把辛酸一把泪啊！哎呀妈呀，俺都有点说不出口，那瘪犊子太狠了，闻者伤心，听者落泪，惨不忍睹啊！大哥，你要真想听，那俺就跟你好好掰扯掰扯。"

花晴风赶紧摆手："别别别，本官不屑入耳，啊！你不用说了，本官了解，本官明白，本官全懂了！"

苏循天冲叶小天得意地挑了挑眉，用口形道："怎么样？"

叶小天向他挑了挑大拇哥。

花晴风厌弃地又退两步，道："快着快着，快把人带出去。"

苏循天忙赶过去，对两个捕快道："带他出去！"

毛问智瞪着牛眼道："俺还没说呢，咋就轰俺走呢？"

苏循天还瞪回去，喝道："出去！"

苏循天领着毛问智出了签押房，毛问智就迫不及待地道："大人，您教俺的话俺可没来得及说，不是俺不说，是你没给俺机会说，你答应过的，只要俺听你的就放俺走，说话还算数不？"

苏循天笑吟吟地点头："算数，当然算数！你放心，此案一了，立即放你走！"

签押房内只剩下了叶小天和花晴风，花知县对叶小天道："本官实在不明白，你就安安生生地做你的假典史就好了，原本你不是还不情愿冒充吗？为什么要惹出这许多是非来？"

叶小天沉声道："有所不为，亦将有所必为！每个人心里都有一条线，没过那条线，我可以得过且过，我可以圆滑退让。过了那条线，就算是死，我也要争上一争！不争，也总有一死的，你说是不是？"

花晴风定定地看着他，听着他的这番话，心里有些不是滋味：我心里那条线在哪儿呢？什么时候，才会碰到我心里的那条线，让我就算是死，也要争上一争？

叶小天道："大人？"

花晴风摇摇头，甩去心中杂念，长叹道："本官拦不住你，由得你去了。不过，你不要忘记，他背后还站着齐木，你抓了孟县丞，也就碰了齐木心里的那条线！"

叶小天坦然笑道："碰了就碰了呗，其实没什么大不了的！县尊大人，你不用老觉得天就要塌下来似的，有时候，这种感觉仅仅是因为你站歪了！"

第八十四章

铁证如山

一

孟府门子拦在门口，又惊又怒地道："你们好大的胆子，这是县丞家，你们也敢搜！"

"搜得就是县丞家，给我滚开！"

苏循天恶狠狠地推开孟府门子，把手一挥，大喝道："搜！"

马辉、许浩然等经验丰富、办案老到的巡捕立即冲进孟府，登时把个孟府翻了个底朝天。

苏循天先前炮制的所谓证据是假的，糊弄一下睁只眼闭只眼的花知县还行，真用来扳倒一位八品官却是远远不够的，或者说，是经不起推敲的，他们需要真正的证据，真正的大罪的证据。

为了能够拿到真正有力的证据，周班头带伤赶来，亲自指挥搜查，并且调来了全部经验老到的捕快。虽然因为葫县官衙过于弱势，这些捕快整天浑浑噩噩地度日，可是他们祖传的手艺却没有搁下，凭着他们老辣的眼光，孟家如果真有什么秘密的话，即便藏得再隐秘，也能被他们搜出来。

为了以防万一，苏循天还按照叶小天的嘱咐准备了几样假证据，如果实在什么也搜不到，那就只好栽赃陷害了，这种事苏班头是很喜欢干的。

书房里面，马辉上看下看左看右看，奈何一个大字也不认识，最后把大手一挥，吩咐道："不管墙上挂的桌上铺的还是架子里搁的，但凡上面有字的，不管是纸张还是瓷器陶器铜器铁器，统统搬回县衙，请典史大人验看！"

孟县丞有一位老妻，另有四房小妾，除了妻子住处还算素雅，四个妾室的住处都是金碧辉煌，各种器皿、字画、珠玉、古董琳琅满目。许浩然看看这些东西，冷笑道："一个月五石米的官，攒得下这份家当？定是贪污索贿而来，统统搬到县衙，请典史大人过目！"

苏循天跑到孟家后先去上了个茅房，他从茅房出来，一边系着裤腰带，一边小声对一个捕快道："找到孟家的地窖没有？赶紧去找，找到了还得伪装成淫窝呢。"

苏循天说着一抬头，恰好看见许浩然指挥皂隶从孟县丞几房妻妾房里往外搬东西，孟县丞的四房姨太太和十几个通房大丫头都站在院子里，有的神色凄惶，有的哭天抹泪。

苏循天登时双眼一亮，大声道："孟庆唯什么时候纳了这么多妾室，我怎么不知道？你看看，这么多漂亮的大姑娘，难说里边就没有被他强抢来的民女，统统押回县衙，由本都头一一审问！"

这时，一个捕快跑过来，兴奋地对苏循天道："苏班头，找到地窖了。"

苏循天大喜，道："走，去看看！"临走他还没忘了叮嘱另一个捕快："这些女人，统统押回县衙去，一个都不能少！"

苏循天兴冲冲地跑到孟家后院，捕快们聚集在后花园最尽头的一块草地上，刚刚撬开一个地窖入口，又顺了把梯子进去。有人往里探头瞧瞧，见地窖很宽敞，里边阴沉沉的没有半点光亮，便叫人取来一支火把，正要进去探看。

"我来，我来！"

苏循天赶紧招呼一声，抢过火把，顺着梯子率先爬了下去。

"啊！这么大的地窖，难道是为了储放秋菜？不可能嘛，有问题，一定有问题！"

苏循天举着火把左照右照，总觉得这黑洞洞的地窖不像是寻常地窖。等到另外几个捕快下来，他便壮起胆子往前摸去。

"哎哟，这儿有几个桶！"

苏循天拍了拍放在旁边的一只木桶，听着闷闷的声音，兴奋地道："这桶不是空的，里边有问题，一定有问题，快打开！"

苏循天用手一扣桶盖，没打开，便唤来一个捕快，叫那捕快给他拿着火把，他则抽出腰刀，用刀尖用力撬起来。苏循天撬了几下，等那桶盖松动了，便还刀入鞘，把桶盖打开，伸手往里一摸，只觉得软软的又是纸又是棉的，似乎下边掩盖着什么东西。

苏循天把那棉花和纸张随手扒开，见下面乌漆抹黑的也不知道是什么东西，像是一些黑色的粉末，他从旁边那捕快手里夺过火把，仔细照了照，纳罕地抓起一把，摊开在手上，在火光下仔细端详："咦？这是什么玩意儿，难道是炭粉？"

"嗷！"

旁边那个捕快突然发出一声藏獒似的大叫，把苏循天吓得一哆嗦，手里的黑炭粉撒了一地，苏循天恼火地骂道："你要疯啊？叫什么叫，人吓人会吓死人的你知不知道？"

他一边恼怒地斥骂，一边挥舞着手里的火把，舞得那火苗子呼呼直响。那个捕快吓得魂飞魄散，一边连滚带爬地往外跑，一边回头大叫："班头，火药！火药！那是火药！"

苏循天纳闷地举着火把，看着那个已然逃得不见踪影的捕快的方向，莫名其妙地自语道："啥药？莫非孟庆唯在倒药？倒卖药材……这个罪名好像不足以扳倒他呀……啊？啊、啊、啊——"

苏循天突然反应过来，脊背一挺，尖声大叫，一连叫了几声，随即撒腿就跑。苏循天跑到地窖口都不用手扶，一只手举着火把，迈开两条腿就顺着梯子跑了上去，其行也速，其动也敏，当真令人叹为观止。

苏循天沿着梯子跑出地窖，停都未停，就脚不沾地地继续往前跑去，差点一头撞进另一个人的怀里。那人正是扶拐而来的周班头，两个衙役赶紧扶住后仰的周班头，周班头看着面如土色的苏循天，不悦地道："苏班头，何故惊慌？"

苏循天指指后边，又举举火把，语无伦次地道："你你你，我我我，小心点，差点点着了，火！火火火火火……"

周班头不耐烦地道："火火火火火，火什么呀？"

苏循天用力一跺脚，才克服了自己一紧张就结巴的毛病："火药！"

·※·※·※·

大明帝国禁止外运的主要物资包括盐、铁、火药和茶，此外就是铜钱。针对不同的国家，这些严控的外运物资又略有区别，比如说北方国家，盐和茶就是严控的物资，可是对于南方沿海国家，禁盐就没什么作用了，因此南方边陲就绝对不会查这些东西。

但是有一样东西，是大明不管什么对国家外运都要严格控制的，那就是火药。这种物资属于军用物资，不管是私下购买、囤积还是运输，抓到了都是大罪，而孟县丞家后院尽头深深的地窖里，竟然囤积了十几桶火药。

地窖里储藏了大量火药，当然不可能再成为孟庆唯的淫窟了，谁会选择这种地方鬼混？除非他想在飘飘欲仙中真的飞仙。所以，苏循天的栽赃很容易就被戳穿了，但是……现在还有谁在乎呢？

不管孟庆唯囤积火药是为了高价卖给山地部落，还是通过驿路经云南运往南方诸国，这都是不折不扣的大罪，铁证如山，他倒定了！

孟县丞被抓，而且是被他的下属，铁项典史下令抓捕，随后从他家里搜出了如山铁证，这个消息迅速轰动了全城，每个人都在兴高采烈地谈论这件事，谈到叶小天时，没有不竖大拇哥的。

安南天就竖着大拇哥，赞不绝口："好小子，有一套！敢对顶头上司下手的，世间能有几人？你要知道，没有一个上司不忌讳扳倒过上司的人，这位艾典史的仕途，从此坎坷了，可他依旧义无反顾，这就是他了不起的地方。"

展凝儿撇撇嘴，道："这么了不起，当日在黄大仙岭上还不是望风而逃？"

安南天摇头道："此言差矣，孰不闻好男不和女斗？"

展凝儿俏眼一瞪，娇叱道："你说什么？"

安南天赶紧道："啊！我是说，事事都争，那不是好汉，而是愣头青，或者说是贪得无厌。要有所为，有所不为，才是大丈夫。"

展凝儿"嗤"的一声笑了，讥诮地道："大丈夫？得知中了我的蛊毒，他还不是屁都不敢放一个？"

安南天摩挲着下巴，若有所思地道："是啊！从我当日公堂之上仔细观察的心得，这可非常不合乎此人的性格。除非……"

展凝儿道："除非什么？"

安南天道："除非，他已经猜到你在吓唬他！"

展凝儿一怔："他能有这么聪明？"

安南天道："难道你认为他很蠢？"

展凝儿想了想，没有再说话。安南天知道沉默对这个一向要强的表妹来说，其实就是认同了他的看法。安南天笑了笑，又道："这个人，我想提醒太公注意一下。"

展凝儿睨着他道："这样一个小人物，能入得了外公的法眼？"

安南天道："每一个大人物，都是从小人物开始的，哪怕是如你我一般出身。葫县，虽然已被我们视为遗弃之地，但是这块土地上，却未必不能出几个杰出的人才。"

安南天站起身，背负着双手，慢慢走到窗口，窗外就是十字大街，他们正在二楼，居高临下，但见人群熙熙攘攘，川流不息。安南天喟然叹道："人才难得呀……"

展凝儿也跟了上来，不屑地道："我看这个人有反骨的，你想招揽他，可得小心吃他的亏。"

安南天哂然一笑，骄傲地扬起了下巴："我是谁！"

第八十五章

有朋自远方来

一

展凝儿和安南天斗嘴的时候，在他们楼下窗口正站着三个人，风尘仆仆，一看就是远道而来。

中间一人，瘦高的个子，一袭青袍穿在身上就像在青竹竿上套了一件衣服；站在他左边的人是一个矮胖子，肩上斜背一个包袱，手里拄一根哨棒；右边一人身材比他俩要正常许多，怀里揽着一根哨棒，腰里别着一口腰刀，手里正捧着几个包子，大口大口地吃着。

中间那瘦竹竿双手叉着风一吹就能折的细腰，懊恼地道："夫人动动嘴，咱们跑断腿啊。这天南地北的一通折腾，一直追到葫县来，隔了这么久了，也不知他又去了哪里，人海茫茫的上哪儿找啊？"

正吃包子的汉子含糊不清地道："三管家，你这人就是太实诚。咱随便应付一下，说没找着不就行了，何必那么死心眼呢？照理说他现在都该回京城了，他是为了避着咱们才往西南来，这么久了还能不走？"

瘦竹竿恨恨地在他头顶拍了一巴掌，强调道："老子叫杨三瘦，名字里有个三，但老子是大管家，不是三管家。告诉你多少遍了，就是记不住，你缺心眼啊？"

吃包子的汉子赶紧认错："是！三瘦大管家！"

杨三瘦厌恶地瞪了他一眼，发牢骚道："要不是你娘是我远房表妹，老子才不会把你召到杨家来做事，这么蠢，又能吃，怎么当跟班？"

另一边那矮胖子道："大管家，咱们在这儿人生地不熟的，怎么找他，难道又得一家家询问？这里可不比山村那种小地方，一家有事满村皆知，在这靠打听可未必打听得到。"

杨三瘦思索了一下，道："对了！此地有个齐木，与咱们杨家有些生意往来。我曾见过他一面，咱们找他帮忙。"

矮胖子道："大管家，人家和咱们夫人或许说得上话，可是跟咱们……"

杨三瘦道："不看僧面看佛面，寻访人这么点小事，他不会不答应吧？"

杨三瘦说着就拦住一个路人，问起了本地大豪绅齐木家的住处。

杨三瘦这些日子到处寻访打听，可真是吃尽了苦头，好在许多山村乡镇外地人经过的本就不多，而像叶小天这样一家三口单独而行、特征明显的更少，许多地方的乡民还有印象，于是就一路找到葫县来了。

与他同行的两个人一个叫岳明，就是那矮胖子，一个叫邢二柱，就是吃包子那位，算是他的两个心腹。虽然说是替夫人办事，可这次办的是杀人的买卖，不是太可靠的人他也不敢用。

齐府大厅里，齐木正在向罗小叶大发雷霆："世侄，你手里好歹也有几百兵，都是摆设不成，嗯？叫你做这么点事你都做不好，到现在还查不到华云飞一丁点的下落！

"其实啊，我原本就没指望你，你比你爹可差远了，要不是你这官职是世袭的，就你这熊样，头拱地也拱不到巡检司的位置上去。可现在孟庆唯出了事，这个人我不能不救，实在分身乏术，查找华云飞下落的事，你必须全力以赴！"

罗巡检被齐木训得面红耳赤。

齐木的爹在一次山民暴乱中为救罗小叶的爷爷而死，从此罗家就视齐家为救命恩人了。齐木的爹当时只是一个普通的巡检司官兵，就此被罗小叶的爷爷提拔为头目，他死后由其长子继承了军职，齐家和罗家的关系更加密切起来。

可是，世易时移，几十年过去了，罗小叶的爷爷已经过世，罗小叶的父亲也英年早逝，罗小叶在十五岁的时候就继承了巡检官的职务，那时候比罗小叶年长不了多少，但是论辈分该称叔父的齐木也出道了。

仗着哥哥在巡检司，齐家又是罗家的大恩人的便利条件，齐木自谋生计，召集一群脚夫，在巡检司的支持下干起了驿道运输的买卖。在这过程中为了独霸经过葫县的这段驿路，他用尽手段，把其他经营驿道运输的商贾或吞并或挤垮，或干脆来了个"斩首行动"。

满手血腥的同时，齐木终于独霸了这段黄金商路，也由此奠定了他在葫县的无上地位。罗家本来是齐家的上司，后来变成了世交，现如今齐木后来居上，完全压制了罗家。

齐木一直以罗家的恩人自居，罗小叶担任巡检官时年仅十五岁，而齐木在争夺黄金驿路时又结交了许多三山五岳的好汉，种种原因之下，竟是把罗小叶压得死死的，他对罗小叶一直颐指气使，仿佛在指挥自己的一个属下。这也正是那日叶大娘含蓄地点拨儿子的原因，对于儿子的处境，叶大娘并非一无所知。

罗小叶被齐木训斥得脸上红一阵白一阵的，尴尬地解释道："缉盗捕凶，固然是巡检司的责任，只是那华云飞一击得手，恐怕已是立即远遁了，小侄实在是……"

齐木不耐烦地打断了他的话："好了好了，你不用再说了，总之，你必须全力以赴，无论如何，都要给我找到他的下落。你去吧，我还有事情要处理！"

罗小叶咽了口唾沫，强行吞下那种耻辱的感觉，低声下气地道："是！那……世伯，小侄这就告辞了。"

齐木没有送他，只是像赶苍蝇似的挥了挥手，他早已习惯了用这样的态度对待罗小叶。待罗小叶告辞离开之后，齐木长长地舒了口气，拍着额头思忖片刻，吩咐管家道："准备一份厚礼，我要去见王主簿。"

那管家是跟着齐木打打杀杀，从一个小小驿路脚夫一步一个血脚印地爬出来的心腹，闻听此言很不舒服，忍不住道："大爷，咱们齐家还需要向葫县官府送礼？他们……"

齐木阴沉沉地道："此一时，彼一时也！那个该死的疯典史，我要弄死他就像捏死一只蚂蚁，可我终究不能真的弄死了他，除非我想造反。这厮是官场中人，可行事做法全无一点官场中人的规矩，倒弄得我有些手足无措了。嘿嘿，乱拳打死老师傅啊……

"忍一时之气吧，我们在官面上还是需要一个人物的，孟庆唯不能丢。花晴风现在摆明了是要置身事外的，仅凭齐某向他施加压力，恐怕也不能逼他释放孟庆唯。况且，我很怀疑，即便他肯松口，那个疯子典史会不会答应。

"眼下只有联手王主簿合力施压，才能迫使艾疯子放人，只要孟庆唯被放出来，那时我再全力襄助孟庆唯置艾典史于死地！官斗官，我们才最安全。如今需要忍，我就忍，当年咱们不就是因为能忍，才成了这条道上的胜利者？百忍成佛啊！"

大管家听他这么说，只好点点头，道："行！那我现在就去准备。"

大管家刚刚走出大厅，就有一个家丁蹬蹬地跑进来，气喘吁吁地道："大爷，大事不好，捕快逮走了咱们几个兄弟，说是他们和徐林等人有勾结，是他们打了县丞的闷棍。"

齐木一听，登时忍无可忍了，暴跳如雷地道："那个疯子竟然如此咄咄逼人！是可忍，孰不可忍。召集人手，老子去县衙要人！"

大管家闻讯又跑回来，劝说道："大爷，你刚刚还说，要忍、要忍，百忍成佛啊！"

齐木怒不可遏地道："佛也不能容人骑在头上拉屎撒尿啊，这口气老子若再忍了，也就不用在葫县混了，给我召集人手！"那家丁连忙答应一声，慌慌张张地退了下去。

齐府门外，杨三瘦抬头打量着齐府，对邢二柱道："瞧着倒是蛮气派的，看来这齐木在此地确实是个人物。不过嘛，瞧着总比咱们家的府邸要差一些，少了些味道。"

邢二柱把最后一口包子吞了，含糊不清地道："那是，咱们家是官宦人家，老爷在京里做大官的，这姓齐的怎么比？"

近来多事，齐府门前戒备森严，三人站在那儿品头论足，马上引起了门前护卫的注意，立即就有四个武士持刀走近，警惕地喝问："干什么的？"

杨三瘦连忙拱手，道："啊！劳烦壮士通禀一声，就说靖州杨家……"

他刚说到这儿，就有一大票保镖气势汹汹地从门里出来，中间簇拥着齐木，守门武士们纷纷拱手施礼："大爷！"

道路斜对面一户人家房山墙处的柴火堆内，早将内里掏空，耐心守候了七八个时辰的华云飞一见齐木出来，立即摘下猎弓，搭箭开弦，稳稳地瞄准了齐木的咽喉。

杨三瘦闻声抬头一看，隐约还记得那人模样，确是齐木无疑，不由大喜，急忙上前两步，长揖一礼，高声道："靖州杨家管事杨三瘦，见过齐大爷！"

"嗯？"

齐木闻声扭头看向杨三瘦时，一支利箭从柴垛中飒然射出……

第八十六章

一箭伤心

一

一箭射出，华云飞便在心里暗叫一声糟糕。

这一箭他本来志在必得。虽说齐木在众多身材高大、体形魁梧的侍卫的簇拥之下，加上往外走时人头不断错动变换，要想射中齐木，尤其是要射中他的要害非常困难，但是以华云飞的箭术来说却并不为难。

当齐木迈步走下台阶时，身体前方有六名保镖，因为台阶的缘故，能够对他的头面起到肉盾作用的只有两个人，这两人也在往前走，身体晃动间露出了一线缝隙，这一隙的暴露大概只在瞬息之间，但对可以一箭射中疾走中的猛虎眼睛的华云飞来说却已足够。

华云飞准确地捕捉到了这瞬息即变的时机，也及时地射出了手中的箭，但是杨三瘦抢在他松开箭弦前的一刹那向齐木喊了话。齐木扭头时恰恰是华云飞射出手中利箭的时候。

箭矢再快，也要让人来不及反应才行，对方的行动与他的箭矢离弦是同一时刻，他的箭再快也追不上光速，又如何能不失手。

华云飞不但捕捉到了两个保镖身形晃动间露出的一丝空隙，而且预算出了齐木向前迈步的速度，这一箭他打了提前量，应该在齐木迈出右脚，将触未触下一级石阶时正好洞穿他的咽喉。

但齐木止步扭头，恰好避过了这处要害，齐木止步扭头，目光刚刚与杨三瘦一碰，那支羽箭便到了。

血光迸射！

利箭从齐木的右颊射入，撞碎了他的四颗牙齿，又从左颊破肉而出，因为牙齿一挡的原因，羽箭射穿到一半时止住。齐木痛得欲待大吼，奈何颊肉被利箭所穿，这一张口牵动颊上肌肉，竟是喊不出来。

齐木能有今日，那也是刀山血海里打过滚的人，反应极为机敏。生死关头，他惊而不乱，立即蹲身，以众保镖的身体护住了自己。众保镖也反应过来，七八个人扑向齐木，将他团团围住，其他人迅速向利箭射出的方向扑了过去。

齐木对他自己的小命看得太重了，防卫森严，华云飞很清楚他只有一箭的机会，一箭失手，华云飞再未做任何尝试，立即沿着事先设定的路线逃去。

那几个保镖刚刚跑到大街中间，就见道路对面一户人家的房山墙处"嘭"的一声爆响，柴火激飞而起，从柴草中弹出一道人影，双脚刚一沾地，便行走如飞地向前冲去。

华云飞冲出三丈多远，前方是一堵一丈多高的墙，华云飞一个箭头蹿向高墙，脚在半空中用力一蹬墙体，借势再度拔高了一截，双手一探，抓住探出墙头的一截树干，身子灵猿般在空中荡了一圈，借着树枝的弹性，远远甩向了另一棵大树。

等那些保镖气势汹汹地杀到，只见树枝摇曳，树叶婆娑，哪里还有刺客的影子。

"大爷受伤了，大爷受伤了……"

保镖们仓皇地叫着，扶起齐木，将他足足围了三层，飞快地向院中逃去，不等外面那些保镖和门口武士进去，便"砰"的一声关上了大门。

杨三瘦骤见如此变故，站在那儿只吓得手脚冰凉、目瞪口呆。邢二柱胆怯地凑到他身边，大惊失色道："大掌柜的，葫县实在是太危险了，咱们还是回靖州吧。"

"回靖州，咱们回靖州！"

杨三瘦也吓坏了，一听这话正中下怀，马上点头称是。他刚刚转身，突然又反应过来，伸手就在邢二柱脑袋上使劲拍了一下，骂道："混账东西，什么大掌柜的，是大当家的。"

邢二柱委屈地摸着脑袋，道："是！大当家的。"

岳明咳嗽一声，道："大、管、家！咱们怕是走不了啦。"

杨三瘦怒道："怎么走不了啦？"

岳明往前边一努嘴，无奈地道："你看！"

杨三瘦抬头一看，就见七八个齐府保镖拎着刀枪棍棒，面色不善地站在面前。

杨三瘦赶紧赔笑道："几位壮士，在下靖州杨府大管事，路经宝地，本来有点小事想麻烦齐大爷帮忙的，不想齐大爷受了伤，小的也不好再打扰，这就告辞，告辞！"

杨三瘦说着就想从那几个齐府保镖身边溜过去。一个保镖头子伸出九环大砍刀，"铿"地往他面前一拦，阴阴地笑道："大管事？我刚刚明明听到你的手下称呼你大当家的！"

杨三瘦哭丧着脸道："错了错了，他刚刚是称呼我大掌柜的，那也是吓坏了叫错了称呼。我又一时口误，称了自己大当家的。"

那保镖头子嘿嘿地笑起来："大掌柜的可不就是大当家的？不知这位兄弟是哪个山头上的好汉，看着有点陌生啊。"

杨三瘦无奈地道："这位壮士，杨某不是混江湖的，实在是一场误会……"

那保镖头子把手一挥，喝道："偏生我们大爷遇刺时你就在场，这样就想走？门儿都没有！是不是误会等我们查过再说！把他们押回去，关进水牢！"

杨三瘦大惊，道："啊？关进水牢？不要啊，我和你们齐大爷有段香火之情……"

一群保镖一拥而上，将他们三人推推搡搡地往府里面轰："有没有香火之情等我们问过大爷再说，走！"

※·※·※·

县衙三堂，花晴风翻看着一桩桩卷宗，不停地拿起手帕擦汗。

叶小天坐在下首，说道："这些都是下官搜罗来的罪证。县尊大人，孟庆唯罪证确凿，已是毋庸置疑了，与他一起走私火药等违禁物品牟取暴利的，毫无疑问，必是齐木。下官建议，立即把齐木拘禁到案。"

花晴风抓起手帕又往额头擦了擦，紧张地道："你确定？孟县丞……啊！孟庆唯，已经招供了？"

叶小天道："他还寄望于齐木救他出去，怎么可能招供？不过他的同谋还能有别人吗？分明就是齐木。"

花晴风道："道理固然是这个道理，可是我们是官府，总要凭证据说话，无凭无据的，一旦把齐木抓来，万一拿不出真凭实据来，到时候……"

叶小天盯着花晴风的眼睛，声音很轻，但一字一句地非常有力："县尊大人，这可是你的好机会！"

花晴风身子猛地一震，失声道："什么？"

叶小天收回目光，望着对面花架上爬下来的绿色藤蔓，缓缓说道："辖制县尊大人的，是孟庆唯和王宁，这两个人中，又以孟庆唯所起的作用最大。如果县尊大人这时候能够果断地站出来，招揽人心、树立威望，把孟庆唯和齐木扳倒之后，挟大胜之威，便是王主簿也不敢轻掠县尊之锋。

"那时候，凭着县尊七品正印的大义名声，再加上从孟庆唯手中夺回的权力，王主簿虽有山中部落的支持，也得暂时退让。到那时，县尊大人至少可以拿回六成权力，足以把葫县掌握在自己手中了。"

花晴风听得怦然心动，可是一想到齐木那个亡命徒的手段，花晴风又犹豫起来，迟疑半晌才道："你……你有把握？"

叶小天蹙了蹙眉道："什么把握？"

花晴风道："惩办齐木的罪证，这是其一。齐木手底下有许多亡命之徒，巡检司又对他一向唯命是从，本县根本没有什么力量能够对付他，你……你有什么把握，将他绳之以法。"

叶小天看着花晴风的目光渐渐怜悯起来，他轻轻摇摇头，对花晴风道："县尊大人，如果凡事都有十成把握，那齐木早就主动认输了，还需要我们一搏？以葫县情形之糜烂，眼下能有这样一个绝好机会，已经殊为难得，值得一搏！

"县尊大人，你此时站出来又何妨？成功了，你将声名无两，失败了，你大可把一切推到我的头上。那齐木看着固然跋扈，可他家大业大，既然没有造反的可能，又能嚣张到哪儿去？他连我都不敢杀，还敢动你这位县太爷？"

花晴风涨红了脸，讪讪地道："本县不是怕，只是……本官身为一县之尊，如果把他抓了，最后无凭无据地再把他放掉，那就威严扫地了，是以本县觉得，还是……还是谋而后动得好。"

屏风后面，苏雅默默地叹了口气，轻轻摇一摇头，心中说不出地失落。虽然她一直很理解丈夫的苦衷，可是到了这一步，有叶小天冲锋陷阵在前，他还是前怕狼后怕虎的，苏雅真是失望透了。

一直以来，她都觉得丈夫谨小慎微只是形势所逼不得不隐忍退让，可是如今她终于看透了这个人骨子里的怯懦本性。苏雅难过地离开，悄无声息地穿过后门，走到庭院当中，看着一池荷花默默发怔。

曲廊下，苏循天眉飞色舞地走过来。叶小天受伤这几天没有去看望水舞，也严嘱苏循天切勿把此事透露于薛水舞知道，在叶小天看来，男人，就要把自己光彩照人的一面展露给他的女人，至于吃亏受气、狼狈窝囊的事情，那就埋在自己心里好了。

苏循天对这位"大舅哥"的要求自然遵从无误，今天他依旧到后院去探望水舞，水舞对他一向爱搭不理的，今天为了询问"兄长"情形，居然对他带了点笑模样，话也说得比平时多，把苏循天喜得心花怒放。

苏循天兴冲冲地走过来，一抬头看见姐姐满面萧索地站在荷花池前，不由一怔，忙放轻脚步走过去，轻声唤道："姐姐？"

"啊？"

苏雅正难过得很，忽然被弟弟一唤，顿时清醒过来，忙定了定神，道："循天，又去看望水舞姑娘了？"

苏循天道："是！姐，看你气色不好，和姐夫怄气了？"

苏雅苦笑一声，刚要随口解释几句，就听前边"咚咚咚"一阵鼓响，苏雅奇道："都这个时候了，何人击鼓告状？"

三堂上，花晴风骤听鼓声也吓了一跳，他这几年做梦都盼着坐公堂、主政务，可是上次公堂之上令葫县上下大失所望后，他现在对升堂已经有些恐惧了。

花晴风心中忐忑，刚刚站起，就见一个衙役飞也似的从外面跑进来，气喘吁吁地禀道："大老爷，齐……齐木来了，齐木……正在击鼓鸣冤！"

"啊？"

花晴风听了这话不由大吃一惊，嘴巴张得急了点，"咔嚓"一声，下巴差点脱臼。

第八十七章

拿着鸡毛当令箭

一

花晴风惊讶了好久才接受了这个事实：齐木竟然也会击鼓鸣冤！

齐木这是要告谁？有谁是需要齐木告到衙门才能处理的，老天爷吗？

花晴风一肚子疑惑，却也不敢怠慢，赶紧穿戴起来，吩咐人升堂。

叶小天听了也颇觉古怪，齐木击鼓鸣冤？莫非这是什么以进为退的法子？叶小天一时想不透其中玄机，便也随着花晴风赶到大堂，知县升堂他不宜在场，但是若避在堂柱后面听审却也不难，自然没人会拦他这位本县典史。

齐木并没有来，来的是他的大管家范雷。

华云飞那一箭对齐木来说是有惊无险，这种伤势自然不打紧，拔去利箭，敷上金疮药，只不过是暂时说不了话，只能吃些流食而已，至于以后颊上会留下两个很难看的"大酒窝"，齐大爷又不是靠脸蛋吃饭的，当然不在乎。

齐木裹好了伤，马上怒火万丈地向手下打手势，吩咐他们立即再来一次全城大搜捕，寻找那个阴魂不散的华云飞。等众打手领命而去，齐木转念一想，忽然想到了可以趁此反将叶小天一军：这个疯子不是口口声声要维护国法庄严吗？那就让他为我效效力吧！

齐木当初隐瞒华云飞的存在，是想让孟县丞利用此事绊叶小天一个跟头，即便不能扳倒他，只要能让他暂时停职，不碍自己的手脚也好。却不想孟县丞遇到了不按常理出牌的叶小天，不但没能把叶小天扳倒，反而把自己栽了进去。

如今正好利用此事将叶小天一军，想到一心要对付自己的叶小天不得不很郁闷地带着人到处去帮他缉拿凶手，齐木心中就一阵得意。于是，范雷就秉承齐大爷的意志，来到了葫县县衙。

"咚！咚！咚！咚……"

范大管家一手背在身后，一只手举着鼓槌，用力地击着鼓，"咚咚咚咚"地敲了一阵，把鼓槌随手一扔，便傲然走上了大堂。

花晴风慌慌张张地从屏风后边出来，一边正着官帽，一边迎向范雷，刚要拱手，忽然发现来人不是齐木，不由一怔。

范雷道："县太爷，我要告状！"

花晴风愕然道："不是说齐先生要来告状吗？怎么……"

范雷慢条斯理地道："本人是齐府管家，替我家主人来告状，不可以吗？"

"啊！可以，可以！"

花晴风赶紧走到公案后面，举起惊堂木正要喝令"升堂"，范雷不耐烦地道："县太爷，你就别升堂了，本人是来报案的，人犯还需你们官府去抓，没抓到人犯之前，你有什么好审的？"

花晴风讪讪地放下惊堂木，道："原来如此，那么……大管家要举告何人，还请仔细讲来！"

范雷咳嗽一声，道："县太爷，我家老爷现已查明，当日暴死雨中的徐林、祥哥等人，是被一个名叫华云飞的少年所杀！"

花晴风"啊"了一声，道："竟有此事？如此说来，我县艾典史可以脱去嫌疑了。"

范雷道："这个华云飞，是青山沟中一个猎户，性情乖张、生性暴戾，他曾因为贩卖一张虎皮与我齐府发生过争执。后来他的父母因为一桩意外去世，因而迁怒我齐府，杀害徐林、祥哥等人，就是他为了泄愤。这华云飞连害数条人命还不罢休，今日竟然埋伏在我齐府门外，趁我家主人外出时，用猎弓行刺……"

花晴风一听大喜，迫不及待地问道："齐木死了？"

"呃……齐先生无恙吧？"看到范雷怪异的眼神，花晴风突然觉察自己的态度有点不对劲，赶紧又扮出一副关切的模样问道。

范雷沉着脸道："承蒙县太爷动问，我家老爷安然无恙。"

花晴风垮下脸来，说着言不由衷的话："啊！如此……最好，呵呵，吉人自有天相啊！"

范雷重重地哼了一声，道："这华云飞屡次三番行凶杀人、罔顾王法、无视朝廷，本县士绅人人自危。我家主人希望县太爷能立即出动本县巡捕、民壮，再联络各里长、保正，在整个葫县布下天罗地网以搜捕凶手。此人极端危险，万万不可等闲视之。"

花晴风打太极拳打惯了，而且他心里巴不得齐木早点死，所以又想故伎重施，推诿了事。花晴风道："啊！这是自然，本县……本县牧守一方，理应保一方平安。这个……这个这个……本县马上使人召集各首领官、佐贰官，共同商议……"

范雷把眼一瞪，厉声喝道："事急如火，县太爷还要召集各长官共同商议？真是岂有此理！"

叶小天躲在堂柱后面，前面有栅栏挡着，栅栏前边还竖着一块肃静的牌子，所以范雷看不到他。叶小天站在堂柱后面听到华云飞刺杀齐木，而且先前徐林、祥哥等地痞也是被华云飞所杀的消息，心头不由一惊。

叶小天虽然只和华云飞接触过两次，但他很了解这个少年。华云飞质朴无邪、单纯热血，有着少年人的一面，同时因为少小当家，又是一个出色的猎人，有着成年人也难企及的机敏和冷静。这样一个人，会是一个乖张暴戾的杀人凶手？是什么原因让他大开杀戒？

叶小天心中疑云陡增，听到范雷质问花晴风的这番话后，叶小天马上就接口道："不错！事态紧急，为防凶手再度杀人，需要马上动用全县人手，全力以赴缉捕凶手才是。"

范雷霍然转向栅栏一方，厉声喝道："什么人？"

叶小天从栅栏后面往前走，绕过栅栏来到范雷身前，笑吟吟地道："本官乃本县典史，正是负责缉凶捕盗的人。"

范雷的目光陡然一缩，他认得叶小天。范雷冷冷一笑，道："好！典史大人这番话，范某记下了！如果凶手不能及时逮捕归案，让他再度做下杀人血案，到时候，我家老爷会联名本县所有士绅，向布政司和按察司弹劾你！"说罢，范雷一甩袖子，拂然而去。

叶小天叹了口气，对花知县道："大人，你看看，齐家一个管事，在咱们衙门就这般威风，知道的知道他是一个脚夫出身的暴发户家的管事，不知道的还以为是什么宰相人家呢。"

花晴风听到他的奚落，心中羞愧难当，臊得脸一红，赶紧转移视线道："这华云飞既是山中一个猎户，怎会与齐木这样的人物结怨呢，其中恐怕大有蹊跷，你真要帮齐木抓人？"

叶小天正色道："县尊大人，齐木就算恶贯满盈，也该由官府将其法办，岂能任由百姓以暴制暴，若人人如此，天下还不乱了套，又置我朝廷于何地呢？所以，齐木要办，这种罔顾王法、肆意妄为的残暴歹徒，也一定要抓！

"只不过，这华云飞既然是猎户出身，想必是极其擅长匿迹藏踪的，要想抓他，非得动员全县力量才行。还请县尊大人下令，卑职责无旁贷，马上就亲自带队去搜捕凶手。"

叶小天这番话可就是见人说人话，见鬼说鬼话了，幸好花晴风不曾听到此前叶小天对孟县丞所说的那番小民们以暴制暴好过忍辱偷生的高论，否则还不知会作何感想。

花晴风心道：他本来一心想对付齐木，怎么现在又肯帮齐木抓人了？定是见我不肯为他出头，生了怯意，不敢再对付齐木，便给自己找台阶下。且允了他吧，如果那华云飞真能干掉齐木，自然是普天同庆。如果叶小天能抓到华云飞，我对齐木有了交代，也好缓和彼此的关系。

想到这里，花晴风很痛快地道："言之有理！既然如此，本县马上就签署命令，命你全权负责缉捕杀人凶手华云天一事。"

花晴风除非不做事，真要做起事来倒是个雷厉风行的性子，他在大堂之上就开了一道牌票，盖好大印交给叶小天。

叶小天虽然是负责缉凶捕盗的典史，但他平时真正能够调动的只有三班衙役里边的快手，也就是捕快。

三班衙役分为皂隶、捕快和民壮。其他如狱卒牢头、库丁使唤一类的人，则统称衙役。除了捕快，其他这些人叶小天都无权调动，上一次去黄大仙岭制止两派学子决斗，也是因为有花知县出面，他才可以调动近百名民壮，如今有了这张牌票，他才可以名正言顺地调动三班的全部力量。

这且不算，这张牌票涵盖的内容很广，因为要调动全县力量缉凶，所以叶小天不但可以调动三班衙役，还可以在必要时出示牌票，要求当地驻军也就是巡检司协同抓人。同时，他还可以利用这张牌票，对里长、保正等人发号施令。

叶小天揣好牌票走出大堂，一丝笑意不经意间便挂在了脸上。任他苦口婆心好一番劝说，这个扶不起的阿斗就是不肯站出来，现在好了，这根鸡毛在花知县手里是鸡毛，到了他手里，便是发兵的令箭！

第八十八章

平安无事喽

一

叶小天得了花知县签发的牌票，马上雷厉风行地行动起来。第二天一早，被他抽调过来的皂隶、民壮和捕快，还有本县下属各乡镇的里正、保正们便纷纷赶到县学大操场，听候典史大人差遣。

叶小天的伤势虽然看着比较吓人，但是他对身体要害保护得很妥当，所以伤势并不重。以前他时刻拄一副拐，也有伪装的原因在里边，这时要调兵遣将，他自然不会架着拐，弄出有损士气的事来。

叶小天登上讲台的时候精神抖擞、斗志昂扬，倒是尾随其后的周班头依旧甩不开那根拐杖，跟铁拐李似的一瘸一拐地走路，他的大腿当初可是真被打折了的。随在叶小天身后的除了周班头还有苏班头，苏循天把"鸡胸脯"挺得高高的，精气神也是前所未有的充沛。

叶小天站在讲台上往下边看了看，黑压压一片，很有点兵强马壮的意思，只是那股子气势，在见过禁军的叶小天看来，实在是散漫的不成样子。禁军论战力或许也是银样镴枪头，但是起码军姿还是不错的。

他们不是军队，我也不必强求了。

叶小天这样安慰着自己，提高嗓门说道："诸位，今有青山沟猎户华云飞，将徐林、祥哥等七人以极其残暴的手段杀死，之后又试图刺杀本县士绅齐木。艾某奉知县大老爷吩咐，全权负责搜捕追缉真凶，尔等从今日起，皆受本官调度差遣，谁敢怠慢了，本官可不会客气！"

叶小天在台上缓缓地踱着步子，语气一转，又道："此次大张旗鼓地，看起来有点劳民伤财了是吧？其实不然，该人手段残忍，以致葫县人心浮动，如果不及时把他缉捕归案，还不知他会干出些什么事来，为保一方平安，动用全县之力，尽快把他抓捕归案是必要的。

"当然，既然动用了全县之力，也不能就只做这么一件事，本官之前就说过，要严厉打击本县各种犯罪活动。孟庆唯身为县丞，暗中走私，而且走私火药这种朝廷严厉禁止的东西，可见本县地下犯罪之猖獗。

"如今既然动用了全县之力，那就从上到下，彻底进行一次大清扫。具体如何行动，本官已经指派给捕快们，你们将会被分别划拨到他们手下，由他们指挥行动，从县、乡、村，每一条街道、每一户人家进行彻底全面地大清扫。一切藏污纳垢、一切牛鬼蛇神、一切不法分子，全部严厉打击！

"你们，有的是祖祖辈辈生活在这里的人；有的是我大明开国的时候，你们的祖先作为大明的军队，拿着刀剑来到这里开疆拓土，落地生根；有的是逢了天灾人祸，在原籍活不下去，背井离乡来到这里。

"不管你们是因为什么缘由来到这里，你们既然在这里扎下根了，这里就是你们的家。葫县是我们大家的，乌烟瘴气的葫县现在需要打扫一下了，拿起你们的扫把，不管是灰尘、蟑螂、蜘蛛网，要统统给我扫光！"

叶小天这番战前总动员虽说有一定的煽动效果，但是完全达不到当日令捕快们热血沸腾、怒打孟县丞的境界，很多在其他衙门做事，平素和叶小天全无往来的皂隶、民壮，尤其是从乡镇抽调上来的里长、保正，听得更是神色木然。

眼看着一个个捕快分头下去领人，周班头一瘸一拐地凑到叶小天身边，低声道："大人，依卑职看，咱们真正可用的力量，只有这些捕快，得让他们握成一个拳头，才有对抗齐木的可能。如今把他们打散，让他们分头去带领那些绵羊似的皂隶、衙役和乡丁，这行吗？"

苏循天也凑上来，担心地道："是啊大人，你看他们一个个跟行尸走肉似的，与其指望他们，还不如把咱们捕快集中起来，或可与齐木一战。"

叶小天摇头道："本县正役的捕快人数一共只有二十五人，再去掉几个老弱病残的，剩下七八个人，十几把刀，就能对付得了齐木？"

"这……"苏循天和周思宇对视了一眼，轻轻摇摇头。

叶小天道："齐木横霸葫县已经有些年头了，树大根深，不是那么容易扳倒的。现如今孟县丞虽然被关起来了，齐木已经很难从官方取得助力，但这并不代表他就容易对付了，咱们要想把他一举铲除、连根拔起，有两件事必须要做！"

苏循天问道："哪两件事？"

叶小天道："孟县丞虽然被抓，且从他家里搜出大量证据，但他死不松口，没有他的口供，我们无法攀扯到齐木身上。被抓的那些地痞流氓也是一样，何况他们所知有限，就算肯招供，怕也供不出多少真正有用的东西来。

"被齐木坑害过的那些苦主现在尚有许多顾忌，虽经我们再三鼓励，也不肯出面举告。所以，我们要做的第一件事，就是要找出一个让我们有充足理由向他发难的罪名！"

苏循天和周思宇听了默默点头，即便叶小天做事再如何张狂，终究脱离不了一个"官"字，这对他是一层保护，使得齐木不能无所不用其极，同时又是一个束缚，有些规则他还是要讲的。

证据是必需的，而且想用对付孟县丞的办法，先炮制一份假证据，把齐木抓起来，然后再搜罗齐木真正的证据，这样的法子也行不通，齐木是亡命徒，他绝不会坐以待毙。

如果给他编排一个假罪名，他的反抗就会更加有恃无恐，一旦他暴力抗法，酿成重大伤亡，朝廷追究下来，却发现官府的证据是假的，那就难免一个逼反百姓的罪名，可谓作法自毙。

叶小天道："第二点，不管我们有没有真凭实据，一旦想对齐木动手，都必须要动用武力。齐木这种亡命徒必定会反抗，他有大批打手，仅凭县上二十多个捕快，能攻进齐家？"

苏循天和周思宇又摇了摇头，叶小天指着台下道："所以，我们需要他们。你们不要看他们现在跟行尸走肉似的，难道你们当初浑浑噩噩的样子，就能比他们强？"

苏循天蹙眉道："这些人来自不同的衙门，有的还来自乡下，大人要想收拢人心，让他们为大人所用，恐怕所需时日不短。"

叶小天呵呵笑道："我不需要他们为我所用，我只需要他们痛恨齐木就成了。齐木现在已经不是当初那个在葫县说一不二的齐木了，经过徐林、祥哥等人被抓、孟县丞被抓，他齐木不可敌的假象已经被戳穿。

"齐木显然也察觉了这一点，他现在拼命地想要夺回昔日的荣光，这个时候我让这些人去找齐木的麻烦，即便他们只是想敷衍了事，齐木那边的人正如困兽一般，他们会忍气吞声吗？"

苏循天和周思宇听到这里，方才恍然大悟。

苏循天跷起大拇指，毫不吝啬地赞道："高！实在是高！"

叶小天现在所要做的，说穿了一文不值，不就是军心不可用吗？那就借对头的手磨一磨他们，磨出他们的血性。等怒气攒足了来个大暴击，齐木就算不死，也得残血！

·※·※·※·

夜，大雨。

大雨溅到青石板上，一个个水泡乍起乍灭，屋檐下，一对气死风灯在暴风雨中凄惨地挣扎着,微弱的灯光给雨水涂上了一层迷离的光彩,让这夜愈发透出几分凄风苦雨的味道。

"梆!梆梆!"

"天干物燥,小心火烛。平安无事喽……"

披着蓑衣的老更夫佝偻着身子从远处走来,一手提灯,挂着梆子,另一只手持着竹槌有节奏地敲打着,嘴里喊着永远不变的词,完全不理会此刻正是大雨倾盆。

气死风灯下面是一扇漆面斑驳的门,门扉紧闭,房间里边却是灯火通明,几十张赌桌密密匝匝地摆在那儿,每张桌前都聚集着一群输红了眼或赢得眉飞色舞的赌徒。

李悦脸色枯黄,他紧张地用汗津津的手指用力抹过牌面,突然兴奋得满面红光,他把手里的牌往桌子上用力一拍,大喝道:"虎头!"李悦说完,便张开双臂,大笑着要去桌上搂钱。

"慢着!"对家一个麻子脸笑嘻嘻地架开了他的手,得意地瞟他一眼,悠然翻开一张骨牌,红艳艳一片,六点红。麻子脸慢条斯理地再掀开第二张,黑压压一片,六点黑。

李悦如丧考妣,沮丧地嘟囔道:"天牌!"

麻子笑嘻嘻地道:"不好意思,你的虎头见了我的天牌也得让一让。"说完就张开双臂把桌上的钱往自己怀里一搂,像只鸭子似的嘎嘎欢笑起来。

"梆!梆梆!"一阵梆子声从远处传来:"天干物燥,小心火烛。平安无事喽……"

李悦没好气地骂道:"大雨倾盆还天干物燥。"

麻子嘎嘎地笑道:"让他喊'恭喜发财'你也赢不了我,我说你都欠了我八十文了,还赌不赌,要是没钱你就滚远点!"

李悦咬了咬牙,一搥桌子:"老规矩,输够一百文,晚上你到我家睡去!"

麻子嘿嘿地笑起来:"来,继续!"

长街上,更夫披着蓑衣,提着灯笼,慢悠悠地走到这幢房子前面,左右看看,见大雨倾盆,本该守在门外的打手也跑回房间里躲雨去了,立即提起灯笼,向远处左转三圈,右转三圈。

片刻之后,一群提着铁链、枷锁,挎着腰刀,拎着哨棒的民壮、皂隶在捕快马辉的率领下猛扑过来。"轰"的一声,房门被撞开了,马辉一马当先,举起腰刀冲进赌场,高呼道:"官府办案,闲人回避!"

这间屋子里哪有闲人,大家都很忙的。输急了眼的李悦一跃而起,抄起几块牌九充作暗器,向马辉猛掷过去,大骂道:"跟了一个不知死活的艾典史,还反了你们啦!知不知道这是谁的场子?"

"哎哟!"

马辉脑门上中了一记骨牌,就像被翻天印打中了似的,立即抽身后退,从冲在最前一下子变成了站在众民壮中间,大呼小叫地道:"歹徒袭击办案公人,把他们统统抓起来。"

虽说最近官府的地位在葫县百姓心目中略有提升,可是这些赌徒混混们还是不把他们放在眼里,当即就掀桌子、抄板凳地冲上来,那些皂隶、民壮不管情不情愿,眼见如此情景,也只得奋起迎战,双方登时打作一团。

葫县乱象,由此拉开序幕……

第八十九章

各显神通

一

正当齐木为他巧施妙计，反令叶小天为己奔走而自鸣得意的时候，他旗下的青楼妓馆、茶肆酒楼、客栈赌坊一一陷入了各种麻烦之中，刁难骚扰不断，有事的自然一抓一个准，没事的……人家一盏茶工夫就来查一回，你还怎么做生意？

齐木发现自己又一次搬起石头砸了自己的脚，好在他发家的根本是驿路运输，只要这桩生意还牢牢把握在他手上，就不会动摇他的根基。而在这方面，叶小天即便身为典史也是插不了手的，除非巡检司肯配合他，可巡检司是齐木家的菜园子，想摘就摘、想采就采，自然不会担心叶小天能够插进脚来，所以齐木倒也不乱。

他的脸已经整个用药巾裹住了，除了进食的时候需要解开，平时都只能这样蒙着脸，只能看到他的两只眼睛和两个黑洞洞的鼻孔。齐木不能说话，好在还能写字，于是这位一向习惯于粗声大气发号施令的葫县大豪，就像稳坐中军帐的一位军师似的，挥毫泼墨，开始了他的另类指挥。

在他授意之下，葫县的地痞泼氓、城狐社鼠纷纷出动滋事生非，一时间葫县县城各种打架斗殴、欺行霸市、调戏妇女、坑蒙拐骗事件急剧上升。

叶小天也不含糊，他下了死命令，胆敢顶风作案的人，不管背景来历，不管案件大小，一概先抓后审，没时间就不审，先塞进监狱再说。

这两位大佬掰腕子，掰得葫县鸡飞狗跳，一时间小小的葫县大牢人满为患，那些狱卒们才不理会监舍卫生情况如何，牢房不够用了，自然只能硬往里头塞人。葫县监牢一共只有八间小小的牢房，平时使用绰绰有余，现在里边居然关了一百二十七个人，平均一间牢房十五到十六个人。

别的难处就不用说了，这么多犯人光是睡觉的问题就无法解决，小小的牢房面积，地面都不够让他们全部躺下的，于是狱卒出身的叶小天为他们设计了一个极新颖的轮班睡觉的制度。

一间牢房十五六个人，分三班睡觉，当其中三分之一的犯人躺下睡觉时，另外的人就贴着四面的墙壁，低着头看着他们，脚尖动一下就能踩到人，于是他们只能一动不动，仿佛在默哀。

叶小天和齐木的这番斗法，两个人都没有亲自出面，但是他们下面的人却斗得如火如荼。一开始那些皂隶、民壮、衙役和乡丁们还比较克制，他们不愿意同齐木这个大恶霸结仇，但是架不住齐木手下"疯狗"众多，被咬得多了，他们也就开始发疯了。

于是，每天都有人被塞进监狱，每天都有差役被人打伤，葫县百姓每天早晨出了门见到别人时，第一件事不再是互道早安，而是相互询问，互相告知自己知道的一些消息：齐家又有哪家馆子被踢啦，官府又有哪个巡捕被打啦……

那些巡捕差官们每天上街时都要提防从暗巷角落里扔出来的砖头，尽管如此，依旧防不胜防。但是他们发现，葫县百姓对他们的态度与以前大有不同，街坊见到他们时不再是那种疏远轻蔑的神情，路人见到他们时也和善尊敬了许多。

上一次替叶小天裹伤的那个老郎中是葫县最好的跌打医生，因为衙门里请他去为差役们诊治裹伤的次数太频繁了，叶小天和他商量了一下，干脆让他进驻县衙，在县衙里开起了"跌打医馆"。

老郎中对叶小天印象很好，自从葫县来了这位疯典史，他的生意是越来越好了！于是老先生投桃报李，赶到县衙时，他神神秘秘地送给叶小天一小坛子三斤装的老酒，吹嘘说这是他用祖传秘方泡制的药酒，补肾壮阳、滋补元气，效果极佳。

不过这道方子泡的药酒，至少要十年以上才有效果，如今这坛老酒，他已珍藏了三十年，便是他自己也再没有第二坛了。叶小天相信酒能助兴，却不相信老郎中所说的神奇效果，于是他只随手倒出小二两，其他的都送给了苏循天。

叶小天在前街切了半斤猪头肉，拌了两只猪耳朵，当天晚上回到住处就着小酒美美地喝了一顿，结果叶小天一宿无眠，第二天早上起来居然还精神奕奕。

叶小天这才相信人家送的这坛子酒果然是好东西，忙不迭就去找苏循天，想把酒再要回来，现在他年轻，用不上，以后岁数大了呢？未雨绸缪啊！

却不想当叶小天急匆匆地找到苏循天的时候，苏循天正扶着墙，一步一步地从外边回来，脸色白里透青、青里透白，双眼无神、嘴唇发紫，走一步便喘三声，两条腿软得跟面条似的……

·※·※·※·

关心这场斗法的自然不只是葫县百姓，展凝儿已经打点行装去了铜仁，原本打算与她同行的安南天却留了下来，决定再停些日子，看完这场葫县大战的胜负再走。

除了安南天，还有一个人也在关注葫县正在发生的这一切，这个人就是洪百川。同其他葫县商贾们关心的只是这场混战会不会影响到自己的生意不同，洪百川关心的是这件事能否对葫县未来的政局产生一种特别的影响。

洪百川坐在椅上，一边自语，一边抚须点头，神色间大有欣慰之意："老子小看了他呀，没想到在这样的环境下，他竟能闯出这样一副局面来。若是能任他这样下去，说不定……"

老管家站在洪百川身边，笑眯眯地接话："是啊，老爷也觉得意外吧？"

洪百川点点头道："意外！意外之极！这小子，不简单！"

老管家笑道："那当然！老话说得好，'龙生龙，凤生凤，老鼠的儿子会打洞'，这话可不是白说的。大少爷是您的儿子，就算是耳濡目染吧，这经商之道也不会差了。"

洪百川倏然变色："什么，你说的是大亨？"

老管家奇道："什么？老爷夸的不是少爷？"

洪百川苦笑一声，摇了摇头。

老管家道："老爷，咱们家大少爷……"

洪百川惊道："别跟我提他，我最近心悸的毛病刚刚好了些。"洪百川说罢便掩耳遁去，对他这个宝贝儿子，当真是有些闻声色变了。老管家站在那儿好一阵无语……

· ※ · ※ · ※ ·

多少有点神气，大小是个官儿！

一早走出家门，叶小天看到贴在自家院门两侧的这副对联，便哈哈大笑起来。一早赶来迎候的李云聪气愤地道："大人，这是有人嘲讽你！这是贴在土地庙的楹联！"

李云聪说着就要上前撕掉那副对联，叶小天拦住他道："土地公是最小的神，我这典史是最小的官。土地庙贴这副对联都不觉得是羞辱，我这个不入流的小官难道比神还威风？算了，就这么贴着吧，挺贴切的。"

叶小天见李云聪犹自愤愤，便对李云聪道："不必生气，这是好事，换作以前，齐木的人会用这种手段泄愤吗？"

李云聪转念想想，点头道："大人说得是，若是以前，胆敢有人挑衅，齐木的人早就打上门去了，哪会像现在这样……"

李云聪说到这里顿了一顿，对叶小天钦佩地道："卑职没想到，连县太爷都拿他没办法，典史大人您却弄得他方寸大乱。"

叶小天道："咱们那位县太爷就不要提了，他无根无底、无权无势、还没胆子，又不懂得借势造势，说到底就是个书呆子，对付不了齐木情有可原。若是孟县丞倒能对付齐木，却不想他却为齐木所用，成了他的门下走狗。"

李云聪道："孟县丞对付齐木有什么好处呢？与齐木勾结对他而言才有利益。只是他没想到，等他为齐木所用后，便也有了把柄在齐木手上，那时就只能供齐木驱策了。"

叶小天点了点头，沉吟片刻，缓缓问道："咱们的士气，可用了吗？"

李云聪脸上露出了一丝笑意，道："这一次，他们受的气可够狠了，许多人都在摩拳擦掌，私下发狠说恨不得典史大人早些出面，领着他们直捣齐府，给那齐木好看。只不过……"

叶小天挑起眉头，问道："只不过什么？"

李云聪道："只不过，可以用来对付齐木的有力罪证，我们还未找到。"

叶小天道："此事得抓紧了，我听说当初为了争夺驿道运输，齐木整垮过几个同行，其中有两个人下场非常凄惨，家破人亡啊。他们有些幸存的家人已经搬到邻县去了，你不妨派人去寻访一下，他们或许可以成为我们的有力证人。"

李云聪道："是，卑职明天就派人出去访查。"

叶小天笑道："他们是流氓，我们不是。我可以疯，整个衙门不能陪我一起疯，所以，我们在出拳之前，需要一个名义！这事你用点心。"叶小天说着，忽然觉得身边少了个人似的，四顾一番，问道："苏循天呢？"

李云聪奇怪地道："刚才还跟着我呢，这么一会儿去哪儿了？"

李云聪刚要扭头，就听一个有气无力的声音："我来啦，你……走的也太快了些。"说着，苏循天便慢慢腾腾地走过来。

叶小天皱眉道："这都三天了，你怎么还是这副样子？"

苏循天哀叹道："'天之道，损有余而补不足'。说穿了就是拆东墙补西墙，东墙拆狠了，西墙砌起来了，东墙也就没了。一晚哪，整整一晚！十八次，连着十八次！苏某不死，已是侥天之幸！我这几晚都是盖两床被，阳火耗尽身上寒哪……"

李云聪"扑哧"一下笑出声来，叶小天好奇地道："此酒当真有此奇效？"

苏循天愁眉苦脸地道："有苏某现身说法，典史大人还不信吗？"

李云聪舔了舔嘴唇，道："那酒……"

苏循天断然道："喝光了！要不是一晚上就喝光了，我至于元气大伤吗？"

李云聪翻了个白眼，恨恨地道："让你嘴馋！你怎么不死在娘儿们肚皮上。"

苏循天笑道："李大叔，这事吧，你还真别羡慕。这酒就是让你喝了，你也不可能像我一般，人得服老啊。"

苏循天话犹未了，马辉就从远处跑过来，一边跑一边喊："大人，华云飞，抓到了！"

第九十章

身陷重围

一

马辉跑来告诉叶小天华云飞已经被抓住的时候,华云飞其实还没有被抓住,而是被困住了。

华云飞是个很优秀的猎人,精于山地丛林作战,机敏灵活、形同鬼魅。毫不夸张地说,一旦进入山地丛林,他就是掌控生死的神,即便是真正的技击高手,武力值高过他数倍乃至十数倍,也未必能在他层出不穷的狙击下全身而退。

但,葫县不是丛林,葫县里的人也不是山上的草。

华云飞用猎人的经验和手段对付齐木,一开始还算得心应手,但是等齐木发动了全部手下,又软硬兼施调动了巡检司的人开始满城缉捕他时,就感觉到有些吃力了。

叶小天通过官方所发动的力量虽然志在打击齐木,可是既然打着搜捕华云飞的幌子,自然不能只冲齐木的产业下手,这一来华云飞东躲西藏的就更是疲于应付了。

他想在县城藏身很难,在山里他挖个坑或爬上一棵树,外边布置好机关,就能安心地睡一大觉,可是在这里不行。

仓房、磨坊一类平时不大有人去的地方如今也是一拨接一拨的人反复搜查,而人多的地方呢,他这样一个尚未成年的半大孩子,更是极其明显的目标,那些城狐社鼠、地痞流氓对出现在这里的每一个生面孔都有一种很灵敏的嗅觉。

华云飞是一个最出色的猎手,他需要一个能够向他提供充分保障的地方才能发挥他的实力,但他在这里什么都没有,完全没有任何助力,他只能孤军奋战。

想躲回山里去也是不现实的,这样小小的一座城池,出入的地方布满了齐家的耳目,他又要随身携带着武器,出入要想不被人发现简直难如登天。尽管如此,在葫县这个对齐木来说几乎没有什么秘密的小城,他依旧躲了很久,可是在这个过程中,他也耗得筋疲力尽了。

华云飞今天被发现,不是在刺杀齐木的时候误中了陷阱,也不是被什么神捕名探循踪索骥、推理分析，最终准确判断出了他的位置，他是被一个赌鬼误打误撞地给发现的。

这个赌鬼就是叶小天向齐木的赌场妓馆、茶肆酒楼发动进攻的那个雨夜，在赌场里以牌九为暗器，向马辉发动袭击的那个赌棍——李悦。

李悦当时也被抓起来了，但他罪责不大，在监狱人满为患的情况下，狱卒们用一顿揍作为刑罚，完事就把他"刑满释放"了。李悦出来之后，麻子却来找麻烦了，他来要债。

李悦还想赌债肉偿，用自己的老婆还债，但这回麻子却不干了，因为当晚麻子的赌资和赢来的钱全没了，这些钱不用问，自然是落进了那些捕快皂隶的腰包，麻子哪能要得回来？

麻子认为，如果不是李悦袭击捕快，捕快就不会大打出手，捕快不大打出手，他赢去的钱就不会被捕快们顺手牵羊，所以这笔债追根究底、理所当然要算在李悦头上。

李悦哪有钱还他，听说麻子扬言三天之内再不还钱就卸了他一条腿，情急之下便信了江湖术士的说法要去"睡棺材板"。据说若能独自在存放尸体的棺材板上睡一宿，吸吸"材气"，赌博就能无往而不利。

可是死者为大，谁家死了人肯让他爬到棺材上去睡一觉？除非是无主的棺材，而葫县恰恰就有这么一个地方——义庄。这个义庄是洪百川出资捐建的，洪百川可是葫县有名的大善人。

李悦思想斗争到半夜，终于壮起胆子，偷偷摸摸地潜进了义庄，而华云飞此时就藏身在义庄，这已是县城里为数不多可以供他安身的地方了。义庄其实也是那些泼皮们反复搜查的地方，不过这里毕竟是存放尸体的地方，大家心里都有些忌讳，所以来的次数相对少些，搜查得也不是十分仔细。

华云飞这几天东躲西藏，睡觉也不安生，已经累得筋疲力尽，辗转来去，他最后还是再次来到义庄，前半夜时还算警醒，等到后来倦乏之意渐浓，又想到这种地方不会有人半夜来查，便在梁上沉沉睡去。

李悦避过守义庄的人，悄悄摸进存放棺材的地方，黑灯瞎火的五识就变得异常灵敏起来，忽然听到微微的鼾声，李悦吓得魂飞魄散，转身就想逃跑，忽然想到哪有鬼还打鼾的，莫非遇到了同行？

李悦也是实在走投无路了，便硬着头皮摸进去，他不敢掌灯，好在此前跟着齐大爷的打手来搜查时到过这里，熟悉里边情形，知道这里边现在一共停了三口棺材，位置也还记得。

李悦一口棺材一口棺材地摸过去，棺材板上都空空如也，全不见人，又听那鼾声似乎来自梁上，心中疑窦顿生，哪个梁上君子会跑到这种地方来，除非……

李悦也不管自己的判断是不是准确，只是一想到齐大爷开出的巨额赏金，欢喜得一颗心就要炸了。李悦马上抽身离开，急急跑向齐府，因为太着急了，来不及通报身份，还差点被戒备森严的齐府当成刺客一刀砍了。

等齐府大管事范雷听他说起义庄情形，顿时觉得大有可能，急忙就想调人前往，可是一想到对方虽说只有一人，但是从他这些日子的表现来看，狡猾如狐、行动似狼，绝不可等闲视之，眼下是黑夜，义庄又在相对偏僻的地方，容易脱身。为了安全起见，范雷立即禀明齐木，齐木马上命他去找罗小叶，调巡检司官兵协同抓人。

等范雷调足了人手，又以齐木的名头强迫罗小叶调齐了兵丁，两下里合作一路，天都快亮了。他们合兵一处赶到义庄，先把那看义庄的老苍头控制住，然后就把义庄围了个风雨不透。

等到他们部署完毕，开始对义庄发动进攻时，华云飞已经醒觉了。华云飞箭术无双，一弓在手，箭无虚发，齐木手下的悍勇之士一连被射倒多人，忙又拆卸门板等物充作盾牌。

如此一来，双方僵持到天光大亮，四下百姓获悉此事时，他们正如临大敌地围着义庄院落里那处孤零零的停尸房，依旧不能寸进。马辉是赶往衙门途中得知此事的，马上就跑来报与叶小天了。

叶小天一听，神色一紧，立即吩咐道："快！调集人手，马上去义庄！"

刚刚赶到，气还没喘匀的苏循天暗叫一声苦也，忽然看见一个牵驴子路过此地的脚夫，苏循天双眼顿时一亮，向他一指，叫道："你，过来！"

· ※ · ※ · ※ ·

齐木现在最恨的人有三个，叶小天和华云飞是其中之二，还有一个就是王主簿。

前两天齐木备了厚礼去拜访王主簿，本想请王主簿出手，让山中部落制造点动静，配合自己在葫县发起的骚乱向官府施加压力，到时候花知县顾此失彼，唯恐事态变大酿成暴乱，必定阻止叶小天发疯。

这就像是一副"斗兽旗"，大象降狮子，狮子降狼，狼降狗，狗降猫，猫降老鼠，老鼠降大象……他奈何不了那个疯典史，在他眼中最无能的那个花知县却能。

齐木本以为王主簿必定会欣然应允，因为那个疯子眼下的所作所为对花知县最为有利，他已经扳倒孟县丞，如果再把自己扳倒，葫县的半壁河山就会落到花知县手上，而孟县丞和王主簿对此一向是深为忌惮。

却不想齐木到了王府，王主簿哼哼哈哈，敷衍之态溢于言表，齐木受伤不良于言，只能靠范雷替他说话，眼见王主簿虚应其事，就连幸灾乐祸的表情都懒得掩饰，齐木大怒而归。

　　不过轻重缓急他还是分得清的，先抓到那个阴魂不散的刺客华云飞才是当务之急，接下来就是斗垮疯典史，救出孟县丞，到那时，再对付王主簿这头老狐狸不迟。

　　半夜听说发现了华云飞的踪迹，齐木便大喜过望，但他当时只是吩咐范雷去调集人手包围义庄，自己并未出面。其中缘由说来好笑，当初那个打天下时奋勇当先、悍不畏死的齐大爷如今养尊处优，有享用不尽的荣华富贵，性情也是变了。他担心这是华云飞的一计，担心黑灯瞎火的不知从哪儿抽冷子再射出一支利箭。

　　等到天光大亮，齐木这才带上大群侍卫，坐上他那辆特制的马车赶往义庄。半路上不断有人回报，说华云飞已被重重围困，插翅难飞。齐木心中大定，恶狠狠地向手下比画了几个手势，那心腹会意道："是！属下这就去办！"

　　齐木比画手势是让手下去取弓箭，听说华云飞倚弓箭之利，一夫当关万夫莫开，齐木便也动了弓箭的主意。

　　弓箭、甲胄、长矛，这种武器装备是严禁私人拥有的，否则视同谋反，但是此时律例早不如之前严格，再加上贵州地区独有的政治局面，所以齐木私下制作了数十具弓弩。

　　齐木制作弓弩倒不是为了造反，尽管他现在势力很大，但是驿路运输过程中还是会有一些亡命之徒打他财货的主意，弓弩则是一种最犀利的自卫武器，齐木怎会弃而不用。

　　手下领命而去，齐木则吩咐人加快速度直奔义庄，此时叶小天从另一个方向也正全速赶向义庄。远远地，就见义庄方向一道浓烟滚滚而起，仿佛一道狼烟直冲云霄……

第九十一章

对　峙

一

浓烟滚滚，幸好今天只有微风，尽管巡检司官兵站在上风烧着大量易冒浓烟的东西，但停棺房内勉强还能待人。华云飞尽量伏低了些，轻轻摩挲着光滑的黄杨木箭杆，这是他的最后一支箭。

华云飞的箭壶里一共有二十支箭。上好的箭矢也不是轻易就能制作出来的，他这壶箭猎杀野兽时常常还要回收使用，箭尖钝了就再次磨利。二十支箭，有新补充的，也有从他爷爷那辈传下来的，他一直很珍惜。

二十支箭，如今射出了十九支，其中只有一支被人误打误撞地用门板挡住，其他十八支箭，全部命中要害，中箭者当场毙命。

华云飞咳嗽了几声，揉了揉被烟熏得通红流泪的眼睛，笑着自语："连杀十八人，够本了！只可惜，没能手刃齐木老贼，为我爹娘报仇。"

他的箭没有乱用，每一个射杀的人都是牵头的或者是冲在最前边的，正是因为这种震慑作用，对方才迄今不能攻进来。华云飞只有二十支箭，必须省着点用，他想在此期间找到一个脱身的机会，可惜机会一直没有等到，围困他的人反而越来越多。

好在巡检司的人对此事似乎不怎么上心，一直在周围咋咋呼呼的，却没有什么具体的行动。直到范雷出面逼迫，他们才去抱了大堆的易燃物来，在上风头放火生烟，却依旧不肯加入进攻的行列，否则华云飞顾此失彼，早已守不住了。

齐木赶到，远远地停住，看到现场摆出这么大的阵势，俨然是两军开战一般的光景，结果那幢房子依旧岿然不动，华云飞依旧安然无恙地守在房子里，脸色顿时一沉。

他乘车而来，动作不快，这时奉他命令去取弓弩的人已经带了几个人骑马赶来，齐木立即命令他们装备弓弩强攻。待弓弩装备齐当，范雷一挥手，便是一通齐射。

贵州冬天不太冷，所以即便是民居的墙壁也不是很厚，更何况这是停尸的房子，屋顶和墙壁都能被强弩洞穿。这一通箭矢射下去,华云飞猝不及防,肩头先吃了一箭,不由大吃一惊。

华云飞急忙翻滚到一具棺木后边,踢开棺盖挡在身上。棺木虽是薄棺,但是箭矢经过房子阻隔了一次,劲道已弱,再用棺木一挡,便能护住周身了。可是这样一来他就无法阻止对方利用箭矢的掩护靠近,不由暗暗心急。

"啊!"

正在上风放烟的巡检司官兵中突然发出一声惨呼,一名士兵胸口中箭,仰面倒了下去。也不知是哪个混蛋箭射高了一些,箭矢竟然越过房子,射到了对面正在布烟的巡检司官兵队伍里去。

"赶紧闪开,举盾!举盾!"

罗小叶一开始还以为是华云飞想突围,对这边发起了猛攻,赶紧号令大家伏低,举起藤盾戒备,同时飞快地匍匐到那名中箭的官兵身边。一看他胸口所中的箭矢,罗小叶顿时气炸了肺。弩箭和弓箭制式不同,华云飞用的又是猎弓,两者区别更是明显。

那名胸口中箭的士兵躺在地上,已然奄奄一息,罗小叶又恨又愧,含着泪唤着他的名字:"单震广,你……你……"

单震广嘴唇翕动了几下,望着罗小叶惨然一笑,头一歪便咽了气。罗小叶红着眼睛,慢慢攥紧一抔泥土,用力砸在地上。

"冲进去!"

范雷带着一批人,头上顶着木板等物,在弓弩的掩护下快速逼近停棺房,猛地一脚踹开房门,手中单刀舞成一团光影,整个人如风车一般滚了进去,谁也想不到这位身材矮胖的大管家竟是一个地趟刀高手。

齐木把手一扬,手下停止射箭,只听那幢房子里隐隐传出兵器铿锵声、叫骂吒喝声,齐木冷冷一笑,又把手向前一挥,大批打手便狼一般蜂拥而去。

罗小叶按着刀,红着眼睛,气势汹汹地向齐木走来,后边跟着一群满面悲愤的士兵,其中四名士兵抬着单震广的尸体。

"齐世伯!"罗小叶站住脚步,硬邦邦地道:"小侄带人前来襄助于你,可是你们射箭之前居然不通知我们规避,现在我的人被你们射死了,世伯让小侄如何向兄弟们交代?"

齐木近来诸事不顺,心头火气甚旺,一见素来恭顺的罗小叶居然敢用这样的语气和他说话,登时大怒。他冷冷地看了罗小叶一眼,伸手制止手下的蠢动,也没有再打手势,而是用喑哑的声音一字一句地斥道:"你、做事……做不好,做人……也不会!"

罗小叶的脸"腾"的一下涨红如鸡冠,他颤声道:"齐世伯!"

齐木冷冷一哂，道："人，是华云飞射杀的！"

罗小叶气得浑身发抖，侧身指着单震广的尸体，厉声道："齐世伯，请你看清楚，这是你们射出的箭！"

齐木上前几步，忽然一俯身，从一个咽喉中箭的手下尸体上拔出华云飞的箭，一转身，又把单震广尸身上的弩箭拔下，随即"噗"的一声，就把猎箭贯进了单震广中箭处，淡淡地道："现在，是华云飞杀得了！"

齐木说完便再也不看罗小叶一眼，径直向停棺房走去，因为他看到几个手下已经扭着一个少年从那幢房子里出来。罗小叶目眦欲裂地瞪着齐木的背影，指甲深深刺入掌心，他却全无感觉，他的眼前一阵一阵地发黑，一时什么都看不见了。

华云飞真要较量武技的话，自然不是范雷的对手，不过仗着山林中锻炼出的敏捷身手倒也勉强可以一搏，但他肩头受了伤，对方又人多势众，最后只用短刀刺伤一人，自己大腿便挨了一刀，被范雷撂翻在地，生擒活捉。

齐木走到华云飞面前，华云飞一见不共戴天的大仇人，顿时咬牙切齿，拼命地挣扎着想要向他扑过去，几个齐府打手死死地扭着他的胳膊，又用刀柄棍柄用力击打他的膝弯，却依旧无法让这个暴怒的少年屈服。

齐木看着华云飞充满仇恨的眼睛，冷冷一笑，突然挥起一拳，重重地打在华云飞脸上，咬牙吩咐道："带回去！慢慢消遣他！"

"住手！谁敢滥用私刑！人犯交给我！"听到这句大喝，齐木的眉头便是一跳，放眼整个葫县，胆敢用这种语气跟他说话的，除了那个疯典史哪里还有第二个？

齐木微微眯起眼睛，慢慢转过身，就见叶小天按着刀，一身典史绿袍，气度森严地向他走来，在叶小天身后跟着大批带刀捕快，持枷皂隶和扛着竹枪、手持盾牌的民壮。

齐木马上向范雷使个眼色，范雷会意，马上暗示还站在远处的弩手立即撤离，齐木现在是不想再让叶小天抓到他的丝毫把柄了。叶小天飞快地扫了一眼华云飞，便把目光投注在齐木身上，毫不客气地道："把人交出来！"

齐木长长地吸了口气，微微闭上眼睛，又缓缓张开，向范雷摆了摆手，示意由他上前说话。齐木现在说话还很吃力，而且他很清楚，同这个疯子典史说话，一定会更"吃力"。

范雷沉着脸色道："典史大人，这人是我们抓到的！"

叶小天微笑道："齐家作为苦主，能够自己抓到凶手，反令我们官府落在后面，本官很惭愧啊。"

范雷眉峰微微一挑，沉声道："他杀了我们几十个兄弟，还一再试图刺杀我们老爷！"

叶小天又点了点头，打着官腔道："是啊，真是罪大恶极啊！本县一向民风淳朴，不想竟然出了这样一个丧心病狂之人。你放心，官府一定会严厉惩办凶手的。"

范雷见他一再调侃，不禁勃然大怒，喝道："混账！难道你听不明白我的话？你一个小小典史，竟然敢消遣我！这人杀了我们齐府的人，又是我们齐府抓到的，我们自己来了断这桩恩怨，不需要你们官府插……"

他还没有说完，叶小天一个耳光就扇了过去。"啪！"一记响亮的大耳光狠狠掴在范雷的脸上。饶是范雷一方豪杰、技击高手，也是完全没有反应过来，被叶小天这一掌掴呆了。

"混账东西，谁给你的胆子，竟敢辱骂本官！"叶小天一边说，一边往后退："此人行凶杀人，自有官法处治，谁准你私设公堂的，目无王法、狗胆包天！"

叶小天在人堆里站定，终于不用担心被人一脚踹飞，动武他可不行，这点自知之明，叶小天一直都有。站在人堆里，叶小天威风八面地道："来啊！把凶犯给我带回县衙，谁敢阻挠，格杀勿论！"

李云聪吓了一跳，连忙掩口道："大人，您真当自己是钦差啊！"

叶小天咳嗽一声，道："谁敢阻挠，一并逮捕！如有武力抗法者，当场击杀！"

如果没有叶小天先前对那班皂隶、民壮们的打磨，他这一声令下，肯服从命令的大概只有那二十多个捕快，现如今这些皂隶民壮对齐家满腔怒火，只恨没人撑腰没人牵头，叶小天一声令下，百十个民壮齐喝一声："杀！"

百十杆锋利的竹矛便攒成了枪林，那些皂隶、捕快们拔刀的拔刀，举枷的举枷，也都是杀气腾腾。齐木手下那些打手立即擎起刀枪，举起弓弩，与巡捕民壮们对峙起来。

终于缓过神来的罗小叶带着巡检司的官兵站在对峙双方的侧翼一动不动，两眼带着一种古怪的冷漠，死死地盯着齐木，也不知有什么打算。

齐木心头微微一寒，突然生起一种前所未有的不安，他很清楚，如果把华云天交给官府，对他的威望又将是一个严厉的打击，但是此情此景，却令他完全无法生起反抗的感觉。

难道这个人是上天派来收我的吗？

齐木忽然生起一种英雄迟暮的感觉。

第九十二章

各出撒手锏

一

齐木倒未曾怀疑叶小天和这个青山沟的少年猎户之间会有什么渊源，即便清楚，也不会因此怀疑叶小天敢徇私枉法，那可是二十多条人命，就是他这么嚣张，也不敢明目张胆地炮制出这么多条人命大案。况且他这个"苦主"也不是任人摆布的善类。

他认为叶小天要把华云飞带走，只是为了进一步打击他的威信。如果让叶小天把人带走，华云飞对这个疯子典史说出青山沟血案怎么办？可是，有什么理由拒绝官府接收人犯？看这疯子的架势，只要他齐木敢拒绝，立即就是一场"全武行"。

这件事上，叶小天占足了大义名分，又有百余名民壮、皂隶、捕快们做"帮凶"，实力已不在他带来的人手之下，罗小叶那个混蛋神色不善，显然对刚才的事还在耿耿于怀，想让他出手帮忙怕也有些困难。

齐木念头急闪：罢了，就算华云飞对他说出青山沟血案又如何，终究不过是华云飞的一面之词，徐林、祥哥等人都已死了，这个疯子想拿到真凭实据谈何容易。在此期间，我已动用撒手锏，迫使花知县解除了他的职务，到那时这只没牙老虎还不是任我摆布？

一番利弊权衡之后，齐木咬着牙根摆了摆手，示意交人！

他的脸皮火辣辣的，早在七年前他狞笑着一刀捅进程老大的心口后，这种在强者面前打落牙齿和血吞的屈辱就再不曾有过了，但是今天，这种屈辱感再次涌上了心头。

齐木的目光像毒蛇似的，冷冷地盯着叶小天，他相信用不了多久他就可以像当年宰了程老大一样干净利落地宰了叶小天，但是现在还不是时候，只有先断了这个疯子的官身和前程，否则后患无穷。

范雷见老大让步了，含恨退开两步，恶声恶气地道："把人给他们！"

看到齐木带着他的手下灰溜溜地离开，皂隶、民壮、乡丁们都挥舞着武器欢呼起来,他们头一次有这样一种扬眉吐气的感觉,他们终于明白原来齐木也并非不可战胜的。

叶小天看着他们兴奋的样子也笑了,他知道他已经在这些人心里成功地埋下了一颗种子,而这颗种子很快就要生根发芽,看似稚弱的嫩芽,却能把压在它们头上的那尊沉重的石像顶翻。

他转身看向华云飞时,笑意才丝丝敛去。不等叶小天询问,华云飞就平静地道:"我的确杀了二十多人。"

叶小天道:"你一定有不得不杀的理由!"

华云飞眼中闪过一丝温暖,又道:"杀人偿命,我该死!你是官,你抓我,我不怨你。我只是遗憾,还有一个人最该死,可他还没死!"

叶小天沉默片刻,缓缓说道:"那个人,的确该死!该死的人,就不该让他躺在床上寿终正寝。"

华云飞惊讶地看向叶小天,他没想到叶小天竟说出这样一番话来。叶小天转向苏循天道:"带他回去好生安置,回头我要提审!"

苏循天听二人对话时,眼珠子就一直滴溜溜地打转,听到这话连忙答应一声,向捕快们招招手,一副枷锁便铐到了华云飞的脖子上。华云飞没有挣扎,只是深深地望了叶小天一眼,随着捕快们转身离去。

叶小天望着华云飞远去的背影正在出神,忽然听到身后响起一阵沉重的脚步声,他一转身,就看见罗小叶正向他走过来,眼珠子红通通的,明明没有泪痕,眼白却已充血。

叶小天有些奇怪,此前发生的一切他并未看到,所以对罗小叶的神情,他感觉有些诧异。罗小叶瞪着血红的眼睛对叶小天道:"我跟你一起干!若违此誓,有如此刀!"

罗小叶说完,"唰"的一声自鞘中拔出长刀,一手攥住刀柄,一手以拇指和食指掰住刀尖,用力一拗,一柄钢口甚好的腰刀便崩成了漫天激射的碎片。

叶小天脸色凝重,一言未发!

罗小叶向他点点头,沉声道:"罗某先去为兄弟料理后事!大人有差遣时,只消一句话,告辞!"

罗小叶说完转身就走,李云聪悄悄靠近叶小天,困惑地道:"罗巡检在说什么,怎么没头没脑的。"

叶小天轻轻摩挲着下巴,沉吟道:"我也正想弄清楚。"

李云聪诧然道:"大人也不明白?那大人何以神色这般凝重?"

叶小天道:"那不是凝重,是吓得。"

李云聪:"啊?"

叶小天道:"如果有人在你面前拗断一口刀,碎片像飞刀似的贴着你的鬓角飞过去,你也会'脸色凝重'的。"

叶小天当然明白罗小叶那句话是什么意思。

在叶小天决心对付齐木之后,他曾经拜访过几个人,其中有几个至关重要的人物,一个是一向不显山不露水的王主簿,另一个就是罗小叶了。

叶小天当初为了劝说罗小叶出兵助他解黄大仙岭之难,曾经去过罗家,亲耳听到叶大娘说过一番含糊其词的训斥。在那之后,叶小天特意了解了一下,已然弄清了罗小叶和齐木之间的关系。

此次叶小天再度造访罗家,希望能够说服罗小叶站在他一边,与他一起对付齐木,叶大娘对此也是极力赞成,但是罗小叶却拒绝了。

罗小叶对齐木一直以来的欺压自然也很反感,两人之间的芥蒂也很深,但这还不足以让他起而针对齐木。个中原因,并不是因为他怯懦,而是因为一种知恩图报的念头。他不想罗齐两家祖孙三代的交情就此断送在他的手上,他不希望被人骂忘恩负义,所以他只含蓄地表示可以保持中立。

而今天,却不知因何缘故,罗小叶竟然做出了明确的表态,要坚定不移地站在他这一边共同对付齐木。巡检司站在他这一边,无疑将成为叶小天对付齐木的一记撒手锏。

谁会把撒手锏整天挂在嘴边上,唯恐别人不知道呢?所以叶小天没有对李云聪透露内中详情,但是有了罗小叶的这番表态,叶小天的心情一下子就放松下来,现在与齐木决战,他的把握更大了!

拳头,已经攥紧了,而且不止一只拳头,而是两只,那么……出师之名呢?

叶小天微微眯起眼睛,望向华云飞离去的方向。这个淳朴的山中少年,究竟因为什么对齐木产生了如此刻骨的仇恨?也许,这最终一战的缘由,就要着落在他的身上了!

·※·※·※·

葫县大牢里,拥挤不堪、气味熏人,犯人们被这种非人的环境折磨得已经连骂人的力气都没有了。

苏循天命人打开监牢大门的时候,八间牢房里都是相同的情形,地上躺着六七个人,肩并肩、脚挨脚,发出各种稀奇古怪的呼噜声,而其他狱友则紧贴牢墙,仿佛一尊尊雕像。

大门一开,几名狱卒押着戴枷的华云飞走了进来,后边跟着苏循天和几个捕快。

牢房里的犯人们往外看了一眼，见是一个年岁不大的少年，每个人都松了口气：幸好只有一个人啊，这时要是再塞进十个八个的，那大家就只好叠罗汉了。

一个狱卒站定身子，看了看这八间牢房，选定靠监牢最外侧，通风和透光条件都比较好的一号监，掏出钥匙打开了牢门，苏循天冲着里边嚷道："都傻愣着干什么，统统滚出来！"

牢房里的犯人一听顿时兴奋起来，七嘴八舌地问道："差爷，我们被释放了？"

"哈哈哈，谢谢差爷！谢天谢地，我总算可以离开了！"

"我从不知道监牢竟然如此可怕，我再也不想来了。"

苏循天大喝一声，打断了他们的话："谁说让你们走了？把他们塞进其他几间牢房去。"

众囚犯一听顿时炸了窝，有人不服气地嚷道："你把我们塞进其他牢房，空出这一间来就为了关这小子？他是谁啊，凭什么就比我们优待，难道他是县太爷的小舅子？"

苏循天抡圆了给他一个大嘴巴："放屁！老子就是县太爷的小舅子！"

那人挨了一记大嘴巴，捂着脸好不懊恼，却也不敢反抗，只好发牢骚道："大家都是来坐牢的，凭什么他就能单独住一间牢房，你也不看看其他几间牢房，里边还能住人吗！"

苏循天冷笑道："凭什么？就凭他小小年纪，就敢去刺杀齐木！就凭他一个人便干掉齐木二十多个好手，他就有这个资格！"

众囚犯一听尽皆骇然，这个稚气未脱的少年就是齐大爷上天入地想要找到的那个华云飞？他一个人竟然干掉了齐大爷二十多个人？

一号监的犯人们惊呆了，片刻之后，他们默默地走向其他几间牢房，像罐头盒子里的沙丁鱼似的一个个硬挤进去，却再尢一人发出质疑。

第九十三章

人头佐酒

一

齐木回到府邸，直接来到书房，阴沉着脸坐在椅子上，闭目冥思良久，缓缓说道："吩咐下去，堵塞驿道！"

一直站在他身边的范雷吃了一惊，失声道："堵塞驿道？大哥，咱们的生意，可有九成全指着它呢，堵塞驿道，这……这不是杀敌一千，自损八百吗？"

齐木阴笑道："自损八百，不是还剩两百吗？那条疯狗就像一贴撕不掉、挣不脱的狗皮膏药，只有用这个法子才能把他除去，要不然他还要继续咬人的。只要他倒了，葫县就还是我的天下，到时候我们重开驿路，恢复荣光也只是旦夕之间的事！"

齐木两颊受伤，这番话说得很慢，而且声音有些含糊，但是他的意思表达得非常清楚。范雷思忖片刻，咬牙道："也只好如此了，我这就吩咐下去！"齐木点点头，合上眼睛继续闭目养神，范雷则急急走了出去。

贵州对外的通道主要有两条，一条贯通南北，一条贯通东西，都是由奢香夫人主持修建的。奢香是彝人，彝名舍兹，本是川南彝族一位大土司的女儿，十四岁时嫁给了贵州彝族大土司陇赞·霭翠。

几年后霭翠死后，因儿子年幼，便由奢香夫人摄政。当时正逢朱元璋得了天下，奢香夫人审时度势，投靠大明，配合大明军队围剿元朝余孽，向大明贡马、献粮、通道，为明军占领贵州进军云南立下了汗马功劳。

但她惠及后人的最大的功绩还是主持修建了贵州的两大驿道。当时的贵州洪荒草昧、羊肠险恶、雪栈云林、荆枳蒿莱，根本不能容许大队人马和物资通行，想在当地修建驿道又要穿过无数的部落聚居区，如果不是奢香夫人这种身份，换一个人去不只要征服天险，还要克服无数人为问题，极难成事。

在奢香夫人的主持下，贵州两大驿道开通，从此成为西南的大通道，西出东进、南来北往从此必经贵州，这也成为大明通往南方诸国的一条交通要道。政令的畅通，军事的威慑，经济的兴旺，全都离不开它。

而今，齐木断其一截，就等于掐死了这条贯通南北的交通要道，其后果不可谓不严重，这种局面只要维持半个月就得惊动朝廷，而不等朝廷受到惊动，贵州的地方大员和大土司们就坐不住了，到时候拿下一个小小典史自然不在话下。

对于这件事的严重后果，齐木自然一清二楚。但他经营驿道运输多年，想要搞破坏，手段也是层出不穷，如何制造种种是非，却不会把祸水引到自己头上，这种事他驾轻就熟。

南来北往的大商贾们自然要怨声载道。朝廷驿路传输中断，政令不畅，过境官员停滞不行，大批军用物资无法运输，自然也要向葫县问责。到时候不要说一个小小典史，就是那位七品正印怕也要被一并拿下。

随着齐木的一声号令，由他控制的这段驿路风云突变。第二天就传出消息，在林深树密、崖高路窄的几段驿道上相继出现了几股山贼的踪迹，由齐家运输的几支商队全军覆没。

这些地方山高林密、道路狭窄，大队官兵根本施展不开，小股官兵去了也没什么用处，是以消息传开，顿时人心惶惶。

许多经由葫县准备南下的商贾都在县城暂时住下观望风色，可是他们的货物拖延一天就是很大的损失，尤其是那些货物需要保鲜不能耽搁太久的人，更是急得像热锅上的蚂蚁，盛怒之下，他们自然要向花知县施压。

这时又有消息传来，因为连日大雨，有段驿道崖路突然坍塌，修复这段路需要大量人工，费时良久，葫县上下闻讯更是民怨沸腾。

这些事虽然看起来和叶小天全无关系，但是熟悉齐木手段的人和熟知两人之间过节的人很容易就把这两件事联系在了一起，他们都清楚：齐大爷这是对艾典史还以颜色了。

到了这个时候，不仅过往客商、朝廷驿卒、过路官员纷纷向花知县施加压力，就是本县士绅甚至大量民众也都大为不满了，他们不仅对花知县的无所作为不满，对叶小天也开始有所不满。这些人要么是经商的，要么是靠运输营生的，驿路一断他们就断了活路。

虽然他们之中许多人平时都受齐木的欺压，虽然他们时时受着齐木的盘剥，当叶小天站出来同齐木斗的时候，他们也曾为之欢呼喝彩，但是一旦影响到了他们的利益，他们就全然忘记了齐木曾经施加给他们的痛苦。

他们只知道现在挣不了钱吃不上饭，是因为叶小天同齐大爷作对的缘故。这种人当然不是全部，但是大有人在，形势急转直下，开始变得对叶小天越来越不利了。

齐木听着手下反馈回来的消息，冷笑连连，他早把那些可怜虫看透了，一些记吃不记打的蠢货！他期盼着，很快那个疯典史就要众叛亲离，变成一个孤家寡人。到那时候……

齐木狞笑着推开窗子，窗外铅云密布，一场豪雨就要来了。

齐木忽然撕开袍襟，露出一蓬胸毛，仰首望着天空，好似在无声地咆哮。

·※·※·※·

大牢里面，叶小天与华云飞面对面坐着，中间摆着一张食盒，里面盛着几样下酒的小菜，旁边还有一小坛酒。

牢房里面很安静，那些大汉已经被叶小天放了，决战在即，激励士气的目的业已达到，何必再把那些浑人关在这里浪费伙食，葫县的财政可是极其紧张的。

整个大牢里现在只有三个犯人，牢狱最尽头的那间牢房里，关着孟县丞，最外边这间里关着华云飞，隔壁那间牢房则关着毛问智。

毛问智还是赤条条的，只不过事先他已得到苏循天招呼，晓得隔壁这个笑吟吟的年轻人就是本县典史，是以不敢有所动作，弄得他坐也不是站也不是，好不难受。

叶小天为华云飞斟满一杯酒，华云飞微微皱起眉道："大哥，我不会喝酒。"

叶小天微笑道："尝尝嘛，你现在还小，但总有一天会长大的。男人哪能不知道酒的滋味。杀人这种事你都做了，还怕喝酒？"

华云飞没有再说什么，爽快地端起杯来一饮而尽，辛辣的烈酒入喉，呛得他咳嗽不止，眼泪都呛了出来。

叶小天看着他涨红的脸，端起杯轻轻呷了一口，悠然道："这东西呢，一开始是要慢慢喝的，等你觉得它喝起来就像水一样的时候，那时再大口灌下不迟。"

华云飞紧紧闭着嘴巴，等那辛辣的味道渐渐散去，胸腹之中却似有一团火苗升腾上来，烧得他的眼睛都红了："一点都不好喝，我不喝了。"

叶小天笑道："行！那你说说吧，为什么要杀齐木？"

华云飞沉默着没有说话，但是他的眼睛却越来越红，半晌，两行泪水忽地潸然而下。

叶小天没有说话，而是耐心地等待着。等了许久，华云飞终于开始说话，一字一句，他说得很慢很轻，还很详细，说起那惨不忍睹的一幕，就像在重复别人的故事。

叶小天却很明白，他心里要有多么深的恨意，才能让他用这样平静甚至冷漠的语气说出来。当华云飞把事情经过说完以后，叶小天道："你为何要寻私仇？为何不报官？"

华云飞抿起嘴巴，眼中露出一丝无奈的悲哀与讥诮：报官？就葫县那几个官，要么是泥胎木塑的摆设，要么是与豪强勾结的贪官，告官有用吗？只怕羊入虎口的可能更大一些。

叶小天仿佛看不懂他的眼神,依旧很认真地问:"为什么不报官?"

华云飞皱了皱眉,这些日子他虽东躲西藏,很少与人接触,但也多少听说了一些叶小天与齐木之间的事情,当日他被抓住时,更是亲眼见到了叶小天与齐木剑拔弩张的局面,难道叶小天还不明白齐木在葫县有一手遮天的势力?

华云飞想解释一下,但他还没开口,叶小天就已说道:"你要报官!立刻就报!我让人提你出去,到大堂报官。你记住,我就是官!'多少有些神气,大小是个官儿'的典史官!"

华云飞愕然看着他,过了片刻,他好像明白过来,一双眸子闪闪发光,激动地道:"大哥……你真能把他绳之以法?"

叶小天笑而不答,起身往外走,一边走一边说道:"当天在山上,你送了我四条鱼,来而不往非礼也。来日,我也送你一条'鱼'。"

华云飞先是一呆,继而恍然过来,大哥指得是断头饭吧。他慨然道:"好!等到吃断头饭的那一天,我一定好好喝顿酒。鱼要吃,但我最希望用来下酒的,是那齐老贼的人头!"

叶小天走出去,牢门在他身后"哗啦"一声锁上了,叶小天回首笑道:"到时候,我送你一条'金鲤鱼'!"

"金鲤鱼?"

华云飞呆呆地望着叶小天的背影,他又不懂了,这位大哥说话怎么总是高深莫测的。

一直在隔壁牢房装模作样地坐着,仿佛一头大猩猩似的毛问智见叶小天走了,登时如释重负。他扑到栅栏边,冲着华云飞嘿嘿地笑:"俺说大兄弟,你咋这么笨呢!'金鲤一旦脱钩去,摇头摆尾不再回',这话你知道不?金鲤鱼啊,啥意思你知道不?"

可怜华云飞一个大字都不认识,哪里明白这句话有什么含义,他愣愣地摇了摇头,纳闷地问道:"金子做的?不能吃?"

毛问智一拍大腿,急道:"哎呀妈呀,这没文化,是真可怕!"

第九十四章

我们决斗吧!

一

倾盆暴雨也未能阻挡住前往县衙抗议、谴责、央求、施压的人群。时间每一秒都在流逝,那流逝的不是时间,可都是白花花的银子啊,流得就像天上的暴雨,谁不心疼?

向花知县施压的人是当地或外地的士绅;谴责花知县的是致仕的前辈,过路的官员;向花知县愤怒抗议的是众多的商贾;苦苦央求的是那些靠驿路过活的百姓。活脱脱一副众生相。

就连本县的客栈、饭馆的掌柜们也都跑了来,尽管他们最近生意火爆得很,但是他们很清楚,眼下这一切都只是暂时的,如果驿路不能通畅,葫县很快就会变成一块死地,重现当年孤山野岭的模样。

种种矛盾、压力,全都担在了花晴风这位本县正印的头上,把花知县弄得焦头烂额、晕头转向,他本来就是个没担当的人,自然把一切都推诿到叶小天的头上。

只是来闹事的这些人也都了解叶小天那混不吝的个性,谁敢去他那儿自找没趣,当然是揪住花知县不放,柿子谁不挑软的捏啊。花晴风无奈,只好使人去找叶小天。

当时叶小天正要去大牢,只是硬邦邦地回了一句:"本官正忙着,等我忙完就去县衙!"便把他的人打发回来了。这句话别人或许没资格说,但叶小天这么说,花晴风一点质问的底气都没有。

叶小天的所作所为可比他硬气多了,许多本该由他来拨乱反正的事,现在都是叶小天在做。叶小天已经获得县衙上下一致的拥戴,如果不是因为明知叶小天这个典史干不长久,王主簿早就把叶小天当成了最大的威胁,又岂会跟他合作。

再者,叶小天明知自己干不长久,只想着临走之前把这件事痛痛快快地解决掉,也根本不用顾忌和花知县的同僚关系,行事自然毫无忌惮。花晴风听到回报气恼不已,只能再度派人去催,他可招架不住这么多人的狂轰滥炸。

叶小天从监牢里出来，马上唤来牢头面授机宜，那牢头也清楚现在葫县刮的究竟是什么风，都说这位典史大人有疯病的，疯得连县太爷都束手无策，齐大爷直呼头痛，他可不敢得罪，自然是唯唯诺诺、听命行事，马上派人去提人犯华云飞。

叶小天嘱咐完了牢头，又叫过李云聪、苏循天、马辉、许浩然等人仔细嘱咐了一番。这些人马上冒着大雨离开了监狱，按照叶小天的吩咐各自做事。

做完这一切，牢头也把华云飞提来了，叶小天也不与华云飞多说，便与众人披上蓑衣，和周班头等十几个捕快护着华云飞的囚车直奔县衙。

此时，黄大仙岭上。

暴雨倾盆，天雷阵阵。

两个蓑衣人傲然站在一块突兀探出悬崖的巨石上。

一个是很英俊的少年，蓑衣的腰带处露出一段麻线缠绵的刀柄和小半截锋利无鞘的刀刃，脚下一双麻鞋，雨水小溪般从他脚下的石面上飞快地流过，少年站在那里，稳稳地一动不动。

旁边隔着半丈多远，斜探出崖的一株高大古松前面，站着另一个蓑衣少年，额头探出一截青布帕裹成的锥形尖角，已经被雨打弯了，他左耳戴着一串黄红相间的大耳珠，珠子下面还缀着一串红缨穗。

山风呼啸，暴雨倾盆，两个人孤零零地站在山顶上。

佩刀少年蹙着眉，迎着呼啸的风雨大声喊道："我们两个谈事情，为什么要挑这种地方啊，而且还是这样的天气？我总觉得有点蠢。"

锥角少年道："你懂什么！我看那些唐传奇、宋话本，但凡江湖奇人，从来就不在正常的地方说话，一般都会挑个悬崖峭壁什么的，这叫意境。"

佩刀少年道："包括正下倾盆大雨吗？"

锥角少年道："天有不测风云！"

佩刀少年重重地哼了一声，酷酷地道："不如说你有病！齐木开始堵塞驿道了，你听说了吗？"

锥角少年道："那不正好？我们盼得就是这一天！"

佩刀少年道："你那边已经找了多少人？"

锥角少年道："不必问，足够了。你呢？"

佩刀少年道："何必问，难道会比你少？"

"哼！"

"哼！"

两个人沉默一阵，佩刀少年又道："以后你我二人不可针锋相对，要精诚合作才行。"

锥角少年道:"这件事需要摆平各方面的关系,并不容易。和你们苗寨交好的,你出面!和我们彝寨交好的,我出面。涉及官面的,王主簿出面。生意场上,大亨出面。打我们主意的,刀枪出面。相信各个方面的权势人物对齐木的作为也很不满意,我们要接手容易一些。"

佩刀少年道:"驿路运输方面自有一套规矩,你都明白吗?"

锥角少年道:"你我两个部落中,都有不少子民在齐木手下讨生活,这些人我们一句话就可以接手,有他们这些熟手在,我们要上道还不容易?"

佩刀少年道:"说的也是。仔细想来,他的主意当真不错,这么多年来,我们部落里有不少人在齐木手下跑运输讨生活,我怎么就从来没有想过自己去搞驿道运输呢?"

锥角少年嘲弄道:"没见识的,有地种的时候谁会想到去打渔?"

"才说精诚合作,你就侮辱我,我要跟你决斗!"

"一点就着,你是炮仗啊?我接受你的决斗!"

"铿!"

钢刀出鞘,狭长似柳叶。

"铿!"

钢刀出鞘,刀背上九只铁环一阵乱响。

"咔嚓!"

一道惊雷猛地劈中山顶那棵古松,一股火冒起,把两位正打算决斗的江湖奇侠吓得抱头鼠窜……

※ · ※ · ※

"呵呵呵呵……"

倾盆大雨在檐下串成了珠帘,齐木实在按捺不住心中的笑意,奈何腮上伤势未愈,只能发出一阵呵呵的笑声。齐木笑了一阵,用缺了几颗牙齿,以致有些漏风的声音说道:"如此大雨,他们还去县衙'逼宫',看来真是心急如焚了。"

范雷笑道:"咱们的人在其中推波助澜,起了一点作用,不过他们确实着急了。"

"利字当头啊,岂能不急?急得好!"

齐木在厅中踱了一阵,脸上渐渐显出一股鸷之色:"我改变主意了!"

范雷讶然道:"大哥改什么主意了?"

齐木道:"等到惊动布政使衙门和几位大土司,夺了他的官职,还需要一段时间,我要整治他,还得等风头过去,再等一段时间,我实在是等不了了,这是其一。

"其二,这段时间,咱们的损失着实不小,比我预想的还要大,上边那些大人物也不可能完全察觉不到我在动手脚，如果影响到他们的利益，他们难免会对我心生不满，此事还该速战速决才是。"

范雷蹙眉道："可是，他有官身庇护，我们能做什么？总不能明目张胆的……"

齐木截口道："不！就是要明目张胆！法不责众这句话，难道你没听说过？"

范雷双眼一亮，道："大哥是说？"

齐木道："朝廷是个什么操行，你很清楚。这地方，他们是不愿意用强的。忠州这地方，一旦燃起战火，就是一个泥坑，兵马钱粮，流水一般地消耗，能换来什么？得不偿失的。

"所以朝廷对于此地，一直绥靖为王。如果有人倒行逆施，逼得民怨沸腾，从而暴乱，打死一个小小典史，这种事，朝廷绝对会不了了之。用一个区区典史的命，换来地方上的安定，在朝廷诸公眼中看来是值得的！"

范雷兴奋地道："我明白了，咱们不出面，利用那些去县衙施压的人……"

齐木阴恻恻地道："当然，该推波助澜的时候，也不妨伸伸手。"

范雷会意地道："我明白！我这就去！"

范雷转身快步离去，齐木慢慢踱到廊下，望着串成了线的雨水，悠然道："以为民请命而自居，却被愤怒的民众活活打死，抛尸于暴雨之中，这样的结局，很有趣吧……"

· ※ · ※ · ※ ·

暴雨之中，叶小天还不知道他的死对头齐木居然跟他心有灵犀，也挑了今日决一死战。

他深一脚浅一脚地跋涉在雨水里，对陪在一旁的周班头大声道："下雨？下雨才好！你不是说他们有弓弩吗？这样的天气他们无法使用弓弩，我们才可以减少伤亡。

"而且，暴雨天突然发动，可以起到出其不意之效！现在华云飞已经被抓，齐府里想必没有那么多的护卫了，我们这时出击容易得手。一旦齐木被抓，首恶被擒，其余党不过是一盘散沙，就不足为虑了！"

"典史大人回来啦！典史大人回来啦！"

负责洒扫的老卢头今天无所事事，正袖着手在廊下看雨，头一个看到叶小天回来。他马上跑到菜市场一般吵闹不休的大堂上嚷了一嗓子，只一句话，正围着花知县七嘴八舌的各路人马顿时鸦雀无声。

花知县如释重负，抻了抻被人拽得皱巴巴的官袍，正了正被人晃歪了的官帽，看了看众人的反应，恶意地想：吵啊！你们继续吵啊！有本事冲那个疯子撒泼去，他不劈头盖脸扇你一顿大耳刮子才怪！

花知县整理好仪容，沉声喝道："来啊！速传艾典史上堂，本官有话问他！"

花晴风一语未了，就听"咚"的一声响，把他吓得打了个哆嗦，那不是雷声，是鼓声，暴雨之中，惊雷之下，居然有人在击鼓！

鼓声一声声在大堂上回荡，堂上众人面面相觑，叶小天披着一身雨水，踏着鼓声从外边进来，当真是"一步一个脚印"……

第九十五章

霸道总动员

一

　　花知县听到鼓声便有心悸的感觉。在这大雨倾盆的日子里，居然有人到县衙击鼓，他心中不祥的感觉更是浓郁，再看到叶小天这副模样，情知必有事情，可他只能硬着头皮问道："艾典史，何人击鼓鸣冤？"

　　叶小天拱手道："击鼓鸣冤者，青山华云飞！"

　　此言一出，满堂哗然，混在那些官绅商贾、百姓之中怂恿大家闹事的齐木党羽立即高声嚷道："华云飞？那个杀人凶手不是已经被收监入狱了吗？就等秋后问斩的死囚，居然跑到县衙告状？衙门不公、衙门不公！"

　　叶小天凌厉的眼神一望过去，叫嚣声立即停止了，敢和齐木刀对刀、枪对枪地叫板，敢掴范大管事一个耳光的人，他们又岂敢得罪。叶小天一字一句地道："华云飞的确是死囚，但死囚也是人，有冤也得诉！"

　　花知县讷讷地道："只是不知，华云飞状告何人？"

　　叶小天道："大老爷升堂一问不就知道了？"

　　花知县心里那个恨哪，早知道叶小天又要给他出难题，他宁可硬着头皮、厚着脸皮让这些官绅骂上一阵，也不去找这个疯子回来。如今被叶小天将了一军，花知县只得吩咐道："来人啊！升堂！"

　　适逢大雨，正常情况下衙役们都会散到各房歇息，要召集起来也不是一时半响的事。但今日不同，花知县只是一声吩咐，还不等人去传唤，两班衙役便执着水火大杖闯了进来。

　　衙役们一上堂便迅速清场，将那些不知所措的官绅百姓统统轰下大堂，赶到栅栏外、雨檐下站着。随即分两排站定，水火大棍敲得好像正放着一千响的"大地红"，口里高声吆喝着堂威。

　　花知县见此情形，心里咯噔一下：这厮是有备而来啊！

叶小天解下湿淋淋的蓑衣，苏循天立即上前两步殷勤地接过。花晴风坐在案后看见这一幕，心中暗骂：混账东西，我这个姐夫对你那么好，也没见你对我这么殷勤，明知他是假典史，你溜的什么须。

监牢牢头亲自押着华云飞走上大堂，叶小天拱手道："大人，下官职司捕盗缉凶、管理监狱。今日这告状之人乃是囚犯之身，因他声明有莫大冤屈，是以下官斗胆带他来见县尊大老爷，此囚身负数十条人命，乃是重犯，为安全起见，下官请求堂上听审。"

花晴风心道：说得客气，我若不允，你不是发疯就是耍驴，本官奈何得了你吗？

花晴风咳嗽一声，道："准了，赐座！"

叶小天拱手道："谢大人！"

李云聪赶紧搬了把椅子过来，又用袖子使劲拂了拂，殷勤地道："大人请坐！"

花晴风看了更加郁闷了。

华云飞是被囚车押来的，那囚车没有遮盖，是以被淋得全身湿透。因为他是身负数十条人命的重犯，押出牢房时还给他上了大枷和镣铐，看着并不显高壮的一个少年，披枷戴锁地站在那儿，头发湿淋淋地贴在身上，衬得瘦削的脸颊有些苍白。

花晴风骑虎难下，只得坐定升堂，一拍惊堂木，对华云飞道："华云飞，你所告何人，因何罪状，一一说来，公堂之上不得妄言，如果蓄意诬告，罪加一等！"

华云飞双手扶枷，大声说道："大人，草民状告本县军户齐木，为了谋夺草民家的一张虎皮，将我父母双亲生生害死！"

栅栏外面围观的人群顿时一阵骚动，其中几个齐木的手下立即大呼道："他是杀人凶手，杀死齐家几十个人，与齐家结有仇怨，此时举告齐家，分别是挟怨报复，是诬告！是诬告！"

叶小天坐在一侧，早就盯着外面呢，此时霍然立起，拿手往外一指，大声道："这个，那个，还有那个，咆哮公堂，干扰大老爷问案，拉下去，每人重打二十大板！"

周班头一挥手，几个捕快立即一拥而上，从人群中扯出叶小天所指的三个人，不由分说就拖下去，摁倒在雨地里，另外几个皂隶扑上去，抡起大棍就打。那几个人一开始还大声抗议，到后来只剩下哭爹喊娘的惨叫声，血从身上流下来，迅速被雨水卷走，看着触目惊心。

旁观众人暗暗心惊，这个疯典史，果然心狠手辣。

花晴风心中暗恼：这坐堂的究竟是你还是我？是你审还是我审，要下令打人也该由我下令才是，你这般越俎代庖，置本官于何地？

只是叶小天这个官虽然是假的，气势却越来越盛，花晴风竟然不敢问责。他咳嗽一声，佯装不曾察觉叶小天越权，只对华云飞道："齐木如何害死你的父母，详细情形，一一道来。"

华云飞从他猎到一只猛虎，第一次在街头售虎，引起齐木手下注意开始讲了起来，讲到他父母遇害一幕时，华云飞迟疑了一下，想起来时路上叶小天对他说过的那番话："什么手段并不重要，重要的是你想做成什么，跟一个流氓讲什么规矩？"

华云飞把牙一咬，大声道："草民……亲眼看见齐木带人闯到我家，搜出虎皮，又命徐林、祥哥等一众打手将我父母用酷刑活活害死。"

花晴风惊得从公案后站了起来，身子前倾，急声道："你说……你亲眼所见？"

华云飞道："不错！"

人群中还有几个齐木的手下，慑于叶小天的威风，刚才一直不敢再说话，如今听华云飞说齐木当时就在杀人现场，而且他本人就是目击者，心里顿时慌了。

他们习惯了对良善百姓为所欲为，习惯了用无所不用其极的手段去达成目的，习惯了良善百姓反而要囿于种种约束规矩，捆住了手脚任他们欺压，他们还真不习惯别人也用同样的手段来对付他们。

不应该啊，华云飞不是应该实话实说吗？徐林、祥哥等人已经死了，只要他实话实说，便是包青天复生，这笔糊涂账也很难再牵扯到齐大爷头上，就算从齐府搜出那张虎皮，也不过是齐大爷误买赃物而已，怎么……就变成这样了？

一个齐府的人忍不住大叫起来："他说谎！他若在场，为何当时不出手救他爹娘？为何徐林、祥哥等人好端端的，为何几日之后他才进城寻仇？"

华云飞大声道："因为，他们在我家水缸里卑鄙地下了蒙汗药，当时我也中了蒙汗药，趁着还没发作爬到院子里，躲到了柴垛后面。他们杀害我爹娘时，我虽已醒来，却还四肢乏力，根本无力救人！"

花晴风定了定神，道："既然如此，你为何不报官？"

这句话说完花晴风就想给自己一个大嘴巴，果不其然，华云飞用讥笑的口吻道："齐木作威作福、鱼肉乡里，丧尽天良的事做得多了，我葫县官府什么时候为百姓主持过公道？今朝若非有青天典史，我华云飞报仇不成，死便死了，也不会诉之公堂！"

花晴风恼羞成怒，一下子站起来，用力一拍惊堂木，大喝道："你大胆！"

叶小天慢慢起身，沉声道："大人，据查，青山沟华氏夫妇确系暴死，死状惨不忍睹。而华云飞进城之后，专门针对齐木的人下手，徐林、祥哥等人的死状与其父母死状相同，显见是为了报仇雪恨。

"华云飞杀人害命，固然该死，可是不能因此抹杀他父母被害的事实。既然华云飞目击了凶手行凶，下官以为应该马上把凶手绳之以法，否则公堂之上这么多人，一旦泄漏消息，走脱了凶手，后果不堪设想！"

花晴风看着叶小天，突然之间全都明白了，什么华云飞击鼓鸣冤，不过就是叶小天演的一出戏。叶小天和齐木之争，现在已经到了图穷匕见的时刻，而他这位县太爷所扮演的不过就是个公证人的角色，就像当初黄大仙岭上的罗大亨，这场决斗战或不战，根本不是由他来决定的。

花晴风无力地坐了回去，垂着头，沉默半晌，轻轻摆摆手，道："你去吧！"

叶小天的唇角轻轻勾了起来，向花晴风拱起手，一步一步退向大堂外，退到距门槛仅三步距离时，叶小天把袍袖洒然一甩，转身出了大堂。

大堂外，庭院中，暴雨下，不知何时应召而来的捕快、皂隶、民壮已经站满了院子，雨水哗哗地浇在他们身上，可是他们一个个笔直地站着，一动不动。

叶小天在屋檐下静静地看着他们，看了片刻，忽然大步走出去，走到雨中，和他们站到了一起。顷刻间叶小天就被淋透了，豆大的雨点抽在他的脸上隐隐生疼。

叶小天抿着嘴，任那雨水沿着脸颊哗哗地流淌着。所有人都在望着叶小天，本来桩子似的立在那儿的人，在看到叶小天的那一刻，眼睛里突然就放出光来，整个人焕发出勃勃生机。

叶小天振声道："齐木横行不法，鱼肉乡里，罪行累累，罄竹难书，不知多少百姓深受其害！为何能逍遥至今？"

没有人回答他，只有骤不停歇的雨声，大堂雨檐下的士绅商贾也都屏住了呼吸，默默地听着。叶小天道："因为齐木有人、有钱、有势力、有层出不穷的阴险手段，可是，这是小民该推脱的理由，是你们该推脱的理由吗？"

叶小天指着肃立雨中的捕快、民壮们："你们代表着朝廷，你们是官差，是胥吏，是文人笔下称为鹰犬爪牙、虎狼之暴的人！这称呼不好听，是不是？可是如果作为执法者，你们连鹰犬爪牙的狠劲都没有，那才是莫大的耻辱！

"谁都可以怕齐木，唯独你们不可以！如果当官做差的在豪强恶霸面前温顺得像只小绵羊，朝廷还能指望你做什么，百姓还能指望你做什么？百姓向你求公道，你向何人求公道？"

叶小天抹了一把脸上的雨水，用力一甩，继续道："我们手里有印把子，有刀把子，有王法，凭什么怕他齐老二？你们欠缺的就是胆量，就是勇气，就是霸道！

"什么是霸道？就是他不听话要从他身上碾过去！他听话也要从他身上碾过去！拿出你们的狠劲来，对齐木这种人，就得比他更霸道，他才会乖得像只小白兔！在葫县他就是天？哈！天大的笑话！他顶多算是一片阴云，可阴云总会散去，雨也不会一直下！"

叶小天说到这里，滂沱大雨忽地戛然而止。叶小天惊得差点跳起来：吹出奇迹了！难道我是老天爷的私生子？

但他马上就发觉不对劲了，雨……只是在他头顶停住了，面前的捕快们依旧淋在倾盆大雨之中。

叶小天突然若有所觉，一扭头，就见罗大亨站在他身边，手里撑着一把巨伞，满脸欠揍的微笑，很亲切地看着他……

第九十六章

我们要霸道！

一

叶小天一见罗大亨，不禁愕然，道："你怎么来了？"

大亨微笑道："因为今天雨很大！"

尽管叶小天早已习惯了他跳跃性的思维，听到这话还是很无奈地翻了个白眼："这跟雨大不大有什么关系？"

大亨慢条斯理地道："因为雨很大，所以没有生意。因为没有生意，所以我很闲。因为我很闲，所以我来看看大哥。"

叶小天无力地扶住了额头，好好一个战前动员，似乎就这样被这笨货给毁了。不过，好在罗大亨说话的声音并不大，再加上大雨滂沱的，大家应该没听见。叶小天抱着一线希望抬起头，就见罗大亨突然攥起拳头大吼起来："要霸道！要霸道！要霸道！"

被叶小天方才一席话煽动得热血沸腾的捕快、皂隶们心里早就憋了一口气，因罗大亨这一句话，终于找到了宣泄口，所有的人振臂高呼起来："要霸道！要霸道！要霸道！"

叶小天趁机把手一挥，大喝道："出发！"

县衙府门洞开，大队人马潮水一般从大门涌出去，把迎面而来准备闹事的"百姓们"弄得一个愣怔。这些人有的打着雨伞，有的披着蓑衣，穿着各色衣衫，扮成各色人物，其中只有两人暗揣短刃，是打算挑起骚乱后如果别人不给力，再趁乱下手给叶小天致命一击的。

一见捕快们这副架势，两个杀手中脑筋更灵活的那个便反应过来，大雨滂沱之际，这么多的人马，除了是去对付齐大爷，还能干什么？他马上振臂高呼道："疯典史欺压良善，天怒人怨，致使驿路堵塞，断了我等生路，我们……"

"要霸道！碾过去！要霸道，碾过去……"

大字不识几个的捕快、皂隶们被叶小天一席话刺激得眼睛都红了，他们说不出别的，只会用这样简单的词汇来宣泄他们的怒火，激发他们的斗志。于是他们就像一群愤怒的公牛，一边喊着口号，一边轰隆隆地"开"了过去。

那些跑来县衙准备挑事的人都是听命于齐木的，但其中九成九的人不能打，这都是些酒色之徒，被掏空了身子的人。齐木特意挑了这么一些货色，就是为了避免事发后别人疑心到他身上去。

这样一群人，在兴奋得嗷嗷直叫的捕快们面前自然毫无还手之力，立即被冲得七零八落。那个喊话的人直接被马辉故意撞翻在地，等所有人从他身上跑过去后，他爬都爬不起来了，因为大亨扛着巨伞，好死不死地正好从他身上碾过去，就大亨那吨位，这厮怎么承受得起？要不是另一个杀手及时把他扶起，他就要成为史上第一个溺死在大雨里的杀手了。

捕快、皂隶们冲出所谓的抗议人群，就像一列失控的火车，轰隆隆地开向齐府。被冲散的抗议队伍中有人抄小道亡命似的逃回齐府报讯去了，齐木一听大惊失色，他的府里也不能有事没事地就养着那么多人，整天把府里搞得刀枪剑戟的，那日子还过不过？

是以华云飞被捕后，很多临时招来的打手武士都离开了齐府，齐府中此时的护卫力量与往昔持平，仅仅是用来摆威风、防鼠窃小贼的，这么点人根本不足以同叶小天对抗。况且，连番交锋、一再退让后，齐木锐气渐失，已经没有勇气同叶小天所代表的官府力量对抗了。

齐木急急思忖一番，立即把范雷唤到书房。范雷也知道事态紧急，听齐木面授机宜后马上领命离去。齐木离开书房来到厅中，听到前门外已然传来一阵叱喝呐喊声，不由冷冷一笑，转身离去……

"大人，大人！"

叶小天命人撞开大门，生擒了几个胆敢持械抵抗的家丁后便长驱直入，直闯齐府客堂，齐府二管事亦步亦趋地跟在他的后面，连连呼唤，叶小天毫不理会。

"大人，后宅没有齐木！"

"大人，书房、花厅等处都搜遍了，没有齐木！"

"大人，没有……"

叶小天霍然转向齐府二管事，冷然道："齐木呢？"

齐府二管事皮笑肉不笑地道："近来山贼猖獗、堵塞驿路，我齐家的车马队被打劫了好几回，官府指望不上，那就只好自己想办法了。我们老爷两天前就离开县城，赶往出事地点了。"

"是吗？"

叶小天皮笑肉不笑地看着二管事，脸上的神情比他还要奸诈几分："来人啊！上上下下、里里外外，给我仔细地搜！"

叶小天一声号令，众捕快、皂隶、民壮们凛然称命，一场轰轰烈烈的拆房子运动就此开始了。

屋里的东西统统搬到院子里，据说是为了防止齐木藏身其间，屋里的人自然也赶了出去。房顶上的瓦都一片片地掀开了，也不晓得这是在找齐木还是在找麻雀。借着这场豪雨，齐家里里外外被浇了个通透，当真是任何"污垢"都洗刷一净了。

齐府二管家万万没想到这位疯典史居然想得出这样的损主意，这哪是一个官员能干得出的事？

叶小天这么做，倒也不是单纯为了出气，而是为了进一步瓦解齐木的军心士气，打击他的威望，为打垮齐木后，李伯皓和高涯、罗大亨三人更方便地接收齐木的势力打基础。

叶小天早就料到齐木狡兔三窟，根本没想过能在齐府抓到齐木。而齐木眼下还只是个嫌犯，如果抓不到他那就只能无功而返，不能查封他的府邸或者抓他府上的人，那对己方的士气就是一个沉重的打击。

叶小天就像一个锱铢必较的商人，看似莽撞疯狂，可他的每一步行动，都必有所图。或许可以用一个不太好听的比喻来形容，他现在就像一条疯狂的猎狗，一口咬不死你，也要咬口肉下来或者挠一道爪痕，反正不让你好过。

整个齐府比遭了劫还惨，所有东西都泡在水里，所有人都淋成了落汤鸡，所有房子都被大雨冲洗得仿佛刚发过洪水。仅此一举，当叶小天领着那些淋得落汤鸡一般，却士气高昂、兴高采烈的捕快们离去时，整个齐府的气焰就低沉了极点，即便是对齐家最死忠的打手，心头都不免升起这样一个疑问：齐家，是不是真的要倒了？

· ※ · ※ · ※ ·

叶小天带着人蜂拥而来，席卷而去时，整个齐府一片狼藉。

关在齐家水牢里的人也都被放了出来，其中有犯了错的家仆，跟丫鬟眉来眼去勾勾搭搭的护院，给齐家运东西时手脚不干净的贩夫。苏循天本着给齐木多添一分堵，大家便多开心一分的原则，统统释放了。

拘押他们不是重罪，诉之公堂也不过给齐木增加点小罪名，齐木都担上杀人的罪名了，这点小罪"无伤大雅"，苏循天也就懒得把他们带去衙门，可苏循天绝不会想到其中有三个人，分别叫杨三瘦、邢二柱和岳明。

杨三瘦现在一点也不瘦，白白胖胖，微微有点发福，他都被水牢泡浮肿了。至于本来就比较胖的岳明，如今圆得像只冬瓜。

这三个人被塞进水牢之后，那齐府护院还真去问过齐木。齐木当时正在涂药，听他禀报说什么靖州杨府什么家人，他跟杨家只是偶有生意往来，关系并不密切，当时又在火头上，没等那护院说完，就不耐烦地挥了挥手，示意他闭嘴。

齐木只道那护院是说那个杨府管事想要求见自己，这时哪有心情见他，却不知道那人已经被自己的手下关起来。所以直到今日，托叶小天的福，杨三瘦三人才得以重见天日。

三个人跑到大街上时，雨已经小了些，三人并作一排，腆着肚子站在一户人家门楣探出的雨搭下面，邢二柱怯怯地道："三管……三瘦管……表舅，葫县真是太危险了，咱们还是回靖州吧。"

杨三瘦悲凉地道："回吧，不回也不行了，钱都没了，不回靖州又能如何？可是……回靖州也要钱啊……"

这时，身后的门"吱呀"一声开了，一个妇人的声音道："哟！这谁呀这么没有规矩，堵着我们蟾宫苑的门口，还让人家怎么做生意呀？"

杨三瘦三人一回头，就见一个矮胖子，脸上的粉涂得足有半斤重，嘴唇鲜红，明明是个男人，偏做妇人打扮，鬓角还插了一朵大红花。这人瞧瞧杨三瘦三人，拿手帕掩着嘴格格一笑："倒是白白胖胖的，缺钱花了？要不要哥哥帮你们指点一条明路？"

杨三瘦瞧着这人总觉得有点邪性，正想随口应付两句便挪离人家门口，邢二柱突然拿胳膊肘使劲捣他。杨三瘦恼火地瞪过去，正想再拍他一巴掌，却见邢二柱指着远处，张口结舌。

这时，叶小天正领着大队人马回转县衙，他没有注意到站在屋檐下避雨的杨三瘦三人，邢二柱却看到了走在队伍最前头，最拉风的叶小天。杨三瘦顺着邢二柱的目光望去，顿时眼神也直了……

第九十七章

进退狐疑

一

今日大雨，王主簿待在签押房里一直无所事事，当叶小天率人离开县衙冲向齐府时，王主簿闻讯突然来了兴致，遂搬出他珍藏的那具七弦古琴，打开窗子，点燃檀香，净手、听雨、抚琴，对着瓢泼大雨弹了一首《十面埋伏》。

《十面埋伏》本是一首琵琶曲，王主簿以古琴弹来，居然也是杀伐之音阵阵。一曲弹罢王主簿意犹未尽，轻调琴弦，又来了一曲《阳关三叠》，琴声铮铮，正自得其乐间，忽有一名心腹禀报道："大人，外面有个姓蔡的求见，说是……来自齐府。"

王主簿双手微微一抬，又向下轻轻一按，压住了琴弦，漫天琴音顿时消失，只有哗哗的雨声透窗而入。王主簿笑道："他还不死心吗？不见！"

那心腹道："大人，那姓蔡的人说，齐大爷和孟县丞与大人您平日里虽然有些龃龉，却是唇齿相依，谁也离不了谁。大人要明白唇亡齿寒的道理。"

王主簿哂然道："这个，还用他来教我？我们这位县太爷，早已消磨了壮志了，就算没有孟县丞与我联手，你以为县尊大人能与我较量？两者比较起来，孟县丞和齐木才是我的眼中钉啊。所以嘛……"

那书办道："所以？"

王主簿双手一抬，一曲《广陵散》便洋洋洒洒地飘进了雨幕："所以，让他去死吧！"

……

一场豪雨之后，葫县就变成了一片"汪洋"，大概得半天工夫，城中积水才能排到河里去。不过齐家的宅院位于葫县城里位置较高的地方，所以这里的积水只是大约没过脚面。

叶小天一行人赶回县衙，踏着一层浑浊的雨水，就似踏浪而行。

李云聪一边走，一边分析道："齐木一定还在城里！"

叶小天道："他在城里，这是肯定的。但是在他弄清究竟发生了什么，并且想出应对的办法之前，他一定会离开，千金之子，坐不垂堂嘛。"

苏循天道："奉大人口谕，卑职已调集人手守住四城，齐木走不掉的。"

雨已经停了，大亨倒拖着巨伞，不断晃动手腕，看着大伞在雨水中划出的蛇形水线，玩得不亦乐乎。听到苏循天这句话时，他却突然抬起头，插了一句嘴："齐木一定走得掉！"

苏循天不屑地道："毛头小子，你懂什么？"

叶小天笑道："大亨似乎另有高见啊，且说来听听。"

罗大亨道："不管我闯了多大的祸，我心里其实都清楚，我爹是不会把我怎么样的，可是该瞒着他的时候我还是得瞒着。能偷偷摸摸从他眼皮底下溜走，我就绝不大模大样往外走。

"齐木应该也是一样，哪怕他认定了在葫县可以一手遮天，可他干的既然是见不得人的勾当，就一定会做准备，想离开这么一座四处漏风的破城还不容易？你们一定看不住的。"

苏循天和李云聪讶然看向大亨，大亨得意扬扬地道："怎么样，我说得有道理吧？"

苏循天摇头道："不是，我只是觉得，你说话居然也能有条理了，殊为难得！"

李云聪点头道："是啊。"

大亨委屈地对叶小天道："大哥，你说我说话有不着调的时候吗？"

叶小天安慰道："你今天这番话说得挺着调的。"

叶小天想了想，忽然停住脚步，对苏循天道："大亨说得有道理，你把咱们派驻四城的人手都撤回来吧！"

苏循天讶然道："全撤回来？"

叶小天道："对！全撤回来！"他的嘴角微微地勾了起来，牵起一丝神秘的笑意，苏循天看到他这样的笑容，就知道他一定又在打什么鬼主意了。

· ※ · ※ · ※ ·

葫县南城，距城门只隔两条街的路口，有一家千氏卤面卤肉店，店主的姓很少见，姓千，名叫千星。卤肉店的店面不大，但后院挺大，因为店主还兼着屠夫的差使，帮人杀猪宰羊，有时还偷偷摸摸卖牛肉。

卤肉店的生意挺好，据说这家卤肉店原本开在湘西，有上百年的历史。几十年前遭逢战乱，千家先祖什么都不要，只背着那一锅祖传的卤肉汤逃到了葫岭。传承上百年的卤肉汤卤出来的肉滋味就是不一样，所以小店虽小，生意却一直极好。

店面门口那两只灯笼已经被油烟熏成了灰黑色,地上摆着五六张小几,旁边还有几张条凳。未到饭口,只有三个食客:杨三瘦、邢二柱和岳明,三人围坐在那张油渍渍的小桌子边上,神色呆滞。

千星端着两碗卤肉面,晃着膀子走过来,两根拇指上长长的黑指甲就浸在面汤里。将两碗油汪汪的卤肉面往三个人面前"砰"地一放,千星不屑地瞥了他们一眼,转身就走。

饭香味传来,三个人顿时精神一振,立即坐直了身子,邢二柱道:"掌柜的,再拿个空碗,加双筷子。"

千星没好气地拿过一只还没刷的碗,用那件能拧出二两油的围裙擦了擦,又抓过一双筷子,往邢二柱面前一放,邢二柱就兴奋地分起了汤面。三个人,搜遍全身也只找出那么一点点值钱的东西,向千掌柜换了这两碗面。

等到三个人肚子里有了食物,虽然还没吃饱,却也有了点精神,这才开始商量事情。邢二柱道:"三……表舅,我看得真真的,那个人肯定是他!"

杨三瘦蹙着眉道:"你只是见过他,我还跟他说过话呢,能不认识?如果说是长得像,也没有这么像的道理!我也认为,一定是他!"

岳明咳嗽一声,压低声音道:"大管事,咱们可是打听过了,人家叫艾枫,是本县典史,不但和那人不是同一个人,而且这还是个官。无凭无据的,怎么叫别人相信?"

杨三瘦紧紧拧着眉头,道:"没道理!他不但长相、神情与那人一模一样,就连到葫县上任的时间大致都对得上。难道……是个冒牌货?"这句话一出口,杨三瘦自己先吓了一跳,冒官上任?这又不是唱大戏,没这么离谱吧?

岳明道:"不可能。再说了,我们也没见着水舞……"

他左右看看,把声音又压低了些,道:"也没见水舞跟着他呀。"

杨三瘦摩挲着下巴,沉吟道:"一连问过几个百姓了,可惜对这个艾典史家里的情况,他们都不了解,要不然……咱们找个衙门里的人问问怎么样?"

岳明赶紧道:"可别,你没看葫县百姓是如何爱戴他,你敢站大街上喊一嗓子说他是假的,立马就能被人打死。那些衙门中人就更不用说了,听说他们连县老爷的话都可以不听,却对这个姓艾的唯命是从。那些公门中人机警得很,一旦让他们察觉咱们的来意,随便找个罪名,把咱们弄进狱中……"

杨三瘦苦着脸道:"可是,既然发现了这么个人,难道咱们就这么离开?不成,一定得搞清楚,他究竟是不是我们要找的那个人!"

邢二柱一听这话,脸色顿时变得十分凝重。杨三瘦睨了他一眼,道:"你有话说?"

邢二柱道:"是啊!表舅,咱们下顿饭还没着落呢,如果留在葫县查他,吃什么呢？"

"你……"

杨三瘦气极，举起筷子，想想不妥又恨恨地放下，骂道："你这头只知道吃的猪，真该把你送到那个什么风铃儿哥哥家里赚饭钱去！"

邢二柱舔了舔嘴唇道："表舅，人家看中的可是你！"

杨三瘦忍无可忍，一筷子就抽了下去。

三个人蹲在小板凳上商量如何验明叶小天真身的时候，卤肉店后院堆满猪皮羊皮、兽毛兽骨，气味极其难闻的低矮房间里，齐木也正面色阴沉地听人向他禀报着什么。

谁会想到堂堂的齐大爷竟然会待在这种地方，可是又有几个人还记得齐木当年做马夫跑长途时，一样有过苦日子。他发达以后固然穷奢极欲，但这并不意味着必要的时候他不能再过回当初的生活。

听那人说完之后，齐木咬牙道："幸亏我见机得早，这个小子当真不择手段，居然怂恿华云飞一口咬死我在现场，如果我被这厮抓住，再被他炮制一份口供出来，那真是百口莫辩了。"

对面那人低声道："他们本来在四城都派了人手，似乎是为了防止大爷您出城。却不知为何，那个典史又突然下令取消了城禁，如今四城畅通，任意出入了，属下以为，其中必有蹊跷。"

齐木微微眯起了眼睛，道："嗯！这厮虽然有股疯劲，可是心思缜密，行事常有出人意料之举，他这么做一定是有什么阴谋诡计，只是……他究竟打算干什么呢？"

齐木蹙眉思索半响，始终摸不着头绪，越是想不通，他的心里就越是不安："不行，在范雷回来之前，我必须离开县城。"

对面那人站起身，道："大爷这就走？我马上安排！"

齐木摇头道："不！就算他们想搜索全城，一时也搜不到这儿，先等两日，看看风色再说，如果要走，也要待他们人困马乏之际再离开！"

在齐木与手下商量着暂离葫县的主意时，杨三瘦带着两个跟班彷徨于走还是留这个问题的时候，叶小天已经回到了县衙。他回到自己的签押房，独自思索良久，便把李云聪唤了进来。

李云聪见签押房里的人都被打发了出去，心中微觉奇怪，便向叶小天拱手道："不知大人有何吩咐？"

叶小天直视着他，单刀直入地道："我有一件不法之事欲让你做，不知你可愿意？"

第九十八章

十面埋伏

一

李云聪听了叶小天的话，不觉一怔，脸色也稍稍一变。叶小天盯着李云聪的脸，认真地观察着他脸上每一丝细微的变化，他要确信李云聪肯为他去做这件事，哪怕李云聪有一丝不情愿，他都只能另想办法。

一方面是因为他不想留有后患，所以帮他做事的人必须心甘情愿，另一方面他也不想强人所难。他是冒牌货，早晚要走人，不管在这儿闯出多大的祸事，拍拍屁股就离开了，可李云聪还要在这里过下去，不能像自己一样肆无忌惮、为所欲为。

李云聪只是刹那地犹豫，便轻松地笑起来："大人自上任以来，有哪件事做得合理合法呢？可是不管大人做什么事，都能大快人心！李某这几个月过得真比过去几十年还要精彩。所以，大人有什么吩咐就尽管说吧！"

叶小天看得出他这番话确是发自肺腑，不由欣然一笑，招手道："附耳过来……"

……

两天之后，葫县西郊。

一支商队离开葫县县城，行色匆匆地远去，这样的队伍近来很常见。

齐木使出了堵塞驿路这招撒手锏，试图给葫县官府施加压力，却不想被叶小天一招釜底抽薪轻而易举地就给化解了。

叶小天很巧妙地利用了当地彝、苗两族原住民的优势条件，他们在这里占据人口的绝大多数，天长日久，也不是全都聚居在深山里，总会有一些年轻人走出来，渐渐融入汉人的生活。

所以在驿路上讨生活的人里面有不少彝、苗两族的族民，李伯皓和高涯分别打出本族少酋长的旗号，自然兵不血刃就把他们招安了。这些人占了葫县驿路运输力量的三分之一，一下子就稳定了局面。

由于叶小天对齐木接二连三的打击，齐木的威望正是降到谷底的时候，一向依靠霸权压制从而建立的齐氏帝国迅速崩溃，在叶小天又为他罗织了一个杀人罪名，逼得他遁入地下之后，葫县路段的驿路运输更是群龙无首。

此时王主簿高调登场，他代表官方，邀请罗大亨代表商界、李伯皓和高涯作为大亨的重要合伙人，出面接收齐木的势力。在这种情况下，齐木的一部分手下便转而投靠了他们，不肯归顺的人则被他们用强硬的手段迅速清理出去，至此，三人完全接管了齐木的驿路生意。

在这几个要么有权、要么有钱、要么有人脉的合伙人的鼎力合作下，葫县驿道迅速打通了，滞留在葫县的大批商贾得以离开，所以这几天这样行色匆匆的队伍时常可以见到。

这支商队的头目姓蔡，蔡掌柜见坐在一旁游目四顾的齐木神色非常谨慎，便安慰道："齐大哥，你放心好了，小小葫县能有多大的力量，他们的手伸不了这么远。"

齐木先前的担心是对的，叶小天明着撤销了四城的巡捕，暗地里却派了许多捕快换上便装，游弋在县城周围，他知道齐木如果想出城一定会有很多办法，干脆放弃了徒劳无功的蹲守，改为巡狩之策。

可是齐木经营葫县多年，虽然被他逼到遁入地下，手中依旧掌握着极大的潜势力，齐木很快就弄清了叶小天的目的，有的放矢地制定了详细的出逃计划，叶小天布陈于葫县之外的防线，于他而言似乎成了一个摆设。

齐木道："小心无大错！这几天，我反复回想，之所以落到这步田地，固然是那个疯子出招毫无套路可循，打了我一个措手不及，也是因为我这些年来顺风顺雨，已不复当年谨慎了。"

他慢慢靠在椅背上，闭上眼睛，沉沉地道："他很清楚，我离开只是暂时的，等我做好反击的准备，就会卷土重来。所以，南北西东四条路，我不会选择向北，越过漫长的山路去中原，与我毫无助益。

"出于同样的理由，向东我也不会考虑，我只能向南或向西。向南是驿道，驿道已经被王主簿控制，他不会容许我离开，所以别看近来通过驿道的队伍很多，盘查必严。我们唯一的选择就只有向西，向西正好可以去水西，布政司衙门在那里，几位大土司也都在那里，我只要在那里找到一个大人物做靠山，小小葫县就再也没人能动我。

"这些，我清楚，那个疯典史也一样想得到，所以他盘查的重点一定放在西行之路上，因此即便我们已经突出重围，也要谨慎再三，这个家伙常有惊人之举，我已经领教过不止一次了。"

蔡掌柜颔首道："大哥放心，再往前走三里，到了山坳口咱们就换装，车队拐向驿道，咱们几个人扮成彝人，从山中小路穿过去，到了铜仁再换车马前往水西。"

低矮的崖下，有一片树林，一个樵夫正骑在树干上挥刀砍着树枝。蔡掌柜冷冷地看了他一眼,看到他那张风吹日晒显得极为粗糙的脸以及那娴熟的砍柴动作,便收回了敏锐的目光。

但是他们过去不久,那个樵夫便从怀里掏出一只竹哨,鼓起腮帮子用力吹起来,奇怪的是,他明明用足了力气,脸都涨得通红,哨子却没有发出一点声音。

……

葫县平地不多,有限的山谷地都被县城和城郊民居占用了,中间只有少数地种些蔬菜一类的东西,农民的田地大多是山坡地,在山坡上开辟出的一块块小型梯田。

梯田上,三个头戴竹笠的农民挽着裤腿,正拿着锄头锄田垄间的草。其中一个肤色黧黑,看起来像个刚长成的青年,正是乔装打扮的叶小天。左右两个就是李云聪和苏循天,两人也都做农民打扮,和叶小天一起在田间劳作,从岁数上来看就像一个父亲领着两个儿子,很寻常的田间景象。

李云聪咳嗽一声道:"大人,你锄的是苗。"

叶小天脸色一红,幸好脸上涂了炭灰,够黑,看不出红来:"啊!这个……回头赔给农家一点钱吧,侍弄田地也不容易。"

李云聪扭头又对苏循天道:"苏班头,草是要用锄的,不是用刨的,你这么一根一根地刨,要把人家的地糟蹋成什么样子。"

苏循天住了手,讪讪地道:"咳,想不到种地也这么麻烦。"

远处,一个赶着羊上山放牧的小牧童突然跑过来,挥舞着小拳头冲他们喊:"正主来了!"

苏循天和李云聪立即紧张起来,苏循天道:"大人,他一到咱们就动手?"

叶小天道:"不急,看我脸色行事。"

苏循天看了看叶小天那张大黑脸,道:"大人是说,等天黑以后再动手吗?"

叶小天白了他一眼,因为脸黑,眼仁显得黑白分明:"你还有心要贫嘴,看来一点不紧张啊。"

苏循天咧嘴笑道:"齐木现在不过是一只丧家犬,还怕他什么?"

叶小天摇了摇头,道:"百足之虫,死而不僵,还是小心为上。"

……

叶小天的确没有足够的人手监视齐木,即便他撤去四城看守,让他们全部换上便装散到城外要道上充为耳目,人手依然不够。

但是他控制了李伯皓和高涯,也就等于掌握了本地最大的两股人脉。就像在中原一些闭塞的农村,任何一户人家有点风吹草动,顷刻间就能传遍全村,只要能把占当地近七成的彝、苗两族百姓动员起来,叶小天就能变成千手千眼的观世音,齐木再也休想在他眼皮子底下遁形。

然而，从来没有人试图动用这股力量，他们也素来不会配合官府的什么行动。所以尽管知道李伯皓和高涯两位少酋长和罗大亨组成了葫县驿路运输三人组，但是齐木一直认为这三个毛都没长齐的少年正忙于在驿路上赚钱，压根没想到叶小天能把他们调教得俯首帖耳。

种地的、砍柴的、放牧的，甚至骑着驴子走在探亲路上的老妇人、小媳妇，每一个人都是叶小天的眼睛，他们有山里人独有的通讯方式，在这样一张天罗地网之下，齐木如何能够藏身？

前方到了山口，通向山坳中有一条路，岔向左侧绕过山角则是一条羊肠小道，右侧则是一片山地缓坡，蔡掌柜道："齐大哥，我们到了！"

蔡掌柜让马夫勒住缰绳，从车厢里拿出一个大包裹。齐木从车上跳下来，几个贴身侍卫迅速围过来。包袱打开，里边是几套青黑色的彝人服装，就连头上裹的黑色包头以及彝人喜欢佩戴的黄红相间的大耳珠都一应俱全。

齐木立即宽衣解带、原地装扮起来，几个护卫也都纷纷穿戴起来，蔡掌柜没有忙着换衣服，他先帮齐木穿戴着。

他把那锥尖状包头戴在齐木脑袋上，又拿过一串黄红相间的大耳珠，夹在齐木的耳垂上，仔细端详一下，笑道："还别说，齐大哥你这么一打扮，真像极了威武雄壮的彝家汉子。"

齐木苦中作乐，咧开了嘴巴，但是笑容刚刚绽放便又僵在了他的脸上，他的眸中迅速露出一抹惊恐，那个阴魂不散的疯典史赫然出现了！

山坳里，叶小天正负着双手，施施然地走出来，"哼哈二将"李云聪、苏循天紧随其后，再之后是十多个佩刀捕快，最后面是黑压压一片持竹枪藤盾的民壮，前路已绝！

第九十九章

小鸡快跑

一

齐木从来没有想到他也有如此狼狈的时候，当年和其他豪杰争夺驿路的控制权时，他几胜几败，最狼狈的时候也不曾这么凄惨过。

齐木的人随身带了几具弓弩，可叶小天居然准备了投枪，用竹子做的投枪。费点功夫而已，连钱都不用花，几百号人一起投枪，遮天蔽日、气势惊人。

明明是捕快，却当军队用；明明是抓人，一动手就往死里整。齐木哪见过这样的典史，要不是他够机警，见势不妙马上躲到了几个随从的后面，就被当场射杀了。

这一路追杀，齐木仓仓皇皇，身边最后几个侍卫也相继被杀，如今跟在他身边的只剩下浑身浴血的蔡掌柜了。

两个人本来是斩断马缰夺马而逃的，现在连马都没了。他们过一条大河时本来是骑马过河，追兵在岸边投掷标枪，两人骑在马上目标太过明显，只得弃马泅渡，饶是如此，蔡掌柜也被一枪贯穿了左肩，弄得鲜血淋漓。

"快！我们去巡检司！"

齐木趁着叶小天等人寻找渡桥的机会，决定逃往最近的巡检司。巡检司的军营就设在这左近，他之所以选择西行，除了刚刚所说的那些理由，其实还有一个：一旦出现不可预料的意外，可以逃到巡检司避难。

"齐大哥，我怕……跑不到巡检司了。"

蔡掌柜咳着血，艰难地说道。那支标枪是从他后肩斜射而入的，因为角度的原因，穿过了左胸，实际上已经伤了他的肺腑，他又奋力挣扎游动，等他上了岸，伤势已经不可控制。

齐木回头看看他，跺了跺脚，甩开大步就走。

蔡掌柜叫道："齐大哥，别丢下我。咳咳咳……"

齐木跑出几步，突然眼珠一转，又返身跑回来，蔡掌柜只当齐木要自己逃命去了，刚刚露出绝望的神色，忽然又见齐木返回来，不由大喜。

齐木将他架起来，胳膊搭在自己肩上，蔡掌柜感激道："大哥，今日你不弃我而去，你一辈子都是我的大哥……呃！"

蔡掌柜一语未了，突然张大眼睛，死死地瞪着齐木，一口短刀已深深刺入他的肋下，刺破了他的心脏。蔡掌柜嘴唇翕动了几下，一句话都没说出来，身子一软，便瘫倒在地。

齐木咬着牙，连拉带拽地把他拖到小道上，往地上一扔，把他的一只手摆成向前伸出的姿势，造出一个正往前奔跑突然气绝而死的假象。齐木看了看并无破绽，这才落荒而逃，穿过道路一侧的野草蓬蒿，向巡检司驻地赶去。

"快打开门，放我进去！"

齐木披头散发、踉踉跄跄地逃到巡检司军营之下，回头一看，已经看见远远的一条黑线，那是叶小天带着人追来了。齐木心中大恐，赶紧向营中喊话。片刻之后，罗小叶和几个吏目闻讯赶来，登上了箭楼。

齐木一见罗小叶登时大喜，赶紧把湿淋淋地披在脸上的头发往两旁拨了拨，仰起脸道："小叶，快开门，我是你齐世伯啊。"

罗小叶面沉似水，站在箭楼上一言不发，齐木心中有些发慌，大声道："小叶，你还看什么，快开门啊！"

罗小叶缓缓地道："罗某刚刚去祭奠了兄弟回来！"

齐木一呆，急道："祭奠什么兄弟？你们巡检司死了人吗？这些家常我们以后再说，你先放我进去！"

罗小叶嘴角慢慢逸出一丝讥诮的笑意，道："我祭奠的这位兄弟，就是被世伯你的人用弓弩所杀的那个人。"

齐木呆住了，他突然想起了自己当日那跋扈的一幕。呆了片刻，齐木突然道："世侄，这件事你不能怪我。你要知道，世伯手下有那么多人，有时候必须得做点事，才能维护我在他们之中的威望……"

罗小叶的身子猛地发起抖来，他嘶声大吼道："那我呢？我罗小叶是带兵的人，我手底下几百号兄弟，齐世伯你置我罗小叶于何地？"

齐木勉强露出一副笑模样，道："是！这件事，是世伯做得……做得有些不妥当。你先放我进去，这件事世伯一定给你一个满意的交代。"

罗小叶颊上的肌肉绷得紧紧的，沉声问道："不知世伯你要如何向我交代呢？"

齐木急忙回头看看，那条黑线越来越近，已经能看清一个个的人形轮廓了，他心中更急，赶紧道："我……我出一百两，不！一千两！我出一千两银子抚恤金，怎么样？有这笔钱，就算他们家男人死绝了，也能过得很好了。"

罗小叶扶着箭楼哈哈大笑起来，他以前一直觉得齐木有手段、有势力，是个不可一世的豪强。但他从来也不知道，当齐木狼狈不堪、六神无主的时候，会是这样一个可怜虫，更想不到他竟不可理喻到如此地步。

齐木听出罗小叶的笑声充满了愤懑。隐隐约约已经有捕快的喊声传来，齐木又急又怕，忍不住跳起来大骂道："罗小叶，难道你要坐视世伯去死？你这个忘恩负义的东西，你不要忘了，我齐家可是你罗家的大恩人，我爹是为了救你爷爷而死，你要知恩图报，你不能眼睁睁地看着我被那个疯子抓走！"

罗小叶不笑了，只是直勾勾地看着他。

齐木心中又慌又怕，罗小叶从十六岁起就受他摆布、任他欺凌，在他心中罗小叶从来都是逆来顺受的人，他从未想过有朝一日罗小叶会背叛他，敢背叛他，可是今天罗小叶却直挺挺地站在他的面前，需要他去仰望。

大丈夫能屈能伸，今日且受你胯下之辱，来日我必要你百倍偿还！

齐木在心里恶狠狠地想着，忽然"扑通"一声跪在营寨之下，扮出一副可怜相，嘶声大吼道："我爹可救过你爷爷的命啊！我爹用自己的命，换了你爷爷一命！你爷爷临终的时候，曾经叮嘱过你和你爹，要报答我们齐家，要生生世世与我齐家交好，这是你罗家祖训，你还记不记得，你记不记得？"

罗小叶一字一句地道："齐木，这世上没有还不完的恩情！"

齐木赶紧向前爬上两步，接着罗小叶的话大声嚷道："这是救命之恩！你还不了，你还不了的，除非……除非你还我一命！我爹救你爷爷一命，你放我一条生路，就算你还了这份恩情，从此你我两家再不相欠，好不好？"

眼见罗小叶抿唇不语，齐木也真是拿得起放得下，当即就在辕门下砰砰地叩起头来："你放我一马，咱们从此两清！这可是救命之恩，你不能不报啊！你爷爷留下的祖训，你不能不守，不能不守！"

罗小叶的眼睛微微眯了起来，沉声道："打开辕门！"左右几个吏目早就恨齐木入骨，一听这话急道："大人三思，他被人追杀，可不是因为私仇，而是触犯了王法。"

罗小叶按刀厉喝："打开辕门！"

左右无奈，不敢进言，立即就有罗小叶的亲兵赶下去执行军令。罗小叶冲着营寨下面朗声说道："齐木，你触犯王法，这是军营，不能成为你的庇佑之地，我只放你过去，你我间祖孙三代的恩情，就此一笔勾销。"

齐木心想：要是早知你小子做了白眼狼，老子根本不会来巡检司，弄到现在进退两难。

这巡检司倚山而建，后边就是茂密的山林，只要被他逃上山去，叶小天的人海战术就失去了作用，他逃走的机会至少能有八成，是以齐木也顾不得讨价还价了，忙不迭点头道："成！只要你放我过去，咱们齐罗两家从此再无瓜葛！"

齐木回头望了一眼，见跑在最前面的几名捕快距他仅剩三箭之地，心中大急。那辕门才只开了一条缝，齐木就冲过去从那门缝挤进去，使出吃奶的力气往后山跑去。

巡检司的官兵全都闻讯出来了，他们都知道自己的兄弟就是被这个人的手下射杀，而他不但不交出凶手，没有任何交代，反而插箭戮尸，对巡检司上下极尽羞辱。

因此所有官兵见了齐木都是面色不善，只是囿于上司的军令，不能有所行动罢了。巡检司士兵们抱着肩膀，冷冷地看着齐木，中间只给他留出一条一人宽的小道，齐木就沿着这两道人墙隔成的小道拼命地狂奔着。

远处，苏循天一见辕门打开，不由勃然大怒："罗巡检在干什么，怎么辕门开了！"

眼看齐木就要逃了，叶小天反而放慢了脚步，脸上露出轻松的笑意，道："让他跑吧，看看他究竟能跑多快！"

苏循天奇怪地看了叶小天一眼，看到他脸上的笑容，突然明白了什么，于是他也放慢了速度。

齐木连滚带爬地穿过人墙，赶到巡检司后面的栅栏墙边，扭头一看捕快们刚刚冲进辕门，不由哈哈大笑，他推开栅栏门，就向密密的丛林中冲去。

"啊！"

齐木双手一分，拨开两丛树枝，就见一张笑眯眯的面孔出现在眼前，此时陡然看见一张人脸，真比看见一条毒蛇还要惊悚。齐木吓得一声尖叫，密林中那人飞起一脚，正中齐木胸口，把他踹飞起来，倒跌出一丈多远。

树丛一阵晃动，从里边钻出四个身穿巡检司军服的彪形大汉，其中一人手里还提着绳子，四人上前，像捉小鸡似的把齐木抹双肩拢二背，捆了个结结实实。

"你们干什么？放开我，是你们罗巡检放我走的，放开我……"

齐木四肢不着地的被四个大汉提回了巡检司，齐木也顾不得已经有几十个捕快虎视眈眈地围在身边，一见刚从箭楼上走下来的罗小叶，便目欲喷火地咆哮道："罗小叶，你食言！你为什么抓我回来？"

罗小叶冷冷地看了他一眼，问道："我放你过去了没有？"

"你……"

齐木顿时语塞，突然，他像有所感应似的，倏地一回头，就见叶小天已经到了辕门，正施施然地往里走。齐木忽然觉得，和叶小天相处久了，不管是敌是友都会变得有点无耻，比如他方才的下跪，比如罗小叶此刻的食言。

齐木欲哭无泪，已经骂不出什么恶毒的话了，只能翻来覆去地道："你食言！你卑鄙……"

罗小叶哂然道："明明是你蠢！我胡子这么短，你当我是关云长？"

第一〇〇章

风波再起

一

妞妞杂货铺已经和隔壁并成了一间，上边龙飞凤舞的五个大字"大亨杂货铺"，这是大亨找他的老师县学教谕顾清歌给他写的，不过没留落款。

顾清歌打死都不题名。虽然他并不富裕，罗大亨也出得起钱，但是文人有文人的风骨，给一家杂货铺题字，这么丢人的事他可干不出来，他压根不想给大亨题字，一家杂货铺也敢要他题字？

但是当时他正在洗澡，他的贴身大丫鬟正在给他搓澡，正搓得其乐无穷，大亨就登堂入室，突兀地出现在他面前。

鸳鸯浴是洗不成了，如果不答应给他题字，也许大丫鬟还有进一步春光外泄的危险。于是在以死力争换取到大亨可以不落款的让步之后，顾清歌只好披着浴巾冲进书房，怒火万丈地写下了"大亨杂货铺"五个大字。

此刻，大亨杂货铺柜台里，大亨用他蹄髈似的肥手托着下巴，正和柜台外的一个大姑娘眉目传情。

大姑娘面如满月、柳眉轻盈、丰润的双唇，很有福相。她也和大亨一样趴在柜台上，双手托着下巴。从门口路过的叶大娘看见了，扭头对旁边一个妇人很笃定地说："这闺女，好生养！"

大姑娘是妞妞，自家的店铺卖给了大亨，她们母女搬到了三条街之外的巷子里，还是开杂货铺，生意还不错。因为这里是她生活了十多年的地方，她心里难掩留恋之情，所以时不时会回来看看，一来二去，两个人就变得很熟悉了。

"大亨哥哥，最近忙吗？"

"忙，忙得脚打后脑勺，我都快忙死了。"

大亨叹了口气，愁眉苦脸地道："生意盈门，客似云来啊！每天日进斗金，要进货吧，要记账吧，要接待客人吧，我常常忙得连饭都顾不上吃，最近瘦了很多，你看出来没有?"

妞妞的目光在空空荡荡、无人问津的铺子里扫了一圈,正好落在大亨那张比她大一号的脸上,轻轻叹了口气:"嗯,瘦了!原来你是三下巴,现在看,好像快成双下巴了。"

大亨道:"可不是!开店时忙,打烊后也忙啊。隔壁绸缎庄老宋家那闺女,老说让我去她们家铺子,说要给我量体裁衣,亲手给我做一身气派些的衣裳。对面沙家那小丫头,天天中午给我送一碗她亲手包的馄饨,里边没有汤,全是干的,我都当饺子吃,忙啊!"

妞妞"扑哧"一声笑了出来:"大亨哥哥,我就稀罕你这一点,没人追,还能吹!"

大亨牛皮被戳穿,脸都不红一下,而是很兴奋地道:"你真稀罕我?我也挺稀罕你的,你看我这店里这么忙,一个人正嫌忙不过来,要不你来帮我忙,工钱加倍!"

妞妞刚想回话,就听大街上一声高亢嘹亮的尖叫:"啊——"

妞妞霍然扭过头去,大亨也直起腰,向店外看去,就见大亨刚刚才提到过的对面沙家小吃铺的那个小丫头双手捧在胸前,那声高亢的尖叫正进入最后的颤音阶段。

那大妞一声长长的尖叫喊完了,又深深地吸了口气,这才像银瓶乍裂似的发出一声高亢的呐喊:"齐木被抓住了!齐木正被押解回城!"

呼啦一下,大街上的人群就向她扑过去,迅速把那个身材圆润的姑娘淹没了。妞妞也跑出去,跳着脚在人群外围蹦来蹦去,却根本挤不进去,正着急的时候,就见人群似波翻浪裂,罗大亨从里边挤了出来。

妞妞顿时瞪大了眼睛:这个神出鬼没的家伙什么时候拱进去的,就他这身材,啧啧啧……

大亨走到妞妞身边,满面笑容:"齐木被抓住了!"

妞妞兴奋得心都快跳出腔子了,一把抓住大亨的手,急问道:"在哪里,在哪里?"

大亨扬扬自得地反问:"知道是谁抓住他的吗?"

说完不等妞妞再问,便扬起他的下巴,悠然道:"我大哥!"

·※·※·※·

押送齐木的囚车还没进城,就有半路看到这一幕的百姓疯了似的跑回县城,满城的狂喊。很快全城的百姓都疯了,疯着奔走相告,疯着冲上大街,眼巴巴地守在叶小天他们入城的必经之路上。

叶小天带着捕快、民壮,在巡检司官兵的配合下,押送齐木回城。押送齐木的车子是巡检司平时用来进城购买物资的一辆板车，拉车的骡子不时地摇着尾巴，尾巴就扫在齐木的脸上，弄得他直打喷嚏。

齐木真被抓住了！葫县百姓把道路两边挤得满满当当，呆呆地看着在他们眼中活阎王一般不可一世的齐木被反绑双手，瘫坐在板车上的狼狈相，一时还有些不敢相信自己双眼所见。

忽然，人群中也不知是谁突然喊了一声："恶有恶报啊！"紧接着便是一枚鸡蛋飞出去，"啪"的一声打在齐木头上，蛋黄蛋清淌了一脸。坐在板车上的两个巡检司官兵立即麻利地跳下车子，避开了这个危险的地方。随即，烂菜帮子臭鸡蛋便纷至沓来。

罗大亨拉着妞妞温软的小手站在人群中，一边伸出另一只手兴高采烈地向叶小天打招呼，虽然叶小天根本没有在人头攒动的人群中发现他，一边道："妞妞啊，有个问题，我一直想不通！"

妞妞正欢喜地蹦着，听到这句话纳罕地问道："什么问题？"

罗大亨道："这些烂菜帮子臭鸡蛋究竟是从哪儿来的呢？难道这些百姓平时一直储备着这些东西，就等着这样的机会砸人？"

妞妞："啊……"

罗大亨捏着他的下巴，沉吟地道："这时候应该扔砖头才对啊。"

罗大亨言犹未了，就有一块板砖从人群中飞出去，"砰"的一声砸在车上，差点打中骡子屁股。

罗大亨马上声明："不是我扔的，我的砖头在包里！"说着还拎起书包，向妞妞示意。

一见有人开始扔起"重型武器"，巡检司官兵和捕快们开始吆喝着制止起来，人犯已经被控制起来，他们不能坐视人犯被围观百姓活活打死，再说这么乱扔东西实在谈不上准头，没准就会误伤了人。

苏循天和李云聪伴在叶小天的左右，走在队伍的中间位置，看着喧闹不已的街头，苏循天遗憾地道："可惜这厮逃跑的时候没能当场把他干掉，一旦被擒，那么多双眼睛看着，就不好下手了，谁知道其中有没有人跟他还有瓜葛。"

叶小天道："华家命案，有华云飞为人证，如今齐木被擒，从百姓们的反应来看，胆子也都壮了起来，我想……曾受齐家迫害过的百姓，这回应该有勇气向官府告状了。"

这时，在夹道欢呼的道路前方，忽然出现了两个人，一个一身青色劲装，肩后背着一口刀，另一个手执折扇，却是一个弱不禁风的书生。两人眼看着前方拥来的大队人马，大摇大摆地迎上来。

围观的百姓很多并不认识他们，也没注意到他们，但是当百姓们看到押送车队停止前进，叶小天等人迎上前去的时候，他们终于察觉有异，人们停止了呐喊喧哗，一些人开始交头接耳。

很快一个口讯就在人群中飞快地传播开来。堵住囚车去路，迎上前来的那个劲装大汉，是齐府大管家范雷。一些百姓登时兴奋起来："范雷这副打扮，莫非要劫囚车？一个人对付这么多人，好胆！这回有好戏看了！"

但是头脑稍稍清楚些的人，都觉得事情恐怕是出现了不可测的变化，街头气氛开始压抑起来。

叶小天微微眯着眼睛，看着走上来的范雷，没有继续往前走，万一这货真是个一条筋的忠仆，自己靠得太近被他一刀给砍了，那时向谁喊冤去？这种事叶小天才不干。

隔着五步远，范雷站住了，冷冷地道："我要见我们老爷。"

叶小天道："你家主人涉嫌杀人，你想见他，等大老爷审过再说。"

"谁说要县太爷审过了才能见？"那摇着折扇的书生突然一合扇子，用扇柄一拨范雷，傲然道："你自去见你家老爷，我来与他说话。"

那人"哗"的一声又把扇子打开，轻轻摇着扇子走到叶小天身边，倨傲地拱了拱手，道："水西李秋池，见过典史大人！"

叶小天知道水西是贵州的风水宝地，大人物几乎全都聚集在那儿，就算不长住，也要在那里象征性地建一座府邸，时不时地去那里小住一阵，那是贵州权力场的舞台，是彰显每一个人在这个"王国"中地位的地方。

是以叶小天一听水西就有些头痛，他扭过头看向李云聪，李云聪脸色凝重地道："大人，李秋池是贵州道第一讼师，许多豪门有些不宜私相了结的事情也是重金聘请此人出面解决的。他有举人身份，交游广阔，同许多豪门都有往来，其实暗地里还担当着官场掮客……"

李秋池把折扇一收又一开，看着叶小天道："知道本人什么身份了？没错，李某是讼师，受齐家所邀来葫县打官司的！你就是艾典史？关于我的委托人受人诬告一事，李某有几点问题想请教一下……"

李秋池和叶小天说话的当口，范雷已经蹿上骡车，伸手去为齐木摘下头上的碎鸡蛋壳，齐木顾不得形象狼狈，压低声音急急问道："如何？"

范雷用低低的声音急急说道："一切妥当！"

齐木登时露出一副狰狞的笑容……

第一〇一章

你若无法我便无天

一

范雷也知情况紧急，叶小天那边只要反应过来，就不会容许他们两个再有接触的机会，是以赶紧把这几天办好的事情向齐木禀报："田家已经答应，只要今后驿路收入分他三成，便会保你无恙。"

齐木咬牙道："朝中有人好办事，这三成给了他，未必便吃亏。"

范雷道："是！提刑司那边我也打点过了，这才请了李讼师来。"

齐木眉头一皱，道："那华云飞一口咬定我在杀人现场，便请讼师来，又能如何？"

范雷嘿嘿一笑，道："说起这种事，公门中人比我们还熟谙门径。提刑司的人收了钱，已经为咱们指点了一条明路，我已经买通几个死囚，他们正被押解往葫县。到时他们会一口咬定华氏夫妇是他们杀的，华云飞说大哥你在场，那几个死囚却咬定人是他杀的，到时候究竟是谁杀的，就看谁的后台硬了。"

齐木听到这里，不禁嘿嘿地笑起来。

李秋池一张利口还真是能讲，为了拖延时间，他东拉西扯的，光是《大明律》就滔滔不绝说出十五六条，叶小天精通律法，可条律却不熟，一时被他绕得晕头转向。

但叶小天何等机警，本来还想反驳他一番，可是只听几句，就知道上了当，李秋池这分明是缓兵之计啊！叶小天急急一扭头，恰好看见齐木脸上露出阴险的笑容，叶小天心中一沉，立即高声喝道："分开他们！"

李秋池高声抗议道："齐府家人见见主人有何不妥，你们但有真凭实据自然可以告他，如此忌讳重重，莫非你们要徇私枉法？"

叶小天又道："把这孙子轰到一边。"

李云聪和苏循天二话不说立即上前赶人，李秋池高声叫道："岂有此理，有辱斯文啊！亏你也是读书人……"一边说一边被推到路边，李秋池目的达到，就也没有反抗。

那边，周班头和罗巡检也上前把范雷轰开，押解着齐木继续上路。等队伍过去，李秋池走到大道中央，高声叫道："艾典史，想跟李某过招，你还嫩了点，有我李某人出手，齐木必定安然无恙的。哈哈哈……"

放肆的笑声在空中回荡，两旁百姓鸦雀无声，渐渐地，开始有人悄悄撤离，慢慢地越来越多。罗大亨皱起眉头道："我大哥想做点事还真难哪，这些人也是真不争气，这一吓就又当起缩头乌龟了？"

妞妞眼波盈盈地向他一瞟，揶揄道："方才你还说你大哥有本事，现在怎么说？"

罗大亨信心满满地道："我大哥不会认输的！"

囚车继续走在路上，齐木在车上坐起来，开始放肆地大笑。听着那刺耳的笑声，叶小天叹了口气，扭头看看李云聪，李云聪默默地点了点头，悄然离开了队伍……

·※·※·※·

押送齐木的队伍还没回城，就有人先行赶回向花知县报讯了。花知县闻讯大喜，立即换上一件簇新的官袍，会齐了王主簿、顾教谕、税课大使等各路官员，静候在县衙里。

花晴风正等得焦灼不已，忽然有衙役从侧厢绕过来，对他附耳说了一番话，讲的正是发生在大街上的一幕，花晴风一听这话顿时脸色大变。

他盛装坐在公堂上，本想威风一回，好好审审齐木，宣泄一下这几年来所受的冤枉气，骤然听说还有这等变故，不觉又想起齐木的跋扈与可怕来。花晴风坐立不安，犹豫半晌，突然扶住额头呻吟了一声。

顾教谕纳罕地道："县尊怎么了？"

花晴风扶着额头道："本官的偏头疼又犯了，哎哟！疼得厉害，不行了不行了，我得先去后面歇息一下，来人啊，快去请郎中！"

花晴风说完，起身就往后边走，顾教谕起身道："县尊大人，艾典史正押解……"

他还没说完，花晴风已经急急闪到屏风后面去了。此时王主簿也刚刚听人禀报了大街上的一幕，一见花晴风这般表现，不由冷冷一笑，随即也蹙起眉来：想不到齐木还预留了后手，这下不好办了啊……

叶小天押解齐木到了县衙，只有王主簿带着顾教谕和税课大使等一班人出来，对叶小天道了几句辛苦。叶小天道："县尊大人可在，齐犯现已押到，大老爷还该趁热打铁，立即升堂问案才是。"

王主簿道："县尊大人本来盛装升堂，恭候典史大驾的，不想却突然头疾发作，现在已经回了后宅，找郎中医治去了。"

叶小天怔了怔，道："偏头疼发作？"

王主簿似笑非笑地用讥诮的口吻道："是啊！方才有人不知对他耳语了些什么，县尊大人便偏头痛紧急发作了，想必是因为那人耳语时口气大了点，吹得老爷不舒服了吧。"

"哦？"

叶小天的目光微微闪烁了一下，淡淡地道："那么，下官且让人进去促请一下，如果县尊有恙，今日实在升不得堂，那就暂且把案犯收押，改日再审好了。"

王主簿一怔，他本以为叶小天一听他的话就会明白花晴风又打了退堂鼓，按照叶小天的驴脾气，马上就会按捺不住，冲进后堂去，不管用什么办法，也会把那只缩头乌龟揪出来。没想到叶小天竟变得这么好说话，难道他以为齐木抓到了，此案便盖棺论定，再不会发生什么意外？

王主簿刚想提醒叶小天两句，到了嘴边的话忽然又咽了回去。叶小天向他和几位官员拱拱手，回身安排事情去了，王主簿看着叶小天的背影，眸中渐渐露出深思之意。

叶小天让苏循天促请县尊升堂，苏循天去了足足有小半个时辰，这才涨红着脸，怒气冲冲地出来。看到叶小天，苏循天停住脚步，略一迟疑才垂着头走过来，有些不自然地道："大人，县尊老爷……头……痛得厉害，今天实在升不了堂，你看是不是……"

叶小天微微一笑，道："既然如此，那改日升堂就是了。"

叶小天转身对罗巡检和周班头道："罗兄，还要麻烦你帮周班头把人送去大牢。县尊大人病了，我去探望一下。"

罗小叶一听苏循天吞吞吐吐的语气，就知道那个乌龟知县又犯了胆小的毛病，不过见叶小天倒是毫不气恼的样子，他也不好发作，只好点点头，陪着周班头又将齐木的囚车移往大牢。

叶小天回转身，对苏循天道："大老爷是在三堂还是后宅，若是后宅我倒不方便探访了。"

苏循天悻悻地道："当然是后宅，你以为他躲在三堂就不怕你找他吗？去也没什么，我姐姐也是见过世面的女人，不怕见外客的。再说，大人这段时间忙碌，有日子没见令妹了，她们时常向我问起你。"

叶小天笑了笑道："既然如此，那咱们就去看看大老爷！"

· ※ · ※ · ※ ·

罗小叶和周班头押着齐木往大牢走，周班头对罗小叶愤懑地道："咱们大老爷还真是属乌龟的，这回……齐木不会再度逃出生天吧？"

罗小叶也是脸色阴沉，却安慰他道："放心！艾典史不是那么容易放弃的人！"

周班头点点头，心中不期然又充满了希望，倒是安慰他的罗小叶，始终脸色阴郁，心事重重。

当他们赶到大牢的时候，范雷和李秋池居然也跟了来，被捕快们挡在外面。李秋池在人墙外向齐木拱拱手，高声道："齐老爷少安毋躁，最多三五日，李某便救你出去！"

齐木高声道："有劳李讼师了。"

他满眼怨毒地盯了罗小叶一眼，忽然放声大笑起来，他大笑着走进牢房，昂昂然的倒像走进他的府邸。

牢房里面不知何时又是人满为患了，八间牢房有七间塞满了人。一群人七嘴八舌地说话，就像进了菜市口，只听这个喊冤说只是摸了人家小姑娘一下屁股，那个说只不过和邻居因为孩子打架而打了一架，齐木刚进去就被吵得头昏脑涨，不觉皱起了眉头。

靠牢门的一间牢房倒是空旷许多，因为里边只关了两个人。一个人正盘膝坐在角落里，垂着头，因为披头散发的，也认不出是谁；另一个人靠在他的对角处，蜷缩着双腿坐在那里，形容憔悴，似乎有些恐惧的模样。

齐木一看此人，便失声道："孟大人？"

孟县丞听见声音，抬头一看，急忙站起，大喜道："齐先生，你是来接我出去的吗？你……啊……你怎么？"

他见齐木戴着手枷脚镣，登时一呆。这时一个狱卒打开了牢门，李云聪不知何时出现在后面，用力一推齐木的后背，喝道："进去！"

齐木一个踉跄进了牢房，他缓缓站定，回过头来冷冷地盯着李云聪。李云聪却没理睬他，只是吩咐人上了锁，一班捕快、狱卒便走了出去。

齐木重重地一哼，回头对孟县丞道："你不用担心，最迟三五日我便可以出去，到时候我自会救你出……"

刚说到这儿，齐木的声音突地戛然而止。坐在墙角那人在狱卒们离开之后正慢慢抬起头来，他还伸出双手把披散在额头的头发向左右分了分，露出一副年轻的面孔。那是一个眼神像狼一般锐利的少年。

齐木的瞳孔蓦然一缩，失声叫道："华云飞！"

华云飞森然一笑，像狼一样凌空一跃，朝他扑去……

第一〇二章

拂钟无声

一

"姐夫，典史大人来看你了。"

外边忽然传来苏循天的声音，正坐在桌边喝茶的花知县闻言大惊，赶紧一个"乾坤大挪移"迅速闪到榻上，拉过一床锦被盖在身上，闭着眼睛哼唧起来。苏雅瞧他这副样子，心中既觉好笑，又有些感伤。

有外人来，苏雅有心回避，可是丈夫既然偏头痛发作，而且病得这么严重，旁边又没有别人在，她若再离开的话未免不像话，只好先到榻边坐下。

叶小天跟着苏循天进了房间，绕过屏风转进卧室，乍见一个绯衣丽人坐在榻边，叶小天来不及细看，便长揖到地，恭声道："见过夫人。"

苏雅款款起身，柔声道："典史大人不必拘礼，循天，你陪典史大人坐坐，我去看看郎中来了没有。"

苏雅说完便闪身离开了，但她并没有真的走，从前门刚一出去，就又绕到后门进来，悄悄藏到了床帐后面。

叶小天走到榻边，花晴风正闭着眼睛，听到脚步声近了，哼唧声立刻提高了一些。苏循天搬来一把椅子请叶小天坐下，叶小天看着花晴风满脸痛苦的样子，轻轻咳嗽一声，道："县尊大人。"

"嗯……哼……啊！艾典史来了，你坐！哎哟，本官这头痛病，哎哟……"

叶小天道："下官刚把齐木抓回来，不想县尊大人病了。如今下官已命人把齐木关进大牢，等县尊大人好些再审不迟。"

花知县一听叶小天今天没有刁难他，心中一块大石落了地，忙挣扎起身道："公事要紧，本官……怎能因私废公呢？齐木一案，万众瞩目，还是早些审理为好。"

苏循天见姐夫装模作样的这副德行，心里头就腻歪，他撇了撇嘴，心中暗想：装！你继续装吧！如果人家真的答应你马上提人犯来，你肯定立即又得病重不起了。

叶小天连忙按住花知县，道："哎，怎也不急于这一时。"

叶小天向花知县意味深长地笑了笑，一语双关地道："大老爷您病了嘛，病得很重啊！"

床帐后面，苏雅听到叶小天这句暗含揶揄的话，不觉羞红了脸：是啊，晴风他真的生病了，生得是"软骨病"。一个大男人得了这种病，还如何顶天立地？

花晴风自然也听得出叶小天的暗讽，只是佯做不知，三年来，他在葫县磨去了锐气，却也磨厚了脸皮。

叶小天说过那句话后，却再没有什么冷嘲热讽，只是简单地询问了一下他的病情，便开始与他商榷公审齐木一案的细节。

花晴风心中暗道：齐木显然是早有了准备，却不知要从哪里搬来救兵，你还想对付他？恐怕用不了多久，你就该迎接他狂风暴雨一般地报复了。

面子上，他自然是不会表现出来的，还做出一副身患重疾、强打精神的模样与叶小天商量。两个人有模有样地说着话，苏循天等得无聊，就在一边坐着喝茶。

苏雅在床后听了很久，见这号称艾疯子的人没有刁难丈夫的举动，暗暗放了心，正要转身离开，就听外边一声大喊："大老爷，大老爷，大事不好啦！"

花晴风近来一听"大事不好"就心惊肉跳，他下意识地从榻上坐起来，也顾不得装病了，大惊道："出什么事了，进来说话！"

花晴风听得出那是贴身随从的声音，是以命他进来。那人匆匆跑进来，对花晴风道："大老爷，大事不好！前衙传来消息，说那齐木刚刚入狱，便被华云飞暴起狙杀，孟县丞与他们关在同一牢房，也被华云飞一并杀了。各监房里的犯人群起越狱，现已尽皆逃散！"

"啊？"

花晴风一听顿时茫然若失，站在床边半晌无语。

叶小天惊讶地道："华云飞杀了齐木和孟县丞？"

花晴风的那个长随忙不迭点头，道："不错！大牢那边传来消息，说齐木和孟县丞当场暴毙……"

花晴风大怒道："怎么可以发生这样的事，报信人呢？"

长随道："就候在外面，是牢头亲自赶来报的信。"

花晴风大吼道："叫他滚进来说话！"

片刻工夫那牢头便到了，牢头对这个傀儡县太爷也是根本不放在眼里，不过面子功夫还是要讲究的，他毕恭毕敬上前施礼，又摆出一副诚惶诚恐的模样站在下首。

花晴风虽然恨不得齐木早死，却不愿让自己承担一点责任，而犯人在狱中杀人又成功越狱，这事他可脱不了干系。当然，直接管理监狱的是司法的人，那人干系更大。

可是管理葫县司法的是两个人，一个是孟县丞，一个是叶小天。孟县丞……就别提了，他已经作为嫌犯死在狱里。艾典史……也别提了，这个混蛋怎么就不该死的时候死了，该死的时候偏偏不死呢？

花晴风恼火地拍案道："为什么要把他们三个关在一起？"

他这一拍桌子，茶盏同时跳起，把苏循天吓了一跳，杯中茶水泼出又烫了手，疼得苏循天跳起来"呼呼"地往手上吹风，还不高兴地瞪了姐夫一眼。

牢头苦着脸道："大老爷，牢房紧张啊。卑职已经向大老爷您申请过六次了，请求拨款修缮、扩建监狱，大老爷总说县上财政紧张。县上财政紧张，卑职这牢里就只好更紧张了……"

花晴风呆了一呆，奇道："咱们牢里关了很多人吗？"

叶小天咳嗽一声道："下官自打到了葫县，不是就说过要严厉打击一切不法之事吗？县尊大人为此还特意张贴了告示。既然严厉打击，这牢里各色人犯自然就多了，难道县尊大人把这件事给忘了？"

"这……"

花晴风窒了一窒，没好气地对那牢头道："那也不能把他们三个关在一起啊。"

牢头依旧愁眉苦脸："老爷，其他牢房已经满了，实在是塞不下人了，又不好把这三个重犯和普通犯人关在一起。就这一间牢房，还是卑职好不容易腾出来的，不过，卑职给他们三个都加了枷锁镣铐，照理说就算关在一起也出不了事。"

花晴风怒道："可现在偏偏就出了事！那华云飞既然戴了枷锁镣铐，如何还能这般神勇？据我所知，孟县丞就是会武功的，而齐木的武功尤其好些。"

牢头耷拉着眼皮道："卑职也在纳闷呢，他的枷锁镣铐怎么就打开了呢？想来此人是会撬门压锁的，果然不是什么善类。唉！他脱了镣铐，孟县丞和齐木偏偏还戴着，结果就……"

花晴风气得发昏，他用力喘了几口粗气，扶着桌子，用颤抖的声音问道："好！华云飞既然已经把孟庆唯和齐木给杀了，这也就罢了，可他为何又能越狱？"

牢头没精打采地道："各间牢房里关的犯人实在是太多了些，华云飞暴起杀人之后，有人大声鼓掌叫好，有人惊恐喧哗，牢房里就闹腾起来，结果……把墙给挤破了。"

花晴风哑口无言。

牢头撩起眼皮，试探地道："大人？"

花晴风不敢置信地道："墙……破了？你说牢墙……破了？"

牢头点点头，一副理所当然的模样："是啊，大人。"

花晴风的嘴角抽搐了几下，突然狂吼道："牢墙破了？牢墙都能破了！啊？你……你们……"

花晴风突然倒退两步，一时眼冒金星，有种天旋地转的感觉。

牢头轻声慢语地道："是啊大老爷，牢房紧张啊。卑职已经向大老爷您申请过六次了，请求拨款修缮、扩建监狱，大老爷总说县上财政紧张。县上财政紧张，卑职这牢里就只好更紧张……"

花晴风两眼一翻，一下子昏了过去。

……

齐木和孟县丞死在狱中，重犯华云飞逃逸的消息刚一传开，再度陷入压抑的葫县就沸腾了，全县百姓好像过节似的欢腾起来，到处张灯结彩，鞭炮声声。还有乡社自发组织了舞龙、舞狮队伍满城游走表演。

安南天听到这个消息后哈哈大笑："好啊！我留在葫县果然留对了，看到了这么精彩的一出好戏，凝儿先去铜仁，可惜了。"

他站起身，笑吟吟地道："打点行装，咱们也走吧，去铜仁拜望一下神侍老爷子。另外，把有关这个艾典史的事情报给太公知道，看看他老人家的意思。"

洪百川获悉齐木死亡真相后，也是放声大笑，笑声极其舒畅，只是大笑之后，突然又有些意兴索然。他沉默良久，才深深一叹，道："可惜、可惜了，可惜官不是那么好做的，如此人真能走上仕途，或许……"

洪百川顿了顿，摇摇头，笑道："这不是我该考虑的事，上头怎么吩咐，我就怎么做吧。"

他叹息一声站起身来，刚要举步往外走，忽然又站住，仔细想了想，猛地一拍额头，道："哎呀，到底是老了，看我这记性，再有两天大亨开店就满一个月了吧？也不晓得这孩子究竟……唉！这孩子……"